H. E. Otys

Im Schatten des Wolfes

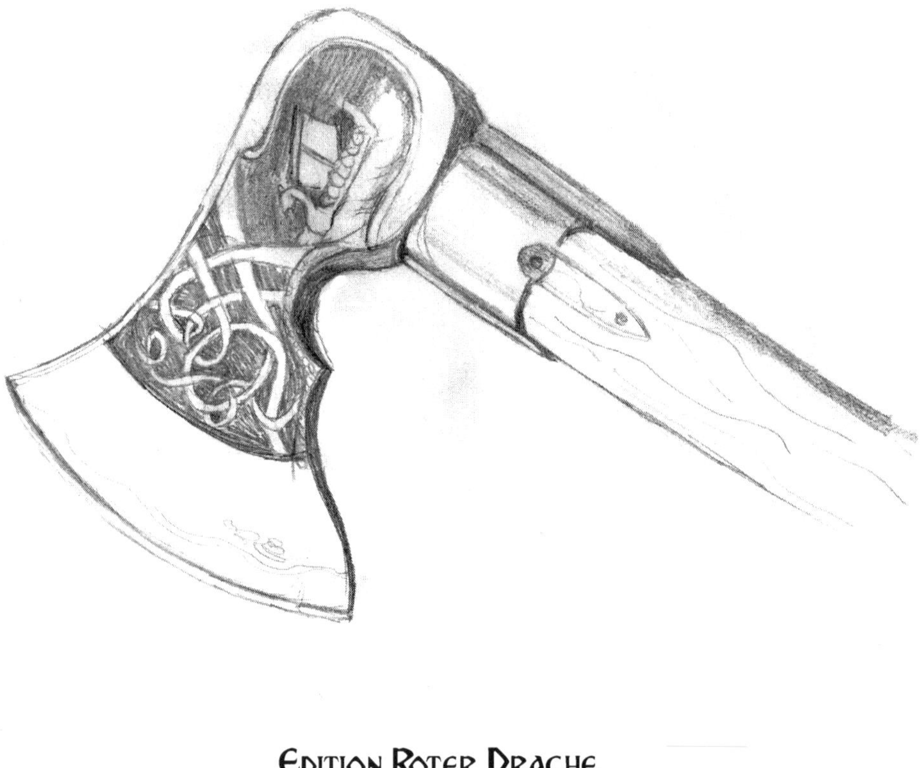

Edition Roter Drache

1. Auflage Oktober 2018

Edtion Roter Drache, Holger Kliemannel, Haufeld 1, 07407 Remda-Teichel
edition@roterdrache.org; www.roterdrache.org

Titel- und Umschlagbild: Holger Much
Buch- und Umschlaggestaltung: Holger Kliemannel
Lektorat: Isa Theobald
Korrektorat: Sabrina Schmidt
Kapitelbild: H. E. Otys
Schmutzseitebild: Sabrina Schmidt
Gesamtherstellung: Wonka Druck, Deutschland

ISBN 978-3-946425-53-3

Teil 1

1.

Das Leben ist eine Reise, eine nicht enden wollende Reise, unerschöpflich, unergründlich, unvorhersehbar.

Robyn stand an der Reling, blickte hinab in die schwarzen Fluten. Wenn sie sprang, wohin würde sie die Reise führen? Wie konnte sie wissen, ob dies die richtige Entscheidung war? Ein Sprung nur, ein Satz und ihr Leben wäre anders. Vielleicht beendete sie es. Vielleicht. Vielleicht würde Gott sie zu einem lichten Ort führen, besser als die dunkle, grausame Welt, in der sie seelisch tief verwundet dahinsiechte.

Sie wartete den nächsten vernichtenden Windstoß ab, entledigte sich ihres Umhanges, er würde sie im Wasser nur behindern. Niemand beachtete Robyn, als sie über die Reling kletterte und ihre Entscheidung traf. Ein Sprung nur.

Sie zögerte für einen kurzen Augenblick, dann holte sie Luft und sprang. Die Schwerelosigkeit berauschte sie, ließ sie für diesen Moment vergessen, dass sie sich vielleicht umbrachte. Alles war besser als das, was sie zurückließ. Sie würde nicht mit dem Schiff an den Felsen zerschellen. Sie wollte Gott zumindest entgegenschwimmen.

Der Aufprall lähmte sie kurzzeitig, noch ehe sie jedoch Kälte und Schock spüren konnte, explodierte ihr Kopf vor Schmerz. Hysterisch ruderte sie mit den Armen und stieß wieder an die Oberfläche. Wimmernd sog sie die Luft ein. Dann spürte sie die Kälte mit einem Mal, wie eine Eisenhand umschloss sie sie, erdrückte sie. Ihr Wimmern versiegte. Jener eiserne Griff schien ihr die Luft abzuschnüren, Panik ergriff sie das erste Mal seit langer Zeit, weckte sie und ließ sie sich umwenden.

Es war keine Sekunde zu spät. Sie ruderte plötzlich mit den Armen, um dem sich windenden Schiff zu entfliehen. Die wogende, sich dem Sturm beugende See spielte ihr Spiel mit dem verlorenen Schiff, verwandelte es in eine Waffe, die Robyn erschlagen konnte.

Dann schwenkte das Schiff ab. Eine Woge schien es zu holen, um das Spiel endgültig zu beschließen. Robyn schwamm. Ihr Atem ging schwer. Die Wellen zeigten zuweilen Erbarmen, zogen sie fort von dem Schiff, hinaus, weit hinaus in die Dunkelheit, während das Schiff zerschellte. Sie hörte nur das Rauschen der See. Sie wusste, sie war jetzt allein, war wieder Herr über sich selbst. Einige Stunden vielleicht, bevor sie ertrank. Aber sie würde frei sterben, niemandes Sklavin oder Gefangene, niemandes Eigentum.

2.

Seine Rückkehr stand unter keinem guten Stern. Wulf beobachtete die noch immer unruhige See, die nun in der Sonne gleißte. Der Sturm hatte sie weit vom Kurs abgebracht. Sie hatten mindestens einen halben Tag verloren.

In der Sonne schimmerte das Wasser einladend, die Wellen schienen ihre Arme auszubreiten, verbreiteten kühlen, klaren Geruch, nachdem der Sturm über sie hinweggefegt war. Wulf atmete tief ein und ließ sich berauschen. Er hatte zu lange ohne all das auskommen müssen. Jetzt endlich kehrte er heim und war seiner Pflicht entlassen, einem fremden Herrn zu dienen. Nur aus Ehrerbietung seinem Vater gegenüber hatte er jene Pflicht erfüllt.

Ungeduld war ihm fremd, trotzdem beäugte er den Stand der Sonne, rechnete, wie lange sie brauchen würden, um ihr Ziel zu erreichen. Zwei Tage, wenn nichts dazwischenkam. Die Reise bis hierhin hatte ihn schon mehr Zeit gekostet, als er beabsichtigt hatte. Basileios, gerechter, aber unnachgiebiger Kaiser von Byzanz, hatte bis zuletzt Entschuldigungen gefunden, um die Fähigsten unter seiner Leibgarde am Weggehen zu hindern. Aber ihr Eid war nach fünfzehn Jahren erloschen. Die Abmachung zwischen ihm und seinem Vater hatte ihr Ende gefunden. Mehr als sein halbes Leben hatte Wulf dem Kaiser gedient. Nur für einige Zeit war er heimgekehrt, um seinen ältesten Bruder sterben zu sehen, um ihn zu bestatten, um zu sehen wie der Jähzorn seines Vaters wuchs. Er hatte versucht, seine anderen beiden Brüder zu erinnern, dass ihr Vater den Zwist im Volk nur noch verstärkte, dass sie dagegen steuern mussten, um das Schlimmste zu verhindern. Aber seine Brüder waren dem Vater nicht gewachsen.

Seine Heimkehr wurde davon überschattet. Wulf blickte über das Deck und sah in die Gesichter jener Männer, die mit ihm gedient hatten. Sie kehrten zu ihren Familien zurück. Familien, die unter der Zwietracht zu leiden hatten, der Uneinigkeit, der Unentschlossenheit, wie es weitergehen würde. Die Zukunft schien unberechenbar. Er kannte sie gut, wusste um ihre Sorgen und teilte sie. Sie waren ein zerworfenes Volk, deren Führer uneinsichtig blieben.

Wulf atmete mit leicht geöffnetem Mund leise aus und sah kurz zu Boden. Wie konnte ein solches Volk einem Mann wie Olaf Tryggvason trotzen? Ihm mit Selbstvertrauen entgegentreten, um zumindest eine gewisse Unabhängigkeit zu behalten und ein eigenständiges Königreich zu bleiben? Sie würden es nicht mehr lange können. Vasallen waren sie seit vielen Jahren, seit dem Tage, da Olaf sich zum König über ganz Norwegen ausgerufen hatte. Er erdrückte sie mit einem neuen Glauben, gleich wenn er seinen Vasallen Zugeständnisse machte und sie in gewissem Maße selbstbestimmen ließ.

Er schloss kurz die Augen. Es bekümmerte ihn, sein Volk so zu sehen, aber was konnte er schon tun? Es lag nicht in seiner Macht. Jene einzige Hoffnung blieb verschollen bis in alle Ewigkeit. Dafür hatte sein eigener Vater gesorgt. Gut gesorgt. Wulf wünschte ihn in diesen Sekunden in die tiefsten Abgründe Ginnungagaps. Diese Schuld würde nie gesühnt werden.

Eine einzelne Planke stieß in Wulfs Nähe an die Seite ihres Schiffes. Er sah auf, zog die Augenbrauen zusammen. Die Planke war an den Enden zerfetzt. Fast ruckartig hob er den Blick höher, streifte damit über die See, erkannte weitere Wrackteile zu seiner Rechten.

Egill, der zur Wache eingeteilt gewesen war, kam mäßigen Schrittes an der Reling entlang.

»Ich denke, da gibt es wenig Hoffnung, Überlebende zu finden«, stellte er fest. »Weiter südwestlich könnten sie am Riff zerschellt sein, wenn ihnen der Wind den Weg zum offenen Meer verwehrte.«

Wulf hatte nicht aufgesehen, aber Egill wusste, dass er stets aufmerksam zuhörte. Sein Kommandant, und das würde er für ihn immer sein, hatte nicht umsonst den Respekt seiner Männer, der Leibgarde des Kaisers. Jene Fertigkeiten, einen Mann zu schützen und ihm Sicherheit zu bieten, hatte Egill von Wulf gelernt, aber nicht allein das. Mehr noch. Egill erkannte durch ihn eine noch größere Aufgabe für sein eigenes Volk. Sicherheit und die daraus entstehende Zufriedenheit hatten Egill und die anderen Wächter bewogen an ihre Heimat zu denken und an das, was sie erwartete: ein Volk seit fünfzehn langen Jahren in Unfrieden. Wulf hatte sie vorbereitet. Es gab kein Zurück zu ihrer alten Sicherheit, nur das Wissen, das es eine solche in der Heimat schon lange nicht mehr gab.

»Eines unserer eigenen Schiffe«, stellte Wulf nach einer Weile nicht minder sachlich fest.

»Aus unserem Dorf?«, wollte Egill wissen.

»Nein«, Wulf erkannte die Planken. »aus dem Westdorf.«

»Dann ist es nicht unsere Sorge«, entgegnete Egill missbilligend.

Wulf richtete sich auf, maß Egill einen Moment lang und sah zurück aufs Meer.

»Niemand wird je ändern, wie wir fühlen«, sagte Egill dann.

»Ihr belügt euch doch nur selbst.« Wulfs Worte waren ruhig gesprochen und verbargen den Zorn dahinter. Er wollte es nicht wie einen Vorwurf klingen lassen, denn dazu bedeuteten ihm seine Männer zu viel. »Dieses Schiff wurde von Männern des Westdorfes, des Süddorfes und unseres Dorfes gebaut. Zumindest diese Männer führen keinen Krieg untereinander, arbeiten gemeinsam, erzählen von ihren Familien, lassen den ewigen Streit nicht ihr Urteilsvermögen trüben.« Wulf wandte ihm wiederum den Blick zu. »*Wir* haben noch nicht vergessen, dass wir alle einmal zu einem Königreich gehörten; einmal *ein* Königreich waren.«

Egill bemerkte die Betonung des Wortes *wir* nur allzu gut. Wulf war Schiffsbauer. Seit er ein Junge war, hatte er das Handwerk bei jenen Männern gelernt. Wann immer er einige Monate zu Hause gewesen war, hatte er bei ihnen gearbeitet, ihre Kunst erlernt, die eigentlich nur von Vater zu Sohn weitergegeben wurde. Doch Wulfs väterlichem Freund, Arnulf, war es gestattet worden, Wulf auszubilden. Er gehörte mit jeder Faser zu dieser Gemeinschaft, die sich über den jahrelang schwelenden Streit erhoben und aus Mitgliedern aller drei verfehdeten Dörfer bestanden. Ein Dorn im Auge jener zwei Könige, die einander hassten und ein ganzes Königreich damit ins Unglück gestürzt hatten.

»Du solltest solche Gedanken in Gegenwart deines Vaters und einiger anderer schweigen lassen.« warnte Egill ihn. Obgleich viele aus allen drei Dörfern Wulfs Meinung teilten. »Wir werden nie stark genug sein, um jene zu fordern, die unser Volk in dieses Unglück stürzten. Angst herrscht und zu wenige haben Mut wie du.«

»Ich weiß, Egill.« Wulf bedauerte die Entmutigung seines Freundes und hasste seine eigene zuweilen aufflammende Gleichgültigkeit. »Aber warum - warum kehren wir dann zurück?«

»Meine Frau und meine Kinder brauchen mich, Wulf. Ich will nicht, dass sie dieses Leben allein führen müssen.«

»Ein Leben führen *müssen*«, lachte Wulf bitter auf. »Ja, wie Recht du doch hast.«

Wie so oft in all den Jahren wusste Egill keine Antwort darauf und sie schwiegen. Sie hingen mit ihren Gedanken an der Heimat und ließen dabei die eines Nordmannes unwürdige Schwermut zu. Beide wussten, dass der andere genauso dachte.

3.

Einige Stunden vergingen, in denen noch weitere Wrackteile an ihr Schiff stießen. Sie entdeckten ein paar Kleidungsstücke, aber keine Ertrunkenen. Irgendwann war das gesunkene Schiff nur noch eine Erinnerung und Egill nutzte die Gelegenheit auf dem letzten Rundgang vor seiner Ablösung, bei Wulf zu halten. Dieser hatte sich die Zeit genommen, um nach seinen Männern zu sehen. Zwei hatten sich während des Sturmes Prellungen zugezogen, einem war der Arm gebrochen, als er in der Mitte des Schiffes in den Laderaum gestürzt war. Man hatte sie gut versorgt. Sie ruhten auf Deck, eingehüllt in ihre Mäntel, dem kühler gewordenen Nordwind abgewandt.

»Es sollten ein paar Gliedmaßen weniger brechen nächste Nacht«, scherzte Egill leichthin mit Blick auf die nun ruhige See und die untergehende Sonne, die nur noch wenig Wärme schenkte, jedoch wie siedendes Gold ins Wasser tauchte.

»Es hätten weniger sterben sollen letzte Nacht.« Wulf konnte darüber nicht lachen. Er sah es Egill nach, doch er dachte auch an die Männer, die in der Nacht ertrunken oder mit dem Schiff zerschellt waren.

Wulf schärfte den Blick etwas, als er in der Ferne einen Punkt ausmachte. Es war ein heller Punkt, als schwämme ein Wassergeist in der Gold triefenden See. Die Strömung, der sie seit dem späten Morgen folgten, brachte sie dem Wassergeist näher. Egill und einige andere an der Reling entdeckten ihn wenig später auch.

»Es hätten weniger sterben sollen«, wiederholte Wulf seine Worte, als sie die Konturen eines leblosen Körpers erkannten.

»Nun doch eine Leiche, die wir bestatten müssen«, murrte Egill.

Als der Körper näher an sie heran getrieben wurde, glaubte Wulf wiederum, dass die Geister ein Spiel mit ihnen trieben. Eine Frau.

»Eine Sklavin«, stieß Egill wütend hervor, »und du bedauerst sie noch. Die Fische sollen ihre Körper zerfressen, damit man ihnen in Walhalla den Einlass verwehrt.«

Wulf widerte der Gedanke an, dass das Westdorf noch immer mit Sklaven handelte. Vor allem mit Frauen, da es unter ihnen nicht genug gab. Die rauen Sitten dort, obwohl der rechtmäßige König über sie herrschte, führten zu Widerstand bei den Frauen und viele ergriffen die Flucht. Nur wenige Kinder wurden geboren, und, als sei es ein Omen, vor allem Jungen. Seit Jahren sprach man hinter vorgehaltener Hand von einem Fluch. Und seit langer Zeit wurden die Wälder im Westen von den Frauen der anderen Dörfer gemieden, da sie dort Freiwild waren. Sie wollten nicht ins Westdorf entführt werden, wo man sie schwängern würde, um sie an einer Rückkehr zu hindern.

Die tote Wassernixe trieb nahe genug, um sie aus dem nassen Grab zu holen. Egill deutete einer weiteren Wache, ein Seil zu bringen. Wulf wollte es herablassen, sah hinab auf das weiße Gesicht der Toten, als sie unvermittelt die Augen aufschlug.

Robyns Aufschrei ließ die Männer an Deck einen Moment zögern. Noch im Schreien schob sich Robyn von der schmalen Planke, auf der sie stundenlang getrieben war, gehofft hatte, Gott möge sie holen. Ihre Beine gehorchten ihr nur noch unter Aufbringung all ihrer Kräfte, sie waren taub gefroren im eisigen Wasser. Doch sie schwamm, halb unter Wasser, nach Luft ringend, nur um den Nordmännern zu entkommen. Sie ruderte halb wahnsinnig, verlor für einige Augenblicke nahezu die Besinnung, sah sich plötzlich als Kind, es war heiß, unendlich heiß ...

Sie hatten das Mädchen im Morgengrauen geraubt. Es war ihnen ein Leichtes. Sie hatten genau gewusst, wann die Kleine aus dem Zelt treten würde, um die Fohlen der Sarazenenpferde zu streicheln, so wie sie es jeden Tag tat. Sie hatte sie nicht einmal kommen hören, geschweige denn erkannt.

Ihre Anordnungen, was aus ihr werden sollte, ließen keine Zweifel zu. Drei Tage hindurch ritten sie durch die karge Steinwüste, jagten ihre Tiere bis zur Erschöpfung in einen entlegenen Winkel des Byzantinischen Reiches.

Das Mädchen weinte still, wehrte sich aber nicht. Sie verstand nicht; vier Jahre waren zuwenig, um die Tragweite dessen zu erfassen, was die Männer im Begriff waren zu tun. Alles, was sie sah, waren Felsformationen, heißer kalkweißer, zuweilen blassgelber Sand und die unerbittliche Sonne. Die Männer sprachen nicht mit ihr, nicht untereinander. Nur manchmal rasteten sie, dann hetzten sie wieder Stunde um Stunde.

Wo war ihr Vater? Warum ließ er dies mit ihr geschehen? Sie meinte ihn zu vermissen, aber war sich nicht sicher. Zu streng, zu kühl war er ihr gegenüber. Auch das verstand sie nicht. Vielleicht hatte er den Männern geheißen, sie fortzubringen.

Ihre helle unbedeckte Haut war verbrannt, sie wollte weinen, aber irgendwann waren die Tränen versiegt. Ihre Kehle kratzte, sie fühlte ihre Augen zuklappen, ein Reflex, alles drehte sich. Ein Ruck ging durch den Pferdekörper.

Sie ließen sie auf den harten Steinboden fallen. Es schien ihnen die geeignete Stelle, um sich von ihr zu trennen. Es war ihnen strengstens untersagt worden, Hand an sie zu legen. Sie würden sie ihrem Schicksal überlassen, einem unentrinnbaren Schicksal, aber sie selbst durften es nicht wagen, ihr Leben zu nehmen.
Nach all der Zeit schluchzte sie laut vernehmbar in der Ödnis aus Stein und Felsen und zeigte endlich eine Regung. Ihre Knie und Ellenbogen bluteten durch den Aufschlag. Ihr zuckender Körper lag zusammengekrümmt auf dem heißen Boden.
Erstaunt blickte sie dann auf, blinzelte in die Sonne, als die drei Männer von ihren Pferden stiegen. Sie sanken vor ihr auf ein Knie, neigten ihre Köpfe und eine Stimme rauschte an ihr vorüber, sprach Worte ihrer Zunge, die ihr aber fremd blieben.
»Mögen die Götter uns verzeihen, kleine Prinzessin.«
Sie schluchzte weiter, als sie längst fort waren. Schluchzte in der Glut des sterbenden Tages, schluchzte in der eiskalten Dunkelheit, tat es noch, als sich Schritte näherten …

Robyn atmete schwer, als sie es schaffte, erneut die Oberfläche zu durchstoßen. Sie trat das Wasser mit all ihrer Macht, tat einen langen Luftzug, da sie nicht verhindern konnte, dass sie wiederum absank. Einige Züge kämpfte sie sich unter Wasser hindurch, weg vom Schiff, weg von den Sklaventreibern, weg von Gefangennahme, von Gewalt, Schmerz, Verdammnis.

Als sie das nächste Mal auftauchte, wagte sie einen Blick zurück. Sie erschrak wimmernd, als sie den Hünen, in dessen Augen sie zuerst geblickt hatte, an der Reling hantieren sah. Scheinbar hatte er Mantel und Schuhe abgelegt. Sie drehte sich um, verschluckte sich, hustete im Untergehen, hörte das unverkennbare Geräusch eines ins Wasser eintauchenden Menschen hinter sich. Sie konnte nicht mehr schreien, niemand würde sie unter Wasser hören.

Etwas umfasste ihr Fußgelenk. Ihr Strampeln konnte dem eisernen Griff nichts entgegensetzen. Ein Schwall Wasser rauschte ihre Kehle hinunter, das Salz brannte in ihren Augen, als sie sie erschreckt aufriss, nach oben blickte, spürte, dass sie die Oberfläche nicht mehr selbst erreichen würde. Ein Arm umfasste ihre Taille. Sie spürte, dass ihre Gliedmaßen endgültig ihrem Willen entzogen wurden ...

Fast wäre sie am Tisch eingenickt, doch während ihr Kopf nach vorn sackte, erwachte sie, fuhr auf und umklammerte kurz die Tischkante.
Ath lächelte ob ihres Anblickes. Er stand im Schatten des hinteren Zeltes, betrachtete liebevoll die vom Kerzenschein umschienenen Konturen seiner Tochter. Sie hatte an einigen Papieren gearbeitet und darüber die Zeit vergessen. Er hatte ihr gesagt, sie solle sich Zeit für sich nehmen, aber das Mädchen teilte die Arbeitsmoral ihres Vaters. Die Rechnungen hätten auch noch Zeit bis morgen gehabt, aber nicht in ihren Augen.
Ath überlegte kurz. Er erinnerte sich an das kleine Mädchen in der Steinwüste. Über zwölf Jahre war es her. Zwölf Jahre des Vaterglücks, zwölf Jahre, in denen sie sein Leben erhellt hatte, in denen er Worte hörte, die er längst vergessen zu haben schien, hatte vergessen wollen. Einige Monate dauerte es, ehe sie anfing zu sprechen, seine Sprache lernte, ihn Vater nannte. Selbst kinderlos, weil seine Frau im Kindsbett gestorben war, liebte er das Kind wie sein eigenes. Woher sie kam, wer sie war, wie sie wirklich geheißen hatte, ob sie sich noch an etwas erinnerte - Ath hatte sich diese Fragen tausendmal gestellt. Sie hatte es nicht wissen wollen. Sie hatten Byzanz noch zweimal besucht seitdem, aber es hatte sie nicht sonderlich gestört. Er sei ihr Vater, nichts anderes zahlte für sie. So oft er sie danach gefragt hatte, hatte sie ihm dieselbe Antwort gegeben.
Sie hatten bemerkt, dass sie keinerlei Schwierigkeiten hatte, der nordischen Zunge zu folgen. Ath schätzte deshalb, dass sie vielleicht zu den vielen Nordmännern gehört hatte, die hier in Byzanz genau wie er Handel betrieben hatten. Ihre helle Haut und die gleichfalls hellen braunen Haare sprachen dafür. Trotzdem hatte sie wenig Interesse gezeigt, dem nachzugehen.
»Tochter«, sprach er sie an, »du solltest deinem Vater nicht immer alles gleichtun.«
Sie legte den Kopf in den aufgestützten Arm und lächelte ihn schelmisch an.
»Ach«, murmelte sie, leicht schlaftrunken, »und wer von uns beiden hat es wohl nötiger, sich etwas auszuruhen?«
Sie stand auf, kam auf ihn zu und küsste ihn zärtlich auf die Wange.
»Du gehst in letzter Zeit langsamer.« Sorge klang in ihrer Stimme.

»Das scheint dir nur so.« Im Zwielicht der einsamen Kerze schloss er kurz die Augen. Er vermochte es nicht, den scharfen Augen seiner Tochter etwas zu verheimlichen.

»Deinem unausgesprochenen Rat soll gefolgt werden«, sagte er dann. »Ich werde mich zurückziehen, nur noch über einige Briefe gehen und unsere Heimreise übermorgen noch etwas vorbereiten.«

»Ist gut.« Sie wirkte beruhigt. »Ich konnte das heiße Wetter noch nie ausstehen.«

»Deine zynische Zunge in Ehren«, diesmal klang Sorge in seiner Stimme, »bist du sicher, dass ich auch diesmal nichts unternehmen soll?«

»Nein.« Sie brauchte nicht darüber nachzudenken. »Ich will nichts darüber wissen. Was würden deine Nachforschungen schon bezwecken? Ich bin stolz, deine Tochter zu sein. Die Tochter des ehrenwerten Angelsachsen Ath of Abingdon ...« Sie dachte kurz nach. »Es sei denn, du willst, dass ...«

»Denk nicht mal daran, Tochter. Du weißt, ich würde dies nur in deinem Interesse tun, um dein Wohl.«

»Dann tu nichts«, stieß sie hervor.

»Du machst mich sehr glücklich.«

»Und du machst mich verlegen.« Sie schlug den Blick nieder. Ath konnte sich nicht erklären, wie er eine solche Tochter verdiente. Ihre Ergebenheit, ihr Respekt, ihre Liebe zu ihm. Wie konnte es sein, dass er allein all das erfahren durfte?

»Sag«, meinte sie dann, »soll der Wein zu Sahib? Und der Umschlag?«

»Ja, ich wollte ihm beides noch bringen. Es ist die Rechung für die Gewürze und den Honig, den ich ihm besorgt habe, und eine Flasche Wein für seine Gäste. Sie scheinen ihn zu mögen und du weißt wie schwer es ist, hier guten Wein zu bekommen. Er hatte mich heute Nachmittag darum gebeten. Er hat ein paar Nordmänner zu Gast und wollte sichergehen, sie wohlversorgt zu haben.«

»Lass mich hinübergehen und es ihm bringen, dann werde ich auch zu Bett gehen.«

»Wenn es dir nichts ausmacht.« Er gab ihr die beiden Sachen. »Dann sehe ich dich gleich noch.«

Er nickte ihr zu und zog sich in das hintere Zelt zurück, schlug die dicken Vorhänge im Gehen zu.

Jetzt war sie es, die ihm nachblickte und lächelte. Wie konnte sie erwägen, nach ihrem richtigen Vater, nach ihrer richtigen Familie zu suchen, wenn er all das war? Noch immer lächelnd, schüttelte sie unverständig den Kopf, wandte sich dem anderen Ausgang des Zeltes zu, der sie nach weiteren Vorhängen direkt in den lärmenden Gastraum brachte. Sie waren wie jedes Mal Gäste Sahibs gewesen. Ath und er kannten sich seit Jahren, Ath nannte ihn Freund und sie wusste, auch Sahib hegte eine große Schwäche für ihn und seit vielen Jahren nun auch für sie.

Sahib war nirgends im Zwielicht des großen Zeltabschnittes zu sehen. Etwa zehn Nordmänner waren Gast des Weinhändlers und gaben sich den lukullischen Köstlichkeiten und den auserlesenen Getränken hin, die gereicht wurden. Nur drei der Nordmänner saßen allein, die anderen hatten ein Mädchen im Arm und gaben sich auch dieser Kostbarkeit mehr oder weniger offensichtlich hin.

Aths Tochter gab sich Mühe, nicht über die Kissen zu stolpern, während sie einem herangeeilten Diener die Sachen reichte. Er schien zu wissen, worum es sich handelte. Froh darüber wollte sie sich zurückziehen. Der Geräuschpegel war nahezu unerträglich und das Benehmen nicht minder. Dann jedoch spürte sie ihr Fußgelenk umfasst, fuhr erschreckt herum und sah in das grinsende Gesicht eines der Nordmänner.

»Wag es nicht«, fuhr sie ihn auf Angelsächsisch an. Sie versuchte, ihren Fuß zu befreien.

»Sieh an, eine angelsächsische Kratzbürste«, grölte der rothaarige Riese in die Runde. »Sahib erwähnte nicht, dass seine Mädchen auch derart wählerisch sind.«

»Ich bin keines von diesen Mädchen«, fauchte sie ihn an. Im Dämmerschein stolperte sie mit ihrem anderen Fuß über einen der Teppiche, fiel halb auf ihn, was ihm die Gelegenheit gab, sie an sich zu ziehen. Doch er hatte nicht mit ihrer Gegenwehr gerechnet. Sie krümmte sich, schob ihm ihren Buckel vor die Nase und kratzte ihn über die Hand, die noch immer ihren Fuß festhielt. Sie glaubte, er würde sie loslassen. Stattdessen klatschte seine flache Hand beseelt auf ihr Hinterteil, was sie entrüstet auffahren ließ. Ihr Kopf stieß dabei seine Nase, was endlich Pein genug schien, um sie freizulassen. Sie stolperte auf allen Vieren von ihm weg und sah zurück. Er hielt sich die Nase. Zwischen seinen Fingern quoll dunkle Flüssigkeit hervor, Blut, in dem Licht schwarz wie seine Augen.

»Du verdammtes Biest ...«

Noch ehe er die Worte ausgesprochen hatte, hievte sie sich hoch, wissend, er würde sich dies nicht vor den anderen, die bereits brüllend lachten, gefallen lassen. Sie strauchelte weiter, passierte zwei weitere Nordmänner, dann jenen am Kopf der Gruppe Sitzenden. Dieser jedoch griff blitzschnell nach ihrem Webgürtel, zog sie zu sich herunter. Noch ehe sie wiederum zum Kampf ansetzen konnte, spürte sie seinen Mund dicht neben ihrem Ohr.

»Ruhig, Mädchen«, zischte er, »tu nichts. Ich werde dich hier rausholen. Vertrau mir.«

Sie wusste nicht, warum, aber sie blieb augenblicklich still. Rührte sich nicht, verfolgte ungläubig das Gespräch der beiden Nordmänner.

»Ich denke, dass Mädchen hat sich die Gesellschaft für diesen Abend ausgesucht, oder nicht?«, meinte ihr Retter.

Der andere Nordmann, der aufgestanden war, um sie einzuholen, verschränkte die Arme.

»Das sehe ich. Trotzdem würde ich es begrüßen, wenn du sie mir überlässt. Ich hätte da noch ein oder zwei Sachen mit ihr zu klären.«

»Lass mal, Sazur, du hast bloß eine Nase.«

Die anderen lachten, selbst der gescholtene Nordmann. Er konnte seinem Kommandanten nicht wirklich gram sein und scheinbar hatte das Mädchen tatsächlich gewählt, hatte selbst die Arme um seinen Hals gelegt und schmiegte sich an ihn.

»Sie hat gut gewählt.« Sazur wandte sich ab. Sein Kommandant erhob sich daraufhin, noch immer das Mädchen im Arm.

»Ihr werdet verstehen, dass ich diesen Leckerbissen allein genießen werde.«

Seine Männer erhoben daraufhin ihre Hörner, prosteten ihm zu und wünschten ihm Vergnügen, bis er durch den Gang entschwand, aus dem das Mädchen erschienen war.

Aths Tochter wurde augenblicklich heruntergelassen, als sie ihren Zeltabschnitt wieder betreten hatten. Noch immer verwirrt durch das, was eben passiert war, schritt sie zum Tisch, hielt sich, diesmal stehend, an der Tischkante fest, schluckte und befeuchtete ihre trockenen Lippen.

»H-Habt dank, Nordmann.«, ihre Stimme war nicht ihre eigene. Wo war ihre dunkle, beherrschte Stimme in diesem Moment?

»Verzeih meinen Männern«, antwortete er stattdessen. Sie glaubte zu träumen, sich einen Nordmann entschuldigen zu hören. Er fuhr fort: »Sie sind heute etwas zu ausgelassen, aber sie haben ihre Gründe. Einige harte Prüfungen liegen hinter ihnen. Zudem fehlt ihnen der Respekt vor Frauen.«

»Respekt vor Frauen«, wiederholte sie, ohne sich umzuwenden. Der Nordmann bereitete ihr selbst in dieser Entfernung eine Gänsehaut. Er sprach ihre Sprache fließend, roch nach herber Seife und gutem Wein. Sie wusste plötzlich, wer jenen Wein bevorzugte, den sie selbst hinübergebracht hatte.

»Respekt«, sagte sie nochmals. Sie hatte es geflüstert und trotzdem nicht gemerkt, dass er direkt hinter sie getreten war.

»Es scheint, dir ist bisher wenig Respekt von Männern entgegengebracht worden.« Seine Stimme klang nicht länger klar, ein Unterton schwang darin, leise, rau. Die Kerze flackerte kurz, dann erlosch sie. Sie bemerkte den Hauch der Atembewegung, als er sie ausblies.

Sie konnte sich nicht rühren. Wie zuvor. Sie stand nur da.

»Du solltest zumindest wissen, dass es Männer gibt, die euch sehr wohl Respekt entgegenbringen.« Während er das sagte, strich er das Haar aus ihrem Nacken und legte es vorn über ihre Schulter. Bei seinen nächsten Worten spürte sie seine Lippen auf ihrem Nacken, spürte, wie seine Barthärchen die Liebkosung begleiteten.

»Und du solltest es nicht vergessen, wenn du einem Mann einmal gehörst.«

Seine Arme legten sich um ihre Taille, zogen sie an ihn. Sie ließ es geschehen, lauschte seinen Worten, verfolgte seine Berührung. Sie hatte keine Angst. Vor diesem einen Mann nicht. Sie ließ zu, was kein anderer je gewagt hatte, was kein anderer je hätte tun dürfen.

»Männer wie ich nehmen sich niemals das, was eine Frau ihnen nicht freiwillig schenkt.«

Ihr Kopf legte sich auf seinen Oberarm, ihr Hals hieß seine Lippen willkommen, während seine Hände nach oben wanderten, den Ansätzen der sanften Wölbungen unter dem Webstoff des Kleides folgten.

»Jene anderen Männer werden nie in eure Seele schauen dürfen, merk dir das.«

Er drehte sie langsam zu sich, nahm ihr Gesicht in beide Hände. Nichts vermochte die Dunkelheit zu durchdringen, weder ihre Gesichtszüge, noch ihre Haarfarbe oder die Farbe ihres Kleides. Nichts gab sie preis. Aber das Gefühl, das beide in Gegenwart der vielen Nordmänner beschlichen hatte, konnte die Dunkelheit durchbrechen.

»Ich zeige dir Respekt«, sagte er.

Wie von selbst öffneten sich ihre Lippen etwas, ließen den seinen ihren Willen, mehr noch, unterwarfen sich ihnen. Er atmete lang aus, eine jede Spannung

schien den Hünen zu verlassen. Er genoss und sie wusste ganz plötzlich, was er meinte. Sie öffnete sich ihm, ohne sich selbst aufzugeben.
Der Nordmann bemerkte es, fühlte ihre Gedanken, wusste, er hatte erreicht, was er wollte. Er erhielt jene Antwort, die er begehrte, stellte trotzdem überrascht fest, dass ihm dieses Mädchen mehr gab als all jene vor ihr. Er bedauerte, dass Welten zwischen ihnen lagen.
Sie stellte sich unverhofft auf die Zehenspitzen und legte ihre Arme um ihn. Ihre Lippen antworteten den seinen sanft, ohne jede Hast, unverfälscht. Eine ewige Zeit. Sie beide genossen. Vergaßen, wo sie waren, wer sie waren, gaben sich einzig dem Gefühl hin.
Ungern trennte er sich dann von ihren Lippen.
»Bei den Göttern, ich wünschte, ich könnte dies hier zu Ende führen«, hauchte er in ihren Nacken und presste sie an sich.
»Gott schütze dich, Nordmann«, flüsterte sie in sein Ohr. »Ich werde niemals vergessen.«
»Suche jenen Mann, der dir gibt, was du verdienst. Suche ihn sorgfältig.«
Sie hielt sich wie zuvor an der Tischkante. Der Luftzug der herunterfallenden Vorhänge umgab sie. Er war fort.

Robyn schnappte nach Luft, Schmerzen durchfuhren ihren kältesteifen Körper. Schmerzen, die sie nie derart erfahren hatte. Nicht in all den Jahren. Wer war sie? Warum hatte sie als vierjähriges Mädchen inmitten einer unwirtlichen Steinwüste gestanden? Warum hatte ihr Vater das zugelassen?

Sie wimmerte auf, Tränen mischten sich auf ihren Wangen mit dem Salzwasser, das sie nur zu gern verschlingen wollte. Doch der Arm hielt sie fest. Die Präsenz des Nordmannes, der zwischen ihr und dem nassen Grab stand, war keine Einbildung. Kein Trugbild. Für einen Moment schloss sie die Augen.

Sie würde nie erfahren, wer jener Nordmann gewesen war. Warum hatte er ihr jene Erinnerung bereitet? Was hatte ihn bewogen, ihr an diesem Abend einen Glauben einzupflanzen, den sie nur zu bereitwillig aufnahm? Sie hatte nie einen solchen Mann getroffen.

»Es wird dir bei uns besser ergehen als bei jenen, die dich deiner Familie entrissen.«

Robyn brauchte eine Weile. Die Worte drangen nur langsam zu ihr vor. Dann begriff sie. Der Nordmann hatte zu ihr gesprochen. Sie drehte ihren Kopf langsam, zwinkerte im Sonnenlicht.

»Ich kann dir nicht das Paradies versprechen. Nur eines ...«

Robyn fühlte den Druck seiner Arme. Er würde sie nicht gehen lassen.

»Du wirst keine Sklavin sein.«

Wie konnte sie weiterleben wollen? Wenn nicht als Sklavin, als was dann? Was war mit all ihren Fragen? Wie würde sie je eine Antwort darauf erhalten?

Sie wandte sich ab, blickte auf die See, die ruhige See. Sie lag vor ihr, ließ in ihr die Hoffnung aufkeimen, dass sie irgendwo dort am Horizont die Antworten zu all ihren Fragen finden würde.

Wulf spürte, dass sie nach seinen Armen griff, doch ehe er feststellen konnte, ob sie sich von ihm befreien wollte oder die Ausweglosigkeit ihrer Situation zuließ, sank sie in sich zusammen. Er verhinderte ein erneutes Abgleiten unter Wasser, in dem er sie nach hinten kippen ließ, um mit ihr zum Schiff zu schwimmen.

Der Rauch quoll um alle Häuser am Strand. Sie floh, hielt ihre Röcke mit eiserner Hand fest, um nicht über sie zu fallen. Der sandige Boden ließ sie straucheln, sie fiel, spuckte den Sand aus, schluckte den Rest hinunter, nur um wieder auf die Beine zu kommen und weiterlaufen zu können.

In dem Durcheinander suchte sie ihren Vater. Etwas sagte ihr, er würde sich wie die anderen flüchtenden Menschen in das Wäldchen nahe dem Kloster zurückziehen. Dort war es unwegsamer, die Bäume und vereinzelten Sträucher boten mehr Schutz vor den raubenden und plündernden Nordmännern.

Ihr Vater würde mit den Mönchen und den anderen Bewohnern dort auf sie warten. Und abwarten. Die Nordmänner hatten, was sie wollten, zogen sich zum großen Teil bereits auf ihr Schiff zurück mit Gold, Wolle, den Vorräten des Klosters, insbesondere dem wertvollen Honig. Sie trugen ihre Beute nahezu ohne Gegenwehr der Menschen auf ihr Schiff, das am Strand lag und unheilvoll umwoben wurde vom Rauch der angezündeten Hütten und des flammenden Klosters.

Sie hörte die Nordmänner brüllen. Das Drachenboot wurde bereits ins Wasser geschoben, sie stemmten sich gegen die Planken, übergaben es der See. Verloren keine Zeit. Das Unheil, welches sie hinterließen, rief kein Mitleid in ihnen wach. Eine Pranke umfasste im Laufen ihren Hals, drückte ihr die Luft ab. Sie krallte sich in die Hemdsärmel des Nordmannes, der sie festhielt. Sie würgte an ihrem aufsteigenden Mageninhalt. Sein Blick war durchdringend, als er sie von oben bis unten betrachtete. Sie verstand augenblicklich. Er besah sich seine Ware. Sie fühlte, wie der Schock sie lähmen wollte, sie erkalten lassen wollte. Doch als der Nordmann sie mühelos über seine Schulter legte, holte sie aus tiefster Seele Luft und schrie, dass selbst die Nordmänner, die am Strand warteten, aufsahen.

»Vaaaaaaaateeeeeeeer …« Sie wollte nicht so aufgeben, nicht ohne ihren Schmerz und ihre Verzweiflung herausgerufen zu haben. »Vaaaaaaateeeeeer …«

Sie sah zurück auf das Wäldchen, im Dunst der Feuer kaum noch auszumachen. Sie starrte es mit tränenden Augen an, schrie unentwegt, ohne dem Schreien noch Silben zu verleihen. Dann, als sich ein anderer Nordmann von hinten näherte, sah sie ihren Vater plötzlich aus dem Wald stürzen. Er schrie genau wie sie, aber es war nur noch ein entferntes Echo. Der Schatten des anderen Nordmannes legte sich auf sie. Dann war es plötzlich dunkel …

4.

Mit steifen Gliedern ließ Wulf sie wenig später unsanft auf Deck gleiten. Der Aufprall führte zu einem Hustenanfall, bei dem Robyn minutenlang das Wasser hervorwürgte.

»Eine schöne Fracht.« Egill stand mit verschränkten Armen über ihr, neben sich Wulf, der einige Male tief ein- und ausatmete. »Warum hast du sie nicht gehen lassen? Es schien ihr Wunsch sein.«

»Seit wann gewähren wir einem Menschen in Not nicht mehr unsere Hilfe?«, fuhr Wulf ihn an. Er hatte Egills ewiges Jammern satt. »Ist es nicht *dein* Wunsch, jene im Westdorf zu verurteilen? Sie hätten vielleicht so gehandelt. Aber nicht wir. Wir pflegen nicht wie sie auf Raubzug zu gehen. Nicht mehr. Hast du das vergessen?«

»Nein, Wulf. Aber du weißt, dass Frauen an Bord nur Unglück bringen. Noch dazu eine, die wie eine Nixe leblos im Wasser trieb.«

»Verdammt sei dein Aberglaube.« Wulf zog sich das Hemd aus, die untergehende Sonne würde nicht mehr lang Wärme spenden. »Sag zwei Männern, sie sollen ein Feuer machen und dann sieh zu, dass du irgendwelche trockene Kleidung für sie findest.«

Egill gab ein zustimmendes Brummen von sich und ging, bellte wenig später zwei der Männer an, damit sie Holz zusammentrugen.

Robyn fühlte zum ersten Mal seit Stunden ihre Beine. Sie zog sie heran, spürte keinen Schmerz, nur Kälte.

Eine Reise. Sie trat erneut eine Reise an.

Sie stöhnte leise. Warum nur? Warum?

Sie betastete ihren Kopf. Er hämmerte unerträglich. Der Nordmann am Strand hatte sie mit bloßer Faust bewusstlos geschlagen. Ihre Hand wanderte weiter. Fast hätte sie aufgeschrieen. Die gesamte linke Seite schien zu zerspringen. Sie versuchte stillzuliegen, damit der Schmerz nachließ. Befremdet zerrieb sie das geronnene Blut, das aus ihrem Ohr gelaufen war, in ihrer Hand. Sie benötigte einige Atemzüge, um den Blick endgültig zu scharfen, um ruhig aufzublicken, ohne Drehen, ohne verschwommene Bilder. Der Nordmann hatte abwartend über ihr gestanden.

Wulf bemerkte ihren schweren Augenaufschlag, sah gleichzeitig, wie sich ihre Lippen aufeinanderpressten. Sie war bemüht, ihren Schmerz zu verbergen, durchaus gekonnt, aber seine Augen waren zu gut trainiert.

»Nimm einige der Decken dort.« Er wies hinter sie auf einige Decken in Reichweite. »Zieh deine nassen Kleider darunter aus, dann begib dich zu dem Feuer, dass die Männer für dich anzünden. Und fürchte dich nicht. Niemand wird Hand an dich legen. Ich stehe zu meinem Wort.«

Wulf beobachtete sie noch kurz. Sie brauchte eine Weile. Er glaubte nicht, dass sie ihn nicht verstanden hatte. Vielmehr sammelte sie all ihre Konzentration, um seinen Worten folgen zu können. Sie zog sich langsam zu den Decken hin, ergriff eine. Damit hatte er genug gesehen. Er wandte sich ab, um selbst seine Kleidung gegen trockene einzutauschen.

Robyn konnte ihm nicht einmal hinterherblicken. Sie musste ihre Augen schließen, während sie die Decke um sich legte und das Kleid auszog. Ihre Schuhe hatte sie im Wasser verloren. Wozu hatte sie sie auch behalten sollen? Sie hatte sterben wollen. Für einen Augenblick bettete sie ihren Kopf auf die anderen Decken, sehnte sich zurück in die See, nach dem Horizont, dem kalten Wasser, da es sie nach all den Stunden zärtlich umarmt hatte, ihre Sehnsucht erwidert hatte.

»Weib!«

Sie schreckte auf. Woher kam das? Undeutlich erkannte sie die Konturen des Hünen wieder. Sie schärfte den Blick, diesmal mit Erfolg. Die kurze Entspannung hatte ihr gut getan. Er trug trockene Kleider, hatte sein Haar im Nacken zusammengebunden. Die Sonne war längst untergegangen, der Himmel in seinem Rücken rötlich.

»Wir riskieren eine Menge, indem wir ein Feuer an Deck entzünden. Hab die Güte und nutze es aus.«

Wieder brauchte es eine Weile, dann reagierte sie, zog sich an der Reling hoch, stützte sich auf sie, während sie langsam nach vorn strauchelte.

Wulf nahm einige Decken und folgte ihr im kurzen Abstand. Seine Männer beobachteten ihre Silhouette aufmerksam, vorsichtig. Wulfs Entscheidung, sie an Bord zu lassen, hatten einige nicht gutgeheißen und ihren Kommandanten dies auch wissen lassen. Er hörte ihren Eingebungen zu, bestimmte aber trotzdem, dass sie bleiben würde. Die Überfahrt näherte sich ihrem Ende. Zwei Tage noch, dann hatten sie ihr Ziel erreicht. Bis dahin mussten sie die Nixe an Bord dulden, hernach würde ihr König über sie entscheiden. Vielleicht würde einer der Nordmänner sie zur Frau begehren. Eine Heirat hatte den Vorteil, dass sie niemandem außer ihrem Mann und dem König Rechenschaft schuldig war. Für den Fall, dass sich niemand für sie fand, würde sie einfachen Arbeiten im Dorf nachgehen müssen, jedoch ohne den Schutz eines Ehemannes. Aber sie würde dieselben Rechte erhalten wie all die anderen. Sklaven gab es unter ihnen seit einer Generation keine mehr.

Und ein Zurück gibt es für dich auch nicht mehr, dachte Wulf, während sie kraftlos am Feuer niedersank. Wer immer du bist, deine Familie, dein Mann wird dich unter Nordmännern wissen; keine Schande dürfte größer sein.

Seine eigenen Gedanken widerten ihn an, aber er kannte den Ruf seines Volkes, wenngleich die Wahrheit anders war. Sehr anders.

Sein Blick streifte seine Männer. Große, starke Männer, kampferprobt seit vielen Jahren, in jeder erdenklichen Waffe trainiert, geschickt, furchtlos, ihre Haut gebräunt von der unerbittlichen Sonne in Byzanz. Versteinert sahen sie auf die Nixe, deren weiße Haut sich von der dunklen Decke absetzte wie ein unheimliches Omen. Misstrauen lag in Egills Bewegungen, als er sich hinabbeugte und ihr einige Kleidersachen hinlegte. Männerkleidung. Sie würde genügen müssen.

Wulf legte zwei weitere Decken zu ihr. Als sie sie bemerkte, ließ allein ihr Anblick ihre Augen zufallen. Ohne auf die Nordmänner zu achten, ließ sie sich nieder. Furcht und Schmerz verloren sich für den Moment und sie gab sich dem Schlaf hin. Der Nordmann würde zu seinem Wort stehen.

5.

Sie schlief einen ganzen Tag hindurch, ungeachtet der Männer, des Windes, der Planken, die nie still zu sein schienen. Robyn blickte hinauf in den klaren Sternenhimmel.

Trotz des Misstrauens waren die Nordmänner nicht ohne Freundlichkeit. Ein Hauch von Winter lag seit einigen Stunden über dem Schiff, je näher sie ihrer Heimat kamen. Jemand hatte ihr eine wärmere Decke um die nackten Schultern gelegt, während sie schlief. Das Feuer war erloschen, aber sie empfand keine allzu große Kälte. Die Decken waren von guter Qualität, ein Zeichen, dass die Nordmänner zu etwas Reichtum gelangt waren.

Robyn tastete vorsichtig ihr Ohr ab. Es war heiß und geschwollen. Sie wünschte sich sehnlichst, es kühlen zu können, aber das musste warten. Wenn man der Luft glauben schenken konnte, würde im Land der Nordmänner bereits Schnee liegen. Schnee ... Robyn glaubte für einen Moment ein Bild vor sich zu sehen. Doch es verschwand genauso schnell wieder. Ob es Erinnerungen waren? Die Zunge der Nordmänner bereitete ihr keine Probleme. Sie verstand jedes Wort. Andere Nordmänner aus Jutland, Svealand oder Götaland hätten ihre vollste Aufmerksamkeit benötigt, um sich verständlich zu machen. Nicht diese. Sie selbst hatte das meiste aus ihrer Vergangenheit vergessen, hatte die nordische Zunge nie gesprochen, solange sie bei Ath gewesen war. Alles, was vor der Steinwüste gewesen war, erschien ihr vage, verschwommen, niemals kehrten konkrete Sachen in ihr Gedächtnis zurück. Nur die kratzige Zunge, rau und doch für ihre Ohren nicht unangenehm, war ihr geblieben.

Ich verstehe jedes Wort.

Was bedeutete das? Konnte es sein, dass ihr Ursprung irgendwo im Land dieser Nordmänner lag?

Geliebter Vater, werde ich dich je wiedersehen?

Ihre Verzweiflung gewann erneut die Oberhand, verdrängte jene Gedanken. Die Furcht kehrte schockartig zurück. Sie war verdammt zu einem Leben unter diesen Menschen, die ihr so fremd waren. Was geschah, wenn sie an Land gingen? Was würden sie mit ihr tun?

Vater, steh mir bei. Lass mich nicht allein.

Die Angst verstärkte ihre Schmerzen. Sie wusste, sie musste sich zusammennehmen. Tat es nach einer Weile, atmete tief ein und aus.

Langsam richtete sie sich auf, das Blut rauschte in ihrem Kopf, ließ sie nochmals geraume Zeit verweilen. Dann erst klärte sich ihr Blick und sie erkannte die Umrisse der Kleidung, die einer der Nordmänner ihr hingelegt hatte, Hosen und eine weite helle Tunika, einige Lagen groben Stoffes und Lederschnüre, um ihre Füße zu schützen. Vielleicht würden sie ihr später Schuhe geben.

Später.

Robyn stöhnte leise.

Reiß dich zusammen! Die eigene Stimme in ihrem Kopf klang nicht überzeugend, aber sie sagte es sich wieder und wieder. Sie musste an das Jetzt denken, sich sammeln, um dem Später entgegentreten zu können.

Sie bemerkte einen Eimer und sah sich unsicher um. Niemand war in der Nähe, wenigstens das blieb ihr erspart. Fast schien sie allein auf dem Schiff. Auch als sie wenig später die Kleidung anzog und ihr Haar mit einer Lederschnur zusammenband, störte sie niemand. Beruhigt lehnte sie sich an die Reling, zog die Decken wieder enger um sich und versuchte ihren hämmernden Kopf zu vergessen.

»Nixe, schlag die Augen für einen Moment auf.«

Robyn hörte die leisen Worte kaum, leistete ihnen aber Folge. Sie wollte diesen Männern keinen Grund geben, ihre Freundlichkeit zu bedauern. Sie schienen nicht glücklich über ihr Hiersein. Auch ohne sie lange Zeit in Augenschein genommen zu haben, konnte sie es fühlen. Trotzdem schenkten sie ihr genug Aufmerksamkeit, mehr als ihre ertrunkenen Entführer, die sie wie ein Warenstück zu den anderen Gütern abgelegt hatten. Hernach hatte wahrscheinlich nur der aufziehende Sturm verhindert, dass sie sogleich über sie hergefallen waren. Der Sturm war ihr ein Wunder, ein Gottesgeschenk, ein Zeichen gewesen.

Einer der Nordmänner kniete neben ihr, hielt einen dampfenden Becher in der Hand. Es roch wundervoll nach Wacholderbeeren.

»Trink das«, sagte er, »morgen früh gibt es etwas Suppe, mehr solltest du noch nicht zu dir nehmen. Wenn wir morgen Nachmittag an Land gehen, wirst du bald etwas Richtiges essen können.«

Robyns Blick wanderte von dem Becher kurz zum Gesicht des Nordmannes.

»Trink langsam, Nixe«, zog er sie auf, »es ist kein Salzwasser.«

Sie nahm den Becher und er ging ohne ein weiteres Wort. In der Dunkelheit verhalten seine Schritte schnell. Robyn sog den Geruch des dampfenden Weines tief ein. Es dauerte nicht lange und die langsamen Schlucke betäubten den Schmerz. Dankbar ließ sie sich zurück auf die Decken sinken.

6.

Schläft sie noch?« Wulf blickte Sigurd entgegen, der auf seine Anweisung hin Wein zu ihr gebracht hatte.

»Sie wird es bald wieder.« Sigurd legte seine Arme auf die Reling wie Wulf. Sie starrten hinaus auf die schwarzgraue See.

»Sie war angezogen, lehnte am Bootsrand und döste, schien dem Wein aber nicht abgeneigt ...Glaubst du, sie versteht uns?«, fragte er dann.

»Jedes Wort«, antwortete Wulf, ohne zu überlegen.

»Wie kannst du so sicher sein?«

»Beobachte nur ihre Augen«, erklärte Wulf. »Dass sie so langsam handelt, rührt einzig von einer Verletzung, die sie uns nicht preisgeben will, aber ansonsten versteht sie jedes Wort.«

»Glaubst du, die vom Westdorf haben sie weiter südlich geraubt?« Sigurds Überlegung war auch Wulfs.

»Sehr wahrscheinlich. Doch statt wie blind Beute hinterherzujagen, hätten sie besser daran getan, das Wetter zu beobachten.«

Sigurd verkniff sich seine Antwort. Er verfluchte jene Nordmänner vom Westdorf innerlich. Jedweder Gedanke an eine Vereinigung mit dem Westdorf sollte ausgelöscht sein, allein durch einen solchen Akt. Sie beide wussten das. Und doch hoffte Wulf immer noch, dass es eines Tages wieder nur einen König geben würde, nicht zwei Königreiche und ein weiteres Reich, das sich weigerte, auch nur einen der beiden anzuerkennen.

»Ich bezweifele, dass jemand sie zu sich nehmen wird«, sann Sigurd. »Es wird schwer für sie sein. Es wird ihr ewig anhaften, dass wir sie aus dem Meer gefischt haben. Die Alten werden es für kein gutes Omen halten, einer solchen Frau Schutz zu gewähren.«

Wulf sah ihn von der Seite an, wartete bis Sigurd seinen Blick kreuzte.

»Vielleicht gerade deshalb. Indem wir ihr Schutz gewähren, werden uns die Götter womöglich dankbar sein und unserem Volk etwas Zuwendung zeigen.«

»Ja, eine solche Zuwendung wäre allerdings dringend nötig. Trotzdem befürchte ich, dass der König nicht begeistert sein wird, dass wir sie mitbringen.«

»Das soll eure Sorge nicht sein«, beruhigte ihn Wulf. »Ich werde die Verantwortung übernehmen und ihm erklären, wie wir zu ihr kamen.«

»Nach fünfzehn Jahren kehren wir heim. Fünfzehn Jahre«, wiederholte Sigurd. »Endlich kann ich daheim bei Weib und Kind sein, muss sie nicht nur für einige Wochen besuchen, um dann wieder zu gehen. Ich werde bleiben. Diesmal werde ich bleiben.«

Wulf dachte kurz an sein eigenes Zuhause, im Wald verborgen. Dort wartete niemand mehr auf ihn. Und er war froh darüber.

7.

Robyn hatte nie wirklich an eine Flucht gedacht, doch nun war sie sicher, dass sie es nie geschafft hätte, diese in die Tat umzusetzen.

Es war früher Abend, als sie endlich anlegten. Das Wetter hatte sich stetig verschlechtert. Kein wirklicher Nebel lag auf dem Wald, der sie traurig begrüßte, nur ein nasser Dunst stieg vom Schnee auf. Scheinbar hatte der Sturm den Winter für kurze Zeit abgelöst und ließ es etwas wärmer werden, doch nicht für lang. Sie hatte einige Gesprächsfetzen der Nordmänner aufgefangen. Am steinigen Strand begrüßten sie einige Nordmänner und Nordfrauen mit Packpferden für die Ladung. Geduldig warteten sie, während ihr Retter und die anderen Männer anlegten und eine Rampe aufstellten. Sie bemerkte auch die unsicheren Handbewegungen zu ihr selbst hin. Obwohl sich Robyn so weit wie möglich an Bord zurückgezogen hatte, um das Anlegen und ihre Fluchtmöglichkeiten abzuschätzen, blieb sie nicht lang verborgen.

Sie verkrampfte innerlich, schalt sich, da ihr Kopf daraufhin wieder mehr schmerzte.

Wie würden sie damit umgehen, dass die Heimkehrenden eine Fremde mitbrachten? Aus dem Meer gefischt. Keine der ihren, wie sie bald feststellen würden, sondern eine Angelsächsin. Sie würde sich nicht mehr lang in Schweigen hüllen können. Bis jetzt hatte sie es umgangen zu sprechen, da sie befürchtete, dass sich ihr Kiefer ausrenkte. Wenn der Schmerz nachgelassen hatte, würde sie wieder sprechen müssen, um zu sehen, welchen Schaden der Sprung ins Wasser tatsächlich angerichtet hatte. Noch immer konnte sie nur schwer hören, manchmal verschwamm ihre Umgebung etwas, als könne sie zu schnellen Bewegungen nicht folgen. So wie jetzt als einer der Nordmänner auf sie zukam und sie kurzerhand auf seine Arme nahm, um sie die steile Rampe herunterzutragen. Sie schloss umgehend die Augen und hielt sie geschlossen, solange bis er sie absetzte. Als sie sie wieder öffnete, drehte sich alles. Unsicher ergriff sie das nächstliegende, die Mähne eines Packpferdes. Doch es scheute nicht, blieb ruhig stehen, bis sie sich selbst beruhigte. Sie ließ los, atmete tief ein und aus, bemerkte erst jetzt, dass ihr der Nordmann zudem eine Decke umgelegt hatte.

»Wirst du das Stück laufen können, Nixe?«

Robyn blickte nicht auf, erkannte trotzdem die Stimme ihres Retters. Sie nickte. Ein leichter Luftzug strich über sie hinweg.

»Halte dich am Pferd fest. Der Fußmarsch dauert nicht lang. Wenn wir in der großen Halle ankommen, wird man über deinen Verbleib entscheiden.«

Wulf musste nicht in ihre Augen blicken, um zu sehen, dass sie begriff. Und dass sie klug genug war, sich nicht zu wehren oder eine Flucht zu wagen. Für den Moment ergab sie sich ihrem Schicksal und ließ die Dinge geschehen. Sie handelte weise, denn in ihrer Zurückhaltung gab sie den anderen Nordmännern nicht noch mehr Gründe, sie nicht zu mögen. Ihre Schweigsamkeit würde sich auch in der Halle auszahlen, wenn sie sie beibehielt. Und das würde sie.

Als er sich abwandte, bemerkte Robyn, wie sich das Packpferd in Bewegung setzte. Es trottete den anderen hinterher, ohne geführt zu werden. Es fiel ihr nicht schwer, dem Pferd zu folgen. Es machte kurze, langsame Schritte, dem weichen Unterboden misstrauend. Robyn zog die Decke enger um sich, als sie den Wald betraten, und schaute vorsichtig um sich. Noch immer dampfte der Schnee um sie, die Tannen verloren unter dem leichten Wind Teile ihres weißen Kleides. Das Pferd erschreckte nicht einmal, als etwas davon auf seine Kruppe fiel. Der Tross zählte etwa fünfzehn Pferde, schwer beladen mit Kisten, Säcken, Körben und anderen unhandlichen Gegenständen. Die Nordmenschen gingen neben den Pferden, einige Frauen saßen auf den schweren Pferden der Heimkehrer, die in einiger Entfernung parallel zu ihnen den Wald durchritten. Die Pferde hatten keine Mühe, die doppelte Last zu tragen. Zu Robyns Erstaunen tauschten die Männer und die Frauen Vertraulichkeiten aus, flüsterten, lachten sogar leise.

Dies waren keine Konkubinen. Keine Frauen für ein kurzes Vergnügen. Es waren Ehefrauen. Ehefrauen, die auf die Rückkehr ihrer Männer gewartet hatten. Sehnlichst gewartet hatten.

Dann hörte sie das leise Tuscheln. Ihr rechtes Ohr fing es vor ihr auf. Unsichere Blicke gingen von den Nordmenschen zu ihr hin. Sie versuchte sie zu ignorieren, doch es fiel ihr schwer. Zudem fröstelte sie mehr als zuvor. Der Stoff um ihre Beine begann durchzunässen, der Wind nahm zu, je lichter der Wald wurde. Der Blick auf das Dorf der Nordmänner wurde frei. Einige Leute kamen ihnen aus dem Dorf entgegengelaufen, ältere Leute, für die der Weg zum Strand zu beschwerlich gewesen war.

Um sich abzulenken, konzentrierte sich Robyn auf alle Einzelheiten der Menschen und ihres Dorfes. Die offensichtlichen Verteidigungsanlagen, Wälle, ein Graben mit Pfählen. Holz war das bevorzugte Baumaterial, der Wald gab ihnen genug davon. Ihre Häuser schienen stabiler als manch angelsächsisches Haus. Robyn hatte von der Kunstfertigkeit der Nordmänner gehört. Handwerker, Waffenschmiede, Schiffsbauer, nichts, was sie nicht herstellen konnten. Schmuck, eine Seltenheit unter angelsächsischen Frauen, den höhergestellten vorbehalten, trug hier nahezu jede Frau. Ketten, Armreifen, kunstvolle Fibeln, Haarschmuck. Robyn hatte, obwohl Ath ihr jeden Wunsch erfüllt hätte, nie viel davon gehalten. Gleichwohl beeindruckten sie die Kostbarkeiten.

Der Weg zum Dorf führte eine kleine Erhebung hinauf. Wie weit das Dorf hinter dem Hügel fortlief, vermochte Robyn nicht zu sagen, nur dass es sich zu ihrer Linken im Wald fortsetzte.

Die große, lang gestreckte Halle auf dem Bergkamm war nicht die erste dieser Art, die Robyn erblickte. Sie hatte ihren Vater stets auf seinen Reisen begleitet, sich im Hintergrund gehalten wie es sich für eine gute Tochter ziemte, seine Briefe und Rechungen und andere Papiere bearbeitet, seine Waren aufgelistet, ihrem Vater die Verhandlungen überlassen. Und sie hatte beobachtet und gelernt, Menschen einzuschätzen, ihre Sprachen zu sprechen, ihre Taktiken zu durchschauen, ihre Gepflogenheiten, ihren Glauben, ihre Medizin, ihre Bauweise, ihre Waffen, die sichtbaren und die unsichtbaren, mit denen man zuweilen mehr Schaden anrichten konnte als mit Schwertern und Äxten. Nordmänner beherrschten diese Waffe besonders gut. Respekt, Ehre, Wahrheit. Ihnen galten diese Wörter noch etwas. Wer sich nicht daran hielt, fiel in Ungnade und wurde bestraft mit Nichtachtung, Zorn und Zynismus. Ath hatte nie Probleme mit ihnen gehabt, umso freier hatten er und Robyn sich unter ihnen bewegen können. Sie hatten vorzügliche Geschäfte in Hedeby abgeschlossen. Und Robyn hatte ihre Hallen bewundern können, das ausgesuchte Holz, die Mächtigkeit dieser Bauten, ihre Ewigkeit, die geschickten Schnitzereien, innen und außen.

So wie jene, vor der sie jetzt hielten. Während die Nordmenschen die Packpferde abluden, stand Robyn teilnahmslos daneben und versuchte, sich unauffällig zu verhalten. Die große Tür der Halle ließ etwas Licht ins Halbdunkel nach draußen fallen. Der Geräuschpegel der Menschen um sie war gesunken, fast wortlos arbeiteten sie, brachten die Güter ins Innere der Halle. Der Dunst vermischte sich mit ihrem Atem, nur vereinzeltes Flüstern war noch zu hören. Vor allem die Frauen beäugten sie nach wie vor misstrauisch. Robyn trat unauffällig von einem Fuß auf den anderen. Der Stoff war inzwischen vollkommen durchnässt, aber sie musste noch aushalten, musste erfahren, was mit ihr passieren würde, musste stark sein.

Für einen Moment dachte sie an ihren Vater. Was mochte er gerade tun? Ob er sie suchen lassen würde?

Nach all den Jahren hatten sich ihre Wege wieder getrennt. So abrupt wie sie einander begegnet waren, einander geliebt und geachtet hatten, so jäh waren sie wieder auseinandergerissen worden. Und nichts konnte sie wieder zusammenbringen. Robyn war sich während der Fahrt darüber klar geworden. Es gab kein Zurück. Wenn im Frühjahr wieder an eine Flucht zu denken war, würde man sie nicht mehr gehen lassen. Wenngleich sie keine Sklavin sein würde, sollte der Nordmann sein Wort halten, hatten die Nordmenschen hier Macht über sie. Einer Macht, der sie ausgeliefert war, jetzt und im Frühjahr.

Ath, geliebter Vater.

Robyn stieß leise den Atem aus.

Ich werde dich nicht enttäuschen. Der Kreis schließt sich. Ich werde immer deine Tochter sein, aber vielleicht hat mich diese Reise dorthin geführt, wo ich wirklich herstamme.

Einer der Nordmänner schob sie unsanft in die Halle. Robyn holte tief Atem, sie wusste, was sie drinnen erwarten würde. Abgestandene, von Rauch erfüllte Luft. Das Feuer in der Mitte der Halle brannte lichterloh und sie war dankbar für die Rauch durchzogene, warme Luft. Der Nordmann ließ irgendwann ihren Arm los. Sie stand inmitten der mitgebrachten Kisten, Körbe und Säcke. Die anderen Nordmenschen saßen auf Bänken oder standen um das große Feuer, hinter dem sich ein Thron und drei weitere aus feinstem Holz geschnitzte Sitzgelegenheiten befanden. Den Thron und die zwei Stühle daneben nahmen der König und seine beiden Söhne ein. Die Ähnlichkeit war unverkennbar, beide Söhne hatten das rote Haar des Königs, wenngleich es bei letzterem von grauen Fäden durchzogen ein derbes, wettergegerbtes Gesicht umrahmte. Robyn starrte ihn augenblicklang an, fing seinen Blick kurz auf, als er über seine Untergebenen und die Ladung des Schiffes hinwegsah. Sie schlug den Blick sofort nieder. Ihre Gänsehaut rührte nicht mehr nur von der Kälte. Sie mochte den König nicht, ohne ihn zu kennen, ohne ihn sprechen gehört zu haben.

Wulf hatte ihre Reaktion beobachtet, während er seine Männer zum Thron führte und dort für einen Moment zähneknirschend ein Knie den Boden berühren ließ, während er den Kopf vor seinem König senkte.

»Seit unserem letzten Wiedersehen sind keine Männer gefallen«, sagte er, als sie sich wieder erhoben hatten. »So kann ich dir die Leibgarde des Kaisers von Byzanz vollzählig übergeben, auf dass sie nun endgültig in deinen Diensten steht. Der Kaiser entsendet seine Grüße und dankt dir für den Schutz seiner Person, der durch deine Männer gewährleistet wurde. In diesem Moment sind wir entbunden von unserer Pflicht, einem fremden Herrscher zu dienen und kehren heim. Der Kaiser schickt dir diese Geschenke.« Wulf wies auf die Ladung. »Stoffe, Gewürze, Seide, Wein, Silber und erlesene Juwelen. Du sollst dich daran erfreuen und deinen alten Freund nicht vergessen. Er wird dich immer willkommen heißen.«

Robyn schaute verstohlen auf die Männer, die vor dem König standen. Schaute auf ihren Retter. Die Leibgarde eines Kaisers. Durch ihr unbekannte Umstände an eine Pflicht gebunden, fern der Heimat zu dienen. Diese Männer hatten sie gerettet. Ihr Kommandant hatte sie gerettet. Sie musste den Blick erneut niederschlagen. In ihrem Kopf begann das quälende Hämmern, ihre Gedanken zu stören. Sie kniff die Augen zusammen, presste ihre Lippen aufeinander. Ihre Fäuste ballten sich unter der Decke, die Anspannung musste ihr helfen, sie musste dies hier durchstehen. Ohne sich innerlich zu lösen, lauschte sie den Worten des Königs.

»Hab dank für deine Worte. Wir erwarteten euch bereits vor zwei Tagen. Die Jahre in Byzanz haben euer Seefahrerblut nicht verdünnen können, ich sehe, ihr habt den Sturm gut überstanden ...«

Seine Stimme war quälend. Robyn verkrampfte sich noch mehr unter der Decke. Wärme, wo war die Wärme in seiner Stimme für jene Männer, die für ihn lange Zeit in fremden Diensten gestanden hatten? Er sprach über die Geschenke, dankte den Männern, brachte seine Erleichterung zum Ausdruck, dass sie wohlauf zurückgekehrt waren, fragte jeden nach seinem Befinden, hörte ihnen zu. Eine Ewigkeit verging. Robyn bemerkte die Zurückhaltung ihres Retters. Der König richtete kaum das Wort an ihn. Eine spürbare Kälte herrschte zwischen den beiden.

Nach einer Weile wurden die Gespräche der anderen Nordmenschen lauter. Scheinbar freuten sie sich auf die bevorstehende Feier zu Ehren der Heimkehrer. Robyn hörte ihre Stimmen zuweilen in Erregung anschwellen, einige hielten bereits Hörner mit Met in ihren riesigen Händen, Männer als auch Frauen.

Wulf wartete geduldig, während sich der König noch immer mit einigen seiner Männer unterhielt. Ihn störte der einschmeichelnde Ton in der vom Alkohol rau gewordenen Stimme. Sie konnte ihm nicht verbergen, was er sonst auf dem Weg zur Halle in den Gesichtern der Menschen gelesen hatte. Unschlüssigkeit, Unsicherheit, Unbehagen. Ein Fest konnte davon ablenken, aber wie lange? Morgen früh würden die Probleme dieselben sein. Und nur ein König konnte dies ändern. Aber er ignorierte es, so gut es ihm möglich war. Ignorierte, dass seine Leute darunter litten, uneins zu sein, getrennt zu sein von den anderen beiden Herrschaftsgebieten, auf die Eilaf rechtmäßig jedoch keinen Anspruch hatte. Weil er nicht der wirkliche König war. Jener würde in seiner Halle sitzen und den Tod vieler seiner Männer zu beklagen haben. Männer, die noch immer mit Sklaven handelten, diesmal jedoch selbst zu Sklaven geworden waren. Sklaven der Wassergeister, die ihre Seelen in Besitz genommen haben würden.

»Wulf.«

Niemand hätte jene düsteren Gedanken vermutet, als der Angesprochene seinen Blick dem König entgegen hob. Seine linke Hand lag ruhig auf dem Schwertgriff, der Mantel verdeckte die rechte zusammengekrampfte, die er in Gedanken schon hatte das Schwert nehmen lassen, nicht um zu töten, nur um seinen König aufzuwecken.

»Sprich, Wulf, welch seltsames Geschenk überbringt ihr noch vom Kaiser. Ein Mädchen in Männerkleidern ... hübsch? Nun das vermag ich nicht zu sagen ...« Einige der Nordmenschen lachten gedämpft. »Doch wohl mit ansehnlichem hellem braunen Haar und ein paar

Augen, die das Feuer wie Gold funkeln lässt. Also, was hat es auf sich mit ihr?«

»Ein Fisch, der uns vor zwei Tagen ins Netz ging.«

»Ihr habt sie aus dem Wasser gezogen.« Eilafs Missbilligung war unüberhörbar. Einige der Frauen stießen Verwünschungen aus, andere begannen wieder zu flüstern.

»Ganz richtig«, war alles, was Wulf sagte.

»Ruhe«, schnauzte Eilaf seine Leute an. Augenblicklich verstummten die Stimmen. »Und was denkst du, soll mit ihr passieren?«

»Das werde ich ganz dir überlassen.« Wulf beobachtete Eilafs Unbehagen.

»Du weißt so gut wie ich, dass ihr das nicht hättet tun sollen. Sie war dem Wasser übergeben. Die Wassergeister könnten es uns bei unserer nächsten Überfahrt heimzahlen.«

»Olaf Tryggvason würden deine Worte nicht gefallen«, forderte Wulf den König heraus. »Er würde aus uns viel lieber gute Christen machen. Wassergeister, Aberglauben ...«

»Schweig«, rief Eilaf ungehalten. Wulf bereute seine Worte nicht, er hatte in den letzten Jahren zu selten die Gelegenheit gehabt, Eilaf zu reizen und ihn zu erinnern, was ihnen bevorstand, wenn sie Olaf Tryggvason nicht einig gegenübertraten.

»Ist sie von einem Schiff über Bord gegangen?« Eilafs Blick ging von ihr zurück zu Wulf.

»Vermutlich«, entgegnete Wulf ruhig. »Wir fanden Wrackteile. Ein Schiff vom Westdorf. Sie werden sie als Sklavin geraubt haben. Wo, vermag ich nicht zu sagen. Vielleicht weiter südlich.«

Eilaf blickte über seine Leute.

»Ist jemand bereit, sie zur Frau zu nehmen?«

Die Frauen flüsterten von neuem, diesmal hörte Robyn auch Männerstimmen. Sie glaubte Nixe zu hören, wieder Wassergeister, böses Omen, Untote.

Eilaf wurde ungeduldig.

»Also, wer will sie? Du, Hroar ... Eadgar, nein? Hrethel? Oluff?«

Wulf starrte einen Moment zu ihr hinüber. Sie hielt sich gut. Er hatte erwartet, dass sie niemand als Frau begehren würde. Nun musste Eilaf sie zumindest auf einem Hof unterbringen, als Magd oder Hirtin oder Näherin.

»Wer hat sie aus dem Wasser geholt? Sie zuerst berührt?«

Wulfs Blick schnellte zurück. Er glaubte nicht, was Eilaf im Begriff war zu tun. Und er selbst war machtlos.

»Ich.« Wulfs Stimme gab auch diesmal nichts von seinen wahren Gedanken preis.

Eilaf holte Luft, bevor er weitersprach. Er hatte vorschnell gehandelt, aber nun gab es kein Zurück mehr. Er hatte nicht geglaubt, dass Wulf die Unverfrorenheit besessen hatte, das Mädchen der See zu entreißen.

»Wie lange ist deine Frau tot, Wulf? Zwei Winter? Drei?«

»Zwei.« Wulf merkte, dass Eilaf ablenkte, um sich zu fassen. Sie beide würden diesen Abend nicht wieder vergessen. Wulf wurde ein weiterer Grund gegeben, diesen Mann zu hassen.

»Eine lange Zeit«, überlegte Eilaf »Ich denke, es wird Zeit, dass du dir wieder eine Frau nimmst. Sie gehört ab jetzt dir.«

»Ich denke, dass ist keine gute Idee.« Wulf konnte den Widerspruch nicht aufhalten, es war zu spät dafür.

»Es ist meine Entscheidung. Sie gehört dir.«

Die Nordmenschen schnappten nach Luft. Niemand hatte mit dieser Entscheidung gerechnet. Sie schraken zurück, als sich Wulf einen Weg durch sie bahnte, genau auf das Mädchen zu. Unsanft umfasste er ihren Oberarm, schleifte sie geradezu vor den König.

»Das hast du mir nach fünfzehn Jahren also zu geben«, stieß er zynisch hervor. Robyn wagte nicht zu atmen, ihre Fassungslosigkeit bewahrte sie jedoch vor einer unvorsichtigen Handlung. Unfähig sich all dem zu entziehen, lauschte sie ihrem Retter und dem König. »Fünfzehn Jahre, in denen du deinen anderen Söhnen ein Vater warst.« Wulf blickte die beiden jungen Männer zur Linken und Rechten des Königs giftig an und sah zurück auf Eilaf. »Aber mich fortschicktest.«

Die Stimmen der anderen schwollen beängstigend an.

»Und nun? Nun gibst du mir ein zweites Mal eine Frau, damit du deinen Frieden und einen Sohn aus dem Weg hast, der dir vielleicht die Wahrheit ins Gesicht sagt und sie nicht nur denkt. Ich füge mich, wie schon das erste Mal. Aber eines noch ...«

Robyn spürte, wie er sie direkt neben sich zog, wie in der Kirche, vor einem Altar. Ihr wurde schrecklich bewusst, was er als nächstes sagen würde.

»Deinen Segen, *Vater!*« Wulf schnaubte diesmal vor Zorn und er gab sich keine Mühe, es zu verbergen.

Eilaf sprang wütend auf.

»Geh mir aus den Augen, Wulf, bevor ich dir befehle, das wahre Hochzeitsritual hier stattfinden zu lassen und dein Weib vor unseren Augen zu nehmen, wie es Tradition ist. Aber ich will dich nicht sehen, nicht heute Abend. Komm zur Vernunft in den nächsten Tagen.«

»Vielleicht wird meine Frau mehr Vernunft zeigen als du, Vater.«

Wulf drehte sich mit einem höhnischen Blick auf seinen Vater um und ging. Robyn zog er halb, halb folgte sie ihm. Die anderen ließen ihn durch, ihre Stimmen beunruhigt, besorgt, unverständig.

Robyn stolperte über den steinernen Absatz vor der Halle, die schwere Tür schwang hinter ihnen zu. Zielstrebig steuerte Wulf auf sein Pferd zu, schob sie jetzt mehr vor sich her. Hinter ihnen wurde die Tür nochmals geöffnet, krachte erneut zu. Schnelle Schritte stapften durch den Schnee.

Wulf hatte sein Pferd erreicht, war im Begriff Robyn hochzuheben, als er seinen Namen vernahm und innehielt.

»Wulf, warte ...«

Für einen Moment trafen sich ihre Blicke. Robyn atmete nicht minder heftig gegen ihn. Sie war fassungslos, er war zornig und kochte vor Wut. Sie wusste nicht, ob es ihr flehender Blick oder die Stimme hinter ihnen war, die ihn dann jedoch die aufgestaute Luft ausstoßen ließ. Er schlug den Blick nieder. Sie sah im faden Licht eine Bitterkeit um seinen Mund, die sie ahnen ließ, dass seine äußere Gelassenheit in den letzten beiden Tagen keineswegs echt gewesen war.

Seine Hände entspannten sich. Er ließ ihre Schultern los. Wulf drehte sich um und sah seinen Bruder Leif vor sich stehen. Nach nur einem kurzen Atemzug umarmten sie einander.

»Verzeih meine Worte, Bruder. Aber der alte Mann hat einen solchen Sohn wie dich nicht verdient. Du siehst nur das Gute in ihm.«

Leif studierte Wulf kurz.

»Und du, Bruder, siehst noch immer nur das Schlechte in ihm. Wird das immer so weitergehen?« Leif lachte kurz, aber es klang gequält, voll Sorge

»Solange, bis Eilaf der Wahrheit entgegensieht, Leif. Genau solange.«

»Er wird nie aufhören zu glauben, er sei im Recht. Er hatte Kinder, Söhne, unser Onkel nicht. Vater hat die Zeit nur nach vorn gedreht.«

»Unser Onkel hatte auch Kinder«, beharrte Wulf.

»Ja, aber nicht mehr. Vater hat ein Recht auf diesen Thron, so wie ich, so wie auch du.«

»Ich verzichte auf diesen Thron. Ich wollte ihn nie, ich habe nie darum gebeten. Es war ganz allein Eilafs Entscheidung.«

»Vater wollte nur das Beste für dich.«

»Deshalb schickte er mich also all die Jahre nach Byzanz.« Wulf konnte nicht glauben, dass Leif noch immer hinter ihrem Vater stand. Sie führten diese Diskussion nicht zum ersten Mal.

»Er tat es, weil er glaubte, du wärst der geeignetste, fähigste von uns.«

»Schluss damit, Leif.« Wulf war es leid. »Wir werden uns in dieser Sache nie einig sein. Geh hinein und feiere, trink einen Met für mich und sieh zu, dass sich unser Bruder Harold nicht besinnungslos säuft.«

»Es ist gut, dass du wieder hier bist, Wulf«, sagte Leif ernst.

»Du bist einer der wenigen, der so denkt.«

»Täusch dich nicht. Viele wagen nicht zu sprechen ...«

»Ich täusche mich nicht in dir und meinte, was ich in der Halle sagte.« Wulf sah seinen Bruder durchdringend an. »Du denkst die Wahrheit, willst sie aber nicht sagen.«

Leif kannte den Blick seines Bruders und nickte leicht.

»Wirst du morgen am Strand sein?«, fragte er ihn abschließend. Zum ersten Mal an diesem Abend trat ein milder Ausdruck in Wulfs Gesicht.

»Von jetzt ab jeden Tag, Leif, jeden Tag. Davon habe ich über fünfzehn Jahre geträumt.«

»Ich werde hinunterkommen und dich besuchen. Die Schiffsbauern erwarten dich freudig.«

»Diesen Männern, Leif, glaube ich es.«

»Wulf?«

Robyn bemerkte, dass der Bruder ihres Retters sie musterte. Wulf folgte seinem Blick.

»Ihr habt sie wirklich aus dem Meer gefischt?«

»So wahr sie dort steht.«

»Die Leute reden schon jetzt über sie.«

»Die Leute sollen sich um ihren eigenen Kram kümmern.«

Einen Moment war es still. Ihr Atem stieg dampfend in die Winternacht auf. Der Wind strich leise durch die nahe gelegenen Nadelbäume.

»Eine Nixe«, sagte Leif, fast ehrfürchtig.

Gerade in diesem Augenblick schwoll das Dröhnen in Robyns Kopf wieder unerträglich an. Sie stöhnte leise und drehte sich zum Pferd hin, um ihnen ihren Schmerz nicht zeigen zu müssen.

»Bis morgen.« Leif wandte sich ab und ging langsam zur Halle zurück. Wulf nickte nur, hob Robyn mühelos in den Sattel und achtete nicht auf ihr Unbehagen.

8.

»Du wirst noch eine Weile ausharren müssen, Nixe.« Mit Leichtigkeit hatte Wulf sich ebenfalls in den Sattel geschwungen.

Robyn hörte seine Worte kaum. Sie krallte sich an seinem Umhang fest, musste sich an ihn lehnen, um wieder Herr über den Schmerz zu werden. Er ließ sie gewähren und zügelte das Pferd, das wie er nach Hause drängte.

Nach einer Weile entkrampfte Robyn ihre Hände. Wieder hatte der Schmerz nachgelassen. Sie würde in den nächsten Tagen versuchen, sich weniger abrupt zu bewegen. Sie öffnete die Augen, ohne ihren Kopf zu heben, und betrachtete in der Dunkelheit die Häuser der Nordmenschen. Einfache Häuser, aber stabil und dem Wetter trotzend. Manchmal schlich ein Schatten um sie, doch sie war sich nicht sicher, ob sie Mensch oder Tier beobachtete. Die Abstände der Häuser wurden größer, umso dichter die Bäume wuchsen. Sie hatten den Wald erreicht, der sie mit unheimlicher Stille empfing, nur das Stapfen des Pferdes war zu hören. Dann aber sah Robyn wieder Schatten, hinter den Bäumen. Diesmal glaubte sie zu irren.

»Wachen«, meinte ihr Retter, der ihrem Blick gefolgt war, »die uns vor unseren eigenen Leuten schützen sollen. Vor jenen, die dich raubten.«

Robyn verstand noch immer nicht, was hier vorging. Befanden sich die Nordmenschen im Zwist mit ihresgleichen? Mit anderen Nordmenschen, die einmal zu ihnen gehört hatten? Einen anderen König hatten? Der kinderlos war? Der verstoßen worden war? Von jenem Rotschopf, dem sie misstraute?

Es verging einige Zeit. Zeit, die Robyn an ihrem Retter lehnte. Ihrem Ehemann. Sie würde keine Sklavin sein. Er hatte sein Versprechen gehalten. Aber sie würde die Frau eines zornigen Mannes werden. Dem *eine* Frau aufgezwungen worden war. Und nun eine zweite. Und sie wäre die Frau eines Mannes, der Anspruch auf den Thron hatte. Einen Thron, den er nicht haben wollte. Genauso wenig haben wollte wie sie als Ehefrau.

Begriff sie überhaupt, was passiert war? Wie konnte sie? Sie saß fast gelassen vor ihm auf dem Pferd, ihr Kopf Halt suchend an ihm, ihre Hände in seinen Mantel verschlungen. Was würde er tun, wenn sie in seinem Haus ankamen? Würde er sie schlagen? Ihr Gewalt antun? Oder sie ignorieren?

Ein Ruck ging durch den Pferdekörper.

»Pass auf.« Er ließ sie zuerst vom Pferd heruntergleiten. Sie hielt sich an der Mähne fest und sah sich um. Das Haus auf der anderen Seite des Pferdes war fast zugeschneit. Um es herum standen Tannen, die ihre schneebedeckten Zweige tief hängen ließen. Weitere Häuser konnte Robyn in der Nähe nicht ausmachen, der Weg vor ihr führte weiter in den Wald hinein. Weit konnte sie jedoch nicht sehen, die Dunkelheit und mit ihr der helle Schnee verschluckten Formen und Bewegungen.

Ihr Retter nahm das Pferd nicht wie erwartet mit zum Haus. Er wies es an, zu verweilen, was das mächtige Tier ohne Ungeduld akzeptierte. Jemand hatte scheinbar den Weg zum Haus etwas geräumt. Sie erreichten die Tür mühelos, Wulf schob sie auf, trat zuerst ein und wartete, dass sie ihm folgte.

Robyn war überrascht. Wärme stieg ihr entgegen. Das leichte Glühen der Feuerstelle strahlte noch genügend Wärme aus, um sie selbst an der Tür zu spüren. Doch das Haus war leer. Als hätten Geister gewirkt, um es wohnlich zu machen.

Wulf legte ohne Verzug etwas Holz nach und ging dann im Raum umher. Robyn verfolgte sein Tun. Er schüttete Wasser aus einem Eimer in einen Topf, den er ins Feuer stellte. Auf seinem Lager rechts türmten sich Felle und Decken, säuberlich gelegt, desgleichen Kleidung, von der er ein Hemd hervorzog, um es auf die Bank neben dem Feuer zu legen. Dann schritt er hinter das Feuer auf den Tisch zu. Dort lagen einige Bündel, die er kontrollierte. Dann sah Robyn, dass er Met in ein Horn einschenkte und damit auf sie zukam. Er überragte sie um mindestens einen Kopf, doch sie erwiderte seinen Blick furchtlos.

»Es ist Brauch, dass Mann und Frau am Tage ihrer Hochzeit aus einem Horn trinken.« Er gab ihr das Horn in die Hand. »Trink, Nixe. Auch diesem Ritual müssen wir uns beugen.«

Robyn setzte an, vorsichtig, um keine Schmerzen auszulösen, nahm jedoch einen tiefen Schluck und schloss die Augen, da sie plötzlich Durst und Hunger verspürte. Der Met verteilte sich angenehm auf ihrer Zunge. Dem Anlass zum Trotz trank sie einen weiteren langen Schluck und gab ihm dann das Horn. Wulf beendete den Brauch und leerte das Horn. Dann sah er hinab auf seine Frau.

Robyn spürte plötzlich seine Hand. Sie umfasste ihr Kinn, hob es langsam zu ihm empor, als wisse er, dass ihr jede schnelle Bewegung weh getan hätte. Eine Ewigkeit blickte er sie an, intensiv und konzentriert. Dann kehrte die Bitterkeit in sein Gesicht zurück.

»Wasch dich, wenn dir danach ist. Zumindest trockne dich. Zieh das Hemd dort an, Kleidung werde ich dir noch beschaffen. Essen, etwas Brot und getrocknete Beeren sind auf dem Tisch. Sieh zu, dass das Feuer nicht ausgeht. Leg noch etwas Holz nach und dann schlaf. Du siehst aus, als hättest du es nötig. Ich bin bald zurück. Warte nicht, geh schlafen.«

Robyn erwartete, dass er sie loslassen würde, doch stattdessen siegte etwas anderes in ihm, nur für einen Augenblick. Er beugte sich gefährlich nahe zu ihr, sie konnte den Met in seinem Atem riechen.

»Nicht Sklavin wirst du sein«, wiederholte er sein Versprechen.

Robyn schreckte zurück, als er versuchte, sie zu küssen. Es war die erste bewusste Abneigung, die sie ihm offenbarte. Sie machte sich von seiner Hand los, von seiner Nähe.

»Schon gut, Nixe«, meinte er, »ich hatte es nicht anders erwartet. Schlaf gut.«

Er ging ohne ein weiteres Wort. Robyn stand da, ließ die Zeit verstreichen. Zuerst zuckten ihre Schultern, dann ihr Unterleib, dann sie. Im Schein des wärmenden Feuers stöhnte sie auf, vor Schmerz, Verzweiflung, Ungewissheit. Plötzlich war die Wärme nicht wohltuend, nicht mehr lindernd. Sie schrie auf, als sie zurück ins Freie trat hin zu einer aufgetürmten Schneewehe. Sie sank auf die Knie, drückte

Schnee auf ihre linke Gesichtshälfte, bedeckte ihr Ohr damit. Ihr Aufstöhnen hallte durch den Wald, doch sie hörte es nicht, zuckte nach einer Weile nur noch unter ihren Weinkrämpfen, die nicht allein ihr Ohr verursachte.

Wulf wusste das. Er saß im Wald verborgen auf seinem Pferd, hatte auf eine Reaktion gewartet, eine Flucht vielleicht. Doch sie dachte nicht an Flucht, sie betäubte dort ihren Schmerz, jenen offensichtlichen und jenen, den sie ihm vorhin eingestanden hatte. Keine Sklavin. Ehefrau. Verurteilt zu leben. Etwas, das sie nicht gewollt hatte.

Er betrachtete ihren Kampf.

Zumindest darin sind wir uns einig, Nixe, dachte er. *Keiner von uns beiden will dieses Leben.*

Er wartete bis sie wieder nach drinnen ging, sicher war, dass sie die Tür verschloss und nicht daran dachte zu erfrieren. Sie würde weiterkämpfen.

9.

Der schwere Hengst stapfte zügig durch die Schneewehen. Er kannte den Weg gut. Sein Herr ritt ihn meist des Abends, wenn es unauffälliger war.

Wulf interessierte nicht, dass die Ritte ein Vergehen bedeuteten. Er begab sich dorthin, wo er, anders als in seinem Dorf, Wärme und Zuneigung erhielt. Er ging dorthin, wo jene zwei Menschen lebten, die ihm wirklich Mutter und Vater waren, ihn verstanden, ihm gaben, was er von Eilaf und seiner toten Mutter nie erfahren hatte. Da sie selbst keine Kinder hatten, hatte Wulf in ihren Herzen immer diesen Platz eingenommen. Und Wulf wusste, dass er diesen Platz auch gehabt hätte, hätten sie Kinder besessen.

Das Süddorf lag in einer Senke, so dass das Pferd mit Bedacht den Hügel hinabschritt, zuweilen hinunterglitt, doch sein Herr hatte ihn gut ausgebildet. Er blieb ruhig, wie er es in Byzanz gelernt hatte.

Wulf fühlte, dass es kälter geworden war. Er würde nicht lange verweilen können. Doch zumindest wollte er sie sehen. Und er musste Annija um Kleidung bitten. Dann konnte er seinen Wahleltern erzählen, dass Eilaf ihm wiederum eine Frau gegeben hatte. Weil er ihn aus dem Weg haben wollte.

Arnulfs Haus stand wie das seinige etwas abseits. Schon von weitem sah Wulf ihn in der Tür stehen. Der Lichtschein fiel auf den kräftigen Schiffbauer, der verhinderte, dass der Hund lossprang, um Wulf zu begrüßen. Annija tauchte hinter ihm auf, putzte sich ihre Hände an der Schürze ab und lächelte, als Wulf das Pferd vor ihnen zum Stehen brachte.

»Es tut so gut, dich zu sehen«, sagte sie. Sie konnte es kaum erwarten, dass er abstieg und sie an sich zog und leicht hochhob.

»Wie hat mir das gefehlt!« Wulf ließ sie wieder herunter, umarmte Arnulf wie es ein Sohn tun würde, ohne Scheu, ohne Zurückhaltung, einen Moment zu lang.

»Willst du über Nacht bleiben, Junge?«

Arnulf sah ihn abwartend an.

»Lasst uns kurz reingehen, dann erkläre ich euch den Grund meines Hierseins.«

Arnulf und Annija tauschten einen Blick. Sie bemerkten den bitteren Klang in Wulfs Stimme und folgten ihm wortlos hinein.

Annija sorgte für etwas Met, während Arnulf seinen Sohn und Freund musterte, den er seit zwei Jahren nicht gesehen hatte. Der Junge starrte mit finsterem Blick in das Feuer, die Arme verschränkt. Erst als Annija ihm das Horn reichte, sah er auf. Die dunklen, blauen Augen suchten ihn und baten ihn wortlos um Hilfe.

»Sprich, Junge, was ist passiert? Wir haben dein Haus in den letzten Tagen stets etwas hergerichtet in Erwartung deiner Ankunft, brachten dir Kleidung und Essen. Das Risiko hierher zu kommen ist groß, auch wenn wir froh sind über dein Kommen. Aber was hat dich bewogen?«

»Auf der Überfahrt fischten wir eine Frau aus dem Wasser ... ich«, verbesserte er sich, »holte sie aus dem Wasser. Ein Schiff aus dem Westdorf hat sie geraubt und ist in dem Sturm untergegangen. Sie ist wahrscheinlich die einzige Überlebende. Eilaf fragte, wer sie zur Frau begehrte. Niemand wollte sie. Doch sie wird nicht als Magd hierbleiben. Er machte sie zu …« Wulf atmete tief durch. Arnulf und Annija warteten, dass er weitersprach.

»Er machte sie zu meiner Frau«, stieß er dann hervor.

Die beiden schwiegen für einen Moment. Er hatte schon einmal so vor ihnen gestanden. Vor vier Jahren. Hatte eine Frau nehmen müssen, die er nicht einmal in der Lage gewesen war zu mögen. Die in ihm vieles zerstört hatte. Er bekam ein ungezügeltes Weib ohne jeden Anstand. Sie hatte nach Einfluss gegiert und blieb zeitlebens unverständig, dass ihr Ehemann sich nichts aus seiner Stellung machte. Sie war unleidlich gewesen, dass er weit ab einem anderen Herrn diente. Sie wurde maßlos, skrupellos. Und schließlich untreu.

»Eine Nordfrau?«, fragte Annija vorsichtig.

Wulf war fast froh, dass sie versuchte, ihn von seinen düsteren Gedanken und Erinnerungen abzulenken.

»Wahrscheinlich. Sie hat noch nicht gesprochen. Sie scheint sich den Kiefer oder das Ohr verletzt zu haben.« Er wartete Annijas Reaktion ab. Sie überlegte, wägte die Umstände ab, wie sie es als Heilerin über viele Jahre hinweg gelernt hatte.

»Kann es sein«, wollte sie dann wissen, »dass sie ins Wasser gesprungen ist?«

»Sie hat sich damit womöglich sogar gerettet«, erwiderte Wulf.

»Mmh«, murmelte Annija. Sie ging an einen Tisch, der offensichtlich ihr vorbehalten war und mit getrockneten Kräutern, kleinen Schalen und handgeschnitzten Dosen übersät war. Sie suchte eine Weile, dann ergriff sie eine Dose und brachte sie Wulf.

»Ich denke, sie hat sich nicht den Kiefer verletzt, sondern das Ohr. Möglich, dass sie auf diesem Ohr nie wieder richtig hören wird. Aber gegen den Schmerz kann ich etwas tun. Gib ihr das, sie soll es um das Ohr schmieren, es kühlt und lindert etwas. Ist sie etwas desorientiert?«

»Ja, schnelle Bewegungen fallen ihr schwer«, erklärte Wulf. Er erinnerte sich an ihre Unsicherheiten seit er sie aus dem Wasser gezogen hatte.

»Ich weiß, es verlangt dir viel ab, aber lass sie in den nächsten Tagen etwas in Ruhe. Gib ihr nicht zu schwere Arbeiten; weben und Wasser holen und dir Freude bereiten kann sie später noch.«

Annija und Arnulf sahen ihn wiederum schweigend an. Noch hatte Arnulf nichts gesagt, er kam jedoch nahe zu ihm und legte eine Hand auf seine Schulter.

»Wer hat Schuld, Wulf? Das ist es, was du wissen willst, nicht wahr?«

»Wer sonst, wenn nicht Eilaf?«, stieß Wulf wütend hervor.

»Sicher?«

Wulf sah Arnulf an.

»Du meinst, ich hätte sie nicht aus dem Wasser ziehen sollen?« Wulf klang ungläubig.

»Nun, Wulf, ich glaube, du hast das richtige getan. Alles hat seinen Grund. Auch, dass du so empfindest und sie nicht hast ertrinken lassen, wie es deine Männer wahrscheinlich getan hätten.«

Arnulf tauschte einen Blick mit Annija. Sie schien dem zuzustimmen.

»Wulf«, meinte Arnulf eindringlich, »anders als die meisten Männer hier, jedoch auch deine eigenen Männer der Leibgarde, kennst du Mäßigung und Zurückhaltung. Du hast einer Frau mehr zu bieten. Deine erste Frau verstand das nicht, sie hat dafür bezahlt ...«

»Arnulf«, sagte Annija leise, doch Arnulf ließ sich nicht beirren.

»Nein, Annija, Dora war ein schlechter Mensch und hatte Wulf nicht verdient. Den Tod vielleicht nicht, aber verursacht hat sie ihn selbst, während sie im Kindsbett Wulf ihre Untreue offenbarte. Ein Knabe mit roten Haaren ...« Arnulf hätte ausspucken mögen. »Ich kann nicht sagen, dass mir Dora leidtut, der Knabe schon ... sein Fehler war es nicht ... aber vielleicht ist es gut so, dass sie beide dabei starben ...«

»Arnulf«, sagte sie diesmal laut.

»Annija«, beschwichtigte Wulf sie, »er hat Recht. Ich kann nicht sagen, dass es schmerzte, sie und den Knaben gehen zu sehen ... ich ...« Wulf blickte zurück ins Feuer. »Es ist nicht zu ändern, genauso fühle ich.«

Arnulf hatte sich wieder beruhigt. »Wulf, sieh in ihr nicht Dora. Das hat *sie* vielleicht nicht verdient. Ändern werden wir nicht, dass sie ab jetzt deine Frau ist, aber du wirst stark genug sein, um Eilaf nicht wieder einen Grund zu geben, dich fortzuschicken.«

»Ich wünschte, ich hätte einen Grund gehabt, nicht wiederzukehren. Ich wünschte, es wäre so.«

»Sag so etwas nicht«, warf Annija aufgebracht ein.

»Doch, Annija, es ist so. Oder ist es so, wie es ist, erträglich?«

»Es ist der Prinz, der jetzt spricht«, meinte Arnulf.

»Du weißt, wie wenig mir das bedeutet.«

»Vielleicht mehr als deinen Brüdern und deinem Vater.« Arnulf studierte den wiederkehrenden bitteren Ausdruck in Wulfs Gesicht.

»Er ist so wenig mein Vater wie Leif und Harold meine Brüder sind. Und er wird es mich spüren lassen, solange ich lebe. Ich hasse ihn dafür. Ich verfluche ihn. Er hätte mich damals in den Trümmern sterben lassen sollen. Warum hat er Mitleid für einen Jungen gezeigt, dessen Eltern und Geschwister durch sein Verschulden umgekommen waren? Warum, Arnulf, warum? Hast du dafür einen Grund? Einen Grund für diese grausame Tat?«

»Eine grausame Tat?« Arnulf mühte sich, seine Beherrschung zu behalten. »Womöglich, Wulf, aber es wäre noch grausamer gewesen, hätte dieser in deinen Augen herrschsüchtige, ruchlose und ungezügelte Despot dich sterben lassen. Er tat es nicht!« Arnulfs Stimme drohte sich zu überschlagen. »Stattdessen nahm er dich als seinen eigenen Sohn an, mit allen Rechten, aber auch Pflichten ...«

»Rechte, Arnulf?«

»Bei den Göttern, Junge, wenn du nicht wie mein eigener Sohn wärst, würde ich dir am liebsten ins Gesicht schlagen.«

Wulf verbiss sich einen weiteren Kommentar. Die klaren, ehrlichen Worte seines Freundes trafen ihn mehr, als er je zugeben würde.

»Wenn du es wünschtest, Wulf, würdest du wie deine Brüder in der Halle leben können, wie es deinem Rang und Namen entspricht. Du entscheidest dich aber für die Einöde, für ein Randdasein, nicht nur wegen deines Handwerkes. Wir Schiffbauer werden immer anders sein durch unsere Einstellung. Aber bei den Göttern, Wulf, du treibst es seit Jahren auf die Spitze. Bist selten Gast am Tische deines Vaters, lehnst jegliche Einladung ab, es sei denn, es lässt sich nicht vermeiden ...« Arnulf holte kurz tief Luft. Es schien, als hätte er dieses Gespräch schon länger im Kopf gehabt. Trotzdem traf es ihn unvorbereitet, Wulf so kurz nach seiner langersehnten Wiederkehr die Meinung zu sagen.

»Weißt du, warum dein Vater *dich* und nicht deine Brüder fortschickte? Hast du es dir je einmal wirklich durch den Kopf gehen lassen?«

»Ich glaube noch immer, dass er mich loswerden wollte ...«, begann Wulf vorsichtig.

Arnulf brummte vor sich hin. Er ging zum Feuer, legte Holz nach und sah im erwachenden Feuerschein in die Augen seines Ziehsohns.

»Wulf.« Arnulf atmete erneut tief ein und aus. »Er schickte jenen Sohn fort, der die Dinge vielleicht wieder in Ordnung bringen kann. Er schickte dich fort, damit du lernst. Nicht das Kämpfen, sondern das Herrschen. Damit du andere Herrscher siehst und von ihnen lernst. Harold und Leif haben diese Möglichkeit nie gehabt. Sie sehen nur ihren despotischen Vater, folgen ihm und dem Chaos, das Eilaf vor so vielen Jahren angerichtet hat. Despot, Wulf, ja, aber er ließ seinen Leuten auch die Wahl. Und sie wählten den leichten Weg der Feindschaft. Eilaf richtete Unheil an, spielte seine eigenen Leute gegeneinander aus, so dass sie schließlich begannen, einander umzubringen. Er war nicht dumm, Wulf. Und die Gerüchte, Wulf, er sei verantwortlich für den Tod der Kinder seines Bruders ... was glaubst du?«

»Ich habe nie behauptet, Eilaf sei dumm. Aber er ist auf eine gefährliche Art schlau und wusste um die wunden Punkte seiner Gegner.«

»Ah, natürlich wusste er das. Nichts wird ändern können, dass Wiglifs Kinder in einer anderen Welt sind und das zuallererst Harold Thronerbe ist.«

»Dann verstehe ich immer noch nicht, warum er mich fortschickte, wenn er mich für den fähigsten hielt.«

»Wulf.« Arnulf wusste um die Gefahr, aber es musste gesagt werden. Das hier war wichtig für die nächsten Monate, deren lange Arme sich bereits nach ihnen ausstreckten und nichts Gutes verhießen, »Harold ist ein Säufer ...«

»Arnulf, das ist kein Geheimnis.«

»Wulf«, mischte sich nun Annija ein, »Harold ist im Begriff sich damit mehr oder weniger das Leben zu nehmen.«

»Wie meinst du das?«

Annija kaute kurz auf ihrer Unterlippe. Nur einen Moment zögerte sie, doch sie konnte Wulf vollends vertrauen.

»Vor einigen Wochen«, begann sie unsicher, »schickte Harolds Frau einen Boten hierher. Des Nachts. Du weißt, die Heilerin in eurem Dorf ist nichts weiter als eine böse Zauberin. Sie versteht nichts von Kräutern und Tinkturen, nur von ihren Sprüchen und alten Knochen, von denen sie glaubt, dass sie alles heilen können. Nun, der Bote bat mich eindringlich mitzukommen. Es gehe um Leben und Tod des Thronerben. Ich ging mit ihm, wurde in die Halle geführt, so dass niemand etwas bemerkte, nicht einmal der König. Harold war in einem entsetzlichen Zustand. Ich habe noch nie gesehen, was Zügellosigkeit wirklich mit einem Menschen anrichten kann. Dein Bruder, Wulf, ist sehr, sehr krank. Ich konnte ihn in dieser Nacht retten, aber ich befürchte, wenn er nicht aufhört in dem Maße zu trinken, wie er es seit Jahren tut, wird irgendwann jede Hilfe zu spät kommen.«

»Was ...« Wulf stockte kurz, er war sich nicht sicher, ob er mehr wissen wollte. »Was meinst du damit, *was Zügellosigkeit anrichten kann*?«

Annija war es sichtlich peinlich, darüber zu sprechen. Sie räusperte sich kurz.

»Er ... er erkannte nicht einmal mehr seine eigene Frau. Er hatte jegliche Kontrolle über seinen Körper verloren ... ich meine, er ... er erbrach sich, er ... nun ,..er schrie, wir mussten ihn knebeln, damit er niemanden weckte ...«

Wulf strich sich kurz über das Gesicht. Doch Arnulf ließ ihn nicht zur Ruhe kommen.

»Und Leif?«, fuhr er fort, »Leif ist ein guter Junge, aber ein König?«

»Nicht, Arnulf, nicht Leif ...«

»Doch, Junge, es muss gesagt werden. Er wäre ein schwacher König. Und das weißt du. Er würde nie richten können, was sein Vater verursachte. Eilaf akzeptierte die Trennung. Er musste sie akzeptieren. Das Königreich zerfiel, wir alle waren Zeuge, entschieden uns für eine der drei Seiten. Niemand ist wirklich glücklich damit ...«

»Ich hatte nie eine Wahl, Arnulf«, brauste Wulf auf.

»Oh doch, Wulf, und es war dein Vater, der dir die Wahl ließ. Du bist wiedergekommen. Du bist nicht beim Kaiser geblieben oder hast dich in andere Dienste begeben. Du stehst mir gegenüber mit all deinem Stolz und Trotz, all deinen Fähigkeiten, deinem Mut und deiner Schlauheit. Und was gibst du deinen Leuten? Was gibst du uns, der du so anders bist als dein Vater? Der unsere Hoffnung sein könnte? Ablehnung, Wulf! Du lehnst uns ab. Deine eigenen Leute, die so darauf warten, erlöst zu werden.«

»Niemand hat mich je um Hilfe gebeten, hat je auf mich gewartet ...«

»Du hast ihnen nie wirklich Anlass dazu gegeben. Als dein Vater dich mit Dora verheiratete, gab er dir eine Frau aus einer der hoch angesehensten Familien. Was, glaubst du, wollte er damit erreichen? Er wollte, dass du dich eingliederst, dir bewusst wirst, wer du bist! Stattdessen hast du dich in deinem Haus im Wald verschanzt, dich und deine Frau damit unglücklich gemacht. Sie in die Arme anderer getrieben, auch wenn das vielleicht ohnehin passiert wäre.«

Wulf lachte bitter auf. Er dachte an seine Hochzeitsnacht.

»Arnulf, sie hatte zumindest schon mit einem Mann vorher das Lager geteilt ...«

Wulf sah nach einigen Atemzügen der Stille auf Annija, und lächelte.

»Würdest du mir ein paar Sachen für meine Frau geben? Ich befürchte, sie wird sonst nichts zum Anziehen haben in den nächsten Tagen.«

Annija nickte und entfernte sich in eine Kammer, die vom Raum abführte. Wulf schritt um das Feuer auf Arnulf zu und wartete, bis sich ihre Blicke kreuzten.

»Ich verspreche dir, über die Dinge nachzudenken, die du mir zu sagen hattest. Doch bitte erwarte dir davon nicht zuviel. Selbst wenn all das wahr ist, es gibt eine Seite an Eilaf, die mich schon immer abgestoßen hat. Ich kann dir nicht beschreiben, was es ist, aber Eilaf kann und wird deshalb nie den Platz in mir einnehmen, den du und Annija innehabt. Hätte ich je wählen dürfen, ich wäre aus den Trümmern in eure Arme gerannt. Ich hätte hier mit euch leben können, als euer Sohn.«

Arnulf schwieg. Er wäre so froh gewesen, hätte Wulf die Wahl gehabt. Aber das würde er ihm nie sagen. Wulfs Bestimmung war eine andere und Arnulf würde immer hoffen, dass auch Wulf das erkennen würde.

Als Wulf merkte, dass Arnulf keine Antwort geben würde, wandte er sich wieder Annija zu, die ihm ein Bündel überreichte.

»Wenn sie weben und nähen kann, wird sie sie mir bald zurückgeben können. Ich hoffe, sie wird dich nicht schon darin enttäuschen, das Haus nicht ordentlich führen zu können.«

»Wir werden sehen.« Wulf klang nicht überzeugt.

»Noch etwas«, meinte Annija. Sie zögerte abermals, zog dann aber etwas aus ihrer Schürzentasche und legte es in Wulfs Hände.

Er sah sie fragend an.

Es war ein Armreif, etwa so breit wie ein Zeigefinger. Die Glieder des Reifes hatten die Form sich gegenseitig verschlingender Schlangen. Der Verschluss war nicht sofort erkennbar. Der Schmied dieses Stückes hatte ihn in eine der Schlangen eingearbeitet.

»Ich weiß nicht, warum, Wulf«, erklärte Annija, »aber ich habe Dora nie für würdig empfunden, die Hochzeitsgabe deines Vaters an deine Mutter zu tragen. Ich bete noch immer, dass ich damit nicht Böses heraufbeschworen habe und sie mit dem Kind ins Unglück stürzte. Lege es deiner Frau noch heute um. Berichte ihr irgendwann, wenn sie bereit ist, wer der Träger dieses Armreifes war. Eine mutige Frau, die lieber mit ihrem Mann und ihren Söhnen starb, als sich einem König unterzuordnen, der nicht ihr wahrer König war. Die in einem brennenden Haus starb, aus dem nur ein Sohn gerettet werden konnte.

Sage dies deiner Frau, wenn sie würdig ist, die Wahrheit zu erfahren. Ich werde zu den Göttern beten, dass sie dich glücklicher machen wird als deine erste Frau.«

Wulf nahm den Armreif, der einst den Arm einer zierlichen, dunkelhaarigen Frau geschmückt hatte. Eine Frau, an die er sich nur noch vage erinnern konnte, die seine wirkliche Mutter gewesen war. Die sich geopfert hatte.

»Ich wusste nicht, dass du etwas von meiner Mutter besitzt.«

»Ich hüte den Reif schon so lange. Dein plötzliches Auftauchen heute, Wulf, ist ein Zeichen. Ich mag nichts von Zauber verstehen, aber ich deute es nicht als Zufall, dass du heute Nacht noch einmal zu uns kamst. Geh nun zu deiner Frau. Die Götter mögen ihre Hände über euch halten.«

»Du bist dir sicher, dass ich es ihr geben soll?« Wulf wirkte nicht überzeugt.

Annija sah auf, blickte in seine dunklen, blauen Augen.

»Denke einen Moment an sie ...«

»Was?« Wulf verstand nicht.

»Tu es«, forderte Annija eindringlich.

Wulfs Blick wandte sich auf einen unbestimmten Punkt an der Wand.

»Siehst du sie?«, wollte Annija wissen.

»Ja«, meinte Wulf.

»Nun, sieh auf ihr Handgelenk ...«

Wulfs starrer Blick wanderte für einen Moment.

Dann sahen Annija und Arnulf, wie sich seine Hand plötzlich um den Reif schloss.

»Ist gut.« Wulfs Stimme hatte jene Unschlüssigkeit verloren.

»Ich sehe dich morgen am Strand«, meinte Arnulf zum Abschied, »wenn es das Wetter zulässt.«

Wulf nickte, verstaute die Salbe und den Armreif sorgfältig in einem Bündel, das er wenig später am Sattel festband.

Er küsste Annija auf die Wange und tauschte einen letzten Blick mit Arnulf, der schweigsam geblieben war.

»Ich verspreche es, Arnulf, ich *werde* darüber nachdenken«, wiederholte sich Wulf ein letztes Mal vom Rücken des Pferdes.

»Ich weiß, mein Sohn, ich weiß.«, Arnulf hob die Hand, während Wulf über das schneebedeckte, im Dunkeln leuchtende Feld ritt. Der Schnee knirschte lauter als zuvor und zeugte von der Kälte, die zurückgekehrt war.

»Vielleicht hat Wulf Recht«, murmelte Annija, während sie ihn im Wald verschwinden sahen.

»Womit?«

»Nun, manchmal wünschte ich, er hätte einen Ort gefunden, der es wert gewesen wäre, fort von hier zu bleiben. Vielleicht wäre er dann glücklicher.«

»Ich weiß, Wulf gibt keine leeren Versprechen. Er wird über die gesagten Dinge nachdenken. Aber was muss passieren, damit er spürt, dass dieser Ort immer hier sein wird? Es gibt keinen anderen Ort für ihn, Annija. Wulf gehört hierher. Wie wir alle, wie du, wie ich, wie all unsere Leute.«

»Mag schon sein. Das Schicksal fragt nicht nach dem Glück des einzelnen.«

10.

Robyn versuchte sich den Fortlauf ihrer Reise vorzustellen. Sie war die Ehefrau eines Nordmannes. Sie würde sein Heim versorgen, seine Gefährtin in schwierigen Zeiten sein. Mit Selbstlosigkeit verbundene Gedanken jagten durch ihren Kopf. Es überraschte sie. Dann jedoch schweiften ihre Gedanken in eine andere Richtung. Ob er jemals eine Wiedergutmachung für ihr Leben verlangen würde?

Welches Leben, fragte sie sich. Sie hatte nicht darum gebeten. Er hatte ihre Schwäche ausnutzen können, sonst nichts.

Sie zog die Felldecke enger um sich. Das Feuer loderte noch friedlich, spendete angenehme Wärme, doch ihr Frösteln hatte nichts damit zu tun. Sie lag auf einer niedrigen Holzbank am Feuer, nachdem sie sich gewaschen und eine seiner Tuniken übergestreift hatte. Sie reichte bis zu ihren Knien. Sie hoffte, er würde ihr bald Kleider beschaffen können. Aber heute Abend genügte es vollkommen. Selbst etwas von dem Brot hatte sie gegessen und einen weiteren Schluck Met getrunken. Sie hatte sich davon etwas Schwere und Ruhe erhofft. Doch ihre Gedanken ließen sich nicht so leicht abstellen. Wieder und wieder kreisten sie um ihre Reise. Eine Reise, die sie allein ihm zu verdanken hatte.

Verdanken?

Sie schloss die Augen kurz.

Sollte sie Wulf dankbar sein?

Ath würde es so sehen, entschied sie dann. Wahrscheinlich wäre er enttäuscht von ihr, wüsste er, dass sie sich aufgegeben hatte.

Aber war sie dem hier gewachsen? Ehefrau? In einem Land fernab von allem, was sie kannte. Kalt, unwirtlich, abweisend.

Sie atmete lang und geräuschvoll aus. Seitdem sie sich hingelegt hatte, schmerzte ihr Ohr etwas weniger. Für kurze Zeit schien der Schlaf Nachsicht mit ihr zu haben.

Bevor sie ihn sehen konnte, hörte sie ihn. Ein kraftvolles Rauschen. Ein Aneinanderreiben und Aufbrausen unzähliger Blätter. Der Wind durchfuhr den Baum mit unsichtbarer Stärke, in unregelmäßigen Abständen. Wieder. Und wieder. Und wieder.

Sie konnte die Stärke des Baumes körperlich spüren. Ihr Atem ging tief, als atme sie sie ein. Sie atmete mit dem Wind, fühlte das Rauschen in ihren Ohren, meinte einen Schlag zu hören. Wieder. Und wieder. Und wieder. Es klang, als schlüge ein Herz. Sie wusste, sie lauschte dem Baum, seinem Herz, seiner Seele.

Ein Windstoß, lauter als all jene zuvor. Blätter wurden vom Baum abgetrennt und streiften ihre Wange mit einem kratzenden Geräusch. Er befahl ihr aufzuwachen.

Da hörte sie es. Schritte, leise, vorsichtig, nicht die Schritte eines Heimkehrenden. Wulf hätte sich dem Haus nicht so genähert. Die Tür im Nebenraum, wo der Stall war, hätte sich geöffnet. Aber das tat sie nicht.

Wieder Schritte. Als ging jemand das Haus von außen ab, um zu sehen, ob sich jemand darin befand. Der winzige Rauchabzug hatte ihn wahrscheinlich nicht überzeugen können.

Robyn wagte nicht, sich zu rühren. Vielleicht würden sich die Schritte wieder entfernen. Doch der Schnee knirschte auch weiterhin gedämpft.

Wie gelähmt hielt sie den Atem an. Die Schritte verstummten, doch sie konnte jetzt einen schweren Atem vernehmen. Direkt vor der Tür. Es klang mehr wie das Japsen eines Hundes.

Dann wurde die Tür geöffnet, nicht vorsichtig wie das Abschreiten des Hauses zuvor vermuten ließ. Geräuschvoll schwang sie auf, blieb offenstehen, ließ kalte Luft und Schnee hinein. Leichter Flockenwirbel hatte draußen eingesetzt, doch Robyn sah nur den Mann, der in den Feuerschein getreten war. Sein Atem ging noch immer schwer. Und roch nach Met. Mehr als das. Der ganze Mann stank danach.

»Für eine Weile hatte ich fast geglaubt, mein Bruder hätte dich zu seinem kleinen nächtlichen Ausflug mitgenommen. Aber wie ich sehe, hatte er ein Herz und setzte dich in deinem neuen Heim ab.«

Ehe sie sich versah, kam er um das Feuer und packte ihr Fußgelenk, um sie an sich zu ziehen.

»Bevor er wiederkommt, haben wir beiden noch etwas Zeit. Nicht viel wahrscheinlich, aber du scheinst alt genug, um mir auch in kurzer Zeit zu meinem Vergnügen zu verhelfen.«

Seine andere Hand krallte sich ihr Handgelenk und er riss sie zu sich heran. Er wollte ihre Hand zwischen seine Schenkel legen, doch Robyns andere Hand kratzte nach seinem Gesicht. Er musste ihr Fußgelenk loslassen, um Schlimmeres zu verhindern, gab ihr jedoch damit die Gelegenheit, ihn zu treten. Und das tat sie. Mit aller Macht. Wie irrsinnig trat sie gegen seinen Unterleib, würgte am Schmerz und am Metgeruch, der ihn umgab wie eine betäubende Hülle.

»Aber, nicht so heftig«, amüsierte er sich. Seine Stimme war rau, sein Atem faul und süßlich zugleich. »Du scheinst rechtmäßig in Doras Fußstapfen getreten zu sein. Sie mochte es auch ein bisschen wilder ...«

Er stemmte plötzlich sein gesamtes Gewicht gegen sie, warf sie dabei neben der Holzbank auf den Boden und zerrte ihr die Decken fort.

»So gefällst du mir schon besser«, raunte er. Er blickte an ihr hinunter, auf ihre nackten Beine, das halbgeöffnete Hemd und leckte sich über die aufgesprungenen Lippen.

Robyn holte Luft, zog den Arm hervor, auf dem sie selbst und der Nordmann lagen und krallte ihre Hand in die roten Haare des ältesten Thronerben. Bereits in der Halle hatte sein Blick unentwegt auf ihr gelegen. Sie zog an seinem Haar, bis er zornig aufschrie. Er ließ sie für einen Moment los. Sie kämpfte sich unter ihm hervor und war halb aufgestanden, da packte er erneut ihr Fußgelenk. Sie fiel auf den Boden, konnte einen Schmerzensschrei nicht mehr verhindern. Das Echo in ihrem Kopf ließ sie zusammenzucken. Das gab Harold die nötige Zeit, um sich wieder auf sie zu stürzen.

Sie wimmerte kurz, doch er drehte sie rücksichtslos herum.

»Schluss jetzt! Er hat sich nicht um Dora gekümmert, er wird sich auch nicht um dich kümmern. Lass mich das für ihn erledigen.«

Er riss an der Tunika, schien mit weniger Widerstand zu rechnen. Doch er irrte. Robyn fasste diesmal nach seinen Handgelenken und versuchte sie wegzudrücken, was ihn nur noch wütender machte.

Er schlug ihr ins Gesicht, sie schrie auf, diesmal langanhaltend und ohne wieder aufzuhören. Der Schmerz in ihrem Kopf ließ sie die Verzweiflung und Machtlosigkeit herausschreien. Schreie, die in den Wald hallten. Und Gehör fanden.

Robyn strampelte unter ihm, halb besinnungslos vor Pein. Der sachte Wind von draußen fachte das Feuer an, sprühte Funken auf, die auf ihren nackten Beinen verglühten. Wie lange würde sie sich noch wehren können?

Harold hielt ihre Kehle umfasst, um sich selbst von seinem Umhang zu befreien. Sie bekam kaum noch Luft, sah den Schatten über Harold nicht. Erst als Harold von hinten ergriffen und von Robyn fortgezogen wurde, um dann, zwei Tischbeine durchbrechend, an die hintere Wand geschleudert zu werden.

Das Bersten des Holzes scholl in Robyns Ohren. Schnaufend holte sie Luft. Wulf kniete neben ihr nieder, umfasste ihr Gesicht, ohne Rücksicht auf ihre Verletzung. Ihre Nasenflügel vibrierten sichtlich, ihre Augen tränten ohne Unterlass, blickten ihn ebenso ängstlich an wie Harold nur Augenblicke zuvor. Seine Augen, seine Hände, eisige Kälte umgab ihn. Und schneidend war seine Stimme. Ungläubig lauschte sie seiner indirekten Anschuldigung.

»Hast du ihm Anlass gegeben hierher zu kommen?«

Wie konnte er glauben, sie hätte etwas mit seinem Erscheinen zu tun?

»Antworte mir, sonst führe ich zu Ende, was er begonnen hat!«

Ein Wimmern drang aus ihrer Kehle. Es entwich ihren Lippen.

»Wulf, nā ...«

Es dauerte einen Moment, dann erst verstand Wulf. Zu sehr überraschte ihn ihre Stimme. Sie war heiser, leise durch den Schmerz. Doch sie war dunkel und klang älter, als er sie eingeschätzt hatte. Und sie sprach angelsächsisch. Sie war keine Nordfrau, sie war eine Angelsächsin. Und für einen winzigen Atemzug nur schmerzte ihn die Erinnerung an eine Angelsächsin. Doch das ging schnell vorbei.

Nā. Nein. Sie hatte seine Frage verneint. Seine Augen hingen an ihren Lippen. Sie sprach weiter.

»Ič ne misdyde.« Ich tat nichts Böses.

»Warum ist er dann hier?«, stieß Wulf hervor. Er wurde sich bewusst, dass er noch immer die nordische Zunge sprach. Aber sie schien zu verstehen.

Schwer schlossen sich ihre Augenlider, öffneten sich mit ebenso viel Anstrengung.

»He ... he spræc of Dora ...« Er hatte Dora erwähnt.

Wulf lockerte bei Erwähnung dieses Namens augenblicklich seinen Griff.

Zu Robyns Überraschung entspannten sich seine Züge, ein zynisches Lächeln erschien auf seinen Lippen.

»Verzeih, Nixe. Ich tat dir Unrecht ... ich hätte es besser wissen sollen ...«

Fast entschuldigend strich er eine Haarsträhne aus ihrem Gesicht, drehte sich im selben Augenblick um und stand auf.

Harold hatte sich mühselig erhoben und ordnete seine Kleider. Er konnte kaum stehen.

»Du bekommst einfach nicht genug, nicht wahr?«

Harold grinste.

»Was meinst du, Bruder? Vom Met? Oder von deinen Frauen? Tu doch nicht so, als ob du es nicht gewusst hättest?«

Wulf packte ihn am Kragen, doch Harold konnte sich erstaunlich gut wehren. Sie rangen, stemmten sich gegeneinander.

»War der Bastard von dir?«

»Was glaubst du denn? Von Leif etwa? Der kann nicht mal ...«

Wulf stieß ihn an die hintere Wand. Harold holte mit dem Kopf aus, um ihn gegen den seines Bruders zu rammen. Wulf wich dem aus, dadurch konnte Harold sich etwas freimachen und sie schwankten durch den Raum, wo sie in der Mitte einen Moment voneinander ließen.

Robyn stand mühselig auf, um ihnen aus dem Weg zu gehen. Harolds Hand schnellte nach ihr, griff ihre Haare.

»Sie gefällt mir, Bruder«, rief er, »wir können sie uns teilen ... vielleicht bringst du es ja diesmal fertig, dass die Nachkommen von dir sind ...«

Er stieß Robyn über die Bank vor dem Feuer. Diesmal blieb sie reglos liegen. Wulf nutzte seine kurze Unaufmerksamkeit, rammte ihm den Ellenbogen erst in den Unterleib und dann ins Gesicht. Er hörte den Knochen splittern, sah das Blut aus Harolds Nase schießen. Dieser Schmerz würde ihn lange genug betäuben. Harold krümmte sich vor Schmerz, seine Nase gab rasselnde Geräusche von sich. Für den Moment gab er sich geschlagen. Wulf fasste seine Schultern und zog ihn nach draußen in die Kälte, wo Harolds Pferd in der Nähe harrte. Harolds massiger, vom Met aufgedunsener Körper bereitete Wulf keine Schwierigkeiten. Er hievte ihn auf das Pferd, wo er nach vorn kippte und Halt am Hals des Pferdes fand.

»Scher dich nach Hause, Bruder. Geh zu deinem Met. Und vergifte weiter das Ohr unseres Vaters ...«

»Zum Teufel mit dir«, stieß Harold hervor.

»Nein, zu ihm nicht. Ich werde in Walhalla sein und warten, dass wir Verrätern wie dir den Hals umdrehen.«

Er berührte die Kruppe des Pferdes, worauf es sich in Bewegung setzte. Es würde seinen Weg zum Dorf und zur Halle allein finden.

Wulf wandte sich ab. Der Rappe stand abwartend vor dem Eingang, im Lichtschein der Tür, wo er ihn stehengelassen hatte, als er ins Haus gestürmt war. Ihre Schreie hatten durch den Wald gehallt. Sie hatte die ganze Zeit nicht geschrieen, keinen Ton von sich gegeben, trotz allem. Die Reise, die Abneigung der Nordmenschen, wortlos hatte sie alles über sich ergehen lassen, hatte ihre Schmerzen verborgen, die Zähne zusammengebissen.

Doch jetzt hatte sie geschrieen.

Und ihm war plötzlich nach Lachen zumute. Doch es war bitter. Und es schien nie anders gewesen zu sein. Er konnte sich nicht mehr erinnern, je anders gelacht zu haben.

Die Nixe, wer immer sie war, hatte verweigert, was wenige Frauen hier ausgeschlagen hätten. Vor allem hatte es Dora nicht. Vor allem sie nicht.

Der Rappe wandte ihm den Kopf zu, als er nähertrat. Wulf fuhr kurz über die Stirn des Pferdes.

»Ah, Sleip, wir waren zu lange fort«, murmelte Wulf.

Der Rappe ließ ihn nicht aus den Augen. Das Feuer drinnen schien auf sie, umrahmte sie gegen den dunklen Wald hinter ihnen.

Ohne die Zügel des Pferdes aufzunehmen, ging Wulf zum Stall, wohin ihm Sleip folgte. Er öffnete die Tür, ließ das Pferd an seinen angestammten Platz gehen, wo Arnulf ihm bereits am Morgen Wasser und Heu hingetan hatte. Wulf streifte ihm Sattel und Trense ab. Er legte das Zaumzeug achtlos an die Wand. Er würde sich später darum kümmern. Sleip war gut versorgt, so dass er durch die zweite Tür zurück ins Haus ging. Nachdem er die andere Tür auch geschlossen hatte, stand er für kurze Zeit am Feuer und blickte auf seine Frau. Die

Unordnung, die der Kampf angerichtet hatte, interessierte ihn nicht. Er sah nur sie.

Sie hatte ihre Wahl getroffen. Seinen Bruder abzuweisen, bedeutete alle hier abzuweisen. Zumindest die meisten. Wenige hielten zu Wulf. Sie respektierten ihn, aber trauten ihm nicht. Und Wulf erging es ebenso.

Sie würde keine Sklavin sein. Aber seine Frau zu sein, war nicht bedeutend einfacher.

Doch sie hatte sich entschieden.

Er wickelte das Bündel auf, nahm den Armreif.

Als er sich zu ihr niederließ, zögerte er noch kurz, ergriff dann aber ihr Handgelenk. Der Verschluss klickte kurz, das Licht des Feuers brach sich im Gold. Sie würde den Reif nie selbst abnehmen oder abstreifen können, er war zu eng, der Verschluss nur mit beiden Händen zu öffnen.

Er betrachtete den Reif kurz, ihren Arm. Er hatte sie in Arnulfs Haus so gesehen. Mit dem Reif. Es schien richtig.

Wulf umfasste ihre Schultern mit dem einen, ihre Beine mit dem anderen Arm und zog sie zu sich heran. Ihr Kopf lehnte an seinem Oberarm.

Trotz Harolds Übergriff roch sie gut. Seife schien ihr kein Fremdwort. Selbst ihr Haar fiel feucht über ihre Schultern. Er bemerkte die geraden Enden. Jemand schnitt ihr das Haar. Keine der Nordfrauen hier tat das, sie ließen es wachsen. Obwohl sie während der Fahrt nur Suppe zu sich genommen hatte, spürte Wulf, dass sie gut genährt war. Kein Zeichen von Armut. Und sie sprach nicht das Angelsächsisch der niederen Leute. Wulf konnte unterscheiden, er hatte unter dem Kaiser von Byzanz lange mit Angelsachsen gedient. Er hatte ihre Sprache gelernt, ihre Kultur und gesellschaftliche Gliederung.

Der Daumen jener Hand, die ihre Beine hielt, strich über ihre nackte Haut. Sie war weich, so weich wie jene der adligen Frauen in Byzanz, die ihre Zeit in Bädern und bei Massagen verbrachten.

Wulf atmete lang und tief aus.

Diese Angelsächsin hätte einiges Geld eingebracht, hätte man sie weiterverkauft. War sie zudem in der Lage, einen Mann zufriedenzustellen, stieg ihr Preis ins Unermessliche. Dies herauszufinden, würde er später Gelegenheit haben.

»Menschen leben, um zu sterben ...«

Wulfs Blick schnellte zu ihren Lippen. Die Worte waren leise, doch deutlich. Ihr Blick war starr, auf das Feuer geheftet, dessen Wärme sie nun, da die Tür wieder verschlossen war, erreichte und ihre Füße und Beine wärmte. Sie sprach noch immer angelsächsisch, wissend, dass auch er sie verstand.

»*Wir* leben, um zu büßen ... Wir werden ewig für meine Rettung büßen ... Du hättest mich sterben lassen sollen ... sterben ...«

»War es das, was du wolltest?« Seine Worte veranlassten sie, ihren starren Blick zu lösen. Ihren dunklen Augen sahen ihn einen Moment lang an.

»Was glaubst du?« Da war kein Vorwurf in ihrer Stimme. Sie erwartete auch keine Antwort.

»Nixe«, sagte er dann, »was auch immer ich vom König halte, ich werde mich seinem Willen beugen. Und das solltest auch du tun. Es gibt kein Zurück mehr.«

»Muss ich mich dem Willen deines Bruders etwa auch beugen?« Diesmal war es ein Vorwurf.

Er antwortete nicht, stieß nur verärgert die Luft aus.

»Verzeih«, sagte sie müde. Sie krallte eine Hand in sein Hemd, um sich in eine bequemere Position zu bringen. Sie musste nach ihrem Ohr greifen, lehnte sich mit der Hand daran wieder kraftlos an ihn.

»Bist du gesprungen, bevor das Boot unterging?«, wollte er wissen. Er trug ihr den Vorwurf nicht nach.

»Ja.«

»Sie haben dich geraubt?«

Sie nickte leicht.

»Wo?«

»Jorvik.«

Wulf ließ die Antwort kurz auf sich wirken. Ein langer Weg lag hinter ihr. Sie war fernab ihrer bekannten Welt. Es *gab* kein Zurück mehr. Nicht jetzt, nicht im Frühjahr. Niemals.

Er sah, dass sie ihr Handgelenk betrachtete, es leicht hin und her bewegte.

Dann blickte sie ihn fragend an.

»Später, Nixe. Wenn die Zeit gekommen ist.«

Sie sagte nichts darauf, schwieg einen Moment, als müsse nun sie etwas wirken lassen. Robyn wusste, dass es eine Hochzeitsgabe war. Die Angelsachsen teilten einen solchen Brauch mit den Nordmännern. Es band sie an ihren Mann, aber gleichzeitig ehrten die Männer ihre Frauen auch damit. Wulf gab ihr das Recht und sein Einverständnis hier zu sein, er akzeptierte, dass sie für sein Haus verantwortlich sein würde. Und er tat all das, ohne sie zu kennen. Ohne zu wissen, ob sie würdig dafür war.

»Wer ist Dora?«, fragte sie dann leise, obwohl sie die Antwort bereits kannte.

»Jene, die deinen Platz vorher einnahm. Auf dieselbe Weise dazu kam. Unter Zwang.«

»Dein Vater hat dich zweimal gezwungen eine Frau zu nehmen?« Robyn quälte jedes ihrer Worte, der Schmerz wurde nur durch ihre stützende Hand etwas gedämpft.

»Ja, zweimal, Nixe. Aber fast will mir scheinen, das zweite Mal bin ich nicht ganz unschuldig an der Situation.«

»Bereust du deine Entscheidung?«

»Dich zu retten?« Er sah sie erstaunt an.

Sie nickte leicht.

»Was glaubst du?«, wiederholte er ihre eigenen Worte, doch ihre Antwort überraschte ihn.

»Es tut mir leid.« Ihre Stimme war so leise, dass es die Ehrlichkeit nur noch mehr hervorhob.

»Sieh mich an, Nixe«, forderte er sie auf. Sie leistete ihm Folge.

»Warum bist du gesprungen?«, verlangte er ein zweites Mal zu wissen.

»Um zu st...«

»Denk nach, Nixe«, unterbrach er sie jedoch, »geh in dich, geh tief in dich und sag mir, warum du gesprungen bist!«

Robyn fürchtete die Tiefgründigkeit dieser Frage, doch sie schloss kurz die Augen, ging zurück zum Schiff der Nordmänner, zum krachenden Sturm, zum Sprung ins Wasser, zu ihrer Kindheit, zu Ath, zu ihrem Raub, zu jenem Nordmann tief in ihrer Erinnerung. Sie schnappte überrascht nach Luft, sah Wulf erschrocken an. Der Bilderrausch vor ihren Augen erlosch, und nur seine Silhouette blieb.

»Ich wollte nicht sterben«, gab sie zu. Sein Gesicht kam dem ihren plötzlich sehr nah.

»Deshalb tut *mir* nicht leid, dich aus dem Wasser gezogen zu haben. Das Schicksal ist ein nicht zu unterschätzender Verbündeter, Nixe. Nimm es an, sei dankbar und lass uns das Beste daraus machen. Gib dem hier Zeit und hoffe.«

Robyn atmete ein und aus, bevor sie ihm antworten konnte.

»Du scheinst deine Zeit in Byzanz nicht nur in Waffen verbracht zu haben. Du sprichst mit den Worten eines weisen Mannes.«

Wulf ließ die Anerkennung zu, die ihn mit einem Mal für sie durchzog. Es war sehr lange her, dass er für eine Frau etwas Derartiges empfunden hatte.

»Und du? Eine Angelsächsin, der Seneca nicht unbekannt ist ... die meisten hier halten eine kluge Frau für gefährlich. Ich jedoch denke, es wird dir von Nutzen sein. Du wirst es brauchen, Nixe, denn Freunde um uns sind rar und schwer zu erkennen.«

Seine Stimme hatte sich unmerklich geändert, doch Robyn spürte die Wahrheit in seiner Warnung. Seine Stimme war rauer, verbittert, gefährlich, doch nicht sie musste sich fürchten. Sie stellte erstaunt fest, dass die Gefahr für jene bestand, die ihr zu nahetreten würden. Wulf und sie waren zu dieser Ehe gezwungen worden, doch seine Pflicht ihr gegenüber, ihr ein Heim zu geben und sie zu schützen, würde er ohne Widerspruch erfüllen.

Wulf studierte ihre dunklen Augen, fand darin, was er erhofft hatte: Verstehen.

Zufrieden lehnte er sich wieder zurück. Zum ersten Mal an diesem Tag entspannte er sich etwas. Nicht ganz, das hatte er seit vielen Jahren nicht mehr gekonnt, aber doch genug, um tief auszuatmen und mit seiner Frau im Arm aufzustehen und sie hinüber zum Lager zu tragen. Er legte sie neben die Holzwand des Hauses, legte zwischen sie und die Wand ein Fell und deckte sie dann zu.

Kurz darauf hielt er Annijas Salbe in der Hand.

»Reib deine Verletzung damit etwas ein. In ein paar Tagen sollte der Schmerz vergehen. Hörst du mit dem Ohr schlecht?«

Robyn war überrascht, dass er derart gut über die Verletzung Bescheid wusste. Sie hatte ihn in dieser Hinsicht unterschätzt.

Sie gehorchte, rieb die Stelle vorsichtig mit der aromatisch riechenden Salbe ein und gab ihm die Dose zurück.

»Manchmal höre ich ein bisschen, sehr leise«, antwortete sie ihm.

»Stell dich darauf ein, dass es nicht mehr besser werden wird. Dein Sprung ins Wasser hat deinem Gehör großen Schaden zugefügt.«

»Aber mein Leben gerettet«, fügte sie hinzu.

Sie sahen einander daraufhin lange schweigend an. Robyn musste diesen Blick nicht ertragen. Sie erlebte ihn, während er neben ihr auf dem Lager saß. Die Decken, die er um sie gelegt hatte, wärmten sie. Sie hatte nicht das Gefühl, ihm ausgeliefert zu sein, obwohl er später neben ihr liegen würde, ein fremder Mann und doch ihr Mann.

»Nixe, bevor ich die erste Nacht bei dir verbringe, verrate mir den Namen meiner Frau.« Seine Stimme war wieder rau, aber aus einem anderen Grund.

»Robyn, mein Name ist Robyn.«

»Robyn«, Wulf überlegte kurz, »hat es in deiner Sprache nicht eine Bedeutung ...«

»Ein kleiner Vogel mit rotem ...«

»Ja, ich weiß, ein Rotkehlchen ...«

Robyn hörte ihn das nordische Wort aussprechen, erinnerte sich daran, nickte. Es entsprach ihrem Namen.

»Eine kleine Beute für einen Wolf«, meinte Wulf.

»Zu klein vielleicht«, entgegnete Robyn schläfrig. Plötzlich jedoch fühlte sie seine Hand auf ihrer Wange.

»Irre dich nicht. Ein Wolf ist vielseitig. Unter bestimmten Umständen ist er sehr anpassungsfähig, ändert seine Beute.«

»Aber wie lange jagt er eine Beute?« Robyn war atemlos. Sie spürte, dass sein Daumen über ihre Lippen strich.

»Ein Wolf ist ein sehr geduldiger Jäger. Er wartet und respektiert seine Beute.« Er zog seine Hand zurück. »Schlaf, Nixe. Es war ein langer Tag.«

Robyn beobachtete ihn mit halbgeschlossenen Augen. Sie konnte noch lange nicht schlafen, ruhte jedoch in diesem, ihrem Haus entspannt, atmete den aromatischen Geruch der Salbe ein, nahm die Wärme des Feuers wohlwollend auf. Sie sah Wulf eine Weile Ordnung schaffen, dann Stunde um Stunde am Feuer sitzen, etwas Met trinken. Er hatte sich so niedergelassen, dass die Wärme sie ohne Unterlass bestrahlte, sein Profil zeichnete sich scharf in dem Lichtschein ab. Seine Gesichtszüge, seine Augen, seine ganze Haltung blieben während dieser Nacht gedankenschwer. Ein-, zweimal strich er sich durch den Bart, der sein Kinn und seine Oberlippe bedeckte, seine Hände drehten das Methorn oft, als sei er unschlüssig, ob er daraus trinken solle oder nicht.

Robyn würde diese erste Nacht in seinem Haus niemals vergessen. Für eine unendlich lange Zeit schien ihr Wulf wie ein Trugbild, unwirklich, aus einer anderen Welt. Sie sah seine Wangenmuskeln spielen, seine Augen, die sich von Zeit zu Zeit verengten, wieder entspannten, sich schlossen, als weile er weit entfernt, sich wieder öffneten. Robyn beobachtete ihn im Halbschlaf bis ins Morgengrauen. Erst dann erhob er sich, entledigte sich seiner Schuhe und legte sich neben sie auf eines der Felle, deckte sich jedoch nicht zu.

Als sie wenig später seine gleichmäßigen Atemzüge wahrnahm, tat sie es für ihn, zog vorsichtig eine Decke über ihn. Sie bemerkte die winzige, überraschte Unregelmäßigkeit seines Atems nicht.

* * *

Teil 2

1.

Robyn schrak auf. Wulf saß neben ihr, frisch rasiert, das Haar feucht, seine Kleidung ausgetauscht gegen eine neue Tunika und enge Hosen. Sie roch Seife, Holz und frische eisige Luft von draußen. Er hatte sie an der Schulter wachgerüttelt. Erst jetzt bemerkte sie die angelehnte Tür und den Lärm draußen.

»Geh nach nebenan, nimm die Decke mit, schnell«, zischte er und drückte ihr die Dose mit der Salbe in die Hand.

Robyn gehorchte ihm ohne Gegenfrage. Sie stieg aus dem Lager, schwankte kurz, tappte jedoch über die Felle durch den Raum und wartete nicht, bis das Schwindelgefühl nachließ. Sie hatte es schlimmer in Erinnerung. Das Pochen in ihrem Kopf hatte auch aufgehört. Ein ungutes Gefühl überkam sie, als sie die Tür hinter sich schloss. Die Unruhe draußen bedeutete Gäste. Gäste, die sie eigentlich bewirten müsste als neue Herrin in diesem Haus. Aber Wulf hatte sie nicht umsonst fortgeschickt. Und die Stimmen, die kurz darauf erschollen, ließen sie in die hinterste Ecke des Raumes zum Pferd weichen. Der mächtige Rappe, misstrauisch gegenüber allem Fremden, ließ sie gewähren. Der Geruch seines Herrn haftete ihr an. Er sorgte sich um sie und Sleip konnte die Sorge an ihr riechen.

Wulf öffnete seinem Vater die Tür und ließ ihn eintreten. Er hatte fast damit gerechnet, ihn zu sehen. Nach Harolds und seiner Schlägerei gestern Nacht überraschte es ihn nicht. Eilaf folgten Harold selbst und Leif mit entschuldigendem Blick. Zwei Begleiter blieben draußen bei den Pferden.

»Verzeih, Vater, dass ich euch nichts anbieten kann, ich wollte mir heute erst meine Sachen und Vorräte besorgen.«

Eilaf hatte sich derweil umgesehen. Er war lange nicht hier gewesen. Außer dass alles eine Weile nicht bewohnt worden war, hatte es sein Sohn verstanden, sich ein Heim herzurichten. Er war ein begabter Schiffsbauer als auch Tischler, der mehr Möbelstücke besaß als alle hier. Ein Luxus, der einzige, den Wulf sich je gegönnt hatte. Eilaf war zu stolz gewesen, um ihn je um Anfertigungen für die große

Halle zu bitten, seinem eigentlichen Zuhause, dem er entsagt hatte, sobald er alt genug gewesen war, nur um dann nach Byzanz geschickt zu werden. Eilaf wusste, er würde nie zu Wulf durchdringen können, ihre Differenzen waren einfach zu groß, die Kühle zwischen ihnen selbst für andere spürbar. Doch er hatte nie aufgehört zu glauben, dass sein Einfluss auf seine anderen beiden Söhne gut war. Er würde es ihm nie sagen können, aber er bewunderte Wulfs Mäßigung und Disziplin. Harold und Leif hatten nichts davon. Harolds Maßlosigkeit in allen Dingen war allgemein bekannt und gefürchtet, Leifs Schwäche war seine Unsicherheit, sein fehlender Wille, sich einer Sache zu verschreiben und voll und ganz hinter ihr zu stehen.

Eilaf wandte den Blick seinem Ziehsohn zu. Seine Haut war fast so dunkel wie die eines Sarazenen, die Augen groß und ruhig. Er verbarg ausgezeichnet, dass er den Besuch missbilligte. Allein seine nachfolgenden Worte würden ihn verraten. Er hatte die Arme verschränkt und hielt abwartend dem Blick stand. Eilaf betrachtete die sehnigen Hände, die sich in all den Jahren oft bewiesen hatten, die, anders als seine eigenen, schreiben konnten, nicht nur Runen, sondern auch andere Sprachen. Er wäre ein ausgezeichneter Berater für Harold in der Kriegsführung als auch bei Verhandlungen.

Eilafs Gesichtszüge spannten sich sichtbar an. Er verdrängte jene Gedanken, kehrte zurück zu dem eigentlichen Grund seines Kommens. Es gab Dinge zu klären nach gestern Nacht. Eilaf hatte sich gewünscht, die Brüder hätten ihren Zwist etwas beigelegt und Wulf hätte die Zeit genutzt, um sich einige Sachen durch den Kopf gehen zu lassen. Doch Harold hatte dafür gesorgt, dass der alte schwelende Zwist zwischen den beiden dort begann, wo er vor fünfzehn Monaten bei Wulfs letztem Besuch geendet hatte.

»Etwas Met wirst du hoffentlich für einen alten Mann haben«, meinte Eilaf und ließ sich bei dem Feuer auf einer Bank nieder.

»Natürlich, Vater.« Wulf schenkte ihm ein, reichte ihm das Horn.

»Für mich auch, wenn du gestattest«, grinste Harold.

Wulfs Augen verengten sich.

»Du wirst in diesem Haus nur geduldet, weil Vater hier ist ...«

Harolds Grinsen verschwand schnell, er ging zwei Schritte auf Wulf zu, um ihn zu provozieren, doch Eilaf gebot ihnen Einhalt.

»Haltet den Mund und schweigt«, rief er aufgebrachter als beabsichtigt. Er nahm einen tiefen Schluck aus dem Horn, zog sich den Umhang enger um die Schultern, obwohl es in dem Raum warm genug war.

»Bei Odin, ihr seid Brüder, vergesst das nicht.«

Weder Harold noch Wulf antwortete darauf. Sie maßen sich stumm, jeder der beiden denselben Gedanken in Zorn eingebettet. Keiner von ihnen empfand auch nur annähernd brüderliche Zuneigung.

Harold selbst spiegelte den Hass seines Bruders auf ihn unmissverständlich wider. Seine Nase, seine Oberlippe, alles war blau geschwollen. Er würde für ein paar Tage entstellt sein und zudem das Gespött der Leute.

»Ich wünschte, du hättest dieses Mädchen ertrinken lassen, Wulf. Sie ist einen Tag hier und trägt schon Schuld an eurem Streit. Etwas, was ich unbedingt vermeiden wollte.«

Eilaf sah vom Feuer auf, während er das sagte.

»Sie trägt keine Schuld, in keiner Weise, Vater«, entgegnete Wulf.

»Harold behauptet, sie hätte ihm schöne Augen gemacht, als ihr gestern in der Halle ward.«

»Ist das so? Ich denke, Harold überschätzt den Eindruck, den er auf Frauen macht.«

»Sag das noch mal ...«

Diesmal war Harold nicht mehr zu halten, auch von Eilaf nicht. Wulf wollte die Kühnheit seines älteren Bruders fast bewundern, ihn erneut herauszufordern. Jedoch hielt er es mehr für den Leichtsinn eines haltlosen Säufers. Er fing Harolds Faustschläge geschickt ab. Eine Weile rangen sie miteinander, bis Wulf genug hatte und Harold die Luft abdrückte, was nach nur wenigen Sekunden die gewünschte Wirkung hatte.

Eilaf, der entrüstet aufgestanden war, sah beide Söhne zornig an.

»Harold, geh hinaus und hol dir etwas frische Luft. Deine Anwesenheit hier führt zu nichts.«

Leif, der all dem still gefolgt war, öffnete die Tür. Harold verließ schnaufend das Haus, gab sich für den Moment geschlagen.

Eilaf setzte sich wieder, stieß den Atem aus, nahm erneut einen Schluck aus dem Horn.

»Ist die Ehe vollzogen?«, wollte er dann ruhig wissen.

Wulf lachte auf, ohne jeden Humor, kalt und zynisch. Er wusste genau, worauf sein Vater hinauswollte.

»Hast du es dir etwa anders überlegt? Gestern noch schienst du überzeugt, dass es das Richtige sei, sie mir zur Frau zu geben. Wie schnell du deine Meinung geändert hast. Lass mich raten, Harold hätte sie wohl gern als Zeitvertreib? So wie Dora?«

»Wie kannst du behaupten, dass er ...«

Wulf ließ ihn nicht aussprechen. Er schnellte nahe an ihn heran.

»Hast du jemals meinen toten Sohn erblickt? Hast du?«

»Was soll die Frage?«

Wulf ließ sich nicht beirren.

»Er hatte rote Haare.« Wulf besah sich die ergrauten Haare seines Vaters, die noch immer rötlich schienen, so wie jetzt im Schein des Feuers.

Eilafs Lippen pressten sich aufeinander, er schaffte es nicht, den Blick seines Ziehsohnes zu erwidern.

»Davon wusste ich nichts.«

»Dann sind wir schon zwei, Vater.«

Wulf suchte kurz den Blick seines zweiten Bruders. Leif jedoch schüttelte den Kopf. Dann sah Wulf zurück zu seinem Vater.

»Und – nein. *Meine Frau* hat Harold gestern keine schönen Augen gemacht. Er kam hierher aus alter Gewohnheit.«

Wulf drehte sich ab, kehrte hinter das Feuer zurück, betrachtete den alten Mann am Feuer. Er wollte und konnte kein Mitleid für ihn empfinden. Die Uneinigkeit seiner Söhne hatte auch er zu verantworten. Vor allem seit Einar, sein ältester Sohn, tot war, war Wulfs und Harolds Hass aufeinander gestiegen. Und Eilaf hatte nichts getan, um dies zu ändern. Manchmal hatte sich Wulf gefragt, ob Eilaf Harold überhaupt noch gewachsen war.

»Du tätest gut daran, Harold zu sagen, er soll sich in Zukunft von ihr fernhalten«, sagte Wulf nach einer Weile, »sie gehört mir, auf deinen Wunsch und ich akzeptiere das. Er sollte sich nicht selbst zum Gespött der Leute machen und einer Frau nachjagen, die seinem Bruder gehört.«

»Harold versucht scheinbar mit allen Mitteln, seine eigene Frau loszuwerden«, kommentierte Leif, »da sie ihm keinen Erben schenkt.«

Wulf sah ihn an, überlegte kurz.

»Sie sind seit sechs Jahren verheiratet. Eine lange Zeit ...«

»Zeit genug, um sich anderweitig zu vergnügen, auch mit der Frau seines Bruders«, Leif sah zu Boden, »oder mit jeder anderen.«

»Ingrid?« Als Wulf den Namen aussprach, nickte Leif, blickte nicht auf.

»Und ich hätte sie fast geheiratet. Wie dumm ich war. Weiber. Sie sind alle gleich. Solange es zu ihrem Vorteil geschieht, werden sie mit jedem Mann das Lager teilen.«

Eilaf stieß seinen Atem vernehmbar aus. All das schien unwichtig im Vergleich zu jenem wirklichen Problem, das ihn beschäftigte, das sie alle etwas anging.

»Wulf«, sagte er, »ich wünsche, dass du dich öfters in der Halle blicken lässt. Es würde einen guten Eindruck machen, wenn uns die Leute wieder öfter zusammen sehen.«

»Glaubst du allen Ernstes, dass sie diese Taktik nicht durchschauen werden?«, erwiderte Wulf. »Sie wissen, dass wir uns in dieser einen grundlegenden Sache nicht einig sind und uns nie einig sein werden.«

»Ich verstehe nicht, warum du es so gering erachtest, Thronerbe zu sein und damit etwas zu bewirken.«

»Das hat damit nichts zu tun. Ich denke nur nach wie vor, dass dieser Thron einem anderen gehört und nicht dir.«

»Verflucht seiest du, Wulf!« Eilaf stand wütend auf und stampfte um das Feuer. »Wiglif wäre gar nicht fähig uns zu führen. Er kann ja nicht einmal seine eigenen Leute unter Kontrolle halten. Die Zustände im Westdorf geraten immer mehr außer Kontrolle. Dieser Kark schart mehr und mehr Männer um sich. Ich befürchte irgendwann wird er

Wiglif stürzen, dann haben wir ein ernstzunehmendes Problem.«

»Ist denn dieser Kark so gefährlich?« Wulf spürte nicht zum ersten Mal, dass seine jahrelange Abwesenheit dazu geführt hatte, dass er über einige Vorfälle und Zusammenhänge unzureichend informiert war.

Leif antwortete für seinen Vater.

»Er hat sich erst als Günstling des Königs hochgearbeitet, dann vor einigen Monaten wandte er sich plötzlich gegen den König. So weit ich gehört habe, spaltet sich das Westdorf immer mehr in zwei Lager. Und falls es Kark gelingt, die Macht im Westdorf an sich zu reißen, ist es sehr wahrscheinlich, dass sein nächster Schritt ein Angriff auf uns oder das Süddorf sein wird.«

»Verstehst du nun, warum wir unbedingt Zusammenhalt demonstrieren müssen?«, wollte Eilaf wissen.

»Du redest von Zusammenhalt? Dass ich nicht lache! Was muss noch geschehen, dass du ...« Er sah kurz auf Leif und verbesserte sich. »Dass *ihr* seht, dass dies der falsche Weg ist? Solange du auf diesem Thron sitzt, der rechtmäßig Wiglif gehört, solange wird es hier nie Einigkeit geben. Nie. Niemals. Ist dieser Kark so gefährlich, dann könnt ihr nur zusammen etwas gegen ihn unternehmen. Genauso gegen Tryggvason. Aber ich sage dir das seit vielen Jahren und ich habe aufgegeben, daran zu glauben, dass ihr je Vernunft annehmen werdet. Wenn du es wünscht, werde ich zur Halle kommen, aber es wird nichts an meiner Einstellung ändern. Und die Leute wissen das, Vater. Bei den Göttern, sie wissen es seit fünfzehn Jahren und länger.«

Wulfs Atem war aufgebracht, vermischte sich mit dem knackenden Feuer. Nur langsam beruhigte er sich wieder. Eilaf und er standen sich gegenüber. Es war Eilaf der zuerst den Blick niederschlug. Worte sagte, die ein Vater einem Sohn nie sagen sollte.

»Bei den Göttern, ich hätte dich damals verbrennen lassen sollen.« Er sprach so voll Zorn, so voll Bitterkeit wie Wulf ihm antwortete.

»Das hättest du, Vater. Wie recht du hast ...«

Er wandte sich ab.

»Es ist besser, ihr geht jetzt. Was gesagt werden musste, ist gesagt«, knurrte Wulf.

Noch ehe Eilaf und Leif jedoch zur Tür geschritten waren, durchbrach Lärm die verbitterte Stille im Raum. Eilige Schritte erklangen, der unterdrückte Schrei des Mädchens, dann wurde die Zwischentür aufgerissen und Robyn stürzte in das Zimmer. Sie beging in diesem Moment einen fatalen Fehler - doch war es ihre einzige Möglichkeit. Sie lief schutzsuchend hinter Wulf, machte sich Harold endgültig zum Feind und gab das Vertrauen, dass sie zu Wulf hatte, preis. Und Wulf ließ in diesem Augenblick die Tatsache zu, dass seine Frau einen wunden Punkt für ihn darstellen würde. Die Entscheidung traf er schnell und merkwürdig frei von Widerstreben.

Harold konnte nicht verbergen, was er im Stall versucht hatte zu tun. Er kam ins Zimmer, besah sie noch immer gierig, aber auch zornig, ob der erneuten Abfuhr.

»Wag es nicht, sie anzufassen, Harold«, stieß Wulf zwischen den Zähnen hervor, »sie gehört mir.«

»Solange Dora noch im ersten Rausch war, einen Thronerben geheiratet zu haben, gehörte sie auch dir. Aber ihre Einstellung hat sich auch schnell wieder geändert, nachdem sie herausfand, wen sie wirklich geheiratet hatte«, schnaufte Harold.

»Du irrst, Bruder, *ich* hatte meine Einstellung geändert. Dora war es nicht wert, ihr eine Sekunde nachzutrauern. Sie hatte meine Einwilligung in diese Zwangsehe und den Respekt davor missbraucht und bekommen, was sie verdiente.«

»Ah, die Werte des Kommandanten der Leibgarde des Kaisers von Byzanz«, Harolds verneigte sich spöttisch, »ich hatte ganz vergessen, wie tugendhaft mein Bruder ist. Aber lass dir gesagt sein, Wulf, das war nicht der einzige Grund, warum deine Frau in meine Arme flüchtete. Sie war königstreu, wenn du verstehst, was ich meine.«

»Raus«, sagte Wulf kalt. Dann, an seinen Vater gewandt: »Du hättest besser getan, ihn nach Byzanz zu schicken, vielleicht hätte er dann etwas Mäßigung und Disziplin gelernt.«

»Zumindest steht er auf der richtigen Seite«, grollte Eilaf ihm und ging hinaus. Harold folgte seinem Vater boshaft lächelnd. Nur Leif blieb kurz zurück.

»Es wäre gut, dich einmal in der Halle zu sehen«, meinte er.

»Es wird nichts ändern, Leif, gar nichts«, stieß Wulf hervor, wandte sich diesmal auch von ihm ab, »schließ die Tür hinter dir.«

Leif presste seine Lippen aufeinander und folgte den beiden nach draußen. Die Tür schlug er wütend zu.

Das Schnaufen der Pferde und das Knirschen unter ihren Hufen verklang alsbald in der eisigen Luft. Drinnen legte Wulf etwas Holz nach. Dann besah er Robyn. Er konnte Harolds Begierde recht gut nachvollziehen. Die Nixe atmete nach wie vor heftig, ihr Körper zeichnete sich dabei unter der Tunika ab und ein Mann hätte aus Stein sein müssen, um nicht darauf zu reagieren. Harold jedoch besaß keinerlei Zurückhaltung, Wulf indes hatte es schon immer besser verstanden, sich zu zügeln.

Er ging zu ihr hinüber, legte eine Hand unter ihr Kinn, drehte ihren Kopf zur Seite, besah sich das Ohr. Die Schwellung war leicht zurückgegangen, auch sonst schien sie unversehrt.

»Du solltest dir langsam etwas Ordentliches anziehen, Nixe, wenngleich ich finde, dass dir meine Tunika weitaus besser steht. Aber wie du siehst, bist du nicht sicher in diesem Aufzug. Auch vor mir nicht mehr lange, fürchte ich.«

Er ließ ihr Kinn nicht los, blickte in ihre braunen, gläsernen Augen. Sie schreckte nicht zurück vor ihm, ließ die Berührung ohne Gegenwehr zu.

»Was ...« Sie schluckte, ihre Stimme war rau vom langen Schweigen. »Was meinte dein Vater damit, als er sagte, er hätte dich verbrennen lassen sollen?«

»Hast du alles gehört?«

»Mein anderes Ohr hört noch ganz gut«, gab sie zu. Wulf lächelte, etwas sehr Seltenes. Ihre Lage hatte sie nach anfänglichen Schwierigkeiten nicht verzweifeln lassen. Hier zu leben, hieß diese Welt verstehen zu müssen. Und sie war klug genug gewesen, sehr aufmerksam zu lauschen, um sich die Stücke dieser Welt zusammenzusetzen.

»Eine Ironie eigentlich«, antwortete er dann, »so wenig wie du wolltest, dass ich dich rette, so wenig wollte ich, dass mich Eilaf aus den Trümmern meines brennenden Elternhauses rettete.«

Er konnte beobachten, wie sie Teile zusammensetzte, Schlüsse zog und ihn dabei sehr genau studierte, ihren Blick über seinen Bart und seine Haare streichen ließ.

»Er ist nicht dein richtiger Vater?«

»Gut erkannt, Nixe«, erwiderte er, ihrer Schlussfolge aufgrund der Haarfarbe Rechnung tragend, »wenngleich es keinerlei Auswirkung auf meine Rechte und Pflichten hat. Es mag dir nicht so scheinen, aber hier spielt das Blut keine so große Rolle. Es genügte, dass Eilaf mich als seinen Sohn anerkannte.«

»Warum hat dieser Wiglif das nicht auch mit einem Kind getan, das ihm zugetan war? Dann hätte er doch auch wieder einen Anspruch auf den Thron!«

»Nixe ...«, Wulf vergaß seine Wut für einen Moment, zu sehr überraschte ihn ihre Auffassungsgabe, Doch sie verstand sein Zögern falsch und zog diesmal einen falschen Schluss, der seinen Zorn viel zu schnell wiederkehren ließ.

»Verzeih, ich sollte das nicht fragen ...«

Robyn spürte diese Veränderung. Seine Hand wanderte über ihre Wange und ihr unverletztes Ohr, ergriff ihren Hinterkopf, zog sie unvermittelt zu sich heran.

»Hör nicht auf zu fragen«, zischte er sie an, »hör nie auf zu fragen! Und wenn du all das, was hier vorgeht, verstehst, dann urteile.«

Robyn fühlte, dass sie ihm diesmal nicht entweichen konnte, falls er sie küsste. Doch statt ihren Mund berührten seine Lippen nur ihren Mundwinkel. Ihre Hand schnellte vor, um sich an seinem Hemd festzuhalten. Sie wusste nicht, ob der Schwindel von ihrer Verletzung herrührte oder er sie ausgelöst hatte. Sie bemerkte, dass er ihre Reaktion sehr genau aufnahm, unweigerlich mit jener gegenüber Harolds verglich. Wulf hielt es für ihre Vernunft, doch Robyn wusste ganz plötzlich, dass es nicht allein Vernunft war. Sie fürchtete sich jedoch vor der Zuneigung, die sie ihm gegenüber empfinden könnte. Sie verstand sich nicht.

Er ließ von ihr, sein Zorn hatte ihn bereits zu weit gehen lassen. Jedoch hatte ihre Reaktion ihm gezeigt, dass sie durch ihre Vernunft und ihr Einsehen vielleicht eine ganz gute Ehe führen würden. Zumindest in dieser Hinsicht. Was ihr Urteil betraf, würde er abwarten. Er konnte ihr verbieten, frei wählen zu dürfen, doch er entschied sich dagegen. Er scheute ihre Klugheit nicht. Er würde sie wählen lassen.

Während er seinen Umhang anlegte, stand sie noch immer hinter dem Feuer.

»Schau dich heute etwas um, wenn dir danach ist. Alles hier gehört auch dir, also zögere nicht, es dir anzusehen und zu benutzen. Ich bin in ein paar Stunden wieder hier.«

Ein kalter Luftzug umhüllte Robyn, dann hatte er die Tür wieder geschlossen. Sie war allein.

2.

Es war klirrend kalt geworden, doch Robyn hatte genügend warme Kleidung gefunden, um sich auch außerhalb des Hauses umzusehen. Die frische Luft tat ihr gut, die Schwellung am Ohr war weiter zurückgegangen, die Salbe wirkte, wenngleich sie nicht in der Lage gewesen war, die Kräuter darin zu identifizieren. Wer auch immer sie zubereitet hatte, schien sehr geschickt im Umgang mit Kräutern und der Herstellung von Tinkturen und Salben. Sie würde Wulf bei Gelegenheit nach der Person fragen.

Robyn stapfte weiter, folgte keinem bestimmten Ziel, wollte sich nur eine Weile umsehen. Nicht im Dorf, das wagte sie nicht, aber der Wald interessierte sie. Ath hatte ihr genügend darüber beigebracht, so dass sie bald einige verschneite Sträucher und Bäume identifizieren konnte, andere sah sie zum ersten Mal. Doch die ihr bekannten gaben ihr Hoffnung im Frühjahr einige Kräuter und Wurzeln zu finden, mit denen sie arbeiten konnte. Die Idee war ihr im Haus gekommen, während sie sich dort etwas umgesehen hatte. In einer Kiste hatte sie einige getrocknete Kräuter gefunden. Sie wollte Wulf bitten, ihr zu gestatten, weitere zu sammeln, damit sie selbst Salben und ein paar andere Heilmittel herstellen konnte. Sie wusste, dass die Nordmänner mit allem Handel betrieben, vielleicht konnte sie ihn damit unterstützen. Sie hatte erschreckt festgestellt, dass Gedanken einer Ehefrau und ihre Pflichten sie beschäftigten. Dann jedoch musste sie an ihren Vater denken. Er hatte sich in noch so schweren Situationen zurechtgefunden, hatte ihnen Gutes abgewonnen, sie nüchtern über sich ergehen lassen. Er hatte ihr beigebracht, Tatsachen zu akzeptieren. Jedem war es erlaubt verzweifelt zu sein, in der Stunde der Not keinen Ausweg zu sehen. Aber Wulf hatte sie aus dem Wasser befreit. Und er hatte ihr eine zweite Chance gegeben. Er hatte sie akzeptiert, eine Zwangsehe, eine Angelsächsin, den Groll seines Bruders, seines Vaters. Sie musste das auch. Ath hätte sich der Situation genau so angepasst, versucht klar zu denken, in die Zukunft zu schauen.

Sie entdeckte einen weiteren ihr bekannten Strauch. Sie wusste aus Erfahrung, dass in seiner Nähe einige Kräuter und Pflanzen wuchsen, die sie später verwenden konnte. Sie sah sich um. Hier standen die Bäume noch dicht beieinander, aber weiter Richtung Westen wurde es lichter. Birken wuchsen dort, eine kleine Lichtung tat sich auf. Dann blickte sie zurück. Sie kannte den Weg noch immer. Ihre Orientierung hatte nicht nachgelassen, dem Sonnenstand zufolge war sie auch nicht lang unterwegs. Sie wusste, sie würde bald umkehren müssen, wenn Wulf zurückkam. Beruhigt schlug sie den Weg zur Lichtung ein. Die Sonne, die bald die obersten Wipfel der Bäume berühren würde, schien ohne den Hauch von Wärme auf sie herab. Doch Robyn hatte sich genug bewegt, sie spürte keine Kälte, obgleich ihr die Kälte in diesem Land fremd erschien. Sie roch das Meer in der Nähe, die Luft war feuchter, doch eisig. Der Wind, den das Meer brachte, konnte das Wetter scheinbar schnell ändern. Eigenartig schien ihr auch die Tatsache, dass die Einbuchtung, durch die sie an den Strandabschnitt des Dorfes gelangt waren, nicht zugefroren war. Ob eine warme Strömung das Wasser frei von Eis hielt?

Robyn zog ihren Schal enger, der ihren Kopf und ihr Gesicht schützte, und ging den Rand der Lichtung ohne bestimmtes Ziel ab.

An einer Stelle scharrte sie den Schnee etwas beiseite und beugte sich näher darüber, als der Grund sichtbar wurde. Wie sie vermutet hatte, gab es noch etwas vergilbtes Gras darunter, einiges sogar noch grün. Sie nahm ihre Hände zu Hilfe und schaufelte etwas mehr Schnee weg. Nichts.

Sie ging weiter, versuchte sich die Lichtung im Sommer vorzustellen. Eigenartig. Es bereitete ihr keine Mühe. Sie blieb stehen, lauschte ihrem Atem, der in kleinen Wolken vor ihr aufstieg. Ein leises Geräusch, doch voll Frieden und Reinheit. Ansonsten nichts. Kein Laut. Nur Stille. Sie schloss die Augen. Nach einer Weile konnte sie die Gräser zischen hören, während sie sich dem Wind beugten. Die Bäume, die wunderschönen Birken rauschten bei jedem Windstoß, dann schwiegen sie wieder. Für einen Moment hörte sie Kinderlachen und schrak aus ihrem Tagtraum, schrak daraus wie nach einem heftigen Schlag. Doch der Gedanke verflüchtigte sich so schnell wie er gekommen war. Sie stand wieder fast knietief im Schnee, schaute über die karge, gleißende Lichtung. Dann sah sie plötzlich einen Schatten hinter einer Birke, der sich erst bewegte, um dann wieder still zu verharren. Es war genug, um sie davonlaufen zu lassen. Sie war nicht allein auf dieser Lichtung.

3.

Wulf hatte den gesamten Weg nicht aufhören können nachzudenken. Sein Kopf war schwer von Gedanken, vor Sorgen, die er sich eingestehen musste. Die Nachrichten der anderen Schiffsbauer verhießen nichts Gutes. Sein Vater und Leif hatten Recht behalten, was diesen Kark betraf. Er stellte eine ernstzunehmende Gefahr dar. Eine Gefahr, die jeden Tag an Macht und Einfluss gewann. Eine Gefahr, die keine Skrupel kannte, gegen die eigenen Leute intrigierte, sie gegeneinander aufhetzte. Die Geschichte schien sich zu wiederholen. Damals hatte sie zwei Brüder auf ewig entzweit und drei Reiche erschaffen, von denen eines seitdem ohne König auskam und die anderen beiden den Brüdern gehörten. Aber wie würde *diese* Geschichte enden?

Seine eigenen Leute fürchteten Eilaf und vor allem den Einfluss Harolds auf ihn. Doch eine Einmischung würde von beiden nicht erfolgen. Eher würden sie zusehen, wie Wiglif von einem seiner eigenen Männer gestürzt würde. Die Folgen hielten sie für geringfügig. Ein Machtwechsel, nichts weiter. Doch die Schiffsbauer aus dem Westdorf sagten anderes. Sie sprachen von Plänen, die alle drei Dörfer betrafen. Kark war gierig und er wusste um die Schwächen seiner Gegner. Die einen ohne Führer, die anderen mit einem leichtfertigen Führer und falschen Beratern. Im Weg stand ihm nur noch ein greiser Mann, ohne Erben, verbittert, ohne Augen für die Wahrheit.

Nachdem Wulf auf dem Rückweg zwei Fische geangelt hatte, die, wie er hoffte, von seiner Frau zubereitet werden würden, hatte er schweren Schrittes das letzte Stück des Weges in Angriff genommen. Morgen würde er Sleip etwas bewegen und ihn mitnehmen. Heute hatte er ihm nach der Überfahrt den warmen Stall gegönnt. Viel hatten die Schiffsbauer zu dieser Jahreszeit nicht zu tun. Es war üblich, in der kleinen Hütte am Strand am Feuer zu sitzen und sich bei einigen Schnitzereien auszutauschen. Nur manchmal arbeiteten sie bei gutem Wetter unten am Strand. So wäre es heute gewesen, doch da Arnulf ihnen von Wulfs Ankunft erzählt hatte, beschlossen sie stattdessen Neuigkeiten auszutauschen. Wulf war nicht entgangen, dass einige der Nordmänner voll Hoffnung auf seine Rückkehr gewartet hatten. Sie glaubten, er könnte seinen Vater beeinflussen, etwas zu unternehmen. Arnulf hatte ihn bei der Beantwortung der indirekten Frage mehr als deutlich studiert, sich an die vergangene Nacht und ihr Gespräch erinnert. Wulf hatte nachgedacht, lange. Er berichtete ohne Zögern vom Besuch seines Vaters am Morgen, erzählte, dass er sehr wohl von der Gefahr, die von Kark ausging, wusste, sie jedoch insofern unterschätzte, dass er meinte, nur durch gespielten Zusammenhalt würde Kark abgeschreckt werden. Die Entrüstung der Nordmänner ob der fehlenden Sorge um seinen Bruder hatte das Gespräch auf die Vergangenheit gelenkt, ließ die Älteren unter den Männern alte

Geschichten ausgraben, die glücklichere Zeiten beschrieben.

Wulf konnte Arnulfs Blick lange Zeit nicht vergessen. Enttäuschung. Hoffnung. Zorn. Vertrauen. All das hatte Wulf darin lesen können. Die Antwort hatte Arnulf nicht gefallen, aber er wusste auch, wie schwer es war, einem jähzornigen Mann Vernunft beizubringen, einem Vater zu sagen, dass sein Sohn Unruhe stiftete und ihn falsch beriet.

Wulf betrat das Haus, stand kurze Zeit später wieder draußen. Das Haus war leer. Er ging hinter das Haus, zum Bach. Auch dort war sie nicht. Er suchte die Umgebung sorgfältig ab, ließ den Blick in jede Richtung schweifen, die untergehende Sonne warf messerscharfe Schatten auf den Schnee. Er fand Spuren, kurze Schritte, kleine Schuhe. Sie war nicht schnell gelaufen, vielleicht hatte sie sich nur die Füße etwas vertreten wollen. Er sah zurück. Sleip zu satteln, raubte ihm zuviel Zeit, außerdem wäre er schneller zu Fuß, da sie keinen Weg eingeschlagen hatte, sondern querfeldein gegangen war. Sie hatte kein Gepäck, die Tiefe ihrer Abdrücke entsprach ihrem normalen Gewicht mit etwas mehr Kleidung.

Sie war nicht weggelaufen, nicht eine Sekunde glaubte er daran. Diese Frau war zu vernünftig, zu schlau, um sich auf ein solches sinnloses Unterfangen einzulassen. Doch eine Tracht Prügel würde er ihr heute Abend trotzdem verpassen. Ohne weiteres Zögern folgte er den Spuren im Schnee.

4.

Robyn wollte nicht einmal wissen, wer die beiden Nordmänner waren, die sie im Wald jagten wie eine Beute. Ob Harold sie geschickt hatte? Hatte sie sich hier so schnell Feinde geschaffen? Oder waren sie einfach nur zufällig auf der Lichtung gewesen und nun auf ein Vergnügen mit ihr aus? Oder wollten sie sie rauben, wie die Männer in Jorvik? Waren es gar Männer aus jenem Dorf?

Eines stellte sie eindeutig fest. Sie kamen weitaus schneller vorwärts als sie. Ihnen schien der tiefe Schnee weniger Schwierigkeiten zu bereiten als ihr. Sie wagte nicht mehr hinter sich zu blicken. Zu sehr fürchtete sie, damit wieder den Abstand zu verkürzen. Sie hatte sich längst verlaufen, lief nur noch ungefähr in die Richtung, die sie für die richtige hielt. Die Sonne war in ihrem Rücken, sie musste irgendwann dem Dorf wieder nahekommen. Das Schnaufen der beiden riesigen Nordmänner hallte bis zu ihr, sie wollte wimmern, vor Angst um Hilfe rufen, doch sie konnte nicht, sie musste weiterlaufen, erreichte schließlich dichteren Wald. Der Schnee lag nicht ganz so hoch, an weiten Stellen sah sie blanken Waldboden, mit Nadeln übersäht, die ihre Schritte schluckten. Hier konnte sie wieder etwas Abstand gewinnen, da es ihr leichter fiel unter den tief hängenden Zweigen und Ästen hindurch zulaufen. Die Riesen hatten mehr Schwierigkeiten.

Sie wischte sich geschwind die Tränen und den Schweiß von den Augen, überlegte ob sie nur für einen Moment stehen bleiben konnte, um Luft zu holen.

Als sie den nächsten Baum im Laufen passierte, lief sie genau in einen Arm, der sie hinter den Baum zog. Eine Hand legte sich auf ihren Mund, der Arm drückte sie an die Person, sie fühlte das Kratzen eines Bartes an ihrem Ohr.

»Verflucht seiest du, Nixe, für diese Unüberlegtheit.«

Wulf nahm die Hand von ihrem Mund, als sie ihn erkannte, ließ sie zu Luft kommen. Sie musste schon eine Weile verfolgt worden sein. Sie war völlig außer Atem, er fühlte ihre Rippen allzu deutlich bei jedem ihrer Atemstöße.

»Kein Wort, Nixe«, zischte er in ihr Ohr, »tu nur, was ich sage.«

Sie hatte sich vor Angst in den Arm gekrallt, der sie umschlungen hielt. Wie von Sinnen klammerte sie sich nun an seiner Hand fest und nickte heftig.

Wulf dankte ihr innerlich für ihr Vertrauen. Es würde es einfacher machen, hier heil herauszukommen.

Er lauschte kurz den beiden Männern aus dem Westdorf. Sie hatten ihre Beute verloren, unterhielten sich scheinbar in einiger Entfernung, berieten, wie sie weiter verfahren sollten. Sie würden auf keinen Fall aufgeben. Eine solch günstige Gelegenheit bot sich ihnen selten. Kaum verirrte sich dieser Tage eine Maid in die Wälder um das Westdorf. Sie alle wussten um die Gefahr hier und die Gier der Männer im Westdorf, denen Frauen fehlten.

Wulf überlegte kurz. Er hatte eine Axt dabei, ansonsten nichts, was als Waffe dienen konnte. Er wollte sie nicht umbringen, nur musste er zumindest einen von ihnen so verletzen, dass der andere aufgeben würde. Er tötete keinen von denen. Gut möglich, dass es Männer waren, mit denen er aufgewachsen war. Für ihn waren sie keine Feinde, nur Männer, denen ein guter Führer fehlte, die unter falschem Einfluss standen und verzweifelt waren.

Er riskierte einen Blick zurück, Robyn passte sich der Bewegung an, harrte abwartend. Sie wusste, er überlegte sich die beste Taktik. Dann, als die Stimmen der beiden Männer verstummten und sie sich scheinbar trennten, um einen größeren Radius bei der Suche nach ihr abdecken zu können, lehnte er sich wieder nahe zu ihr.

»Lauf nach links, Nixe, in dieser Richtung liegt das Haus. Lass dich nicht abschrecken, du wirst ziemlich genau in die Arme des einen laufen, aber bis dahin hoffe ich, den anderen schon so erwischt zu haben, dass er umdreht, um ihm zu Hilfe zu kommen. Verstanden?«

Sie nickte, holte tief Luft, straffte sich.

»Dummes, kluges Mädchen.«

Er lockerte den Griff um sie, ließ sie laufen und hörte im selben Moment das Geschrei der beiden Männer, die sich wieder an ihre Fersen hefteten. Nicht lang und er konnte sehen, wie Robyn einen Haken schlug, um dem sich nähernden Riesen zu entwischen. Sie hatte ihm ohne zu hadern vertraut.

Wulf verbannte den Gedanken, dass sie einen *sehr* wunden Punkt in seinem Leben darstellen würde, für den Augenblick. Die Tatsache dessen war so schnell und heftig innerhalb nicht einmal eines Tages über ihn gekommen, dass er zweifelte, ob er jemals herausfand, warum dem so war. Derartige Gefühle für eine Frau hatten ihn bisher nur einmal in seinem Leben ergriffen und sie waren genauso unerklärlich gewesen wie jetzt.

Der zweite Nordmann passierte ihn in nur kurzer Entfernung. Wulf musste ihm nicht lange nachjagen, einige Schritte und er warf den Nordmann von hinten zu Boden, ohne dass dieser ihn vorher gehört oder gesehen hatte. Zuerst versuchte er, den Nordmann ohne die Axt bewusstlos zu schlagen. Mit einem dumpfen Aufprall landeten sie in dem Gemisch aus Nadeln und Schnee. Der Überraschte drehte sich auf den Rücken, um zur Gegenwehr überzugehen. Keiner von beiden konnte den Arm oder das Handgelenk des anderen packen. Als es geschah, wälzten sie sich über den Boden und drehten sich bis sie vor einen Baumstamm stießen. Schnee rieselte auf sie, Der Nordmann prustete die angehaltene Luft heraus, schwang sich auf und wollte Wulf von sich stoßen. Doch Wulf duckte sich unter ihm hindurch, sprang ein Stück entfernt auf, nur um wieder auf den Anderen loszugehen. Sie stießen mit der Wucht zweier Hünen aufeinander, rangen wiederum, doch keiner der beiden unterlag der Kraft des anderen. Schließlich stießen sie sich voneinander ab und blickten sich in die Augen. Es gebrauchte keiner Worte. Sie akzeptierten die Stärke des anderen, das Durchhaltevermögen. Beide nahmen ihre Axt vom Gürtel. Vielleicht würde diese Waffe eine Entscheidung bringen.

5.

Robyn rechnete damit, dass der Nordmann sie bald eingeholt haben würde. Und nichts, was sie an ihren Marsch hierher erinnerte, kam in Sicht. Der Wald sah noch immer gleich aus, keine Laubbäume erschienen, nur Nadelbäume, Kiefern, Tannen, Fichten, aber keine Eiche, wie in der Nähe des Hauses.

Sie hechtete über das wenige Unterholz, duckte sich unter tiefhängenden Ästen hindurch, aber der Nordmann hatte die bessere Kondition.

Dann plötzlich krachte etwas in weiter Ferne. Metall schlug auf Metall. Zum ersten Mal meinte Robyn, den Abstand vergrößern zu können. Vielleicht würde Wulfs Taktik doch aufgehen. Aber mit einem hatte sie nicht gerechnet.

Wie versteinert blieb sie plötzlich stehen. Zitternd drehte sie sich um. Ihr Verfolger lief zurück. Er würde seinem Kameraden zu Hilfe eilen. Und Wulf würde es mit zwei Gegnern zu tun bekommen.

Sie hörte ihren eigenen Atem rasseln, die Wolken vernebelten ihre Sicht. Fast hätte sie den Nordmann aus den Augen verloren. Sie hatte keine Zeit um nachzudenken. Sie tat, was sie in diesem Moment für richtig hielt.

Sie hastete dem Nordmann hinterher, in ihrer Verzweiflung musste sie für einige Augenblicke fast hysterisch dabei wimmern. Nun verfolgte *sie* den Nordmann.

Die Metallstöße waren nicht verklungen, sie hörte sie in regelmäßigen Abständen, je näher sie ihnen kam, in sich verkürzenden Abständen. Sie wusste nicht, was sie tun würde, wenn sie Wulf erreichte. Es erschien ihr Wahnsinn zu denken, sie könnte ihm eine Hilfe sein. Aber weiterlaufen und ihn hierzulassen, diese Wahl hatte es nicht gegeben. Er war hierhergekommen, um sie zu suchen. Zu retten. Schon wieder.

Robyn machte die drei Silhouetten aus, die sich in unmissverständlichen Bewegungen maßen. Wulfs Schläge mit der Axt schienen ihr weitaus treffsicherer, doch er würde sich nicht lang gegen zwei andere Äxte behaupten können. Wut stieg in ihr auf. Ehre hätte es dem anderen geboten, nicht einzugreifen. Doch scheinbar war deren Wut über die verpasste Beute größer gewesen.

Sie schlug erneut einen Haken, um sich dem einen Nordmann von hinten nähern zu können. Die Konzentration der Männer lag ganz und gar beim Kampf, so dass ihr Auftauchen erst bemerkt wurde, als es zu spät war. Wulf traute seinen Augen nicht, als er sie aus dem Unterholz auf den einen der Nordmänner zuspringen sah.

»Robyn, nicht!« Doch seine entsetzten Worte konnten sie nicht mehr aufhalten. Ohne jeden Plansprang sie mit einem Satz los umklammerte den Hals des einen. Dieser ließ augenblicklich die Axt fallen, um sich der unerwarteten Last zu entledigen. Doch Robyn krallte sich mit aller Macht an ihm fest, ließ dumpf aufschreiend seine Faustschläge an ihren Seiten zu und versuchte mit ihren Beinen seinen Leib zu umschlingen, um ihn aus dem Gleichgewicht zu bringen. Die Metallschläge erklangen indes weiter, diesmal meinte Robyn noch schneller, noch heftiger als zuvor.

Als sie merkte, dass sie dem stämmigen Nordmann die Luft nicht abdrehen konnte, da ihre Kraft nicht ausreichte, griff sie ihm stattdessen in die Haare. Sie zog daran, spürte wie sie sich von der Kopfhaut lösten, zerrte umso mehr an ihnen. Der Nordmann, der sie noch immer mit den Fäusten bearbeitete, schrie mit einem Mal los und schritt rückwärts. Für einen Moment glaubte Robyn, er würde endlich das Gleichgewicht verlieren, doch mit der Wucht des Aufpralls, der daraufhin folgte, zerstörte sich ihre Hoffnung. Der Stumpf, der aus einem Baumstamm herausragte, bohrte sich tief in das weiche Fleisch oberhalb ihrer Hüfte. Sie konnte nicht einmal schreien, der Schmerz raubte ihr die Stimme. Sie biss sich auf die Lippe. Wie ein Stein fiel sie zu Boden, spuckte ihr Blut aus, fing Wulfs Blick auf, folgte ihm. Ihre Hand berührte ein bearbeitetes Holzstück. Den Griff einer Axt. Sie schloss die Augen, unterdrückte den Schmerz, umfasste im selben Atemzug den Griff und holte aus, ohne zu sehen, wohin sie schlug. Der Nordmann war viel zu überrascht, um der Schneide auszuweichen. Robyn durchschnitt seinen Unterschenkel mit all der Kraft, die ihr Wulfs Blick noch hatte geben können. Sie rollte weg, um nicht von ihm begraben zu werden. Das Blut spritzte aus dem Bein, der Nordmann stöhnte auf, als er auf die Erde sank. Der Andere warf einen unsicheren Blick auf Wulf.

Robyn verlor keine Zeit, als sie sah, dass Wulf und der andere den Kampf abbrachen. Sie wartete nicht erst, dass Wulf ihr beim Aufstehen half. Sie hievte sich gekrümmt auf, fasste Wulfs Hand, der sie erbarmungslos durch den Wald zog. Die Unsicherheit der beiden Nordmänner hatte sie wahrscheinlich vor schlimmerem bewahrt.

6.

Der Lauf erschien Robyn endlos. Sie dachte an die beiden Nordmänner, fragte sich, warum sie den Kampf fast einhellig, wenngleich unsicher, beendet hatten. Wulf hatte nicht töten wollen. Dies schien ihr sicher. Kannte er die Männer vielleicht? Von früher? Aus vergangenen Zeiten, als sie alle noch ein Reich gewesen waren? Warum hatten sie sie rauben wollen? Um dem anderen Reich ihre Überlegenheit zu zeigen? Um es zu reizen? Herauszufordern?

Ihr Kopf schmerzte. Es gab so vieles, was sie nicht verstand. Doch die Folgen dessen, was heute passiert war, ließen sie daran zweifeln, ob sie den Mut aufbringen würde, Wulf in nächster Zeit danach zu fragen. Er ging in einigem Abstand vor ihr, versicherte sich aber fortwährend ihres Zustandes, indem er einen Blick über sie gleiten ließ. Sie wusste, er würde sehr wütend auf sie sein. Sie fürchtete sich vor der Rückkehr ins Haus. Ihre Ahnungslosigkeit hatte sie heute weit mehr kosten können als ein paar Schürfwunden. Wenngleich Robyn den Aufprall am Baumstamm weniger leicht abtun konnte, als sie zugab. Die Bewegung hatte bisher verhindert, dass sie den Schmerz allzu sehr spüren konnte. Später jedoch würde er sich einstellen.

Da sah sie das Haus vor sich auftauchen. War dankbar dafür. Die Furcht vor Wulfs Zorn verschwand für den Moment. Sie folgte Wulf hinein, entledigte sich gespielt geschäftig der Sachen, die sie in der

Nähe des Feuers zum Trocknen hängte. Wulf tat es ihr gleich, doch seine Wut ließ nicht lang auf sich warten.

»Was hast du dir dabei gedacht!«, blaffte er sie an. »Ich hatte gesagt, du sollst dich im Haus umsehen ... im Haus, verstehst du! Bei allen Göttern, wie konntest du nur dort hinausgehen? Nicht ins Dorf, wo Menschen sind ... nein, die Angelsächsin gibt sich nicht mit nordischem Gesindel ab, geht im Wald spazieren ...«

»Ihr seid kein Gesindel ...«, wehrte sie sich.

»Was?«

Sie drehte sich zu ihm.

»Ich sagte, ihr seid kein Gesindel.«

Die angelsächsischen Worte klangen in Wulfs Ohren für den Moment wie ein Hohn. Er fuhr in seiner eigenen Zunge fort.

»Wieso bist du in den Wald gegangen? Warum nicht dorthin, wo Menschen sind? In den Wald! Auch noch in den westlichen Wald! Du musst verrückt gewesen sein ...«

»Ich-ich wollte doch nur nach Kräutern suchen ...«

»Im Schnee? Bei verfluchter klirrender Kälte ...« Wulf schien sie wirklich für nicht ganz klar im Kopf zu halten. Sie wollte ihm erklären, dass das nicht stimmte.

»Ich meine, ich wollte mich nur einmal umsehen. Für das Frühjahr, dann kann ich dort Kräuter sammeln ...«

Wulf kam auf sie zu, packte ihre Schultern.

»Wag es nicht noch einmal, einen Fuß in diesen Wald zu setzen. Wag es nicht, hörst du?«

Robyn schüttelte eingeschüchtert den Kopf, biss sich auf die blutige Lippe.

»Ich verspreche es, wenn es dein Wunsch ist.« Ihre Stimme war nicht lauter als ein Flüstern.

»Wag es nicht«, wiederholte er nochmals, etwas ruhiger, doch nach wie vor drohend.

»Nein ...« Ihre Stimme versagte endgültig. Er ließ von ihr ab.

»Mach uns etwas zu essen. Ich habe uns Fisch gefangen.« Wulf setzte sich, betrachtete sie vom Feuer aus kurz. Sie hatte verstanden, er hatte ihr genug Angst gemacht. Angst war eine nicht zu unterschätzende Waffe. Nach heute würde sie sich vom Wald fernhalten. Bis in alle Ewigkeit. Noch einige Augenblicke stand sie dort, starrte ins Leere, dann rührte sie sich, wandte sich dem Fisch zu und den anderen Sachen, die Wulf bei den Schiffsbauern eingetauscht hatte. Erst jetzt, da sein Blick zurück zum Feuer ging, fiel ihm die Veränderung im Haus auf. Sie war nicht untätig gewesen.

Der zerborstene Tisch stand an der hinteren Wand und wartete darauf von ihm repariert zu werden. Sie hatte sich Geschirr zusammengesucht, Teller, Becher, in zweifacher Ausführung, einige Töpfe und Platten. In einer Ecke sammelte sie in einem Korb schmutzige Wäsche, daneben lag Seife, außerdem hatte sie in einer Kiste eine Kräuteressenz gefunden, die Dora für ihr Haar benutzt hatte. Es gab noch einige Dinge von ihr hier, und Wulf wusste ganz plötzlich, woran ihn der Geruch ihres Haares vorhin, als er sie im Wald gefunden hatte, erinnert hatte. An seine erste Frau. Und doch roch sie damit anders. Ihr Haar war fülliger, weicher, das Haar einer Frau, die es seit langer Zeit sorgfältig pflegte, ohne selbstgefällig zu sein. Robyn hatte draußen Hosen, eine Tunika und einen Umhang getragen, keine langen Gewänder wie es Dora grundsätzlich getan hatte. Sie wäre nie in den Wald gegangen, um nach Kräutern zu suchen. Das hatte sie andere machen lassen.

Um das Lager hatte sie die Felle verteilt, die Arnulf für ihn hiergelassen hatte. Seine Sachen hatte sie in der Kiste verstaut, die beiden darauf liegenden Bücher studiert. Er konnte es sehen, er wusste, sie hatte sie angesehen. Seine erste Frau, wenngleich aus einer adligen Familie, hatte weder lesen noch schreiben können. Mit ihr jedoch würde er über Bücher reden können. Sie musste einer höher stehenden Familie entstammen, sonst hätte man ihr nie gestattet, lesen zu lernen. Sie kannte sich offensichtlich mit Kräutern aus. Ob sie ein Kloster besucht hatte?

Der Geruch von gutem, heißen Wein mit Wacholderbeeren stieg in seine Nase. Sie reichte ihm einen Becher. Er nahm ihn wortlos entgegen. Der Wein senkte sich wie auch das Feuer wohlwollend auf sein erzürntes Gemüt. Wenig später nahm er einen weiteren Geruch wahr. Der Fisch röstete am Feuer, während Robyn einige getrocknete Beeren in Honig erwärmte.

Wer hatte sie gelehrt zu kochen? Nonnen? Dazu tat sie all dies zu lässig, zu unverkrampft. Es schien ihm, dass sie für jemanden gesorgt hatte. Einen Mann?

Seine Augen folgten ihren Bewegungen, während sie den Fisch aufschnitt, die besten Stücke auf einen Teller legte, die Honigsoße mit den herben Beeren darüber goss und ein Stück Brot die Soße darauf aufsaugen ließ. Sie schmeckte ein letztes Mal die Soße ab, in dem sie ihre Finger ableckte. Es fand ihre Zustimmung, denn erst dann reichte sie Wulf den Teller.

Das Essen mundete vorzüglich. Er hegte keinen Zweifel daran, dass sie sich in dieser Weise vorher um jemanden gekümmert hatte. Nur um wen?

Sie starrte gedankenverloren in die Glut des Feuers und schob ab und an ein Stück Fisch in ihren Mund. An wen dachte sie in diesem Moment?

Er stellte den Teller beiseite, nahm sich ein Stück Holz von den Resten des Tisches und begann am Feuer zu schnitzen. Sie ging derweil hinaus, um das Geschirr zu waschen. Als sie wiederkam, erkannte sie bereits die groben Formen eines Hammers an dem Stück Holz, das Wulf bearbeitete. Sie schenkte Wulf nochmals von dem Wein ein, legte dann die inzwischen trockenen Sachen zusammen, doch nicht etwa für den morgigen Tag. Sie landeten bei der schmutzigen Wäsche. Sie suchte frische Kleidung für ihn heraus, legte sie auf die Kiste und sah die Kleider durch, die Annija ihr mitgegeben hatte. Dabei fiel ihr Blick auf die Axt, die er vorhin abgelegt hatte. Wulf hatte sie auf dem Marsch zurück im Schnee sorgfältig gereinigt. Das Blut daran war verschwunden. Ihr Finger glitt an der Klinge entlang, sie konnte noch immer fühlen, wie sie durch den Unterschenkel des Mannes gefahren war.

»Es tut mir leid, Wulf«, sagte sie leise, worauf er das Schnitzen unterbrach, »ich wollte nichts Böses. Es war dumm von mir, doch ich dachte, wenn ich mich etwas umschaue, kann ich im Frühjahr und

Sommer leichter Kräuter finden und kann sie trocknen und später verwenden. Ich habe nicht geglaubt, dass ich mich und auch dich dadurch in Gefahr bringen könnte.«

Er war hinter sie getreten, beobachtete ihre Hand auf der glänzenden Klinge der Axt.

»Eine gefährliche Waffe, Nixe«, sagte er. Kein Funken Zorn war in seiner Stimme zurückgeblieben, er hatte ihr verziehen. »Keine Waffe für eine Frau,« Er umfasste ihr Handgelenk und tastete die Muskeln daran ab, »auch wenn du sie vorhin äußerst geschickt geführt hast...«

Seine Nähe ließ Robyn merkwürdig nervös werden. Schon einmal hatte ein Mann, ein Nordmann, so hinter ihr gestanden, sie berührt. Andere Männer hatten sich um sie bemüht, aber niemanden hatte sie je wieder so nah an sich herangelassen. Ihre seltsame Zuneigung zu Wulf hatte sie bisher nicht vor ihm zurückschrecken lassen. Bis auf einmal. Ihre Lippen gehörten diesem einen Nordmann in ihrer Vergangenheit. Und sie würde nicht bereit sein, sie einem anderen zu schenken. Auch nicht Wulf.

»Unsere Frauen erlernen den Gebrauch einer Waffe«, meinte Wulf, »es ist wichtig, zuviel Streit und Unmut herrscht zuweilen unter den nordischen Völkern. Bis vor vielen Jahren war das hier nicht so. Die Frauen konnten ein unbeschwertes Leben auch ohne Waffen führen. Doch jetzt nicht mehr.«

Robyn neigte ihren Kopf etwas, als er nicht weiterredete. Wulf sah die sich leicht kräuselnden Haare in ihrem Nacken. Er konnte nicht anders, als seine Lippen darauf zu senken. Sie zuckte zusammen, ließ aber auch die Axt los. Er umfasste ihre Hand, drückte sie mit seiner eigenen an ihren Körper.

»Ich sollte dir beibringen, eine Waffe zu gebrauchen«, murmelte er in ihren Hals. Seine Lippen wanderten hinauf, verweilten unterhalb ihres Ohres. »Was macht deine Verletzung, Nixe?« »Es-es geht, sehr gut so-sogar ...«, stammelte sie. Darauf hatte Wulf gehofft. Robyn schnappte hilflos nach Luft, als er ihr Ohr küsste, vorsichtig, doch mit nicht zu unterschätzender Absicht. Sie fühlte sich wiederum genau beobachtet. Er testete, wie weit er gehen konnte. Und sie wusste, er würde es jeden weiteren Tag ergründen.

»Nixe«, hauchte er in ihr Ohr. »Deine Handgelenke, so zart sie sind, könnten eine Axt führen. Ich überlasse dir die Wahl. Ich kann dich auch den Umgang mit einem Bogen lehren oder den mit einer Lanze.«

»Hältst du das für nötig?« Sie wollte ihre Stimme so normal wie möglich klingen lassen, doch bemerkte *wie* anders ihre Stimme klang, während er sie küsste. Jeder Herzschlag schien darin mitzuschwingen.

»In Anbetracht dessen, dass mein Bruder ein Auge auf dich geworfen hat und da wir in ständigem Streit mit den anderen Dörfern hier liegen, halte ich es für eine gute Idee.«

»Dein Bruder würde es nicht wagen ...« Sie sprach nicht zu Ende.

»Du hast ihn selbst erlebt. Nicht einmal die Anwesenheit unseres Vaters, geschweige denn die meinige, hat ihn abgehalten, dir nachzustellen.«

Wulf bemerkte ihre Veränderung, während sie von Harold sprachen. Nichts von ihrer Anschmiegsamkeit war geblieben. Sie stand stocksteif da, und eine Kälte kroch ihre Haut hinauf, die Wulf ahnen ließ, dass sie in keiner Weise schuld an Harolds Treiben war.

»Ich werde noch einmal nach Sleip sehen.« Er ließ von ihr ab.

Robyn stand noch eine Weile unschlüssig da und betrachtete die Axt. Sie war sich nicht sicher, ob es eine gute Idee war, doch sie glaubte Wulf und vertraute seinem Urteil. Sie strich über ihren Hals und fühlte der Spur seiner Lippen nach. Sein Annähern bereitete ihr Angst und Genuss zugleich. Für einen kurzen Augenblick ergriff ihre Angst davor die Oberhand. Sie schlug ihre Hände vor das Gesicht, um nicht aufzuschluchzen. Sie wollte ihm keinesfalls ihre Schwäche zeigen. Niemand durfte sie so sehen. Sie presste ihre Augen zu, ließ den Schmerz der Wunden, die der Nordmann verursacht hatte, zu, damit er sie ablenkte von dem Gedanken an den einen Nordmann, dem sie vor langer Zeit mehr als nur einen Kuss geschenkt hatte.

Robyn fasste sich schnell, auch aufgrund der Schmerzen. Sie zog sich aus und spürte wie wenig sie sich noch bewegen konnte. Die

Wunde über der Hüfte pochte wie ein Amboss unter den Schlägen eines Hammers. Da die Wunde nicht nässte, streifte sie die Tunika darüber. Sehen konnte sie sie nicht.. Sie musste sich selbst den Mund dabei zu halten, um nicht zu wimmern wie ein Kind. Sie holte sich zwei Decken und ließ sich am Feuer auf der kleinen Bank nieder. Sie ächzte leise, ehe sie eine bequeme Position gefunden hatte.

Wulf kam wenig später von draußen herein. Er hatte sich noch etwas umgesehen, aber es blieb ruhig, so dass er annehmen musste, dass die beiden Nordmänner es nicht gewagt hatten, Verstärkung zu holen, um sie weiter zu verfolgen. Doch irgendwann, befürchtete Wulf, würden sie auch die Wachen nicht mehr abhalten, Frauen aus den anderen Dörfern zu rauben. Die Schiffsbauer aus dem Westdorf berichteten von mehr und mehr Männern, die in den Wäldern umherzogen, immer auf der Suche nach einer Frau, die Reisig sammelte oder im Sommer Beeren. Wie lange die Einigkeit unter den Schiffsbauer unter den gegebenen Umständen noch Bestand hatte, wusste Wulf nicht. Bis jetzt hatten sie sich aus all dem heraushalten können. Aber wie lange noch würde das ohne Vorwürfe möglich sein? Wie lange, bevor einer der Schiffsbauer selbst betroffen war?

Etwas von seinem Groll kehrte zurück, als er sie auf der Bank vor dem Feuer liegen sah. Ob es ihr gefiel oder nicht, ihre Ehe vollzogen war oder nicht, ihr Platz war neben ihm auf dem Lager. Er legte seinen Umhang ab, zog seine Stiefel unwillig aus, ging zu ihr, um sich zu ihr herabzubeugen.

»Dies ist nicht der Platz einer Ehefrau«, sagte er, während sie ihn leicht schlaftrunken ansah, und zog die beiden Decken weg. Er fasste unter ihre Knie und ihren Oberkörper und hob sie hoch. Sie fuhr zusammen.

»Wulf, nein ...« Sie krümmte sich in seinen Armen vor Schmerz, wischte sich aber gleichzeitig wütend eine Träne fort.

»Was...« Wulf setzte seine Frage nicht fort. Er erinnerte sich an den Kampf mit dem Nordmann und legte sie auf das Lager, wo sie sich selbst schnell auf den Bauch drehte, um ihren Rücken etwas zu beugen.

»Wulf, nein«, protestierte sie erneut, als er ohne Zögern ihre Tunika nach oben schob.

»Nichts, was deine Liebhaber nicht schon gesehen haben, Nixe«, meinte er spöttisch. Er blieb jedoch für den Moment unempfindlich für ihre nackten Beine und den Rest, der sich ihm zeigte. Sein Blick blieb an dem faustgroßen, schwarzen Bluterguss über ihrer Hüfte hängen.

»Der Baumstamm, nicht wahr?«

Robyn spürte seine Hand den Erguss umkreisen. Sie nickte in ihre aufgestützten Arme.

»Nixe, du hättest etwas sagen können«, meinte er.

»Es macht nichts«, murmelte sie in den Hemdsärmel hinein.

Ein Lächeln glitt über sein Gesicht. Seine Frau war stark und er schätzte das an ihr.

Erst jetzt gestattete er sich, sie von oben bis unten anzublicken und genoss, was er sah. Mit Ausnahme der unschönen Wunde und der anderen dunklen Flecken, die zeigten, wo ihr Körper die Faustschläge des Mannes abgekommen hatte. Es war besser, dass sie das Lächeln nicht bemerkte. Es hätte sie zu diesem Zeitpunkt vielleicht erschreckt, wie viel ehrliche Zuneigung sich darin widerspiegelte. Sie beide waren noch nicht bereit dafür.

»Der Erguss ist nur in der Mitte etwas aufgeschürft. Soll ich die Salbe von Annija darauf tun?«

Robyn überlegte kurz. Annija war die Frau mit den Zauberhänden. Ob er sie an ihrem ersten Abend besucht hatte?

Ihr war nie in den Sinn gekommen, dass er vielleicht eine andere Frau hatte. Eine Frau, die er vielleicht begehrte.

Sie nickte schließlich und ließ ihn die Salbe auftragen. Sie biss in den Hemdsärmel, obwohl Wulf sehr vorsichtig handelte. Dann wartete er, bis die Salbe eingezogen war, und schob ihre Tunika langsam und nicht ohne Hintergedanken wieder nach unten. Er rückte näher zu ihr, wartete diesmal darauf, dass sie den Blick zu ihm hob. Seine Hand verweilte ungehindert auf ihrem Oberschenkel, wo die Tunika endete, als sie es tat.

»Annija ist die Frau meines sehr gutes Freundes Arnulf«, zischte er boshaft lächelnd.

Robyn fühlte sich ertappt, errötete leicht.

»Verzeih, es steht mir nicht zu, über dich zu urteilen«, meinte sie. Daraufhin schob seine Hand den Stoff der Tunika einfach weg, um ihre Haut darunter zu berühren.

»Wulf ...«

»Schscht, Nixe ..., mir steht es nicht nach Untreue. Es widerspricht dem, woran ich glaube, wenngleich dir das vielleicht fremd erscheinen wird. Auch wenn du hier unter Zwang neben mir liegst, heißt das nicht, dass ich dich nicht mit Achtung berühre oder nicht anerkenne, dass du im Wald heute zu mir zurückkamst, um mir beizustehen ... ich werde das nicht vergessen, Nixe.«

Er ließ von ihr ab, rückte jedoch nicht von ihrer Seite. Robyn sah, dass sein Gesicht wieder ernst geworden war.

»Geh nie wieder in den westlichen Wald, Robyn, nie wieder.« Der Klang ihres Namens aus seinem Mund erinnerte sie an den Kampf im Wald. Er hatte sie dort bei ihrem Namen genannt, genau wie jetzt, denn was er zu sagen hatte, war ihm mehr als wichtig.

»Jene Männer, die dich aus Jorvik raubten, versuchten dich auch heute wieder zu rauben.«

»Die aus dem ...« sie überlegte kurz, »Westdorf?«

»Ja«, antwortete er, »sie gehen auf Beutezug hier und in Angelsachsen, im Frankenreich, überall. Sie brauchen Frauen, denn sie haben nicht genug. Als sich unser Reich damals spaltete, blieb die Mehrzahl hier in unserem Dorf und im Süddorf, wo Arnulf lebt.«

Robyn sah ihn an, wägte ab. Er schien bereit, ihr mehr zu erzählen. Sie drehte sich etwas zu ihm. Er legte den Kopf in seinen aufgestützten Arm und genoss die Nähe zu ihr. Etwas von der Anspannung des Nachmittages schwand.

»Frag schon, Nixe. Ich sehe dir an, dass du gern mehr wissen möchtest. Du weißt, ich stehe zu meinem Wort. Also hör nicht auf zu fragen.«

»Hat-hat Eilaf deine richtigen Eltern umgebracht?«

Diese Frage hatte er nicht erwartet. Einige Atemzüge verstrichen, ließen ihn sicher wieder entspannen. Er ließ ihre Gedanken und ihre offenbarte Fürsorge wirken.

»Das Feuer, in dem sie umkamen, legten seine Häscher. So, ja und nein. Obwohl ich ihm letztlich bis heute die Schuld daran gebe.«

»Aber das ist nicht der Grund, warum ihr einander nicht versteht?«

»Kluges, feinfühliges Mädchen! Nein. Im Krieg geschehen Dinge und wir können nicht absehen, inwieweit sie uns treffen. Doch Eilaf führte einen Bruderkrieg, der uns *alle* ins Unglück stürzte, nicht nur mich, sondern mein ganzes Volk.«

»Warum tötete Eilaf seine eigenen Leute? Deine Eltern?«

»Eilaf ist ein herrschsüchtiger Mann. Er wollte den Thron und damit den Anspruch auf die zwei Dörfer und ein paar andere Siedlungen in der Umgebung. Kein großes Reich, aber groß genug für den Titel eines Königs und die Vorteile, die damit einhergehen.«

»Vorteile? Ist es ein Vorteil, König zu sein?«

Wulf musste wiederum lächeln. Er strich sanft über die Wange seiner Frau.

»Ich sehe, du hast noch niemals von der Frucht der Macht gekostet, Nixe. Sie ist süß und verspricht noch mehr Süße, je länger man von ihr isst. Sie verleitet Menschen dazu, andere Menschen zu hassen und ihnen zu nehmen, was ihnen rechtmäßig nicht gehört. Eilaf sah seine Möglichkeit, nachdem die beiden Kinder seines Bruders tot waren. Wiglifs Ansprüche waren dadurch geschwächt. Wer würde den Thron nach Wiglif bekommen?«

»Aber wäre das nicht Eilaf gewesen? Oder gab es keine anderen Anwärter?«

»Nein, gab es nicht. Aber Wiglif konnte noch immer Kinder zeugen, obwohl seine Frau im Kindsbett verstorben war. Eilaf wollte dieses Risiko nicht eingehen. Er holte sich den Thron und wurde von den Konsequenzen selbst überrascht. Niemand kann genau sagen, wie ein Kampf ausgeht. Doch Eilaf muss sehr überrascht gewesen sein, was den Ausgang seines Kampfes anbelangt.«

»Nicht alle folgten ihm«, erriet Robyn.

»Nein, ganz im Gegenteil. Ein Großteil wandte sich von Eilaf als auch von Wiglif ab. Sie waren die Streitereien und später die Kämpfe zwischen den Brüdern müde. Sie gründeten ein neues Dorf.«

»Deine Eltern waren dabei?«

»Ja, und es wurde ihnen und meinen Geschwistern zum Verhängnis. Es gab Überfälle auf das Dorf, immer und immer wieder versuchten beide Seiten, das Süddorf und jene umliegenden Gehöfte, die sich zu diesem Dorf rechneten, zurückzuerobern. So brannte das Haus meiner Eltern nieder, meine Eltern, meine Brüder und meine Schwester kamen um. Nur ich nicht. Und Eilaf, der bei diesem Überfall zugegen war, nahm mich zu sich.«

»Und Wiglif?«

»Ist bis heute verbittert über den Verrat seines Bruders, schart seine Leute um sich und hat doch nicht verhindern können, dass sich in seinen eigenen Reihen zwei Lager gebildet haben.«

»Glaubst du ...« Robyn versuchte, die Frage richtig zu formulieren. »Glaubst du, es wird ... Krieg geben zwischen den Lagern und dann euch?«

»Eine schwierige Frage.« Wulf drehte sich auf den Rücken, doch Robyn ließ sich nicht abschütteln. Diesmal rückte sie umständlich an ihn heran, legte eine Hand auf sein Hemd und umfasste es, um sich über ihn beugen zu können.

»Glaubst du, es wird zwischen euch Krieg geben?«

Wulf zog die Augenbrauen zusammen, während er in ihre Augen sah.

»Sag du es mir, Robyn! Du hast meinen Vater gesehen, meine Brüder! Was sagt jemand, der außenstehend ist wie du?«

Robyn dachte nach. Er fragte sie, weil er selbst unsicher war. Vielleicht weil er nicht wahrhaben wollte, dass es wieder passierte.

»Ich mag deinen Vater nicht«, sagte sie dann. »Er ist ein schlechter Mensch, ob mit Harold als Berater oder nicht.«

»Wieso sagst du das?«

Robyn trennte ihren Blick von ihrer Hand auf seinem Hemd.

»Kein Vater sieht seinen Sohn so an, wenn er ihn seit so vielen Monaten und Jahren nicht gesehen hat, Wulf. Kein Vater tut das! Mein Vater, würde er mich wiedersehen, wäre dies seine Glücksseligkeit. Er wäre außer sich vor Freude. Deines Vaters Augen waren kalt, als er dich ansah. Wulf, ich denke, dein Vater ist nur an Macht interessiert und wird bis zum Äußersten gehen, so er denn die Gefahr einmal erkannt hat. Und dein Bruder Harold? Er wird sich sein Erbe nicht streitig machen lassen. Wenn er etwas haben will, kriegt er es ...« Sie schnappte nach Luft, begriff erst jetzt, was sie gesagt hatte.

Wulf sah auf die Hand, die noch immer auf ihm lag und umschloss sie mit seiner eigenen.

»Sollte es zum Äußersten kommen ... er wird nicht alles bekommen, nicht alles«, sagte er mit Nachdruck.

Sie schwiegen kurz, hingen dem Gesagten nach.

»Dein Vater«, fragte Wulf dann, »ist er ein guter Mann?«

Zum ersten Mal sah Wulf Tränen in ihren Augen aufsteigen. Tränen, die sie abermals nicht zuließ. Sie sah kurz weg, beruhigte ihren Atem.

»Bereust du hier zu sein und nicht im Meer?«

Sie blickte ihn wieder an. Sicherheit war in ihr Gesicht zurückgekehrt.

»Ich habe angenommen, wozu du mir die Chance gabst. Ich tat es, seitdem ich Fuß in deine Heimat setzte. Es-es ist schwer, aber ich will ... ich will versuchen dir eine gute Frau zu sein.«

»Dein Vater hat dir beigebracht so zu denken?«

Sie nickte heftig.

»Er hat eine starke Tochter. Und er wird sie sicher irgendwann wiedersehen.«

Robyn sah ihn fragend an.

»Niemand weiß, wie eine Schlacht ausgeht«, entgegnete er.

Sie sagte nichts darauf.

»Glaubst du, du wirst morgen ins Dorf gehen können?«

»Was soll ich tun?«, fragte sie unsicher.

»Ich habe noch zwei Ziegen und ein Schaf bei einer Frau untergestellt. Du könntest sie holen. Keine Angst, es ist nicht weit. Eigentlich nicht einmal im Dorf. Es ist das zweite Haus in Richtung Dorf von hier. Die alte Frau wohnt auch etwas außerhalb. Sie hat sich immer um mein Vieh gekümmert, wenn ich in Byzanz diente.«

»Ich denke, das werde ich schaffen«, antwortete Robyn zuversichtlich.

»Aber nur zu der Frau, kein Wald, kein Dorf«, versicherte er sich nochmals.

»Keine zehn Pferde bringen mich in den Wald. Und das Dorf? Ich glaube, ich bin ihnen zu sehr ein Wassergeist.« Robyn zog sich zurück auf ihre Seite und deckte sich langsam zu, um sich nicht zu viel zu bewegen.

»Mir scheint, du wirst jeden Abend mit einer anderen Verletzung neben mir liegen.« Wulf lachte in sich hinein.

»Mach dich nur lustig. Das nächste Mal sollen die Männer dich dort im Wald zerfleischen.«

»Ah, ich sehe, dein Zynismus kehrt zurück. Dann wird es dir bestimmt bald wieder besser gehen, Nixe.«

Sie brummte etwas in die Decke, doch er verstand es nicht. Aber er ließ in diesem Moment das Gefühl zu, dass ihm eine Frau nach langer Zeit wieder etwas bedeutete.

7.

Robyn stapfte wiederum durch den Schnee, doch diesmal war er nicht knietief, sondern ausgetreten und einfach zu bewältigen. Seitdem sie das erste Haus passiert hatte, war der Weg besser geworden. Scheinbar wurde er öfters von den Dorfbewohnern genutzt. Robyn war froh darüber, denn sie hatte eines von Annijas Gewändern an. Es war etwas zu lang, Annija musste weitaus größer als sie sein. Sie stopfte es fortwährend unter den Gürtel, damit es nicht auf dem Boden schleifte.

Sie hatte es nicht eilig. Gegen Mittag war sie losgegangen. Wulf hatte in der Früh Sleip genommen und war zum Strand geritten. Sie hatte sich weiter im Haus umgesehen und dann entschieden, als die Sonne am höchsten stand, den Weg einzuschlagen, den Wulf ihr beschrieben hatte. Ihre Erinnerung daran war sehr dürftig. Am ersten Abend, als sie ihn mit Wulf geritten war, hatte die Dunkelheit die Welt umhüllt und die Angst und Verwirrung ihr Herz. Jetzt sah sie ihre Umgebung im Sonnenschein. Über den Wipfeln der kahlen Bäume machte sie einige Rauchschwaden aus. Das Dorf lag noch in einiger Entfernung und sie würde es auch nicht wagen, ihm näher als das Haus der alten Frau zu kommen. Sie musste zugeben, dass sie die Abneigung der Dorfbewohner fürchtete. Sie hatte die Ablehnung nicht vergessen können. Die Blicke der Dorfbewohner vor zwei Tagen waren eindeutig gewesen. Misstrauen hatte in den Augen der meisten gestanden, Aberglaube.

Sie wich kurz vom Weg ab, kniete sich an einer lichten Stelle nieder und schob den Schnee beiseite. Während sie grub, dachte sie an Wulf. Er hatte sie nie so angesehen, wachsam, ja, und verständig. Aber nicht mit Argwohn. Er hatte sie ohne Hadern gerettet, seine Treue und Loyalität hatten ihn veranlasst, sie als Frau zu akzeptieren, und ihr durch seine Zuneigung zu zeigen, dass es nicht allein Zwang war, der sie miteinander verband.

Robyn lächelte, als sie den Boden erreichte und Grün darunter fand, kleine sichelförmige Blätter, fast schon vergilbt, aber noch immer zu gebrauchen. So viel sie davon fand, schnitt sie mit ihrem Messer ab und verstaute sie in dem kleinen Beutel, der an ihrem Gürtel hing.

Zwei Tage, dachte sie, zwei Tage war sie hier. Weitere drei, seitdem sie Wulf kannte. Weitere fünf, seit sie ihren Vater das letzte Mal gesehen hatte. Ihre alte Welt schien ihr weit entfernt. Sie hockte im Nordland im Schnee und suchte nach ein paar Kräutern und Heilpflanzen. Was würde Ath dazu sagen? Sie stellte ihn sich vor. Was er im Moment tat. Wo er war. Wer bei ihm war. Etwas wie Erleichterung überkam sie dabei. Er würde wissen, dass sie, falls sie noch am Leben war, ihren Weg weitergehen würde. Für eine kurze Zeit hatte sie ihre

Reise anderweitig fortsetzen wollen, doch nun stand sie unter dem Schutz eines klugen und starken Mannes, der sie bisher gut behandelt hatte. Robyn wusste, dass Wulf ein sehr zorniger Mann war. Sie hatte es selbst zu spüren bekommen. Sein Zorn richtete sich nicht gegen sie, sondern gegen seinen Vater, seinen Bruder, sein ignorantes Volk.

Ath! Sie wischte sich über ihre Augen. *Ich lebe, und es geht mir gut.*

Sie stöhnte leise, als sie sich erhob. Ihr Erguss brannte wie Feuer. Es dauerte einen Moment, bis der Schmerz wieder nachließ. Dann steckte sie die restlichen Blätter in ihren Beutel und lächelte fast über sich selbst.

Es geht mir sehr gut, dachte sie, *außer ein paar Kratzern.*

Dann jedoch hörte sie Stimmen. Sie brauchte einen Augenblick, ehe sie die Quelle ausmachen konnte. Ihr linkes Ohr ließ sie nach rechts blicken. Aus dem Wald kamen ihr zwei Männer entgegen. Sie stapften durch den höheren Schnee, gingen augenscheinlich dem Weg zu. Robyns Kehle schnürte sich zu, als sie einen der beiden erkannte. Sie presste sich gegen den nächststehenden Baum, zog sich um ihn herum zur Wegseite, damit man sie nicht sehen konnte. Sie hörte ihr Herz schlagen, konnte es in ihren Ohren selbst fühlen. Ihr rechtes Ohr hatte bis zu diesem Moment nicht mehr geschmerzt, aber das Rauschen ihres Blutes ließ es pochen. Robyn beugte sich etwas nach hinten, damit ihre Hüfte nicht zu sehr an den Baumstamm lehnte und sie ihre Wunde nicht merkte. Sie wartete, doch die beiden kamen nur sehr langsam näher.

Robyn spürte Schweiß auf ihrer Oberlippe. Sie hielt den Atem an, als die Männer in Hörweite kamen und sie die verhasste Stimme von Wulfs Bruder erkannte. Sie betete, sie würden die Stelle, an der sie gegraben hatte, nicht beachten oder nicht direkt daran vorbeikommen.

»... wird nicht mehr lange dauern ... du wirst sehen ...« Es war die Stimme des anderen, dann setzte Harolds Stimme ein.

»Aber sollen wir den Winter abwarten? Vielleicht wäre es besser, nicht mehr zu warten ...«

Der Schnee knirschte unter ihren Füßen. Robyn versuchte weiter zu lauschen, krallte ihre Hände in die Baumrinde. Man durfte sie nicht entdecken. Denn das, was sie zu hören bekam, war für niemandes Ohren bestimmt.

»Wir müssen noch etwas abwarten. Einen günstigen Zeitpunkt, um Wiglif zu stürzen ...«

»Und Vater?«

»Halt ihn zurück. Er darf sich nicht einmischen, bevor wir nicht genug Stärke und Männer haben, um auch ihn zu stürzen ... was ist mit deinem Bruder Leif, wird er mitmachen?«

»Es wird ihm nichts anderes übrigbleiben. Er wird mitziehen, wenn die Zeit gekommen ist. Mein anderer Bruder macht mir mehr Sorgen ...«

»Er hätte in Byzanz bleiben sollen«, knurrte der Zweite. »Er wird nie die Seiten wechseln. Dieser Starrkopf ist voller Ideale und Glauben an Gerechtigkeit...«

»Zu gegebener Zeit werden wir uns etwas ausdenken müssen, um ihn aus dem Weg zu räumen ...«

Robyn biss sich auf ihre behandschuhte Faust. Etwas Schnee bröckelte von ihren Schuhen.

»Hast du das gehört?«, fragte der Zweite leise.

»Wahrscheinlich ein Schneehase«, tat Harold ab. »Nicht so schreckhaft, Kark, die Wachen des Dorfes sind weit entfernt, dafür habe ich heute selbst gesorgt.«

»Wie auch immer, Harold, spiel den guten und sorgenden Sohn und lass dir vor Wulf nichts anmerken.«

»Keine Angst, er wird zu beschäftigt sein, sich Gedanken um mich und seine Frau zu machen. Er wird gar nicht merken, dass ich anderes im Schilde führe.«

»Du hast ein Auge auf sie geworfen?«

»Aus alter Gewohnheit ... obwohl ... das Weib gefällt mir. Ist ein bisschen zickig. Dora war mir zuweilen etwas zu willig ...«

»Du kannst froh sein, dass sie Wulf nichts bedeutet hat und sie mit deinem Bastard im Arm gestorben ist.«

Harold lachte gedämpft.

»Ich werde versuchen bei der Nixe etwas vorsichtiger zu sein.«

»Tu das und lass Wulf nichts merken. Falls er Wind von der Sache bekommt, haben wir ein ernstes Problem.«

»Du glaubst, er hat Einfluss auf die Leute?«

»Bei den Göttern, Harold, Wulf ist ein besserer Thronerbe als du oder Leif je sein werdet. Die Leute sind nicht dumm. Sie werden einem guten Führer folgen und Wulf ist ein solcher Mann. Dein Vater tat gut daran, ihn nach Byzanz zu schicken, um diese Qualitäten zu perfektionieren. Du bist dir wahrscheinlich noch immer nicht bewusst, dass Wulf genauso König werden könnte wie du, wenn es Eilaf wünscht.«

»Dazu wird es nicht kommen«, zischte Harold.

»Das hoffe ich. Und wenn, müssen wir dem zuvorkommen.« Kark und Harold blieben in ihrer Nähe stehen.

»Zu gegebener Zeit ...«

»Ja ... gib Bescheid, wenn dein Vater seine Meinung ändern sollte, ansonsten halte ihn auf Abstand und lass uns die Sache mit Wiglif erst beenden.«

»Ist gut. Schick einen deiner Spione, wenn es losgehen soll.«

Sie trennten sich. Robyn hatte Probleme zu hören, in welche Richtung sie gingen. Sie wagte nicht, sich zu rühren. Doch dann sah sie zu ihrer Erleichterung Harold den Weg kreuzen und in Richtung Dorf wandern, während der andere Nordmann sich wieder in den Wald zurückzog. Harold wandte ihr den Rücken zu und drehte sich auch nicht mehr um. Erst als sie beide verschwunden waren, blies Robyn die aufgestaute Luft hörbar aus. Sie lockerte den Schal um ihren Hals, um mehr Luft zu bekommen.

»Das kann alles nicht wahr sein«, hauchte sie in die zurückgekehrte Stille.

Harold und Kark planten, beide Könige zu stürzen und alles und jeden aus dem Weg zu räumen, der sich ihnen widersetzen würde.

Sie lehnte ihren hämmernden Kopf an den Baum und starrte nach oben in den stahlblauen Himmel, durch den sich die knorrigen kahlen Arme der Bäume renkten.

»Was soll ich tun?«, fragte sie. Doch niemand antwortete ihr. Der einzige, dem sie diese Frage vertrauensvoll gestellt hätte, war weit fort am Strand unter Menschen, die noch zusammenhielten. Aber was würde Wulf antworten? Er zweifelte selbst an Hoffnung und Glauben an seine eigenen Leute. Die Menschen brauchten einen Führer, aber Wulf wehrte sich seit langer Zeit dagegen, dies zu sein. Er wollte es nicht sein, da er ihnen nicht traute. Es war ein Teufelskreis.

Robyn schritt betrübt weiter. Plötzlich hatte der Wald seine Freundlichkeit verloren. Sie entsann sich der Axt, die Wulf an seinem Gürtel trug. Würde sie lernen damit umzugehen, um in Zukunft der Angst vor einem Krieg gegenübertreten zu können? Jede Frau beherrschte eine Waffe, jede Frau war vorbereitet. Aber sie ahnten nicht auf was. Sie ahnten nicht das Ausmaß dessen, was ihr ältester Thronerbe für sie geplant hatte.

Nicht weit entfernt kam ein Haus in Sicht. Eine Frau sammelte gerade einige Holzscheite zusammen. Sie sah auf, als sie Robyn auf dem Weg entdeckte.

»Nun, Mädchen, du siehst mir nicht gerade aus, als ob du dem Wasser knapp entronnen bist. Komm nur näher, ich weiß schon, wer du bist. Ich habe damit gerechnet, dass entweder du oder dein Mann vorbeikommen würdet. Dein Mann tat recht, dich zu schicken. Ein bisschen Frauengesellschaft tut mal ganz gut.«

Robyn lächelte. Wulf hatte ihr verschwiegen, dass sie ihm wohlgesonnen war. Scheinbar schloss ihre Sympathie Robyn ein. Es ließen sich wohl nicht alle gleich beeinflussen. Wulf hatte sie nicht ohne Grund hierhergeschickt. Sie vergaß für einen Moment, wessen sie im Wald Zeuge geworden war und trat auf die ungewöhnlich beleibte Frau zu. Deren Gesicht war von der Arbeit draußen rot angelaufen, doch ihr Lächeln hatte noch immer nicht nachgelassen.

Robyn bot ihr einen Arm für die Holzscheite. Irm nahm die Hilfe dankbar an, stapelte einige Scheite darauf und deutete ihr dann, ihr zu folgen.

Im Haus brannte das Feuer lichterloh, trotzdem tat Irm zwei weitere Scheite darauf und legte die restlichen neben der Tür ab. Robyn tat es ihr gleich. Irm folgte ihren Bewegungen und wartete, dass Robyn den Schal herunterzog.

»Hab mich in der Halle nicht getäuscht, Mädchen. Wulf hat gut gewählt.«

Robyn sah sie fragend an.

»Du meinst gewählt. Ja, irgendwie hat er das schon. Diesmal.«

Robyn verstand nicht ganz. Die Abfolge der Gedanken der alten Frau war ihr zu verwirrend.

»Also, ich bin Irm«, sagte die Frau, »und wie dir dein Mann wahrscheinlich erklärt hat, auch seine Viehhirtin.«

Sie lachte wieder. Sie schien viel zu lachen.

»Robyn«, stellte sich Robyn vor.

»Seltsamer Name.«

Irm putzte sich die Hände an der Schürze ab und wollte gerade weitersprechen, als es an der Tür klopfte.

»Ja«, bellte sie.

Die Tür öffnete sich und eine Frau mittleren Alters kam herein, gefolgt von zwei anderen Frauen. Erstere war vornehm gekleidet, ihr Pelz von feinster Qualität, das Gewand darunter von kräftigem Rubinrot. Der Schmuck, den sie an Armgelenken, Ohren und um den Hals trug, bestand aus wertvollem Silber. Bevor ihr Blick sich an Irm wandte, wurde sie Robyn gewahr und ihr faltiges Gesicht verfinsterte sich umgehend. Sie schien ihre Meinung den Besuch betreffend plötzlich zu ändern. Ihre Stimme schnitt ins Mark wie ihr kalter Blick.

»Ich komme ein anderes Mal wieder. Wie ich sehe, hast du zu tun.«

»Bitte, wie es dir beliebt«, entgegnete Irm, der der eisige Blick auf Robyn nicht entgangen war.

Die Tür schlug zu.

Irm schüttelte den kopf. Zum ersten Mal sah sie Robyn nicht lächeln.

»Welch ein Zufall.«, murmelte sie. »Die alte Krähe wird es nicht als gutes Omen nehmen, gerade dich hier zu treffen.«

Robyn stöhnte leise auf. Wem war sie nun wieder begegnet? Eine Zusammenkunft mit einem Menschen, den sie verabscheute, pro Tag genügte vollends. Wer war diese Frau gewesen?

»Wer war das?«

Irm sah sie verständnislos an.

»Was hast du gesagt?«

Robyn schluckte. Sie hatte angelsächsisch gesprochen. Sie war es so gewohnt, von Wulf verstanden zu werden, dass sie bisher keinen Anlass gesehen hatte, seine Sprache zu sprechen. Eine Sprache, die sie seit über zwanzig Jahren nicht mehr gesprochen hatte. Nicht mehr hatte sprechen wollen. Und sie wollte es auch jetzt nicht. Sie hätte es wahrscheinlich ohnehin nicht mehr gekonnt.

Robyn deutete auf die Tür.

»Ach, wer sie war? Die Mutter von Wulfs erster Frau. Nimm dich in Acht vor ihr. Eine Intrigantin, die die ganze Welt hasst, seitdem ihre Erstgeborene tot ist.«

Irm trat näher an sie heran.

»Du verstehst alles, was ich sage?«

Robyn nickte.

»Angelsächsin?«, erriet Irm.

»Ja«, hauchte Robyn. Dieses Wort wusste Irm richtig zu deuten.

»Na ja, egal. Ich denke, du wirst Wulf in jedem Fall eine bessere Frau sein. Dora war ein Miststück, wohl adlig, aber keineswegs besser. Du scheinst mir ungleich vornehmer, auch wenn du die einfacheren Sachen trägst. Aber ich denke, du verbirgst ein bisschen mehr in deinem hübschen Köpfchen. Adlig?«

Robyn schüttelte den Kopf.

»Ah! Gelehrtenfamilie?«

Robyns Blick hellte sich auf. Die kleine Frau war nicht zu unterschätzen.

»Ja, ja. Rate, warum ich einen solchen Narren an Wulf gefressen habe?«

Robyn zuckte mit den Schultern. Irm wurde plötzlich wieder ernst.

»Er ist ein guter Mann, nicht?«

Robyn blieb still.

»Behandelt dich gut.« Sie machte Feststellungen. Und sie kannte Wulf besser als die meisten hier. Besser als Wulfs eigener Vater.

»Ein guter Mann«, sagte Robyn. Es klang in beiden Sprachen so ähnlich, dass es Irm als Antwort genügte. Sie hatte die Angelsächsin genug geprüft.

»Du willst die Ziegen und das Schaf holen.«

Robyn nickte.

»Nun, eine der Ziegen ist mir im Herbst eingegangen, aber du kannst Wulf sagen, dass ich ihm im Frühjahr eines von meinen Zicklein überlasse. Du kannst das Schaf und die andere Ziege mitnehmen.«

Sie gingen in den Nebenraum, wo die Tiere untergebracht waren. Irm holte eines der drei Schafe und eine der fünf Ziegen, eine dunkle braune mit schwarzem Kopf und Beinen, heraus.

»Sie gibt gute Milch«, erklärte Irm. Sie band einen Strick um die Ziege und übergab ihn Robyn. »Das Schaf wird dir so folgen, wenn du es ein bisschen vorantreibst ... braucht ihr noch etwas?«

Robyn sah sie etwas hilflos an. Sie zeigte auf ihre leere Hand, schüttelte mit dem Kopf.

»Wie, du kannst nicht bezahlen?« Irm verstand sie und lachte wieder. »So läuft das hier nicht bei uns, Mädchen. Dein Mann kann sich sein Essen verdienen. Sag ihm nur, er soll sich mal wieder blicken lassen.« Sie wies auf die hintere Einzäunung, an der die Bretter lose herunterhingen, anscheinend von einem der Tiere kaputt getreten. »Er kann das reparieren. Und nun lass mich dir etwas mitgeben.«

Sie verschwand, während Robyn unschlüssig im Stall stand und abwechselnd auf das Schaf und die Ziege blickte. Doch sie schienen zufrieden, waren gut genährt und sauber, so wie alles hier. Den Schmutz und den aufgeweichten Boden verursachte der Winter, aber Robyn hatte den Wohnraum gesehen und der stand der Sauberkeit, für die sie in Wulfs Haus gesorgt hatte, in nichts nach.

»So, Mädchen.« Irm kam wieder und band Robyn eine Tasche um die Schultern. »Ein bisschen Wurst und Käse, Honig natürlich, pass gut auf, dass er nicht ausläuft. Milch habt ihr heute Abend, da wird es euch gut gehen. Und den Nachtisch ...« Irm grinste Robyn an. »Nun, den wird Wulf auch recht gern haben.«

Robyn öffnete den Mund, doch nichts wollte über ihre Lippen kommen. Die Entrüstung hätte Irm doch nicht verstanden, und wenn, hätte sie sie nur ausgelacht. So beließ es Robyn mit einem zaghaften Lächeln, das Irm doch mehr sagte, als sie gedacht hatte.

»Ah, sieh an, Mädchen, es beruht auf Gegenseitigkeit. Das ist schön. Bleib ihm nur recht treu. Das hat er wahrlich verdient.«

Robyn dankte Irm auf ihre Weise, ohne Worte. Sie drückte die Hand der alten Frau.

»Schon gut, Mädchen, du wirst es schwer genug haben. Die Menschen hier sind anders als früher, in sich gekehrt, misstrauisch, manchmal besessen abergläubisch. Sie machen *mir* zuweilen Angst. Halte dich an Wulf, Arnulf, falls du ihn kennenlernen solltest. Annija, seine Frau. Das sind gute Menschen. Vielleicht nimmt dich Wulf einmal ins Süddorf mit. Schrecklich genug, dass er sich damit schuldig macht. Wofür, frage ich mich? Ach, es ist ...« Sie brach ab, schaute Robyn an, dann lachte sie wieder. Doch ihr Lachen war nicht mehr so gelöst wie am Anfang.

»Komm, ich begleite dich noch nach draußen und schaue, dass du gut auf den Weg kommst.«

Wenig später war Robyn wieder allein, nur die beiden Tiere begleiteten sie. Ihr Kopf war voll von dem, was Irm ihr direkt oder indirekt mitgeteilt hatte. Sie passierte die Stelle, wo sie Harold und Kark belauscht hatte. Die Ruhe war beklemmend. Der Sonnenschein trügerisch. Diese Welt bereitete ihr Angst. Eine Angst, die sie nicht einzuschätzen vermochte. Sie würde hier leben. Mit Wulf. Aber auch mit Menschen, die ihr nicht wohlgesonnen waren. Die Wulf nicht wohlgesonnen waren. Wie lange würde sie eine solche Angst in ihr in Zaum halten können? Wie lange bevor sie sich vergaß und ...

Sie blieb stocksteif stehen. Doras Mutter stand mitten im Weg vor ihr. Ihr Blick lag genauso kalt auf ihr wie in Irms Haus. Sie zitterte vor Erregung, ihre knorrigen unbehandschuhten Hände ballten sich unter den langen pelzbesetzten Ärmeln.

»Untote«, stieß sie hervor. Ihre Stimme war schrill vor Zorn. »Du solltest am Meeresboden treiben. Du wirst Unglück über uns alle bringen ...«

Sie kam näher, schritt direkt auf Robyn zu. Ihre Schritte waren steif, aber zielstrebig. Robyn wusste nicht, was sie tun sollte. Sie ließ die Ziege los. Diese sprang erschreckt weg, als Doras Mutter sie erreichte. Robyn wollte nach hinten ausweichen, doch stieß sie dort mit den anderen beiden Frauen zusammen, die sie vorhin gesehen hatte.

Doras Mutter holte im Laufen aus und schlug sie mit einer Heftigkeit ins Gesicht, die Robyn nicht erwartet hatte. Genauso wenig wie die Tatsache, dass die Frau sie überhaupt schlagen würde. Sie hatte mit einem Wortgefecht gerechnet, doch nicht damit. Sie taumelte nach hinten, doch die beiden Frauen ergriffen ihre Oberarme und hielten sie fest. Dem nächsten Schlag konnte sie trotzdem besser ausweichen, da sie ihn kommen sah. Sie duckte sich weg, strauchelte über ihre eigenen Beine, befreite sich dabei aus dem Griff und fiel in den Schnee. Eine der Frauen griff ihren Umhang, die andere ihr Gewand. Robyn spürte, wie ihr die Luft abgedrückt wurde. Sie löste geschwind die Fibel, die den Umhang zusammenhielt und rollte sich weg. Ein Stück des Gewandes riss dabei ab.

»Nein, nicht das Gewand«, rief sie entsetzt. Einen Augenblick kehrte die Stille wieder ein. Die drei Frauen sahen sich ungläubig an. Dann schrie Doras Mutter mit unverminderter Wut auf.

»Eine Angelsächsin, bei den Göttern, die Untote ist eine angelsächsische Hure!«

Die zwei Frauen stürzten sich wieder auf sie. Robyn konnte gar nicht so schnell aufstehen. Die beiden ergriffen ihre Schultern, zerrten sie auf ihre Beine, wo ihr Doras Mutter wieder entgegentrat. Robyn spuckte den Schnee aus. Er schmolz in ihrem Gesicht, hing in Klumpen in ihren Haaren. Ihren Schal hatte sie mit dem Umhang verloren.

»Dass du es weißt, Untote, dein Platz gehörte meiner Tochter. Doch sie weilt nicht mehr in dieser Welt. Glaub nicht, dass du sie je ersetzen wirst. Du bist eine winzige Brotkrume, wie man sie vom Mund abwischt. Das bist du!«

»Da, wo ich herkomme, wischt man eine solche Krume nicht fort, sondern erfreut sich noch daran«, schnappte Robyn zurück. Doras

Mutter verstand ihre Sprache, redete jedoch unverwandt in ihrer eigenen weiter.

»Bilde dir ja nicht ein, du könntest Wulf in irgendeiner Weise gefallen oder ihm gar gleichwertig sein. Meine Tochter war von edlem Blut, du bist ein nichts. Eine Angelsächsin, eine Sklavin, die er aus dem Wasser fischte, schmutzig, unrein, befleckt ...«

»Da erzählt man sich von Dora ja ähnliches ...«

Die Augen der Frau wurden riesig.

»Wie kannst du es wagen ...« Sie schlug Robyn erneut ins Gesicht. Blut spritzte auf ihr Handgelenk und auf den Pelz des Ärmels, es lief Robyns Gesicht herab. Ihre Nase brannte wie Feuer. Doch sie lächelte böse.

»Ich sehe, dir ist das nicht neu«, sagte sie voll Hohn.

»Wag es nicht, auch nur ihren Namen in deinen besudelten Mund zu nehmen, du Scheusal ... du wirst schon sehen ... wir alle kennen Wulf. Du wirst ihm nicht gewachsen sein ...«

»Das lass meine Sorge sein«, entgegnete Robyn und rang mit den zwei Frauen, die sie eisern festhielten.

Doras Mutter nickte kurz und die beiden ließen sie los. Doch eine der beiden trat in Robyns rechtes Knie, woraufhin sie einknickte. Doras Mutter lächelte, als Robyn vor ihr kniete.

»So gefällst du mir schon besser. Und merke dir, wenn ich dich auch nur bei einer winzigen Untat erwische, dann werde ich dafür sorgen, dass du vor den König geschleift wirst. Und Wulf kann nichts tun. Du wirst schon sehen.« Sie nahm Robyns blutendes Gesicht in ihre Hand und beugte sich nahe zu ihr »Du wirst schon sehen«, drohte sie ihr erneut. Sie stieß Robyn von sich in den Schnee.

Die drei Frauen entfernten sich ohne ein weiteres Wort in Richtung Dorf. Robyn blieb zurück, hustete etwas und stöhnte auf, als sie sich aufsetzen wollte. Sie befühlte ihre schmerzende Hüfte. Sie lachte auf, doch es ging in ein Schluchzen über. Eine Zeitlang erlaubte sie den Tränen zu fließen. Sie tastete nach dem Umhang. Als sie nichts fand, öffnete sie ihre Augen und wischte die Tränen fort. Sie schluchzte erneut. Sie hatten den Umhang, den Schal und das Bündel mitgenommen. Von der Ziege und dem Schaf fehlte jede Spur. Und sie spürte die Kälte durch das nasse, zerrissene Gewand krauchen. Als sie sich erhob, tropfte Blut in den Schnee. Befremdet blickte sie darauf, sah den aufgewühlten Schmutz, den Schnee, ihr Blut. Sie legte ihre Hand auf ihre Hüfte, stützte sie etwas und stolperte den Weg entlang. Sie wollte nur fort von hier.

8.

Wulf öffnete die Tür und starrte das fast erloschene Feuer entgeistert an.

»Was zum ...« Er nahm einige kleinere Scheite und legte sie auf die Glut. Gierig züngelten die erwachenden Flammen danach.

Er sah sich um. Sie war nicht hier. Unruhig ging er nach nebenan. In der undurchdringlichen Dunkelheit hätte er sie fast übersehen. Sein Blick blieb an einer Kiste hängen, die neben Sleips Verschlag stand. Sie hockte auf ihr, die Hände vor das Gesicht geschlagen.

»Wo sind die Tiere?«, fragte er und kam näher.

»Fort«, erwiderte sie tonlos. Ihre Stimme klang heiser.

»Was soll das bedeuten - fort?«

»Fort.« Noch leiser als zuvor.

Wulf vergaß, dass Sleip draußen in der Kälte wartete. Er ging auf sie zu.

»Sag mir, was geschehen ist«, verlangte er.

»Was denkst du?«, trotzte sie ihm.

Er zog ihr die Hände vom Gesicht. Ihre Handgelenke waren eiskalt, ihr Gesicht merkwürdig verschmiert. Er trat aus dem Lichtschein des Feuers. Ihr Gesicht war voll getrocknetem Blut, schmutzig, ihr Haar hing in wirren Strähnen über ihren Schultern. Er sah, dass das Gewand zerrissen war.

»War ... war Harold hier?«

»Ach, du willst wissen, ob er sich geholt hat, was nur dir zusteht?«

»Sei nicht sarkastisch«, zürnte er ihr, »sag, was geschehen ist!«

Robyn konnte seinen Blick nicht ertragen, sie senkte ihren, wischte sich über die laufende Nase.

»Sie hassen mich, Wulf«, antwortete sie, ihre Stimme wieder ruhig und gefasst, »ich weiß nicht einmal, warum. Doras Mutter lauerte mir auf dem Rückweg auf. Morgen wird das ganze Dorf wissen, dass du eine kleine angelsächsische Hure zur Frau hast. Sie sollte tot sein. Sie ist es nicht. Stattdessen ist sie die Frau eines der Thronerben. Und sie ist es nicht würdig, seine Frau zu sein. Nein, ganz sicher nicht. Sie ist nur die Tochter eines der angesehensten Gelehrten von ganz Angelsachsen. Sie kann lesen und schreiben, sie kann sich benehmen, sie ist reinlich, sie kann einen Hausstand führen, da ihr Vater immer darauf Wert legte. Sie hat andere Länder bereist. Sie kennt andere Sprachen. Aber sie ist nicht wert, die Frau eines Prinzen zu sein ...« Sie legte ihre Hände erneut vor das Gesicht. »Sie ist es nicht wert ...«

Wulf hatte ihr wortlos zugehört. Er wollte ihre Schulter berühren, doch sie zuckte zurück.

»Fass mich nicht an«, fauchte sie, »fass mich nie wieder an.«

Ihre Zurückweisung kam so plötzlich, dass Wulf es für besser hielt, nach draußen zu gehen, um Sleip zu holen. Er kämpfte seinen Zorn nieder. Was immer ihr im Wald geschehen war, hatte sie zutiefst verletzt. So tief, dass sie selbst ihn von sich stieß. Sie fühlte sich verraten. Er hatte sie geschickt. Und der Weg zu Irm war ihr zum Verhängnis geworden. Hätte er geahnt, dass Astrid dort sein würde ...

Sleip sah erstaunt auf Robyn, als er den Stall betrat. Wulf nahm ihm Zaumzeug und Sattel ab, ließ ihn selbst zum Verschlag gehen. Der Schwarze blieb jedoch vor Robyn stehen. Er blies in ihr Haar, wollte ihre Aufmerksamkeit erregen, da er sie mochte. Doch Robyn reagierte nicht darauf. Erst als er sie sanft anstieß, fuhr Robyn auf. Erst jetzt stellte sie fest, wer sie berührte.

Wulf sah, dass ihr Gewand bis zur Hüfte aufgerissen war.

»Was ist mit deinem Umhang?«

Sie sah ihn an, folgte seinem Blick, zog die Stofffetzen etwas übereinander.

»Sie haben ihn mitgenommen«, entgegnete sie.

Er nickte mit zusammengekniffenen Lippen, schloss den Verschlag hinter Sleip, der widerwillig hineingegangen war.

»Du hättest wissen müssen, dass ich irgendeinem Dorfbewohner dort begegnen könnte. Auch Doras Mutter«, warf sie ihm atemlos vor.

»Wie hätte ich ahnen sollen, dass du gerade *ihr* dort begegnest? Sie verkehrt nicht mit vielen Leuten niederen Standes. Was weiß ich, was sie dort wollte!«

»Wir hätten zusammen gehen können!«

»Ich kann nicht immer dein Kindermädchen spielen, Nixe!«

»Verdammt, Wulf, ich bin drei Tage hier!«

»Ich muss mich nicht vor dir rechtfertigen«, bellte er unwirsch.

»Ah ja, ich bin ja nur die kleine ...«

»Wag es nicht, Robyn«, unterbrach er sie, »dir sollte klar sein, dass ich nicht so denke.«

»Was interessiert es dich überhaupt. Du verbringst den ganzen Tag bei den Schiffsbauern, verkriechst dich bei Gleichgesinnten und bist blind gegenüber den Sachen, die um euch passieren.«

»Jetzt reicht es!« Er zog Robyn nach oben, indem er ihr Gesicht umfasste. Sie wimmerte auf, aber ihre Wut war ungebrochen.

»Nur weiter, Wulf, genauso tat es Doras Mutter vor nicht allzu langer Zeit«, stieß sie zwischen den Zähnen hervor, »lass deine Wut nur an den Falschen aus. Ich habe deinen Bruder im Wald gesehen. Und weißt du, wer bei ihm war?«

»Du wirst es mir bestimmt gleich sagen.« Seine Augen hatten sich zu Schlitzen verzogen.

»Harold nannte den anderen Kark.«

Überraschung strich über Wulfs Gesicht.

»Haben sie dich gesehen?«

»Für wie dumm hältst du mich?«

»Verdammt, Robyn, ich meine es ernst!«

»Natürlich haben sie mich nicht gesehen.« Robyns Stimme war unmerklich sanfter, da sie seine Sorge vernahm.

»Hast du sie belauscht?«

»Sie planen erst Wiglif und dann Eilaf aus dem Weg zu räumen.«

»Weißt du das genau?«

»Wulf«, flehte sie.

Er sah sie an, lange, ihr Gesicht noch immer in seiner Hand. Einen Moment schlossen sich seine Lider, er atmete aus, lang und tief. Dann öffnete er die Augen wieder.

»Vielleicht bin *ich* nicht würdig, dein Ehemann zu sein, Nixe.«

Seine Stimme war beinahe ein Flüstern.

»Du wirst nichts tun.« Das Flehen in ihrer Stimme war nicht verschwunden.

Er ließ ihr Gesicht los.

»Ich *kann* nichts tun.«

»Aber sie sagten, sie würden dich ...« Sie brach ab.

»Das haben viele versucht, Nixe. Es hat noch niemand geschafft. In Byzanz nicht, und auch hier.«

»Aber Leif ... Arnulf ... die anderen ... du kannst nicht zusehen wie ...«

»Nixe«, unterbrach er sie barsch, »ich werde gar nichts tun. Was haben sie je für mich getan? Außer vielleicht Arnulf und einige der Schiffsbauer. Die Zeit wird zeigen, was passieren wird. Dann werde ich entscheiden ...«

»Aber wenn sie nun bald ...«

»Ich bin dir keine Rechenschaft schuldig, Robyn. Du würdest es nicht verstehen.«

Robyn sah auf sich herab, auf das zerrissene Kleid, ihre blutigen Hände und lachte leise auf.

»Ja, natürlich würde ich das nicht.« Sie wandte sich ab. »Ich bin ja nur die kleine angelsächsische Sklavin. Doras Mutter hatte so recht.«

»Du weißt, dass das nicht stimmt!« Er wollte sie umstimmen, dachte an das, was sie vor kurzem über sich preisgegeben hatte. »Du bist besser als alle Frauen hier. Gib nichts auf etwas, was eine falsche Schlange zu dir sagte.«

»Wie konnte ich nur glauben ... vor nicht allzu langer Zeit glauben, in dieser Welt zurechtzukommen Ich gehöre hier nicht her, sollte mich nicht in Dinge einmischen, die mich nichts angehen, sollte nicht vorgeben, dir eine gute Frau sein zu können, wenn ich es doch nicht kann.«

»War Irm nett zu dir?«, wollte er mit einem Mal wissen.

Sie antwortete nicht sofort.

»Sehr sogar«, gab sie dann zu.

»Lass es dir Hoffnung sein. Nicht alle verabscheuen dich.«

»Nein. Irm war sehr freundlich. Sie mag dich.«

»Das beruht auf Gegenseitigkeit. Sie ist nicht so einfältig wie sie aussieht. Viele, auch Astrid, Doras Mutter, unterschätzen sie.«

»Sie schien dich gut einschätzen zu können.«

Wulf kam wieder näher zu ihr.

»So?«

»Sie sagte etwas sehr Merkwürdiges.«

Wulf sah, dass ihre Hand das Armband um ihr Handgelenk entlangstrich. Er wartete, was sie sagen würde.

»Sie meinte, du hättest gewählt ... mich.«

Wulf wollte ihr durch das wirre Haar streichen, doch sie schien nicht gewillt, sich noch einmal von ihm berühren zu lassen. Sie zuckte zurück.

»Aber du hast scheinbar anders gewählt.« Er ging zurück in den Wohnraum.

Robyn blickte ihm über ihre Schulter nach. Die Angst, deren Kraft sie nicht einzuschätzen vermochte, kroch langsam in ihr hinauf. Sie hätte sie erwarten sollen. Warum war sie derart leichtgläubig gewesen? Angst hatte sie ihr ganzes Leben begleitet, manchmal bewusster, manchmal unbewusst. Ath würde es mit der Angst aufnehmen, sie akzeptieren. Robyn jedoch begriff in diesem Augenblick, dass sie der Angst, in dieser Welt zu sein, vielleicht nicht gewachsen war.

9.

Sie konnte die Eiche noch immer nicht sehen. Ihr Rauschen begleitete jetzt ein Duft. Der Wind blies ihr den Geruch frischer Erde, feuchten Dunstes und nasser Baumrinde herüber. Die aromatische Luft hüllte sie ein wie ein Mantel, als wollte die Eiche sie umarmen, sie beschützen, sie willkommen heißen.
Gleichgewicht überkam sie. Ihr Atem ging im Gleichklang mit dem Rauschen des Baumes und seinem Atem, der sie selbst umgab.
Er schien zu flüstern, streichelte ihre Wange, ihr Gesicht mit seinem intensiven Duft. Er gebot ihr Vorsicht.

Robyn öffnete die Augen. Kam Wulf an diesem Abend früher nach Hause?

In den letzten Tagen war er oft länger am Strand gewesen oder hatte noch andere Dinge erledigt. Er hatte das Schaf wiedergefunden, nicht jedoch die Ziege. Irm hatte ihm daraufhin eine von ihren gegeben. Robyn hatte er nicht wieder fortgeschickt. Er ließ sie im Haus oder um das Haus arbeiten. Robyn war froh darüber. So war sie niemandem begegnet, der ihr hätte schaden können. Sie hatte ihn nicht wieder auf das belauschte Gespräch von Harold und Kark angesprochen. Doch konnte sie nicht wahrhaben, dass er tatenlos zusehen würde, wie erst sein Onkel und dann sein Vater gestürzt werden würde. Sie wollte es nicht glauben.

Sie lauschte den leisen Schritten.

Der Raum glühte im dunklen roten Licht der Glut. Sie hatte ihn noch etwas wohnlicher gestaltet. Es hatte geholfen, dass Wulf einige erlesene Möbelstücke besaß. Er hatte den Tisch repariert. Zudem gab es noch zwei kleinere Beistelltische und zwei Bänke, die Robyn jedoch nicht mehr zum Schlafen benutzte. Sie hatte es seit seiner Ermahnung nicht mehr gewagt, wenngleich sie seinen Berührungen in den letzten Tagen auch weiterhin ausgewichen war. Sie hatte sich noch immer nicht von dem Schmerz der Begegnung mit Astrid befreien können. Deren Worte hatten sie zutiefst verletzt. Die Schmach folgte ihr wie ein Schatten.

Robyn versuchte zu hören, wie weit Wulf noch entfernt war. Doch die Schritte waren verhallt. Das Feuer knisterte hörbar, doch nichts anderes durchbrach die eisige Stille.

Angst kroch ihren Nacken hinauf. Sie wusste ganz plötzlich, dass nicht Wulf dort draußen war. Er war noch nicht heimgekehrt. Wie all die Abende zuvor. Sie zog auf dem Lager ihre Beine heran, machte sich so klein wie möglich. Doch etwas warnte sie, nichts zu tun. Harold würde sonst hereinstürmen wie schon einmal. Verstecken? Wo sollte sie sich verstecken?

Sie sah sich suchend um. Ihr Blick blieb an der Tür zum Stall hängen. Noch während sie aufstand, kam ihr jedoch eine andere Idee.

»Ich werde noch mal nach den Tieren sehen, Wulf«, sagte sie laut. Dann öffnete sie die Verbindungstür und dankte in diesem Moment dem treuen Pferd, das, sobald sie eintrat, leise wieherte. Die Ziege und das Schaf meldeten sich ebenfalls.

Dann wartete sie gespannt. Sie musste sich konzentrieren, doch nach einer Weile glaubte sie, Schritte zu hören, die aber leiser wurden.

Sie wusste, Harold würde sich nicht so schnell wieder mit seinem Bruder anlegen. Doch er schien auf seine Chance zu warten. Robyn wurde schlecht bei dem Gedanken, es könne ihm gelingen, sie hier zu überwältigen. Sie musste mit Wulf darüber sprechen. Sie musste ihm sagen, dass sie Angst hatte. Sie musste. Schmach oder nicht.

10.

Wulf stapfte ungehalten durch den Schnee, wenngleich er froh war, Sleip heute nicht mit zum Strand genommen zu haben. Er war sich nicht sicher, ob er sich in seinem Zustand überhaupt noch auf dem Pferd hätte halten können.

Er konnte sich kaum erinnern, wann er das letzte Mal so betrunken gewesen war. Aus irgendeinem Grund hatten sie heute angefangen zu trinken.

Wulf rieb sich den Kopf, stolperte fast in einer Schneewehe.

Arns Frau hatte einen Sohn geboren. Das war es gewesen. Sie hatten darauf getrunken, doch die Stimmung war merkwürdig umgeschlagen, als Arn seine Sorgen zum Ausdruck brachte. Was würde aus seinem Sohn werden, falls Kark das Westdorf übernehmen würde? Würde er ein Aufrührer werden wie Kark? Frauen rauben? Andere Dörfer überfallen? In See stechen, um Sklaven zu erbeuten?

Arn hatte sich in seine Befürchtungen hineingesteigert. Nicht zum ersten Mal hatten sie ratlos beisammengesessen. Dreizehn Schiffsbauer. Vier aus dem Westdorf, vier aus dem Süddorf, fünf aus Wulfs Dorf. Sie schnitzten und sie tranken, an diesem Abend zu viel.

Wulf wankte zu einem Baum, lehnte sich kurz an ihn, sah in der Dunkelheit hinauf in den Sternenhimmel. Wie Eiskristalle strahlten die Sterne über ihm. Wie sehr hatte er sich nach diesem Himmel gesehnt. Nach der Kälte um sich. Dem Meer in seiner Nähe. Der Arbeit mit dem Holz.

Wie sehr sorgte er sich um die Zukunft seines Volkes. Von Tag zu Tag mehr. Robyn hatte Recht behalten. Die Lage spitzte sich langsam zu. Und er konnte nichts tun. Es sei denn, er befolgte Arnulfs Rat. Die Leute in seinem Dorf würden ihm folgen. Und auch jene im Süddorf. Vielleicht jene im Westdorf, die noch immer königstreu waren, auch wenn sie kein Vertrauen mehr zu Wiglif hatten. Doch eine Frage blieb. Wollte Wulf seine Leute überhaupt retten? Waren sie es wert, in einen vielleicht aussichtslosen Konflikt einzugreifen?

Wie viele Nächte hatte er in Byzanz unter dem Sternenhimmel gestanden. Er war nicht so wie dieser. Keiner war das.

Ungehalten über sich, stieß Wulf sich vom Baumstamm ab, schreckte jedoch im selben Moment zurück. Er verschmolz mit seiner Umgebung, wie er es gelernt hatte, gab dem Alkohol in diesem Moment keine Möglichkeit, ihn zu beherrschen. Harold bemerkte ihn nicht, während er leise vor sich hin pfeifend den Weg entlangschritt. Auch er hatte getrunken, wankte leicht, als er den Übergang zum ausgetretenen Weg erreichte und plötzlich besser vorankam. Wulf wartete, bis er außer Hörweite war, dann schweiften seine Augen den Weg zurück.

»Kleines angelsächsisches Miststück«, zischte er und ging den Weg weiter, »ich hätte es mir denken sollen.«

Sie hatte ihn nicht überzeugen können, etwas in Bezug auf die herannahende Gefahr im Dorf zu tun, nun hatte sie jenen leichten Weg gewählt, den vor ihr schon Dora gegangen war. Die Seite des vermeintlichen Siegers. Sie sollte ihren Willen haben, doch nun war es an der Zeit, dass auch er sich holte, was sein Bruder als Gegenleistung für ihre Sicherheit verlangt hatte.

Harolds Pfeifen verfolgte ihn in Gedanken, solange er den Weg zu seinem Haus schritt. Sie wollte es nicht anders. Er lachte humorlos, als er die Schritte zu seiner Tür ging. Keine Frau war es je wert gewesen. Keine Frau hatte je seinen Respekt, seine Zuneigung verdient. Schmerzhaft rauschte das Bild einer Silhouette vor seinem inneren Auge vorbei. Das einer anderen Angelsächsin, im Kerzenschein, dann in der zwielichtigen Dunkelheit eines Zeltes. Er schob die Tür auf. Das Bild erlosch im selben Moment, als er seine Frau auf dem Lager schlafen sah. Auch sein Lachen war ihm vergangen. Es gab nichts mehr, was ihn hätte aufhalten können. Auch nicht die Tatsache, dass sie nicht einmal richtig aufwachte, als er sich auf sie legte. Ein wenig wollte er sein Vergnügen mit ihr haben, küsste ihren Hals, ihre Halsbeuge, zog dabei ihr Hemd nach oben. Sie war wundervoll anschmiegsam. Er wusste das. Die Berührungen, die sie ausgetauscht hatten, waren unvergessen, selbst im Rausch des Alkohols erinnerte er sich daran, ließ seine Hände ihre Beine entlangwandern.

»Wulf ...« Sie murmelte noch im Halbschlaf. »Wulf ...« Wieder sein Name. Der Klang ihrer Stimme hätte ihn warnen sollen. Zuviel Erleichterung und Hingabe lag darin. Es hätte ihn abbringen müssen von dem, was er im Begriff stand zu tun. Doch er war taub. Er glaubte, Harolds Alkoholdunst an ihr zu riechen, doch es war sein eigener Atem. Er befreite sich hastig von seiner Kleidung, ließ Robyn kaum Zeit, um zu erwachen. Als sie es tat, war es zu spät.

»Wulf ...« Sie zuckte zusammen, verlor für unzählige Atemzüge die Sprache. »Wulf ... was-was tust du da ... Wulf!« Sie versuchte verzweifelt, seine Aufmerksamkeit zu erringen.

»Mir holen, was Harold sich bereits geholt hat ...«

»Harold ... Wulf, nein ... lass das ...«

Robyn versuchte ihn von sich zu stoßen. Sie fasste seine Schultern, schüttelte ihn.

»Wulf!« Ein brennender Schmerz durchzog ihren Unterleib. »Wulf, nicht ...«

Einen Moment hielt er tatsächlich inne, doch er brachte es nicht fertig, sie anzusehen.

»Wulf, bitte nicht ... bitte hör auf ...«, flehte sie ihn an.

Robyn schluchzte laut auf, als Wulf nicht aufhörte. Als er ihr nahm, was bis zu diesem Moment ihr gehört hatte. Und was sie jetzt jemandem gab, dem sie sich nicht widersetzen konnte. Nicht widersetzen wollte. Die schreckliche Erkenntnis, dass ihre Zuneigung zu ihm sie still daliegen ließ, überkam sie unerbittlich und schonungslos.

Sie ertrug es, ihr Körper ertrug es. Ihr Körper, der ihm zu gern geantwortet hätte. Doch ihr Geist, ihr Herz erlosch in diesen Augenblicken in tiefster Dunkelheit. Sie roch den Alkohol, den er sonst nur in Maßen trank. Sie fühlte seine Wut. Seine Verbitterung. Und am meisten seine Hilflosigkeit. Und sie spürte das Brennen in ihrem Unterleib. Sie würde es für den Rest ihres Lebens spüren.

Und dann bemerkte sie seine Lippen auf ihrem Hals. Sie sagten etwas anderes. Sie waren, warum sie all dies ertrug. Sie waren es, die sie ihre Zuneigung zu ihm hatte entdecken lassen. Eine Zuneigung, die sie sich nicht erklären konnte.

Sie schob sich unter ihm hervor, stolperte vor dem Lager über ihre eigenen Füße und landete unsanft auf ihren Knien. Sie umklammerte ihren schmerzenden Unterleib und konnte dieses eine Mal einen gequälten Schmerzensschrei nicht unterdrücken.

»Oh Gott, Wulf«, stöhnte sie auf, »warum hast du das getan ... warum hast du das getan ...«

Ihr Körper wurde von einem Weinkrampf geschüttelt. Sie blickte ihn von ihrer gebeugten Haltung an.

»Wieso? Wieso hast du das nur getan? Harold? Ich würde mich eher umbringen, als mit ihm das Lager zu teilen! Wieso? Wieso, Wulf?« Ihre Worte verklangen in verzweifeltem Wimmern. Wulf war reglos liegen geblieben. Er sah sie nicht einmal an.

Doch Robyn konnte nicht schweigen.

»Dora ... du denkst, ich bin wie Dora ...« Sie schluchzte erneut auf. »Wie diese dumme Gans ...« Sie strich sich über das verheulte Gesicht. »Verflucht sei sie bis in die tiefsten Abgründe der Hölle! Verflucht seist du, Wulf! Warum hast du mir das angetan? Warum? Warum hast du nicht warten können? Du bist wie all die anderen.« Sie zog sich hoch, winselte unter dem Schmerz, musste erneut aufschreien. Sie hielt es in seiner Gegenwart nicht mehr aus, ging gekrümmt in den Stall und schloss die Tür hinter sich. Ihr Weinen hielt bis in das Morgengrauen an. Erst dann erstarb es.

11.

Wulf drehte im Halbschlaf seinen Kopf nach rechts. Der warme Schein des Feuers schlug ihm entgegen. Er lauschte dem Knistern eine Weile, versuchte andere ihm bekannte Geräusche zu hören.

Nichts.

Für einen Moment war er versucht, aufzuspringen, nach ihr zu suchen. Im Wald. Am Strand. Im Meer.

Doch er wusste, sie war nicht fort. Sie war hier. Im Stall. Oder draußen. Vielleicht am Bach.

Sie würde nicht fortlaufen. Nicht einmal nachdem, was er ihr vergangene Nacht angetan hatte. Sein Zorn hatte ihn veranlasst, seiner Frau Gewalt anzutun. Grundlos. Sie hatte niemals in Harolds Armen gelegen. Niemals in den Armen eines anderen.

Er stöhnte leise in das Fell unter ihm, verfluchte den Alkohol, seine Wut, die sie schuldlos hatte ertragen müssen. Sie hatte sich nicht gewehrt. Aber der Schmerz in ihrer Stimme. Der Schmerz

Er schloss kurz die Augen. Wulf würde nie vergessen, dass sie vor Schmerzen, vor Verzweiflung geschrieen hatte, geweint, etwas, was sie noch nie in seiner Gegenwart getan hatte. Jedes ihrer Worte hatte ihm einen Hieb versetzt. Es würde schwer sein, heute in ihre Augen zu sehen. Doch er musste es. Zumindest das war er ihr schuldig.

Als er aufstand, bemerkte er die frische Kleidung auf der Kiste. All die anderen Sachen fehlten, der Korb mit der Wäsche desgleichen. Er wusste, wo er sie finden würde.

Wenig später ging er um das Haus, folgte dem engen ausgetretenen Weg zum Bach, wo sie am Ufer hockte, eine Decke unter sich und im eiskalten Wasser die Wäsche wusch. Die Sonne ging zwischen den Wipfeln auf und schien in dunklen roten Tönen auf sie, während sie eingehüllt in den Rauch, den ihr Atem verursachte, eine Tunika eintauchte und sie mit Seife bearbeitete. Der hellbraune, dicke Zopf steckte unter einem Schal. Er schien rötlich im warmen Licht, das sie umgab.

Während er das letzte Stück zwischen ihnen zurücklegte, war er unsicher darüber, was er sagen sollte. Doch er verbannte den Zweifel, kniete sich ohne Umschweife hinter sie. Er wollte sie ansehen, nicht von oben herab. Angesicht zu Angesicht.

»Sieh mich an«, bat er sie.

Sie wusch ohne Unterbrechung weiter.

Seine Geduld wehrte nicht lang. Und er wusste warum. Diese Frau war ihm nicht gleichgültig. Nicht diese.

»Was willst du von mir? Eine Entschuldigung?«

Abrupt drehte sie sich zu ihm.

»Würde sie etwas ändern?«, fragte sie wütend zurück. Wulf hatte gehofft, Zorn in ihren Augen zu finden. Sie hatte sich nicht aufgegeben. Und nicht das Gefühl, dass sie etwas füreinander empfanden.

»Nein, würde es nicht. Und du wirst keine Entschuldigung von mir hören. Ich bedaure nicht, was ich tat. Ich bedaure nur das Wie und das Wann.«

»Ach, das erstaunt mich«, zürnte sie ihm weiter, »letzte Nacht warst du vom Zeitpunkt noch sehr überzeugt. Holst dir, was dein Bruder vor dir geholt hat ...« Sie wischte sich über die Nase. Ihre Hände waren feuerrot, eiskalt gefroren.

»Ich irrte ...«, begann Wulf, doch sie ließ ihm keine Zeit auszureden.

»Oh ja. Oh ja, du irrtest.« Sie holte Luft, drängte die Tränen wiederholt zurück. »Hast du überhaupt bemerkt, dass ich ... bei Gott, hast du bemerkt, dass ich ...« Sie musste abbrechen, sah zurück zum Bach.

Ihre Schultern hoben und senkten sich unter den heftigen Atemzügen. Sie versuchte, den Weinkrampf aufzuhalten.

»Ja, Robyn, ich habe gemerkt, dass du unberührt warst«, sagte er.

»Na«, schnaubte sie, »wenigstens etwas, was du bemerkt zu haben scheinst... Hast du allen Ernstes geglaubt, ich wäre jemand, der sich wie eine Dirne aufführte? Weißt du nicht, dass ich meinem Vater Schande bereitet hätte?«

»Das hättest du, zweifelsohne. Ich muss gestehen, ich habe zu viele solcher Frauen gekannt. Nannte eine davon meine eigene Frau«, antwortete er ihr.

»Bei Gott, Wulf, ich kann nichts dafür, dass Dora eine solche Frau war. Ich kann nichts dafür. Du hast wahrlich einen hohen Ehrbegriff, damit bist du nicht allein. Ich weiß, du würdest nie damit prahlen, welche Werte du dein Eigen nennst. Nur leider bist du zu blind, um auch die Werte in anderen Menschen zu erkennen.«

Wulf war sich nicht sicher, ob sie immer noch nur von letzter Nacht sprachen. Unterschätzte er seine eigenen Leute? Seine Frau hatte er ganz sicher unterschätzt.

»Robyn«, bat er sie erneut, »sieh mich an.« Als sie seiner Bitte wiederum nicht folgte, umfasste er ihre Schultern und ignorierte ihre Gegenwehr dabei. Sie hob ihren Blick. Tränen rannen ihre Wangen herab.

»Was gestern Nacht geschah, kann ich nicht wieder ungeschehen machen. Doch ich werde versuchen, Deine Zuneigung wiederzuerringen. Ich will sie wieder. Ich will Dein Vertrauen. Und Deine Zuneigung.«

»Verdammt, Wulf«, stieß sie aus, »wir wissen beide seit dem Tage, als du mich aus dem Wasser gezogen hast, dass wir einander mögen. Ich kann nicht vergessen, dass du mich gerettet hast, dass du mir dein Wort gabst, ein Versprechen. Dass du das Versprechen auch hieltest, als man dich zwang, mich zur Frau zu nehmen. Aber du hast meine Zuneigung, mein Vertrauen zu dir letzte Nacht mit Füßen getreten ...«

Ihr Blick ging zu der Tunika, die sie wusch. Ihre eigene von letzter Nacht. Blut war schwer aus dem Stoff zu waschen. Dann kehrte ihr

Blick zurück zu Wulf, der auch auf das Kleidungsstück gestarrt hatte. Sie wusste nicht, wie es weitergehen würde, was mit ihnen beiden passieren würde. Doch jenen stolzen Mann neben sich knien zu sehen, ließ sie ahnen, dass seine Zuneigung aufrichtig und ehrlich war. Seine dunklen blauen Augen tauchten wieder in ihre. Sie konnte nicht sagen warum, aber plötzlich das erste Mal in all den Jahren kam ihr in den Sinn, dass sie vielleicht jenen Mann gefunden hatte, der es wert war. Selbst nach dem, was er ihr letzte Nacht angetan hatte. Er hatte sich und seine Ideale vergessen. Wegen ihr.

»Ich-ich kann nicht ver-vergessen, Wulf«, stotterte sie leise, »ich kann es nicht ...«

Er wartete, dass sie weitersprach.

»Doch ich ... ich kann auch nicht abstellen, was ich für dich empfinde. Ich kann es nicht ... und ich will es nicht ...«

»Ich danke dir dafür ... ich ...« Er überlegte kurz, ob er seinen weiteren Gedanken mit ihr teilen sollte, doch sie hatte ihm an diesem Morgen mehr gegeben, als er hätte hoffen können.

»Mein Ehrbegriff ... ich danke dir auch für diese Worte. Ich habe nicht geglaubt, jemand würde sie noch in mir erkennen. Ich habe einiges verlernt. Nicht in der Ferne. Doch hier. Ich denke, ein jedes Mal, wenn ich hierher nach Hause zuruckkehrte, habe ich etwas mehr davon verloren. Es ist zuviel geschehen in all den Jahren, seit ich von hier fort bin.«

»Du hast nichts verlernt«, sagte sie eindringlich, »nichts. Du musst nur wieder vertrauen.«

Sie sah ihn an. Ohne Zorn. Ohne Tränen. Ohne Zweifel.

»Hab Dank, Nixe.«

Er stand auf, ging ohne weiteres Wort.

Robyn sah ihm nach, beobachtete wie er Sleip aus dem Stall führte und mit ihm im Wald verschwand.

Sie würde nicht vergessen. Ihren Schmerz nicht. Aber auch ihr Gefühl für ihn nicht.

* * *

Teil 3

1.

Robyn lehnte an der Wand der kleinen Scheune und lauschte aufmerksam dem Gespräch, das nebenan im Wohnbereich des Hauses geführt wurde. Niemand wusste, dass sie fast jeden Abend hier drinnen war und den Menschen zuhörte. Sie tat dies in mehreren Häusern. Die Wachen hatten am Anfang ein großes Problem dargestellt. Doch sie hatte ihre Zeiten und ihre Wege schnell herausgefunden und konnte sie inzwischen recht gut umgehen. Nur selten musste sie im Wald Schutz suchen. Bisher war ihr das Glück hold gewesen. Sie hoffte, dies würde sich auch in nächster Zeit nicht ändern.

Die Informationen, die sie sammelte, erregten ihre Besorgnis. Die Menschen um sie herum hatten Angst. Angst vor der Zukunft, vor ihrem König, noch mehr vor ihrem ältesten Thronfolger, vor den Gerüchten um Kark und Wiglif.

Gleichzeitig machten ihr die Worte Mut. Sie hatten den Glauben noch nicht aufgegeben, dass sie gerettet werden würden. Und Robyn kannte den Namen desjenigen, der Ursache dieser Hoffnung war. Doch Wulf schien um sich eine Mauer errichtet zu haben. Er blieb taub gegenüber der Gefahr und gegenüber der Zuversicht, die seine Leute in ihn setzten.

Im Hinausgehen streichelte Robyn über den Kopf der Kuh. Sie wartete jeden Abend auf diese Liebkosung. Robyn lächelte leicht dabei, trat ins Freie und schloss die Tür leise hinter sich.

Wohin?

Sollte sie noch bei Irm vorbeischauen? Vielleicht hatte sie ein paar Neuigkeiten?

Robyn suchte den Mond. Er verbarg sich hinter milchigen Wolken, die Schnee ankündigten. Robyn fröstelte etwas und entschloss sich, den Heimweg anzutreten, bevor Wulf nach Hause kam und entdeckte, dass sie hier draußen herumschlich.

In der Dunkelheit folgte sie den Spuren, die die Wachen hinterließen. Niemand würde entdecken, dass sie hier entlangging. Die Abdrücke der Männer waren so groß, dass sie bequem hineinpasste und selbst keine Spur hinterließ. Wulf hatte ihr einiges über Fährten und Spuren beigebracht. Und er hatte ihr den Umgang mit der Axt gezeigt. Sein geübtes Auge hatte sich nicht getäuscht. Robyn stellte sich nicht ungeschickt an, im Gegenteil, sie beherrschte die Grundtechniken, hatte einige Übungskämpfe mit Wulf beglichen und ihren Lehrer nicht enttäuscht.

Robyn blickte auf das Ende der Spur vor sich. Hier drehte die Wache nach Nordwesten ab. Ihr Weg führte weiter nach Süden, parallel zum mittlerweile wieder unebenen, zugeschneiten Weg, der sie zu Wulfs Haus brachte.

Sie sah einen Schatten im tiefer liegenden Wald und presste sich noch in den Spuren der Wache stehend an den nächsten Baum. Sie sah vorsichtig um den Stamm.

Eine Frau. Eindeutig. Der Mantel war zu lang, zu hinderlich, um einem Mann zu gehören. Zudem erkannte Robyn die langen, im Mondschein silbern glänzenden Haare. Sie waren eigentlich blond, doch im Zwielicht der eingekehrten Dunkelheit schien alles Helle wie Silber zu flimmern.

Doras jüngere Schwester harrte in der Kälte stumm und reglos. Robyn hatte sie im Dorf ein-, zweimal gesehen, war ihr aber aus dem Wege gegangen. Sie fürchtete den Einfluss ihrer Mutter auf sie. Sollte sie nur im mindesten so hinterlistig sein, wie sie es am eigenen Leib durch Astrid erfahren hatte, würde sie sich davor hüten müssen, Ingrid zu nahe zu kommen.

Robyn fragte sich, was sie mutterseelenallein im Wald tat. Worauf wartete sie? Auf wen ...?

Sie schnappte erschreckt nach Luft. Ein weiterer Schatten. Diesmal hielt er direkt auf sie zu. Ein paar Schritte noch und er würde sie sehen. Auch er folgte den Spuren der Wachen. Robyn brach in Schweiß aus, ihre Augen schweiften nach links, nach rechts. Was sollte sie tun?

Zu ihrer linken knackte es plötzlich im Unterholz. Alle, sie, die herannahende Silhouette und Astrids Tochter blickten in die Richtung. Eine Hand legte sich im selben Moment auf ihren Mund, ein Arm um ihre Taille, zog sie mit einer einzigen ruckartigen Bewegung auf die andere Seite des Baumstammes. Ein weiterer Augenblick verstrich, in dem sie umgedreht wurde, die Arme umschlossen sie, pressten sie an den Unbekannten.

Robyns Kopf schreckte nach oben, ihre Augen sahen in die grimmigen ihres Mannes. Doch es blieb ihm wenig Zeit für seinen Groll. Er beobachtete, was die beiden Gestalten von seiner Ablenkung hielten.

Ingrid hatte sich nicht gerührt. Harold hatte etwas entfernt nur einen abgebrochenen Ast gefunden. Wulf hatte ihn weit genug geworfen, um Robyn zu sich ziehen zu können. Harold indes schritt beruhigt zu Ingrid.

»Ich sollte dir wirklich den Hintern versohlen«, flüsterte Wulf in Robyns Ohr, »bei den Göttern, das sollte ich!«

»Wulf, ich ...« Robyn wusste nicht recht, was sie sagen sollte. Ihre Stimme erstarb.

Wulf spürte, dass sie der Schreck betäubt hatte. Es waren nicht mehr nur seine Arme, die sie an ihn pressten. Sie war es selbst, krallte sich in seinen Umhang. Nur mit halbem Ohr lauschte er dem Gespräch seines Bruders und dessen Geliebter. Er hielt nach all der Zeit Robyn wieder im Arm. Vielleicht hatte dieser Zwischenfall auch sein Gutes. Sie hatte solche Berührungen lange nicht zugelassen. Wenngleich sie im Moment keine Wahl hatte, schien ihr Unwohlsein allein durch den Schreck und ihre Angst verursacht und nicht durch seine Umarmung.

»... nicht viel Zeit ...«

»Macht nichts ... nutzen ... sag mir erst, was du weißt ...«

Wulf bemerkte, dass sich Robyn etwas beruhigt hatte, während er selbst den beiden lauschte. Und er konnte ihre aufsteigende Wut fühlen und seine eigene Gleichgültigkeit. Manchmal erschreckte es ihn, wie groß sie war. Dann wiederum meinte er, er würde sich selbst nur etwas vormachen. Wie könnte er sich je selbst über seine Gefühle im Klaren sein?

»Nicht viel«, erzählte Harold, »es hat sich nichts geändert. Kark ist der Ansicht, wir sollten weiterhin auf Lauerposition bleiben. Nichts tun.«

»Wie lange soll ich dieses Spiel noch spielen, Harold?«, entrüstete sich Ingrid. »Ich bin es leid, Leif überzeugen zu wollen, dass das mit uns vorbei ist ...«

»Wir alle müssen unseren Beitrag leisten, das weißt du so gut wie ich.«

»Ich habe keine Lust mehr ... ich will, dass endlich etwas passiert. Leif widert mich an ...«

»Dann versuch es doch bei Wulf. Vielleicht kannst *du* ihn überzeugen, bei uns mitzumachen ...«

»Damit du dich um sein kleines, einfältiges, angelsächsisches Weib kümmern kannst ...«

»Einfältig? Ich weiß nicht so recht.«

»Sie kann ja noch nicht einmal unsere Sprache sprechen! Im Dorf redet sie wirres angelsächsisches Zeug.«

»Vielleicht ist sie in anderen Dingen besser ...«

»Harold, wie kannst du nur ...«

»Schon gut. Trotzdem solltest du vielleicht bei Wulf ...«

»Untersteh dich«, unterbrach sie ihn, »er hat meine Schwester in eine andere Welt geschickt!«

»Dann musst du dich in Geduld fassen. Es ist möglich, dass wir bis zum Frühjahr warten müssen. Kark hofft, dass er noch weitere Leute auf seine Seite ziehen kann.«

»Was sagen die Spione im Süddorf?«

»Argwohn. Wenig Gehör für einen Aufruhr gegen Wiglif. Es dürfte schwierig sein, Leute von dort umzustimmen.«

»Mmh, aber werden Karks Leute ausreichen, um Wiglif *und* Eilaf zu stürzen?«

»Nicht unmöglich. Ich bin im Moment dabei, einige von Wulfs Leuten aus der Leibgarde zu überzeugen. Sie könnten uns eine große Hilfe sein, sollte es zum offenen Kampf kommen.«

Ingrid sagte nichts. Robyn versuchte zu hören, was sie tat.

»Es wird bald schneien«, hörte sie dann Harold gedämpfter sagen. Robyn zuckte unmerklich zusammen, als sie erkannte, was sie taten. Kleider raschelten. Sie hörte Ingrid rauchig lachen.

»Und? Seit wann macht dir das etwas aus, wenn du mit mir zusammen bist?«

Harold stimmte in das Lachen ein. Robyn legte ihre Hände vors Gesicht, drängte sich näher an Wulf. Selbst wenn sie ihre Ohren zugehalten hätte, hätte sie trotzdem Harolds Grunzen gehört, Ingrids Lustschreie. Ihre Angst vor Harold kroch wieder hoch, obwohl ihr mehr als bewusst war, dass sie in den sichersten Armen lag, die es für sie geben konnte.

»Wie kann sie Leif nur so etwas antun«, flüsterte sie gequält.

»Schscht.« Wulf wusste, er konnte sie nicht wirklich trösten, deshalb schwieg er, strich stattdessen mit einer Hand durch ihr Haar und versuchte die Geräusche der beiden nicht zu hören. Nicht nur Ingrid betrog Leif. Harold selbst betrog seinen Bruder. Wulf verabscheute sie beide. Je länger er Zeuge wurde, wie sein Bruder und Ingrid Leif hintergingen, desto mehr begann er zu glauben, dass Robyn vielleicht doch recht hatte. Sie alle waren gleich, auf die eine oder andere Weise. Sie nutzten die Frauen aus und umgekehrt. Trotzdem sträubte sich eine Erinnerung gegen diesen Gedanken. Es war nicht immer so gewesen. Auch er war nicht immer so gewesen. Vielleicht hätte er nie zurückkehren sollen. Vielleicht hätte er dann zu seinen alten Werten zurückgefunden.

Dann spürte er das weiche Haar unter seiner Hand, das im Nacken in einen Zopf überging.

Er hätte es bedauert, sie nicht kennengelernt zu haben.

Es war gut so, wie es war. Noch hatte Kark nichts Schwerwiegendes getan. Noch gab es keinen offenen Streit zwischen ihm und Wiglif. Bis zum Frühjahr waren es noch einige Monate.

Dann beendeten Harold und Ingrid ihr Stelldichein. Harold begleitete sie bis zum Weg, bevor er selbst im Wald verschwand. Wulf wartete geraume Zeit, bis er sicher war, dass Harold tatsächlich keinen Verdacht geschöpft und Wachen zurückbeordert hatte.

»Nixe?«

Robyn sah auf.

»Alles klar?«

Sie nickte leicht.

»Lass uns gehen.«

Sie gaben Acht, keine eigenen Fußspuren zu verursachen. Die Bäume standen dicht beieinander, der Schnee lag um sie herum, jedoch nicht direkt an ihren Stämmen. Sie nutzen diese freien Stellen, um zum Weg zu gelangen, wo sie schweigend nebeneinander her schritten.

Im Haus kümmerte sich Wulf um die Tiere, während Robyn etwas zu Essen bereitete. Sie war unkonzentriert, aß ohne Appetit.

Wulf beobachtete sie eine Zeitlang.

»Finde ich dich öfters dort draußen im Wald?«, fragte er dann.

Robyn sammelte das Geschirr ein und gab Wulf ein gefülltes Horn in die Hand.

»Ja«, gab sie zu.

»Was machst du dort draußen, wenn ich fragen darf? Wieder Kräuter sammeln?«

Robyn hielt in ihrer Bewegung inne und sah auf ihn herab.

»Ich versuche, dein Volk zu verstehen.«

»Indem du im Wald herumschleichst ... Halt, halt«, er unterbrach sich selbst, »du gehst nicht etwa auch ins Dorf und ...«

»Ja, sie erzählen und ich lausche ihnen von draußen oder vom Stall aus nebenan. Niemand hat mich je gesehen!«

»Nixe, bist du noch bei Verstand? Wie kannst du dich einer solchen Gefahr aussetzen? Wofür?«

»Merkst du nicht, was um dich herum passiert? Hast du nicht gehört, was Harold und Ingrid im Wald sprachen?«

»Nichts ist bisher passiert. Ich sagte dir schon einmal, du solltest dir nicht zu viele Gedanken machen.« Er klang verärgert, als er das geleerte Horn beiseitestellte.

»Das muss ich aber. Und ich will es. Ich kann nicht einfach zusehen, wie sich deine Leute untereinander bekriegen, sich gegeneinander ausspielen!«

»Warum tust du das nur?« Wulf konnte es einfach nicht verstehen. Einen Augenblick lang war es still. Dann hatte Robyn genügend Mut, um ihm leise zu antworten.

»Wegen dir, Wulf. Ich tue es für dich.«

Er sah zu ihr auf. Sie stand noch immer mit dem Geschirr in den Händen da. Er erhob sich langsam, ging zu ihr und nahm ihr Gesicht zwischen seine Hände.

»Tu es nicht«, flüsterte er, »ich will nicht wissen, was sie reden.«

»Ich kann nicht vergessen, dass sie deinen Namen sagen, wenn sie von Hoffnung sprechen«, antwortete sie ihm nicht lauter.

»Sie täuschen sich. Ich werde ihnen nicht helfen.«

»Warum nur, Wulf?«, fragte sie ihn eindringlich, »warum nicht?«

»Genügt dir nicht, wessen du im Wald Zeuge geworden bist? Was brauchst du mehr? Ich vertraue ihnen nicht. Sie sind schlecht, haben vergessen, in Einklang zu leben, selbst mit drei gespaltenen Reichen, wie es einst ihr Wunsch war.«

»Vertraust du niemanden mehr?«

»Vertraust *du* mir noch?« Robyn dachte an jene Nacht vor vielen Wochen, spürte seine Hände auf ihren Wangen, spürte ihre Sehnsucht nach einer solchen Berührung wiedererwachen.

»Ja«, sagte sie einfach.

»Ich sagte dir schon einmal, vielleicht bin ich nicht wert, dein Mann zu sein«, entgegnete er.

»Ich habe es bisher nur für eine Nacht bereut.«

»Eine Nacht, in der ich dein Vertrauen hätte verlieren können.«

»Aber das hast du nicht.«

»Nein, Nixe, das habe ich nicht.« Er ließ von ihr ab, doch sie wollte noch eine Antwort.

»Vertraust du jemandem?«

Er drehte sich wieder zu ihr, sah ihre Unsicherheit. Sie stand vor ihm, noch immer mit dem Geschirr und hatte sich nicht gerührt. Ihre dunklen Augen verlangten eine Antwort. Ihm kam in den Sinn wie selbstlos sie für ihn gehandelt hatte. Hätte man sie bei ihren nächtlichen Ausflügen überrascht, er war sich nicht sicher, was sie mit ihr gemacht hätten. Jene Nacht spukte durch seinen Kopf. Seitdem vertraute er ihr. Ohne jeden Zweifel. Sie hatte ihm in dieser Nacht etwas gegeben, was er bezweifelt hatte. Doch ihr Gewissen war so rein gewesen wie sie selbst.

Er trat wieder nahe an sie heran. Diesmal nahm er ihr Kinn in seine Hand, drehte ihren Kopf leicht, um in ihr rechtes Ohr flüstern zu können.

»Ja, das tue ich. Und es ist lange her, dass ich es wirklich tat. Ich bereue, dass du Schmerzen erdulden musstest, damit es so kam.«

Er küsste jene Stelle an ihrem Ohr, die die ersten Tage ihres Hierseins geschwollen gewesen war. Seine Lippen verweilten einige Atemzüge dort, bevor er von ihr ließ. Sie sahen einander an. Wieder einige Atemzüge.

»Ich-ich werde das Geschirr waschen«, sagte sie dann. Ihre Stimme war nicht ganz ihre, doch sie schaffte es zur Tür zu gehen, ohne ihm ihre glasigen Augen zu zeigen.

2.

Robyn wusste, sie tat etwas Verbotenes. Sie hoffte, Wulf würde nicht erfahren, dass sie auch weiterhin im Dorf die Menschen belauschte. Sie musste es. Etwas zwang sie, nahezu jeden Abend ins Dorf zu schleichen, die Häuser in der Dunkelheit zu umwandern, hier und da an einem der wenigen Fenster zu verweilen, um zu hören, was drinnen gesprochen wurde. Die Gehöfte, die etwas außerhalb lagen, boten in den Ställen Wärme. Stillschweigend saß sie oft bei den Tieren und lauschte den Worten ihrer Besitzer.

Einige der Menschen standen unter Harolds Einfluss. Sie hofften auf einen Wandel und ahnten nicht, wie sehr sie Harold und seine Machtgier unterschätzten. Manchmal tat ihr die Unwissenheit leid. Aber hörte sie auch, dass manche Menschen ebenso gierig und intrigant waren wie Ingrid und Harold. Es waren diese Menschen, die Wulf verabscheute und die Druck auf jene verübten, die ihm wohlgesonnen waren.

Ob er vielleicht Recht hatte? Waren jene seiner Einmischung nicht wert? Wert, in das Geschehen einzugreifen, zu verhindern, dass die Dörfer von einem Despoten beherrscht werden würden? Wer würde herrschen? Harold? Oder wollte Kark selbst den Thron? Harold würde dies bestimmt nie zulassen. Er brauchte Kark jetzt. Aber dann?

Robyn begab sich tiefer in den Wald. Sie hatte noch zwei Höfe, dann wollte sie nach Hause gehen. Sorgfältig sah sie sich um, kontrollierte, ob sie Gefahr lief, entdeckt zu werden. Seitdem sie von Harold und Ingrid fast überrascht worden wäre, war sie vorsichtiger geworden. Sie hatte einmal noch Harold durch den Wald schleichen sehen, doch da war das Glück auf ihrer Seite gewesen und sie hatte sich rechtzeitig verstecken können. Ob er sich mit Ingrid, Kark oder einem anderen Spion getroffen hatte, hatte sie nicht feststellen können. Anscheinend befolgten sie jedoch alle Karks Anweisungen, denn nichts geschah. Allein die Unruhe unter den Menschen stieg.

Robyn verweilte kurz an einem Baumstamm und verschränkte die Arme, um etwas nachzudenken. Sie hatte aufgehört die Wochen zu zählen, die sie bereits hier war. Außer zu Wulf hatte sie nur noch zu Irm engeren Kontakt. Arnulf und Annija, hatte Wulf versprochen, würde sie ihm Frühjahr kennenlernen, wenn das Süddorf leichter zu erreichen war. Vielleicht wurde sie Leif im Winter wieder begegnen. Irgendwann würden sie wenigstens einmal in die Halle gehen müssen. Zumindest das verlangte Wulfs Loyalität seinem Vater gegenüber. Robyn hatte wenig Lust darauf. Sie konnte sich vorstellen, wie die Angelsächsin behandelt werden würde. Sie fürchtete die erneute Demütigung, die Blicke Harolds, Astrids kalte Augen, Eilafs durchdringende.

Robyn zog ihre Handschuhe für einen Moment aus, rieb ihre kalten Hände und betrachtete sie.

Sie taten keine schwere Arbeit. Es gefiel ihr, für Wulf zu sorgen. Er war anspruchslos, hatte die Veränderung in seinem Haus jedoch dankbar angenommen. Niemals hatte er es gesagt, doch die stillen Abende, die sie am Feuer in Einklang verbrachten, genügten ihr. Sie bildeten ein Gleichgewicht zu ihren unterschiedlichen Ansichten, was Harold und Kark betraf. Er hatte ihr den reparierten Tisch überlassen, wo sie einige Wurzeln und vergilbte Kräuter sammelte oder trocknete. Es war ein Anfang, im Frühjahr und im Sommer würden sie sich mehren und sie konnte vielleicht etwas davon verkaufen. Wenn man sie ließ. Robyn war sich nicht sicher, ob die Dorfbewohner ihr Anliegen akzeptieren würden. Irm hatte ihr ihre Unterstützung zugesagt, doch würde das ausreichen, um auch das Vertrauen anderer im Dorf zu gewinnen?

Ihre Hände hatten sich etwas erwärmt. Sie hatten Wulf in den letzten Tagen wieder mehr berührt, nachdem sie eine Weile zögernd gewesen waren. Doch ihr Schmerz versiegte, ihre Sehnsucht gewann mehr und mehr die Oberhand. Wulf hatte sie zu nichts mehr gedrängt, im Gegenteil, sie fühlte seine Achtung vor ihr mehr denn je. Sie täuschte sich nicht in ihm. Sie vertraute ihm, weil sie wusste, dass er seine Ideale nicht verloren hatte. Sie mochten streiten, uneins sein, doch Wulf hatte nie wieder den Kopf verloren. Nie wieder. Nicht seit jener Nacht.

Sie lächelte leicht im Zwielicht der Winternacht. Ihre Hände waren wunder gewesen, als sie noch bei ihrem Vater gewesen war. Abend für Abend hatten sie Kräuter geschnitten, auseinandergerupft, zum Trocknen gelegt, sie in Gläschen gefüllt, gewogen, Preise berechnet, aufgeschrieben. Ath hätte sich gefreut, sie so zu sehen. Er hatte immer gehofft, sie würde einem guten Mann begegnen, würde für ihn sorgen und er würde seine Enkelkinder in den Wald begleiten, um ihnen wiederum die Kräuter und Büsche zu zeigen, genau so wie er sie Robyn gezeigt hatte. Sie hatte ihm so viel zu verdanken. Wenn sie ihn doch nur einmal noch sehen könnte, ihm sagen könnte, dass sie für einen guten Mann sorgte und er ihr mit Zuneigung begegnete. Dass sie ihn schätzte und ...

Sie ließ ihre Handschuhe fallen.

Zwei Schatten jagten durch den verschneiten Wald. Schnee knirschte, etwas Unterholz knackte, der Atem zweier Kreaturen hallte durch den Wald. Einer war menschlich. Robyn erkannte Ingrid ohne Probleme. Ihre schlanke Gestalt bewegte sich ungeschickt im tiefen Schnee. Sie trug keinen Mantel, doch ihr Kleid behinderte sie. Sie raffte es unentwegt, stolperte aber trotzdem oft darüber. Sie hustete beim Laufen, verschluckte sich, schrie, doch es war nur ein kläglicher Hilferuf, der kein Gehör finden würde. Die zweite Kreatur würde dafür Sorge tragen.

Der riesige Wolf setzte zu einem Sprung an und verpasste Ingrid nur um Haaresbreite. Die Bestie ließ sich nicht entmutigen, jagte ihr weiter hinterher. Ingrid schrie lauter als zuvor.

Robyn vergaß, dass sie nichts hier zu suchen hatte. Vergaß, dass Ingrid ihr nicht wohlgesonnen war. Vergaß, in welche Gefahr sie sich selbst begab. Der Wolf war niemandem hier unbekannt. Schon eine Weile riss er Tiere, hatte sogar zwei Menschen angefallen, von denen einer gestorben war. Er hatte Blut geleckt. Menschenblut. Und er war krank. Wirr. Geschwächt. Ein Ausgestoßener. Durchwandelte die Wälder weit im Süden seit Wochen allein. Doch nicht heute Nacht. Heute Nacht hatten ihn Spuren hierhergeführt. Und er war fündig geworden.

Robyn lief durch den knietiefen Schnee und hörte die Kreatur grollen. Ihr Atem ging krankhaft rasselnd. Der andere Mann, den der Wolf angefallen hatte, lag seit Wochen im Fieber, nicht Herr seiner Sinne, unfähig ein klares Wort zu sprechen. Der Wolf hatte ihn tief in den Unterschenkel gebissen. Obwohl er den Wolf hatte selbst vertreiben können, hatte ihn zu lange Zeit niemand gefunden, so dass die Krankheit des Wolfes Zeit gehabt hatte, seinen Körper in Besitz zu nehmen. Niemand wusste, was mit ihm werden würde. Ob er je wieder zu Sinnen kommen würde.

Sie sah den Wolf vor sich erneut zu einem Satz ansetzen und diesmal schien er den Augenblick richtig gewählt zu haben. Ingrid ging zu Boden, zog sich aber sofort zusammen, wie man es den Kindern hier schon früh beibrachte, um Bissen ins Genick und in die Kehle zu entgehen. Robyn nestelte im Laufen an der Fibel, die ihren Mantel zusammenhielt. Sie öffnete sich und sie zerrte sich den Mantel von den Schultern. Dann schrie sie, so laut und schrill sie konnte. Das hatte die gewünschte Wirkung. Nicht alle Instinkte des Wolfes schienen von der Krankheit befallen. Er scheute, ließ von Ingrid ab und blickte Robyn erstaunt an. Robyn war stocksteif nur wenige Schritte entfernt stehen geblieben, wartete und sah in die kalten Augen des Tieres, die ihr bis ins Mark Angst bereiteten. Sie zwinkerte kurz. Für einen Moment drohte sie ihre Angst zu übermannen, dann hatte sie sich wieder in der Gewalt.

»Hahh, haaaah«, rief sie kreischend und fuchtelte mit ihrem Mantel umher. Sie wollte wimmern, fortlaufen, sich in einem Stall einschließen, doch sie war hier und in diesem Moment gab es nur sie, den Wolf und Ingrid, die ihr nicht helfen konnte. Sie schluckte, brüllte erneut, wild, aus Angst und Verzweiflung: »Haaaaah, hahhh!«

Der Wolf knurrte ohrenbetäubend laut und zog quälend langsam seine Lefzen nach oben. Robyn ballte ihre Fäuste, während sie den Umhang festhielt. Er musste Angst bekommen, seinem Instinkt gehorchen, seiner natürlichen Scheu. Ein Wimmern löste sich von ihren Lippen. Sie ging einen Schritt auf ihn zu, schrie lauthals. Er hatte sie täuschen wollen. Und sie besiegte ihn in diesem Moment.

Er zog den Schwanz ein, duckte den blauschwarzen Kopf mit den angelegten Ohren. Robyn ging einen weiteren Schritt und warf den Umhang nach ihm. Sie sah das Blut an seinen Lefzen, zitterte am ganzen Leib. Der Wolf ergriff die Flucht, hastete mit eingezogenem Schwanz davon wie ein verwundetes Tier. Die Dunkelheit und die Schatten des Waldes verschluckten ihn alsbald. Robyn starrte ihm nach, selbst unfähig sich zu bewegen. Ihr Atem ging schwer, sie bemerkte die Kälte nicht, die an ihr heraufkroch und sich durch ihre Kleider fraß.

Ingrid stöhnte neben ihr. Doch erst beim zweiten Mal erwachte Robyn aus ihrer Starre. Sie strich sich zitternd über die laufende Nase und über die nassen Augen, löste dann den Knoten des Kopftuches. Sie würde es brauchen. Ihr Geist kehrte zurück zu ihr und ließ sie vernünftig handeln. Sie bückte sich, hob den Mantel auf und kniete sich zu Ingrid. Es begann zu schneien, nicht heftig, nur leicht, während Robyn Ingrid untersuchte. Ingrid wand sich erst, doch Robyn konnte sie ruhigstellen. Sie betrachtete den Oberarm besorgt. Der Wolf hatte sich daran festgebissen, ein Stück hing in Fetzen herab. Sie hoffte, jemand im Dorf würde es nähen können. Doch sie bezweifelte, dass jemand dazu in der Lage war. Vielleicht jemand von Wulfs Männern. Sie konnten damit vertraut sein. In Byzanz war es nicht unbekannt, womöglich hatten sie es gelernt. Robyn wusste, wie gering diese Möglichkeit jedoch war.

Sie legte den Mantel um Ingrid. Sie vermutete, dass sie ihren eigenen abgelegt hatte, um schneller laufen zu können. Das Kopftuch reichte nicht einmal aus, um die Blutung am Oberarm zu stillen. Robyn riss den vorderen unteren Teil ihrer Tunika ab, drückte solange auf den Arm, bis sie meinte, dass das Blut gerann. Während sie sich das hintere Stück abriss, hörte sie plötzlich Stimmen.

»Hier«, schrie sie, betete, dass es Wachen aus ihrem Dorf waren. Sie mussten das Geschrei gehört haben. Sie mussten einfach.

»Hierher«, rief sie erneut, angelsächsisch, doch es war ihr gleich, sie würden verstehen.

Sie band den Arm ab, so eng sie konnte. Es würde für den Heimweg halten müssen.

Die Wachen näherten sich rasch, sahen sie über der Verletzten knien.

Robyn bemerkte ihre verwirrten Gesichter. Sie wies kurz auf die Spuren im Schnee, um sich zu erklären. Eine der Wachen lief darauf los, dem Dorf zu. Die anderen drei besahen sich kurz die Spur des Wolfes. Robyn arbeitete ungeachtet dessen weiter, der Schnee fraß sich durch ihre Hose, ihre Knie schmerzten durch die Kälte. Sie brauchte noch etwas zum verbinden. Die Wachen kamen zu ihr.

»Ist sie schwer verletzt?«, wollte einer wissen.

Robyn nickte, wies auf den Arm, dann auf die Wachen.

»Was willst du?«, fragte der andere.

Robyn wies wiederum auf sie.

»Verdammt Sächsin, sag, was du willst!«

»Ein Stück deines Hemdes, du Bastard«, entfuhr es Robyn, doch die Wachen verstanden sie nicht. Sie kroch zu einem der Männer, zeigte ihm ihr Hemd.

»Ein Stück davon ... ja ... ja ...« Die Wache schien endlich begriffen zu haben, öffnete den Umhang, riss seine Tunika auf, reichte sie ihr.

Robyn kehrte zu Ingrid zurück und zerriss das Hemd. Sie hörte die Wachen hinter sich murmeln, hörte Geschrei aus dem Dorf zu ihnen schallen, fühlte die Kälte in sich aufsteigen und ihre Angst. Doch sie musste Ingrid helfen, jemand musste sie nähen. Robyn würde es können, wenn man sie ließ.

Schritte näherten sich, Schritte von vielen Menschen. Sie hechteten durch den Wald, die Wachen halfen ihnen durch zusätzliches Rufen, sie zu finden. Die Ankommenden umringten Robyn und Ingrid, starrten auf sie, flüsterten wie schon die Wachen zuvor, keiner wagte ihnen näher zu kommen. Worte fielen, die Robyn schon oft gehört hatte. Untote. Meeresgeister. Ungläubige. Unwürdige. Noch immer kamen Menschen näher. Robyn spürte, wie fremd sie ihnen noch immer war. Sie lauschte vielen von ihnen jede Nacht, doch keinem von ihnen war sie vertraut.

Sie alle fuhren auf, als Astrid schreiend zu ihnen stieß, rückhaltlos die Menschen fortschob, Robyn erblickte und wiederum aufschrie.

»Wie könnt ihr es zulassen, dass sie sich an meiner Tochter vergreift?«, beklagte sie sich. »Hilft mir denn niemand?« Sie ging auf Robyn zu und stieß sie in den Schnee. »Fort mit dir, wag es nicht, meine Tochter anzurühren, du ... ohhh, du ...« Astrid sah auf ihre Tochter und schrie auf. »Helft ihr doch, sie ist ... sie verblutet ... helft ...«

»Ich kann ihr helfen«, Robyn wusste, dass zumindest Astrid sie verstehen konnte, »man muss sie nähen ...«

»Wag es nicht sie anzurühren, du Geist, du Nichtsnutz! So helft ihr doch ...«

»Ich kann ihr helfen, lass mich sie nähen!«, versuchte es Robyn erneut.

»Geh fort! Fort mit dir!« Astrid deutete den Wachen. »Fort mit ihr, sie soll fort!«

Die Wachen zogen Robyn auf die Füße und stießen sie weiter dem Wald zu, fort von Ingrid und den anderen.

»Verschwinde«, sagten sie zu ihr, »mach, dass du wegkommst.«

»Aber, ich kann ...«

»Geh!«

Robyn sah auf den auf sie gerichteten Speer in seinen Händen und ging einen Schritt rückwärts.

Astrids Geschrei hatte nicht nachgelassen, sie weinte, fluchte und holte die Frauen beisammen, die sich die Wunde von Ingrid ansahen und die anderen Kratzer verbanden.

Robyn drehte sich um, unfähig diese Mauer zu durchstoßen. Fröstelnd rieb sie ihre Oberarme. Ihr Umhang lag noch immer bei Ingrid. Einige Wachen hatten Fackeln gebracht, doch ihre Wärme erreichte Robyn nicht mehr. Die gespenstischen, bizarren Formen durch die Flammen begleiteten sie dagegen noch lang, fast bis sie den Weg wieder kreuzte, der sie zurück zum Haus führte. Sie sehnte sich nach dem Feuer darin, nach Wulf, der vielleicht schon dort war. Selbst seinen Zorn wollte sie heute ertragen, wenn ihm seine Arme um sie folgen würden.

Die Augen des Wolfes hätten auch nicht geleuchtet, wenn der Mond auf sie geschienen hätte. Doch die Schneewolken verdeckten diesen, so wie der Schleier der Krankheit die Augen des Tieres. Seine Sehkraft hatte in letzter Zeit gelitten, nicht jedoch sein Geruchssinn. Und Robyn ahnte plötzlich ihren fatalen Fehler. Sie sah auf sich herab, während sanfte Schneewirbel sie umhüllten. Ingrids Blut klebte überall an ihr. Der Wolf hatte gewartet, er hielt sie für Ingrid. Er schlich hinter einem der Bäume, mühte sich jedoch nicht mehr, seine Anwesenheit zu verbergen. Robyns Herzschlag setzte aus, die Angst schnürte ihr die Luft ab. Es gab nichts, was sie retten konnte. Niemand. Es gab nur sie und den riesigen, blauschwarzen Wolf. Das Dorf lag weit entfernt. Sie würde schreien, aber würde man ihr helfen?

Sie wimmerte. Sie würden nicht kommen. Nein, diese Menschen würden ihr nicht helfen. Wulf hatte recht behalten. Sie waren seine Hilfe nicht wert. Sie waren schlecht.

Sie rannte los, ohne zu wissen, in welche Richtung. Sie rannte, wissend, dass der Wolf sich dicht an ihre Fersen geheftet hatte. Sie rannte, während ihr Herz und ihr Atem versagen wollten, während ihre Angst ihr den Willen rauben wollte. Sie rannte, strauchelte, fiel, zog sich wieder hoch, stöhnte unter der Furcht, setzte weiter einen

Fuß vor den anderen. Der Wolf hätte sie längst eingeholt, doch seine Krankheit verlängerte ihr eigenes Sterben auf grausame Weise. Sie stieß sich an einem weiteren Baum ab und wagte einen Blick zurück. Er hatte sie bald eingeholt, bald war es zu Ende. Sie weinte, wimmerte, schrie im Laufen vor Angst. Sie lief in ein Nichts, hinter sich die Arme des Todes, die sich ausbreiteten und sie gefangen nehmen wollten. Sie stürzte über eine rausragende Wurzel, zog sich hoch, doch der Wolf erwischte mit seinen Krallen ihren Unterschenkel, während sie von neuem davon hastete. Noch einmal schaffte sie es, einen kleinen Vorsprung herauszuholen, dann versagte ihr linkes Bein den Dienst. Der Blutverlust machte es taub und ließ sie vermehrt stolpern. Robyn starrte unentwegt in die Finsternis vor sich und versuchte ihr Bein zu beruhigen. Sie rieb es fest. Da blieb ihre Hand an ihrem Gürtel hängen. Ihr Beutel hing daran. Eine Ironie, dass sie darin Wurzeln und Rinde sammelte, um anderen helfen zu können. Sie zerrte den Beutel ab, öffnete ihn im Laufen und entnahm ihm das scharfe Messer, das sie stets bei sich trug. Ihr Bein knickte bei ihrem nächsten Schritt ein. Sie fiel und drehte sich im Fallen. Sie wollte ihm wenigstens ins Gesicht sehen und ihn verletzen, dass er verblutete. Sie wollte sich hingeben für Menschen, die sie nicht wollten. Welch Ironie.

Der Wolf sprang sie ohne Angst an. Er spürte in seinem Irrsinn die Klinge nicht, die sie ihm in den Unterleib stieß. Er kratzte sie voll Zorn und Wahn, angestachelt durch Ingrids Blut an ihr. Er schmeckte ihr eigenes Blut, als er in ihr Handgelenk biss. Robyn stach zu, solange sie konnte. Sie spürte keine Schmerzen mehr, sie fühlte nur noch ihre Hand, die das Messer wieder und wieder heruntersausen ließ. Irgendwann würde es vorbei sein.

3.

Egill?« Wulf sah verwundert auf ihn, während sie in der Dunkelheit aufeinander zutraten.

»Ich bin's, Wulf«, antwortete dieser.

»Was ist los hier? Der Wald scheint voller Stimmen, voll absonderlichem Licht.«

Wulf unterdrückte die Befürchtung, Harold könne begonnen haben, wovon er und Robyn seit Wochen wussten. Er hoffte noch immer, dass Harolds und Karks Unterfangen keine weiteren Früchte tragen würde.

»Ingrid ist von dem Wolf angefallen worden«, erklärte Egill die Aufregung.

»Der kranke Einzelgänger?«

»Ja.«

»Was tut sie auch hier draußen allein?« Wulf kam nicht umhin den erstaunten Blick von Egill zu registrieren. Scheinbar war er noch nicht bekehrt, wusste nichts von Harolds oder Ingrids Verrat.

»Brauchen sie Hilfe?«, wollte Wulf dann wissen. Er beobachtete in der Ferne die bizarren Schatten im Fackelschein.

»Die Frauen verbinden sie noch, bevor man sie ins nächste Haus schaffen will. Der Wolf hat sie ziemlich zugerichtet.«

Wulf nickte, wollte gehen, doch Egill hielt ihn zurück.

»Deine Frau war auch hier«, sagte er zu Wulf, »sie hat Ingrid geholfen, doch ...«

Wulf sah in den Wald, ahnte Egills nächste Worte.

»... sie haben sie fortgejagt!«

»Und du stehst hier und ihr tut nichts?«, brüllte Wulf ihn mit einem Mal an. Es hallte durch den gesamten Wald. Die Stimmen in ihrer Nähe erstarben.

»Astrid ...«, begann Egill, doch Wulf hatte ihm bereits den Rücken gekehrt. Reue überkam ihn, doch er wusste, es war zu spät dafür.

Die Menschen schreckten zurück und traten einige Schritte nach hinten, als sie Wulf wutentbrannt auf sie zukommen sahen. Er blickte kurz auf Ingrid, sah, dass sich Irm, die erst vor kurzer Zeit zu ihnen gestoßen war, um Ingrid bemühte und ohne Unterlass weiterarbeitete, während die anderen Wulf ängstlich anblickten.

»Irm?«

Er musste nichts weiter zu ihr sagen, sie verstand seine Frage auch ohne weitere Worte.

»Sie hat ihr das Leben gerettet. Ohne jeden Zweifel.« Irm sagte es laut und deutlich, so dass es auch die in den hinteren Reihen hören konnten.

»Wohin ist sie gelaufen? In welche Richtung?«

»Das musst du *sie* fragen.« Irm wies kurz auf Astrid, die schreckensbleich neben Ingrid kniete.

»Astrid, ersuche Gnade bei den Göttern, wenn du mir nicht Antwort gibst«, Wulfs Stimme war barsch ohne jedes Verständnis, »wohin ist meine Frau gegangen?«

Astrid sah auf, ihre kalten Augen glänzten im Fackelschein. Wortlos wies sie nach rechts.

»Zurück zum Haus?«, versicherte sich Wulf.

Astrid nickte. Wulf holte hörbar Atem und sah von einem zum andern.

»Verflucht seid ihr alle. Wenn ihr etwas zugestoßen ist ... verflucht seid ihr!«

Wulf wandte sich ab und rannte in den Wald.

Egill hatte währenddessen die anderen Wachen gesammelt.

»Ihr zwei, bringt sie zum nächsten Haus«, beorderte er zwei der Männer, »ihr anderen werdet mitkommen und Wulfs Frau suchen ... das sind wir ihm schuldig.«

»Das seid ihr auch *ihr* schuldig«, zischte Irm laut vernehmbar.

Egill sah auf sie hinab, wandte sich dann ab und folgte Wulf.

Die Fackeln erleuchteten in dieser Nacht den Wald und schreckten seine Bewohner auf. Das führte zu einer Begegnung, die niemand erwartet hatte.

Egill hielt inne und ließ auch die Männer, die im Halbkreis um ihn herum suchten, halten. Wulf unterhielt sich vor ihnen mit anderen

Männern. Männern, die ihnen feind waren, auch wenn sie ihnen einst Brüder gewesen waren. Wulf blickte ruhig hinter sich, wartete, dass Egill und seine Männer nähertraten. Misstrauisch beäugten sie sich alle, jene aus Egills Dorf und jene aus dem Süddorf. Schiffsbauer, die auf ihrem Heimweg gewesen waren, als sie entsetzliche Schreie in den Tiefen des Waldes vernommen hatten, und Männer aus dem Westen, die die Schreie bis in ihr eigenes Dorf gehört hatten.

»Für diese Nacht, Egill, vergiss, wohin du gehörst«, sagte Wulf leise, »Arnulf und seine Männer verfolgen ihre Spur bereits länger als wir. Der Wolf ist ihr auf den Fersen.«

»Dicht auf den Fersen«, bejahte Arnulf. Er wartete Egills Reaktion ab.

»Wo ist die Spur?«, wollte Egill jedoch wissen und wischte damit jegliches Misstrauen davon.

»Folgt uns. Die Männer aus dem Westdorf umkreisen uns in einiger Entfernung, falls der Wolf doch ein Spiel mit uns treibt.« Arnulf nickte Wulf kurz zu, dann eilten sie weiter und jagten der Spur nach, die sich alsbald in eine Blutspur verwandelte. Fetzen von Kleidung säumten den aufgewühlten, roten Schnee. Wulf verfolgte ihren Leidensweg mit starrem Blick. Er wusste, warum sie hier draußen gewesen war. Anders als er selbst hatte sie die Menschen noch nicht aufgegeben, hatte sie weiterhin belauscht, gehofft, gebetet. Wofür?

»Dort vorn«, rief plötzlich jemand. Einige Männer aus dem Westdorf umringten bereits einen unbestimmbaren Hügel, hielten ihre Fackeln daran nach allen Seiten. Sie wateten in blutgetränktem Schnee, der den Hügel umgab. Der Wolf lag auf der Seite, sein Unterleib aufgeschlitzt, Gedärme quollen an einigen Stellen heraus. Er stank bestialisch, krank, als würde er hier nicht erst kurze Zeit liegen, sondern schon seit Tagen.

»Sie hat sich tapfer gewehrt«, sagte einer der Männer und beleuchtete das Maul des Wolfes. Die Blutlache um sie erstreckte sich weit um den Kadaver herum, vom Kampf und der Zeit, die der Wolf hier schon liegen musste.

»Hier ... hier drüben ist sie«, schrie einer der Männer. Wulf und Arnulf wandten sich vom Wolf ab und liefen durch den Schnee zu einer Eiche. Ihr dickes Geäst hatte ihre Wurzeln offen liegen lassen, kein Schnee bedeckte sie. Im Bogen einer dieser Wurzeln hockte Robyn zusammengekrümmt. Als einer der Männer sie berühren wollte, zuckte sie zurück. Sie zog sich noch enger zusammen und flüsterte nur unentwegt einen Namen.

»Sie lässt niemanden an sich heran«, erklärte Chnob, einer der Schiffsbauer aus dem Süddorf, »haucht nur das Wort Wolf vor sich hin.«

»Nein«, berichtigte Arnulf und sah auf Robyn hinab, »sie verlangt nach ihrem Mann.«

Ihr Murmeln war deutlicher, da sie schwiegen.

»Wwwwulf ... Wulf ...«

Wulf kniete sich hinter sie und legte eine Hand auf ihre Schulter.

»Nixe«, sagte er leise. Er betrachtete einen kurzen Augenblick das, was er von ihr sehen konnte. Der Rückenteil ihrer Tunika war zerrissen, ein Fuß war barfuß, ihr halber Rücken war entblößt, von unzähligen Wunden übersät.

»Wwwulf?«

»Ja, Nixe ... alles ist gut. Lass uns dich nach Hause bringen.«

Sie drehte ihren Kopf ängstlich nach hinten. Ihre Hände, blutrot, zitterten und streckten sich nach Wulf aus. Dieser sah den Unterarm seiner Frau und verfluchte seine eigenen Leute in die Tiefen Ginnungagaps, der Hölle für alles Lebendige und Gute. Er würde ihnen nie verzeihen.

Vorsichtig legte er ihre Arme um seinen Hals. Sie besaß noch erstaunlich viel Kraft, ihre Beine umschlangen ihn fest. Sie presste sich mit aller Macht an ihn, als hätte sie Angst, alles sei ein Traum, ihre Rettung nur Einbildung.

»Schon gut, Nixe«, beruhigte er sie. Dann legte er den Umhang um sie. Man konnte nicht einmal sehen, dass sie darunter steckte.

»Ingrid«, flüsterte sie.

»Geht es gut. Die Frauen kümmern sich um sie. Du hast sie gerettet.«

»Keine Hilfe ... sie wollten ... kkkeine Hilfe ...«

»Ich weiß.« Er sah die Männer auf ihn zutreten, blickte ihnen entgegen. Niemand entging Wulfs Hand, die auf dem Haar seiner Frau lag und sanft darüber strich.

»Sie tötete einen Wolf«, sagte Arnulf nach einer Weile, »einen Einzelgänger. Eine Gefahr für uns alle. Sie tötete ihn mit eigener Hand.«

Egill trat auf Wulf zu und öffnete seine Hand. Die blutigen Reißzähne des Tieres lagen darin. Wulf nahm sie an sich.

»Ob wir verdient haben, was sie tat?«, fragte einer der Männer.

»Das wird die Zeit zeigen«, entgegnete Arnulf. Er sah, dass sich Wulf wortlos abwandte und den Heimweg antrat. Keiner sagte noch etwas, schweigend trennten sie sich. Morgen würden sie wieder Feinde sein. Doch für diese Nacht nicht.

4.

Die verbliebenen Männer begleiteten Wulf zum Haus. Wulf sprach nicht mit ihnen, er ging den Weg still, ohne Verzug, da Robyn entsetzlich fror. Er wollte auch nicht mit ihnen reden. Er war dankbar für ihre Hilfe, konnte ihnen aber nicht verzeihen, dass sie Schuld trugen, an dem, was mit Robyn passiert war. Sie hätten es verhindern können, sie hätten ihr eher folgen können, doch nichts davon war geschehen. Wulf spürte Blut seinen Nacken entlangrinnen. Blut vom Unterarm seiner Frau, die sich wie von Sinnen an ihn klammerte, noch immer ab und zu seinen Namen flüsterte. Seine Arme umschlossen sie fest. Er konnte nicht fassen, dass er sie sicher nach Hause bringen konnte. Dass sie den Wolf getötet hatte. Ihr Gott kannte Wunder, seine Götter nicht. Doch jetzt glaubte er daran, während er dem Haus näherkam. Sie lebte, atmete unter seinem Mantel, strahlte etwas aus, das ihn beinahe körperlich schmerzte vor Erleichterung.

Das Haus war umringt von den Dorfbewohnern. Auch Astrid war unter ihnen. Wulfs Blick verdüsterte sich. Keiner sagte ein Wort. Wulf schritt durch sie hindurch und beachtete sie nicht. Im Schein der

Fackeln sah man Robyns blutende Arme um seinen Hals. Während er zur Tür ging, wieherte Sleip leise im Stall.

»Können wir helfen?«

Wulf drehte sich auf dem Absatz um. Überrascht sah er Astrid an. Ihre Stimme hatte einen ungewohnt milden Klang. Dann bemerkte er Robyn, die sich langsam regte.

»Lass mich runter, Wulf«, bat sie, »ich habe ihnen etwas zu sagen.«

Er tat es ohne Widerspruch, ließ sie sanft zu Boden gleiten und wartete, dass sie ihr Gleichgewicht fand. Auf wackligen Beinen stand sie den Dorfbewohnern gegenüber, schloss die Augen für einen Moment und presste die Lippen zusammen. Schmerz und Abneigung drohten sie zu überwältigen. Doch nur letztere verlangte zu sprechen. Sie öffnete die Augen wieder.

»Ihr«, jenes erste Wort ließ alle um sie erstarren. Selbst Wulfs Hand in ihrer zuckte erstaunt. Sie sprach in der Zunge der Dorfbewohner und das ohne den leisesten Akzent, »bietet mir Hilfe an. Doch ich will sie nicht. Ich will nicht die Hilfe von Menschen, die einander so wenig vertrauen wie ihr. Ihr vertraut euch nicht einmal mehr selbst, geschweige denn jemandem, der in eurem Aberglauben ein Geist ist. Jemandem, der lieber sterben wollte, als in den Händen von Sklavenhändlern zu enden. Ich vertraue niemandem hier, außer einem. Dieser jemand vergiftet nicht das Ohr des Königs. Schaut mich nicht so an, als wüsstet ihr nicht, was vorgeht. Keiner hier hat von der Quelle der Unschuld gekostet, niemand. Öffnet eure Augen, dann werdet ihr sehen, wer ein wahrhafter Thronerbe ist und wer nicht. Oder lebt weiter wie bisher in eurem Eigennutz und hinter eurer unsichtbaren Mauer. Ihr seid einen wahren König nicht wert. Ihr seid es nicht. Ihr rennt ins Verderben wie schon einmal ...«

Robyn meinte die Fackeln flackerten dunkler als zuvor, in Wahrheit wurde ihr schwarz vor Augen. Sie glaubte für einen Moment einige Gesichter viel jünger zu sehen, glücklicher und jünger. Dann verschwamm das Bild. Wulf hob sie auf seine Arme, während sie in sich zusammensank. Er erwiderte mit ihr auf dem Arm den Blick der Dorfbewohner noch einige Atemzüge. Sie sahen ihn an, ihn und die

Frau ihres Thronerben. Er hatte sie längst aufgegeben, daran zweifelte schon lange niemand mehr. Doch wer würde ihnen sonst helfen können, falls all ihre Befürchtungen wahr würden?

Er kehrte ihnen den Rücken, überließ sie der eisigen Winternacht, in der der Schnee ihre sorgengebeugten Häupter bedeckte, während sie ihren Rückweg antraten.

5.

Wulf setzte sie auf eine Bank am Feuer und legte Holzscheite nach. Während die Flammen danach gierten, zog er seinen Umhang aus und stellte Wasser heiß, damit er Robyn waschen konnte. Während er dies tat, sackte sie kraftlos nach hinten. Wulf fing sie auf. Er spürte ihren zuckenden Körper, der einem Weinkrampf nachgab.

»Warum, Wulf, warum haben sie mich nicht helfen lassen?«, schluchzte sie, hob müde eine Hand, strich über sein Gesicht. Er vergaß einen Moment ihren Arm, der dringend verbunden werden musste, riss sie an sich und hielt sie fest.

»Bei den Göttern, Robyn, sie sind wie du gesagt hast. Sie sind nicht mehr die Menschen, die ich einmal kannte.«

»Wulf ... ich bin so froh, dass du mich gefunden hast. Ich habe gebetet, du würdest kommen. Der Wolf ...«

»Du hast ihn erlöst, Robyn. Er weilt in einer besseren Welt. Er wird dir dankbar dafür sein.«

»Er wird nicht in meinen Träumen wandeln und mich weiter verfolgen?«

»Nein, lass ihn ziehen. Er hat seinen Frieden.«

Sie sahen sich an.

»Der Wolf hat seinen Frieden«, flüsterte sie und strich mit ihrer Hand wieder über seine Schläfe, seine Wange.

»Er hat seinen Frieden«, wiederholte er. Er wusste, dass sie nicht mehr über die Kreatur draußen im Wald sprachen. Ihr Augenaufschlag war schwer, so dass er ohne weiter zu warten ihre Tunika über ihren Kopf zog und sie wortlos wusch, wie er es in Byzanz oft für einen verwundeten Kameraden getan hatte. Die Kratzer konzentrierten sich an ihren Schultern und am Hals, doch sie waren nur oberflächlich. Als er ihr die Hose auszog und den übrig gebliebenen Stiefel, wusste er, woher die Blutspur im Wald gewesen war.

»Kannst du es nähen?«, fragte sie leise.

»Ja, der Unterschenkel und der Unterarm müssen genäht werden, sonst wirst du verbluten.«

Sie nickte, eine Gänsehaut überzog sie, Müdigkeit, Taubheit. Das war kein gutes Zeichen. Er gab ihr eine dünne Decke, in die sie sich hüllte und drückte ihr ein randvoll gefülltes Horn in die Hand. Als sie es an die Lippen führte, schmeckte sie schweren Wein. Eine schemenhafte Gestalt jagte in ihrer Erinnerung vorüber, dann war sie fort. Sie trank das Horn bis auf den Grund leer. Die Wucht seiner Wirkung ließ nicht lang auf sich warten. Mit gläsernem Blick verfolgte sie, wie Wulf die Wunden gründlich reinigte und zuerst ihr Bein flickte. Als er sich neben sie setzte und ihren Unterarm nähte, ließ sie ihren Kopf an seine Schulter sinken. Wein und Schmerz bezwangen sie, mit nur halb geöffneten Augen verfolgte sie noch sein Tun.

»Der Wolf wartete auf mich«, hauchte sie, »ich war seine Beute.«

»Ein Wolf jagt geduldig, was er unbedingt haben will. Er wartete, bis er seine Möglichkeit kommen sah«, entgegnete Wulf aufmerksam. Robyn verlangte mehr zu sagen, doch er wusste nicht, ob sie noch die Kraft dazu haben würde. Ihr Kopf lehnte schwer an seiner Schulter, während er den Arm langsam verband.

»Ich kann sie nicht verstehen ... warum sind sie so?« Sie atmete ein und aus und schluckte den Schmerz hinter, den die Stiche verursachten. »Wieso hassen sie einander, wenn sie so viel gemein haben? Wenn sie so nah beieinander leben, für ein gutes Leben kämpfen, etwas Glück ...«

»Wiglif hatte einen Sohn und eine Tochter«, erzählte Wulf, »er war nie ein einfacher Mensch, aber für die Zeit, als sie da waren, stimmten sie ihn milde. Kälte umgab ihn immer, doch seit sie fort sind, kann er nichts anderes fühlen außer Gram und Hass auf seinen Bruder. Doch selbst er besaß etwas wie Milde. Früher ... jetzt ist alles anders.«

»Die Menschen sind nicht sie selbst ... Sie scheinen etwas verloren zu haben.«

»Wer weiß, Wiglifs Sohn wäre vielleicht ein guter König geworden ... oder seine Tochter eine gute Königin, nachdem der Sohn gestorben war.«

»Eine Frau?«

Wulf war fertig mit dem Arm, legte die Utensilien beiseite und füllte ihr das Horn erneut. Sie schwankte schon jetzt im Sitzen. Der restliche Wein würde sie hoffentlich gut schlafen lassen. Er gab ihr das Horn und sie trank ohne abzusetzen. Dann hob er sie auf seine Arme.

»Wir haben starke Frauen, Robyn. Nicht alle sind so wie Dora oder Ingrid. Das ist keine Stärke. Sie wählen den einfachen Weg.«

»Du hast einmal gesagt ... ich könne selbst urteilen.«

Er ließ sie nieder und achtete darauf, dass ihr Bein und der Arm bequem lagen.

»Das ist wahr, das sagte ich.«

»Ich habe gewählt«, flüsterte sie. Ihr Kopf drehte sich langsam auf die Seite. Er dachte, sie wäre eingeschlafen. Er erhob sich leise, wusch sich selbst und warf die Kleidung auf einen Haufen. Er würde sie morgen draußen verbrennen. Blut ließ sich nur schwer entfernen. Er sah noch kurz nach den Tieren, kehrte beruhigt zum Lager zurück und ließ sich neben ihr nieder. Er lauschte ihrem Atem und fühlte ganz plötzlich ihre Hand auf sich.

»Dich«, murmelte sie leise in seiner Sprache.

»Dann hast du nicht den einfachen Weg gewählt«, entgegnete er nicht lauter.

Robyn lächelte in das Fell unter ihr, sperrte ihren Schmerz, der ohnehin nahezu vollständig betäubt war, aus und konzentrierte sich für einige Atemzüge auf ihre Fingerspitzen, die seine Haut berührten. Die Sicherheit darunter floss durch sie hindurch, besänftigten Hilflosigkeit und Angst. Sie spürte, wie er ihre Hand sanft umschloss. Wie hatte sie je zweifeln können?

»Aber den richtigen«, hauchte sie, kurz bevor sie endgültig einschlief.

6.

In der Dämmerung lag die Eiche still da. Zum ersten Mal seit sie einander kannten, war sie ruhig, stumm, in sich gekehrt. Niemals hatte sie glauben können, ein Baum sei zu so etwas fähig. Zu einer Art Bewusstsein, einer Seele.
Sie schritt näher, leichtfüßig, ohne Scheu, ohne Mühe. Die Mächtigkeit des Baumes, seine zeitlose Umarmung selbst aus dieser Entfernung ließen sie tief einatmen, tief ausatmen. Ihr Weg war der richtige. Die Eiche rief nach ihr, ohne zu sprechen. Ein unsichtbares Band verlief zwischen ihnen und es war, als sei dieses Band uralt. Verwoben mit der Zeit und der Kraft weiterzugehen.
Dann, mit einem Mal, blieb sie stehen. Ein Windstoß durchfuhr die Eiche. Heftiger als alle zuvor. Doch der Stoß ließ nicht nach, sie hatte Mühe stehen zu bleiben, der Orkan riss sie fast von den Füßen. Der Baum sah in die Zukunft, sah Kommendes.

Zwei Tage hindurch schlief sie, wachte nur halb auf, wenn Wulf den Verband wechselte. Ihre Sinne, ihr Körper ließen ihr keine Wahl. Sie verlangten den Schlaf, duldeten keinen Widerspruch. Einmal glaubte sie Irm zu sehen, die sich über sie beugte, doch vielleicht besuchte sie sie auch im Traum. Niemals begegnete ihr der Wolf. Er schien wie ausgelöscht, erlöst. Ihre Angst in jener Nacht schwand und gab ihr die Stärke, die ihr Körper zum Heilen brauchte.

Am frühen Nachmittag des dritten Tages blinzelte sie verschlafen. Das Licht des Feuers blendete etwas, während sie den Kopf danach drehte und die Wärme auf ihr Gesicht scheinen ließ. Solange sie so still dort lag, bereiteten ihr die Verletzungen keine Schmerzen. Sie kostete die Momente aus, versuchte ihre Gedanken zu sammeln. Sie konnte nicht genau sagen, welche Tageszeit es war, früher Morgen vielleicht, oder neigte sich der Tag dem Ende zu? Sie versuchte einen

Spalt durch die Öffnung im Dach zu sehen. Der Rauch des Feuers täuschte sie. Es war ihr nicht möglich.

Sie zog vorsichtig ihren Arm unter dem Fell hervor. Die Bewegung raubte ihr für den Augenblick die Sinne. Das Blut rauschte in ihren Ohren. Schnell ließ sie ihn wieder sinken und das Pochen ließ sofort nach. Mit ihrem unverletzten Arm hob sie das Fell über sich und versuchte ihr Bein zur Seite zu bewegen, um einen Blick darauf werfen zu können. Beruhigt wackelte sie mit den Zehen und beugte das Bein ein Stück. Sie würde bald aufstehen können. Sie sah kurz an sich herab. Sie trug keine Kleidung. Wulf hatte das richtige getan, damit sie genügend Wärme entwickeln konnte. Die Kälte der Nacht vor drei Tagen war nur noch ein entfernter Schatten. Sie erinnerte sich, wie er sie im Arm gehalten hatte.

Robyn erschrak leicht, als die Tür aufschwang und Wulf hereintrat. Er klopfte sich den Schnee leise von den Schultern, bevor er den Mantel auszog und strich sich durch Haare und Bart, die ebenfalls weiß waren. Draußen schien es heftig zu schneien. Er brachte frisches Brot. Sie konnte es riechen, während er es auspackte und nebst Käse auf eine Platte legte. Als er diese auf die Bank am Feuer stellte, wanderte sein Blick zu ihr und blieb an ihre offenen, wachen Augen hängen.

»Ausgeträumt, Nixe?«, fragte er sanft und schritt zu ihr hinüber. Er ließ sich bei Robyn nieder.

»Ich könnte Bäume ausreißen.« Er zog überrascht eine Augenbraue nach oben. Sie hatte ihn geneckt, auf eine höchst sachte Art. Niemand hatte dies je mit ihm getan. Ihre Augen schienen dabei um eine Berührung zu bitten. Er atmete leise schwer aus. Es war, als hätte sie ihm verziehen, als sei es wieder so, wie vorher, bevor er ihr Gewalt angetan hatte. Und noch etwas beschäftigte ihn. Seine Frau trug etwas mit sich, ein Geheimnis, von dem sie vielleicht selbst nichts ahnte. Etwas war geschehen, kurz nachdem sie in der Nacht zum Haus heimkehrten, wo die Dorfbewohner auf sie gewartet hatten. Ihre Stimme hatte gesprochen, stark und eisig. Sie hatte die nordische Zunge beherrscht, fließend, ohne Unsicherheit. Mochten die Dorfbewohner glauben, sie habe es von ihm gelernt. Doch was verbarg sich tatsächlich dahinter?

Sie hatte ihm nie verschwiegen, dass sie jedes einzelne Wort seiner Sprache verstand. Und dass sie sie sprach? Er wurde das Gefühl nicht los, dass sie selbst noch nicht begriffen hatte, was mit ihr passiert war.

»Dafür dürfte es draußen etwas ungemütlich sein«, erwiderte er, »doch vielleicht morgen.« Er strich ihr das Haar aus dem Gesicht und ließ seine Hand über ihre Wange gleiten.

»Schneit es?«

»Fast ununterbrochen seit jener Nacht.«

»Wie lange habe ich hier gelegen?«

»Fast drei Tage – und das ist gut so, Nixe.«

»Ich fühle mich gut, nur der Arm tut etwas weh.«

»Du hast deine Schmerzen besser ertragen als manche Männer, die ich sah.«

»Ich will niemandem eine Last sein ...«

»Glaub mir, Nixe, die Entschädigung dafür war sehr hoch«, zog er sie diesmal auf. Er sah wie sie errötete, als sie verstand, dass er einen Scherz machte, wenngleich er ihren Anblick unter dem Fell nicht uneigennützig genossen hatte.

»Hunger?«, fragte er sie dann.

»Mehr Durst.«

Er ließ von ihr ab und brachte ihr kurze Zeit später etwas Wein. Dann half er ihr sich aufzusetzen, um trinken zu können.

»Danke«, sagte sie und gab ihm das Horn zurück. Er legte es beiseite und sah sie an.

»Gibt es etwas Neues von Ingrid?« »Es geht ihr gut, soweit ich weiß. Irm war gestern hier, erzählte, dass ihr Arm heilt, doch nähen konnte es niemand.«

»Nein?«

»Nein. Indem sie deine Hilfe ausschlugen, besiegelten sie ihr Schicksal. Sie wird keine schönen Narben zurückbehalten.«

»Was hat Leif von all dem gehalten?«

»Er ist und bleibt blind, was Ingrid betrifft. Er besucht sie jeden Tag, und ich wette, ohne dass er es weiß, besucht Harold sie auch.«

Robyn sah den Ärger in seinem Gesicht. Er mochte Leif. Nichts hatte sich daran geändert. Doch er schien machtlos, ihm die Augen zu öffnen. Sie legte ihre Hand beruhigend auf die seine, spürte seine Anspannung in den sehnigen Fingern.

»Irgendwann wird Leif zur Vernunft kommen oder …« Sie stockte kurz, als ein anderer Gedanke durch ihren Kopf jagte. Plötzlich sah sie ein junges, laut lachendes Mädchen vor sich, blonde lange Zöpfe, die hinter ihrem Kopf wirbelten, während sie durch das hohe Gras im Wald lief. Der Gedanke verschwand.

»Oder?« Wulf sah sie aufmerksam an. Etwas schien sie zu beschäftigen.

»Oder Ingrid wird es«, stieß sie hervor.

»Ingrid zur Vernunft kommen?« meinte er ungläubig.

»Ich weiß nicht, Wulf, deine Leute …«

»Reicht dir nicht, was geschehen ist?«

»Ich …« Robyn brach ab. Sie blickte in die dunklen, blauen Augen ihres Mannes. Ihr Herz schlug plötzlich bis zum Hals. Ihr unverletzter Arm schnellte vor und legte sich um seinen Hals, den verbundenen Arm ließ sie entspannt nach unten hängen. Sie störte sich nicht an der Decke, die ihr entglitt, sie umklammerte ihn, so fest sie konnte.

»Verzeih, dass ich nicht auf dich hörte und wieder im Wald war«, sprudelte es aus ihr heraus, »ich musste ihnen zuhören, ich musste es einfach …«

»Nixe.« Wulf erwiderte die Umarmung. »Hör auf, es ist schon gut. Ich kann nur nicht glauben, dass du diese Menschen noch immer nicht aufgeben willst.«

»Ich tue es, weil ich will, dass du glücklich bist!«

»Aber das bin ich!«

»Mach dir nichts vor. Ich kann deinen Zorn spüren, jeden Tag, jede Stunde. Ich spüre ihn jetzt …«

»Robyn, ich …« Wulf wusste nicht, was er ihr antworten sollte. Sie hatte ausgesprochen, was er nur in wenigen Momenten zuließ. Dass er noch immer einen Funken Hoffnung hatte. Dass seine Leute wieder so sein würden wie früher. Dass er ihnen ohne Misstrauen begegnen und sie respektieren konnte.

»Die Menschen im Dorf sind etwas verhaltener seit jener Nacht vor drei Tagen«, erzählte er, »ich glaube, deine Worte haben sie nachdenken lassen.«

»Glaubst du wirklich oder willst du mich nur trösten?«

»Ich denke, es blieb nicht ohne Wirkung. Doch was sie daraus machen werden, kann ich nicht sagen. Wir werden sehen, wie sie reagieren, wenn du ihnen begegnest.«

»Wenn wir in der Halle zu Gast sein werden?«

Er spürte, wie sie sich versteifte.

»Ich habe es lange genug vermieden. Doch wenn es dir wieder besser geht, muss ich meinem Vater seine Bitte erfüllen.«

»Seinen Befehl«, murmelte sie unwillig.

»Nixe«, murmelte er leise.

»Schon gut, schon gut«, lenkte sie ein, »verzeih, ich fürchte mich nur so sehr davor.«

»Keine Sorge. Du musst nicht viel tun, außer mich zu begleiten und den Kopf einziehen. Ich kann mir vorstellen, wer versuchen wird, dich und mich zu demütigen.«

»Harold«, flüsterte sie.

Er sagte nichts darauf, küsste ihre nackten, zerkratzten Schultern, um sie zurückgleiten zu lassen.

»Ruh dich aus, Nixe!« Er zog ihr die Decke wieder bis unters Kinn.

»Danke, Wulf«, hauchte sie, »danke, dass du mich zweifeln lässt. Ich kann sie noch nicht aufgeben.«

»Warum nur, Nixe? Warum?«

»Ich weiß es selbst nicht ... dein Zorn schmerzt mich, dich so zu sehen, schmerzt.«

»Deine Hingabe ehrt mich«, sagte er, »*du* ehrst mich.«

»Ich ...« Robyn brach ab. Der Wein ließ für einen kurzen Moment einen Schatten durch ihren Kopf jagen. Dann war es wieder vorbei. Sie schloss die Augen, Müdigkeit überkam sie. Der schwere Wein. Er schläferte sie ein. Eine Erinnerung. Der Geschmack. Der Geruch. Sie schlief unter Wulfs Händen ein.

7.

Wird es gehen?« Wulf sah zu ihr hinauf. Robyn saß dick eingepackt auf Sleips Rücken. Er hatte ihr geholfen, es sich so bequem wie möglich zu machen. Er würde Sleip langsam zur Halle führen, doch sie lächelte ihn mutig an.

»Keine Sorge«, erwiderte sie, »ich fühle mich gut. Das Bein ist wieder in Ordnung. Nur der Arm tut noch weh, aber es wird gehen. Bestimmt.«

Er wusste, ihr war nicht wirklich zum Lachen zumute. Ihr Lächeln war nicht echt, aber sie lächelte für ihn und deshalb war es mehr als alles andere wert. Die Wochen waren verstrichen, ihre Wunden geheilt und ihr Besuch in der Halle nicht mehr aufzuschieben. Er wollte, dass alles gut verlief. Sie würden essen, etwas erzählen und dann wieder heimkehren. Und er wollte, dass es schnell vorüberging. Die Gesellschaft jener Menschen, die seine Frau hilflos in den Wald geschickt hatten, passte ihm nicht. Und die Präsenz der Verräter. Ihre Gegenwart erschien Wulf unerträglich. Doch er musste seinem Vater zumindest einmal huldigen.

»Wulf?«

Er hatte nicht bemerkt, dass er tief in Gedanken versunken war.

»Alles in Ordnung mit dir?«

»Ja, Nixe, alles in Ordnung.«

Er wollte sich abwenden, doch sie legte ihm geschwind eine Hand auf die Schulter. Sie hatte ihre Hingabe für ihn in den vergangenen Wochen öfters offenbart. Und er genoss das Gefühl. Er blickte erneut zu ihr auf. Er hätte nie für möglich gehalten, dass er fähig sein würde, eine Frau zu lieben. All jene Frauen vor ihr, jene Ehefrau vor ihr, sie verblassten mühelos, die Erinnerung an sie schmolz wie Schnee auf ungefrorenem Boden, sie wurden fortgefegt durch einen leichten Windstoß. Jene Frau über ihm mit ihren dunklen Augen, dunkler als die Nacht um sie, ließen ihn all die anderen vergessen, ließen ihn selbst jenes eine Mädchen vergessen, dass ihn manchmal noch in seinen

Träumen besuchte. Und sie erinnerte ihn daran, dass er noch immer etwas für sein Volk empfand. Sie hielt dieses Gefühl wach. Für ihn.

Er nickte ihr leicht zu, um sich dann auf den Weg zu machen. Er brauchte ihr nicht zu sagen, wie es in ihm wirklich aussah. Sie wusste es.

Sie legten die Strecke schweigend zurück. Zumeist hing Robyns Blick an der hohen Gestalt ihres Mannes, manchmal ließ sie ihn über den finsteren Wald streichen. Ein paar Mal sah sie Schatten. Wachen. Sie zeigten sich ihnen nicht, doch sie waren da. Sie passierten einige Gehöfte, doch niemand begegnete ihnen. Erst als sie sich dem Dorf näherten, grüßten sie einige Dorfbewohner, die noch zu später Stunde ihren Aufgaben nachgingen. Robyn spürte, dass ihnen ihre Blicke folgten. Sie beobachteten, wohin einer ihrer Kronprinzen mit seiner Frau schritt. Sleip ging gehorsam neben seinem Herrn, obwohl die Ablenkungen, je näher sie der Halle kamen, größer wurden. Menschen mit Fackeln liefen umher, eine Schar Kinder, einige Mägde. Robyn versuchte eine unbeteiligte Mine zu zeigen. Doch sie sah, was sie erhoffte. Menschen, die an Wulf glaubten, ihm unverhohlen nachsahen, während ihre Augen um Hilfe flehten. Sie war nicht oft im Dorf gewesen, nur zweimal gemeinsam mit Wulf, doch die Augen der Menschen sprachen mehr denn je eine Sprache der Hoffnung.

Wulf ging den Hügel zur Halle mühelos hinauf und versuchte Sleip auf dem ausgetretenen Weg zu halten, damit Robyn nicht durch plötzliche Unebenheiten an ihren noch nicht ganz verheilten Arm erinnert wurde. Mehr Leute begegneten ihnen, scheinbar gab Eilaf kein kleines Mahl. Robyn blickte der Halle entgegen, die hell erleuchtet war. Das Holz erstrahlte im Fackelschein, die Schnitzereien daran spiegelten das große Geschick ihrer Erbauer wider. Schon jetzt stieg ihr der Geruch von Braten in die Nase, von starkem Met und brennendem Holz. Die schwere Tür der Halle öffnete und schloss sich fortwährend. Der Lichtschein des großen Feuers drinnen schien durch die Öffnung auf dem Dach der riesigen, alten Halle. Draußen waren einige Pferde angebunden, Wulf steuerte darauf zu, band Sleip zwischen zwei Braune und half Robyn abzusteigen. Er strich über ihre Wange, als sie ihn zögernd ansah.

»Lass es uns hinter uns bringen«, ermunterte er sie.

»Hauptsache, du bist in meiner Nähe«, sagte sie leise.

»Wulf?«

Leif stand keine zwei Schritte entfernt. Wulf zog seine Hand geschwind zurück. Überrascht sahen er und Robyn seinen Bruder an.

»Sei willkommen, Angelsächsin«, wandte sich Leif an sie. Ihm war die Zärtlichkeit der beiden nicht entgangen. Man erzählte sich im Dorf von Wulfs Zorn, als man seine Frau dem Wolf überlassen hatte. Man erzählte von ihr, die im Wald, nachdem sie den Wolf getötet hatte, nur noch den einen an sich herangelassen hatte. Ihren Mann, den man gezwungen hatte, sie zur Frau zu nehmen. Man erzählte von einer Frau, die ihn in seiner eigenen Sprache verteidigt hatte wie ein Raubtier. Man sprach seitdem mit zweifelndem Blick über Harolds Ansprüche auf den Thron.

»Hab Dank«, entgegnete sie in ihrer eigenen Sprache.

»Leif.« Wulf nickte ihm zu.

»Bruder, ich bin froh euch hier zu sehen. Wir zweifelten, ob ihr diesmal kommen würdet.«

»Ich halte mein Wort. Ich sagte, ich würde kommen, sobald es meiner Frau besser geht.«

»Wie geht es deinen Verletzungen?«, wollte Leif von Robyn wissen.

»Danke, gut«, erwiderte sie knapp.

»Vater wird froh sein, euch beide zu sehen«, sagte Leif, »Ingrid ist im Übrigen heute auch hier.«

»Geht es ihr gut?«, wollte Robyn wissen.

»Ja, sie klagt nur manchmal noch ...« Leif schwieg kurz, dann sprach er aus, weswegen er seinen Bruder eigentlich vor der Halle aufgesucht hatte.

»Bist du hier, um Ärger zu machen?«

Wulfs Augen verzogen sich augenblicklich zu Schlitzen.

»Untersteh dich, Leif. Du bist so blind wie es unser Vater ist. Mach die Augen auf, Bruder, und sieh. Rede mit den Leuten und frage sie, lies die Angst und die Unsicherheit in *ihren* Augen!«

»Als ob es dich interessieren würde, wie sie denken. Dich interessiert doch nur der Schiffbau und deine Freunde unten am Strand.«

Wulf schluckte seinen Groll herunter, als er Robyns Hand auf seinem Arm bemerkte.

»Es hat keinen Sinn, mit dir darüber zu streiten«, sagte er dann, »geh mir aus dem Weg.«

Er trat mit Robyn an ihm vorbei und sie gingen der Tür zu. Leif folgte ihnen mit einigem Abstand.

Bevor Wulf die Tür öffnete, verhielt Robyn den Schritt kurz und sah fast eingeschüchtert auf die hohe Tür vor ihnen.

»Das letzte Mal, als wir sie durchschritten ...«, begann sie, brach jedoch ab.

»... war ein guter Tag, Nixe«, beendete er den Satz für sie.

»War es das?« Robyn sah zu ihm auf.

»Du zweifelst?«

Sie dachte kurz nach, spürte im Rücken Leif, der einige Schritte hinter ihnen stand und sie beobachtete.

»Ich bezweifle, dass ich noch am Leben wäre, hätte dein Vater mich einem anderen zur Frau gegeben. Mein Leben in deine Hände zu legen ... ich sollte Dankbarkeit empfinden, tiefste Dankbarkeit, denn er gab mir einen Beschützer, einen Mann, für den ich mehr als Zuneigung empfinde.«

Wulf war überrascht über ihre Worte. Der Lärm um sie herum schien für einen Moment zu schweigen. Der Augenblick hätte kaum ungünstiger sein können, um ihm etwas Derartiges zu sagen, und doch, das letzte Mal als sie diese Tür durchschritten, taten sie es das erste Mal als Mann und Frau. Robyn sah auf das Armband herab, strich mit der behandschuhten Hand darüber.

»Dieses Gespräch ist noch nicht beendet, Nixe. Lass es uns später fortführen«, flüsterte er nur für sie hörbar, »ich will mehr davon erfahren, viel mehr.«

Ohne weitere Verzögerung gingen sie hinein, wo sie lautstark empfangen wurden. Wulf schritt mit ihr die aneinander gereihten Bänke ab. Drei lang gestreckte Tafeln gab es, sie waren nahezu vollbesetzt.

Die Mägde hatten alle Hände voll damit zu tun, den Wünschen der Gäste nach Met, Essen und anderer Unterhaltung nachzukommen. Robyn fühlte sich vom ersten Moment an nicht wohl. Das hatte sie nie bei einem Gelage von Nordmännern, wenngleich dieses hier von einigem Reichtum und höherem Stand zeugte. Die Menschen waren prunkvoll gekleidet, vor allem die Frauen hatten nicht an Schmuck gespart. Selbst Parfum konnte Robyn riechen. Die dröhnenden Stimmen schmerzten, wenn man wie sie vom Wald hereinkam und die Stille gewohnt war, ruhige Gespräche am Feuer.

Die Blicke der Menschen wusste Robyn nicht zu deuten. Sie begrüßten Wulf, redeten kurz mit ihm, während sie sie passierten. Sie selbst wurde mit Kopfnicken willkommen geheißen, aber niemand sprach sie an. Und sie war froh darüber. Als sie am Kopf der mittleren Tafel angelangt waren, blickte ihnen Eilaf entgegen. Er saß dort umgeben von Harold, dessen Frau Ina, Ingrid, ihrer Mutter und einigen anderen engeren Getreuen. Wulf beugte sein Haupt vor ihm. Als Eilaf Robyn anblickte, senkte sie ebenfalls leicht den Kopf, obwohl ihr Innerstes dagegen rebellierte, einem fremden König zu huldigen.

»Setzt euch. Wir haben auf euch gewartet. Es freut mich, dass ihr doch gekommen seid«, sagte Eilaf. Er wies ihnen ihren Platz zu. Leif war inzwischen auch zur Tafel zurückgekehrt und ließ sich neben Ingrid nieder. Robyn fing ihren Blick für ihn auf. Der Blick einer Verräterin? Oder einer Reumütigen?

Sie mussten sich einem Trinkspruch anschließen, den Harold für seinen Vater ausbrachte. Er lobte dessen Taten, Reisen und Wohlstand. Der Met schmeckte abscheulich. Seine Verlogenheit ließen sie nur daran nippen, doch auch das war zuviel. Als sie auf Wulfs Becher blickte, sah sie, dass es ihm ebenso erging. Wenngleich die Speisen, die gebracht wurden, vorzüglich rochen und noch besser mundeten, bekam sie nur einige Bissen hinunter. Sie sehnte sich nach dem Moment, an dem sie aufbrechen würden. Sie lauschte Wulfs Gesprächen nur mit halbem Ohr. Er schien zufrieden damit, nicht mit Harold und Leif oder seinem Vater sprechen zu müssen, sondern mit einem alten Schiffsbauer, der trotz seines höheren Standes wie Wulf sein Lebtag am Strand verbracht hatte, um Drachenboote zu fertigen. Robyn begnügte sich damit, die Dorfbewohner unauffällig zu beobachten. Sie stellte auch bei ihnen die verhaltenen Blicke auf Wulf fest. Konnten ihre Worte im Wald tatsächlich etwas bewirkt haben?

Wulf nahm sich über sie hinweg von dem Braten.

»Alles in Ordnung, Nixe?«, murmelte er ihr dabei zu.

»Ja«, flüsterte sie zurück.

»Es ist bald vorbei.«

»Ich bete dafür.«

»Deine Frau scheint sich nicht sonderlich zu amüsieren, Wulf«, wandte Eilaf sich in diesem Moment an Wulf.

»Das scheint dir nur so«, entgegnete Wulf und wollte sich wieder an den alten Mann wenden. Doch Eilaf beließ es nicht dabei.

»Wird sie verstehen, wenn ich mit ihr spreche?«

»Du kennst deine Untertanen schlecht«, mischte sich Harold ein, »man erzählt, sie hätte vor einigen Wochen eine glühende Rede gehalten – in unserer Zunge!«

»Ah ja, also Mädchen«, wandte Eilaf sich an Robyn, »fühlst du dich bei uns wohl?«

»Gewiss«, erwiderte Robyn, doch in ihrer eigenen Sprache. Eilaf holte kurz Luft. Sie wusste es kam einer Beleidigung gleich, doch hatte sie sich in dem alten König nicht getäuscht. Er verstand die angelsächsische Sprache.

»So war meine Entscheidung nicht die Schlechteste, dich meinem Sohn zur Frau zu geben?«

»Gewiss nicht.« Robyn ließ sich nicht beirren. Sie mochte den König nicht und wollte ihm nicht mehr preisgeben, als unbedingt nötig war. Doch noch etwas anderes hatte ihre Aufmerksamkeit erregt. Sie stand langsam auf und sah den König an.

»Du wirst mich entschuldigen. Ich muss kurz hinaus.« Sie nickte dem König zu, trat hinter die Bank, auf der sie gesessen hatte und bahnte sich ihren Weg zielsicher durch die Reihen. Sie wusste, die Blicke folgten ihr. Sie verhielt kurz den Schritt, als eine Magd etwas nass gewordenes Holz auf das Feuer legte. Es begann zu qualmen und

Robyn huschte ungesehen in die hinteren Räume. Die große Tür ging noch immer so oft, dass die Menschen sie draußen glauben würden.

Der Raum, in den sie der Magd gefolgt war, war leicht Rauch verhangen. Es roch nach frischem Brot und kochendem Gemüse. Die junge Frau, die Robyns Augenkontakt gesucht hatte, stand an einem der beiden dampfenden Töpfe und rührte darin. Als sie Robyn erblickte, zog sie sie in eine hintere Ecke.

»Gib nichts auf seine goldenen Worte«, sagte sie leise, »Harold lügt.«

»Ich habe nicht einen Atemzug geglaubt, es hätte sich etwas geändert«, gab Robyn ruhig zurück. Sie wartete ab, ob die Magd noch mehr als diesen Vorwurf vorzubringen hatte. Sie kannten sich flüchtig vom Tauschhandel. Robyn wusste, dass sie dem König diente, tagein, tagaus für ihn kochte und buk. Sie wusste mehr als einige der anderen Dorfbewohner und war nicht nur einmal Zeugin von Harolds Exzessen gewesen. Sie kannte seine Hinterlist und Teile seiner Pläne. Aber sie hatte auch Angst und hatte Robyn deshalb selten Informationen geben können. Angst war ein nicht zu unterschätzender Gegner. Und Robyn befürchtete, irgendwann würde es zu spät sein, um etwas gegen Harold zu unternehmen. Auch diesmal wollte sich die Magd nur versichern, dass Robyn noch immer daran glaubte, dass Harold verschlagen und untreu war.

»Diese Heimtücke«, jammerte Thora leise, den Tränen nahe, »sie ist kaum noch zu ertragen. Es wird von Tag zu Tag schlimmer.«

»Aber dann plant er doch etwas, Thora. Sag es mir, was weißt du vielleicht?« Robyn versuchte zumindest ein winziges Detail zu erfahren. Doch sie wurde enttäuscht.

»Er ist sehr vorsichtig. Ich kann ja nicht immer aus der Halle, meist trifft er sich mit seinen Spionen draußen, selten mit einem Verbündeten unauffällig hier ... ich weiß doch nichts, wir wünschen uns doch nur, dass Wulf etwas unternimmt ...«

»Wer ist nur *wir*? Und was soll Wulf unternehmen, wenn er nicht weiß, was vor sich geht?«, stocherte Robyn weiter.

»Einige im Dorf ... viele im Dorf«, verbesserte sich Thora, »warum kann Wulf nicht schon jetzt etwas unternehmen, sich offen gegen Harold stellen, ehe es zu spät ist?«

»Wer würde ihm glauben? Du weißt so gut wie ich, wie schnell sich die Leute abwenden. Du bist alt genug, Thora, du hast gesehen, wie die Leute sich abspalteten, einem anderen König folgten, sich gar ganz vom Königtum abwandten!«

»Aber es ist so, weil niemand je für sie einstand, ich meine wirklich einstand. Keiner hat je genug Vertrauen in uns gesetzt ...«

»Thora, wir werden endlos diskutieren, es wird zu nichts führen. Solange ich nichts Konkretes weiß, kann ich nicht verlangen ...«

»Robyn, es genügt!«

Die beiden Frauen schnappten erschrocken nach Luft und drehten sich um. Wulf stand im Eingang zu den Küchenräumen und hielt ihren Umhang in seiner Hand.

»Wir gehen«, sagte er kühl. Robyn nickte und verließ mit ihm ohne weitere Worte und ungesehen die Halle. Draußen legte er ihr den Mantel über die Schultern und schloss die Fibel für sie, sah ihr jedoch nicht in die Augen. Er wirkte verschlossen, seine Gedanken weit fort.

»War dein Vater sehr verärgert, dass ich ging?«, wagte sie ihn zu fragen, als er sie auf Sleip hob.

»Wenn man bedenkt, dass dein Weggang einer Beleidigung gleichkam, nicht sehr. Er war erstaunt, doch schien es ihn nicht weiter zu berühren. Ich denke, da du meine Frau bist, liegt es in der Natur der Sache, dass er dir nicht viel Aufmerksamkeit schenkt.«

»Dann ist gut ... ich musste Thora sehen ... ich musste ...«

»Ich weiß«, murmelte er nur und steckte ihren Fuß in den Steigbügel.

Sie war etwas überrascht ob seiner Antwort, doch erwiderte nichts.

Je länger sie unterwegs waren, desto mehr konnte Robyn spüren, dass Wulf nachdachte. Er war in sich versunken. Der Schnee knirschte unter seinen langen, langsamen Schritten. Sie verließen das Dorf, in das etwas Ruhe eingekehrt war, wenig später und betraten den Wald, in dem Robyn wiederum Schatten verfolgte. Nach einer Weile jedoch führte sie Wulf etwas abseits vom Weg. Er schien den Wachen mehr Aufmerksamkeit zu schenken, wartete eine Weile an einer größeren Tanne, bevor er weiter ein Stück tiefer in den Wald ging. All das, ohne dass Robyn je einen Einwand erhob. Sie vertraute Wulf.

Er hielt Sleip an einem Felsvorsprung und half Robyn vom Pferd.

»Zuweilen hat selbst mein Haus Augen und Ohren. Hier sind wir eine Weile ungestört«, sagte er und deutete auf den Felsvorsprung. Robyn lehnte sich dagegen, wartete ab, was Wulf vorhatte. Er selbst stützte sich gegen den nächstliegenden Baumstamm und verschränkte nur zwei Schritte von Robyn entfernt die Arme. Sie beobachtete, wie ihr beider Atem in kleinen Wolken aufstieg, sich vermischte und im Nachthimmel schwand.

»Sag mir alles, was du weißt, alles, was du herausgefunden hast in den vergangenen Wochen. Ich werde zuhören. Dieses Mal werde ich zuhören.«

»Wulf!«, stieß Robyn aus. Sie konnte nicht fassen, worum er sie gebeten hatte.

»Wieso?«, stellte er für Robyn die Frage. Sie nickte wortlos.

»Weil ich Zweifel in ihren Augen sah«, entgegnete er, »Zweifel, verstehst du? Sie zweifeln an Harold, an seinen Worten ...«

»Sie haben Angst, Wulf, große Angst.«

Er lachte spöttisch.

»Verstehst du nicht, Robyn? Das sind Nordmenschen, keine Angelsachsen, keine Franken, keine Gallizier ... Nordmenschen ... und sie haben Angst!«

»Dürfen sie das nicht?«, fragte sie erstaunt.

»Angst, ja ... aber nicht Angst vor dem eigenen König, seiner Familie ... Das sind ihre Beschützer, ihre Säulen, ihr Halt ...«

»Sie haben Angst vor jenen, denen sie Respekt erweisen sollten.«

Wulf blickte sie an.

»Es ergeht ihnen wie uns beiden.«

Robyn stieß sich vom Felsvorsprung ab, stellte sich direkt vor Wulf, legte ihre Hände auf seinen Oberkörper.

»Nennst du das Angst, Wulf?«

»Nennst du Respekt, was ich dir antat?«, hauchte er.

»Menschen verzeihen ... zeigen auch damit ihren Respekt vor dem anderen.«

»Ich danke dir dafür, Robyn. Ich danke dir.«

Seine leisen Worte rannen durch sie hindurch wie ein Schock. Er war jener Mann, den sie all die vielen Jahre gesucht hatte. Er war der Mann, der ihren Respekt verdiente, weil er gleiches wiedergegeben hatte. *Suche jenen Mann, der dir gibt, was du verdienst.* Die Worte hallten durch ihren Kopf. Wulf gab ihr den Respekt. Er hatte in ihre Seele geblickt, um zu finden, wonach es sie verlangte, wonach sie sich sehnte, seit so vielen, endlos langen Jahren. In diesem Moment wurde ihr klar, dass sie ihn liebte. Schon lange.

»Viele sind dir wohlgesonnen«, begann sie, ohne sich von ihm zu entfernen, »einige sehen in dir jene Werte, die für euch so wichtig erscheinen: Ehre, Stolz, Unerschrockenheit, Mut, Klugheit, Geschick. Alte Werte, Wulf. Das heißt vor allem jene, die sich noch erinnern, wie es einmal war, stehen auf deiner Seite. Arn, Inga, Svein, Thorf, Niko, Olluf ...« Robyn berichtete von ihren Besuchen in deren Scheunen, zählte jene Menschen auf, die Wulf in jedem Falle zur Seite stehen würden, ihm vertrauten, nicht weil er Sohn des Königs war, sondern weil sich viele noch an seine richtigen Eltern erinnerten und in Wulf jene wiedererkannten, die für ihren Glauben gestorben waren.

»Viele wissen nicht weiter, sind mutlos, weil sie dich so sehen, wie auch ich dich sah. Lange dachte ich, du wärst ignorant und kalt gegenüber deinen Leuten. Du bist ihnen fremd und Harold hat vielleicht ein leichtes Spiel mit ihnen, wenn es zu einer Auseinandersetzung kommen sollte ...«

Sie zählte ihm auch jene Menschen auf, sprach von Familien, die untereinander uneinig waren.

»Und Verräter, Wulf, es macht mir Angst, wie viele deiner eigenen Männer bereits darunter sind ...«

»Woher weißt du, wer sie sind?« Seine Frage war vorsichtig gestellt, er ahnte die Antwort und fürchtete sie. Seine Frau hatte zu viel riskiert.

»Kark und Harold treffen sie im Wald, meist in den frühen Abendstunden, meist dann, wenn es niemand vermuten würde, nicht spät in der Nacht, nein, fast noch am Tage.«

»Egill?«

»Nein, er nicht. Er ist dir treu ergeben. Ich glaube, deshalb haben sie sich nicht an ihn getraut.«

»Er hat dich im Wald im Stich gelassen ...«, erinnerte er sie.

»Aber er würde sich nie öffentlich gegen dich stellen. So viele Verräter es unter deinen Männern gibt, die, die es nicht sind, halten umso stärker zu dir.«

Sie offenbarte ihm weitere Verräter, ließ niemanden aus, wenngleich sie sah, dass sich Wulfs Lippen verkrampften. Zu viele waren unter ihnen, die er von Kindesbeinen an kannte und geschätzt hatte.

»Was ist mit der Oberschicht?«, wollte er dann wissen.

»Sie sind der Schlüssel«, antwortete Robyn. »Ich habe Astrid heute gesehen, selbst Ingrid ... irgendwie scheinen sie ... ich weiß nicht ... als wir Ingrid und Harold damals im Wald erwischten ... ich war mir so sicher ...«

»Sie hätten großen Einfluss auf die anderen, sollten sie auf unserer Seite stehen«, überlegte Wulf. Er ließ die Informationen kurz auf sich wirken.

»Was weißt du über Harolds Pläne?«, fragte er dann.

»Nicht genug, befürchte ich. Kark wird bald, nachdem die Schneeschmelze eingesetzt hat, für einen Aufstand sorgen. Wiglif wird gestürzt und aus dem Weg geräumt. Dann wird er versuchen, gegen Eilaf vorzugehen. Harold wird seinem Vater raten, etwas zu unternehmen. Eilaf wird sich vielleicht dagegen sträuben oder Harold freie Hand lassen. Im schlimmsten Fall gibt es Krieg, alles um die Leute zu schwächen und Eilaf aus dem Weg zu räumen, damit Harold und Kark dann gemeinsam auch noch gegen das Süddorf vorgehen können.«

»Harold wird niemanden an seiner Seite dulden ...«

»Kark denkt wahrscheinlich ebenso«, gab Robyn zu bedenken.

»Es wird uns in jedem Falle schwächen. Wir werden uns so nie gegen Olaf Tryggvason stellen können. Wenn wir uns etwas Eigenständigkeit bewahren wollen, dann nur, indem wir zusammenhalten.«

»Weder Harold noch Kark bedenken das. Jene, die zu dir stehen, sehen in die Zukunft. Harold und Kark leben nur für das Jetzt und die Macht, die es verleihen kann.«

Robyn spürte seine Anspannung unter ihren Händen. Sie hatte getan, worum er sie gebeten hatte. Die Folgen in seinem sonst so verschlossenen Gesicht waren deutlich erkennbar.

»Du solltest eine Nacht darüber schlafen, Wulf«, riet sie ihm vorsichtig.

»Ich weiß.« Er strich sich verstohlen über die Augen, bezweifelte, ob er überhaupt in der nächsten Nacht schlafen konnte. Er legte seine Arme um sie, zog sie näher zu sich heran und genoss, sie einfach nur festhalten zu können. Er würde eine ganze Nacht haben, um nachzudenken. Für den Augenblick verdrängte er die Gedanken an das Unheil, was vielleicht bald über sie hereinbrechen würde. Ihre Berührung trug Früchte, seine Anspannung ließ nach, nachdem er alles erfahren hatte, was seine Frau akribisch in den letzten Monaten zusammengetragen hatte.

»Dein Armband«, flüsterte er, »ist die Hochzeitsgabe meines Vaters an meine Mutter. Es ist das einzige, was ich von ihnen noch besessen habe. Dora trug es nicht. Annija bewahrte es auf. Sie erachtete dich als die richtige Trägerin. Sie hat sich nicht getäuscht.«

»Wie konnte sie wissen, was ich für dich empfinden würde?«

»Vielleicht erkannte sie in jener ersten Nacht, was ich für dich empfinden würde ...«

»Ich habe Angst vor dem, was passieren wird«, sagte sie dann leise, »habe Angst, dass dir etwas zustößt.«

»Ich werde überlegen, was zu tun ist ... niemand entrinnt seinem Schicksal, Robyn, auch wir nicht. Unser Weg ist längst vorherbestimmt. Wir müssen uns ihm stellen. Hab keine Angst, hörst du?«

Robyn nickte krampfhaft. Seine Hand strich über ihr bedecktes Haar.

»Lass uns gehen, Nixe, es ist spät.«

Robyn lockerte ihre Arme. Sie spürte seine Lippen kurz an ihrer Schläfe.

»Komm«, sagte er und half ihr aufzusteigen. Als sie oben saß, zog sie kurz ihren Handschuh aus und legte ihre Hand auf seine Wange.

»Ich liebe dich.« Sie sagte es, ruhig, ohne Hast. Manchmal hatte sie gezweifelt, ob sie diese Worte je aussprechen würde. Aber sie traten über ihre Lippen, ohne langes Zögern, ohne Grübeln.

Wulf zog ihre Hand an seine Lippen.

»Darauf warte ich seit vielen Jahren«, war seine Antwort, »ich glaube, mein Leben lang. Ich liebe dich, Nixe, liebe dich seit so langer Zeit schon.«

Robyn fühlte etwas wie Erkennen. Es war ein merkwürdiges Gefühl, fast ungläubig spürte sie, wie jener Schatten in ihrer Vergangenheit schwand. Ganz plötzlich. Und Wulf füllte diesen Platz jäh aus. Und so sollte es sein.

Wulf entließ ihre Hand und nahm Sleips Zügel auf. Schweigend legten sie den Rest des Weges zurück. Keiner der beiden bemerkte den Schatten, der hinter einer der Tannen zurückblieb.

8.

Das heftige Klopfen an der Tür riss Robyn aus dem Tiefschlaf. Sie schreckte auf und saß für einen Augenblick orientierungslos am Tisch, an dem sie seit dem Mittag gearbeitet hatte. Irm hatte ihr einige getrocknete Pflanzen mitgegeben, die sie selbst im Herbst gesammelt hatte. Sie war dankbar, dass Robyn sie zerstieß und ihr damit etwas Arbeit abnahm. Zudem fand Robyn, dass sie es ihr schuldig war, schließlich hatte Irm ihnen auch mit einer Ziege geholfen.

Wulf hatte erst gegen Mittag das Haus verlassen, da das Wetter über Nacht umgeschwungen hatte. Am Morgen hatte es ununterbrochen geschneit, dann hatte es nachgelassen und Wulf war zum Strand aufgebrochen. Er hatte die Nacht am Feuer verbracht, grübelnd und mit finsterer Miene. Robyn selbst hatte wenig geschlafen und stattdessen Wulf beobachtet. Er war zu dem Entschluss gekommen, zuerst die Schiffsbauer von Harolds und Karks Plänen zu unterrichten und ihre Reaktionen abzuwarten. Möglicherweise würde es ihnen gelingen, Unschlüssige auf ihre Seite zu ziehen, um bei der Schneeschmelze den Verrätern gegenüber treten zu können. Wulf verabscheute das Versteckspiel, doch es schien die einzige Möglichkeit Harolds und Karks Plänen entgegenzuwirken.

Robyn rieb sich die Augen. Sie war mitten in ihrer Arbeit eingeschlafen. Es klopfte wiederum. Diesmal stand sie flink auf und schritt zur Tür. Harolds Stimme erschallte von draußen, bevor sie sie öffnete.

»Mach auf, Weib, es ist wichtig ... es geht um deinen Mann ... mach schon ...«

Robyn atmete tief durch und schwang die Tür auf.

»Was willst du?«, bellte sie ihn unfreundlich an.

»Es ist etwas passiert«, stieß Harold atemlos hervor, »nun sieh mich nicht so an! Ich meine es ernst ...«

Robyn wurde unsicher. Sie kannte Harold nicht so, keine Arroganz und Schmeichlerei schienen ihn hierher geführt zu haben.

»Was?«, wollte sie wissen. Sie betete insgeheim, dass Wulf nichts passiert war. Doch ihre schlimmsten Befürchtungen wurden wahr.

»Es hat einen Überfall in den westlichen Wäldern gegeben ... Wulf muss auf dem Rückweg zu dir gewesen sein ... die Wachen haben Kampfesgeräusche vernommen ... ich hole Verstärkung ... es muss etwas vorgefallen sein ...«

»Was-was soll ich tun?« Robyns Urteilskraft sank mit jedem Wort. Sie sah Wulf allein im Wald, blutüberströmt, hilflos.

»Dich bereithalten«, erwiderte Harold und machte Anstalten, zum Pferd zurückzugehen. »Falls wir heilende Hände brauchen. Ich muss die Verstärkung holen. Wir werden dich vielleicht holen müssen ... also ...« Er beeilte sich zum Pferd zu gelangen, schwang sich hoch und preschte Richtung Dorf davon.

Robyn stand noch einen Moment unschlüssig am Eingang. Dann ging sie wieder hinein, lief eine Weile drinnen auf und ab. Ihre Unruhe steigerte sich ins Unermessliche, bis sie es nicht mehr aushielt. Sie packte geschwind einige Sachen in einen Beutel, einige Fetzen Stoff, längere Binden, ihr Messer. Sie zog sich an. Band die Stiefel fest zu, die Schnüre schmerzten fast, aber sie hatte keine Zeit, um sie nochmals zu binden. Zügig verließ sie das Haus. Sie zögerte einen Moment, als sie an Sleip im Stall dachte, doch sie besaß noch nicht genügend Selbstvertrauen für das mächtige Pferd. Sie würde ohne es zum westlichen Wald gelangen müssen.

Fast kopflos trat sie den verbotenen Weg an, doch sie wusste ihn noch zu gut. Sie hatte ihn nie vergessen können, nachdem ihr Wulf dort das Leben gerettet hatte. Jetzt würde sie ihm helfen, würde eher da sein als die anderen. Sie musste vorsichtig sein, falls jene aus dem Westdorf noch immer dort kämpften. Und kämpfen würden sie. Wulf würde sich nicht anders ergeben.

9.

Wulf ging eiligen Schrittes durch den Wald. Er wollte nach Hause, wollte Robyn berichten, dass die Schiffsbauer geschlossen hinter ihm standen und alles tun würden, um die Leute umzustimmen und sie von Harolds Verrat zu überzeugen. Vielleicht erreichten sie damit viel mehr, vielleicht würden sich die Dörfer wieder annähern. Wieder miteinander sprechen. Vielleicht würden sie eins sein, wie früher. Seit langem verspürte er wieder einen Hauch von Hoffnung.

Die milchige Sonne stand tief und schien durch die Bäume hindurch, während er seinen eigenen Spuren vom Morgen zurückverfolgte. Er freute sich auf den Abend. Robyn würde die Neuigkeiten glücklich aufnehmen, vielleicht auch etwas von der Anspannung verlieren. Sie sorgte sich um seine Leute, war ihnen aus unbegreiflichen Gründen zugetan. Und dass obwohl sie ihr das Leben schwer genug gemacht hatten. Doch sie gab sie nicht auf. Sie gab sich selten auf. Sie hatte ihn nicht aufgegeben. Sie hatte ihm gestern Nacht Worte gesagt, die ihm noch immer unwirklich erschienen. Und doch, im Geiste holte er sich ihre Hand zurück, die auf seiner Wange gelegen hatte, ihr Gesicht, von einem Tuch umrahmt, ihre Lippen, die die Worte geformt hatten. Lippen, nach denen er sich sehnte.

Irm lief in einiger Entfernung durch den tiefen Schnee. Sie strauchelte, fiel in den Schnee und fluchte, doch es klang eher wie ein unterdrücktes Aufjammern. Sie kämpfte sich wieder hoch, lief weiter, als sei ein Riese oder ein böser Geist hinter ihr her. Wulf pfiff kurz, worauf sie stehenblieb und sich ruckartig umsah. Wulf ging langsam auf sie zu. Dann rannte sie jedoch los, auf ihn zu, wäre fast wieder gefallen.

»Bei allen Göttern, Wulf ... was tust du hier? Was ...« Sie erreichte ihn vollkommen atemlos. Wulf sah wie sie bei seinem Anblick erbleichte.

»Irm, was ist los? Was ist geschehen? Ist es Robyn? Sag schon!«

»Bei allen Göttern ... er hat sie geschickt, er hat ihr eine Falle gestellt, er ...«

»Wer?« Wulf schrie fast.

»Harold«, kreischte Irm. Sie rieb sich das gerötete Gesicht und sah verzweifelt um sich, als würde es ihr helfen.

»Harold? Bei Thor!« Wulf fasste Irm an den Schultern und zwang sie, ihn anzusehen. »Was hat er getan? Was ist geschehen?«

»Er war bei Robyn!« Irm konnte sich nicht beruhigen, sie schrie hysterisch. »Er sprach von einem Überfall im westlichen Wald, dass dir vielleicht etwas zugestoßen ist. Er wolle Verstärkung holen. Robyn sollte warten, sie würden sie holen ... doch dieser Bastard wusste, Robyn würde es nicht aushalten ... sie rannte vor seiner Rückkehr los, ich traf sie im Wald, wo ich Reisig sammelte, sie schickte mich los, weitere Leute zusammenzutrommeln ...«

»Er hat uns belauscht ... gestern Nacht. Er weiß, dass Robyn und ich über seine Pläne Bescheid wissen. Er will Robyn, damit sie mich in der Hand haben ...«

»Wulf, was für Pläne, was geht hier vor? Was passiert mit Robyn?«

»*Sie* wird in den westlichen Wäldern überfallen werden!« Wulf drückte Irm seine Werkzeuge in die Hand und legte den Umhang ab, er würde ihn nur stören. Irm wurde bleicher, als sie die Verwandlung in Wulf bemerkte. Dieser Mann war ihr fast fremd, sie hatte Wulf selten bei derartigen Vorbereitungen gesehen. Wohl wusste sie von seinen Männern, warum einzig und allein Wulf hatte Kommandant der Garde werden können, doch sie hatte dies nie mit eigenen Augen sehen können. Wulf zog zwei Streitäxte vom Gürtel, balancierte sie in den Händen kurz aus.

»Eilaf wird ab diesem Tage einen Sohn weniger haben. Falls *ich* wiederkomme, werde ich Harold heute in eine andere Welt schicken.«

»Aber, Wulf ...«

Er hörte nicht mehr zu, verließ Irm und jagte davon, Richtung Westen.

10.

Robyn sah sich ratlos um. Sie wusste in etwa, wo sie war, doch sie hatte keinerlei Kampfspuren entdeckt, nur ein paar Fährten von Rehen, einem Fuchs und Rebhühnern. Nichts deutete darauf hin, dass Wulf hier auf ihm feindlich gesonnene Männer aus dem Westdorf getroffen war. Zuweilen überfielen sie auch Männer, aus Habgier oder Streitlust, meist an den Randgebieten der Wälder, die Richtung Strand führten. Robyn entschloss sich dazu, weiter in dieses Gebiet zu gehen. Womöglich waren sie dort auf Wulf gestoßen, während er nach Hause ging.

Sie passierte ein verlassenes Gehöft, das abgebrannt war. Die Reste ragten gespenstisch aus dem Schnee hervor, verkrüppelt, teilweise verweht oder kahl an einer dem Wind abgewandten Seite. Sie holte kurz Luft. Sie musste seit über einer Stunde unterwegs sein. Ihre Unruhe stieg. Warum konnte sie Wulf nicht finden? Hatte Harold wirklich westliche Wälder gesagt?

Plötzlich gab der Boden unter ihren Füßen nach. Es knackte verräterisch und sie schreckte zurück, ihr linker Fuß sank ein, sie wollte noch vorspringen, doch zu spät. Der Fuß fand nach einem kurzen

Ruck wieder Halt, doch Robyn erblasste bis auf die Lippen, als sie feststellte, dass sie sich nicht wieder befreien konnte. Sie steckte fest. Es musste zum Hof gehört haben, eine Holzabdeckung, vielleicht um bei schlechtem Wetter darüber zu laufen. Das alte morsche, verkohlte Holz hielt sie eisern fest. Sie biss die Zähne zusammen, fasste ihren eigenen Unterschenkel und zog. Sie fiel in den Schnee, raffte sich auf und versuchte es erneut. Nach einer Weile nutzloser Versuche, begann sie zu weinen. Verzweiflung schnürte ihr die Kehle zu. Wie hatte sie nur so dumm und ungeschickt sein können? Sie atmete heftig ein und aus, krampfte ihre Hände erneut in das Fußgelenk und hielt den Atem an. Sie schrie auf, es war aussichtslos. Doch sie gab noch nicht auf, zog das Messer hervor und stocherte in dem Holz herum. Es musste nachgeben.

Jäh richtete sie sich auf. Was war das? Schritte? Ein Echo von weit entfernt? Wulf? Oder die Männer aus dem Westdorf? Sie verfluchte ihr rechtes Ohr, hielt ihr linkes in jede Richtung. Sie hatte etwas gehört. Ganz sicher. Nur was? Was? Eine Gestalt. Noch eine. Noch weitere. Weit entfernt noch. Doch sie hatten sie längst erspäht. Schritte. Von hinten. Sie kamen näher. Sie drehte sich um.

»Wuuuuuulf!« Sie schrie aus Leibeskräften, als sie ihn erkannte und fiel in den Schnee. »Wuuulf!«

Er rannte auf sie zu, ungläubig, warum sie sich nicht bewegte. Ein befremdendes Gefühl überkam ihn, als er die Grundreste seines Elternhauses passierte. Er war lange nicht mehr hier gewesen. Zu schmerzvoll erinnerte es ihn daran, was er hier verloren hatte. Er erstarrte innerlich, als er feststellen musste, dass er im Begriff stand, noch viel mehr zu verlieren. Er verdammte das Schicksal in diesem Moment in die tiefsten Abgründe Ginnungagaps.

Er ließ die Männer aus dem Westdorf nicht aus den Augen, als er Robyn erreichte.

»Ich ... Harold ... er sagte, du wärst hier ... ein Überfall auf dich ...«

»Verflucht sei er«, stieß Wulf zwischen den Zähnen hervor. Er versuchte krampfhaft ihren Fuß herauszuziehen. »Bei den Göttern!«

Robyn spürte seine Verzweiflung. »Ich kriege ihn nicht heraus, du ... verflucht«, rief er, nahm die Axt und zögerte.

Robyn sah die sich nähernden Männer. Es mussten an die fünfzehn sein, die im Halbkreis auf sie zukamen. Wulf würde es niemals mit ihnen aufnehmen können. Selbst seine Überlegenheit hatte Grenzen. Wulf ließ die Axt auf das Holz herabsausen, doch er musste aufpassen, sie nicht zu verletzen. Robyn weinte still. Es gab keine Hoffnung mehr.

Sie fasste seine Schulter beim nächsten Hieb.

»Wulf ... Wulf«, unterbrach sie ihn, »geh, bring dich in Sicherheit ...«

»Was soll ich ...« Er wollte erneut zuschlagen.

»Wulf«, ihre Stimme war ruhig, »geh. Ich könnte es nicht ertragen, dass du wegen mir ... geh, ich bitte dich!«

Wulf ließ seine Axt fallen. Er wusste, sie hatte recht. Wenn er sie retten wollte, dann nur indem er selbst überlebte. Er nahm ihr Gesicht in seine Hände und riss sie an sich.

»Ich werde dich holen, hörst du? Ich – werde – dich – holen!«

»Und ich werde warten!«, entgegnete sie. Seine Lippen legten sich hastig auf die ihren, ließen sich Wulf nur für einen kurzen Moment entspannen. Ein langer Atemzug entwich ihm, ließ sie beide im Moment des Erkennens zurückschrecken. Wertvolle Zeit verstrich, in der sie sich ansahen.

»*Du* bist es«, stieß Robyn hervor.

Wulf sagte nichts. Er konnte es nicht begreifen. Sie stand vor ihm, nach all den Jahren, in denen sie ihm nur in Träumen erschienen war. Er musste sich wiederum von ihr trennen. Sie war die Angelsächsin. Jene eine Frau, die er nie vergessen hatte.

Robyn blickte auf die Männer, sah zurück zu ihm.

»Bei Gott, geh, Wulf«, wimmerte sie, »geh!«

»Ich werde dich holen!« Er strich über ihre Wange, im Hinabbeugen nahm er seine Axt auf und lief geduckt in die entgegengesetzte Richtung der Männer.

11.

Du bist es.

Ihre Worte hallten den ganzen Weg zurück zum Haus in seinen Ohren. Er hatte sie verlassen müssen. Ein zweites Mal. Seine Frau. Jene Frau, die er aus dem Wasser gezogen hatte, besuchte ihn seit unzähligen Jahren in seinen Träumen. Weniger, seitdem Robyn bei ihm gewesen war. Sie hatte ihn nicht mehr in seinen Träumen besuchen müssen. Sie hatte in seinen Armen gelegen. Hatte seine Berührungen erwidert. War aus Fleisch und Blut. Kein Schatten. Kein Geist. Keine Erinnerung.

Und trotzdem kehrte seine Klarsicht wieder. Sie musste es. Er unterdrückte die aufkommenden Gefühle und den schmerzlichen Gedanken, was sie mit ihr tun würden, sobald sie ins Dorf kamen. Viele Frauen waren aus Scham nie wieder heimgekehrt. Es würde ihm gleich sein. Er würde sie zurückholen.

Geh.

Robyn würde dies nicht umsonst von ihm verlangt haben.

Während in seinem Rücken die Sonne unterging, erreichte er das Haus. Irm war vor nicht allzu langer Zeit hier gewesen. Sie hatte einige Scheite auf das Feuer geworfen, in der Erwartung, dass Wulf Robyn zurückbringen würde. Sein Umhang lag auf der Bank. Er nahm ihn, warf ihn im Gehen über und schritt in den Stall, um Sleip zu holen. Das Pferd erkannte sofort den Unterschied, als Wulf den schweren Sattel auflegte. Ein Zeichen, dass dies kein Ausritt zum Strand sein würde. Er fürchtete auch nicht das Schwert seines Herrn, das dieser in die Scheide gleiten ließ, nachdem er es kurz kontrolliert hatte. Die Bewegungen seines Herrn waren geschmeidig, antrainiert über Jahre hinweg. Sleip hatte ihn in all der Zeit begleitet, wusste, dass er der Hand seines Herrn trauen konnte, wenngleich er die Spannung registrierte, als dieser aufstieg und die Zügel aufnahm.

Wulf verlor keine weitere Zeit, ließ Sleip aus dem Stand angaloppieren. Er war nicht lang geritten, als er Irms Gestalt vor sich ausmachte. Nur für einen kurzen Moment hielt er.

»Geh nach Haus, Irm. Ich werde ins Dorf reiten, um Hilfe zu erbitten. Meine Frau ist in den Händen der Männer aus dem Westdorf.«

»Die Götter seien mit dir«, rief sie ihm nach.

Wulf musste erneut kämpfen, um seine Gefühle unter Kontrolle zu behalten. Die Zeit verrann und er sorgte sich um sie. Er betete, sie würde stark genug sein, um das Leid zu ertragen, das ihr bevorstand.

Sleip hatte nichts von seiner Ausdauer eingebüßt. Es war fast dunkel, als sie das Dorf nach kurzer Zeit erreichten. Die Menschen sprangen aufgeregt zur Seite, als Wulf keine Anstalten machte, sein Tempo zu verringern. Das Pferd galoppierte die Anhöhe zur Halle hinauf und kam erst kurz vor der mächtigen Tür zum Stehen. Wulf sprang ab, schwang die Tür auf. Drinnen saßen Eilaf und einige Untergebene beim Abendmahl. Die Wachen der Halle reagierten alarmiert auf Wulfs Bewaffnung, doch keiner von ihnen trat ihm in den Weg. Leif kam Wulf entgegen, doch sein Bruder hatte keine Augen für ihn. Als sich Leif ihm in den Weg stellen wollte, stieß Wulf ihn beiseite. Die Wachen wollten eingreifen, doch Wulf hielt einem von ihnen sein erhobenes Schwert vor das Gesicht.

»Als dein Kommandant, der ich einmal war«, sagte er zu Sigurd, der Wache, »geh mir aus dem Weg und lass mich vor meinen König treten.«

Sigurd zögerte nur einen Moment, dann ließ er Wulf passieren. Dieser ging weiter und blieb vor dem Tisch stehen, an dem sein Vater saß. Er deutete ein Kopfbeugen an.

»Vater, ich ersuche deine Hilfe.«

»Sieh an. Mein Sohn verschafft sich mit Gewalt Zutritt und verlangt Hilfe. Und wie sollte diese aussehen?«

Wulf bemerkte den Sarkasmus in der Stimme Eilafs. Eine Ahnung stieg in ihm auf.

»Männer aus dem Westdorf haben meine Frau verschleppt. Ich brauche Männer, um sie zu befreien.«

»Mein bestausgebildeter Sohn braucht Hilfe, um seine Frau zu befreien?«, erwiderte Eilaf und erntete einen Lacher unter den Gästen.

»Vielleicht ist es gut, dass deine Frau entführt würde, da sie scheinbar den lieben langen Tag nichts anderes zu tun hatte als zu konspirieren und jene zu hintergehen, die ihr ein neues Zuhause gaben.«

»Meine Frau tat nichts dergleichen«, verteidigte sich Wulf. »Gib mir die Männer, Vater«, drängte er, »das würdest du auch für deine anderen Söhne tun!«

»Sicherlich, mit dem Unterschied, dass meine anderen Söhne nicht hinter meinem Rücken gegen mich arbeiten so wie du es tust.«

»Eine Lüge! Ich arbeite nicht gegen dich, Vater. Andere tun das und gegen die arbeite ich.«

»Falls du damit Harold meinst, lass dir gesagt sein, dass wir uns aussprachen. Ich weiß, was in ihm vorging. Er sprach direkt, kritisierte mich auch und legte mir dar, was du wirklich unten am Strand tust. Und was deine Frau in letzter Zeit allabendlich in den Scheunen der Dorfbewohner tat!«

»Und du glaubst ihm natürlich«, entfuhr es Wulf.

»Natürlich. Es wird sich etwas hier ändern. Ich werde mich etwas ändern. Und Harold wird mir dabei helfen, damit wir Olaf Tryggvason die Stirn bieten können. Die anderen Dörfer sind mir gleich. Unseres ist wichtig.«

»Schluss mit der verdammten Politik, Vater«, schrie Wulf aufgebracht. »Du wirst mir also nicht helfen? Mir keine Männer geben?«

»Einen Verräter unterstützen?«

»Deinen Sohn unterstützen!«

Eilaf erhob sich und sah Wulf an, jenen einen Sohn, den er immer für den fähigsten gehalten hatte, der seine anderen beiden Söhne an Klugheit und Geschick weit übertraf, dessen hünenhafte Gestalt vor Wut zitterte, dessen Hand noch immer das Schwert umschloss.

»Deine Frau ... vergiss sie. Sie ist verloren. Glaub wieder an uns, Wulf. An mich, an Harold, an Leif. Wir sind deine Familie.«

Wulf gab ein Geräusch von sich, das hätte ein Lachen sein können, aber es erstarb. Er strich sich über die Augen und blickte seinen Vater an.

»Wo ist er denn jetzt, Eilaf? Wo ist Harold im Moment? Was glaubst du? Ich kann ihn nicht hier sehen. Vielleicht ist er in die westlichen Wälder geritten, um sich zu überzeugen, dass sein Plan aufgegangen ist. Vielleicht hat er selbst gerade das Vergnügen und genießt die Gesellschaft meiner Frau ... Verflucht seist du, Vater!« Die Betonung lag laut und klar auf »Vater«. Wulf wusste, dass er diesen Mann das letzte Mal so genannt hatte. Er warf das Schwert, das er von Eilaf bekommen hatte, kurz bevor er als Junge nach Byzanz gesandt worden war, vor dessen Füße. Eilaf sah von der Klinge hinauf zu Wulf.

»Ab diesem Tage«, sagte Wulf, »habe ich keinen Vater mehr. Ich bin nicht mehr einer der euren. Lieber gehe ich in den Himmel zu meiner Frau, als mit euch in Walhalla an einem Tisch sitzen zu müssen. Erinnert euch meiner Worte! Der Tag des Verrats wird kommen und euch vernichten. Mögen jene, die es überstehen, die Vernunft siegen lassen und weiser handeln.«

Er spuckte dem König vor die Füße. Dann drehte er sich um, verließ die Halle und ließ sein gesamtes bisheriges Leben hinter sich.

12.

Sleip berührte kaum noch den Boden, als sie durch den Wald hetzten, vorbei an den außerhalb liegenden Gehöften. Die Tannen flogen an Wulf vorüber, ihr ewiges Grün schwarz in der Dunkelheit wie alles um ihn, allein der Schnee leuchtete unheimlich, wie jede Nacht in den langen Monaten des Winters.

Wulf brauchte nicht lang, um an einer Lösung zu arbeiten. Selbst wenn er sein Leben für sie geben würde, er würde zumindest versuchen sie zu befreien. Sollte er sterben, würde es ihr vielleicht leichter fallen, ihm zu folgen. Und das würde sie wollen. Robyn hatte ihm selbst einmal gesagt, dass Wulf allein der Mann gewesen war, der sie hatte weiterleben lassen wollen. Ein anderer Mann würde sie zerstören.

Irm hielt bereits nach ihm Ausschau, als er an ihr Haus kam.

»Was ist? Wo ist die Verstärkung?«, fragte sie hastig.

»Die gibt es nicht«, erklärte er, »ich werde Robyn selbst befreien.«

»Aber-aber, Wulf ... das ist ... das ist doch der helle Wahnsinn ... du wirst...«

Wulf ließ Sleip nahe an sie herantreten und beugte sich herab zu ihr. Das Leder des Sattels knirschte unter der Belastung.

»Nimm dich meiner Tiere an, Irm. Egal wie das hier ausgeht, ich werde nicht wiederkommen.«

»Aber wohin willst du gehen?«

»Um deiner eigenen Sicherheit willen, werde ich darüber schweigen. Hab dank für deine Freundschaft, Irm. Ich weiß sie zu schätzen.«

»Wulf ...« Irm wusste, sie konnte ihn nicht umstimmen. «Die Götter seien mit dir. Ich werde für dich und Robyn beten.«

»Wenn der Tag kommt, an dem ihr verraten werdet, dann halte dich an Arnulf und Annija.«

Irm nickte.

Wulf setzte sich wieder auf.

»Es sind Menschen wie du, die mich immer noch glauben lassen, unser Volk hätte eine Zukunft. Doch es reicht nicht aus. Euer Dasein allein reicht nicht aus.«

Es waren die letzten Worte, die sie sprachen. Irm blickte ihm nach, während er davonstob.

»Deinen Wunsch zu erfüllen, hätte es einen fähigen König gebraucht. Doch dieser erwachte in dir zu spät, Wulf, zu spät. Aber auch das ist Schicksal und hat einen Grund.«

Wulf machte nur einen kurzen Halt am Haus und packte eilig ein paar Sachen zusammen. Er schnallte die Taschen an den Sattel, um diese zu verstauen. Irm und auch Annija würden sich seiner anderen Sachen annehmen, er wusste sie in guten, dankbaren Händen.

Dann ließ er Sleip einen weiten Bogen um die westlichen Wälder schlagen. Er näherte sich dem Westdorf von nördlicher Seite. Die Brandung rauschte hier in der Nähe, schlug mit unablässiger Kraft an den Strand und verschluckte viele Geräusche, auch das Knirschen eines sich nähernden Pferdes. Wulf überraschte eine Wache, die er mit dem Griff seiner Axt bewusstlos schlug. Wulf stieg vom Pferd. Er ließ die Axt in seinen Gürtel gleiten. Geschwind hob er den Mann aufs Pferd und ritt Richtung Strand, wo er Sleip antraben ließ. Spuren von Pferden und Menschen gab es hier genug, er musste seine eigenen nicht verwischen. Er kannte die Gegend gut. Als Junge hatte er oft hier gespielt, seine ersten Kämpfe mit Gleichaltrigen ausgetragen. Auch die Bewohner des Westdorfes benutzten die Wege hier noch oft. Auch jenen, der zur Hütte der Schiffsbauer führte. Dort stellte er Sleip unter. Dann warf er sich den Umhang der Wache über, gürtete das erbeutete Schwert und zog sich den Schal über das Gesicht. Die Wache, geknebelt und gefesselt, blieb mit dem Pferd in der Hütte zurück, während Wulf den Weg am Strand zurückging. Nur kurz blickte er auf das Boot zurück, an dem sie seit einigen Monaten bauten. Geschützt harrte es am Waldesrand, wartete auf seine Fertigstellung und die Schnitzereien, die noch fehlten. Würden es die Schiffsbauer noch gemeinsam zu Ende bauen, nachdem was heute geschah?

Wulf schritt eine Weile ziellos durch den Wald, ganz wie es die Aufgabe einer Wache war. Erst nach geraumer Zeit näherte er sich dem Dorf, das in einem Tal lag. Hierhin hatte sich Wiglif zurückgezogen, als sein Bruder ihn verjagt hatte. Hierhin waren ihm zahlreiche seiner Getreuen gefolgt und hatten versucht, sich ein neues Leben aufzubauen.

Wulf wartete und hielt sich hinter einer Eiche verborgen. Er würde nie erfahren, wo sie Robyn hingebracht hatten. Sie konnte in jedem der Häuser sein oder schon auf einem der Höfe im Wald, wenn sie einer der Männer mit dorthin genommen hatte. Er musste das Risiko eingehen und eine der Wachen ansprechen. Und er musste hoffen, dass es einer von Karks Getreuen war.

Von links näherte sich eine Wache. Wulf gab sich zu erkennen, sie hoben zum Gruß leicht die Hand. Als der Halbmond hinter einer Schleierwolke verschwand, ging Wulf zu ihm. Er wandte sich beständig nach allen Seiten, um seinem Gegenüber keinen klaren Blick auf sein Gesicht zu gewähren, auch als sie sich gegenüberstanden.

»Hör zu, ich habe eben Harold getroffen, er lässt der Angelsächsin etwas ausrichten. Wo ist sie? Schnell, ich hab's eilig!«

»Noch immer in der Halle«, entgegnete die andere Wache. Der Mann schien keinen Verdacht zu schöpfen. »Merkwürdig, wie lange sie jetzt schon beim König ist.«

Beim König? Fast hätte Wulf die Worte ausgesprochen. Was machte sie beim König? In der Halle? Das erschwerte seinen Plan unendlich.

»Hey, was sollst du ihr sagen?«, flüsterte der andere erzürnt. Er schien schon zum zweiten Mal gefragt zu haben. Wulf riss sich zusammen.

»Ihr Mann scheint sie aufgegeben zu haben. Der Dummkopf, oder vielleicht besser der schlaue Kopf, schert sich einen Dreck um sie. Sie soll hier nur versauern.«

»Aber das wäre ja nicht das, was wir beabsichtigt hätten«, überlegte die Wache.

»Schon richtig. Aber wenn Harold mit ihr falsch lag, vielleicht lag er dann mit Wulf auch falsch und wir können ihn doch noch von unserer Sache überzeugen.«

»Ja, recht hast du ...«

»Ich muss jetzt gehen«, sagte Wulf. Er zog sich wie ein Schatten zurück und verschmolz mit dem Wald.

Wulf harrte in einem kleinen, dicht gewachsenen Wäldchen aus. Er überlegte, was als nächstes zu tun war. Sein Plan, sie einfach aus den Händen eines einzelnen, vielleicht zwei, zu befreien, war zerschlagen. Er hatte eine ganze Halle voller Menschen zu durchqueren. Mochte die Halle auch nicht so groß und prächtig sein wie die Eilafs, doch ungesehen würde er dort nie hineinkommen. Nicht einmal in seiner Verkleidung. Zu viele kannten ihn, die Schiffsbauer vom Strand, andere erinnerten sich vielleicht an den Jungen, der er einmal gewesen war.

Wulfs Blick fiel auf einen Haufen Reisig, der ganz in seiner Nähe zusammengetragen worden war. Dann wanderte sein Blick auf die Häuser der Dorfbewohner. Nur undeutlich konnte er sie in einiger Entfernung ausmachen, doch er wusste, wo ihre Schwäche lag. Ihre Dächer. Mit Stroh, Binsen oder Gras gedeckt. Selbst jetzt im Winter konnten sie leicht entzünden. Wulf atmete tief ein und aus. Das würde sie ablenken und er konnte ungesehen in die Halle kommen.

Er schritt vorsichtig auf das Dorf zu und suchte in einem Beutel an seinem Gürtel nach dem Feuerstein. Er nickte einigen Leuten zu, die ihm begegneten, suchte sich dabei einige Häuser aus, die er entzünden würde und hinter denen er sich gut verbergen konnte. Auch hier wartete er nicht lang. Sobald er allein war, holte er den Feuerstein hervor, schlug einen Funken und setzte das tiefer hängende Stroh des Daches in Brand. Er verschwand sofort hinter dem nächsten Haus. Er konnte jetzt schon die ersten Aufschreie hören. Im Zwielicht der zusammenstehenden Häuser schritt er zum nächsten Strohdach und behielt die Halle im Blick. Noch war niemand herausgestürzt. Noch.

Er setzte das nächste Dach in Brand und wollte hinter der Hauswand verschwinden. Ein Mann stellte sich ihm in den Weg.

»Was zum Henker tust du da?«

Wulf zog die Axt heraus und schlug den Kerl mit der stumpfen Seite bewusstlos. Eilig sah er sich um. Niemand hatte sie gesehen. Er zog den Mann ins nächste Haus. Niemand war darin. Er stürzte hinaus und zündete das Dach des Hauses an. Er hoffte, man würde den armen Kerl noch rechtzeitig finden und seine Ohnmacht und die Beule am Kopf dem Feuer zuschreiben.

Als er um das nächste Haus schritt, kamen ihm zwei Frauen entgegengeeilt.

»Schnell, zwei der Häuser brennen«, rief er. In Panik liefen sie an ihm vorbei, ohne ihn zu erkennen. Er zündete das Dach des nächsten Hauses an und blickte zur Halle. Endlich. Die Tür ging auf. Er konnte im Lichtschein eine Gestalt sehen, die sich nach hinten wandte, wahrscheinlich um den Leuten drinnen zuzurufen, was passierte. Schon wenig später verließ die Gestalt die Halle, gefolgt von unzähligen anderen. Auch Wiglif kam herausgestürzt. Im Schein der sich ausbreitenden Feuer konnte Wulf den alten Mann erkennen. Um einiges älter als Eilaf, bewegte sich seine drahtige Gestalt noch immer mühelos unter den Leuten. Er lief mit ihnen zu den Häusern. Wulf nutzte die Gelegenheit, um seine Deckung kurz zu verlassen und zu der Häusergruppe zu gelangen, die der Halle am nächsten stand. Keine Menschenseele begegnete ihm mehr, als er schließlich zur Halle schlich, die Tür kurz öffnete und wieder hinter sich schloss. Drinnen schlug ihm erstickende Wärme entgegen. Er zog den Schal aus dem Gesicht und sah sich um. Rechts waren die Küchenräume, davor brannte das ewige Feuer, Bänke standen ungeordnet darum. Zu seiner Linken gab es einige abgetrennte Räume. Vorhänge boten einige Rückzugsmöglichkeiten, ein Gang teilte die Gemächer. Vor einem Vorhang, weit hinten, stand eine Wache. Ihre Wache.

Wulf betrat den Gang ohne Umschweife. Die Zeit lief ihm davon. Er wusste, bald würden die ersten hierher zurückkehren.

»Hast du nicht gehört? Es brennt!«, schrie er in den Gang.

»Mir egal«, schnauzte die Wache zurück, »ich muss hier stehen und wenn die Halle abbrennt ... aber Moment, ich ... du ...«

Wulf begann zu rennen.

»Du gestattest, dass ich mir meine Frau zurückhole!«

Die beiden prallten aufeinander, rangen und gingen zu Boden. Wulfs Wut steigerte sich abrupt, da er seine Zeit mit der Wache vergeudete. Wertvolle Sekunden verstrichen. Sekunden, die ihm fehlen konnten, um mit ihr die Halle verlassen zu können. Er holte tief Luft und hieb der Wache das Knie in den Unterleib. Wulf nutzte den Moment, erhob sich und ließ den Griff seiner Axt erneut sprechen. Die Wache blieb reglos zurück, während Wulf die Vorhänge zurückschlug und erstarrte, als er Robyn erblickte.

Seine Frau saß auf einem Stuhl in einem ansonsten kahlen, unterkühlten Raum. Als einziges Kleidungsstück trug sie ein dünnes Unterkleid, keine Schuhe, keinen Umhang. Ihre Haut war durchsichtig, blau vor Kälte, allein ihre Handgelenke und ihr Hals waren blutunterlaufen. Der entfernte Schein des Feuers ließ sie wie einen Geist wirken, eine unwirkliche, schemenhafte Erscheinung. Ihr offenes Haar fiel über ihre Schultern. Sie saß gekrümmt auf dem Stuhl, hielt ihre Hände fortwährend vor das Gesicht und weinte still. Ohne Laut, ohne einen einzigen Laut.

Robyn schien gebrochen. Durch Gewalt, Kälte, Scham. Was hatte man ihr angetan? Das, was einige der Frauen in den Selbstmord getrieben hatte, andere hatte stumpf werden und sich von ihren Familien abwenden lassen, so dass sie hier blieben, um die Blicke der eigenen Familie nicht ertragen zu müssen? Einigen Frauen war die Flucht in ihr eigenes Dorf gelungen, aber sie waren nicht mehr dieselben gewesen.

»Robyn?«

Sie reagierte nicht.

»Robyn?«. flüsterte er wiederum.

Da hob sie den Kopf und zuckte zusammen. Das Weiße in ihren Augen war blutrot, ihre rechte Wange verräterisch dunkel. Wulf löste seinen Umhang und ging auf sie zu. Er erinnerte sich an die Nacht, als der Wolf sie angefallen hatte. Was immer sie ihr angetan hatten, sie würde ihn nicht abweisen. Er legte den Umhang um ihre Schultern und wickelte sie fest darin ein. Sie schreckte nicht vor ihm zurück. Sie tat das, was sie von jeher getan hatte. Sie legte ihre Arme um ihn, unendlich schwach doch spürbar.

»Bring mich fort von hier. Weit fort von hier«, hauchte sie. Ihre Stimme war nur ein kaum vernehmbares Kratzen.

»Keine Sorge«, erwiderte er, seine Stimme kaum lauter. Er verließ mit ihr im Arm den Raum, trat über die bewusstlose Wache und lief den Gang zurück zum Ausgang der Halle. Niemand begegnete ihnen. Er schwang die Tür auf und versuchte so schnell es ging, in die Dunkelheit der angrenzenden Häuser zu kommen. Schon im Laufen übertönte eine befehlsgewohnte Stimme die Schreie und Rufe der Menschen und das Knacken der Feuer. Svein hatte sie entdeckt, ein alter Recke, der seinem König seit Lebzeiten treu gedient hatte. Wulf spürte, wie sie in seinen Armen zusammenzuckte. Ihre Stimme krächzte in sein Ohr.

»Bitte, Wulf, bring mich fort ...bitte ...«

Wulf beobachtete Svein wertvolle Augenblicke aus der schützenden Finsternis einer Hauswand heraus. Svein konnte ihn für den Moment nicht ausmachen und Wulf nutzte die Zeit, um aus dessen Handzeichen deuten zu können, wie er vorgehen würde.

Ausschwärmen, nach Westen, Osten. Nicht zum Strand, dazu müsste er das Dorf durchqueren. Und für so dumm hielt Svein ihn nicht.

Wulf blickte auf die nackten Füße seiner Frau. Sie hatten es ihr unmöglich machen wollen zu fliehen und hatten ihr Kleider und Schuhe abgenommen. Er ließ sie herunter und nahm ihr den Umhang von den Schultern.

»Es muss sein, Robyn.« Sie zitterte erbärmlich, aber er hätte ihr keinen Trost zusprechen müssen. Ihr Vertrauen war ungebrochen. Wortlos verfolgte sie sein Tun. Er zerriss den Umhang in zwei große Stücke, band sie um ihre Füße und schnürte sie mit den Enden fest. Dann sah er sie an, nahm ihr Gesicht in beide Hände und strich mit den Daumen die Tränen unter ihren Augen fort.

»Geh durch das Dorf ...«

»Du ...«, wollte sie beginnen, doch er unterbrach sie.

»Schscht, schsch, Nixe ... Geh durch das Dorf, wenn möglich an den Häusern in der Mitte entlang, zwischen denen, die in Flammen stehen und jenen äußeren, wo Sveins Leute uns suchen werden und in den Wald laufen. Wenn du durch bist, lauf weiter, so schnell du kannst. Ich werde dort sein und sie in der Zwischenzeit von dir ablenken. Verstanden?«

Sie nickte. Sie war nicht überzeugt, doch sie würde tun, was er verlangte.

»Tapferes, kluges Mädchen«, lächelte Wulf.

Robyn blickte ihm nach, als er in den Wald hastete. Er gab sich keine Mühe, seine Flucht zu verbergen. Die Stimmen schwollen augenblicklich an, die Meute folgte ihm. Robyn sah nach links und rannte los. Nur ihre Willenskraft hielt sie auf den Beinen, hätte sie ihrem Körper gehorcht, wäre sie zusammengebrochen. Hätte sie nicht die Nähe ihres Mannes gespürt, wäre jegliche Hoffnung zerstört gewesen. So wie die Hoffnung für die Menschen in den letzten Stunden ihres Hierseins zerstört worden war. Und sie allein würde die Schuld tragen. Sie allein. Und doch, was Wiglif, was Eilaf getan hatten, war jenseits jeder Vergebung.

Sie lief nahezu kopflos, nur ab und zu suchte sie den Schutz einer Hauswand, doch ihr Augenmerk war auf das andere Ende des Dorfes gerichtet. Die Geräusche um sie verbannte sie aus ihrem Kopf.

Schreie, Feuerschwaden, zischende Flammen, sie waren fern. Sie brauchte ihre Konzentration, musste ihren Körper, ihren Willen zu Laufen aufrechterhalten.

Als sie das nächste Haus umlief, stieß sie mit einer Frau zusammen, die einen leeren Eimer in den Händen trug. Einen Moment lang starrten sie einander an, dann wies die Frau mittleren Alters plötzlich auf ein Haus in der Nähe.

»Geh dort herum, niemand ist dort im Augenblick!«

Robyn zögerte. Die Frau trat einen Schritt auf sie zu.

»Lauf, Mädchen. Ich wurde auch einst geraubt ... lauf!«

Robyn zögerte nicht mehr, verschwand hinter dem ihr gezeigten Haus und fand sich tatsächlich allein wieder. Noch zwei Häuser und sie war im Wald. Während sie weiterlief, hielt sie bereits nach Wulf Ausschau. Doch sie konnte ihn nicht ausmachen. Trotzdem setzte sie ihren Weg fort, wie er es verlangt hatte. Nach einer Weile merkte sie, dass sie nicht mehr lange ungesehen sein würde. Wenn Wulf nicht bald auftauchte, würden sie sie erneut gefangen nehmen. Sie kämpfte sich durch den tiefer werdenden Schnee. Erst in einiger Entfernung würde er wieder leichter zu überwinden sein, da der Wind vom Meer ihn landeinwärts trieb. Der Stoff an ihren Füssen war längst vollkommen durchnässt. Er hatte sie nur vor Steinen und Splittern im Dorf geschützt. Das Unterkleid klebte an ihr wie eine zweite Haut. Sie schwitzte, nun da sie unentwegt in Bewegung war, doch der Schweiß lag auf ihr wie eine Eisschicht, ließ sie zittern und wertvolle Kraft darauf verschwenden.

Wulf umklammerte im nächsten Atemzug ihre Hand. Er riss sie förmlich hinter sich her. Er hatte hinter einem Baum gestanden und zog sie durch den kniehohen Schnee hin zum Strand. Robyns Kräfte ließen nach, selbst ihr Wille, Wulf zu helfen, konnte nicht verhindern, dass die letzten Stunden ihren Tribut forderten. Wulf reagierte nicht auf ihr Stöhnen und Wimmern, er zog sie weiter, packte sie an der Taille und zerrte sie voran. Sie wusste, dass er genauso litt wie sie.

Am Strand schlug ihnen die eiskalte Brandung entgegen. Der Wind fegte über sie hinweg, während sie die kleine Hütte erreichten. Sleip war die Enge nicht genehm gewesen und er war froh ins Freie zu treten. Wulf schwang sich mit einem Satz auf ihn und zog Robyn hinauf. Es blieb ihm keine Zeit, der Wache noch andere Sachen zu nehmen, die Robyn Schutz geboten hätten, einzig sein eigener Umhang würde ihnen etwas Wärme verschaffen.

Entgegen der Richtung, die er eigentlich einschlagen wollte, wandte er sich nach Nordwesten, ließ Sleip den Strand entlangjagen, bevor sie wieder den Wald kreuzten. Doch seine Ablenkung funktionierte diesmal nicht. Svein war erfahren und gerissen genug, um sein Vorhaben zu durchschauen. Bereits kurze Zeit später spürte Wulf drei Reiter in seinem Nacken. Sleip tat sein Bestes und baute einen geringen Vorsprung aus. Wulf hoffte, das Pferd würde die anderen abhängen können. Sie kamen ihrem Ziel schnell näher und er begann zu glauben, dass sie es schaffen würden. Doch er hatte Svein unterschätzt.

Ein Pferd erschien aus dem Nichts, ritt sie an der Waldkante rücksichtslos um. Die beiden Pferde stürzten und begruben ihre Reiter im Schnee. Es ging schnell, ohne Vorwarnung und die Wirkung blieb nicht aus. Ehe sich Wulf und Robyn aus dem Schnee gekämpft hatten und dem anderen Reiter stellen wollten, war Svein herangekommen. Er ließ seine anderen beiden Männer absteigen und auf Wulf losgehen. Robyn wollte dazwischen gehen, als ihre Äxte aufeinanderprallten, doch Wulf schrie sie an.

»Halt dich raus ... verschwinde ...«

Robyn ging einen Schritt auf die Kämpfenden zu, stockte aber bei seinen Worten. Sie wusste nicht, was sie tun sollte. Hinter ihr war Svein abgestiegen. Sie drehte sich um.

»Du hast kein Recht dazu!«, schrie sie verzweifelt. »Sag ihnen, sie sollen aufhören ... sag es ihnen!«

Sie drehte sich wieder zum Kampf. Ein dumpfes Geräusch erklang. Einer von Sveins Männern trat Wulf in die Seite und zwang ihn zu Boden.

»Svein!«, schrie sie, »er ist mein Mann!«

Svein gab seinen Männern ein Zeichen. Sie hörten augenblicklich auf.

»Komm wieder mit«, bat er Robyn eindringlich und trat auf sie zu, »lass mich gutmachen, was ich tat.«

Robyn sah ihn an. Ihren alten Vertrauten.

»Du hast kein Recht dazu. Er schon.« Sie wies auf Wulf, der sich prustend aus dem Schnee erhob und sie mit einem Auge beobachtete, während er Sleip heranpfiff, um aufzusitzen. »Ich folge meinem Mann, wo auch immer er hingeht. Ich will nicht dorthin zurück, Svein. Und als das, was ich einmal war, wirst du meinen Wunsch achten.«

»Aber wir brauchen dich ... versteh doch ... er braucht dich ...«, stammelte Svein.

Wulf konnte sich den Wandel des gerissenen Kriegers nicht erklären, als er an die beiden heranritt. Er traute den anderen drei noch immer nicht und beäugte sie weiterhin.

»Komm, Robyn«, sagte er zu ihr.

Sie nahm seinen heruntergebeugten Arm und ließ sich hochziehen. Fast versagten ihre eigenen Arme dabei den Dienst.

»Es gibt nichts gutzumachen«, flüsterte sie Svein eindringlich zu, »durch dich gab mir das Schicksal die Möglichkeit auf ein neues Leben. Lass mich gehen.«

Svein trat zurück.

»Ich gebe euch einen Vorsprung. Nutzt ihn diesmal klüger. Wenn es euch gelingen sollte zu fliehen, so sei es. Doch wenn nicht, wirst du mitkommen.«

Er neigte den Kopf vor ihr, wie ein Mann seines Standes nur vor einer einzigen Frau seinen Kopf neigt.

Wulf unterdrückte ein Aufstöhnen, als er Sleips Zügel lockerte und das Pferd davonschoss. Seine Seite schmerzte höllisch, doch noch war es nicht vorbei. Robyn saß zusammengekrümmt vor ihm, war förmlich in sich zusammengefallen, als Svein sie hatte gehen lassen. Er wollte nicht darüber nachdenken, was passiert war. Nicht jetzt. Nicht hier. Es galt Svein diesmal zu überlisten. Und Wulf hatte nicht vor, noch einmal gegen ihn zu versagen. Er ritt einen weiten Bogen und traf bald wieder auf seine eigenen Spuren, auf die Sveins und seiner Männer. Er konnte sie bereits wieder im Nacken spüren. Diesmal jedoch tat er etwas Überraschendes. Hinter drei geradlinig stehenden Bäumen hielt er Sleip an und legte eine Hand auf das Schulterblatt des mächtigen Pferdes. Sleip ließ umgehend den Kopf hängen, rührte keinen Muskel mehr. Wulf presste Robyn an sich, legte seinen Umhang enger um sie und versuchte, jedes Stück ihrer milchigen Haut und des Unterkleides zu verbergen, so dass sie in der Dunkelheit nicht leuchtete, sondern schwarz und unscheinbar wurde wie alles um sie herum.

»Ganz ruhig, Nixe«, hauchte er in ihr Ohr. Sie bebte am ganzen Körper. Er spürte, wie ihre Hände sich in sein Hemd krallten, um Kraft zu sammeln und das unkontrollierte Zittern zu unterdrücken. Als sie der nahenden Reiter gewahr wurde, fand sie sie. Sie hielt die Luft an und wurde still.

In weitem Abstand zueinander rasten Svein und seine Männer an ihnen vorbei. Keiner entdeckte sie, obwohl einer der Männer nur wenige Schritte neben ihnen vorbeihetzte.

Wulf wartete, bis sie weit genug weg waren und ritt dann langsam in die Gegenrichtung. Nach einer Weile nahm er die Zügel wieder straffer. Sleip erwachte umgehend aus seiner Haltung. Wulf ritt noch einige Zeit ohne erkennbare Richtung durch den Wald, ehe er sich schließlich zielstrebiger der Waldkante näherte. Die Felsformationen dort ließen sich den Schnee im Winter meterweit auftürmen oder ihn an einigen Stellen schmelzen, so dass Wulf keine Spuren hinterließ, als er Sleip vorsichtig die Felsen hinaufdelegierte. Wenige wussten, dass auf halbem Wege ein schmaler Pfad entlangführte. Er war nur gerade so breit, dass Sleip ihn betreten konnte. Vom Wald aus waren sie nur noch schwer auszumachen. Sleip ging etwas sicherer, als ein anderer Weg den Pfad kreuzte. Wulf hielt kurz darauf an. Er ließ Robyn zuerst vom Pferd gleiten, und stieg dann ab. Er kontrollierte Robyns Füße.

»Es muss gehen«, murmelte er. Er erhob sich aus seiner gebeugten Haltung und nahm ihr Gesicht in seine Hände. Ihre Lippen waren blau gefroren, sie zitterte ohne Unterlass.

»Geh diesen Weg weiter. Es ist nicht mehr weit. Ein kleiner Stall. Mach dir drinnen ein Feuer an. Hab keine Angst, nur Arnulf, Annija und ich wissen davon. Er hält dort eine Kuh und ein paar Schafe. Es ist für den Notfall gedacht. Geh hinauf. Ich muss noch einmal zu Arnulf, ihn warnen, sonst könnte er uns verraten, indem er dort hochkommt ... hast du das verstanden?«

Robyn schloss müde ihre Augen. Nur schwer konnte sie die Lider wieder heben.

»Robyn!« Er schüttelte sie kurz. »Hast du das verstanden? Mach dir ein Feuer! Hörst du?«

»Ja.« Kaum hörbar. Es genügte ihm. Er legte den Mantel um sie. Sie stand noch immer da.

»Geh«, forderte er sie auf. Erst da setzte sie sich in Bewegung, folgte dem Pfad höher auf den Berg. Sie lief gebeugt, doch tat einen Schritt vor den anderen. Er wusste, sie litt schreckliche Qualen. Die Kälte, die körperlichen Schmerzen, jenes Leid der letzten Stunden. Er fragte sich, ob sie je wieder sie selbst sein würde. Ob sie vergessen würde, was sie ihm im Wald gesagt hatte. Ob sie sich erinnern würde, wer er war.

* * *

Teil 4

1.

Arnulf und Annija schraken auf, als sie das Klopfen an der Tür vernahmen. Arnulf schritt zur Tür, öffnete sie und trat augenblicklich zurück, als Wulf hereinschritt.

»Niemand darf mich sehen«, erklärte er. Dann zog er die Tür zu und ging ohne weitere Worte ans Feuer. Sie bemerkten, dass er keinen Umhang trug. Seine Kleidung war nass . Einen Moment lang stand er regungslos am Feuer und wärmte sich.

»Was ist es geschehen, Wulf?«, fragte Annija.

Wulf wusste im ersten Augenblick nicht, wo er anfangen sollte. Er musste wieder zu Robyn, doch die beiden sollten auch erfahren, was passiert war. Lang und ungewohnt müde stieß er den Atem aus.

»Ich habe mich von Vater losgesagt«, sagte er.

»Was?« Annija und Arnulf kamen zu ihm.

»Er hat mir nicht helfen wollen, Robyn aus den Händen jener im Westdorf zu befreien.«

»Aber wie konnte es dazu kommen?« Arnulf fasste den Unterarm seines Freundes.

Wulf berichtete ihm kurz, was geschehen war und wo sich Robyn jetzt befand. Er erklärte, dass er sich um sie sorgte, weil er nicht wusste, ob sie wirklich noch in der Lage gewesen war, ein Feuer zu machen. Annija begann sofort, Kleidung, Decken und Nahrung zusammenzupacken. Ihr war aufgefallen, dass Wulf sich seine Seite gequetscht zu haben schien, da er sie unauffällig mit der flachen Hand schonte.

»Wo hast du das Pferd?«, wollte Arnulf wissen.

»In der Senke. Die nächste Wache wird erst in ein, zwei Stunden wieder dort vorbeikommen.«

»Bei den Göttern, Wulf, was nun? Was nun?« Arnulf ließ sich bestürzt auf die Bank sinken.

»Wir bleiben erstmal dort. Ein paar Tage. Solange wird man hier und in der Gegend herumschnüffeln. Komm nicht rauf. Wir werden uns um die Tiere kümmern.«

»Dann ...was dann? Wollt ihr bei uns bleiben?«

»Du weißt, dass das nicht möglich ist. Ich habe mit Vater gebrochen und auch hier kann ich nicht bleiben. Es hat mit Robyn zu tun ... ich weiß nicht, was dort vorgefallen ist, aber ...«

»Sveins merkwürdiges Verhalten ... ich kann mir das nicht erklären. Wieso sollte er euch einen Vorsprung geben?«

»Ich kann mir das auch nicht erklären, aber Robyn wird mir erzählen, was geschehen ist. Sie ist ...«

»Was, Junge?« Arnulf studierte Wulfs Blick. Er sah Verwirrung darin. Arnulf hatte ihn noch nie so gesehen. »Arnulf?«

»Mmh?«

»Ich ...« Wulf brach ab. Er konnte es nicht aussprechen.

»Schon gut, mein Junge«, erwiderte Arnulf jedoch, »ich verstehe. Deine Augen sagen mir mehr, als du aussprechen kannst. Geh zu ihr. Alles Weitere wird sich zeigen.«

Annija hatte, längst mit den Vorbereitungen fertig, still gelauscht und die Silhouetten am Feuer betrachtet.

»Wulf?«

Er sah auf.

»Hab Dank«, meinte er und nahm die Sachen auf.

Arnulf holte einen weiteren Umhang für ihn.

»Wir sehen uns in ein paar Tagen.« Er trat zurück, um Wulf aus dem Haus zu lassen.

Wulf verhielt in der Tür kurz den Schritt und sah hinaus in die Dunkelheit.

»Ihr seid die einzig wahren Eltern, die ich je hatte. Auch das hätte ich Eilaf noch sagen sollen.« Damit ging er.

2.

Sleip schien den warmen Stall zu wittern. Er hatte das Tempo den Berg hinauf beständig beschleunigt, schnaubte leise und kaute zufrieden am Gebiss. Es störte ihn nicht im Geringsten, dass er in dieser Nacht nicht in seinem eigenen Stall weilen würde. Er roch die Gesellschaft anderer Tiere und gutes Heu. Die Last der Decken, der Kleidung und des Proviants, die sein Herr ihm aufgeladen hatte, machte ihm keine Mühe. Sein Herr stieg oben am Stall ab, er folgte ihm in den Stall.

Wulf stellte beruhigt fest, dass sie ein Feuer entzündet hatte. Doch sein Eintreten rief keine Reaktion hervor. Robyn saß an der kleinen Feuerstelle, die einen gebührendem Abstand zu Stroh und Tieren hatte. Ihr Kopf lag auf den Knien, ihre Arme umschlossen die Beine. Der Mantel lag über ihren Schultern, doch sie rührte sich nicht.

Hinter ihr starrte die Kuh schläfrig ins Feuer, die drei Schafe raschelten noch leise im Stroh und beobachteten dann neugierig, wie Wulf Sleip absattelte und ihn an den Heuberg treten ließ, um ihn fressen zu lassen. Arnulf hatte etwas Wasser in einer Holztonne gesammelt, auch davon gab Wulf dem Pferd.

Als er die mitgebrachten Sachen ablegt hatte, trat er an Robyn heran, kniete sich zu ihr und betrachtete sie eingehend.

Ihre Augen waren geöffnet und sahen unverwandt aus ihrer gebeugten Haltung auf den Erdboden. Sie atmete leise, aber schnell und unkontrolliert, als säße sie nicht reglos am Feuer, sondern schien wieder durch den Wald zu flüchten, zurück zum Westdorf, zurück zu denen, die ihr Leid zugefügt hatten.

Wulf drängte sie nicht. Sie würde reden. Nicht heute. Vielleicht nicht morgen. Doch er würde sie gewähren lassen. Sie zur Ruhe kommen lassen. Er hätte sie berühren können, ließ jedoch davon ab. Stattdessen nahm er eines der Kleidungsstücke von Annija in die Hand und legte es neben sie. Sie reagierte nicht darauf. Auch nicht auf den Wein, den er wenig später vor sie auf einen der heißen Steine stellte.

Sleip hatte sich derweil satt gefressen, entlastete ein Hinterbein und senkte den Kopf etwas, um zu ruhen. Wulf setzte sich an das andere

Ende der Bank, von Robyn abgewandt. Er wollte nicht, dass sie sah, was der Sturz vom Pferd und die Tritte der Wachen verursacht hatten. Langsam zog er das Hemd aus und ertastete kurz die Stelle, wo ihm der Sattelknauf in die Seite gefahren war. Der Bluterguss war tellergroß. Er konnte den Arm kaum heben. Als er die Dose mit der Salbe, die Annija ihm mitgegeben hatte, öffnete, stand Robyn unerwartet vor ihm. Wortlos nahm sie ihm die Dose aus der Hand und kniete sich an seine Seite.

»Der Sattelknauf?«

»Ja, vorhin als wir umgeritten wurden«, entgegnete er.

Sie rieb die Stelle vorsichtig ein.

»Warst du bei Arnulf und Annija?« Sie verschloss die Dose wieder und erhob sich langsam.

»Ja, sie wissen Bescheid. Arnulf wird die nächsten Tage nicht hochkommen. Wir werden hier vorerst sicher sein.«

Sie trat um ihn herum und blickte auf seine dunklen Haare herab, während er den Blick gesenkt hielt. Da sie keine Anstalten machte, zurück an ihren Platz zu gehen, legte er seine Arme um ihre Hüfte und zog sie zu sich heran, auch wenn seine Seite gegen die Bewegung protestierte. Doch er ignorierte es, fühlte nur ihren weichen Unterleib, gegen den er atmete, und ihre Hände, die über sein noch immer feuchtes Haar strichen.

»Ich traf einst einen Mann«, flüsterte sie, »dieser Mann sprach von Respekt, von Menschen, die einem in die Seele blicken, unser wahres Ich erblicken. Ich glaubte ihm, ich küsste diesen Mann. Ich habe seitdem niemals wieder einen Mann geküsst. Ich vergaß ihn nie. Ich konnte es nicht. Ich konnte dir mein Herz nicht geben, nicht am Anfang. Doch dann im Wald, als du wissen wolltest, was um dich herum vorgeht ... da wusste ich, dass ...«

Er sah auf. Sie beugte sich herab und legte ihre Lippen auf seine. Seiner Kehle entfuhr ein leises Stöhnen. Er war überrascht über ihre Reaktion, doch noch mehr über das Wiedererkennen. Jene Sehnsucht von damals überfiel ihn. Ihre Zuneigung, die sie sich beide schon vor all diesen Jahren nicht hatten erklären können, ergriff beide, als hätte die Zeit dazwischen niemals existiert. Er zog sie herunter zu sich, ließ seine Lippen all das sagen, was er nicht aussprechen konnte. Er ließ sie antworten und kostete jede ihrer Antworten aus. »Und ich konnte jenes Mädchen nie vergessen«, sagte er in ihre Halsbeuge, »aber ich verlernte der Mann zu sein, der ich damals war.«

»Aber wie können wir je so bleiben wie wir sind? Es geht nicht, Wulf. Was du erlebt hast, hat dich zu dem gemacht, was du heute bist. Damals ist damals. Heute ist heute. Das, was wir füreinander fühlen, hat sich nicht geändert, auch wenn wir nicht mehr dieselben sind.«

»Du bist nicht mehr du seit einigen Stunden«, stellte er fest.

»Nein, ich werde es nicht mehr sein können«, sagte sie. Es klang endgültig.

»Haben sie ... haben sie dir Gewalt angetan?«

Robyn spürte, wie sich seine Hände in den Stoff des Unterkleides verkrampften.

»Nicht so wie du denkst, Wulf. Nicht so.«

»Ich danke den Göttern dafür«, stieß er aus.

»Ja.« Nichts weiter. Sie war still. Und er wusste, dass sie andere Gewalt erfahren hatte. Eine Gewalt, von der sie ihm noch nicht berichten konnte.

»Komm.« Er half ihr zurück auf die Beine. »Wasch dich etwas, zieh etwas Sauberes an. Annija hat dir ein paar Sachen eingepackt. Dann schlaf, ruh dich aus.«

Robyn sah ihn von oben herab an und nahm sein Gesicht in ihre Hände. Tränen rannen ihre Wangen herab.

»Schlaf du, ich kann es nicht«, schluchzte sie. Sie ließ von ihm ab, nahm das Hemd und ging zum Wassertrog herüber. Sie nahm die Seife aus dem Beutel mit. Wulf atmete schwer ein und aus. Er sah sie nur Schritte von sich entfernt stehen, während sie sich wusch, doch er fühlte sich machtlos. Er würde ihr nicht helfen können. Und doch - Er bewunderte sie. Sie wollte diese Sache mit sich allein ausmachen, ihm erst dann erzählen, was geschehen war. Etwas schien anders als damals, als er sie im Wasser treibend gefunden hatte. Sie war bereit, ihren Weg weiter zu gehen. Und er kannte den Grund. Er war es selbst.

3.

Wulf schlief unruhig, wenngleich ihm die Erholung guttat. Robyn saß die ganze Nacht und den ganzen Morgen am Feuer. Sie bat ihn in der Frühe, nicht aufzustehen. Sie brachte ihm etwas Wein, Brot und Käse an das Lager, auf dem er schlief und versorgte seinen Erguss erneut. Als sie seinen dankbaren Blick bemerkte, lächelte sie sogar sanft. Sie hatte an seinem unregelmäßigen Schlaf längst bemerkt, dass er sich nicht gut fühlte.

Er sah sie gegen Mittag seinen großen Umhang umlegen, Annijas mitgeschickte Schuhe anziehen und hinausgehen. Er hörte sie draußen umhergehen. Sie entfernte sich nicht weit, schritt nur um den Stall und ein Stück in die Richtung, aus der sie gekommen waren. Hernach verfiel er wieder in einen Leichtschlaf und erhob sich endgültig am frühen Nachmittag. Er spürte, wie gut ihm die Stunden getan hatten. Er konnte seinen Arm wieder fast problemlos heben, der quälende Schmerz war erträglicher.

Robyn kniete am Feuer. Ihre rot geweinten Augen zeugten von ihrem inneren Kampf, doch ihr Lächeln schien etwas gefasster. Gelöster. Als hätte sie begonnen zu akzeptieren, dass sie nach vorn blicken musste.

»Geh hinaus, wenn du magst. Es ist sehr schön draußen. Kalt, aber es riecht nach Frühling. Ich bilde es mir ein, aber es war schön. Ich habe dann etwas zu essen für dich.«

»Danke, Nixe.« Er nahm Sleip mit nach draußen, ließ sich Zeit, atmete die frische Luft tief ein, ließ die untergehende Sonne auf sich scheinen. Sie hatte recht. Von den Bergen kam ein Wind, der milder wehte, noch nicht tauen konnte, doch von der bevorstehenden Schmelze berichtete. Sleip schlich um den Stall, nahm ein Schneebad und gesellte sich dann wieder zu Wulf, der auf einem Felsvorsprung saß und über die Wälder vor ihm blickte. In der Ferne sah er einige Rauchschwaden. Das Süddorf. Es war nicht weit entfernt, manchmal trug der Wind Geräusche herüber. Ein Klopfen vielleicht oder das Bellen eines Hundes. Ansonsten blieb es hier oben ruhig, allein der Wind fuhr um die Felsen und den einsamen Stall.

Als er wieder hineinging, roch es aromatisch nach Wacholderbeeren. Sie reichte ihm einen Becher, als er sich ans Feuer setzte. Langsam trank er den guten Wein, den Annija ihnen in einen Beutel abgefüllt hatte.

»Manche Dinge ändern sich nicht«, schmunzelte sie und nahm selbst einen Schluck. Wulf wusste für einen Augenblick nicht, was sie meinte. Dann sah er den dampfenden Wein und die kleinen Schwaden, die er vor ihren Gesichtern bildete.

»Nein, wahrlich.« Er lächelte zurück.

»Es war dieser Wein, wegen dem mich mein Vater damals zu euch schickte.«

»Direkt in meine Arme.«

»Ja, direkt in deine Arme«, wiederholte sie nachdenklich.

»Wulf?«

»Mmh?«

»Mein Vater ...«

»Ath, nicht wahr?«

»Ja, Ath of Abingdon. Er ist mein Ziehvater.« Sie wartete auf seine Reaktion.

»Du sprachst von ihm nie als solchen«, meinte er gedankenverloren.

»Anders als du hatte ich nie Grund dazu. Er war und ist mein Vater.«

»Warum erzählst du mir das?«

»Ich ... ich denke, es ist wichtig, wenn ich dir berichte, was passiert - was passiert ist, als wir uns im Wald trennen mussten.«

Wulf blickte sie über das Feuer hinweg an.

»Bist du soweit?«

»Ja, und ich danke dir für die Geduld. Ich weiß es zu schätzen. Ich möchte nur, dass du begreifst, dass ich Aths Tochter bin und sich das nicht geändert hat.«

»Ich verstehe.«

Robyn sah ins Feuer. Ihr Blick wurde starr. Sie brauchte ihre ganze Kraft, um all dies noch einmal durchzustehen *und* davon zu sprechen.

4.

Einer der Männer aus dem Westdorf hielt Robyn fest, während ein anderer die Holzplanken zerschlug. Scheinbar fürchteten sie noch immer, dass sie fliehen würde. Doch sie tat es nicht, stattdessen ließ sie alles, was folgte, ohne Gegenwehr über sich ergehen. Sie zitterte vor Angst. Diese eine Gefühlsregung konnte sie nicht abstellen. Sie zerrten sie den gesamten Weg hinter sich her, Fesseln brauchte sie keine. Die Männer hätten auch so ein leichtes Spiel mit ihr gehabt.

Als sie sich dem Dorf näherten, verschwanden einige der Männer wieder im Wald. Es waren Wachen, treue Wachen, die Kark unterstanden und von ihm die nötigen Informationen erhalten hatten, dass sich die Angelsächsin in den Wäldern aufhalten und eine vorzügliche Beute sein würde.

Im Dorf angelangt wurden sie umgehend umringt von Leuten, die einen Blick auf sie werfen wollten. Dorfbewohner kamen herbei, betrachteten sie gierig, ohne zu verbergen, warum sie den Männern um Robyn zur Halle folgten. Sie wollten eine Frau und wenngleich sie keine Nordfrau war, genügte sie den anderen Ansprüchen vollkommen. Der Thronfolger aus dem anderen Dorf schien Glück gehabt zu haben.

Robyn widerten die Blicke an. Sie sah stur zu Boden und ließ sich von zwei Männern zur Halle schieben, versuchte nicht zu sehen, dass ihnen eine ganze Horde folgte und mit ihnen die Halle betrat. Die Luft in der Halle war rauchig wie die in der anderen, man brauchte einen Moment, um sich an die Helligkeit darin zu gewöhnen. Robyn zwinkerte unruhig. Sie wurde vor den Thron geschleift und vor den König gestoßen.

Die Männer um sie verbeugten sich vor jenem alten Mann, der darinsaß und still abwartete. Robyn überlief ein eiskalter Schauer, als sie sich sammelte und ihre Beine anzog, um wieder aufzustehen. Die Männer um sie rochen ungewaschen, nach Schweiß und abgetragener Kleidung. Offensichtlich ging es ihnen nicht so gut wie jenen Bewohnern von Wulfs Dorf. Auch die Halle war kleiner, schäbiger, nicht mit der Sorgfalt gefertigt wie jene andere, die Robyn hatte besuchen müssen. Ihr Blick ging zu Wiglif hin. Sie konnte sein Alter schwer einschätzen, doch scheinbar belastete es ihn weniger als manch anderem hier in der Halle, der gekommen war, um sie mit nach Hause zu nehmen.

»Mein König«, sprach jener Mann neben ihr, »wir trafen im Wald auf Wachen, die Kark ergeben sind. Sie berichteten uns, nachdem wir ihren Auftrag erfragt und ihnen bei Schweigen Gewalt androhten, dass sie von einer Frau wussten, die sich in den westlichen Wäldern aufhält.«

»Gut gemacht. Es war eine gute Idee, Svein, die Wachen zu beobachten.« Der König wandte sich an einen neben ihm stehenden Hünen.

»Ja, mein König, wir sehen den Erfolg vor uns stehen. Aber wer ist sie, Rolf?«

»Soweit wir wissen«, antwortete der Mann neben Robyn, »die Frau von Wulf. Die Angelsächsin aus dem Meer.«

»Ah, der Wassergeist«, meinte Wiglif. Sein Blick glitt über Robyn, wobei er seine Augen etwas zusammenkniff. »Schöne Augen hast du, mein Kind. Leider werden wir Wulf nicht mehr in sie hineinsehen lassen. Wir brauchen gebärfähige Frauen wie dich. Also, wem wollen wir sie geben ...« Wiglif sah in die Runde.

»Warte«, sagte Svein, bevor das Gebrüll der Männer anfangen konnte. Er ging den Absatz, auf dem der Thron stand, hinunter und trat zu Robyn. Schreckensbleich ließ Robyn seine Hand ihr Gesicht ergreifen und es nach allen Seiten drehen.

»Wie, willst du sie etwa, Svein?« lachte Wigilf. Doch Svein war nicht zum Lachen zumute.

»Geht alle hinaus«, brüllte er die anderen plötzlich an, »alle, nur die beiden Wachen bleiben!«

Svein wusste um das Vertrauen seines Königs zu ihm. Er hatte mit Absicht die beiden Wachen hiergelassen. Jene zwei Männer genossen sein uneingeschränktes Vertrauen. Sie hatten sich von Kark nicht bestechen lassen.

Robyn fühlte sich mit einem Mal nach vorne gezerrt, hin zum Thron, ihr Gesicht hatte der Hüne noch immer umfasst, presste es ihr schmerzlich zusammen.

»Wiglif, sieh sie dir an. Sag mir, was du siehst!«

Wiglif beugte sich nach vorne. Robyn musste sich vor Ekel abwenden. Fäulnis und Met stiegen in ihre Nase. Doch Svein drehte sie gewaltsam wieder zum König hin.

»Braune Augen, makelloses Gesicht, volles braunes Haar«, sagte dieser leichthin.

Svein verbiss sich einen Kommentar.

»Erinnert sie dich vielleicht an jemanden?«

Wiglif sprang plötzlich auf und Svein fand sich in seiner Vermutung bestätigt.

»Nein ... nein ... das ist nicht möglich ... Svein, nein! Ein Zufall, nichts als Zufall ...«

Svein sah, wie sich Wiglif nach diesem Ausbruch entfernte und unschlüssig umherging, dann wieder herankam, diesmal näher als zuvor. Er schob Svein ein Stück fort und strich über Robyns Gesicht. Sie kämpfte mit den Tränen. Die Berührung dieses Mannes bereitete ihr augenscheinlich großes Unbehagen. Seine Augen wanderten erneut von unten nach oben, blieben wieder an ihrem Gesicht hängen.

»Sag, sprichst du unsere Sprache?«

Robyn antwortete nicht. Sie bemühte sich weiterhin, ihre Tränen zurückzuhalten.

»Ich fragte dich ...«

Doch Wiglif kam nicht weiter, da Svein wieder herantrat und ihre Schulter eisenhart umfasste.

»Der König fragte dich etwas, also antworte!«

Robyn entriss sich Wiglifs Griff. Sie wollte auch Svein abschütteln, doch dieser schlug ihr ins Gesicht, ergriff ihre Handgelenke und drehte sie auf den Rücken zusammen. Robyn stieß einen Schmerzensschrei aus.

»Antworte!«, verlangte Svein erneut. Wiglif besah sie abwartend.

»Ja«, stieß sie schließlich zwischen ihren Zähnen hervor, sagte es jedoch in ihrer Sprache.

»Wie hast du es gelernt?«, bohrte Wiglif weiter.

»Weiß nicht«, entgegnete sie. Sie wand sich unter Sveins Griff. Dabei entging ihr der Blick, den die beiden tauschten. Sie winselte, als Wiglif wieder herantrat, ihr Haar öffnete und langsam durch es hindurchstrich.

»Glaubst du an Wunder?«, fragte er nachdenklich. Wem es galt, ließ er offen. Es war Svein, der antwortete.

»Du solltest deinem Neffen dankbar sein. Er hat einen unsagbaren Schatz aus dem Wasser gezogen. Einen Schatz, den wir tot glaubten. Und der die Ansprüche so vieler auf den wahren Thron hier vernichten wird.«

Aus den Augenwinkeln sah Robyn, dass die Wachen sich näherten und ihren Posten für einen Moment vernachlässigten. In ihren Gesichtern standen Unglaube und Ehrfurcht.

»Dein Haar ist so weich wie das deiner Mutter«, sagte Wiglif direkt an sie gewandt.

Robyn verstand nicht, wovon er redete.

»Du kannst dich an nichts erinnern, nicht wahr?« Robyn versuchte sich erneut, aus Sveins Händen zu befreien.

»Sieht nicht so aus«, entgegnete Svein. »Ich glaube, die Kleine hat keine Ahnung, dass sie ihrem Vater gegenübersteht.«

»Vater?« Robyn stieß das Wort aus wie eine Verwünschung. »Mein Vater ist ein ehrenwerter Angelsachse und kein ignoranter König, der über heruntergekommene Horden von Frauen raubenden Kriegern herrscht!«

Svein stieß einen Fluch aus und stieß sie wieder zu Boden.

»Wie kannst du es wagen, so mit deinem Vater zu sprechen!«

Wiglif beugte sich über sie.

»Oh ja, kleine Angelsächsin, ganz die Mutter. Sie hatte auch Temperament. Hast du dich niemals gefragt, warum es in deinem Kopf eine andere Sprache gibt? Warum du deinem angelsächsischen Vater überhaupt nicht ähnlich siehst? Wach auf, Dona! Dein Mann holte dich nach Hause zurück. Der Zufall spülte dich dorthin, wo du hingehörst!

»Dona?«, hauchte Robyn.

»Ja, mein Kind, das ist dein Name. Und dein Geburtsrecht ist das dort«, Wiglif wies auf den Thron.

»Nein ...«

Doch Wiglif redete weiter, ohne darauf zu achten, was sie empfand.

»Vor dreiundzwanzig Wintern bist du verschwunden, als wir in Byzanz waren. Dein Bruder war gestorben, deine Mutter, die es nie verkraftet hatte, war ihm kurze Zeit später gefolgt. Mein Wunsch war es, dich immer um mich zu haben, weil du die einzige legitime Erbin bist. Doch auch du wurdest mir genommen und wir in ein unheilvolles Chaos gestürzt, das mir das gesamte Königreich entriss und mir nur einen Teil meiner Leute treu zurückließ. Und mein Bruder ... er trägt die Schuld daran ... er veranlasste dein Verschwinden und deinen Tod, wie wir glaubten ... doch nun ...«

»Ich-ich bin nicht deine Tochter«, rief Robyn verzweifelt, »das ist eine Lüge!«

Svein riss der Geduldsfaden. Er kniete sich über sie, packte ihren Hals und drückte unbarmherzig zu.

»Sei froh über dieses Privileg! Überlege dir genau, was du sagst! Du wirst deinem Vater gehorchen, wie es sich für eine gute Tochter ziemt. Du wirst ihm den Thron sichern und deiner Aufgabe als Thronerbin nachkommen. Hast du das verstanden?«

Robyn röchelte, doch ihre Wut war ungebrochen. Sie wollte nicht wahrhaben, was geschah, wer sie war. All das konnte nicht sein, war Heuchelei, eine Täuschung.

»Mein Vater ist ein Angelsachse. Und ich gehöre euch nicht, ich gehöre nur meinem Mann!«

Svein sah auf, zu Wiglif.

»Er könnte tatsächlich ein Problem darstellen. Er scheint ihr nicht ganz egal zu sein, wenn es umgedreht dasselbe ist ...«

»Ich bin ihr Vater«, erwiderte Wiglif fest, »zuerst einmal gehört sie mir!«

»Ist das alles, was du mir nach dreiundzwanzig Jahren zu sagen hast?« Robyn wusste nicht genau, woher sie die Worte nahm, doch die Kälte und Berechnung dieses Mannes waren ihr nicht unbekannt.

»Ah, sieh an, Dona, du kannst dich also doch erinnern!«

»Ja, daran, dass ich niemals auch nur das Gefühl hatte eine Tochter zu sein, sondern nur ein Mittel zum Zweck. Und es hat sich nichts geändert. Zum Teufel mit euch!«

Robyn versuchte Sveins Hände um ihren Hals zu ergreifen und rang mit ihm.

»Bei den Göttern, Svein, schaff sie nach hinten. Zieh sie aus bis auf ein Unterkleid, damit sie nicht auf dumme Gedanken kommt und flieht. Ich muss überlegen, was jetzt zu tun ist.«

Svein stand auf, nickte und zog Robyn hinter sich her.

»Mach es wie du es früher tatest, geh den Problemen aus dem Weg und schieb mich ab«, schrie Robyn, »hol mich nur hervor, wenn es darum geht Ansprüche zu sichern, Ansprüche auf Macht. Ersticken sollst du daran, du kaltblütiger Bas...«

Svein schlug ihr erneut ins Gesicht. Er zerrte sie weiter, die beiden Wachen folgten ihnen bis vor den Raum, den Svein für sie vorgesehen hatte. Er stieß sie hinein und zog die Vorhänge hinter sich zu, die Wachen ließ er davor zuruck.

»Zieh dich aus«, befahl er ihr, »los!«

Robyn verzog sich in die hintere Ecke des Raumes, ins Halbdunkel. Angst kroch ihren Rücken hinauf.

»Komm her«, rief er ungeduldig, »und gib mir die Sachen oder ich vergesse mich!«

»Weiß Wiglif, dass du es warst, den Eilaf damals bestochen hat? Dass du mich wegbrachtest und in der Wüste aussetztest?«

Sie hatte kaum zu Ende gesprochen, als Svein auch schon bei ihr stand und wutentbrannt ihren Hals umschloss. Im Zwielicht rang er einen Moment mit sich, dann ließ er plötzlich von ihr und trat einen Schritt zurück.

»Ich war jung und ließ mich bestechen und ich habe es bis heute bereut«, sagte er einfach.

»Und das soll ich dir glauben?«

»Glaub, was du willst. Es ist wahr. Dein Vater weiß nichts davon. Und wenn ...«

»Lass mich gehen, Svein«, bat sie ihn eindringlich.

»Das kann ich nicht. Es grenzt an ein Wunder, dass du hier bist. Verstehst du denn nicht, das ändert einfach alles!«

»Was? Was ändert es? Wiglif wird es niemals schaffen, sich gegen Kark zu behaupten! Auch nicht mit mir!«

»Aber die Leute werden wieder glauben. Sie werden einen Thronerben sehen, einen Erben, der rechtmäßig Anspruch auf alle Dörfer, alle Siedlungen hier hat. Verstehst du nicht, wer du bist? Du bist jene Königin, die alle herbeisehnen, die Eilaf, Harold, Leif und Wulf ihre Ansprüche streitig machen kann. Die vielleicht alle wieder eint.«

»Und Wiglif wird all das erreichen«, meinte Robyn höhnisch, »du glaubst auch an Wunder! Mach die Augen auf, Svein, die Leute werden niemandem mehr folgen. Wiglif ist so kalt mit ihnen, wie er es mit mir war und ist, so kalt wie Eilaf mit seinen Leuten. Es scheint in der Familie zu liegen.«

»Ich glaube an Wunder«, erwiderte Svein ungerührt und sah sie scharf an, »seit heute tue ich es.«

»Fahr zur Hölle, Svein, fahr zur Hölle!«

»Das werde ich wahrscheinlich, aber vorher werde ich dich auf deinen dir vorherbestimmten Platz setzen und wenn es mit Gewalt ist.« Er verlor keine Zeit mehr, riss ihr die Kleider vom Leib, die Schuhe, ließ ihr nur das Unterkleid. Dann betrachtete er sie einen Moment, als sie zitternd vor ihm stand.

»Dein Vater hatte nicht Unrecht. Ich könnte gewillt sein, dich zu nehmen, doch nun liegt es in seinen Händen, wem er dich zur Frau gibt.«

»Ich sagte dir schon, dass ich nur Wulf gehöre.« Ihre Stimme bebte.

»Nicht mehr, Dona, nicht mehr.« Er verließ sie ohne weiteres Wort. Robyn erblickte einen einsamen Stuhl in der anderen Ecke des Raumes. Sie ließ sich schwer darauf fallen und zuckte unter den Weinkrämpfen, die sie daraufhin heimsuchten. Sie sank in sich zusammen, versuchte zu verstehen, was geschehen war. Doch statt Verständnis fühlte sie nur Verzweiflung. Wie ein Gift breitete es sich in ihr aus und versetzte sie in eine Starre, aus der sie erst eine Stimme befreite. Die einzige Stimme, die dazu fähig war.

5.

Wulf sah über die Flammen hinweg auf seine Frau. Sie hatte nicht aufgehört ins Feuer zu starren, nicht in der ganzen Zeit, die sie gesprochen hatte. Sie strich über ihre Oberarme, als friere sie, doch die Kälte war nicht ihren Körper überkommen, die Kälte hatte ihr Innerstes überzogen, so wie die dunklen Flecken an ihren Handgelenken, um ihren Hals, auf ihrer Wange.

Er stand langsam auf, ging um das Feuer zu ihr und legte eine Hand unter ihr Kinn, damit sie ihn ansah. Er lächelte.

»Starkes, tapferes Mädchen«, sagte er. Sie konnte nicht anders und erwiderte sein Lächeln, wenngleich es ihre Augen nicht erreichte. Seine Reaktion, sein Trost, seine Art Verständnis zu zeigen, kam für sie überraschend, doch er vermochte es dadurch sie aus jener Leere zu ziehen, aus jener Dunkelheit, die ihre Zukunft umgab.

Wulf nahm ihren Becher, ließ seinen eigenen unbeachtet, goss ihren randvoll mit dem Wein. Er setzte sich neben sie.

»Auf Ath und darauf, dass er seiner Tochter Stärke und einen eigenen Willen verlieh!« Er trank den Becher halbleer, reichte ihn ihr.

»Auf Ath«, erwiderte sie und trank den Becher bis auf den Grund.

Eine Weile schwiegen sie und hingen ihren Gedanken nach.

»Was willst du tun, Robyn?«, fragte er sie dann.

Robyn betrachtete ihn von der Seite. In ihrem Blick lag Wärme.

»Ich liebe dich, Wulf. Und ich danke dir unendlich für diese Frage, die ich nicht von dir verlangen kann und die du trotzdem stelltest.«

Er erwiderte den Blick, legte einfach den Arm um sie und zog sie zu sich heran.

»Sag mir, was du tun willst.«

»Ich will fort von hier«, erklärte sie, »ich will nicht hierbleiben. Ich kann ihnen nicht verzeihen, was passiert ist und ich will keinen Vater, der mich nur als Werkzeug benutzt.«

»Du hast dich sehr für unsere Leute eingesetzt, ohne zu wissen warum. Bist du dir sicher, dass du das willst?«

»Was ist dabei herausgekommen? Erst wäre ich dabei fast umgekommen, dann du. Niemand hat sich für dich eingesetzt, Wulf. Niemand stand dir bei, als du dich von Eilaf lossagtest. Niemand. Das, Wulf, das kann ich ihnen nicht verzeihen. Ich war die Fremde, die Untote. Aber du, du bist ihr Thronerbe, der einzige mit dem nötigen Weitblick. Und der Verräter ist dein Bruder und dein Vater verschließt sich davor, genau wie Wiglif sich davor verschließt, seinen Bruder um Hilfe zu bitten. Er sieht in sich den Märtyrer, jenen, der büßt und harrt und glaubt, Eilaf würde irgendwann um Vergebung bitten.«

»Das wird nie geschehen«, sagte Wulf, »sie rennen geradewegs in ihren Untergang. Sie alle. Ich fürchte nur um Irm, um Annija und Arnulf, einige von den Schiffsbauern ... aber«, er sah sie an, während ihr Kopf an seiner Schulter lehnte, »ich fürchte, wenn wir hierbleiben, werden auch wir mit in jene Machtkämpfe hineingezogen und es könnte uns auseinanderreißen ...«

»Nein, Wulf.« Sie fuhr auf, entfernte sich ein Stück, kehrte ihm den Rücken und kämpfte ihre Wuttränen nieder. »Nein«, wiederholte sie fest, »nichts wird mich von dir trennen ... nichts und niemand ...«

Ihr Zorn sagte ihm mehr über ihre Gefühle für ihn, als Worte es vielleicht gekonnt hätten. Er erhob sich, sah im Vorbeigehen, dass das Feuer etwas Holz gebraucht hätte, doch er erinnerte sich plötzlich an eine ausgeblasene Kerze vor vielen Jahren. Als er hinter ihr stand, schob er ihr Haar vorsichtig über ihre Schulter und küsste ihren Hals zurückhaltend. Dann, als er ihr Einverständnis spürte, ließ er seine Arme um ihre Taille gleiten, zog sie an sich, gebot seinen Händen keinen Einhalt, als sie den Stoff des Kleides entlangstrichen, erreichten, was er bei ihrer ersten Begegnung nur mit eisernem Willen unterlassen hatte. Er fühlte ihre Reaktion unter seinen Händen, eine Gänsehaut, die ihren gesamten Körper überzog. Und noch etwas geschah. Sie stieß einen langen Atemzug aus und schien sich unter seiner Berührung zu entspannen, all ihre Sorgen abzulegen.

Seine Lippen fuhren ihre Halsbeuge entlang.

»Ich wünschte, ich könnte dies hier zu Ende führen«, murmelte er.

»Ich warte seit so vielen Jahren darauf, Wulf«, antwortete sie. Dann drehte sie sich um und er nahm ihr Gesicht in seine Hände. Seine Lippen umschlossen ihre, ihr Atem vermischte sich. Er vergaß seine Sorgen und führte zu Ende, was er vor über zehn Jahren begonnen hatte. Sein Begehren löschte die Erinnerung an ihre erste Nacht aus und er zollte ihr jenen Respekt, den er ihr damals in Byzanz versprochen hatte.

6.

Wulf legte irgendwann in der Nacht etwas Holz nach. Dann kehrte er zu ihr zurück, ließ sich neben ihr nieder und zog die Decke wieder über sie. Mit aufgestütztem Arm betrachtete er sie. Er wusste, dass neben ihm wieder jenes junge Mädchen lag, dass Robyns Empfinden in diesem Moment nichts anderes störte, dass sie einfach war, was sie als einziges wünschte zu sein: seine Frau, seine Geliebte. Er bedauerte den Augenblick, wenn er dieses Bewusstsein stören würde. Doch sie mussten entscheiden, was sie tun würden.

Robyns Fingerspitzen fuhren seine linke Wange entlang, strichen über die Bartstoppeln, dann über seinen Bart.

»Soll ich dich nachher etwas rasieren?«, fragte sie leise.

»Gefalle ich dir etwa nicht, Nixe?«, neckte er sie.

»Doch, ich denke, mir gefällt alles an dir.« Sie lachte leise und errötete im Licht des Feuers ein wenig.

Wulf stimmte in das Lachen ein.

»Auch die Narben?« Er wollte scherzen, doch Robyns Lachen schwand ganz plötzlich.

»Auch die, Wulf«, sagte sie einfach.

Er beugte sich über sie, küsste sie leicht.

»Deine gefallen mir auch«, sagte er an ihre Lippen, »sie zeugen von Mut und einem Willen, den ich so noch nie sah.«

Robyn brauchte einen Augenblick, um seine Worte zu begreifen. Seine Nähe verwirrte sie ungemein, sie hatte nicht geglaubt, jemals so zu empfinden. Sie öffnete ihre Augen, während er sie erneut küsste. Er spürte es, öffnete seine eigenen Augen und ließ sie wissen, dass er ahnte, was in ihr vorging.

»Schon gut, Nixe«, hauchte er, »es geht mir genauso.«

Sie atmete tief aus.

»Es macht einen verletzlich«, meinte sie leise.

»Ich weiß. Deshalb ist es schwer, so etwas zuzulassen. Aber man hat eigentlich keine Wahl. Ich ahnte es bereits in den ersten Tagen, die du bei mir warst. Ich hätte nicht zugelassen, dass dir etwas passiert.«

»In den westlichen Wäldern ...«, erinnerte sich Robyn.

»Sie hätten dich nicht bekommen, Robyn.«

»Könntest du in England glücklich sein?«, fragte sie unverhofft.

Er studierte ihre dunklen Augen eine Zeitlang. Es schien keine unüberlegte Idee. Sie hatte darüber nachgedacht.

»Ich kann hier und dort als Schiffsbauer arbeiten ...«, dachte er laut, »in den Gebieten nordischer Siedler dürfte es leicht für mich sein, etwas zu finden, aber unter Sachsen ...«

»Ich möchte zu meinem Vater«, murmelte sie, »ich denke, er könnte uns helfen, etwas aufzubauen. Er kennt so viele Leute ... ich weiß nicht, Wulf, ich habe lange gegrübelt, was zu tun ist. Es ist meine Idee ... aber ich vergesse nicht, dass du *hier* ein Prinz bist, dass du einem höheren Stand entstammst, aber *dort* ... mein Vater ist ein Gelehrter, ein angesehener Mann, aber ich sehe auch die Abhängigkeit am Anfang ... ich weiß nicht, ob du ...«

»Robyn«, unterbrach er sie, »Robyn, schsch ... nicht«, er legte ihr einen Finger auf den Mund, »vergiss das. Ich bin der Sohn eines einfachen Schiffbauers, Eilaf mag mein Ziehvater sein und mich zu einem Prinzen gemacht haben, aber denk daran, dass ich das niemals wollte. Ich wollte es nicht. Ich wollte immer nur eines: Schiffe bauen. Ich denke, ich sollte *dir* diese Frage stellen, Robyn. Bedenke, was du bist ...«

»Nein, Wulf, nein ...«

Doch er unterbrach sie erneut.

»Du musst es dir anhören, Robyn, du musst es zulassen. Du bist keine kleine Prinzessin, Robyn. Deine Mutter ist tot, dein Vater hat sich nie wieder eine Frau genommen, alle Kinder, die er zeugte, sind Bastarde, ohne Anspruch auf den Thron. Du allein hast Anspruch darauf. Du bist die Königin, die rechtmäßige über uns alle hier. Und du gibst all das auf!«

»Ich gebe nichts auf«, widersprach sie ihm, »nur Kälte und Abneigung ...«

»Überleg es dir gut«, warnte er sie.

»Das habe ich, ich will nur dich und ein Leben weit fort von hier.«

Wulf strich ihr durchs Haar.

»Ich weiß, du hast dir diese Entscheidung nicht leicht gemacht. Du wärest eine weise Königin, Robyn.«

Sie hatte die Prüfung bestanden. Ihre Worte, ihre Reaktion genügten Wulf vollkommen. Robyn wollte nicht hierbleiben, wollte die Macht nicht, die man ihr angeboten hatte. Ihre Standpunkte ähnelten sich sehr. Jene, die hier herrschten und herrschen würden, taten dies um des Ansehens, der Macht willen, nicht zur Wohltat der Untergebenen, so wie sie beide es gewollt hatten. Vielleicht beschlossen sie beide in diesem Augenblick, den Untergang ihres Volkes zu akzeptieren. Für einen kurzen Moment nur erschien es Wulf eigennützig, aber dann dachte er an die Ablehnung, die sie hatten erfahren müssen. Es war Zeit zu gehen.

»Ich werde mich auch in England zurechtfinden. Es gibt Orte, wo Sachsen und Nordmenschen friedlich miteinander leben. Vielleicht können wir uns dort mit Hilfe deines Vaters etwas aufbauen.«

»Ich denke, das würde mir sehr gefallen«, antwortete Robyn, »wie, glaubst du, können wir nach England gelangen?«

»Arnulf wird uns helfen. Wir werden vielleicht nicht gleich zu deinem Vater vordringen können. Es wird etwas Zeit in Anspruch nehmen.«

»Abingdon ist weit im Süden. Geht kein Schiff so weit hinunter?«

»Nicht direkt, nein. Außerdem müssen wir auf ein Schiff kommen, dass weit genug von hier ablegt, damit wir unsere Spuren verwischen können. Ich weiß nicht, inwieweit sich die Nachricht verbreitet hat, wer du bist und wie die anderen reagieren werden. Wir müssen uns sehr unauffällig verhalten und wahrscheinlich weiter im Süden an Bord eines Schiffes gehen.«

»Glaubst du, man sucht noch nach uns?«

»Ich gehe davon aus. Wiglif wird rasen vor Wut und sollten Eilaf oder Harold erfahren haben, dass jene Tochter von Wiglif noch am Leben ist ... ich weiß nicht, wie lange wir hier noch sicher sein werden.«

»Was hast du vor?«, fragte sie, da sie merkte, dass er bereits eine Idee hatte.

»Die Schneeschmelze wird bald einsetzen. Wir sollten noch vorher weiter nach Süden ziehen. Lass uns morgen zu Arnulf ins Dorf gehen und ihm mitteilen, was wir vorhaben. Ich denke, er kann uns sagen, wohin wir uns am besten wenden sollen.«

Sie sagte nichts darauf, rückte nur näher an ihn heran.

»Ich träume, Wulf«, meinte sie dann jedoch.

»Was meinst du?«

»Seit dem Tage, als ich hier ankam, träume ich von einer Eiche. Manchmal scheint es, sie flüstert, sie warnt mich vor Dingen. Manchmal scheint sie mich zu rufen. Ich träume wieder und wieder von ihr.«

Bei ihren Worten atmete Wulf laut vernehmlich aus. Schicksal spielte in seinem Glauben eine große Rolle. Es herauszufordern hatte manchem das Leben gekostet. Ihr Traum. Sie träumte von jenem Ort, an den sie gehörte. Und sie würden das Schicksal herausfordern und diesen Ort meiden.

»Sag mir, was du gerade denkst«, bat Robyn ihn.

Seine Hand strich ihr Gesicht entlang, während er sprach.

»Dein Vater gab dir einen großen Namen – Dona. Donar, unser Gott Thor, er schützt seine Leute, seine Axt ist unbesiegbar. Er wacht über sie. Und ein Baum ist ihm heilig.«

»Die Eiche«, erriet sie, seltsam berührt.

»Ja, die Eiche. Seitdem du Fuß auf diesen Boden setztest, träumst du die Träume einer Königin, Robyn.«

Erschrocken setzte sie sich auf.

»Das kann nicht sein«, entfuhr es ihr.

»Du bist dir ganz sicher, dass du hier fortwillst?«, hakte Wulf nochmals nach. Sie blickte auf ihn, flehte ihn an, diese Frage nicht noch einmal zu stellen.

»Ich kann hier nicht bleiben, Wulf. Ich-kann-es-nicht!«

Er nickte.

»So sei es.«

7.

Arnulf hatte einen letzten Blick nach draußen geworfen. Er tat dies allabendlich, die letzten Tage etwas sorgfältiger, um mögliche Spione zu erspähen. Der ungebetene Besuch, den sie nach Wulfs Erscheinen erwartet hatten, hatte nicht lange auf sich warten lassen. Schon am nächsten Tag waren Abordnungen aus dem Westdorf als auch etwas später aus Wulfs Dorf erschienen, um nach dem Verbleib von Wulf und seiner Frau zu fragen. Arnulf hatte ihnen nichts zu sagen und verhielt sich unauffällig, denn er wusste, dass er beobachtet wurde. Die Schatten in den Wäldern hatten sich gemehrt, doch niemand würde ihnen auf die Schliche kommen. Wulf und seine Frau waren für den Moment oben im Stall am sichersten. Wie lange, vermochte Arnulf nicht zu sagen. Die Tatsache, dass Robyn Wiglifs verschwundene Tochter war, hatte sich wie ein Lauffeuer verbreitet und sorgte für Unruhe unter den Menschen. Arnulf beriet sich unterdessen weiter mit den Schiffsbauern. Karks Pläne schienen unverändert, trotzdem er nun einen nicht zu unterschätzenden Gegner hatte. Einen Gegner, den seit Tagen niemand zu Gesicht bekommen hatte, der sich im Verborgenen hielt und wahrscheinlich überlegte, was zu tun sein würde. Arnulf und Annija hatten jeden Abend leise miteinander geflüstert. Sie hatten gehofft, Robyn würde sich entscheiden, ihr

Geburtsrecht einzufordern und zu sein, was ihr vorbestimmt war und wofür sie vielleicht den nötigen Weitblick hatte. Ihre lange Abwesenheit ließ sie die Dinge anders sehen, sie war nicht von Macht besessen wie die anderen. Sie war klug, gebildet durch ihren Ziehvater. Sie hatte einen Mann, der ihr Ratgeber sein konnte. Ein weiser Ratgeber, mit derselben Weitsicht.

Arnulf drehte sich an der Hausecke um und erschrak, als er drei Schatten nur wenige Schritte entfernt stehen sah. Dann atmete er erleichtert aus, als er die Schatten erkannte und sie ohne viele Worte ins Haus ließ.

»Ich kümmere mich um Sleip«, sagte Robyn drinnen zu Wulf. Annija und Arnulf sahen ihr kurz nach und dann zu Wulf, der sich am Feuer niederließ.

»Geht es euch gut?«, fragte Annija.

Wulf nickte.

»Ja. Es ist soweit alles in Ordnung. Die letzten Tage waren ...« Er überlegte kurz. Er wusste nicht recht wie er ausdrücken sollte, dass sie Momente des Glücks, aber auch der Unsicherheit hinter sich gelassen hatten.

»Es geht euch gut«, stellte Arnulf für ihn fest.

»Ja.« Er sah auf, als Robyn hinter ihnen den Raum wieder betrat und Arnulf und Annija etwas scheu entgegenblickte. Wulf erhob sich und ging zu ihr.

»Robyn, das sind meine Freunde, Arnulf und Annija.«

»Seid gegrüßt. Verzeih, Arnulf, ich weiß, wir haben uns bereits getroffen, doch ich erinnere mich nicht gern an diese unheilvolle Nacht.«

»Schon gut, Mädchen«, antwortete er. Dann sah er kurz auf Annija. Robyn schien ihr zu gefallen. »Wir haben in der Zwischenzeit einiges über dich erfahren ... aber bitte, setzt euch. Annija wird uns etwas Met bringen, dann können wir reden.«

Sie hob den Blick, sah erst auf Arnulf, dann auf Annija. Sie nickte und nahm Platz. Wulf blieb stehen und ließ sich vom Feuer wärmen, als er seinen Umhang und Robyns zur Seite gelegt hatte. Arnulf und Annija betrachteten Robyn eine geraume Zeit, während sie still den Met tranken. Robyn bemerkte ihre Blicke, doch sie hielt ihnen stand.

Nach einer Weile sah sie kurz über ihre Schulter, um sich Wulfs Anwesenheit sicher zu sein, obwohl sie seine Gegenwart im Rücken spürte. Wulf tat etwas Unerwartetes. Arnulf und Annija wechselten erstaunt einen Blick, als er seine Hand vertrauensvoll auf Robyns Schulter legte. Als sie die ihre darauflegte, konnten sie erkennen, dass sie mit den Tränen kämpfte.

»Sie waren hier und haben nach uns gesucht?«, fragte sie dann.

»Ja, noch am folgenden Tag. Die Wachen und Spione im Wald haben sich seitdem verdreifacht. Man sucht unentwegt nach euch. Wiglif ist vollkommen außer sich, erzählt man sich. Er hetzt seine Männer durch die Wälder. Eilaf und Harold verhalten sich noch zurückhaltender, nahezu ungläubig, doch wenn man euch findet, werden sie reagieren. Aber niemand weiß, wie.«

»Wie haben die Leute reagiert?«, wollte Wulf wissen.

»Unterschiedlich, doch die Mehrheit der Leute, und ich spreche für alle drei Dörfer, wird eine Königin mit wahrhaftem Anspruch auf den Thron begrüßen. Es könnte die Dörfer einander näherbringen.«

»Wie soll das geschehen mit Verrätern wie Kark und Harold? Mit einem König, der blind ist für die Taten seines Sohnes? Mit einem König, der so kalt ist wie das Eis in diesem Land?«, stieß Robyn verbittert aus.

»Fürchtest du dich davor, deinem Vater und dem Wohle deines - unseres Volkes zu dienen?«, fragte Annija sie.

»Fürchten?« Robyn schüttelte den Kopf. »Ich bin ein Spielzeug, nichts weiter. Nichts von dem, was sich die Leute durch mich vielleicht erhoffen, kann ich erfüllen. Keinen Einfluss hätte ich auf Wiglif. Nichts würde sich ändern, nur dass ich daran zugrunde gehen würde.«

Arnulf stand unruhig auf, ging einige Schritte hin und her, blieb dann stehen und besah Wulf und Robyn. Seine Stimme war ehrfürchtig, als er sprach.

»Begreift ihr eigentlich, was ihr seid? Wulf, du bist der Sohn des Königs, Thronerbe, der Sohn des Mannes, der seit vielen Jahren hier herrscht. Robyn, du bist die rechtmäßige Thronerbin, die Erbin über all das hier, nicht nur die des Westdorfs. Du bist meine Königin, du bist Wulfs Königin. Ihr beide zusammen könntet ...«

»Halt ein, Arnulf«, unterbrach ihn Wulf, »sprich nicht weiter. Es führt zu nichts.«

Doch Arnulf ließ sich nicht so schnell abbringen.

»Hör mir zu, Wulf! Selbst wenn eure Ansprüche nicht so weit reichen würden, habt ihr bedacht, dass eure Kinder Anrecht haben werden auf all das hier? Eilaf, Harold, Leif, keiner von ihnen wird dagegen etwas unternehmen können.«

Diesmal sprang Robyn auf.

»Nein, so nicht, Arnulf«, rief sie aufgebracht, »ich werde nicht zulassen, dass meine Kinder so etwas durchmachen. Sieh mich an. Sieh, was man mit mir tat. Glaubst du, mein Bruder ist eines natürlichen Todes gestorben? Glaubst du das, ja? Ich will nicht, dass unsere Kinder das erleiden müssen. Und das würden sie. Sieh euch doch nur an. Zerstritten, verfeindet, bis aufs Blut führt ihr eine sinnlose Fehde, wegen Ansprüchen auf einen Thron ... nein Arnulf, ich will diesen Thron nicht, ich will ihn so wenig wie mein Mann!«

»Wie kannst du so etwas sagen?« Annija war sichtlich schockiert. »Es gibt mehr Leute wie uns, Robyn, Leute, die euch schützen würden.«

»Ich könnte so nicht leben, könnte nie so mit Wulf glücklich sein.«

»Glücklich«, wiederholte Arnulf.

Robyn liefen Tränen übers Gesicht.

»Ja, Arnulf, glücklich. Haben wir das nicht verdient? Nach allem, was war? Nach allem, was sie mir und Wulf antaten ...« Sie schüttelte wütend den Kopf und lachte bitter auf. »Weißt du, was mein Vater will? Ein Spielzeug, nichts weiter. Er würde mich verheiraten, so wie es Eilaf tat. Er hat keine Ehre, keinen Respekt davor, dass ich einen Mann habe und nicht gedenke, ihn zu verlassen. Eher sterbe ...«

»Robyn«, beruhigte Wulf sie, ehe sie weiterreden konnte, »ist gut. Ist schon gut.«

Sie nickte leicht, setzte sich wieder und starrte mit leerem Blick ins Feuer.

»Verzeih«, sagte Arnulf und ließ sich ebenfalls wieder auf die Bank sinken.

»Nein, Arnulf, es gibt nichts zu verzeihen«, entgegnete Robyn. »Ich fürchte mich. Du hast Recht. Vor meinem Vater, vor den Leuten dort, vor ...« Sie brach ab.

Annija sah Wulf fragend an. Er wusste den Blick zu deuten, schüttelte jedoch leicht den Kopf. Sie atmete unauffällig auf, dankte den Göttern, dass Robyn zumindest diese Schande erspart geblieben war. Doch die Ablehnung, die sie dort erfahren haben musste, hatte scheinbar ausgereicht, um ihr Innerstes tief zu erschüttern und sie an ihrer Aufgabe zweifeln zu lassen.

»Es gibt demnach nichts, was euch überzeugen könnte, hier zu bleiben?«, wollte Arnulf wissen.

»Nein«, erwiderte Wulf, »nichts. Wir erbitten eure Hilfe, um hier fortzukommen. Du weißt in etwa, wann es Schiffe weiter südlich gibt, die Richtung Schottland und Angelsachsen segeln.«

»Angelsachsen?«, wiederholte Annija. »Ihr wollt nicht einmal im Nordland bleiben?«

»Ich gehöre hier nicht her«, erklärte Robyn müde, »ich möchte meinen Vater bitten, uns zu helfen, ein neues Leben aufzubauen.«

»Deinen Vater?« Arnulf verstand nicht.

»Mein ... Ziehvater ist Angelsachse. Er wird uns helfen.«

Arnulfs Blick ging kurz zu Wulf, doch diese Entscheidung schienen sie beide getroffen zu haben. Er konnte Wulfs Billigung sehen.

Arnulf lächelte verständnisvoll als auch bitter.

»Die Götter seien mit euch«, sagte er leise, »ich wünschte, ich könnte euch umstimmen. Doch Annija und ich werden euch helfen.«

Annija nickte leicht.

»Man wünscht sich immer, dass ein Kind glücklich ist, wenngleich man selbst vielleicht ...« Sie beendete den Satz nicht.

Robyn erkannte in diesem Moment, was Arnulf und Annija in Wirklichkeit für Wulf waren. Es ließ sie hadern, doch als sie den Blick hob, sah sie direkt in Wulfs Augen. Er hatte ihre Gedanken gelesen und seine Augen wischten ihre Unsicherheit fort. Seine Entscheidung war gefallen. Er wollte jene Menschen, die für ihn Eltern waren, verlassen. Und er würde es aus Überzeugung tun.

8.

Wulf verzog seine Augen zu Schlitzen. Die Leute auf dem Schiff gefielen ihm nicht. Sie flüsterten zu viel und er wusste, worüber. Ihre Blicken strichen über ihn, über Robyn, über die anderen fünf Passagiere. Und er wusste, dass sie nicht mit voller Fahrt segelten. Die Segel waren gerefft. Die Bootsführer zögerten die Ankunft am Ziel ihrer Fahrt hinaus und Wulf fragte sich, warum. Sie berieten etwas. Er sah sie zu oft zusammenstehen. Die Besatzung bestand aus acht Mann, Händlern aus dem Nordland, die in Angelsachsen mit Fellen und Elfenbein handelten. Oder handelten sie auch mit anderen Dingen? Wulf sah auf Robyn, die neben ihm schlief. Hatten die Männer einen Blick auf sie geworfen? Sie war die einzige Frau an Bord. Die anderen beiden Fahrten, die sie hatten machen müssen, um zu fliehen, waren auf größeren Handelsschiffen gewesen. Dort hatten sie auch andere Frauen begleitet. Doch dieses Schiff war klein, die anderen Passagiere Männer, und Wulf wurde das Gefühl nicht los, dass etwas nicht stimmte.

Wulf maß den Wind und besah das Segel. Der leichte Nordwestwind wurde nicht voll ausgenutzt. Sie hätten die südöstliche Küste der großen Insel heute Abend erreichen sollen, doch Wulf bezweifelte, dass dies passieren würde.

Er fand sich bestätigt, als das Schiff plötzlich abdrehte und sich der Küste näherte. Diesmal jedoch mit voller Fahrt, so dass das Schaukeln alle schlafenden Passagiere mit Ausnahme von Robyn weckte. Sie sahen sich erstaunt um, betrachteten die flache Küste vor ihnen, die lang gestreckten Schilfwälder und das kleine Dorf, welches bald in der Nähe eines natürlichen Wasserzulaufes sichtbar wurde. Die einfachen Häuser standen in keiner sichtbaren Form gruppiert, einige nur wenige Schritte vom Strand entfernt, andere etwas verborgen im dahinterliegenden lichten Nadelwald. Gestalten erschienen am Strand und warteten auf die Ankunft des Schiffes.

Die Bootsführer achteten nicht auf die Einwände der anderen Passagiere, sondern gingen auf Wulf zu, der auf dem hinteren Deck an die Reling gelehnt saß.

»Du wirst mit deiner Frau das Boot hier verlassen«, ordnete einer der Männer an.

»Das ist nicht, was wir vereinbart haben«, erwiderte Wulf.

»Wir haben es uns aber anders überlegt und du wirst klug sein, unseren Anweisungen und denen der Dorfbewohner zu folgen, wenn dir am Leben deiner Frau etwas liegt.«

Wulf zog die Augenbrauen zusammen. Er wurde sich plötzlich des tiefen Schlafes seiner Frau bewusst. Als er sie umdrehte, bemerkte er, dass sie nicht schlief, sondern das Bewusstsein verloren hatte.

»Die Suppe gestern Abend enthielt eine Dosis für euch beide, doch nur sie hat die Suppe gegessen und somit die doppelte Dosis des Mittels geschluckt. Sie wird noch lange Zeit nicht bei Sinnen sein, dank dir.«

Wulf stand auf.

»Was soll das?«, wollte er wissen. Seine Hand ging zu der Axt am Gürtel hin.

»Das würde ich lieber bleiben lassen«, sagte einer der drei Bootsführer, die sich vor Wulf gestellt hatten, »es würde dir leidtun.«

Wulf nahm die Axt vom Gürtel und ging damit auf die Männer los. Während sie miteinander kämpften, lief das Boot auf den Strand auf. Ein Ruck ging durch sie alle, hielt Wulf jedoch nicht davon ab, weiterhin gegen die drei Männer zu ringen. Einer ging kurz darauf zu Boden. Er blutete stark aus einer Wunde am Arm und bellte daraufhin die anderen Männer an einzugreifen. Wulf tat sein Bestes, um sich gegen die Bootsführer zu Wehr zu setzen. Er hörte das Geschrei der Dorfbewohner, die dem Kampf folgen mussten, ohne helfen zu können. Er verstand nicht, was hier vorging, was sie von ihm und Robyn wollten. Das Boot schaukelte, als die Wellen der Brandung gegen es schlugen, gleichzeitig spürte Wulf wie seine Kräfte langsam nachließen und Wut über ihm kam. Trotzdem merkte er, dass die Bootsführer bedacht waren, ihn nicht schwer zu verletzen. Sie wollten ihn lebend. Aber wofür?

Einer der Bootsführer bekam ihn von hinten am Kragen zu fassen. Wulf wirbelte die Axt nach hinten und verfehlte ihn nur um Haaresbreite. Er konzentrierte sich nicht genügend auf seine Vorderdeckung, was die anderen vier Männer augenblicklich ausnutzten und ihn gegen die Reling stießen und dagegenstemmten.

»Werft ihn rüber«, schrie ein Mann plötzlich von unten. Aus den Augenwinkeln erkannte Wulf ein Dutzend Männer, die am Strand harrten und auf ihre Beute zu warten schienen.

Nochmals versuchte er, sich aus dem Griff der Männer zu befreien, doch es war sinnlos. Sie umfassten seine Beine, hievten ihn über den Bootsrand und überließen ihn dem freien Fall. Wulf versuchte sich abzurollen, obwohl es aus der Höhe fast unmöglich schien, trotzdem verlor er bei dem nachfolgenden Aufprall nicht das Bewusstsein. Er tat es erst, als sich Schritte näherten und jemand mit einem stumpfen Gegenstand auf seinen Hinterkopf schlug. Danach gab es nur noch Dunkelheit und das leiser werdende Rauschen der Brandung.

9.

Ein Pferd. Sie konnte die Hufschläge zuerst nicht hören. Doch als sie sie hörte, war es bereits ein Echo. Sie verhallten. Der Dunst verschluckte sie. Genauso wie die Eiche. Sie zeigte sich nur manchmal. Ein Ast, einige verwelkte Blätter, eine Wurzel. Der Dunst lag um den Baum wie ein Schleier. Die Eiche verbarg sich dahinter. Sie wollte sich verbergen. Eine Traurigkeit lag über all dem, nicht einmal das kraftvolle Rauschen der Blätter war zu hören. Nur die verhallenden Hufschläge und ein entferntes Wiehern, fast ein Schrei, die schemenhafte Silhouette eines Pferdes, eines großen schwarzen Pferdes. Doch der Schatten verschwand hinter den Schwaden, die dichter wurden. Die Eiche war nicht mehr auszumachen.

Robyn stöhnte im besinnungslosen Schlaf, der sie seit zwei Tagen umfing. Ihre geschlossenen Lider verkrampften sich, kämpften mit den Bildern, die sie vor ihrem inneren Auge sah. Die Überfahrten, Arnulf, Annija, die Umarmung, die sie ausgetauscht hatten beim Abschied, die See, die ersten Inseln der schottischen Küste, Sleip, den Arnulf bei sich behielt, das Gefühl etwas hinter sich zu lassen, was noch nicht beendet war, Zweifel, Hass auf jene, die sie zurückließen, Glauben an einen Neuanfang, ihr Vater, Sleips Wiehern in der Ferne.

Jemand hielt ihr eine Schüssel hin, als sie sich aufbäumte, um zu erbrechen. Etwas sagte ihr, dass sie das nicht zum ersten Mal tat. Erinnerungen an die kurzen Zeiten, die sie wach gewesen war, stiegen in ihr auf. Doch nichts als das Gefühl, sich übergeben zu müssen, hatte sie wachgehalten. Jedes Mal war sie wieder eingeschlafen, jedes Mal hatte sie ein Murmeln vernommen, Angelsächsisch, wie ihr jetzt bewusst wurde. »Noch nicht. Es wird noch etwas dauern.« Die Stimme einer älteren Frau.

Robyns Augen zuckten, dann schlug sie sie langsam auf. Es brauchte eine Weile, ehe die Bilder scharf wurden. Sie spürte, wie viel Kraft es sie kostete. Sie lag vornüber gekrümmt auf einer Decke, jemand hielt ihr noch immer die Schale hin. Doch sie schob sie von sich und atmete einige Male tief ein und aus. Sie fühlte sich elend, jegliche Kraft schien sie verlassen zu haben. Ihre Hand zitterte heftig, als sie sie zurückzog, ihre Haut war kalkweiß. Ihr Herz raste bei den langen Atemzügen.

»Alles raus?«

Robyn sah bei den Worten auf und blickte die Frau an, die neben ihr kniete. Scheinbar glaubte die Frau, dass Robyn sie nicht verstand. Sie wiederholte die Worte in der nordischen Zunge. Robyn nickte erstaunt.

»Alles raus.« Ihre Stimme krächzte, der Geschmack in ihrem Mund war widerlich. Sie schluckte unwillkürlich.

Die Frau erhob sich. Robyn verfolgte sie aus den Augenwinkeln, bemerkte erst jetzt die zweite anwesende Person, lauschte den Worten, die beide austauschten.

»Eine Angelsächsin«, sagte die ältere Frau erstaunt.

»Vielleicht besser, dann werden sie sich leichter bei uns einfügen können«, entgegnete der stämmige Mann, der im Hintergrund gewartet hatte.

»Und du meinst, sie wird ausreichen, um ihn zu überzeugen?«

»Ohne Zweifel. Er verlangt seit zwei Tagen, seine Frau zu sehen, ist kaum noch zu halten. Wann wird sie soweit sein?«

»Gib ihr noch ein paar Stunden. Wir können froh sein, dass sie überhaupt wieder wach ist. Lass sie etwas trinken und essen, dann könnt ihr sie holen.«

Der Mann nickte und verließ die Hütte durch die offenstehende Tür. Das Rauschen der Brandung drang zu Robyn. Der Wind trug Gerüche zu ihr, Salz, Algen, geräucherten Fisch. Sie durchzogen Robyn genauso wie das Misstrauen. Wie war sie hierhergekommen? Warum hatte man sie betäubt? Und das hatte man. Ihr Vater hatte ihr nicht umsonst die Wirkung von Heilpflanzen gezeigt. Bei falscher Dosierung konnte man in einen ewig währenden Schlaf fallen. Und das war sie fast.

Robyn hielt es für besser, sich zurückzulehnen und die Augen zu schließen. Ihre Kraft würde nicht einmal reichen, um zur Tür zu gelangen, geschweige denn, Wulf zu finden. Und er war hier, genau wie sie. Ob sie auch ihn betäubt hatten? Sie erinnerte sich an die Suppe. Nur sie hatte sie gegessen. Und er? Er war hier. Aber warum ließ man ihn nicht zu ihr?

Als die Frau zu ihr zurückkam, drehte sich Robyn auf die Seite. Sie wollte nachdenken und traute der Frau nicht. Etwas stimmte nicht. Vielleicht ließ man sie allein, wenn sie sich schlafend stellte. Dann konnte sie überlegen, was zu tun war. Scheinbar traute man ihr nicht zu zu fliehen. Einzig die alte Frau bewachte sie, die Tür stand weit offen, keine Wache hielt sich vor der Hütte auf. Doch ihr Plan ging nicht auf, denn mit einer Kraft, die Robyn der Frau nicht zugetraut hätte, drehte sie sie zurück.

»Nun schlaf mal nicht wieder ein, Mädchen«, sagte die Alte nicht unfreundlich, »hier trink etwas.« Sie hielt Robyn einen Becher an die Lippen.

Robyn nippte vorsichtig daran, sog den Geruch des Getränkes ein. Es schien nicht versetzt mit irgendwelchen Kräutern, nur Beerensaft. Über den Rand des Bechers trafen sich die Blicke der Frauen.

»Schlaues Mädchen«, meinte die Frau, »aber sei beruhigt, diesmal ist es ungefährlich.«

Robyn zog ihre Augenbrauen zusammen. Was hatten sie mit ihr vor?

Sie trank den Becher bis auf den Grund leer und zog es vor zu schweigen, statt Fragen zu stellen, wie es die Frau vielleicht erwartet hatte. Doch ihr Schweigen sagte der Angelsächsin mehr, als Robyn lieb war. Robyns abwartende Haltung spiegelte ihren ganzen Argwohn wider. Doch sie musste dies in Kauf nehmen. Womöglich hätten ihre Fragen noch mehr über sie oder Wulf verraten.

Die Frau gab ihr hernach noch etwas dünne Suppe, dann schien Robyns Magen nicht mehr aufnehmen zu wollen. Diesmal schloss sie die Augen und schlief ein, ohne es zu wollen. Als sie das nächste Mal erwachte, hatte die untergehende Sonne den Raum in rötliches Licht getaucht. Der Wind von der Brandung strich um ihre nackten Füße. Es war ein milder Frühlingswind, doch frisch genug, um sie frösteln zu lassen. Nur mit einem Unterkleid bekleidet lag sie auf der Decke. Man schien gewartet zu haben, dass sie erwachte, denn der Mann war zurückgekehrt. Er harrte neben der Tür, durch die die rote Sonne strahlte.

»Komm, Mädchen.« Die alte Frau legte ihre Arme um Robyns Taille. »Es wird Zeit, dass du deinen Mann besuchst.«

Durch den Schwung begann sich alles um Robyn zu drehen und während sie schwankend auf ihren Füßen stand, rieb sie ihren Kopf, um ein klares Bild zu bekommen. Die Frau ließ ihr Zeit und achtete darauf, dass sie klare Augen hatte, als Robyn den Blick wieder hob. Langsam verließen sie die Hütte. Der Mann reihte sich neben Robyn ein. Draußen schlug ihnen der frische Wind entgegen. Robyn begann zu frieren, doch gleichzeitig weckte sie die frische Luft, ließ sie klarer denken und ihr Umfeld aufnehmen. Mehr Hütten. Der endlose Strand zu beiden Seiten. Schilfmeer landeinwärts. Einige Leute arbeiteten an Fischernetzen, Frauen putzten und nahmen Fische aus. Blicke folgten ihnen, sie zu deuten fiel Robyn schwer. Sie stöhnte leise, ihre Füße hoben sich kaum aus dem Sand. Lange würde sie nicht mehr gehen können. Ihre Kraft schwand zusehends. Die alte Frau hatte mehr und mehr Probleme, sie zu halten. Robyn schrak auf, als sich ein weiterer Arm um sie legte und sie stützte. Doch es war nicht der Stämmige, sondern ein anderer Mann. Ein Hüne, breitschultrig, mit kantigem Gesicht. Ein Nordmann.

»Ein paar Schritte noch, Mädchen«, sagte er. Nicht in der angelsächsischen Zunge. In einer nordischen Zunge. Sie verstand sie, aber sie war anders als jene, die Wulf und sie sprachen.

Wie sonderbar, dass Nordmenschen und Angelsachsen hier zusammenlebten. Sie hatte den Geschichten nie wirklich glauben können, dass es solche Dörfer und Siedlungen gab, wenngleich ihr Vater dies von anderen gehört hatte.

Krampfhaft schloss sie die Augen kurz, versuchte ihren Kopf zu klären. Es half. Als sie die Augen wieder öffnete, schien die Hütte, zu der sie sich hinbewegten, klar und deutlich. Zwei Männer standen davor, öffneten die Tür, ließen sie eintreten und folgten ihnen hinein.

Robyn riss ihre Augen vor Erleichterung auf.

»Wuuuulf«, schrie sie, wenngleich ihre Kehle dabei brannte wie Feuer. Sie wollte zu ihm hinwanken, doch in diesem Moment fasste der Stämmige ihren Oberarm und riss sie zurück.

»Mund halten«, schnauzte er sie an.

Robyn versuchte sich vergeblich aus seinem Griff zu befreien. Verzweifelt sah sie zu Wulf hin, der an der gegenüberliegenden Wand saß. Erst jetzt sah sie die Ketten an seinen Fuß- und Handgelenken.

»Warum habt ihr ihn angekettet?« Sie hängte sich an den Arm des Stämmigen. »Was zum Teufel soll das?« Ihre Augen tränten ob der Anstrengung, aber sie hätte ihnen auch so freien Lauf gelassen. Als sie merkte, dass der Stämmige sich nicht aus der Ruhe bringen ließ, strebte sie abermals von ihm fort, zu Wulf hin.

»Wulf ... warum hat man dir das angetan? Wulf!«

»Schon gut, Robyn.« Er wollte sie beruhigen, wenngleich seine Worte das Gegenteil bewirkten. »Es ist gut ... reg dich nicht auf ...«

»Wie können sie dir das antun?« Sie zerrte verzweifelt, um von dem Stämmigen freizukommen.

»Robyn ...« Wulf versuchte es erneut. Er merkte, dass sich Robyn in ihre Verzweiflung steigerte und er wusste, wie verletzt sie war, ihn so zu sehen. »Robyn, lass ... es ist gut. Mir geht es gut.«

Robyn wandte sich um, blickte den Stämmigen und die anderen hasserfüllt an.

»Wie könnt ihr es wagen?«, schrie sie. »Wie könnt ihr wagen, ihn in Ketten zu legen? Wie …« Der Stämmige zog sie wieder zu sich heran, nachdem sie sich so weit wie möglich von ihm entfernt hatte und unterbrach ihren Wortschwall, indem er sie einfach herumschwang und dem Nordmann übergab.

»Halt sie fest«, ordnete er an, während Robyn aufschluchzte. Ihr Blick suchte wieder den Wulfs.

»Also, Nordmann«, sagte der Stämmige, »wir haben unser Versprechen gehalten. Wirst du uns nun dein Wort geben?«

»Versprechen«, spottete Wulf, »ihr habt versprochen, sie zu heilen von dem, was ihr zu verantworten habt.«

»Nordmann«, zischte der Stämmige wütend. Er ging zu Robyn und packte sie am Hals. »Bekomme ich dein Wort oder muss ich deiner Frau Gewalt antun?«

Wulf gab sich keinen Atemzug Zeit, um zu antworten.

»Du hast mein Wort«, stieß er aus.

Augenblicklich lockerte der Stämmige seinen Griff. Er tauschte einen Blick mit jenem Nordmann, der Robyn festhielt. Dieser sah Wulf an und benutzte seine eigene Sprache.

»Die Bootsführer haben von dir gehört. Dein Name ist uns nicht unbekannt, Wulf Eilafson. Dein Wort bedeutet Ehre und du wirst es nicht brechen.«

»Nein, das werde ich nicht«, entgegnete Wulf eisig. Dann trat wieder ein spöttisches Lächeln auf seine Lippen. »Euer Druckmittel war viel zu gut dafür. Aber sobald meine Aufgabe hier vollendet ist, lasst ihr mich und meine Frau ziehen.«

Der Nordmann ließ Robyn bei diesen Worten frei.

»Hab Dank«, sagte er zu Wulf gewandt.

Wulf antwortete nichts darauf. Er hatte gesagt, was zu sagen war. Und das war mehr als genug gewesen.

Robyn stand einen Moment lang unschlüssig da. Ungläubig über das, was passiert war. Plötzlich schienen der Stämmige, der Nordmann und die anderen friedlich gestimmt. Eine der Wachen nahm Wulf die Ketten ab. Der Nordmann wandte sich im Hinausgehen noch einmal an Wulf.

»Du wirst keine Zeit verlieren wollen. Wir indes auch nicht. Ich werde dich morgen früh holen. Dann können wir beginnen.«

»Mir recht«, sagte Wulf. Der Nordmann ließ die Tür offenstehen. Keine der Wachen blieb zurück. Wulfs gegebenes Wort war angenommen worden.

Wulf brauchte sich nicht zu erheben, um zu Robyn zu gelangen. Als sie allein waren, wankte sie auf ihn zu und ließ sich bei ihm nieder. Er zog sie in seine Arme. Eine Last fiel von ihm ab. Er hatte sich um sie gesorgt. Zwei Tage hindurch hatte man ihn hingehalten, angekettet, ihm Bedingungen gestellt, unter denen er sie wiedersehen konnte. Sie hatten klug gehandelt, um zu bekommen, was sie wollten. Scheinbar hatte seine Reaktion nicht ausgereicht, man hatte ihre sehen wollen, um sicher zu sein, dass er sein Wort geben würde, wenn sie bedroht war. Und Robyn hatte ihnen, ohne es zu wissen, die Antwort gegeben.

Sie weinte an ihn gelehnt, schien froh, dass er lebte und sie zusammen waren, stellte für den Moment keine Fragen. Im Nacken spürte er ihr Armband, genauso wie das Lederband und die zwei Reißzähne des Wolfes, die daran hingen und durch das Unterkleid gegen ihn drückten. Man hatte ihnen jegliche Gebrauchsgegenstände, fast ihre gesamte Kleidung genommen, doch davor hatten sie Respekt bewiesen. Und Wulf wusste, woher dieser Respekt rührte. Die Nordmenschen unter ihnen hatten dafür gesorgt, dass Robyn behalten hatte, was ihr heilig war. In einiger Entfernung lag seine Axt, jene eine Waffe, die *ihm* heilig war.

»Kleines, krankes Mädchen«, flüsterte er in ihr Ohr.

»Wird schon wieder«, entgegnete sie, »nur ein bisschen schlapp.«

»Das Schlafmittel war für uns beide bestimmt. Aber deren Rechnung ist nicht aufgegangen.«

»Haben sie dich mit Gewalt vom Schiff geholt?«

»Ja, nachdem ich merkte, dass du nicht schliefst.« Sie sah bei seinen Worten auf. Er merkte wie erschreckend blass sie war, müde, kraftlos. Er strich die letzten Tränen unter ihren Augen fort.

»Sie haben uns etwas zu essen dagelassen. Du solltest etwas zu dir nehmen und dann schlafen«, schlug er vor.

Robyn sah sich in der Hütte um. Außer der Feuerstelle, zwei Bänken und drei weiteren Lagern zum Schlafen gab es nichts darin. Alles war spärlich, armselig, auch das Essen, Brot und getrockneter Fisch.

»Es scheint, hier wohnen noch andere«, sagte Robyn leise.

»Ja, drei andere Männer. Ich denke, du sollst dich auch um sie kümmern, während wir hier sind.«

Robyn wandte den Kopf zurück zu ihm, ihre Augen misstrauisch.

»Nein, nein«, beschwichtigte Wulf sie, »nicht so, Robyn. Essen und Wäsche und so weiter. Nichts anderes. Obwohl es hier nicht ungewöhnlich ist, dass sich drei, vier Männer eine Frau ... teilen. Aber die Männer hier in der Hütte erwarten nichts außer Essen und saubere Wäsche. Sie sind allesamt Nordmänner.«

Robyn schluckte und senkte den Blick. Wulf fühlte ihre Hand, die seine fest drückte. Er ließ ihr einige Augenblicke, um sich zu fassen. Sein eigener Blick liebkoste ihre Gestalt im hereinfallenden Licht der untergehenden Sonne. Zwei Tage Sorge um sie erloschen. Die Landung auf angelsächsischem Boden war weit anders verlaufen, als sie sich vorgestellt hatten. Und ihr Aufenthalt hier würde ihre Pläne verzögern. Sie sah nicht auf, als sie ihre nächste Frage stellte, rang sich jedes ihrer Worte von den Lippen ab.

»Wozu hast du dein Wort gegeben?«

»Für eine Lappalie, aber für sie bedeutet es überleben ...«

Sie sah ihm in die Augen.

»Ich soll ihnen zeigen, wie man Schiffe baut.«

»Aber sie haben doch Boote, ich habe sie draußen gesehen.«

»In einem erbarmungswürdigen Zustand, ja. Die Menschen siedeln noch nicht lang hier. Angelsachsen und Nordmenschen haben sich zusammengefunden, um sich hier niederzulassen und zusammen ein lebenswertes Leben zu führen. Ihnen fehlen gute Handwerker, die die Dinge erneuern. Sie haben Schmiede, Fischer, Frauen, die weben können. Aber ihnen fehlen Handwerker, die mit Holz umgehen können. Und Schiffbauer.«

»Und um an solche heranzukommen, haben sie einen Pakt mit den Bootsführern, die oft Passagiere transportieren«, erriet Robyn ironisch, »und du hast perfekt gepasst.«

»Ja, die Bootsführer haben sich vor der Fahrt etwas über uns erkundigt und sich bei unserer Abgabe eine kleine Beute geholt.«

»Bastarde«, entfuhr es Robyn. Sie presste ihre Lippen zusammen.

»Wir werden nicht ewig hier sein. Es sind einige Nordmänner unter den Leuten, denen ich den Schiffbau zeigen soll. Ihnen wird es nicht gänzlich unbekannt sein, wie man ein Boot baut. Sie müssen nur angeleitet werden. Robyn ...« Er umfasste ihr Kinn. »Du bist wütend«, stellte er fest.

»Verzeih«, bat sie ihn, »ich kann es nicht abstellen. Ich kann nicht vergessen, wie ich dich hier in dieser Hütte fand. Ich weiß, du hast dein Wort gegeben, aber ich werde nicht vergessen, dass du hier in Ketten vor mir lagst. Diese Menschen ... sie ...«

»Niemand verlangt, dass du dich ihnen öffnest«, beruhigte er sie, »es ist nicht zu ändern. Wir werden den Sommer über hierbleiben müssen, aber vielleicht im Herbst weiterziehen können, um deinem Vater vor dem Winter noch ein gutes Stück näher gekommen zu sein.«

»Du hast recht.« Sie klang nicht überzeugt.

»Wir sind in eine gut durchdachte Falle geraten«, stellte er fest. Er ließ seine Hand über ihre kalte Schulter wandern, umfasste ihren Oberarm, doch anders als der Stämmige, sanft. »Aber wir werden es durchstehen.« Sein Blick hielt ihren fest. Ihre Tränen waren versiegt. Sie nickte.

10.

Wulf hob den Blick und ließ ihn über den Strand schweifen. Er machte zwei Gestalten aus, die sich vom Dorf in ihre Richtung entfernten. Es bereitete ihm keine Mühe, Robyn von der anderen Gestalt zu unterscheiden. Einen Moment noch beobachtete er sie, dann wandte er sich wieder seiner Arbeit zu. Sie würden noch ein paar Arbeiten erledigen können, bevor die beiden Frauen ihnen wie jeden Tag frisches Wasser und Essen brachten. Und das war seine Absicht. Er gönnte den Männern keine langen Pausen. Seit Wochen arbeiteten sie jeden Tag ohne Unterlass. Bisher hatte sich keiner der Männer beschwert. Sie waren schwere Arbeit gewohnt, folgten seinen Anweisungen ohne Gegenwehr, akzeptierten, dass er ihnen viel beibringen konnte und für den Augenblick Befehle gab. Sie wollten lernen und sie taten es gut. Wulf hatte zwei der Männer ausgesondert, mit denen er auch abends zusammensaß, um ihnen theoretischen Unterricht zu erteilen, Materialien, Werkzeuge, Schiffsarten. Nachdem sie einige kleinere Boote gebaut hatten, arbeiteten sie seit einigen Wochen an einem größeren. Nach dessen Fertigstellung würde es Wulf und Robyn freigestellt sein zu gehen oder zu bleiben.

Die beiden Frauen waren nahe genug, um ihre Gesichtszüge zu erkennen und Wulf konnte wie so oft in den letzten Wochen die Verbitterung in Robyns Gesicht sehen. Ihre Lippen waren zusammengepresst. Sie wechselte kaum ein Wort mit der anderen Frau. Ihre Wangen waren eingefallen bedingt durch das dürftige Essen. Sie beide hatten Gewicht verloren, doch bei Robyn war es offensichtlicher. Sie hatte diesen Menschen nicht vergeben und ihre Annäherungsversuche hatten sie kalt gelassen. Sie hatte nicht vergessen. Die Ketten, die Wulf gefangen gehalten hatten, hatten sich tief in ihr Innerstes eingeprägt, belasteten sie mehr als Wulf. Er verstand sie und ließ sie gewähren, wusste, sie würde wieder zu sich selbst finden, sobald sie das Dorf verlassen hatten. Und sie wusste das auch.

Wulf nickte seinen Männern zu, damit sie die Arbeit kurz unterbrechen konnten. Sie verließen das Schiffskelett, das in einer kleinen

Einbuchtung nahe dem Strand lag. Wulf schätzte, es würde noch drei Wochen bis zur Fertigstellung dauern. Dann war es fast Herbst, die warme Luft der letzten Tage verbarg trügerisch die kurze Zeit, die noch bis zum Herbst vergehen würde. Doch Wulf war froh darüber, weil sie umso länger am Abend arbeiten konnten.

Während sie sich im Sand nahe einem kleinen Kieferhain niederließen, beobachtete Wulf die Aufteilung der Frauen auf die Männer. Robyns Begleiterin versorgte mehrheitlich die Angelsachsen unter ihnen, Robyn, obwohl stets zurückhaltend, hatte weniger Probleme auch die Nordmänner nach Wasser zu fragen. Wulf hatte gemerkt, dass sie sie schätzten, sie als seine Frau akzeptierten und ihr nie zu nahe traten. Es beruhigte ihn, da er die meiste Zeit des Tages hier war, während sie im Dorf ihren Aufgaben nachging.

Robyn fragte einige der Männer nochmals, ob sie Wasser wollten und teilte das mitgebrachte Brot unter ihnen auf. Erst dann erlaubte sie sich, zu Wulf zu gehen und ihm Wasser anzubieten. Er nahm es dankend an. Sie wandte sich um, sah ihre Begleiterin bei einigen Männern sitzen und ließ sich dann selbst nieder. Aus ihrer Schürze holte sie das Stück Brot, das sie für ihn bestimmt hatte. Er hielt ihre Hand dabei einen Augenblick länger als nötig. Sie erwiderte die Berührung kurz.

»Es gibt heute Brot«, sagte sie leise, als sie den anderen eine Weile gelauscht hatte und sicher war, dass sie mit sich beschäftigt waren.

»Das hat seinen Grund«, murmelte Wulf, der den ganzen Tag auf diesen Moment gewartet hatte.

Robyn sah auf und strich sich das Haar aus der Stirn. Der nicht versiegende Wind und die Sonne der letzten Wochen hatten ihr Haar etwas gebleicht und ihre Haut gebräunt. Unzählige Monate hatte er sie in Winterkleidung gesehen. Hier trug sie selten Hosen, meist einen Rock und eine Tunika, nicht mehr. Er konnte nicht sagen, dass ihm dies missfiel. Er genoss ihren Anblick, bedauerte, dass sie keine Zeit füreinander hatten. Er vermisste ihre Gespräche, ihre Nähe. Er atmete tief aus. Heute einmal würde es anders sein, etwas ihren gleichbleibenden Ablauf durchbrechen.

»Sie werden heute Abend feiern. Ihre Ernte ehren, die so reichlich war dieses Jahr, die neuen Boote, mit denen sie mehr Fische gefangen haben als je zuvor.«

»Ich verstehe.« Robyn klang nicht erfreut. »Reichliche Ernte und noch mehr Fisch ... Ich kann ihn nicht mehr sehen, jeden Tag Fisch, früh, mittags und abends ...«

»Ein paar Wochen noch, Robyn, dann ist es vorbei«, sagte Wulf leise.

»Ich kann es nicht erwarten«, stieß Robyn heftiger als beabsichtigt hervor.

»Es wird nicht erwartet, dass wir an dem Fest teilnehmen«, fuhr Wulf fort. Diesmal erhellte sich Robyns Mine.

»Und?«

»Der Älteste lässt uns den Abend außerhalb des Dorfes verbringen ...«

»Wir haben einen ganzen Abend nur für uns?«, flüsterte Robyn ungläubig.

»Ja.« Wulf betrachtete Robyns Aufregung zufrieden. Er sah jene Frau vor sich, die er im Nordland glaubte zurückgelassen zu haben, aber sie war hier, unter all der Verbitterung und Kälte, die sie den anderen gegenüber zeigte.

»Wann werdet ihr heute fertig sein?«, wollte sie wissen.

»Früher als sonst«, erwiderte Wulf, »einige Zeit vor Sonnenuntergang.«

»Dann werde ich uns etwas zu Essen einpacken. Können wir uns weit vom Dorf entfernen?«

»Die Bedingung war, dass ich morgen früh wieder beim Boot bin. Das ist alles ... vielleicht solltest du auch zwei Decken mitnehmen und etwas zu Essen für morgen früh.«

Wulf lächelte leicht, als er bemerkte, dass Röte ihr Gesicht überzog. Sie hatte verstanden.

Sie beide erhoben sich und wie auf ein Zeichen hin auch die anderen Männer. Wortlos trennten sie sich, einzig ihre Hände streiften sich beim Abschied. Doch es genügte ihnen vollkommen.

11.

Robyn wartete bis die drei Männer, die außer ihr und Wulf die Hütte bewohnten, gegangen waren. Ihre Gedanken kreisten seit dem Gespräch am Mittag um nichts anderes als den bevorstehenden Abend weit weg von all dem, was sie verabscheute und in den letzten Wochen hassen gelernt hatte. Sie betete, die verbleibenden Wochen würden im Fluge vergehen, damit sie und Wulf ihren Weg weitergehen konnten. Manchmal hatte sie Wulfs Ehre bis in die tiefsten Abgründe der Hölle gewünscht, doch dann hatte sie sich erinnert, wie viel ihm es bedeutete, ein Wort zu geben und es zu halten. Er hatte ihr ein Versprechen gegeben, damals, als er sie aus dem Wasser gezogen hatte und er hatte es außer ein einziges Mal im Rausch nie gebrochen. Es war nicht richtig, dass sie sein Wort den Dorfbewohnern gegenüber verurteilte, aber ihr Groll blieb bestehen. Er ließ sie die Menschen hier von sich wegstoßen. Außer mit den Nordmännern und einigen der wenigen Frauen sprach sie mit kaum jemandem ein Wort, ging ihnen aus dem Weg, so oft ihr die Wahl blieb.

Als sie sicher war, dass sie allein war, holte sie ein Päckchen hinter einer losen Planke an einer der Seitenwände hervor. Sie hatte drei Äpfel versteckt, die sie mitnehmen wollte, um Wulf damit zu überraschen. Es gab selten Obst hier, wenig Gemüse, da der Boden sich nicht eignete, genauso wenig wie für Getreideanbau. Heute hatte man ein Schwein geschlachtet und gegrillt. Das Fleisch hatte sie bereits gut verstaut. Ihr Magen rebellierte jetzt schon, so hungrig war sie, doch sie gebot ihm zu warten. Sie legte die Äpfel in den Beutel und wickelte noch etwas Brot ein. Sie hatte in den vergangenen Wochen kaum backen können, erst jetzt, als man das wenige Getreide geerntet hatte. Sie füllte etwas Bier in den Trinkbeutel. Als letztes rollte sie zwei der Decken zusammen und bemerkte erstaunt, dass sie dabei leise vor sich hin summte. Dann jedoch hielt sie inne, als sie den rötlichen Sonnenschein im Rücken bemerkte. Sie sah Wulf in dieser Hütte in Ketten sitzen.

Sie presste ihre Lippen zusammen, ihre Hände verkrampften sich im Stoff der Decke, die sie noch immer hielt. Sie erschrak, als sie sich im Erheben umwandte und Wulf in der Tür stehen sah. Sie musste ihm nicht sagen, was sie gedacht hatte. Er wusste es, denn er hatte sie nicht zum ersten Mal bei einer solchen Reaktion überrascht.

»Komm«, sagte er einfach und nahm ihr die beiden Decken ab. Fast ungesehen verließen sie das Dorf, in dessen Mitte ein riesiges Feuer brannte. Menschen trugen das kostbare Essen, das es heute so reichlich gab, hin und her, bereiteten sich auf den Abend vor und stimmten Lieder an.

Robyn und Wulf hatten den Feuerschein bald hinter sich gelassen. Die Sonne war inzwischen untergegangen, so dass sie bald das Halbdunkel der lauwarmen Sommernacht umgab. Zuerst waren sie parallel zum Strand gegangen, am fast fertigen Boot vorbei, dann hatten sie sich landeinwärts bewegt. Sie machten eine kurze Pause, in der Wulf in einem der unzähligen vom Meer gespeisten Wasserbecken badete und Robyn unauffällig beobachtete. Sie schien noch nicht weit genug entfernt vom Dorf, um sprechen zu wollen. Erst viel später, als sie ein weiteres Stück zurückgelegt hatten und den endlosen Schilfwald durchwanderten, blieb sie an einer Stelle stehen. Sie blickte von einer Düne aus zum Meer hin, dann nach links, wo die Düne sanft abfiel, zu einem Wasserbett, das das Schilf umgab, es teilweise durchzog und im milden Wind vom Meer zuweilen raschelte. Fragend sah sie Wulf in der Dunkelheit an. Dieser nickte, worauf sie sich auf einer der Decken am Ufer des Wasserbettes niederließen und Robyn das Essen und den Trinkbeutel auspackte.

»Wo hast du die her?«, fragte Wulf. Er deutete auf die Äpfel und bemerkte ein Lächeln auf ihren Lippen. Das erste seit vielen Wochen.

»Mein Geheimnis«, antwortete sie. Sie teilte einen der Äpfel mit dem Messer und gab ihm die größere Hälfte. Sie legte sich auf die Seite wie er und stützte den Kopf mit dem Arm ab.

»Nun, Nixe«, sagte er leise, »sprich.«

Robyn ließ die ihr bestimmte Hälfte des Apfels unbeachtet.

»Sind es wirklich nur noch drei Wochen?«

»Ich denke so. Höchstens vier, aber wenn sich das Wetter hält, dann drei.«

»Und sie werden uns ohne Einwand gehen lassen?«

»Ja, Nixe. Die Dorfbewohner mögen uns auf eine hinterlistige Art zum Bleiben gezwungen haben, doch sie werden uns gehen lassen.«

»Ich bin nicht ohne Zweifel, Wulf.«

»Ich weiß. Aber vertrau mir. Ich werde mein Wort halten bis zu dem Tag, an dem das Boot fertig ist. Dann gehen wir und sie werden uns nicht folgen können. Ich habe nicht umsonst mein halbes Leben damit verbracht, einen Mann zu schützen und seine Spuren zu verwischen, damit seine Widersacher ihn nicht finden konnten.«

»Ich weiß«, gab sie sich geschlagen. Sie lehnte sich zurück, sah in den Sternenhimmel, verfolgte das Rauschen des Schilfs eine Weile und schloss dann die Augen. Sie versuchte sich den Abstand vom Dorf vor Augen zu führen. Es fiel ihr schwer.

»Ich wünschte, wir müssten nie wieder dorthin zurück«, hauchte sie, »alles dort ist mir zuwider. Frauen, die drei Ehemänner haben, denen es nichts ausmacht, sich drei oder vier von ihnen hinzugeben. Männer, die ehrlos sind, mit Nordmenschen zusammenleben und sie doch nicht akzeptieren, ihnen misstrauisch gegenüberstehen ...«

»Gib ihnen Zeit«, meinte Wulf, »ein solches Zusammenwachsen braucht seine Zeit.«

»Wulf?«

»Mmh?«

»Könntest du ... ich meine ... mehrere Ehefrauen ...«

»Nein, Nixe, wenngleich es verlockend klingt ...«

Ihr Kopf ruckte zur Seite, studierte sein Gesicht. Er konnte sich ein Lachen nicht verkneifen.

»Reingefallen, Nixe!«

»Schuft«, stieß sie hervor. Sie nahm ihm den fast vertilgten Apfel aus der Hand und aß ihn selbst zu Ende. Beruhigt stellte er fest, dass ein Lächeln auf ihren Lippen lag.

Während sie das Fleisch aßen, das Robyn in kleine Stücke schnitt, sprach sie weiter.

»Und dann, Wulf? Wohin? Ich meine, wir wissen nicht einmal genau, wo wir uns befinden.«

»Aus den Erzählungen der Männer schon. Abingdon werden wir vor dem Winter nicht mehr erreichen können, doch zumindest werden wir noch ein gutes Stück zurücklegen können. Die Frage ist, ob wir ein Boot nehmen sollen oder uns zu Fuß Richtung Abingdon bewegen.«

»Der schnellere Weg ist sicherlich mit dem Boot, doch nicht der sichere«, überlegte Robyn.

»Überfälle auf Schiffe im Süden sind nichts Ungewöhnliches.«

»Nein, Vater hat deshalb stets den Landweg vorgezogen. Doch es wird länger dauern.«

»Was wir in Kauf nehmen sollten«, meinte Wulf.

»Ja.« Robyn trank einen Schluck Bier und reichte Wulf den Beutel. »Wir sollten uns in den nächsten Wochen darüber noch Gedanken machen.«

»Einverstanden. Vielleicht bekomme ich von den Männern noch etwas heraus.«

Robyn nickte und erhob sich, um die paar Schritte zum unbeweglich daliegenden Wasser zu gehen. Sie wusch sich die Hände. Dann entschloss sie sich, eine Weile durch das Wasser zu waten und den nassen Sand durch ihre Zehen gleiten zu lassen. Sie kam zurück und ließ sich wortlos neben Wulf nieder. Er beugte sich über sie und zog sie an sich. Er forschte in ihren Augen, während er ihr die Tunika abstreifte und geduldig wartete, dass sie unter seiner Berührung die Augen schloss. Als sie es tat, küsste er sie lang, ohne jede Hast und wartete wiederum, bis auch er ihre Hände spürte, die seiner Berührung antworteten. Trotz der vergangenen Wochen, ohne jede Möglichkeit ihr nahe zu sein, überkam ihn keine Eile. Er begehrte sie langsam, spürte, dass auch sie ihm nicht nur einen Gefallen erwies, sondern genoss. Später schlief sie entspannt in seinen Armen ein. Mehr konnte er nicht von ihr verlangen.

12.

Denkst du manchmal an ... zu Hause?«

Sie flüsterte, obwohl sie weit entfernt vom Dorf waren. Nur das Rauschen der Brandung und das Rascheln des Schilfs begleiteten ihre Worte. Ihr Kopf lag auf ihm, er spürte ihren Atem und sah, dass sein eigener in kleinen Wolken zum Nachthimmel aufstieg, als er antwortete.

»Ja, tue ich.«

»Sehnst du dich nach zu Hause zurück?«

»Nein.«

Sie stützte ihr Kinn auf ihn, wartete, dass er ihren fragenden Blick erwiderte.

»Weil ich weiß, dass du dort nicht glücklich warst«, beantwortete er ihre stumme Frage.

»Und hier? Könntest du *hier* glücklich sein?«

»Nein, aus demselben Grund.«

»Aber hier könntest du Schiffe bauen. Das tun, was du gerne tust.«

»Und du?«

»Ich«, begann sie und brach ab.

»Genau. Nixe, mach mir nichts vor. Ich will nicht, dass du nur wegen mir hierbleiben wolltest.«

»Aber was, wenn wir nicht finden, was uns beide glücklich macht?«

»Was würde dich glücklich machen?«

Robyn konnte nicht antworten. Ihre Gedanken kreisten um das, was sie im Nordland zurückgelassen hatten. Zweifelte sie etwa an ihrer Entscheidung, fortgegangen zu sein?

Sie stöhnte leise auf. Wulf zog sie zu sich auf Augenhöhe.

»Robyn«, meinte er, »ich denke, es wäre eine weise Entscheidung, wenn wir uns in drei Wochen weit von hier ein Quartier für den Winter suchen. Du solltest zur Ruhe kommen, du bist noch nicht darüber hinweg, was mit uns passiert ist ... zu Hause und hier.«

»Du hast recht, ich kenne mich selbst nicht«, lenkte sie ein. Sie konnte seinem Blick nicht standhalten.

»Das hier«, sagte Wulf, »ist nicht das, was wir beide wollen. Wir werden finden, was uns bestimmt ist. Hast du verstanden? Was für uns *beide* bestimmt ist!«

Sie nickte krampfhaft und legte ihren Kopf in seine Halsbeuge.

»Nixe, ich bewundere deine Beharrlichkeit. Du trägst deine Sorge wirklich nicht auf der Zunge, du schluckst alles hinunter. Aber ich weiß nicht, ob es manchmal nicht besser wäre, wenn du sprechen würdest.«

»Wäre dir eine solche Frau lieber, die dir ihr Leid allabendlich vorpredigt und dabei die Sorgen ihres Mannes vergisst?«

Er lachte seit vielen Wochen das erste Mal.

»Nixe, wenn dein Hintern nicht schon nackt unter dieser Decke liegen würde, wäre ich gezwungen, dir die Kleider vom Leib zu reißen, um in dir zu versohlen!«

»Untersteh dich!« Sie sah ihn lachend an.

»Es tut gut, dich lachen zu sehen«, sagte er. Tiefer Ernst war in seine Stimme zurückgekehrt.

Robyn strich sanft über sein Gesicht. Ihre Finger wanderten über seine Wange und seinen Bart, dann wurde sie abgelenkt. Ihr Blick haftete am Horizont, dort wo die Düne am höchsten war.

»Eigenartig, dass das Feuer im Dorf noch immer so helllicht brennt, dass man es von hier aus sehen kann.«

»Was sagst du da?« Wulf schob sie vorsichtig von sich. Er stand auf. Mit seiner Größe konnte er über die Düne hinweg blicken.

»Robyn«, sagte er nach einem kurzen Moment. Seine Stimme klang vollkommen anders als noch vor wenigen Augenblicken. »Zieh dich an. Lass uns zusammenpacken.«

Robyn fragte bei der Tonlosigkeit seiner Stimme nicht. Sie folgte seinen Worten, zog sich rasch an und rollte die Decken zusammen, während Wulf dasselbe tat. Beide ließen sie den weit entfernten Schein des Feuers nicht aus den Augen. Und er tat noch etwas, als sie wenig später aufbrachen. Er fasste ihre Hand. Er ließ Robyn halb hinter sich gehen, wurde langsamer, als sie ein gutes Stück gegangen waren und blieb kurz stehen. Dann wandte er sich landeinwärts und ließ sie durch den Schilfwald gehen, bedacht, dass sie mehr Wasserbecken durchquerten, um undurchsichtige Spuren zu hinterlassen. Irgendwann hielten sie. Ungläubig starrten sie auf das brennende Dorf, das in der Ferne ins erste Sonnenlicht getaucht wurde. Ein zweites Feuer loderte am Strand. Das unfertige Schiff zu ihrer Linken brannte lichterloh, genau wie all das Holz, was zur Fertigstellung noch gebraucht wurde. Dessen Flammen loderten um das Skelett, das schon vor längerer Zeit in sich zusammengefallen war.

Wulf zog Robyn nach unten in den Sand, sah sie an und stellte beruhigt fest, dass sie gefasst war. Er sah sich kurz um und entdeckte weiter landeinwärts eine Stelle, an der das Schilf dichter wuchs. Robyn folgte seinem Blick dorthin.

»Nimm die Sachen mit, bleib geduckt, beweg dich nicht, erheb dich erst wieder, wenn ich nach dir rufe«, wies er sie an. Sie öffnete kurz den Mund, besann sich eines Besseren und nickte nur, wenngleich ihre Hände zitterten, als sie die Sachen aufnahm. Ihr Einwand war unangebracht. Sie würde warten müssen, solange er fort war und durfte ihn nicht mit ihrer Angst belasten. Die Stunden der Ungewissheit über seinen Verbleib hatte sie gewählt, als sie ihr Herz für ihn geöffnet hatte.

Sie sah ihn die Axt vom Gürtel nehmen, sah wie geschmeidig sie durch seine Hand glitt. Sie hatte ihn schon einmal diese Waffe führen sehen, damals im westlichen Wald. Sie selbst hatte sie durch ihn führen gelernt, er hatte sie gelehrt, die Axt zu respektieren, wenngleich sie Leben auslöschte. Doch die Götter hatten bestimmt, dass sie ebenso Schiffe baute, die Leben für die Nordmenschen bedeuteten. Etwas von diesem Zwiespalt trug auch Wulf in sich, er beherrschte die Waffe als auch das Werkzeug. Doch er würde ersteres brauchen, wenn er ins Dorf gelangte.

»Sei vorsichtig«, Robyn fand nicht die richtigen Worte. Doch er nickte, er brauchte nicht mehr als diese beiden Worte. Er wartete, bis sie im Schilf verschwunden war und er selbst sie nicht mehr sehen konnte. Dann würde es auch der Feind nicht.

13.

Robyn kniete inmitten des Schilfs. Es umgab sie von allen Seiten, berührte sie, wenn es sich dem Wind beugte und zischte leise. Nur manchmal ließ es zu, dass das Geschrei und die Klänge aufeinandertreffender Klingen zu ihr herübergetragen wurden. Irgendwann verstummten die Klingen. Dann verstummte das Geschrei. In den Mittagsstunden blieb das Rauschen der Brandung und das des Schilfs das einzige Geräusch. Robyn rührte sich nicht, hielt sich geduckt, den Blick starr in den Sand gesenkt. Die Mittagssonne schien vom wolkenlosen Himmel. Noch immer gab es kein Zeichen von Wulf. Erst als die Sonne den Zenit weit überschritten hatte, hörte sie ihn plötzlich rufen, ganz nah, als stünde er nur wenige Schritte von ihr entfernt. Sie hatte ihn nicht einmal kommen hören. Er musste kein zweites Mal rufen. Ruckartig erhob sich Robyn, legte wie in Trance ihre Hand auf den geöffneten Mund, um den Schrei auf ihren Lippen zu ersticken.

Wulf kam zu ihr gelaufen, sah ihr entsetztes Gesicht, ihren Blick, den sie abwandte.

»Sieh mich an«, sagte er barsch, »sieh-mich-an!«

Robyn hob ihren Blick langsam. Ihre Lippen zitterten, doch sie sah ihn an. Er war blutverschmiert, sein Gesicht verkrustet, einzig die Augen hell darin. Seine Hände, seine Arme waren voll Blut und Erde, seine Axt noch nicht gesäubert. Haut, Haare, mehr Blut.

»Es ist nicht meines«, meinte er, »doch das jener, die wir gestern verließen und die heute in einer anderen Welt sind.«

»Wer ...« Ihre Stimme war kaum mehr ein Flüstern.

»Nordmänner ... aus dem Süden. Vielleicht Dänen. Ich konnte sie nicht gut verstehen.«

»Hier?«

»East Anglia? Warum nicht? Die Dänen erreichen es gut und überwintern auf der Insel.«

»Wulf ... es waren Nordmänner!«

Er trat einen Schritt näher.

»Zu Hause, Robyn, führen sie Fehden untereinander. Das hier ist nicht überraschend. Sie haben das Dorf überfallen, sich genommen, was sie brauchten und sind weiter gesegelt zum nächsten Dorf.«

»Sklaven, haben sie Sklaven genommen?«

»Alle Frauen und Kinder, die noch am Leben waren.«

»Oh Gott.« Robyn wandte sich ab. Sie konnte Wulf nicht mehr ansehen.

»Ich habe nicht mehr viel tun können«, berichtete Wulf weiter. »Ich konnte nur die Nachhut daran hindern, die Leichen zu schänden.«

Robyn stöhnte auf und ließ sich aufschluchzend in den Sand nieder.

»Du meinst sie sind alle ...«

»Ja, alle. Sie haben keinen der Männer am Leben gelassen. Sie waren in großer Überzahl. Ihr Boot lag ein Stück entfernt. Sie kamen zurück, als die zwei Männer, die die Nachhut bildeten, nicht erschienen. Sie haben die zwei Leichen mitgenommen, konnten sich aber nicht erklären, was ihnen geschehen war. Sie beließen es dabei und suchten nicht nach mir... Robyn ...« Er kniete sich zu ihr, umfasste ihre Arme und zog sie heran. »Ich brauche dich. Wenngleich wir Gefangene waren, müssen wir sie begraben. Zumindest das, hörst du?«

Sie nickte krampfhaft.

»Warum ...«

»Nicht jetzt«, unterbrach er sie, »nicht, Robyn. Später! Denk nicht darüber nach, nicht jetzt!«

»Nicht jetzt«, wiederholte sie leise. Sie ließ sich von ihm auf die Beine ziehen. »Nicht jetzt.«

»Komm.« Er wartete, dass sie die Sachen aufnahm und ihm folgte. Schweigend legten sie das Stück zum Dorf zurück. Robyns Tränen flossen unaufhörlich, während sie durch den Sand schritten, der sich bald mit Asche vermischte. Noch immer stiegen Rauchschwaden in den Himmel. Schwaden der verbrannten Häuser, Zäune, Stroh- und Heuberge. Leichen, die Robyn nicht mehr erkennen konnte. Die Gesichter der anderen waren erstarrt, in Schrecken und Angst, einige mit offenen leeren Augen, einige mit geöffneten Mündern, aus denen der Schrei der Verzweiflung in Robyns Kopf echote.

Achtundzwanzig. Robyn blickte über das verschwundene Dorf hinter sich, dann zurück auf die achtundzwanzig Gräber, die sie hinter einem Schilfwald angelegt hatten. Es gab nichts mehr, was sie hier noch tun wollte. Wulf, der in ihrer Nähe stand, beobachtete, wie sie fortging, ohne einen Blick zurückzuwerfen. Sie ging verkrampft, ihre Glieder schienen zu schmerzen, ähnlich den seinen. Sie hatten bis zum späten Abend gegraben, schweigend, nur unterbrochen von den kurzen Anweisungen, ein weiteres Grab auszuheben, eine weitere Leiche zu holen. Er konnte sich nicht vorstellen, wie sie die Eindrücke der letzten Stunden verarbeiten würde. Keinem war nach reden zumute gewesen, auch jetzt nicht. Er ging ihr nach, sah sie hinter einen Baum treten, sich hinknien, damit sie erbrechen konnte, was noch im Magen war. Sie hatte sich unzählige Male übergeben, hatte aber ihre Arbeit trotzdem immer wieder fortgesetzt. Er wartete, bis sie fertig war und half ihr aufzustehen. Als sie sich ein weiteres Stück vom Dorf entfernt hatten und ein Wasserbett in Sicht kam, streifte sie ihre Kleider ab. Sie ließ sie liegen. Sie würde sie nicht mehr anziehen, sie waren von Blut und Schmutz durchtränkt.

Robyn tauchte in dem seichten Wasser ab, rieb wie besessen an den Stellen ihres Körpers, an denen das Blut klebte, das Blut anderer. Das Wasser färbte sich rot, doch es löste sich rasch auf, wurde wieder klar. Fasziniert beobachtete sie die wiederkehrende Reinheit des Wassers, sah auf, das erste Mal bewusst seit vielen Stunden. Ihr Blick suchte Wulf, der am Ufer saß und sie bewacht hatte. Der sie nicht aus den Augen gelassen hatte.

Sie schwamm zu ihm heran.

»Verzeih, dass ich dir gebot zu schweigen, als du sprechen wolltest«, sagte er. Seine Stimme hatte jegliche Kälte verloren, die sie nach seiner Rückkehr zu ihr beherrscht hatte.

»Später, Wulf, nicht jetzt«, entgegnete sie.

»Hab dank«, meinte er. Er hielt ihr eine der beiden Decken hin, als sie aus dem Wasser stieg. »Wickle dich darin ein. Ich werde später sehen, ob noch irgendwo Kleidung für dich zu finden ist.«

Dann half sie ihm aus den eigenen Kleidern und warf das Hemd fort, nur seine Hosen würde sie waschen. Auch er benötigte neue Kleidung. Wulf war erstaunt, dass sie ihm half, das Blut abzuwaschen. Ihre Abweisung bei seiner Rückkehr hatte demnach nichts mit ihm zu tun gehabt. Später würde sie sprechen. Später.

14.

Aus den Augenwinkeln heraus hatte Wulf die Schatten schon länger verfolgt. Es waren keine Nordmänner. Angelsachsen flüsterten um ihn herum, verstummten, als sie ihn und Robyn endgültig eingekreist hatten. Er hätte es nicht verhindern können. An eine Kiefer gelehnt hatten er und Robyn geschlafen. Die Decke umhüllte noch immer ihren nackten Körper. Er hielt sie im Arm, hatte sie die ganze Nacht so gehalten, während sie an ihn gepresst geschlafen hatte. Er selbst hatte den Schlaf erst im Morgengrauen zugelassen, bis er der Gestalten um sie gewahr wurde. Zu spät gewahr wurde.

Mit geschlossenen Augen hörte er vier Sachsen, die sich direkt vor ihnen aufbauten. Er hörte die Klinge des Schwertes, das aus der Scheide gezogen wurde. Seine linke Hand schnellte nach oben, als die Klinge den Kopf seiner Frau unter ihrem Kinn heben wollte. Wulf starrte in die Augen eines mittelgroßen Angelsachsen, dessen Überraschung ob seiner Reaktion noch deutlich in den schmalen Gesichtszügen zu lesen war. Sie verließ sein Gesicht nicht, als Robyn sich in Wulfs Armen regte und leise vor sich hin murmelte.

»Noch etwas schlafen ... nur noch eine Weile ...«

»Angelsachse?«, wollte der Eindringling wissen.

Wulf lächelte spöttisch.

»Beleidige mich nicht.«

Wulf spürte, dass er die Klinge daraufhin fester umfassen musste. Blut tropfte in den Sand.

»Nordmänner pflegen sich nicht an wehrlose Opfer anzuschleichen.«

»Ach, sieh an. Und dies ist nicht die feige Tat von Nordmännern gewesen?« Der Angelsachse wies auf das niedergebrannte Dorf hinter ihnen.

»Feige, nein. Doch in der Tat Nordmänner, die den Dorfbewohnern Gelegenheit gaben, dem Feind von Angesicht zu Angesicht gegenüber zu stehen.«

»Du warst keiner von ihnen?«

Wulf lächelte wiederum.

»Nein.«

»Du scheinst jedoch nicht sehr berührt vom Schicksal der Dorfbewohner.«

»Das ist richtig.«

»Weshalb nicht?«

»Ich denke, diese Fragerei langweilt mich langsam«, entgegnete Wulf. »Ich würde es begrüßen, wenn du deine Klinge senkst und deinen Männern sagst, dass sie ihre Blicke von meiner Frau wenden sollen.«

Jetzt war es Edward, der lächelte.

»Sieh es ihnen nach. Ihre Bekleidung ist zu spärlich, um ihre Reize verhüllen zu können.«

Wulf erhob sich mit einer geschmeidigen Bewegung, noch immer die Klinge in der Hand. Robyn, die all dem bisher mit geschlossenen Augen und schweigend gefolgt war, zog er ein Stück hinter sich hoch.

Edward nahm den Hünen, der sich vor ihm aufgebaut hatte, in Augenschein. Er erkannte den Krieger und den Stolz in seinem Gegenüber. Erkannte den Nordmann, sah die unzähligen Narben und den Zorn in den dunkelblauen Augen. Und es beeindruckte ihn. Sein Angelsächsisch war keines der unteren Schicht, es war überlegt, wenngleich nicht ohne Akzent.

»Ich denke, diese Unterredung ist beendet. Ich habe mit meiner Frau vor einigen Stunden Angelsachsen und Nordmänner begraben. Ich muss mich nicht vor einem Angelsachsen rechtfertigen!«

Edward sah kurz auf die Gräber. Dann sah er zurück zu Wulf.

»Wie kommst du zu einer angelsächsischen Frau?«, wollte er wissen. Wulf ging wütend einen Schritt auf ihn zu, was die Männer um sie augenblicklich alarmierte. Sie kamen näher, ihre eigenen Waffen im Anschlag. Doch es war Robyn, die zwischen Wulf und Edward trat und die Gemüter zu beruhigen versuchte. Sie legte eine Hand auf die blutende ihres Mannes und sah Edward fest in die Augen.

»Edward of Elmham!« Sie sah das Erstaunen in seinen Augen. »Man sagt dir große Weisheit und Menschenkenntnis nach. Sieh mich an und erkenne, ob ich lüge: Vor Gottes Angesicht ist dies mein Mann. Die Dorfbewohner waren einfache Menschen. Sie behandelten uns gut. Sie haben sich nur ein einziges Mal gegen uns gestellt, als sie mein Leben bedrohten und meinem Mann dafür ein Versprechen abnahmen, das uns zwang hier zu bleiben. Das Wort eines Nordmannes ist seine Ehre. Es zu brechen, hieße einen Frevel zu begehen. So blieben wir hier, bis zum heutigen Tag, der uns von dem Versprechen löste. Nur durch einen Zufall wurden wir von dem Unglück verschont.«

Edward als auch die anderen hatten ihren Worten still gelauscht und dabei beide eingehend betrachtet. Robyns Hand lag noch immer auf der ihres Mannes. Nichts an ihrem Blick ließ Lüge erkennen, nur eine wachsame Frau, die ihn kannte, wenngleich er keine Erinnerung an sie hatte.

»Welches Versprechen nahm er dir ab?« Edward sah zurück zu Wulf.

»Ein Schiff zu bauen«, entgegnete Wulf, obwohl er die Fragerei leid war und Robyns Demütigung durch die Blicke nicht viel länger würde ertragen können.

»Du bist Schiffbauer?«

»Ja.«

»Nur das?«

»Bei den Göttern, Robyn, ich drehe ihm gleich den Hals um!«, fauchte er ihr in der nordischen Zunge zu.

»Was willst du?« Robyn versuchte von Wulfs Ausbruch, den die Umstehenden nicht verstanden hatten, abzulenken, obwohl seine heftigen Worte keiner Übersetzung bedurft hatten.

»Das hängt ganz von euch ab«, sann Edward, dem das offensichtliche Vertrauen und die Zuneigung der beiden nicht entgangen war. Er hatte längst bemerkt, dass er keine einfachen, einfältigen Bauern vor sich hatte. Keiner der beiden war niederer Geburt, obgleich ihnen nichts geblieben war außer Hosen und einer Decke. Die Angelsächsin schien dem Nordmann gleichwertig, keine Ehe, in der er nur Herr über sie war. Sein Gedankengang wurde gestört, durch die Nachhut, die aus dem Wald trat. Vier seiner besten Männer, die näher traten und nur wenige Schritte entfernt hielten. Sie hatten keine drohende Gefahr in der Umgebung festgestellt, doch sahen ungläubig auf Wulf. Einer sprach unaufgefordert. In seiner Stimme hallte die Überraschung wider.

»Kommandant?«

Wulf drehte sich zu ihm um. Er erkannte ihn, als auch die anderen drei.

»Eadred«, verlangte Edward, »erkläre mir das!«

Der Angesprochene bemerkte erst jetzt seinen Ungehorsam und neigte den Kopf kurz vor seinem Herrn.

»Verzeiht, Sire, aber ich kenne ... wir kennen diesen Nordmann.«

»Kommandant?«

»Das ist - war er für uns viele Jahre lang. Wir dienten zusammen dem Kaiser von Byzanz.«

Edward wandte sich erstaunt an Wulf zurück.

»Gehe ich recht in der Annahme, dass vor mir der Kommandant der Leibgarde des Kaisers von Byzanz steht? Und dass diese vier Männer, die ich für die besten meiner untergebenen Wachen halte, von dir ausgebildet wurden?«

»Deine Annahme ist richtig«, bestätigte Wulf. Er fühlte im selben Moment, wie das Schwert gesenkt wurde. Edward neigte leicht den Kopf.

»Dann verzeih mein Misstrauen. Auch du.« Er beugte auch vor Robyn den Kopf leicht. Sie schwieg jedoch. Sie fühlte nur das Blut ihres Mannes in ihrer Handfläche.

»Ich bitte euch, meine Gastfreundschaft anzunehmen. Ich durchstreife Land, das mir durch den König zur Verwaltung gegeben wurde und befinde mich auf dem Rückweg nach Hause. Seid meine Gäste.«

»Verlangst du dafür auch ein Versprechen?«

Edward als auch die anderen blickten auf Robyn. Edward wusste in diesem Moment mit Sicherheit, dass er keine einfache Frau vor sich hatte. Niemand hätte es gewagt, ihm eine solche Antwort zu geben, aber sie schien nicht gewillt, ihn als höhergestellt zu erachten. Und ihm sein Misstrauen zu verzeihen. Nicht einmal unter den derzeitigen Umständen, die sie nahezu unbekleidet vor ihm stehen ließen.

»Kein Versprechen. Vielleicht etwas Vertrauen.«

Edward sah, wie die beiden einen Blick tauschten, der genügte, um den Nordmann antworten zu lassen.

»Einverstanden.«

»Dann lasst uns keine Zeit verschwenden«, sagte Edward, »dieser Ort behagt mir nicht, es liegen zu viele Schatten darauf.«

***

Teil 5

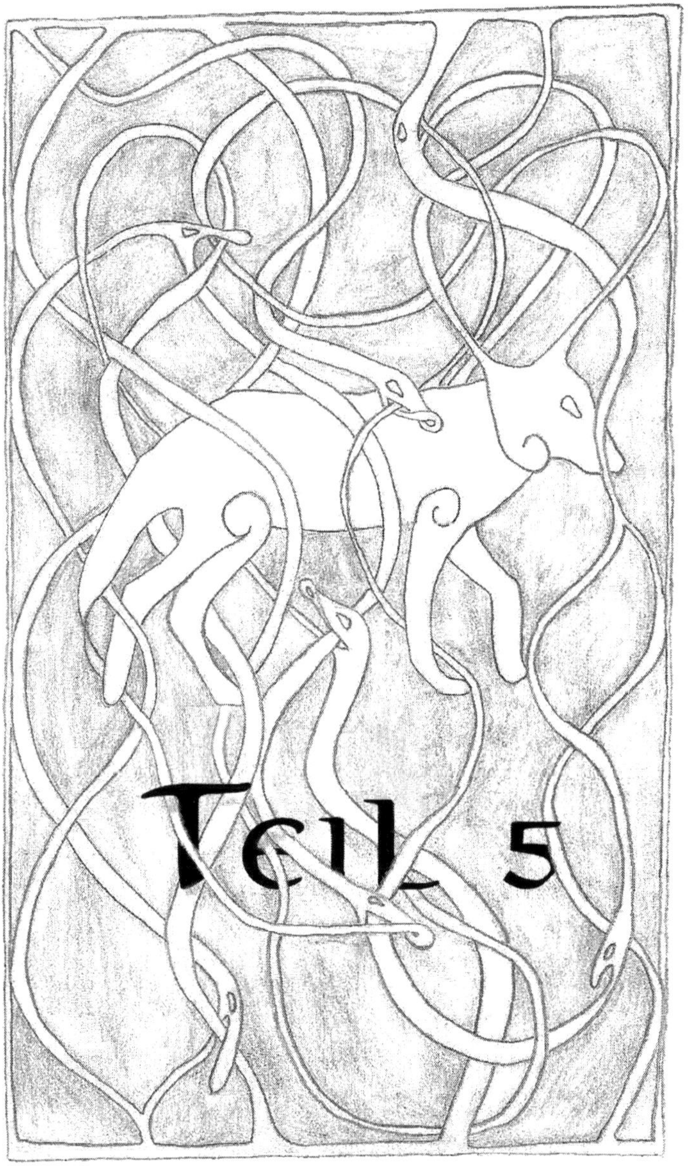

1.

Man gab ihnen Kleidung, Robyn erhielt Männerkleidung, da sich in dem Tross keine Frau befand. Doch es war ihr gleich. Wulf hatte sie oft genug darin gesehen und wusste, dass sie sie für praktischer erachtete.

Sie bewegten sich landeinwärts in nordwestlicher Richtung und durchstreiften schon bald uralte Wälder, die endlos schienen, doch der Tross bewegte sich sicher durch sie hindurch. Zwei Gespanne mit Nahrungsmitteln und Ausrüstung folgten ihnen. Die meisten der Männer waren zu Fuß, einige beritten. Letztere führten sie an. Robyn und Wulf gingen in der Mitte. Sie wechselten nur wenige Worte. Später würden sie reden müssen. Später.

Robyns Blick suchte manchmal den Reiter an der Spitze. Edward of Elmham. Ath hatte ihn einige Male erwähnt, doch sie selbst war ihm nie begegnet. Aber sie erinnerte sich an seinen Einfluss in East Anglia, an das Vertrauen, das der König ihm entgegenbrachte, der ihn zum Aufseher über weite Teile East Anglias gemacht hatte. Sie war ein Risiko eingegangen, ihm mitzuteilen, dass er ihr nicht unbekannt war. Ein Risiko, das nicht aufgegangen war. Er hatte erst die Waffe gesenkt, als er erfahren hatte, wer Wulf war. Doch währenddessen war Wulfs Blut auch weiterhin durch ihre Handinnenflächen geflossen. Sie hob ihre Hand im Laufen und sah noch immer Spuren daran, selbst nachdem sie sie an einem Bach mühevoll abgewaschen hatte. Dann fiel ihr Blick auf Eadred, der einige Schritte entfernt neben ihnen lief. Er hatte sie beobachtet. Sie und Wulf. Doch nicht mit dem Auge des Argwohns, vielmehr mit denen eines Bewachers. Robyn erkannte, wem seine eigentliche Loyalität gehörte, selbst nach all der Zeit. Sie würde mehr darüber erfahren. Später.

Zeit verstrich, in der sie lange stumpf vor sich hin schritt. Sie spürte jeden Knochen. Eine Nacht hatte nicht genügt, ihre Kräfte zu erneuern. Ihre Arme schmerzten, ihre Beine, ihre Hände, die vom Graben noch immer wund waren. Sie rasteten zweimal, bevor sich die Wachen gegen Abend zu verteilen begannen, um einen passenden Ort für das

Nachtlager zu sichten. Schwere Wolken hingen unbeweglich am Himmel, doch kündeten sie von einem Gewitter, das die Wachen länger nach einem geschützten Platz suchen ließ.

Robyn war vertieft in ihre Gedanken und bemerkte nicht, dass Wulf den Schritt etwas verhielt, um besser hören zu können. Seine Aufmerksamkeit galt ganz dem Wald, doch die Fußtritte um ihn und die Gespräche der Männer hinderten ihn daran jenes Geräusch auszumachen und zu isolieren, das er glaubte gehört zu haben.

Robyn blieb erschreckt stehen, als vor ihr Geschrei ertönte. Kurz darauf sah sie Edwards Pferd steigen, ihn selbst fallen. Die Männer vor ihr und Wulf bildeten bis zu ihnen eine Schneise, um dem unerwarteten Feind entgegentreten zu können. Doch der Feind hatte sie bereits halbkreisförmig umringt und Edward als Geisel genommen.

Wulf trat in diesem Moment genau vor Robyn und verdeckte sie vor den Blicken des Feindes.

»Nordmänner«, zischte er ihr zu, »sehr gute Späher. Clever. Verschlagen. Rühr dich nicht.«

Robyn kämpfte für einen Augenblick mit der Schwärze, die ihren Blick umhüllen wollte. Wie konnte es sein? Wieso passierte es wieder? Was hatten sie getan, um derart zu büßen?

Wulf beobachtete derweil das Geschehen und suchte kurz den Augenkontakt mit Eadred und den anderen seiner ehemaligen Männer. Keiner konnte sich rühren. Sie wurden von den Nordmännern mit vorgehaltenen Waffen sorgfältig beobachtet. Wulf stand in einiger Entfernung zu Edward, der von einem hageren, großen Nordmann festgehalten wurde. Der Nordmann hielt die Klinge eines Messers an Edwards Kehle und verhandelte mit dem nächsten Untergebenen. Wulf machte zwei weitere Nordmänner aus, die sich an der Verhandlung beteiligten. Einer der beiden schien der Anführer der Nordmänner, ein blonder Hüne mit astdicken Oberarmen. Er redete unablässig mit Edward als auch mit dem direkten Untergebenen. Sie handelten aus zu welchem Preis sie lebend davonkommen würden. Wulf wandte seinen Blick ab. Diese Spiele hatte er selbst gelernt, Verhandlung, Beruhigung, Abkommen, Ausrauben, Tod. Eadred und seine Männer ahnten vielleicht, wie unnütz Edwards Verhandlungen waren. Die Nordmänner gierten nach mehr als nur ihren Waffen, ihrem Schmuck und ihrer Ausrüstung. Wulf hatte sie gelehrt, Gier niemals zu unterschätzen. Sie war ein gefährlicher Gegner. Und sein Volk gierte seit langer Zeit nach Reichtümern und Macht auf den Inseln, auf dem Kontinent und weit darüber hinaus.

Wulf fühlte die Fingerkuppen seiner Frau, die auf seinem Rücken lagen und ihre Stirn, die sich an ihn lehnte.

»Warum«, flüsterte sie, »Wulf, was geschieht mit uns? Warum?«

Während sich ihre Fingerkuppen auf ihn gelegt hatten, berührte etwas Kaltes seine Haut. Seine Axt.

Er wollte aufstöhnen. Doch seine Gedanken konnte er nicht ignorieren. Jene sanften Hände. Sie beherrschten diese Axt mit außerordentlichem Talent. Aber was er verlangte, würde sie schmerzen. Würde ihr einen Stoß versetzen. Ihre Verfassung war seit Wochen, Monaten gespannt, sie war zerbrechlicher als sie zugab. Stark und zerbrechlich zugleich.

»Robyn.« Seine Lippen bewegten sich fast nicht.

»Warum, Wulf, warum sind wir ...«

»Robyn!«, unterbrach er sie. »Zieh die Axt hervor.«

Er fühlte sie erstarren. Sie sagte kein Wort. Wertvolle Zeit verstrich, dann hob sie sein Hemd an und zog die Axt von der Gürtelschnalle.

»Du wirst sie werfen, wie ich es dir gelehrt habe.«

»Wulf«, flüsterte sie mit erstickter Stimme.

»Du wirst sie werfen!« Seine Stimme war leise, doch er duldete keinen Widerspruch.

Wieder Verharren. Er hörte keinen weiteren Einwand. Und ihre Zeit lief ab. Ihnen blieb nur der eine Versuch.

Wulf atmete tief ein und ging den Wurf im Kopf durch.

»Kein Wind. Keine Ablenkung. Ich trete nach rechts zur Seite, du musst nur werfen. Sechzig Schritt, nicht mehr. Auf die Gestalt, die Edward als Geisel hat. Groß, hager, fast kahl. Er hält ihn nahe an sich, doch sein rechtes Bein steht ab. Du kannst seinen Oberschenkel treffen, das genügt. Du hast einen Atemzug, um zu zielen und einen, um in Deckung zu gehen. Auf den Boden, der Bogenschütze links neben Edward wird auf dich zielen. Verstanden?«

Seine Stimme war kaum noch verständlich gewesen. Sie mussten bald handeln, ehe einer der umstehenden Nordmänner Robyn entdeckte. Ehe sie alle niedergemetzelt würden. All das war nur ein Vorspiel.

»Ja«, das Wort war nur ein Hauch. Fast nicht zu hören durch die Unruhe, die bei den Verhandlungen langsam zutage trat. Wulf suchte kurz den Augenkontakt zu Eadred, sein Blick bohrte sich lang genug in seinen, um ihm zu sagen, dass es Zeit war anzugreifen. Die anderen drei Männer achteten still auf das Nicken Eadreds. Sie hatten verstanden.

Als Wulf zur Seite trat, hörte er Robyn Luft holen und ausstoßen. Die Axt schwang lautlos ab, etwas zu tief. Aber sie fand ihr Ziel dennoch und zerschmetterte das Knie des Hageren. Edward, den das Blut des Mannes überzog, warf sich schon im nächsten Moment auf den Nordmann, um ihn vollständig außer Gefecht zu setzen. Der Aufschrei seiner Männer zum Kampf war ohrenbetäubend, als sie ihren Herren frei sahen. Wulf sah Edward das Messer aus der Kehle des Hageren ziehen und dabei tief durchatmen. Seine Lippen bewegten sich und er schien ein Dankesgebet zu murmeln. Die Nordmänner hätten sie nicht entkommen lassen. Nun konnten sie ihnen zumindest gleichwertig entgegentreten.

Wulf arbeitete sich seinen Weg nach vorn zu Edward und ging für den Moment jeglichen Kampfhandlungen aus dem Weg. Er stieß auf ihn, als dieser sich gerade erhob, nachdem er dem Hageren Axt und Schwert abgenommen hatte. Er selbst war vorher entwaffnet worden.

»Sag deinen Männern, sie sollen sich mehr in den Wald verteilen. Sie haben im Zweikampf bessere Aussichten als hier, wo sie zusammengepfercht eine Zielscheibe bilden.«

Edward sah sich einen Moment lang um und tauschte dann einen Blick mit Wulf. Einen letzten Blick, der Edward genügte. Er hatte keinen Verräter vor sich.

»Männer«, schrie er über die Gefechte hinweg. Seine Stimme echote um sie herum. »In die Wälder! Breitet euch aus! Kämpft Mann gegen Mann!«

Edward hielt Wulf hernach seine beiden Waffen hin.

»Schwert oder Axt?«

»Du beleidigst mich schon wieder, Sachse«, spottete Wulf, nahm die Axt und lief einem Nordmann entgegen, der sich ihnen von hinten genähert hatte.

Die Nordmänner lieferten Edwards Männern einen zähen Kampf. Wulf bemerkte erstaunt die Kondition und Ausdauer der Kämpfer. Diese Nordmänner waren nicht trainiert, um allein kurze Überfälle auszuführen. Sie kämpften mit Verbissenheit und Geschick, die weit über die brutalen, physischen Fähigkeiten der Nordmänner hinausging, mit denen es Wulf bisher zu tun gehabt hatte. In Byzanz hatten sie sich mit derlei Taktik und Beständigkeit beschäftigt, aber von seinem eigenen Volk war nie etwas solches ausgegangen. Ob es mit der Sesshaftigkeit zusammenhing? Viele Jahre, Jahrzehnte sogar hatten sich Nordmänner in England angesiedelt, viele friedlich, viele um Unruhe zu stiften und weiterhin zu plündern und zu rauben.

Wulf begann die letzten zwei Tage zu spüren. Seine Arme gehorchten ihm nicht mehr in der gewohnten Weise. Nicht einmal der einsetzende Nieselregen brachte eine Abkühlung. Das Gewitter ging träge über sie hinweg. Verhaltenes Grollen scholl durch den in der Dämmerung liegenden Wald und vermischte sich mit dem unaufhörlichen Zusammenprallen von Metallklingen und dem Geschrei der Männer. Wulf, der sich inzwischen eine zweite Axt besorgt hatte, ging einem Nordmann entgegen, der sich ihm mit breitem Grinsen näherte. Doch es verging ihm bald, da er seine eigene Geschicklichkeit bis zur Grenze herausgefordert fühlte. Nur das Brüllen seines Anführers erlöste ihn von der Niederlage, die Wulf ihm im Begriff war zuzufügen. Der blonde Riese rief seine Männer aus weiter Entfernung zurück und hieß sie ihm in den Wald in südlicher Richtung zu folgen. Sie gaben auf. Etwas anderes, dass sie gelernt haben mussten. Nordmänner kämpften bis zum Letzten und akzeptierten keine Niederlage, nur den Tod duldeten sie. Wulf beobachtete, wie sie nach und nach durch das Unterholz hasteten. Um ihn herum atmeten die Angelsachsen auf.

»Es tut gut, wieder Seite an Seite mit dir zu kämpfen, Kommandant.« Eadred stand neben ihm und grinste zufrieden. »Es ist zu lange her.«

Wulf nahm eine der Äxte auf, die ihm beim Kampf entglitten war.

»Und du, mein Freund? Verdienst dein Brot wieder als Leibwache?«

»Warum nicht? Die anderen drei und ich hatten nichts, als wir hierher zurückkehrten. Edward zahlt gut, wir haben ein Dach überm Kopf, zwei von uns Weib und Kind.«

»Du?«

Eadred lachte. Zwei von Wulfs ehemaligen Untergebenen näherten sich, als sie ihn hörten.

»Ich? Möchte die Frau sehen, die es mit mir aushalten würde!«

Wulf stimmte in das Lachen ein. Es tat gut.

»Kommandant. Welch Zufall dich hierhergeführt hat, möchte ich wissen!«

Wulf lächelte noch immer, als der Angelsachse ihm auf die Schulter klopfte.

»Rob, ich hätte nicht gedacht, dich noch einmal zu sehen«, entgegnete Wulf, »und du, Ari, auch hier?«

»Einer muss doch auf Eadred aufpassen und zusehen, dass er auch noch eine Frau abbekommt!«

»Möchtest du heute einen weiteren Kampf austragen?«, drohte ihm Eadred. Er stieß ihn an der Schulter an.

»Lass, alter Mann!« Ari grinste.

»Dieser alte Mann schickt dich gleich in die Hölle«, fuhr Eadred ihn an.

»Ich sehe, nichts hat sich geändert«, stellte Wulf fest.

»Berichte uns später, was dich hierherführt«, meinte Rob nun ernst und sah Wulf mit aufrichtigem Interesse an. »Wir glaubten dich daheim bei deiner Familie, so zerstritten sie auch ist.«

Wulfs Lächeln war verschwunden.

»Ist Edward ein guter Herr?«, fragte er stattdessen. Nicht um abzulenken, doch seine Gedanken schweiften von ihrer unverhofften Zusammenkunft ab zu seiner derzeitigen Situation.

»Ein guter Herr. Aufrichtig. Gerecht. Alles, was du auch warst. Aber ein Sachse«, fügte Ari hinzu.

»Das seid ihr auch.«

»Ja, aber Sachsen mit den Werten eines gewissen Nordmannes«, erklärte Ari.

»Du hast uns nicht umsonst fast zehn Jahre angeführt, Wulf Eilafson.« Eadred nickte nachdenklich.

»Zu viel der Ehre.« Wulf fühlte altes Vertrauen wiedererwachen. Seine Augen begannen, seine Frau zu suchen.

»Der Ehemann sucht das Weib«, grinste Eadred, »kein gutes Zeichen!«

Die drei Männer um Wulf lachten kurz, beließen es aber dabei und folgten ihm, als sie zurück zur Lichtung gingen, wo der Überfall begonnen hatte.

Edward war umringt von seinen Leuten. Er blickte auf, als sie sich ihm näherten. Eadred, Ari und Rob neigten ihren Kopf vor ihrem Herrn.

»Es ist gut, euch zu sehen«, meinte Edward. Er sagte es mit einer Ehrlichkeit, die Wulf überraschte. »Hab Dank für deinen Rat, Nordmann.« Er nickte Wulf zu. »Es brachte uns einen unverhofften Vorteil. Ich denke, selbst die Nordmänner waren am Ende müde.«

»Erstaunlich, dass sie solange durchhielten. Keine Taktik, die ich von ihnen gewohnt bin«, entgegnete Wulf.

Edward zog die Brauen zusammen. Wahrlich, dieser Nordmann schien nicht umsonst Kommandant gewesen zu sein. Eadred und seine Leute waren gut geschult in seine Dienste gelangt. Er hatte sie nicht selten von ihrem ehemaligen Kommandanten erzählen hören, mit Bewunderung und Respekt. Ein Krieger ist nur dann ein Krieger, wenn er den Feind durchschauen kann. Eadred und seine Männer hatten sich immer daran gehalten. Sie hatten es im Dienste jenes Mannes, der vor ihm stand, gelernt. Den eine Fügung zu ihm gesandt hatte. Der ihm das Leben gerettet hatte. Noch bevor Edward antworten konnte, eilte ein Jüngling zu ihnen. Geschmeidig durchquerte er das knietiefe Gras der Lichtung, an deren Rand sie standen. Vor ihnen blieb er stehen und tauschte einen Blick mit Edward. Es schien, als sprächen ihre Blicke zueinander, denn der Jüngling nickte und wandte sich daraufhin an Wulf.

»Bitte, folg mir«, bat er leicht außer Atem, »deine Frau braucht dich.«

»Führe mich zu ihr!« Wulf und die anderen folgten dem Jüngling gemeinsam über die Lichtung. Er brachte sie zu der Stelle zurück, von der Robyn die Axt geworfen hatte. Einige Angelsachsen befanden sich in der Nähe. Sie kümmerten sich um verwundete Kameraden so gut es ihnen möglich war. Jemand hatte sie bereits mit Verbandsmaterial versorgt. Robyn hockte fast an derselben Stelle, an der sie hinter Wulf gestanden hatte. Bei ihrem Anblick erinnerte sich Wulf an jene Nacht im Wald, an den Wolf, den sie getötet hatte, an jene geflüsterten Worte, die nach nur einem verlangt hatten. Und er konnte sie jetzt wieder hören. Bevor er sich zu ihr kniete, hielt ihn der Jüngling kurz auf.

Als er sprach, schien er etwas beschämt, sich selbst hervorzuheben, aber er wollte Wulf Aufklärung bringen.

»Ich habe sie während des Kampfes geschützt. Sie rührte sich nicht, nachdem sie die Axt geworfen hatte. Hockte nur da, wie jetzt. Ich glaube, sie erlitt einen Schock. Vielleicht ist sie verletzt. Ich weiß es nicht. Ich konnte nicht mehr tun.«

»*Sie* hat die Axt geworfen?«, mischte sich Edward ein.

Wulf nickte nur. Dann kniete er sich vor Robyn, die leise seinen Namen murmelte.

»Nixe.« Die Umstehenden waren überrascht, als er in seine Sprache wechselte, wenngleich seine Frau das Angelsächsische beibehielt. Eine merkwürdige Vertrautheit offenbarte dieses Gespräch, das die meisten nur zur Hälfte verstehen konnten.

»Nixe«, sprach er sie erneut an, »was ist geschehen?«

»Zu viel, Wulf«, entgegnete sie leise, »zu viel ...«

»Wäre es besser, sie ...« Edward trat einen Schritt auf beide zu, wurde jedoch von Wulf unterbrochen.

»Edward.« Zum erste Mal klangen Müdigkeit und Ungeduld in Wulfs Stimme durch. Der Nordmann atmete durch leicht geöffnete Lippen tief ein und aus, bevor er weiter sein Wort an ihn richtete.

»Meine Frau wünscht seit zwei Tagen zu sprechen. Es gab für uns keine Gelegenheit dazu. Es mag jetzt nicht der richtige Zeitpunkt sein, aber ich werde ihren Wunsch respektieren. Sie will - sie muss sprechen.«

Edward nickte und verfolgte mit den anderen, wie sich Wulf wieder seiner Frau zuwandte.

»Rede, Nixe. Bei den Göttern, rede!«, forderte er sie auf. »Ich habe es dir lange genug untersagen müssen. Nun werde ich zuhören.«

»All diese Toten, Wulf«, stieß sie hervor. »Sie waren alle tot ...«

»Die Dorfbewohner?«

»Ja ... es ist, als sei es ein Zeichen. Ein Omen, Wulf!«

»Wofür, Robyn, was meinst du?«

Sie hob den Blick. Es war das erste Mal, dass sie sich nach dem Überfall wieder ansahen. Ihre Augen verrieten eine Angst, die Wulf plötzlich ahnen ließ, woran Robyn dachte. Sie atmete schnell und unregelmäßig, als sie die Worte ausstieß.

»Was, wenn es zuhause auch so ist? Was, wenn sie auch alle tot sind?«

Sie musste husten, verzog ihr Gesicht im Schmerz. Sie musste den Blick wieder senken und sich dem Schmerz beugen.

»Warum das alles, Wulf?«, fragte sie weiter. Sie blickte wieder auf und sah ihn und die anderen einen Moment lang still an. »Warum?« Ihr Blick ging zurück zu Wulf.

»Wofür müssen wir büßen, Wulf? Warum sind uns diese Nordmänner begegnet? Tragen wir eine Schuld in uns?«

Wulf und die anderen bemerkten den roten Fleck, der sich unter ihrer Schulter auszubreiten begann. Ihre Hände, die bisher ruhig auf der Wunde an ihrer Seite gelegen hatten, hatten sich gelöst. Das helle Hemd und die Hose wurden von ihrem Blut überzogen.

Der Jüngling wollte sich zu ihr knien und ihr helfen, doch Wulf warnte ihn durch ein Handzeichen.

»Erst, wenn sie zu Ende gesprochen hat«, stieß er zwischen den Zähnen aus.

»Was ist das für eine Schuld, Wulf?« Robyn zog ihre blutverschmierten Hände hervor. »Dass wir fort sind? Dass wir nicht jenen Platz eingenommen haben, der uns vorbestimmt ist? Was?«

»Vorbestimmt?«, erwiderte Wulf. »Wenn es so wäre, Robyn, hätte man dich nicht vor all diesen Jahren in der Wüste ausgesetzt. Wir haben eine Bestimmung, Robyn, wir alle! Aber sind auch unser eigener Herr. Darin liegt unsere Bestimmung. Wir haben uns entschieden, hier zu leben.«

»Vielleicht haben wir damit das Schicksal herausgefordert, Wulf! Vielleicht haben wir uns damit über eine Macht gestellt, der wir einfach nicht gewachsen sind.«

Wulf betrachtete sie einen Moment lang stumm. Selbst in ihrem Zweifel ging eine Kraft von ihr aus, die er in all der Zeit, die sie zusammen waren, zu schätzen gelernt hatte.

»Dein Zwiespalt hat nie aufgehört, dich zu beherrschen, nicht wahr?«

Sie schüttelte leicht den Kopf.

»Ich liebe dein Volk trotz allem«, gab sie zu.

»Aber dein Vater hätte deine Stärke und Hingabe für sich benutzt, Robyn. Vielleicht hätte es noch mehr Blut deshalb gegeben. Mehr als jetzt, da wir hier sind. Deine Stärke wäre eine Vergeudung gewesen. Weder mein Vater noch der deine hätten sie zu schätzen gewusst.«

»Ich weiß …« Sie sank bewusstlos nach vorn. Wulf fing sie auf. Während er sie auf die Seite drehte, begann Edward über ihm Anweisung zu geben, ein Lager aufzuschlagen. Wulf betrachtete die Wunde. Ein Pfeil hatte sie gestreift. Ein sauberer Schnitt von der Länge einer Hand, der das weiche Fleisch oberhalb ihrer Hüfte geteilt hatte.

»Nicht hier«, meinte er zu Edward gewandt und unterbrach dessen Redefluss.

Edward sah überrascht zu ihm herab.

»Wie meinst du das?« Es klang leicht unbeherrscht. Wenngleich der Nordmann ihm nicht unterstellt war, hatte er einen Ton angeschlagen, der ihm nicht behagte.

Wulf ignorierte es. Er sprach, ohne ihn anzusehen.

»Das Gelände ist viel zu einsehbar von allen Seiten, Edward. Ein seichtes Gewässer ist in der Nähe. Ein Drachenboot könnte sich uns ohne weiteres erneut nähern. Geh tiefer in den Wald, weg vom Wasser. Höchstens einen Bach in der Nähe, um unsere Versorgung mit Wasser zu sichern.«

Edward musste wider Erwarten lächeln. Etwas Merkwürdiges hatte ihn beschlichen. Er empfand Zuneigung zu dem Nordmann. Er pflegte diese nicht leicht zu vergeben. Eine Idee formte sich in seinem Kopf, unverhofft, doch klar und deutlich. Später würde er darüber nachdenken. Jetzt jedoch nickte er, änderte seine Befehle. Zum Schluss kam er auf jene Männer zurück, die mit ihm hierhergekommen waren.

»Dec«, sprach er den Jüngling zuerst an. Dieser kniete bereits bei Wulf, um sich die Wunde näher anzusehen. Wulf bemerkte wiederum, dass es nicht mehr Worte brauchte, damit der Jüngling verstand, was Edward von ihm verlangte.

»Sire«, entgegnete er, »ich werde sie nicht bewegen. Ich muss sie hier nähen. Lass mir zwei Wachen hier, wir kommen später nach.«

Edward blickte zum Himmel.

»Es könnte bald anfangen zu regnen. Das Gewitter hat sich scheinbar gedreht. Wirst du es schaffen?«

»Ja, Sire, ich habe bereits alles hier, was ich brauche, um sie zu verarzten.«

»Ist gut. Eadred, Rob, ihr bleibt hier. Seht euch um, dass sich niemand nähert. Wir bewegen uns in nördlicher Richtung und schlagen dort ein Lager auf. Ich erwarte euch noch vor Mitternacht, wenn nicht, schicke ich Männer hierher zurück.«

»Sire.« Eadred ließ sie zurück, während er mit Rob im Wald verschwand, um Ausschau zu halten.

»Wulf«, es war das erste Mal, das Edward ihn mit Namen ansprach, »deine Frau ist in den besten Händen. Ludeca ist von angesehenen Ärzten des Morgenlandes ausgebildet. Ich erwarte euch später im Lager.«

»Hab Dank, Edward«, Wulf blickte auf, »auch für deine Geduld.«

Edward nickte.

»Deine Frau ist bemerkenswert. Ich bin selten einer solchen begegnet.«

Als Edward und die anderen sie verließen, kam etwas Wind auf. Das Gewitter kam zurück. Diesmal würde es keine Rücksicht nehmen.

2.

Bitte, leg sie auf den Boden, so werde ich besser arbeiten können«, bat Ludeca leise. Er hantierte mit Verbandsmaterial und Wasser, das er herangeschafft hatte.

Wulf folgte ohne Widerspruch. Dann beobachtete er das Tun des jungen Mannes. Seine Arbeit verrichtete er fließend, ohne Unterbrechung, ohne Unsicherheit. Seine zusammengezogenen Brauen bewegten sich kaum. Er hatte jegliche Ablenkung von sich geschoben und legte seine Konzentration in die Ruhe seiner Hände, die selbst beim aufkommenden Gewittersturm keinen falschen Stich taten. Den Verband, den er mit Wulfs Hilfe hernach anlegte, zog er fest um Robyns Taille, damit Wulf sie zum Lager tragen konnte. Später würde er ihn etwas lockern.

»Deine Frau benötigt dringend gutes Essen«, sagte er noch immer leise, unsicher ob der Nordmann einen Rat akzeptieren würde, »auch du bist nicht gut genährt, wenngleich ein Mann dies besser ausgleichen kann.«

»Es gab wenig gutes Essen im Fischerdorf«, berichtete Wulf und legte Robyn das Hemd um. Er hatte seines dafür genommen, das andere war nicht mehr zu gebrauchen gewesen.

Ludeca sah auf.

»Ein Problem, dem ich bereits öfters begegnete. Die Leute dort können sich nicht ausreichend ernähren. Es gibt zu wenig Obst oder Gemüse. Ich begleite Edward stets bei seinen Unternehmungen und habe die Menschen beobachtet. Als Arzt komme ich mir oft machtlos vor.«

»Es war nicht zu ändern. Jene Zeit dort im Dorf blieben wir unter Zwang.«

»Ja, ich hörte davon. Die Menschen sind schrecklich arm. Sie leben unter schlimmen Umständen. Und es sind die Frauen, die ihnen fehlen. Sie sind am schwächsten und sterben zuerst. Im Dorf gab es bestimmt wenige Frauen.«

»So ist es. Kaum Kinder zudem«, sagte Wulf, »und wenn dann kränklich, selten vollkommen gesund.«

Ludeca nickte wissend.

»Der Körper deiner Frau wählte gut. Er entschied, keinem Kind das Leben zu schenken. Ihr seelischer Zustand schien überdies gelitten zu haben. Doch ich meinte eine merkliche Entspannung zu spüren, nachdem sie zu dir gesprochen hatte.«

»Deine Schule liegt wahrlich im Morgenland«, bemerkte Wulf, »sie versuchten stets Körper und Seele zu heilen.«

»Eine Schule, die dir nicht unbekannt zu sein scheint.« Ludeca lächelte leicht.

»Nein, ich war dort zu lange.«

»Wulf?«

Wulf sah den nachdenklichen Blick, den Ludeca auf seine Frau warf.

»Sorgst du dich um die Gesundheit meiner Frau?«, fragte er.

»Die Wunde wird gut heilen. Da bin ich sicher. Ich denke nur ...«

»Was?«

»Du solltest Edwards Gastfreundschaft nicht ausschlagen.«

»Woher willst du wissen, dass er mir diese gewähren wird?«

»Ich stehe lang genug in seinen Diensten. Und seine Dankbarkeit ist groß. Es betrifft weniger seine Person als vielmehr seine eigenen Leute, um die er sich stets sorgt und die ihr heute gerettet habt.«

»Und seinen Sohn, der heute hätte genauso gut sterben können. Oder irre ich?«

Ludeca sah überrascht auf, lächelte dann jedoch ausatmend.

»Dein Scharfsinn sollte mich nicht überraschen. Eadred hat sehr viel davon berichtet, während er mich in Waffenkunde unterwies. Ich bitte dich nur, darüber zu schweigen. Es wissen nicht viele und nicht viele sind derart klug wie du.«

»Edward besitzt einen klugen Sohn«, erwiderte Wulf jedoch, »er hat schon in jungen Jahren die Hände eines Zauberers. Ich danke dir für das Leben meiner Frau.«

»Ich tat es gern. Wirst du indes die Gastfreundschaft annehmen?«

Wulf sah zurück zu Robyn, die er bereits auf seinen Armen hielt, da sie im Begriff waren zu gehen. Er erlaubte sich in Gegenwart des jungen Mannes über ihre Stirn zu streichen, über ihre noch immer geschlossenen Augen.

»Ich werde nicht nein sagen«, beschloss er dann, »schon um ihretwillen.«

3.

Robyn blinzelte in die Sonne. Die Läden des Fensters waren zur Hälfte aufgeschoben und ließen die kühle Luft des Spätsommerabends in das Gemach. Genüsslich atmete sie sie ein, während sie unter zwei schweren Decken lag, deren Wärme sie umgab. Sie fühlte ihren Körper, der langsam wieder ihr eigener wurde. Die Reise zu Edwards Burg hatte zwei Tage gedauert. Zwei Tage, die sie auf der Ladefläche eines der beiden Pferdewagen verbracht hatte, halb besinnungslos, halb schlafend, Wulf stets in ihrer Nähe. Es hatte sie beruhigt, in der Nacht seine Hand halten zu können. Alles Weitere schien im Moment belanglos. Sie wusste, wo sie war, dass Edward sie gebeten hatte, ihn zu begleiten, damit sie selbst genesen konnte und er gutmachen konnte, dass sie ihm das Leben gerettet hatte.

Sie lauschte den Grillen, dem Rauschen eines Baches in der Nähe, dem Knacken des Feuers im Gemach. Ihr Blick ging zu der Schüssel mit Wasser, die neben dem Lager stand. Ein sauberes Unterkleid lag daneben. Sie kroch unter den Decken hervor und harrte einen Moment lang an der Kante des Lagers. Fast musste sie grinsen bei dem Gedanken, dass sie es mittlerweile gewohnt sein sollte, Verletzungen zu ertragen.

Sie holte Luft und ging Schritt für Schritt zu der Kiste, auf dem die Schüssel stand. Das Tuch, das sie in das Wasser tauchte, roch blumig und etwas süßlich. Dankbar nahm sie es. Sie erfrischte sich damit bis sie leicht zu frösteln begann. Umständlich streifte sie das Unterkleid über. Sie spürte die Vertrautheit des angelsächsischen Schnittes und achtete darauf, dass sie die verbundene Taille schonte. Sie nahm den Kamm, der auch auf der Kiste gelegen hatte und trat zurück an das Bett. Dann versuchte sie, ob sie darin eine Weile sitzen konnte. Zufrieden ließ sie daraufhin den Kamm durch ihr Haar gleiten. Sie ließ keine störenden Gedanken zu und konzentrierte sich allein auf ihr eigenes Wohlbefinden. Nur für den Augenblick wollte sie nicht nachdenken.

»Nixe?«

Etwas fuhr über ihr Gesicht, leicht, sanft, von gewohnter Wärme.

»Nixe?«

Sie rekelte sich im Halbschlaf und hörte ein leises Lachen. Die Hand strich erneut über ihre Schläfe, durch ihr Haar, über ihren Nacken. Sie murmelte etwas Unverständliches und ließ ihre Hand solange über die Decke wandern, bis sie sie auf den Unterarm ihres Mannes legen konnte.

Wulf gab es bei ihrer Berührung auf, sie dazu zu bewegen, sich wieder bequem unter die Decken zu legen. Scheinbar war sie eingeschlafen, als sie sich das Haar gekämmt hatte. Sie lag quer über das Lager und hatte tief in der kalten Luft des Gemachs geschlafen. Wulf hatte die Läden geschlossen und Holz nachgelegt. Dann hatte er sich für einen Moment im erwachenden Schein des Feuers an ihrem Anblick erfreut.

Er streifte Stiefel und Hemd ab, um sich neben ihr niederzulassen und sie etwas zu wärmen.

»Schmerzen, Nixe?«, flüsterte er in ihr Ohr, als er sie an sich zog.

»Ich könnte Bäume ausreißen«, war ihre Antwort und er lachte.

»Ah, Nixe, es tut gut, deine Stimme so klar zu hören. Die letzten Tage musste ich bei einer Unterhaltung Vorlieb mit Angelsachsen nehmen.«

»War das so schlimm? Letztlich bin auch ich eine.«

Sie hielt ihre Augen noch immer geschlossen, während sie mit ihm sprach.

»Und doch nicht. Ich sehe oft beides in dir.«

»Ich fasse das als Kompliment auf«, murrte sie leise in sein Ohr. Gleichzeitig spürte sie seine Lippen auf ihrer Schulter und hörte, wie er tiefer die Luft einsog.

»Hast du dich erfrischt?«, wollte er wissen.

»Mmh.«

»Du riechst gut«, stellte er einfach fest.

»Ich liebe dich, Wulf.«

Robyn bemerkte, wie er kurz zusammenzuckte. Seine Lippen ließen von ihrer Schulter ab. Er hob den Kopf und blickte in ihre geöffneten Augen.

»Robyn ...«, stieß er hervor.

»Deine Nachsicht gibt mir sehr viel Kraft, weißt du das?«, fragte sie, ihre Stimme schwankte dabei.

»Wäre ich ein guter Mann, hätte ich dich viel eher reden lassen. Stattdessen habe ich dir verboten zu reden. Nennst du das Nachsicht?«

»Es geschah aus Notwendigkeit«, erwiderte sie.

»Wie man es auffasst. Verzeih mir, dass du vor so vielen Fremden sprechen musstest.«

»Wulf?«

»Mmh?«

»Du willst so sehr mit mir über unsere derzeitige Situation reden. Über das, was wir in der Zukunft tun werden.«

»Ja ... und?«

»Alles, was du im Moment tust, ist, mich im Arm zu halten, mich zu wärmen, mit mir zu scherzen und mir das Gefühl zu geben, sicher zu sein.«

»Ich verstehe, was du meinst«, gab er zu.

Sie schwiegen eine Weile.

»Wünscht Edward mit uns zu reden?«, fragte sie dann ahnend.

»Ja, ich habe das Gefühl, dass er uns einen Vorschlag unterbreiten will zwecks unseres Hierbleibens.«

»Wann wünscht er uns zu sprechen?«

»Er überlässt es dir und deiner Verfassung.«

»Mmh.« Sie merkte, dass sie noch immer nicht bereit war, näher darüber nachzudenken.

»Lass dir Zeit«, las er ihre Gedanken.

Sie lächelte unverhofft.

»Was ist?« Er erwiderte es.

»Ich freue mich darauf, dich meinem Vater vorzustellen. Ihm zu sagen, wie glücklich ich bin. Ihn wissen zu lassen, dass ich mit Stolz deine Frau bin.«

Wulf beugte sich näher zu ihr und fühlte ihren Atem an seinen Lippen, während er ein Wort hauchte, das einer Liebkosung gleichkam. Ein Wort, das sie vieles vergessen ließ, das ihre Gedanken an Vergangenes und Zukünftiges ruhiger werden ließ.

»Nixe.«

Robyn konnte seine Rücksicht selbst dann fühlen, als er sie küsste und vorsichtig seinen Arm um sie legte, bedacht, ihre Wunde nicht zu berühren. Sie schlief ein, während ihre Lippen noch auf seinen lagen. Er zog behutsam die Decken über sie und gab ihr das, wonach es sie verlangt hatte.

4.

Robyn starrte in die Glut des Feuers.

Ihr Körper heilte schnell. Das erlaubte ihr, die Gedanken wieder auf die Zukunft zu lenken. Und sie akzeptierte es.

Sie umfasste die Lehnen des mächtigen Holzstuhles fester. Für lange Zeit weilte ihr Geist im Nordland, versuchte zu spüren, was inzwischen geschehen war. Frühling und Sommer waren vergangen. Ob Harold und Kark sich des Königreiches bemächtigt hatten? Ob sich ihr Vater dagegengestellt hatte? Und was war mit Wulfs Vater? Was mit Arnulf? Annija? Irm? Ingrid?

Sie stöhnte auf und beugte ihren Arm auf der Lehne, um ihre Hand an die Stirn legen zu können. Ihr Atem ging schneller, zu schnell. Die Wunde begann zu stechen, doch für lange Zeit war sie unfähig, ihre Gedanken aufzuhalten. Ihre Erinnerungen. All jene Bilder, die sie dort zuweilen heimgesucht hatten, waren Bilder aus ihrer Vergangenheit. Einer glücklichen Vergangenheit. Sie war mit Ingrid aufgewachsen. Sie hatten oft in den westlichen Wäldern gespielt. Selbst Arnulf hatte sie gekannt. Annija. Damals waren sie so alt wie sie jetzt gewesen, voller Träume und Hoffnungen für die Zukunft. Sie alle waren zerstört worden. Zerstört nur kurze Zeit später, nachdem Eilaf in seiner Machtgier das einzige Kind seines Bruders verschwinden ließ. Der dann selbst Ansprüche auf den Thron stellte und das Königreich spaltete, auch wenn er das nicht beabsichtigt hatte.

Wie hatte es so weit kommen können? Wieso übte Macht einen solchen Einfluss auf die Menschen aus? Ließ sie töten. Sie skrupellos werden. Sie vergessen, dass es wichtigere Dinge gab.

»Dona«, flüsterte sie leise und ließ den Klang ihres wirklichen Namens ihre Gedanken lenken.

Hatte sie geglaubt, dass sich ein Vergessen einstellen würde? Dass sie und Wulf alles hinter sicher lassen können würden? Alles?

Wie sehr hatte sie sich getäuscht. Achtundzwanzig Gräber hatten all das zunichte gemacht. Hatten ihr das Schicksal in Erinnerung gerufen. Das Schicksal jener, die sie zurückgelassen hatten. Jene, deren Königin sie war. Jene Königin, die den Prinzen zum Mann hatte, der ihnen der weiseste König geworden wäre. Der sie jedoch aufgegeben hatte. Der ihnen nicht verzeihen konnte, was sie seiner Frau angetan hatten.

Ath, geliebter Vater, dachte sie, *was soll ich tun? Was? Was, damit wir glücklich sein können, mein Mann und ich. Was würdest du tun?*

Er würde ihr eine praktische Lösung vorschlagen, dessen war sie sicher. Er würde wahrscheinlich sagen, dass sie gesund werden sollte. Um ihn dann zu finden, wie es ihr Vorhaben gewesen war.

Und er würde ihr raten, auf der Hut zu sein.

Erneut umwehte sie der Hauch eines Parfums, als würde ein versteckter Luftzug gehen von jenem Ort, an dem ihr Beobachter weilte. Der Spion schien auf sein Äußeres Wert zu legen. Hielt er sie vielleicht für eine Bedrohung? Handelte er oder sie im Auftrag Edwards? Oder hatte Edward Feinde in den eigenen Reihen?

Für den Moment wurde es leiser in dem großen Raum, in dem sie sich befand. Das Feuer züngelte gierig nach den letzten Stücken der zusammengefallenen Scheite. Da. Ein Kratzen. Als hätte ihr Beobachter den Fuß kurz über den Boden geschleift und sich bequemer hingestellt. Ihr rechtes Ohr war keine große Hilfe, doch ihr linkes ließ sich nicht täuschen.

Sie würde Wulf warnen müssen, wenn er hier erschien. Aber wie? Was, wenn der Spion die nordische Zunge verstand? Davon alarmiert würde er zu schnell flüchten können. Welche andere Möglichkeit hatte sie, damit Wulf ihn erwischen konnte? Was, um herauszufinden, ob er von Edward geschickt worden war?

Robyn schreckte auf, als sich die Tür öffnete und Wulf eintrat. Er schritt durch die kleine Halle, in der sie auf Edward gewartet hatte. Wulf hatte ihn verständigt, dass sie heute Abend bereit waren, mit ihm zu reden. Wulf und sie hatten vereinbart, sich Edwards Vorschlag, egal wie er aussehen würde, anzuhören. Falls er ihnen anbot hier zu bleiben, wollten sie es erwägen, Edwards Hilfe in Anspruch zu nehmen. Sobald sie seines Vertrauens sicher waren, konnten sie ihn bitten, sie bei der Suche nach Ath zu unterstützen. Solange sie sich darüber nicht im Klaren waren, wollten sie ihm im Glauben lassen, sie wären Familienstreitigkeiten aus dem Wege gegangen, so wie er es mit Sicherheit von Eadred bereits in Erfahrung gebracht haben würde. Wer sie in Wirklichkeit waren, welche Stellung sie im Nordland rechtmäßig innehatten, wollten sie nicht preisgeben. Eadred wusste nichts darüber, genauso wenig wie die anderen drei Männer, die gemeinsam mit Wulf in Byzanz gedient hatten. Sie würden abwarten.

Ehe er sich an Robyn wandte, bemerkte Wulf das ausgehende Feuer. Ihm entging Robyns Blick daher. Als er einige Scheite nachgelegt hatte, drehte er sich zu ihr. Er fand sie blass und schmal in dem Stuhl sitzend. Ein langes dunkelgrünes Gewand umschloss ihren heilenden Körper. Als sein Blick in ihren tauchte, verengten sich ihre Augen kurz, doch sie wurden von Edward unterbrochen, der mit Ludeca, seiner Frau Judith und Eadred den Raum betrat. Noch kurz hielt Robyn den Blick ihres Mannes fest. Es genügte, um ihn wissen zu lassen, dass etwas nicht stimmte.

Edward kam auf sie zu. Er nickte Wulf kurz zu, dann richtete er das Wort an Robyn. Sie hatten sich seit drei Tagen, seitdem sie hier angekommen waren, nicht gesehen und Robyn entging nicht die Aufrichtigkeit seiner Freude, sie wohlauf zu sehen. Vielleicht würde sie seine Ehrlichkeit auf die Probe stellen müssen, mit einer List zwar, aber womöglich zweifelte sie zu Unrecht an Edward und der Beobachter handelte im Auftrag eines anderen, beschattete sie aus einem einfachen Grund. Was taten sie selbst und Wulf hier? Warum hatte Edward sie gebeten zu bleiben? Robyn überzog ganz plötzlich eine Gänsehaut.

»Sei gegrüßt, Robyn. Ich sehe, Ludeca hat nicht übertrieben. Es scheint dir tatsächlich besser zu gehen, wenngleich du wohl noch etwas Ruhe brauchen wirst.«

»Hab Dank, Edward«, antwortete Robyn, »ich befand mich in ausgezeichneten Händen. Ludecas Hände heilen wahrhaftig. Hab Dank auch für deine Gastfreundschaft.«

»Sie sei dir solange gewährt, bis du wieder vollkommen genesen bist ... vielleicht noch ...«

»Ah, bitte.« Robyn unterbrach ihn entgegen der Höflichkeit. Das entging Edward nicht. Robyn warf Wulf aus den Augenwinkeln einen Blick zu und ließ zu, dass Edward und die anderen ihn auch sahen. »Edward, bitte, stelle mir doch die wunderschöne Lady zuerst vor, bevor wir weiterreden ...«

Edward neigte den Kopf und streckte die Hand aus, die die junge Frau ergriff. Sie trat neben Edward.

»Robyn, dies ist meine Frau Judith.«

Robyn lächelte.

»Mein Mann hat mir bereits berichtet, Edward hätte eine wunderschöne junge Frau an seiner Seite.«

Judith erwiderte das Lächeln etwas scheu, doch dann, als sie die ehrliche Freundlichkeit spürte, freier.

»Dein Mann kann sich selbst glücklich schätzen«, entgegnete sie, »ich bewundere deine Stärke, nach nur wenigen Tagen mit einer solchen Verletzung schon so wohlauf zu sein. Und wunderschön«, sie kicherte, was ihre Jugend erkennen ließ, »bist du selbst auch.«

Robyn musste lachen. Es war lange her, dass sie in Gegenwart einer Frau ihres Alters hatte lachen können. Sie mochte Edwards Frau.

»Schmeichlerin«, spottete sie. Sie mussten wieder lachen, auch wenn Robyn in diesem Augenblick ihre List geschickt überdachte. Edwards Frau bot ihr die Gelegenheit, auf die sie gewartet hatte. Ihre Hand auf der Lehne streifte kurz die ihres Mannes, während sie vorgab, sich bequemer zu setzen.

»Mein Mann erzählt mir oft Geschichten von Legenden, alten Göttern und Feen«, erzählte sie, »dein rotes Haar, Lady Judith, erinnert mich an Harald Blauzahns Frau. Sie soll genauso dichte, rote Wellen gehabt haben wie du.«

»Nun, man zog mich als Kind oft damit auf«, meinte Judith, »aber Harald Blauzahn … Sprichst du vom König von Dänemark?«

»Ja, Wulf erzählte einiges über ihn. Zu Lebzeiten zügellos, machtgierig, dass er selbst Wulfs Heimat besitzen wollte. Und mehr, sogar das Land der Erdgeister wollte er besitzen.«

Judith kicherte wiederum.

»Ja? Wie wollte er das tun?«

Robyn betete, dass Wulf ihr Zeichen verstehen würde. Gleichzeitig hoffte sie, dass sie keine Lüge in Edwards Augen erkennen würde. Ihr Blick hob sich, als sie weitererzählte. Sie sah Edward an, der ihren Worten aufmerksam lauschte.

»Nun, er bediente sich eines Zauberers, der das Land und die Erdgeister erst erkunden sollte. In Gestalt eines Wales schwamm er um die Insel der Erdgeister, doch sie ließen ihn nicht an Land. Sie misstrauten ihm und ließen ihn nicht näherkommen. Harald musste daraufhin aufgeben.« Robyn lachte leise. »Wirklich komisch, nicht wahr? Warum würde man so etwas wohl tun?«

Sie sah es. Edward hatte verstanden. Und Wulf, der sich unauffällig umsah und horchte ebenso. Edward verstand für den Moment die Gefahr nicht, in der sie sich befanden. Doch er verstand ihre indirekte Frage und beantwortete sie.

»Ja, warum? Ich würde es nicht so tun. Warum die Erdgeister nicht fragen? Von Angesicht zu Angesicht. Vielleicht ließen sie mit sich reden.«

Eine Tür knallte draußen auf dem Gang.

»Eadred«, rief Wulf. Dieser reagierte umgehend. Ohne Zeit zu verlieren stürzten sie hinaus.

Edward sah ihnen nach. Dann blickte er zurück auf Robyn, die zitternd auf dem Stuhl saß.

»Ein Spion, Edward«, rang sie sich von den Lippen, »jemand hat uns belauscht, deshalb meine Geschichte.«

»Gott schütze dich«, stieß er aus, »ich weiß, warum ich dich und deinen Mann zum Hierbleiben überreden will.« An Ludeca gerichtet fügte er hinzu: »Bleib mit Judith hier!«

Daraufhin rannte er hinaus und folgte Wulf und Eadred nach draußen auf den Gang, in den der Spion geflüchtet war.

Robyn erhob sich mühselig. Judith kam ihr zu Hilfe und legte ihr den Arm um.

»Die Fenster«, sagte Robyn schwach, »gehen sie zum Hof hinaus?«

»Ja«, antwortete Ludeca an Judiths Statt. Er ging zu den Läden und öffnete eines der Fenster weit. Die Abendluft umhüllte sie, während Judith mit Robyn zum Fenster schritt. Dort verweilten sie und folgten den Geräuschen, die aus der Burg zu ihnen drangen.

Der Beobachter schien noch immer auf der Flucht. Sie hörten Geschrei durch die Gänge schallen. Manchmal glaubte Robyn auch Wulfs Stimme zu hören, aber sie war sich nicht sicher. Schritte, Echo, wieder rasche Schritte, Treppen wurden genommen, Türen schlugen zu, dann schließlich schoss ein kleiner Mann aus der Tür, die unter ihnen lag.

»Oh, mein Gott«, entfuhr es Judith, »es ist einer der Diener.«

»Alkun. Er ist einer von Edwards Leibdienern«, erklärte Ludeca grimmig. Judith beugte sich, als sie sicher war, dass sich Robyn am Fensterrand festhielt, zu ihm, um kurz seinen Arm zu berühren.

»Alles wird gut, Dec. Dein Vater wird ihn kriegen. Wulf und die anderen werden ihm helfen.«

Robyn hatte keine Zeit, darüber nachzudenken, dass der junge Mann, der sie seit Tagen umsorgt hatte, Edwards Sohn war, denn unten erschien Wulf, der zusammen mit Eadred und zwei weiteren Männern über den Hof rannte und den Diener verfolgte. Der hatte sich auf den Rücken eines der Pferde geworfen hatte und steuerte dem Ausgang entgegen. Fast überritt er dabei seine Verfolger, die ihn nicht aufhalten konnten. Eadred wies daraufhin auf die verbleibenden ungesattelten Pferde. Wulf nickte.

In diesem Moment erschien auch Edward mit weiteren Wachen. Er blickte auf Wulf, sah wie er und Eadred auf die Pferde sprangen. Er sah die Perfektion dabei, die Geschmeidigkeit, die stumme Übereinkunft der beiden, als sie dem Diener folgten. Die anderen beiden Männer hatten weit mehr Schwierigkeiten auf die Pferde zu kommen. Sie waren es nicht gewohnt ohne Sattel zu reiten und konnten nur mit Hilfe herangelaufener Stallknechte aufsteigen. Dann preschten sie an ihnen vorbei.

Edward bellte über den Hof, dass man weitere Pferde bringen sollte. Diese wurden gesattelt, doch sie verloren wertvolle Zeit dabei. Ein Dutzend Männer verließen in Edwards Begleitung den Hof, der in einer Staubwolke zurückblieb.

5.

Wulf nickte Eadred kurz zu. Daraufhin trennten sie sich. Eadred ritt den kleinen Abhang weiter herunter, während Wulf vom Pferd stieg und die Zügel hängen ließ. Das Pferd, obwohl jung und unerfahren, war schon soweit trainiert, dass es unbeweglich wartete. Wulf erkannte die geschulte Hand Eadreds an der Kreatur. Er vermochte den Tieren überlebenswichtige Taktiken beizubringen wie kein anderer. Sleip hatte viele Tricks von ihm gelernt. Tricks, die seinem Reiter oft von Nutzen gewesen waren.

Wulf versicherte sich der beiden Äxte an seinem Gürtel und schlich durch das Unterholz weiter. Der alte Wald, durchzogen von Linden und Eichen, lag fast geräuschlos da. Die Herbstsonne schien durch das noch dichte Blattwerk und warf ein für unerfahrene Krieger undurchdringliches Schattenmuster auf die Umgebung.

Einen Moment zweifelte Wulf an seinem Unterfangen. Wofür setzte er sich ein? Wen verfolgte er? Ohne die Umstände zu kennen, war er dem Spion gefolgt. Ohne zu wissen, wem er diente. Edward? Edwards Feinden? Wem? Was, wenn ihm selbst etwas zustieß? Er dachte an seine Verantwortung. Er dachte an Robyn. Es hatte ihn niemals gestört, von Dora getrennt zu sein. Er hatte sich, nach dem sie ihm ihr wahres Gesicht gezeigt hatte, von ihr abgewandt und war ohne Reue zurück nach Byzanz gegangen. Jetzt – jetzt war es anders. Robyn war es wert zu sterben. Sie zu beschützen. Sich niemals von ihr abzuwenden.

Seine Hand glitt zu einer Axt. Er nahm sie vom Gürtel, als er des Spions ansichtig wurde.

Robyn hatte ihm zu verstehen gegeben, dass sie beobachtet wurden. Edward hatte die List verstanden und er hatte geantwortet. Und Wulf glaubte ihm.

Vorsichtig darauf bedacht, das Licht nicht an der Klinge zu brechen, schlich Wulf weiter auf den Spion zu.

Und er wusste, dass Robyn Edward geglaubt hatte. Sonst hätte sie ihn selbst nicht einer solchen Gefahr ausgesetzt. Sie hätten leicht in eine Falle tappen können. Doch, dass der Spion allein war, davon hatte sich Wulf bereits überzeugt. Keine Hilfe hatte im Wald gelauert. Scheinbar hatte er nicht mit Robyns Schläue gerechnet. Ein oft begangener Fehler. Wulf selbst hatte Frauen zu lange unterschätzt, doch seine zweite Frau hatte ihn gelehrt, dass es noch eine andere Schlauheit als die berechnende gab. Jene hatte er viele Jahre zuvor selbst erfahren. Sie hatte ihn Werte vergessen lassen, denen er einst treu gedient hatte.

Eine Bewegung ließ Wulf erstarren. Rechts kroch ein zweiter Schatten um die Bäume. Dahinter ein dritter. Er hatte sich geirrt. Der Spion war nicht mehr allein. Ihn hatte man aber noch nicht bemerkt. Sie schienen seinen nächsten Schritt abzuwarten. Wulf bewegte seinen Kopf weiter nach rechts. Er lächelte. Eadred hatte nichts verlernt. Unbeweglich wartete er auf dem Pferd nur einige Schritte außerhalb des Waldes. Er verschmolz mit seiner Umgebung und war nur für ein geübtes Auge auszumachen. Und die Männer um Wulf waren nicht derart geübt. Dazu brauchte es langjährige Erfahrung. Eadred und er selbst hatten über ihr halbes Leben nicht anderes getan, als den Kaiser auf diese Weise zu überwachen. Ungesehen vom Feind, die Überraschung stets auf ihrer Seite.

Ehe Wulf ihr weiteres Vorgehen planen konnte, musste er herausfinden, mit wie vielen Gegnern sie es zu tun hatten. Edward und die anderen würden ihnen in unbestimmbarer Zeit zu Hilfe kommen, aber dann konnte es bereits zu spät sein.

Wulf betrachtete seine nähere Umgebung eingehend und wählte sorgfältig aus, in welche Richtung er laufen würde, um den Feind herauszulocken. Er würde sein Spiel mit ihm spielen.

Er wählte den Hang, der sich vor ihm noch ein gutes Stück fortsetzte. Ohne Vorbereitung sprang er jäh auf und hastete den Hang hinunter. Scheinbar kopflos schlug er im Laufen tiefhängende Äste fort, rannte im Zickzack, dann wieder geradeaus. Er wollte die Gegner täuschen. Was sie dabei nicht bemerkten, war Wulfs wachsames Auge. Er zählte insgesamt fünf Männer, den Spion mit eingerechnet. Wulf erstaunte es, dass er unter ihnen ein bekanntes Gesicht ausmachte: Den blonden Recken, der die Nordmänner vor einigen Tagen angeführt hatte. Demnach musste der Spion, der Angelsachse war, mit den

Nordmännern zusammenarbeiten. Aber wofür? Für wen? Im Dienste des blonden Nordmannes? Wozu der Aufwand?

Unten am Hang passierte Wulf in diesem Moment eine eng stehende Baumgruppe. Durch den gewonnenen Vorsprung wagte er es, die Hast zu unterbrechen. Mit einem plötzlichen Haken verschwand er hinter der Baumgruppe, ließ sich hinter einem Holunderbusch fallen und blieb reglos liegen. Sein Verschwinden rief die gewünschte Verwirrung hervor. Er konnte die aufgeregten, gedämpften Verwünschungen hören. Sie wurden in angelsächsischer als auch nordischer Zunge ausgestoßen. Als einer der Männer Wulf daraufhin gefährlich nahekam, ließ Wulf von den Äxten und zog sein Messer hervor. Er verabscheute diese Art des Kämpfens zutiefst, aber ihm wurde keine Wahl gelassen. Eadred war noch zu weit weg, um ihm zu Hilfe zu kommen. Für die anderen vier unsichtbar, richtete sich Wulf geräuschlos hinter dem Mann auf, umschloss dessen Mund, zog ihn nach unten und ließ die Klinge ein einziges Mal über seine Kehle fahren. Der Mann litt nicht lang. Sein Geröchel machte die vorgehaltene Hand unhörbar.

Wieder Verwirrung. Wulf wusste, dass er ein Risiko eingegangen war. Es war Zeit, dass Eadred auftauchte. Schon bewegten sich die vier anderen in seine Richtung, in die sie ihren Kameraden zuletzt hatten gehen sehen. Wulf schärfte den Blick. Es waren nur noch drei. Wo war der vierte Mann? Er musste in dem Augenblick verschwunden sein, als er sein Opfer überwältigt hatte. Wulf blieb reglos liegen und versuchte den anderen auszumachen. Wo blieb Eadred?

In diesem Augenblick knackte das Unterholz vernehmbar. Wulf wurde dabei einer Bewegung in einer der Baumkronen gewahr. Der vierte Mann saß dort oben und spannte einen Bogen. Edward und die anderen durchbrachen das Unterholz. Sie stürmten auf die verbliebenen drei Männer zu.

»Verdammt.« Wulf konnte nicht verhindern, dass einer von Edwards Männern sofort von dem Bogenschützen niedergestreckt wurde. Edward zügelte daraufhin die Pferde und ließ die Männer abspringen, doch Wulf hatte bereits reagiert. Er hob eine der Äxte und warf. Sie passierte die erstarrten Männer und landete im Baum, aus dem ein ohrenbetäubender Schrei ertönte. Der Bogenschütze fiel zu Boden. Das ließ die anderen aus der Erstarrung erwachen. Edwards Männer fielen über die verbliebenen Männer her. Der blonde Nordmann allein hatte sich an einer günstigen Position befunden und suchte das Weite, als er die Überzahl der Gegner bemerkte. Wulf setzte zur Verfolgung an. Die anderen waren längst überwältigt und hatten mit ihrem Leben bezahlt. Er hörte Edwards wütende Stimme, ein Zeichen, dass er ungehalten darüber war, den Spion nicht nach seinen Beweggründen befragt haben zu können. Wulf konzentrierte sich auf den blonden Nordmann vor sich, wenngleich er die anderen Männer hinter sich hörte. Sie hatten desgleichen zur Verfolgung angesetzt. Als sie einen Bach durchquerten, der durch den Wald eine unerwartet breite Schneise schnitt, holte Wulf den Nordmann ein. Er setzte zum Sprung an, warf ihn und sich selbst um. Prustend kamen die beiden wieder zum Stehen, Wulf die Axt in abwartender Stellung vor sich, der blonde Nordmann grinsend.

»Eine Waffe, die meinen Respekt verdient, Nordmann. Nicht so plump wie die Waffen der Angelsachsen.« Der Blonde zog seine eigene Axt vom Gürtel.

Wulf lauschte der Zunge des Nordmannes. Er erinnerte sich, sie weit im Osten seiner Heimat gehört zu haben, fernab seines Königreiches, doch war sie ihm nicht unbekannt.

Edward hatte sie mit den anderen inzwischen erreicht. Er wollte eingreifen, doch Wulf hielt ihn zurück.

»Nein«, bellte er ungehalten, »haltet euch heraus!«

»Recht so, Bruder«, spottete der blonde Nordmann, »wir wünschen keine Einmischung.«

»Ich bin nicht dein Bruder!« Wulf stürzte sich auf ihn. Die Klingen der Äxte prallten aufeinander. Es schallte von allen Seiten wider. Eadred, der sie inzwischen gefunden hatte, wartete auf seinem Pferd abseits. Er beobachtete wie die anderen den Kampf, den Unwillen beider Krieger nachzugeben oder sich eine Schwäche zu erlauben. Trotzdem meinte er nach einer Weile ein Nachlassen von Wulfs Kräften zu bemerken und er war nicht allein damit. Der blonde Nordmann merkte das ebenfalls. Er fühlte wie die Schläge einfacher abzuwehren waren. Um so kräftiger ließ er seine Axt sprechen und schlug mit noch größerer Kraft auf den anderen ein. Beim nächsten Hieb stellte sich Wulf aufrecht. Er holte von oben verzweifelt aus und gab dem anderen seine Deckung preis, was dieser bereitwillig auskosten wollte, doch er hatte seinen Gegner unterschätzt. Im selben Augenblick zog sich Wulf zusammen und wich dem Schlag aus, indem er sich zur Seite drehte. Er ließ die Axt auf den nun gekrümmten Rücken des Gegners niedersausen. Der blonde Nordmann fiel nach vorn wie ein Stein und tauchte in das seichte Wasser des Baches, doch Wulf rollte ihn schon im nächsten Moment um. Er umfasste den Kragen des Sterbenden.

»In wessen Auftrag handelst du?«, zischte er zwischen den Zähnen.

Der Blonde grinste ihn an. Er röchelte am eigenen Blut, das aus seinen Mundwinkeln sickerte. Hinter ihm färbte sich das Wasser rot.

»Sag schon, was bezweckt ihr damit, Edward töten zu wollen?«

»Ed-wwward …« Der Blonde spuckte lachend mehr Blut. »Du ...«

Doch er kam nicht weiter. Sein Kopf knickte zur Seite und Wulf ließ von ihm ab. Der Nordmann war tot. Wulf erhob sich und sah Edward nähertreten. Dieser musterte ihn kurz.

»Deine Gegner sollten sich fürchten vor dem, was sie nicht wissen.«

»Den meisten fällt es schwer, Schwäche einzuschätzen«, antwortete Wulf, »sie legen es fast immer zu ihren Gunsten aus, dass ein Gegner schwächer wird.«

Edward wollte etwas erwidern, doch dann blickte er zu Eadred, der abgesessen war und zu ihnen kam.

»Zum Teufel, Eadred«, fuhr Edward ihn plötzlich wütend an, »wieso hast du vorhin nicht eher eingegriffen?«

Eadred holte hörbar Luft, doch sein Zorn ließ sich nicht aufhalten.

»Zum Teufel mit deiner Taktik, Herr. Du begingst einen Fehler, hast dabei einen deiner Männer verloren und nichts über deren Hintermänner erfahren.«

»Eadred, was zum ...«

»Edward«, unterbrach ihn Wulf beruhigend, »Edward, es ist ... du konntest unser Vorgehen nicht verstehen. Es ist eine Taktik, die

Eadred und ich oft anwendeten. Es ändert nichts. Womöglich hätten die anderen genauso stur geschwiegen. Ich bin mir nicht sicher, ob der Blonde etwas gesagt hätte.«

Wulf sah zurück auf die Leiche. Ein ungutes Gefühl hatte ihn beschlichen. Was hatte er wirklich gewollt?

»Es wird Zeit, dass wir unser Gespräch beenden«, sagte Edward in seine Gedanken hinein. Er klang gefasster. Wulf sah zurück auf ihn.

»Und wir sollten dabei zusammentragen, wessen wir Zeuge wurden. Es wird uns helfen, deine Feinde zu bekämpfen«, entgegnete Wulf.

»Du sprichst von der Zukunft, mein Freund«, sagte Edward lächelnd. Er nutzte die letzten Worte mit Absicht, doch mit der ihm gegebenen Ehrlichkeit, die seine Verbündeten schätzten. Die Wulf schätzte.

»Ach, tat ich das?«, fragte er gespielt überrascht.

Edward Lächeln wurde breiter.

»Meine Feinde werden deine Schläue und die deiner Frau fürchten lernen.«

Wulf zog erstaunt eine Augenbraue hoch. Es war selten, dass er einen Mann traf, der dieselben Werte schätzte wie er selbst. War es möglich, dass Edward einer dieser Männer war?

Edward schien ahnlich überrascht. Sein Gedankengang schien dem Wulfs zu ähneln. Er räusperte sich und wandte sich an seine Männer.

»Lasst uns unseren gefallenen Kameraden holen. Wir werden später auf ihn trinken und ihm im Himmel Glück und Freude wünschen.«

6.

Robyn konnte sich nicht erheben. Sie brachte es nicht fertig, auch wenn unten im Hof Stimmern erklangen, die von der Wiederkehr Edwards und seiner Männer kündeten. Sie betete, dass Wulf nichts passiert war. Es würde ihre Schuld sein. Sie hatte ihn in die Falle laufen lassen.

Judith und Ludeca waren nicht mehr zu halten. Sie stürzten hinaus in den Gang und liefen den Männern entgegen. Robyn umfasste die Lehnen des Stuhles fester. Sie wartete auf sich nähernde Schritte. Eine Angst, die sie kannte, schnürte ihr die Kehle ab. Es war dieselbe, die sie in den Dünen überfallen hatte, während Stunde um Stunde vergangen war, während Wulf im Dorf mit den verbliebenen Nordmänner gekämpft war. Eine Angst, die sie in der Hütte am Meer gespürt hatte, als sie die Dorfbewohner hinhielten und sie dann zu ihrem angeketteten Ehemann führten.

Robyn schloss ihre Augen. Plötzlich war sie wieder im Wald. Dort in den westlichen Wäldern. Der Nordmann hatte sich abgewandt und rannte zurück zu seinem Kameraden, um ihm zu helfen, gegen Wulf zu kämpfen, der zu ihrer Rettung geeilt war. Damals hatte sie diese Angst das erste Mal gefühlt. Damals.

Es macht einen verwundbar.

Sie erinnerte sich an ihre Worte.

Bei Gott! Sie krümmte sich zusammen. Und wie verwundbar sie plötzlich war.

»Nixe?«

Robyn sah auf. Er stand nur wenige Schritte von ihr entfernt. Ihr Aufstöhnen ging in ein Schluchzen über.

»Nixe!« Wulf ging zu ihr. Sie erhob sich umständlich und hielt ihre Seite, doch sie wollte nichts anderes als seine Arme um sich fühlen. Sie ignorierte den stechenden Schmerz. Er sagte nichts weiter und hielt ihren zuckenden Körper fest. Er war sich mehr denn je ihrer Hingabe und Zuneigung bewusst. Dass ihre Tränen ungehindert flossen zeigte ihm, was er ihr bedeutete. Er verstand, was die Furcht um ihn sie erdulden ließ. Sie verschluckte sich und holte krampfhaft nach Luft. Ihr Husten reizte die Wunde so sehr, dass sie kraftlos auf den Stuhl zurücksank und verzweifelt seine Hände umfasst hielt.

»Wulf«, schluchzte sie atemlos, »ich-ich ...« Sie hustete wiederum. »Verzeih, dass ich dich ... dich auf den Spion ansetzte ...«

Wulf nahm ihr Gesicht in seine Hände und ließ sie aufblicken. Ihr Atem beruhigte sich daraufhin, während ihr Blick an ihm hing.

»Kleines, cleveres Mädchen«, sagte er, »wie hast du nur feststellen können, dass du nicht allein warst?«

»Parfum«, stieß sie aus, »es zog von irgendwoher, obwohl ich hier allein war. Ich hörte ihn sich bewegen, nicht gut, aber doch so, dass ich um seine Anwesenheit wusste.«

»Im Wald waren noch vier Männer, die auf ihn zu warten schienen. Wir haben sie überwältigt, aber konnten nichts herausbekommen. Sie sind alle tot.«

»Dir ist nichts passiert?« Noch immer blickten ihre dunklen Augen unsicher in die seinen, wollten sich noch immer seiner Unversehrtheit versichern.

»Nein, keine Sorge, Nixe. Ich weiß, es ist schwer für dich zu verstehen, aber ich habe dies zu lange gemacht. Es war nichts. Eadred war einer meiner besten Männer. Ihn dabei zu wissen, stärkte mein Vertrauen ungemein.«

Robyn öffnete ihren Mund leicht. Ein tiefer Atemzug entwich ihr.

»Nixe«, sagte er leise, »es ist alles gut.«

Er ließ ihr keine Zeit, den Mund wieder zu schließen. Er legte seine Lippen darauf und kostete das stetig wiederkehrende Gefühl, die Erinnerung an damals.

Erst eine Bewegung in seinem Rücken ließ ihn sich von ihren Lippen trennen. Er trat wie schon zuvor neben sie und wartete, während Edward und die anderen wieder näher traten. Keinem blieben Robyns rot geweinte Augen verborgen, keinem das bedingungslose Vertrauen und die wahre Zuneigung der beiden füreinander. Edward blickte kurz von einem zum anderen. Er betrachtete den Mann, der ihn im Wald einmal mehr von seinen Fähigkeiten überzeugt hatte. Größer als die meisten hier, ein Hüne, der mit seiner Statur verstand umzugehen. Die Axt am Gürtel war sorgfältig gereinigt vom Blut des anderen Nordmannes. Nichts ließ auf den Kampf schließen. Und doch hatte er die Axt dort im Wald mit einer Präzision geführt, wie sie Edward selten zuvor gesehen hatte. Eine Präzision, die er seiner angelsächsischen Frau vermittelt hatte; sie hatte ihm vor vier Tagen damit das Leben gerettet und sich selbst dabei in Gefahr gebracht. Eingefallen und blass saß sie in dem wuchtigen Stuhl und sah ihm aufmerksam entgegen, mit einer Wachsamkeit, die Edward beeindruckte. Seit dem Tage, als sie einander begegnet waren.

Unterschätze niemals Schwäche.

Edward lächelte leicht, als er an die Worte des Nordmannes dachte.

Er drehte sich kurz um.

»Geht!«, sagte er seinen Männern, die mit ihm gekommen waren. »Alle.« Als auch Eadred sich abwandte, hielt er ihn zurück. »Nur du nicht. Bleib.«

Edward wies Judith einen Stuhl neben Robyn. Er selbst, Ludeca und Eadred blieben stehen.

»Robyn«, sagte Edward, »hab Dank für deine Hilfe. Ich stehe erneut tief in deiner Schuld.«

»Bitte, Edward«, erwiderte sie, »ich tat dies auf eine vielleicht nicht ganz aufrichtige Art und Weise. Ich ...« Sie tauschte kurz einen Blick mit Wulf. »Wir waren uns deines Vertrauens nicht sicher. Doch die Reaktion auf meine kleine Geschichte genügte.«

Edward nickte. Sie schien gefasst genug, um das vor Stunden unterbrochene Gespräch fortzusetzen.

»Ich muss zugeben, dass ich über die Präsenz und die Vielzahl der Übergriffe durch die Nordmänner etwas überrascht bin«, gab er zu. »Hier in der Gegend ist das nichts Ungewöhnliches, aber die letzten Überfälle geschahen in ungewohnt kurzer Zeit.«

Edward ging einige Schritte umher. Dann blieb er am Feuer stehen und wandte sich ihnen wieder zu.

»Wie ihr euch sicherlich schon denken könnt, möchte ich euch bitten, hier zu bleiben. Die nächste Zeit. Länger, wenn ihr es wollt. Ich weiß durch Wulf, dass es nicht genau das ist, wonach ihr sucht. Wulf hat mir berichtet, dass er gern wieder als Schiffbauer arbeiten würde ...«

Edward wartete auf eine Reaktion, doch Robyn blieb still und wartete, dass er weitersprach.

»Ich würde euch nicht bitten, wenn es mir nicht wirklich wichtig wäre. Wenn ich nicht jenes Vertrauen zu euch hätte, dass ihr mir in den letzten Tagen bewiesen habt, ich würde euch nicht halten wollen ...«

»Ein Risiko, Edward. Du kennst uns nicht«, wandte Wulf ein.

Edward senkte den Blick kurz.

»Es fällt mir in der Tat schwer es zu erklären, Wulf, und bei Gott, ich verschenke mein Vertrauen nicht leichtfertig ...«

»Welch düsterer, fahler Ort wäre unsere Welt, wären wir in der Lage alles zu erklären«, half Robyn ihm. Edward blickte auf und lächelte.

»Ja, wirklich, es wäre ermüdend, alles zu wissen.«

Diesmal war es Robyn, die lachte. Leise und verhalten, doch es entspannte sie und ließ sie es erwidern.

»Sag uns, warum wir hierbleiben sollen.«

»Der König sieht sich mehr und mehr bedrängt durch die Einfälle der Nordmänner. Er kämpft seit vielen Jahren dagegen an. Gleichzeitig siedeln viele Nordmenschen in Kent, East Anglia und Northumbria. König Aethelred ist bemüht, ein friedliches Zusammenleben von Nordmenschen und Engländern zu sichern. Der König hat einige Berater um sich geschart, die ihre eigenen Interessen für wichtiger befinden. Viele arbeiten gegen die, die jenes Zusammenleben unterstützen und aufbauen wollen.«

»So wie du«, erriet Wulf.

»Ja, so ist es. Dieses Land hat nur eine Zukunft, wenn wir versuchen uns zusammen etwas aufzubauen und jeder dazu beiträgt. Es ist für mich schwer, dies zuzugeben, doch oftmals hängt der Erfolg an einer einzigen Person. In diesem Falle in East Anglia an mir. Schafft man es, mich aus dem Weg zu räumen ... dann wird East Anglia zurückgeworfen werden.«

»Glaubst du, diese Überfälle galten gezielt dir?«, wollte Robyn wissen.

»Ich weiß es nicht. Es wäre vorstellbar ... jedoch handelt man nicht in Aethelreds Auftrag, dessen bin ich mir sicher.«

»Wie kannst du sicher sein?«

»Aethelred ist mein Bruder«, entgegnete Edward.

»Dein Bruder?« Robyn starrte ihn an.

»Unser Vater war kein frommer Mann. Gleichwohl hat er stets Sorge getragen, dass seine unehelichen Kinder versorgt waren. Es wissen nicht viele, dass ich des Königs Bruder bin. Es ist gut so. Es würde vieles komplizierter machen.«

»Zudem trägst du den gleichen Namen wie euer gemeuchelter Bruder«, meinte Robyn.

»Ja, das macht die Sache nicht leichter. Aethelreds Mutter weiß nichts von mir, sonst hätte sie noch ein Stiefkind zu morden.«

»Weiß deshalb niemand, dass Ludeca dein Sohn ist?«

Edwards Blick blieb nach Wulfs Frage an dem jungen Mann hängen, der bis jetzt stumm zwischen Judith und Eadred gestanden hatte. Ludeca erwiderte das warme Lächeln seines Vaters.

»Ludecas Mutter und ich waren selbst noch Kinder, als sie ihn gebar. Sie starb dabei. Eine wunderschöne junge Maid. Die ersten Jahre war er wie mein kleiner Bruder. Dann ermöglichte es ihm sein Großvater, König Edgar, nach Byzanz zu gehen und dort das Heilen zu erlernen. Edgar war es auch, der mir riet, Ludeca geheim zu halten, um ihn zu schützen. Eine Entscheidung, die keinem Vater leichtfällt, vor allem nicht, wenn man einen Sohn hat, der so begabt und klug ist wie Dec.«

»Vater …« Ludeca war sichtlich unbehaglich zumute.

»Es ist so, Dec«, erwiderte Edward einfach.

»Haben Judith und du Kinder?« Robyn blickte auf die zierliche rothaarige Frau.

Edward sah auf Judith und überließ ihr die Entscheidung zu antworten. Judith ergriff das Wort.

»In einer arrangierten Ehe stellen sich die Kinder nicht so schnell ein. Meine Mutter ist eine schwedische Prinzessin. Viele haben es nicht gern gesehen, dass man mich Edward zur Frau gab. Es hat lange gedauert, ehe ich Vertrauen fassen konnte. Ich vergebe es wie mein Mann auch nicht leichtfertig, doch seit einiger Zeit schon weiß ich, dass ich mich sehr glücklich schätzen darf, Edwards Frau zu sein …« Sie kicherte leise bei ihren nächsten Worten. »Ich bin zuversichtlich, dass Dec im nächsten Jahr seinem Bruder oder seiner Schwester auf die Welt helfen wird.«

»Judith könnte ebenso ein Ziel sein, um mich zu treffen«, erklärte Edward weiter. »Ich bitte dich, Robyn, sei Judith eine Freundin und halte ein Auge auf sie. Ich weiß, ich verlange viel, aber du kannst sicher sein, dass du dafür hier leben kannst, in einem Umfeld, das dir, wie mir scheint, nicht ganz unbekannt ist.«

»Ich würde mich auch sehr freuen, Robyn«, unterstützte Judith den Wunsch ihres Mannes.

»Ich werde damit zufrieden sein, aber nur, wenn es mein Mann hier auch sein kann.« Fragend betrachtete Robyn Edward. Dieser sah kurz auf Eadred, bevor er ihre indirekte Frage beantwortete.

»Gute Männer dienen unter mir. Eadred ist mein engster Vertrauter. Er weiß über alles hier Bescheid. Wir sind zusammen zu dem Schluss gekommen, dass wir dein Können, Wulf, gern in Anspruch nehmen würden. Eadred ist an seine Grenzen gestoßen, was die Ausbildung der Männer betrifft. Was wir brauchen ist ein Nordmann, der uns zeigt, wie ihr kämpft. Nach welchen Prinzipien. Welche Taktiken ihr anwendet. Ich möchte verstehen, wie ein Nordmann vorgeht, welche Waffen er wann und wo bevorzugt, damit ich mich dem besser stellen kann und vorbereitet bin. Wenn ich auf meine Streifzüge gehe, muss ich ständig damit rechnen, überfallen zu werden. Ich habe schon zu viele fähige Männer verloren. Männer, die nicht hätten sterben müssen.«

»Bist du dir darüber im Klaren, dass du einen Nordmann um Hilfe bittest, andere Nordmänner zu bekämpfen?«, wollte Wulf wissen.

Edward lächelte wiederum.

»*Einen* Nordmann? *Du*? Ich würde dich nicht als solchen sehen. Ich frage den Mann, der dem Kaiser von Byzanz diente. Ihm auf eine Weise diente, die ihm, wo auch immer sein Name erwähnt wird, Respekt verschaffte. Diesen Mann frage ich, Wulf.«

Wulf sah hinab auf Robyn. Ihr dicker Zopf hatte sich fast vollständig gelöst. Das helle braune Haar fiel über ihre Schultern. Die Finger der aufgestützten linken Hand strichen über das Holz der Armlehne.

Er erinnerte sich, dass sie *diesen Mann* einmal gekannt hatte. Dass sie diesem Mann etwas gegeben hatte, was keine Frau vor ihr je vermocht hatte. Vielleicht war sie es gewesen, die jene Werte all die Jahre in ihm bewahrt hatte. Wäre sie nicht gewesen, hätte er sie damals nicht im Arm gehalten, vielleicht hätte er nie wieder zurückgefunden, hätte Menschen wie sie nie wieder respektiert.

Wulf sah zurück auf die anderen vier, die abwartend in die Glut des Feuers oder ihn anstarrten.

»Ist gut, Edward, wir nehmen an.« Wulf bemerkte aus den Augenwinkeln das leichte Kopfnicken seiner Frau.

7.

Wulfs Daumen strich über den Ansatz des Verbands, den Ludeca kurz zuvor neu angelegt hatte. Seine Blicke waren warm und dankbar gewesen. Er schien ehrlich erfreut, dass sie beide hierbleiben würden. Sein Vater und seine Stiefmutter teilten diese Ansicht und hatten dieser Meinung Worte verliehen, nachdem Wulf Robyns und seine Entscheidung mitgeteilt hatte. Ludeca sprach mehr mit seinen Augen, aber diese hatten seiner Freude mehr als eindeutig Ausdruck verliehen.

Nachdem er gegangen war, hatte sich Robyn nur noch im Bett zurückgelegt und ihre Augen geschlossen, wenngleich sie nicht schlief. Wulf hatte das Feuer neu angefacht, sich gewaschen und dann zu ihr gelegt. Seinen Kopf auf den aufgestützten Arm gelegt, starrte er über Robyn hinweg ins Feuer und verfolgte fortwährend die Atemzüge unter seiner anderen Hand. Sie waren ruhig, entspannter als noch vor zwei Stunden als er aus den Wäldern zurückgekehrt war. Irgendwann spürte er wie ihre Hand die seine kreuzte und sie festhielt.

»Ist es nicht merkwürdig, was Edward gesagt hat?«, fragte sie. Sie hielt ihre Augen noch immer geschlossen.

»Was meinst du?«

»Das Land hat nur eine Zukunft, wenn man zusammen etwas aufbaut«, flüsterte sie.

»Du denkst an zu Hause?«

Robyn öffnete ihre Augen, drehte ihren Kopf zu ihm.

»Alles hängt ab von nur einer Person ... ist das so?«

»Was glaubst du?«

»Ich weiß es nicht, Wulf.«

Er glaubte, Verzweiflung in ihrer Stimme zu hören.

»Wirst du hier wirklich zufrieden sein können?«

»Ich ... ich ...« Robyn wusste nicht, was sie sagen sollte.

»Bist du unsicher? Wenn dir Edward nicht behagt ...«

»Das ist es nicht. Ich denke, es ist richtig, dass wir hierbleiben. Edward irgendwann um Hilfe bitten, um meinen Vater zu finden. Doch ...« Sie brach wiederum ab, vermochte nicht in Worte zu fassen, was sie beschäftigte. Schließlich trat ein bittender Ausdruck in ihre Augen.

»Halt mich fest, Wulf.«

Er legte seinen Arm unter ihren Nacken und spürte ihren warmen Atem in seiner Halsbeuge.

»Du bist verrückt, dass du noch immer an jene denkst, die dich verschmähten«, hauchte er in ihr Ohr.

Ein langer Seufzer bestätigte seine Ahnung.

»Ich warnte dich davor. Deine Hingabe für meine Leute war mir unerklärlich, aber du bist, was sie seit so langer Zeit herbeisehnen. Aber vergiss nicht, dass sie dich nicht wollten, weil sie in ihrem Hass blind wurden für Wahrhaftigkeit und Ehre. Bedenke, dass auch ich so war.«

Robyn sog seinen Geruch tief in sich ein, während er sprach. Er wählte seine Worte mit Bedacht. Sie begriff, dass er wusste, was sie beschäftigte, aber er warnte sie auch davor, daran nicht zugrunde zu gehen. Sie musste nach vorn schauen. Er hielt ihre Hand nach wie vor fest umschlossen. Er würde sie diesen Weg nie allein gehen lassen. Niemals.

»Ich weiß, wir werden nie aufhören an das Geschehene zu denken. Aber es ist Zeit, es hinter uns zu lassen, Robyn. Wir müssen weiterkommen. Hier bei Edward. Du kannst hier Freiheiten genießen, ich kann tun, wofür ich ausgebildet wurde. Wir werden deinen Vater finden, dann weitersehen. Robyn, hörst du?«

»Alles, Wulf.« Ihre Lippen bewegten sich an seiner Haut. »Jedes Wort hörte ich. Du hast Recht. Vielleicht ist es auch nur wegen der letzten Tage, dass ich durcheinander bin ... ich weiß es nicht.«

»Sieh mich an, Nixe.«

Als sie es tat, lächelte er und fühlte, wie ihre Hand über seine Wange strich.

»Hättest du gedacht, dass Judiths und Edwards Ehe arrangiert ist?«, fragte sie.

»Außer, dass sie sehr jung ist, scheinen sie eine gute Ehe zu führen«, entgegnete Wulf.

»Es kommt mir wie ein böser Traum vor, dass unsere Ehe unter Zwang geschlossen wurde.«

»Es ist ein Jahr her ... ja, es ist viel Zeit vergangen.« Sein Blick strich über ihr noch immer blasses Gesicht. Gleichzeitig verwarf er den Gedanken, ihr von seinem unguten Gefühl zu berichten. Der blonde Nordmann ging ihm nicht aus dem Kopf. Die wenigen Worte, die er gesagt hatte. Das Grinsen auf seinem Gesicht. Der Bach, der sein Blut wie ein unheilvolles Omen durch den Wald schwemmte. Irgendetwas ließ Wulf dabei keine Ruhe.

Sein Blick war kurze Zeit abgeschweift und hatte am Feuer gehangen. Als er Robyn wieder ansah, hatte sie ihre Augen geschlossen und schlief an ihn gelehnt. Er legte seinen Kopf neben sie. Ihr leiser Atem ließ ihn vergessen. Vielleicht täuschte er sich. Vielleicht.

8.

Sie konnte sehen, wie der Baum aufbegehrte und den immer wiederkehrenden Windstößen, die ihn zu quälen schienen, standhielt. Manchmal schien die Eiche den Wind besiegt zu haben, dann jedoch setzte die unablässige Kraft der Böen von neuem ein. Ein Kampf wurde ausgefochten, doch die Gegner waren einander ebenbürtig. Keiner gab nach, keinen verließen die Kräfte. Wie lange würde dieser Kampf dauern? Die Stärke des Windes war unverkennbar: Laub, Äste, Zweige wurden fortgerissen, die Krone gebeutelt. Allein, die Eiche schien nicht gewillt, sich dieser Macht zu beugen. Sie schöpfte Kraft in den Pausen, wenn Stille sie umgab, sich nichts rührte und die Gefahr für einige Momente gebannt war. Sie würde nie aufgeben. Die uralte Eiche wollte bestehen.

Totenstille.

Robyns Kopf ruckte hoch. Sie lehnte an einem Baum im Schatten von Edwards Burg und hatte im Stehen etwas gedöst, während die Wintersonne sie bestrahlte. Jetzt erst war die Erinnerung an den Traum vergangene Nacht zu ihr zurückgekehrt. Sie rieb sich mit den behandschuhten Händen die Augen und klappte den Schal wieder bis über ihre Nase.

Es war bitterkalt, seit Wochen schon. Doch Robyn ließ den Blick wohlgefällig über ihre Umgebung streichen. Sie erinnerte sich an den tief verschneiten Wald vor ihrem Haus im Nordland. Nicht lang und ihr Blick verdüsterte sich wieder, als er an der Gruppe Frauen hängen blieb, die in der Nähe Reisig und Feuerholz sammelte. Sie hatte vorgegeben, sich heute nicht wohl zu fühlen, obwohl sie sich nie vor solchen Arbeiten scheute. Die Entschuldigung hatte Belustigung unter den Frauen hervorgerufen. Wie stets, wenn sich eine der Frauen krank fühlte, wettete man, wer die nächste wäre, die anfangen würde, Babysachen zu sticken. Robyn hielt sich zumeist aus derlei Angelegenheiten heraus, heute jedoch war sie froh ob der Ausrede.

Robyns Blick schärfte sich und suchte die eine Gestalt, die sie veranlasste, hier draußen in der Kälte zu stehen. Unauffällig gekleidet in einen hellen Umhang stand die Dienerin in der Nähe ihrer Herrin

Judith. Diese war sich nie zu fein, auch bei solchen Unternehmungen selbst anzupacken. Gerade teilte sie die Frauen nochmals auf, damit sie im größeren Umkreis ein letztes Mal vor ihrer Rückkehr zur Burg nach Reisig suchen konnten. Einige Wachen, die ein Auge auf die Frauen hatten, standen in der Nähe. Robyn hatten sie nicht bemerkt, sie hielt sich zu weit von ihnen entfernt.

Als sich die Gruppe trennte, heftete sich Robyn an die Fersen der Dienerin. Sorgfältig bedacht, dass weder die Wachen noch die Verfolgte sie entdeckten oder hörten, schlich Robyn um die Bäume, suchte Deckung und stellte bald darauf fest, dass sich die Dienerin geschickt von der Gruppe abgesetzt hatte. Sie suchte allein ihren Weg, sammelte kein Reisig mehr und drosselte ihr Tempo nicht, bis sie zu einer kleinen Lichtung gelangte, die, tief eingeschneit, fast kein Durchkommen erlaubte. Aber das lag auch nicht in der Absicht der Dienerin. Sie wartete am Rand und wurde kurze Zeit später dafür belohnt. Eine Gestalt näherte sich ihr, sah sich nach allen Seiten um und trat schließlich zu ihr. Robyn wagte nicht aus ihrem Versteck zu treten, um die beiden besser verstehen zu können. Die einzelnen Worte, die sie mitbekam, ergaben keinen Sinn. Doch die Sprache selbst tat es umso mehr. Die Gestalt war ein Nordmann. Judiths Dienerin desgleichen, das wusste Robyn. Judith hatte sie aus ihrer Heimat mitgebracht.

Robyn kaute an ihrer Unterlippe. Sie hatte sich nicht getäuscht. Judiths Dienerin hatte sich verraten. Seit Wochen spionierte sie ihr nach, unauffällig, sorgfältig. Und eine Ahnung hatte sie beschlichen, dass Edward womöglich nicht ganz Unrecht hatte. Um ihm zu schaden, konnte man sich seiner Frau bemächtigen. Und wer sonst kam näher an sie heran als die Dienerinnen?

Was sollte sie tun? Sie konnte sich unmöglich zwei Personen entgegenstellen. Der Nordmann würde leichtes Spiel mit ihr haben. Die Dienerin konnte zurückkehren und Unwissenheit heucheln, wenn man Robyn tot hier finden würde.

Robyn überlegte krampfhaft, was sie unternehmen konnte. Sie wünschte sich, Wulf wäre hier, doch er war vor fast zwei Wochen mit

Edward und seinem Gefolge fortgeritten, um im Westen East Anglias nach dem Rechten zu sehen. Er hätte gewusst, was zu tun war.

Die Unterredung dauerte noch eine Weile an, dann trennten sich die Dienerin und der Nordmann wieder. Die Gestalt verschwand so lautlos wie sie gekommen war und Robyn entschloss sich, wieder der Dienerin zu folgen. Ihr fühlte sie sich in einem Kampf ebenbürtig. Nicht lang und Robyn gab ihre Deckung auf und hastete hinter der Dienerin her, die daraufhin erschreckt zu laufen begann. Doch Robyn hatte ein leichteres Spiel. Sie wurde nicht von einem langen Gewand behindert, da sie wie so oft Hosen trug und nur den Mantel übergeworfen hatte. Die Dienerin hielt den Vorsprung länger als Robyn geglaubt hätte. Ihrer beider Keuchen hallte durch den stillen Wald. Ihre Schritte verschluckte der Schnee, der sie beide zuweilen straucheln ließ. Robyn biss die Zähne zusammen. Sie musste die Dienerin einholen, musste erfahren, was sie im Schilde führte und verhindern, dass Judith in einen Hinterhalt gelockt oder Opfer eines Verrats wurde. Wütend löste sie die Fibel, die ihren Umhang hielt und warf ihn von sich, damit sie beim Laufen weiter ausholen konnte. Der Vorteil zahlte sich aus. Binnen kurzer Zeit war sie auf nur wenige Schritte an die Dienerin herangekommen, wartete einen günstigen Moment ab und warf sich auf die Frau. Diese schrie unterdrückt auf, während sie beide zu Boden gingen. Doch auch sie wusste um ihren Vorteil. Anders als Robyn hatte sie die große Statur einer Nordfrau, so dass es ihr umgehend gelang Robyn fortzuschieben, aufzustehen und ihr dabei einen Tritt in den Unterleib zu versetzen. Doch Robyn tat im Schmerz das einzig Richtige und hielt den Fuß der Dienerin fest. Sie krallte ihre Hände in den Fußknöchel, um sie am Fortlaufen zu hindern. Die Dienerin versuchte, ihr erneut einen Tritt zu verpassen, doch Robyn hielt sie fest und versuchte, sie aus dem Gleichgewicht zu bringen. Da tat die Dienerin etwas Unerwartetes: statt von Robyn fortzustreben, warf sie sich mit einem Mal wieder auf ihre Gegnerin. Diese ächzte unter dem Gewicht der Dienerin und rang nach Luft.

»Na, Mädchen, was ist?« Die Dienerin grinste über Robyns rot angelaufenes Gesicht.

Robyn war nicht fähig zu antworten. Sie versuchte umständlich an ihre Axt zu kommen, die am Gürtel hing.

»Suchst du das hier?« Die Dienerin hielt die Axt in ihrer Hand und warf sie in hohem Bogen fort.

»Nicht doch, Mädchen«, sagte sie, »wer wird denn gleich so brutal vorgehen?«

Robyn bekam kaum noch Luft. Sie musste handeln, wenn sie nicht ersticken wollte. Einen Moment lang dachte sie an ihren Traum und erschlaffte plötzlich, was die Dienerin als ihren kommenden Sieg auslegte. Doch Robyn schloss die Augen aus einem anderen Grund. Sie sammelte nochmals ihre Gedanken und bemerkte im selben Moment das Nachlassen des Druckes auf sich. Die Dienerin glaubte sich als Siegerin. Robyn krampfte ihre Hände jäh in die Seiten der Dienerin und stieß sie von sich. Sie japste erlöst nach Luft, als es ihr glückte. Die Dienerin stürzte sich im gleichen Moment wieder auf sie, doch diesmal war Robyn schneller. Sie drehte sich fort und stöhnte auf, als sie sich erhob. Ihre Kräfte waren nahezu erschöpft. Erst die schnellen tiefen Atemzüge halfen ihr, sich wieder zu fassen.

»Was hast du dort gewollt?«, stieß Robyn aus. »Was hast du mit dem Nordmann zu schaffen, Inga? Was?«

»Werde ich dir Küken wohl verraten!«, erwiderte die Dienerin.

»Arbeitest du gegen deine Herrin? Mit den Nordmännern?«

»Was geht es dich an? Glaubst du, nur weil du die Gunst Edwards und Judiths besitzt, kannst du ändern, dass die Nordmenschen hier einmal herrschen werden? Wach auf, Liebchen! Schade, dass dein Mann an etwas wie dich gebunden ist! Er würde ...«

Robyn stürzte wütend auf Inga zu. Sie rangen miteinander und gingen kurze Zeit später zu Boden.

»Habe ich was Falsches gesagt?« Inga grinste spöttisch, selbst als sie sich über den Boden wälzten. »Dein Mann hätte es wahrhaft nicht nötig, sich mit einer Verräterin abzugeben ...«

Robyn stutzte kurz. Mit einem Mal war es, als dringe jene Kälte durch ihre Glieder, die sie bisher eisern ignoriert hatte. Wie konnte sie sie so nennen?

Ihre Hände ließen von der Kleidung der Dienerin und krallten sich mit einem Mal geschickt um deren Hals. Sie drehte sie beide, dass diesmal Robyn über der Dienerin thronte.

»Wer war der Nordmann? Für wen spionierst du?« Robyn drückte mit all ihrer Kraft zu und ließ die Fäuste der Dienerin in ihre Seiten fahren, ohne darauf zu reagieren. Die Dienerin presste die Lippen zusammen. Sie antwortete nicht, denn sie wusste, dass sie in ihrem Zorn bereits zuviel gesagt hatte.

»Rede!«, fuhr Robyn sie an, »verdammt, Weib, rede!«

Inga röchelte. Ihre Lippen wurden weiß, gleichfalls das Gesicht, das jegliche Zornesröte verlor. Robyn schüttelte sie wie von Sinnen.

»Rede endlich oder es ist aus mit dir«, schrie Robyn. Dann hörte sie hinter sich mit einem Mal Schritte.

Bevor sie sich jedoch darauf konzentrieren konnte, kam es leise über die Lippen der Dienerin, die sich dem Tode nahe glaubte.

»Ha-Haar-old.«

Robyn spürte die eisige Kälte, die Nässe der Kleider, die steifen Glieder. Halbbesinnungslos lockerte sich der Griff um Ingas Hals. Robyn sackte nach hinten, unfähig einen klaren Gedanken zu fassen. Inga jedoch, nachdem sie einmal tief Luft geholt hatte, nutzte die Schwäche der Gegnerin, stieß sie im Aufstehen gegen die Gestalt hinter ihr und hastete davon. Da erwachte Robyn aus ihrer Starre. Zwei Arme schlossen sich um sie. Angst überkam sie. Der Nordmann. Er war hier. Sie kratzte ihm über die Hand, worauf er diese erschreckt zurückzog. Robyn sprang auf die Axt zu, die in einiger Entfernung lag, hob sie auf, drehte sich und schnappte kurz vor dem Wurf geschockt nach Luft.

»Eadred«, stieß sie aus, »du? Bist du der Verräter?«

Dieser rieb sich verstohlen den Handrücken.

»Weiber!«, stieß er zornig aus. »Kommt man ihnen zu Hilfe ...«

Als Robyn dieses Unschuldsbekenntnis hörte, erschrak sie erneut.

»Eadred«, rief sie, »hinterher! Die Dienerin! Schnell!«

Robyn rannte los. Diesmal hatte sie Verstärkung. Diesmal durfte Inga nicht entkommen. Eadred hatte verstanden und lief noch vor ihr in die Richtung, in die Inga verschwunden war. Sie war noch immer sichtbar für seine geschulten Augen. Er benötigte nicht viel Zeit, um sie einzuholen. Ihre Gegenwehr war erstaunlich, zudem musste er sich vorsehen, da sie sie noch brauchen konnten. Sie wand sich unter seinem Griff, versuchte ihn an den Haaren zu ziehen und zu kratzen.

Robyn kam herangelaufen und blieb stehen.

»Sag uns, was du weißt«, verlangte sie außer Atem, »sprich, Inga oder es wird dir leidtun!«

»Es wird dir leidtun, was du zu verantworten hast!«, schrie Inga.

»Was heißt das? Was meinst du damit?« Robyn tat einen Schritt auf die beiden miteinander ringenden Menschen zu.

Eadred hatte alle Mühe, sie zu halten. Sie versuchte sich zu entwinden, zog ihn mit sich hin und her, streifte eine Tanne und schwang zu einer anderen, wobei sie fast aus dem Gleichgewicht gerieten.

»Was weißt du?«, fragte Robyn erneut.

Eadred und Inga stolperten über eine Wurzel, was Inga zu ihren Gunsten nutzen wollte. Sie zog fort von Eadred, schwang hinterrücks an einen Baumstamm und erstarrte in der Bewegung.

»Was ...« Robyn kam jedoch nicht weiter. Blut sickerte aus Ingas Mundwinkeln. Wie ein Stein sackte sie zu Boden. Robyn und Eadred blickten von ihr zum Baumstamm, aus dem der Stumpf eines Astes ragte.

Robyn sprang auf sie zu und drehte die Sterbende um. Doch deren Blick war bereits leer. Robyn fuhr angewidert zurück.

»Sie ist tot, Eadred«, hauchte sie.

»Das Weib hat es nicht anders verdient!«

»Zur Hölle mit dir, Eadred«, entgegnete Robyn zornig, »du weiß nicht, was ihr Wissen bedeutet hätte!«

Robyn kam nicht zum Luftholen. Eadred zog sie unsanft hoch, umfasste ihr Gesicht und blickte sie mit zusammengezogenen Augen an.

»Ganz recht«, zischte er, »vielleicht hätte es mich erfahren lassen, wer hier eigentlich die Verräterin ist. Oder irre ich, Königin Dona?«

»Eadred ... nein«, flehte Robyn. Er ließ von ihr ab.

»Doch, doch, Mädchen«, sagte er sanfter. »Man bekommt so allerhand heraus, wenn man durch den Wald schleicht und eine Dienerin dabei erwischt, wie sie von einem Nordmann bestochen wird. Glaube ja nicht, dass nur du allein den Verrat wittertest.«

»Du weißt schon länger davon?«

»Seit einigen Tagen. Und ich kenne deine Schläue, Robyn. Ich wusste, auch du würdest dahinterkommen. Ich heftete mich an deine Fersen. Was mir dein Mann übrigens schon vor zwei Wochen ans Herz gelegt hatte.«

»Wulf?«

Eadred lächelte und trat wieder nahe an sie heran.

»Verrate mir eins, du schlaues Mädchen - kam es dir nicht merkwürdig vor, dass man mich hierließ? Wulf bat Edward darum. Nicht als dein Aufpasser, doch sollte ich ein Auge auf dich haben. Und es war berechtigt, wie du siehst.«

»Warum hat Wulf das getan? Er weiß, dass ich auf mich aufpassen kann«, widersprach Robyn.

Eadred strich durch seinen Bart.

»Ehrlich gesagt, weiß ich es nicht. Aber Wulf tut nichts ohne Grund.«

»Aber er hätte etwas sagen können«, fauchte Robyn, für die Eadreds folgende Worte nicht überraschend waren.

»Vielleicht wollte er dich nicht beunruhigen.«

»Dass ihr Männer immer so rücksichtsvoll sein müsst«, knurrte Robyn leise.

»Wundert mich nicht, bei einer solchen Frau.« Eadred musterte sie kurz, bevor er sich abwandte.

Robyn ging an der toten Dienerin vorbei. Der Schnee um sie hatte sich rötlich verfärbt. Angewidert schluckte Robyn das flaue Gefühl im Magen hinunter. Sie wartete neben einer Tanne, an die sie ihre rechte Hand legte. Ihr Atem ging etwas ruhiger. Trotzdem die Sonne an dieser Stelle auf sie schien, fröstelte sie bei dem eisigen Luftzug, der durch ihre feuchte Tunika strich.

Harold.

Was war geschehen? Er war hier. Hatte sie gefunden. War aus nur einem Grund gekommen. Aber was bedeutete das? Wie konnten Eilaf oder Wiglif es zulassen, dass er nach ihren Leben trachtete? Handelte er womöglich in deren Auftrag? Hatten sich die beiden zerstrittenen Brüder vielleicht aus diesem Grund zusammengefunden? Ein König aus Zorn über die Zurückweisung seiner Tochter? Der andere aus Rache und Blindheit gegenüber dem anderen Sohn?

Welch Ironie, dachte Robyn, sollten sie sich zusammengeschlossen haben wegen ihr und Wulf? Ihr Lächeln ging in ein leises Schluchzen über. Was war mit den anderen? Unter welcher Tyrannei lebten sie jetzt? Unter *zwei* herrschsüchtigen Königen? Einem bestechlichen, hinterlistigen Thronerben?

Robyn legte die Hand auf ihren Mund und schloss verkrampft ihre tränenden Augen.

Wulf.

Wie würde er reagieren, wenn er davon erfuhr, was Harold vorhatte? Was hatte ihren Mann veranlasst, Eadred zurückzulassen? Welch Schatten hatte schon vorher auf ihnen gelegen, bevor sie der Dienerin auf die Schliche gekommen waren? Wann würde Wulf zurückkehren?

Robyn schluchzte auf. Nur ihre Hand verhinderte, dass es allzu deutlich hörbar war.

Arnulf. Annija. Irm. Robyns Herz schmerzte bei dem Gedanken, ihnen könne etwas zugestoßen sein.

Was würde werden? Was?

Robyn drehte sich abrupt um und lief direkt in Eadred, der hinter ihr gestanden hatte. Er war im Begriff gewesen, ihr den zurückgeholten Mantel umzulegen. Robyn blieb stehen, den Kopf gesenkt. Sie lehnte leicht an Eadred.

»Verzeih«, sagte sie entschuldigend, »es ist nicht meine Art, mich in Gegenwart anderer gehen zu lassen.«

»Das ist mir nichts Neues. Dein Mann kann sich glücklich schätzen, eine solche Frau sein Eheweib zu nennen.« Er legte ihr den Mantel um.

»Was weißt du noch außer meinem richtigen Namen?«, fragte sie ihn und sah auf.

»Ich habe mir so ziemlich alles zusammenreimt, nachdem ich mehr als einmal die Möglichkeit hatte, der Dienerin zu lauschen. Leider war ich nicht in der Lage, etwas zu unternehmen. Es scheint indes, dass ihr euch noch nicht in akuter Gefahr befindet. Euer Feind, Wulfs Bruder, ist sehr vorsichtig.«

»Was wirst du tun? Wirst du Edward alles erzählen?«

»Das, Robyn, werden wir sehen.«

9.

Es ist fast wie zu alten Zeiten, Kommandant!« Ari lachte und nahm einen letzten Schluck aus dem Trinkbeutel. Er saß mit Wulf und den anderen beiden Spähern auf einem Baumstamm, auf dem sie eine Pause eingelegt hatten. Sie waren die Vorhut, nur noch einen guten Tagesritt entfernt von Elmham. Fast zwei Wochen hatten sie die Gegend durchstreift. Sie hatten drei größere Ansiedlungen besucht, um dort Streitigkeiten zu schlichten und Baumaßnahmen für das kommende Fruhjahr zu besprechen. Edward nahm seine Aufgaben sehr ernst. Er hatte die Orte erst verlassen, als auch wirklich alle Verhandlungen zu seiner und der Einwohner Zufriedenheit abgeschlossen waren. Vor allem bei der letzten Ansiedlung war es ihm zugutegekommen, dass sich ein Nordmann in seinem Gefolge befand, da der Vorsteher und die Mehrheit der Bewohner Nordmenschen gewesen waren. Wulf hatte Edward beim Übersetzen geholfen. Zudem reichte allein die Tatsache, dass Wulf in Edwards Diensten stand, um die Leute milder zu stimmen. Wulfs und Edwards Respekt voreinander war in den vergangenen Wochen gewachsen. Wenngleich beide Nutzen aus ihrer Zusammenarbeit zogen, setzte sich fort, was am Beginn ihrer Bekanntschaft begonnen hatte: Sie mochten einander, erkannten eigene Werte im anderen wieder.

Zweimal waren sie im Verlauf ihrer Unternehmung von einer Horde Nordmänner überfallen worden, zweimal hatten sie sie überwältigen können. Selbst im Winter schienen sie keine Ruhe zu geben und setzten Edward unter Druck. Sie hatten Verluste erlitten, drei von Edwards Männern hingen als Bündel über dem Rücken ihrer Pferde und würden in Elmham beerdigt werden, sofern es das Wetter und der steif gefrorene Boden zuließen. Die gefallenen Nordmänner hatten sie zurückgelassen. Sie würden den hungrigen Waldbewohnern als willkommene Abwechslung ihrer kärglichen Kost dienen.

»Ari«, ermahnte Wulf seinen Freund nicht unhöflich, »nenn mich nicht so, du weißt, *diese* Zeiten sind vorbei!«

»Verzeih, Komm... verzeih.« Ari grinste breit.

»Einen guten Tag noch, dann kann ich einmal ordentlich ausschlafen«, sann Rob vor sich hin.

»Fraglich, ob dein Weib das zulassen wird«, meinte Thomas lächelnd, »sie wird sich mit großer Sehnsucht nach dir wohl eine ganze Nacht auf dich stürzen.«

Alle lachten, selbst Rob.

»Bitte kein Neid, Tom! Mein Bett wird zumindest von einer ehrenwerten Frau gewärmt, während du dich wohl wieder mit einem Kammermädchen oder ähnlichem wirst zufriedengeben müssen.«

»Das Glück ist mit den Dummen«, entgegnete Thomas Schulter zuckend.

»Mag wohl sein«, sagte Ari, »aber unser Komman... Verzeihung, aber bei Wulf trifft das wohl nicht zu.«

»Was soll das nun wieder heißen?«, entrüstete sich Rob.

»Wie kamst du eigentlich zu deiner Angelsächsin, Wulf?«, wollte Thomas wissen.

Wulf lächelte, wenngleich seine Aufmerksamkeit dem Wald galt, den er seit einiger Zeit in westlicher Richtung beobachtete. Er antwortete, ohne den Blick davon abzuwenden.

»Aus dem Wasser gefischt.«

»Aus dem Was...«

Wulf ließ Thomas nicht zu Ende fragen.

»Ari«, unterbrach er ihr Geplänkel. Er erhob sich, was die anderen umgehend alarmierte. Noch immer sah er seine Männer nicht an. »Reite zurück zu Edward. Halt die Augen offen. Sag ihm, sie sollen das Tempo anziehen, aber sehr vorsichtig sein. Vor uns geht irgendetwas vor sich. Ich denke, wir könnten in etwas hineingeraten, was uns nichts angeht. Es liegt an Edward zu sagen, ob wir eingreifen sollen oder nicht. Hol ihn her!«

Ari stellte keine weiteren Fragen, stieg auf sein Pferd und wurde binnen weniger Augenblicke vom Wald verschluckt.

»Rob, du bleibst hier bei den Pferden«, ordnete Wulf an. »Thomas und ich werden uns ein Bild verschaffen, was dort vorgeht.« Als er sah, dass Thomas nach dem Schwert griff, schüttelte er den Kopf. »Nur die Axt, mein Freund. Keine Einmischung, solange wir nicht um Edwards Weisung wissen.«

10.

Ungeduldig wartete Edward auf die Rückkehr seiner beiden Späher. Ari hatte ihm mitgeteilt, was Wulf ihm aufgetragen hatte. Sie waren auf Rob getroffen, der ihnen seinerseits erklärte, dass Wulf und Thomas seit einiger Zeit fort waren.

Edward ging auf und ab, umringt von seinen Männern, etwa dreißig an der Zahl. Er hatte gehofft, unbehelligt morgen Abend nach Hause zu kommen. Zweimal waren sie schon selbst überfallen worden. Das genügte vollkommen. Er musste drei Frauen mitteilen, dass ihre Männer gefallen waren. Drei. Drei zuviel. Er hasste seine Aufgabe in diesen Momenten mehr als alles andere.

»Sie kommen«, raunte Ari plötzlich. Er wies auf die beiden Gestalten, die sich ihnen aus südwestlicher Richtung näherten.

Thomas neigte vor Edward kurz darauf seinen Kopf, Wulf jedoch nicht. Er hatte es nie getan, genauso wenig seine Frau und Edward hatte nie darauf bestanden.

»Sprich, Wulf, was hast du gesehen?«

»Eine Gruppe Nordmänner. Sie verfolgen seit geraumer Zeit einen kleinen Treck Händler, nicht ausreichend geschützt, doch mit offizieller Eskorte.«

»Angelsachsen?«

»So ist es. Keine Bauern, doch gut gekleidete Händler, einige Edelleute. Sie werden leichte Beute sein, die Nordmänner warten nur einen günstigen Zeitpunkt ab. Das Gelände hat den Angelsachsen bisher einen ungeahnten Vorteil verschafft. Doch wie mir Thomas sagt, wird sich der Vorteil bald umkehren, da sie in kurzer Zeit auf gut einsehbares, ebenes, fast unbewaldetes Gelände stoßen.«

»Wie bald?«

»Wir können nicht mehr rechtzeitig kommen. Doch das Schlimmste verhindern, wenn wir uns beeilen.«

»Werden wir in der Überzahl sein?«

»Zusammen mit den Wachen der Angelsachsen, ja.«

»Aufsteigen, Männer«, rief Edward ohne weitere Verzögerung. »Ludeca, Rob, ihr bildet die Nachhut. Wulf, führe uns hin. Ich lasse diese Menschen nicht in ihr Unglück rennen.«

»Wären nur alle Führer so mutig wie du«, sagte Wulf im Abwenden. Edward sah ihm nach. Er kam nicht umhin zu glauben, dass hinter Wulfs Worten mehr steckte als er zugeben würde. Edward hatte in all den Wochen stets akzeptiert, dass er nicht alles von Wulf und seiner Frau wusste. Zuweilen fragte er sich, ob es nicht besser war, nicht die ganze Wahrheit über ihn zu kennen. Würde es sein Urteil über Wulf trüben? Bisher hatte er dies immer verneinen können.

Sie mussten nicht lange reiten, ehe der stille Wald die Geräusche eines Kampfes zu ihnen trug. Mühelos überwältigten sie die Nachhut der Nordmänner, die im Wald gewartet und den Überfall in einiger Entfernung verfolgt hatte, ohne auf ihre eigene Deckung zu achten. Sie waren allesamt Bogenschützen, was Wulf mit Genugtuung feststellte. Das würde den Kampf um einiges gerechter machen.

Als sie den Wald kurz darauf verließen, bot sich ihnen ein Bild des Chaos. Der Treck der Händler befand sich in unkontrollierter Auflösung. Etwa zehn von Pferden und Ochsen gezogene Wagen standen halbkreisförmig auf dem sanft abfallenden Gelände. Sie waren der einzige Schutz, den die Überfallenen den Nordmännern entgegenzusetzen hatten, nachdem diese völlig überraschend nach dem Verlassen des Waldes auf sie zugestürmt waren. Viele der Wachen waren den Bogenschützen gleich zu Beginn zum Opfer gefallen. Die Verbliebenen versuchten verzweifelt, ihre Herren zu schützen, die sich gleichsam bewaffnet hatten und den Nordmännern erbitterten Widerstand leisteten. Im Zweikampf wurde ihnen jedoch selten eine Chance gelassen. Niedergemetzelt lagen viele von ihnen sterbend oder tot im Schnee. Nicht wenige wurden noch während sie zuckend ihre letzten Atemzüge taten ihrer Habseligkeiten beraubt. Die Nordmänner kannten kein Erbarmen. Sie riefen in den Angelsachsen, die seit Jahren mit vielen von ihnen friedlich zusammenlebten, das alte Misstrauen wach und ließen einige blindlings in den Kampf reiten, ohne dass Edward vorher Anweisungen gegeben hatte. Er würde es ihnen nachsehen, wenngleich er sie vor ihrem Zorn warnen musste. Jetzt jedoch teilte er die anderen Männer geschwind ein Er ließ einige von ihnen zu Fuß in den Kampf eingreifen, die Mehrzahl jedoch würde vorerst versuchen, die Nordmänner vom Pferd aus zu überrennen.

Wulf gab seinem Pferd den Kopf frei. Ohne Zögern galoppierte es in eine Gruppe Kämpfender hinein. Wulf war nur darauf bedacht, keinen der Angelsachsen zu verletzen. Ungläubig starrten sie ihn an, was Wulf veranlasste sie ob ihrer Unachtsamkeit anzuschreien.

»Kämpft weiter, ich bin einer von euch«, rief er auf Angelsächsisch. Dann stemmte er sich gegen einen der Nordmänner, der das Pferd fortgeschoben hatte, um sich gegen ihn zur Wehr zu setzen.

Die Angelsachsen reagierten. Viele von ihnen wurden erst jetzt der Hilfe gewahr, die sie unerwartet von Edward erhielten. Von neuem Mut ergriffen kämpften sie weiter.

Wulf und der andere Nordmann hatten sich derweil gegenseitig zu einem der Pferdewagen geschoben, wo sie weiter miteinander rangen, ohne eine Waffe gezogen zu haben. Der Andere, der in Wulf den Nordmann erkannt hatte, fluchte unentwegt. Er wollte nicht wahrhaben, dass Wulf in Diensten eines Angelsachsen stand. Wulf ließ sich nicht beeindrucken, während der Nordmann redete und dabei wertvolle Kraft verschwendete. Es erstaunte ihn, wie lange sein Gegner diesen Kampf durchhielt. Sein Redefluss ließ nicht nach. Erst als er unter Wulf lag, ihm von Wulf die Luft abgedrückt wurde und er blau anlief, versagte seine Stimme. Wulf erhob sich und zog dabei eine Axt vom Gürtel. Er schreckte zurück, als ein Angelsachse um den Wagen trat, der zitternd ein Schwert in der einen Hand hielt und mit der anderen seinen Umhang krampfhaft festhielt. Die Kleidung des hageren Sachsen ließ Wulf augenblicklich seine vornehme Herkunft erkennen, doch bevor er etwas sagen konnte, sprach der Sachse.

»Komm schon, komm, tu mir den Gefallen und lauf in dieses Schwert.«

Die Stimme des Sachsen war nicht ganz klar. Er hielt den Umhang nicht umsonst fest umklammert. Sein Herz hatte den Überfall scheinbar nicht unbeschadet überstanden.

»Den Gefallen tue ich dir sicher nicht«, entgegnete Wulf und sah den Sachsen mit einem Mal zusammensacken. Er konnte den Fall nicht aufhalten, doch er kniete sich eilig hin, um den keuchenden Mann zu stützen.

»Beende dein Werk, Nordmann«, brachte er über die Lippen.

»Nicht doch, Mann!« Wulf sah sich suchend um. »Ich bin auf eurer Seite.«

»Ihr seid alle gleich«, stieß der Sachse aus. Seine Hände suchten das Schwert.

Wulf schob das Schwert wütend weg.

»Lass das, alter Mann. Auch wenn es dir nicht gefällt, wird ein Nordmann dafür sorgen, dass du das hier heil überstehst.«

Der Angelsachse krampfte die Hand erneut in den Umhang. Sein Herz wollte sich nicht beruhigen. Ein Nordmann wollte ihm helfen. Lieber wollte er sterb...

Ein Schwarm Pfeile ging auf sie nieder. Geistesgegenwärtig duckte sich der Nordmann auf ihn, trotzdem spürte der Sachse ihn zusammenzucken.

Als Wulf den Kopf wieder hob, sah er Thomas mit drei Männern in seiner Nähe.

»Thomas!«, schrie er herüber, »der Wagen ... dort, der am nächsten zum Wald. Bogenschützen!«

Thomas hatte verstanden. Er sah kurz auf seinen verwundeten Kommandanten. Doch es schien nicht schlimm zu sein. Er rief die Männer zusammen und schlich umgehend zu den Bogenschützen, um sie aus dem Weg zu räumen.

»Bist du verletzt?«, fragte der Angelsachse Wulf. Als dieser sich wieder über ihn beugte, sah er den Pfeil in der Schulter des Nordmannes.

»Keine Sorge, ich werde dich schon noch in Sicherheit bringen können!«, knurrte Wulf. Er brach das Ende des Pfeils umständlich ab. Kein Laut kam dabei über seine Lippen, nur ein weiteres Zucken.

»Verzeih, dass ich ...«

»Keine Zeit für so etwas«, unterbrach Wulf den Mann. »Wir müssen dich aus dem Gewirr schaffen und sehen, wo du wieder zu Atem kommst.«

Wulf sah sich um. Er entdeckte Thomas, der die Bogenschützen mittlerweile in einen Nahkampf verwickelt hatte. Von dort war keine Gefahr mehr zu befürchten. Er hoffte, dass es keine weiteren Bogenschützen gab, die sie übersehen hatten.

»Aaaaaaath«, schrie plötzlich jemand.

Wulf fühlte, dass der Mann unter ihm, sich zu regen begann und sich umsah.

»Aaaaaaaaaaath, hier! Hierher!« Einige Verwundete lagen unter dem letzten Wagen, unfähig noch in den Kampf eingreifen zu können. Einer von ihnen hatte sie entdeckt. Er winkte nicht, um keine Aufmerksamkeit zu erregen, doch rief, um sich ihnen bemerkbar zu machen.

Wulf starrte den Angelsachsen für den Bruchteil eines Augenblicks fassungslos an. Dieser bemerkte den Blick seines Retters. Er spürte die durchdringenden blauen Augen des Nordmannes auf sich.

»Ath ...«, flüsterte Wulf, »Ath of Abingdon."

»Ja ... was ...«

Wulf ließ ihn nicht aussprechen. Er riss sich zusammen.

»Komm«, forderte er ihn auf. Er stützte den Sachsen, damit er sich erheben konnte.

»Dein Arm«, zweifelte Ath.

»Keine Sorge«, beruhigte ihn Wulf, während sie sich vorwärts schleppten. Bedacht, aber zügig gingen sie hinter den Wagen entlang, bis sie den letzten erreichten. Ludeca hatte sich bereits entgegen den Anweisungen seines Vaters dorthin begeben. Doch die Kämpfe ließen nach und er hatte Rob mit einem anderen Mann als Nachhut zurückgelassen. Es gab viel für ihn zu tun. Es würde Stunden dauern, ehe er alle Männer versorgt haben würde. Er hatte sich das Vertrauen der Händler sehr schnell erarbeitet, als diese den ungewöhnlich jungen Mann mit der unverkennbaren Sicherheit eines erfahrenen Arztes helfen sahen. Einige von Edwards Männern lagen auch schon am Wagen. Sie warteten mit schmerzverzerrten Gesichtern auf Ludeca, doch kein Laut kam über ihre Lippen.

Wulf half Ath sich niederzulegen. Ludeca kam zu ihnen.

»Sein Herz«, erklärte Wulf kurz. Ludeca nickte und sah den Sachsen fragend an.

»Geht schon«, erwiderte dieser, »ich muss mich nur ausruhen. Sieh nach den anderen.«

Ludeca blickte zurück zu Wulf.

»Dein Arm«, meinte er.

»Später, Dec, ich kann mich noch eine Weile auf den Beinen halten.«

»Sieh dich vor, damit der Pfeil nicht in der Schulter bricht.« Ludeca wandte sich ohne weitere Worte wieder den Verwundeten zu. Wulf sah nochmals auf den Angelsachsen zurück. Dieser erwiderte seinen Blick unter halbgeschlossenen Lidern. Beider Blicke waren fragend. Ath wusste mit Bestimmtheit, dass der Augenkontakt des Nordmannes nicht grundlos war. Mit Ehrfurcht beobachtete er, soweit es ihm möglich war, den Mann, der ihm das Leben gerettet hatte. Den Mann, dessen Volk er hasste, weil es ihm das Liebste, was er besessen, genommen hatte. Sein schwaches Herz beruhigte sich erst, als er merkte, dass die Kämpfe nachließen. Andere Männer stießen zu ihnen und halfen Ludeca, die Verwundeten zu versorgen. Es beruhigte sich nahezu vollkommen, als er den Nordmann, der an Edwards Seite kämpfte, wiedersah, wohlauf, ohne weitere Verletzungen. Er sprach mit Edward und einigen anderen Männern. Scheinbar beabsichtigten sie, in der Nähe ein Lager aufzubauen, damit sich Ludeca besser um die Verletzten kümmern konnte und sie ein Nachtlager hatten.

Ath hatte von Ludeca einen wohltuenden Trank erhalten, der sein Herz belebte und ihn wenig später selbst aufstehen ließ. Der Anfall war vorüber. Ein jedes Mal kehrten seine Kräfte danach schnell zurück, so dass Ath bald darauf beim Aufbau des Lagers im Wald helfen konnte. Zelte hatten sie genug und nicht alles war von den Nordmännern zerstückelt worden. Keiner der Edelmänner oder wohlhabenden Händler war sich beim Aufbau zu fein, Edwards Männern zur Hand zu gehen. Noch vor Einbruch der Dunkelheit standen fünf große Zelte. Die verbliebenen Männer hatten Feuer entzündet und Wachen eingeteilt, die um das Lager schlichen.

Ath ordnete die verwüsteten Sachen auf seinem Pferdewagen, bevor auch er sich an eines der Feuer begeben und etwas essen wollte, als Edward die Hand auf seine Schulter legte und ihn anlächelte.

»Nun, alter Kräutermann, wie viele Jahre ist es her?«

»Ah, Ed, zu lange, fürchte ich. Erstaunlich, dass du mich alten Mann noch erkennst.«

»Nun, auch an mir ist das Alter nicht ganz vorbeigegangen, wie du siehst. Wo hast du dich herumgetrieben?«

»Ah, mal hier, mal dort«, entgegnete Ath.

»Ich hörte von deiner Tochter. Es tut mir leid um sie.«

Aths Gesicht verfinsterte sich im Schein der sie umgebenen Feuer.

»Ja, es scheint mir wie gestern. Ich bin seitdem nicht mehr zur Ruhe gekommen.«

Edward studierte kurz die Gesichtszüge des Mannes, der in den Jahren, da sie einander nicht gesehen hatten, rasend gealtert war. Den Grund konnte er sich denken. Das Verhältnis zu seiner Tochter war sehr innig gewesen.

»Du hast demnach nie wieder etwas von ihr gehört?«

»Nein, nichts. Alles was ich unternahm, endete in einem Nichts ... in einem Nichts«, setzte er nochmals hinzu.

»Ruh dich aus, Ath. Komm morgen mit mir nach Elmham, verbring den Winter dort, wenn dir danach ist. Wir haben uns zu viele Jahre nicht gesehen. Ich wäre dir sehr gram, wenn du es ausschlägst. Bin dir sowieso böse, dass du hier durch East Anglia marschierst, deine Kräuter verschacherst und nicht bei mir vorbeischaust. Bei mir, den du noch aus deinen Jugendzeiten als unbändigen Wurm kennst.«

»Mir war in letzter Zeit wahrlich nicht nach Gesellschaft ...«

»Ausreden«, warf Edward absichtlich herzlich lachend ein, »du hast mich all die Jahre zuvor ja auch nicht besucht.«

»Nun gut, Ed, der alten Zeiten wegen werde ich dein Angebot nicht ausschlagen.«

»Gut so. Und nun verrate mir noch eins.«

»Was ist das?«

»Unter mir dient ein Nordmann«, erklärte Edward, »sehr zurückhaltend, sehr gebildet, sehr geschickt. Du scheinst seine Aufmerksamkeit erregt zu haben, denn er bat mich, dich zu fragen, ob du einer Unterhaltung unter vier Augen mit ihm zustimmen würdest. Wie kommst du denn zu solch Ehre?«

»Er ist vertrauenswürdig?«

Edward war sich nicht sicher, ob Aths Worte wie eine Frage oder wie eine Feststellung geklungen hatten.

»Ich weiß nicht viel von ihm. Doch er genießt mein vollstes Vertrauen. Ich denke, du kannst ihm seine Bitte beruhigt gewähren.«

»Ist gut, Ed. Ich werde mich dort drüben an das einsame Feuer setzen und ein paar meiner Kräuter wieder in Ordnung bringen, während ich etwas esse. Dein Nordmann kann mir gern Gesellschaft leisten. Was er wollen mag?«

»Das wird er dir schon sagen«, sagte Edward, nickte Ath zu und ging.

11.

Ath sah den Nordmann einige Zeit später durch die Reihen der Männer gehen. Er schien sich nach deren Befinden zu erkundigen. Ath merkte wohl, dass sein Blick einige Male über ihn strich. Edward sprach auch mit ihm, sehr einvernehmlich und einander äußerst zugewandt, wie Ath feststellte. Dabei ging der Blick des Nordmannes das erste Mal offensichtlich zu Ath hin. Er nickte daraufhin, er und Edward trennten sich.

Als Ath die Liste der verbleibenden, brauchbaren Kräuter zusammengestellt hatte und im Begriff war zu vergleichen, welche Aufträge er damit noch erfüllen konnte, sah er den Nordmann auf sich zusteuern. Noch einige Male musste er an den anderen Feuern halten. Er tauschte einige Worte mit den dort Sitzenden, dann erreichte er Ath, der auf einem Baumstamm in einen dicken Fellumhang gehüllt mit seinen Listen auf den Knien saß.

»Gestattest du?«, fragte Wulf.

Ath sah auf und betrachtete im Feuerschein den Hünen mit unverhohlener Neugier.

»Du hast nicht Manieren, die ich von deinesgleichen gewohnt bin«, meinte Ath nicht unfreundlich.

»Deine Erfahrungen mit … meinesgleichen müssen nicht gut gewesen sein«, entgegnete Wulf. Kein Anflug von Beleidigung lag in seiner Stimme.

»Die schlimmsten«, entgegnete Ath, dem dies nicht entgangen war, »nimm Platz.«

Wulf setzte sich ihm gegenüber, streckte die Beine aus und sah in die Glut.

»Was macht deine Schulter?«, erkundigte sich Ath.

Über die Flammen hinweg blickte Wulf den Vater seiner Frau an.

»Hab Dank für deine Sorge.«

Ath legte die Listen beiseite. Dieses Gespräch verlangte seine volle Aufmerksamkeit. Der Nordmann war nicht wegen einer Kleinigkeit oder gar einer Gefälligkeit hier, die er vielleicht von ihm erwartet hätte. Der Tonfall des Hünen verriet anderes.

»Sprich, Nordmann, was willst du von mir? Ich bin dir zu Dank verpflichtet, da du heute mein Leben gerettet hast, aber deshalb sitzt du nicht hier, oder?«

Zu Aths Überraschung lächelte sein Gegenüber.

Und er tat es nicht ohne Grund. Robyn hatte immer gesagt, er würde ihren Vater mögen. Er tat es schon jetzt, obwohl sie nur wenige und nicht immer freundliche Worte miteinander gewechselt hatten. Doch den Geist, der sich darin widerspiegelte, die Klugheit, den Scharfsinn, den kannte er, seit über einem Jahr.

»Mein Name ist Wulf«, antwortete Wulf, »und ich bin hier, um dir etwas über den Aufenthaltsort deiner Tochter zu berichten.«

Ath fuhr erbost hoch.

»Mann, mach keine Witze«, brüllte er, dass die meisten im Lager aufhorchten. »Deinesgleichen haben sie mir entführt und jetzt sitzt du seelenruhig vor mir und willst mir sagen, wo sie ist ... tot ist sie oder verschleppt und versklavt ...«

Ari kam heran.

»Wulf?«

Dieser sah auf.

»Schon gut, Ari. Das hier ist persönlich. Er wird sich gleich beruhigen.«

»Beruhigen?«, schrie Ath außer sich. »Beruhigen soll ich mich? Zum Teufel mit dir!«

Wulf ignorierte die Anfuhr. Er nickte Ari nur leicht zu, der sich daraufhin wieder zurückzog und auch die anderen aufforderte, sich wieder ihren Angelegenheiten zu widmen.

Wulf suchte wieder Aths Augenkontakt.

»Ich bin mit aufrichtiger Absicht hier, Ath. Ich beliebe nicht zu scherzen, wenn es um Robyn geht.«

Ath wurde kreidebleich, als er den Namen seiner Tochter aus dem Mund des Nordmannes vernahm. Wie ein Stein ließ er sich wieder auf den Baumstamm fallen. Er versuchte sich zu fassen, versuchte zu verkraften, welche Nachricht der Nordmann brachte. Tot? Versklavt? Misshandelt? Verkauft?

»Ath.« Wulf wartete bis dieser ihn wieder über das Feuer hinweg ansah. »Robyn ist meine Frau seit über einem Jahr ...« Er kam nicht weiter. Ath rang plötzlich nach Luft, fasste sich wieder an sein Herz und rutschte vom Baumstamm an dessen Seite.

Wulf sprang auf, sprang über das Feuer hinweg zu ihm und fasste unter seinen Kopf. Das Keuchen ließ nicht nach, im Gegenteil.

»Deeeeeec!« schrie er über das gesamte Lager, »Deeeeeeeec!«

Ludeca, der an einem der Feuer für kurze Zeit gedöst hatte, kam auf ihn zugerannt, im Schlepptau andere, die durch das Rufen aufgeschreckt worden waren.

Ludeca untersuchte Ath kurz. Er versuchte ihn zu beruhigen und ihn zu längeren Atemzügen zu überreden.

»Ath, ganz ruhig, atmen, atmen ...«

Fast hilflos sah er Wulf an.

»Was immer ihn aufgeregt hat, wir müssen diese Unruhe besänftigen! Sag ihm irgendwas, Wulf, denn er sieht nur dich flehend an. Er kann nichts für diese Anfälle ... er muss wieder zu sich finden, die Sperre, die sein Herz umklammert, lösen!«

Wulf zögerte, spürte die Schatten um ihn, doch auch Aths bittenden Blick.

»Wulf«, Edward kniete bei ihnen, »sag etwas!«

Wulf stieß den Atem aus, griff sich im Herabbeugen an seine verletzte Schulter und umfasste mit der anderen Hand Aths Handgelenk.

»Ath«, sagte er, »Ath, hör doch, sie ist meine Frau, und es geht ihr gut. Robyn geht es gut. Es geht ihr gut ...«

Er musste die Worte noch einige Male wiederholen, bis Ath schließlich einen langen Atemzug tat. Dann wurde das Keuchen leiser, kontrollierter.

»Sie ist in Elmham, du kannst sie morgen sehen, hörst du, morgen schon, kannst dich überzeugen ...«

»Du-bist-ihr-Mann?« Jedes Wort kostete Ath ungemein viel Kraft.

»Ja«, antwortete Wulf.

»Du-hast-sie-geraubt?«

»Nein.«

»Aber-wie ...«

»Ath«, mischte sich Ludeca wieder ein, »spar dir deine Kräfte. Leg dich erstmal schlafen. Es war heute doch etwas viel für dich.«

»Robyn ...«, hauchte er.

»Die ist glücklich, Ath. Wir alle hier kennen sie. Und du solltest jetzt wirklich schlafen, damit du dich morgen Abend selbst davon überzeugen kannst.«

»Ich ...«

»Nein, gar nicht«, widersprach Ludeca. Er nickte Wulf zu, der Ath, wie schon einmal heute, auf die Beine half und mit ihm zum Wagen ging. Dort betteten sie Ath und deckten ihn ausreichend zu. Die anderen außer Edward und Ludeca hatten sich bereits zurückgezogen.

Ath lag mit geschlossenen Augen auf dem Wagen, als auch sie sich abwandten und kurz am Feuer stehen blieben.

»Sieh an, sieh an«, sagte Edward, »deine Frau ist die Tochter des ehrenwerten Ath of Abingdon. Ich hätte selbst darauf kommen sollen, obwohl ich sie nie traf.«

Wulf schwieg.

»Ich bin gespannt zu erfahren, wie du zu solch einer Frau kamst. Oder wird auch das dein Geheimnis bleiben, mein Freund?«

Diesmal sah Wulf auf. Er erwiderte den Blick Edwards geraume Zeit.

»Ich denke, ich gehe zu den Wachen um das Lager. Sie können Hilfe gebrauchen.«

Ohne ein weiteres Wort wandte sich Wulf ab.

Edward wollte ihm etwas nachrufen. Ludeca, der ahnte, dass es nicht Freundliches war, fasste jedoch dessen Arm.

»Lass, Vater«, sagte er leise, »lass gut sein. Er wird seinen Grund haben, uns nichts davon gesagt zu haben. Auch du hast deine Geheimnisse.«

Edward sah auf seinen Sohn und lächelte schmerzlich.

»Ja, du hast recht. Auch wenn ich es manchmal verfluche, Geheimnisse zu haben.«

Ludeca wünschte sich nicht zum ersten Mal in seinem Leben, dass es ihm gestattet wäre, seine Hand auf die Schulter seines Vaters zu legen. Vor allen seinen Männern. Doch es hätte ihr Geheimnis preisgegeben.

* * *

Teil 6

1.

Der Himmel blieb den ganzen Tag über Wolken verhangen. In der Nacht war es etwas wärmer geworden und je näher sie Elmham kamen, umso stärker wurde der einsetzende Schneefall.

Anders als gestern hatte Edward Wulf nicht als Nach- oder Vorhut eingesetzt. Er sollte die Möglichkeit haben, den Arm zu schonen und in Gegenwart Aths zu sein. Doch zu aller Überraschung wechselten die beiden während des gesamten Rittes kein Wort. Keinem der beiden schien dies jedoch Unwohlsein zu bereiten. Sie ritten nicht weit voneinander und tauschten ab und zu einen Blick, der Einvernehmen widerspiegelte. Edward war sich nicht sicher, ob er beleidigt sein sollte, dass er nichts von Robyn und ihrem Vater gewusst hatte. Doch dann erinnerte er sich an den Tag am Strand, als sie einander das erste Mal begegnet waren, welch Zurückhaltung und Misstrauen über Robyn als auch Wulf gehangen hatte. Vielleicht hatte Ludeca recht und er sollte akzeptieren, dass er nicht alles von beiden wusste und das aus gutem Grund.

Es überraschte alle, dass sie, noch ein gutes Stück von Elmham entfernt, auf die ersten Späher der Burg trafen. Sie hatten Edwards eigene Vorhut bereits passieren lassen und kamen nun an Edward herangeritten. Es waren zwei Angelsachsen, die bereits seit langem in Edwards Diensten standen und zu den besten Spähern zählten, die unter Edward dienten.

»Sire«, grüßte einer der beiden. Beide neigten den Kopf.

»Ben, wie kommt es, dass ihr so weit außerhalb eure Runden zieht?«, fragte Edward.

»Vorsichtsmaßnahmen, Sire. Eine Anordnung Eadreds.«

»Aus welchem Grund?«

»Sire, es gab einen Vorfall mit einer Dienerin. Sie hat sich in die Dienste der Nordmänner gestellt. Sie arbeitete gegen uns und spionierte. Ihr Vorhaben ist mir nicht bekannt. Doch Eadred und die Lady Robyn sind ihr auf die Schliche gekommen und haben sie im Wald überwältigen können.«

»Ist sie tot?« Edward spürte im Rücken, dass Wulf sein Pferd neben seines lenkte.

»Ja, nichts zu machen gewesen.«

»Geht es meiner Frau gut?«, mischte sich Wulf ein.

Ben lächelte ihn an.

»Ausgezeichnet, Master. Lady Judith lobt sie seit zwei Tagen in den Himmel, dass sie ihre Dienerin entlarvt und womöglich sehr viel Unheil verhindert hat.«

»Eadred?«, hakte Wulf nach.

Da verdüsterte sich Bens Ausdruck wieder.

»Auch ihm geht es gut. Doch mir scheint, er und Lady Robyn haben seit dem Vorfall Streitigkeiten. Warum, weiß ich nicht.«

»Glaubst du, hinter dieser Sache steckt mehr? Haben wir noch mehr Spione zu erwarten?« Diese Frage stellte Edward direkt an Wulf.

»Spione tragen ihre Informationen weiter. Der Unterhändler trägt sie zum Auftraggeber. Eadred und Robyn haben diese Linie vorerst unterbrochen, aber wo ein Diener bestochen wurde, kann auch einer weiterer bestochen werden. Eadred tat recht, die Burg im weiteren Umkreis beschatten zu lassen.«

Edward nickte missmutig und drehte sich zurück zu Ben.

»Hab Dank, alter Freund.«

Die beiden Späher zogen sich zurück und verschwanden im Wald. Edward und sein Gefolge setzen ihren Weg schweigend fort. Keinem schien nach Reden zumute. Die Nachricht, zuerst überraschend und zu ihrem Vorteil, hatte sich als schwerwiegender erwiesen als gedacht.

Wulf war tief in Gedanken versunken, während er unauffällig die verletzte Schulter unter dem Umhang rieb. Ludeca hatte sie am Morgen nochmals neu verbunden, erstaunt über die Heilung, die bereits eingesetzt hatte. Wulf hatte ihn dabei etwas aufgezogen und von altem nordischem Kriegerblut gesprochen. Ludeca war darauf eingegangen. Er hatte zum ersten Mal seit vielen Stunden gelacht, in Dankbarkeit, was seine Arbeit oft nicht zuließ. Er war Wulf umso mehr zugetan, als er dessen Absicht erkannt hatte.

Eine weitere Dienerin, die spioniert hatte. Für wen? Warum, fragte sich Wulf.

Du ...

Die Erinnerung an den blonden Nordmann kehrte mit ungutem Gefühl zurück.

Warum streiten Eadred und Robyn? Was ist im Wald geschehen?

Wulf bemerkte Ath, der sein Pferd neben ihn gelenkt hatte. Rasch zog er die Hand von der Schulter. So sehr die Schmerzen allmählich nachließen, so peinigten ihn seine Gedanken. Und als er Aths Blick spürte, überkam ihn ein Gefühl zweifelhafter Freude.

Robyn würde ihn heute in die Arme schließen können.

Aber es wird sie nicht vergessen lassen, dass etwas um uns passiert. Etwas, das uns mehr und mehr hineinzieht.

»Ein ungünstiger Zeitpunkt, um Wiedersehensfreude zu feiern«, erriet Ath.

»Ihre Freude, dich zu sehen, wird ungetrübt sein«, erwiderte Wulf.

Ath wollte etwas antworten, doch dann sah er in Wulfs Augen und begegnete dem aufmerksamen Blick.

Es gibt Dinge, die nicht hier besprochen werden sollten. Ath konnte es sehen, ohne dass Wulf es ausgesprochen hatte.

»Ich verstehe«, meinte Ath dann. Er verstand wirklich.

Nebeneinander beendeten sie das letzte Stück des Rittes und erreichten Elmham in der Dunkelheit. Die sanfte Anhöhe, auf der die Burg gebaut worden war, erstrahlte im Schein der Fackeln, die die Wachen mit sich trugen. Ihre Heimkehr verlief in fast unheimlicher Stille. Im Hof saßen sie ab. Allein Edward sprach. Er beauftragte einen herbeigelaufenen Diener, drei Frauen in seine privaten Gemächer zu beordern. Sie sollten dort auf ihn warten. Edward gab sich keine Mühe, die Traurigkeit in seinem Gesicht zu verschleiern, als er einige seiner Männer beauftragte, die drei gefallenen Männer aufzubahren.

Dann trat er zu Wulf, Ath und den anderen.

»Judith ist mit einigen Frauen und Kindern wie üblich im kleinen Saal. Ich werde zuerst mit euch dorthin gehen. Robyn befindet sich mit Eadred auch dort, wie mir der Diener berichtete. Scheinbar lässt er Judiths Dienerinnen nicht mehr aus den Augen. Judith werde ich brauchen, wenn ich den Frauen die traurige Nachricht überbringen werde.«

Als Edward Aths trüben Blick bemerkte, lächelte er leicht.

»Nein, alter Freund! Weder du noch deine Tochter werden heute Abend klagen, versprich mir das! Für euch ist es eine glückselige Zusammenkunft.«

»Hab Dank, Ed«, meinte Ath leise.

»Wofür? Danke lieber diesem dickschädligen Nordmann da«, Edward wies auf Wulf, »er hütet deine Tochter wie seinen Augapfel. Er lässt niemanden an sich oder sie heran!«

Ath blickte kurz auf Wulf, der den nicht unfreundlichen Vorwurf wortlos über sich ergehen ließ. Doch um seine Mundwinkel lag ein warmes Lächeln.

»Ja, ich habe das Gefühl, das Schicksal meiner Tochter wurde in die besten Hände gelegt.«

Wulf zog überrascht eine Augenbraue nach oben. Er hatte einen derartigen Zuspruch nicht erwartet.

Edward beobachtete die beiden noch einen Moment wohlwollend, ehe er mit ihnen den Weg zum kleinen Saal einschlug. Die zwei Wachen vor dessen Tür verbeugten sich kurz. Sie verhüllten in ihren Gesichtern nicht die Freude, ihren Herrn wohlauf wiederzusehen.

»Ihr könnt mit eurem Grinsen aufhören«, scherzte Edward mit ihnen, »macht uns lieber die Tür auf, damit ich in schönere Gesichter blicken kann!«

Die beiden jungen Angelsachsen lachten, während sie dem Wunsch nachkamen. Edward und die anderen traten ein. Sie sahen in die glücklichen Gesichter der Frauen und Kinder, die über ihre Heimkehr bereits unterrichtet worden waren. Judith, die am langen Tisch mit einigen anderen bei einem Brettspiel gesessen hatte, kam als erste auf sie zu.

»Wir sind froh, euch alle wohlauf zu sehen!« Hinter ihr verstummten auch die letzten Kinderstimmen. Alle betrachteten die hereingetretene Gruppe aufmerksam. »Auch wenn unser Herz mit den drei Frauen weint, deren Männer ...« Sie sah betrübt zu Boden.

Edward hob ihr Kinn an, so dass sie ihn ansah. Es hatte ihn nie gestört, seine Zuneigung zu seiner Frau auch anderen zu zeigen.

»Nun mal nicht so tränenreich, Judith. Die Frauen benötigen unseren Trost, nicht umgekehrt!«

»Du hast recht.« Ihre Stimme klang wieder fest und er entließ ihr Kinn. »Wir sind ja auch froh, dass ihr wieder hier seid.«

»Wir hörten bereits von dem Vorfall ...« Edward blickte auf Wulf und Ath neben sich, deren Blicke auf Robyn und Eadred ruhten. Die beiden hatten weder ihr Eintreten noch die Stille im Saal bemerkt, so sehr stritten sie am anderen Ende des Saales aufgebracht. Robyn ging dabei auf und ab und gestikulierte heftig mit den Händen, während Eadred am Kamin lehnte, aber nicht weniger aufgebracht diskutierte.

»Ja, das geht seit zwei Tagen so«, erklärte Judith in die Stille hinein, »worum es genau geht, wissen wir alle nicht. Wohl um Inga, meine Dienerin. Aber genaueres ...« Sie zuckte mit den Schultern.

Im Saal hallten Robyns und Eadreds Stimmen nun umso mehr und erst Eadreds Blick zur Tür ließ ihn vom Kamin zurücktreten. Robyn folgte seinem Blick, als er mitten in einem Widerspruch abbrach. Sofort ging ihr eigener Blick zu Wulf. Beruhigt stellte sie fest, dass er wohlauf war. Dann jedoch sah sie ihn neben sich blicken und unwillkürlich begann ihr Herz zu rasen.

»Vater?« Ihre Stimme, ungläubig, hallte von den Wänden wieder. Da lächelte Ath.

»Vater!« rief sie. Sie stolperte fast über ihre eigenen Füße, als sie auf ihn zu rannte. Sie begann schon zu weinen, ehe sie ihn erreicht hatte. Ath ging ihr weitaus langsamer einige Schritte entgegen. Es kostete ihn Kraft nicht vor Schwäche auf die Knie zu sinken. Die letzten anderthalb Tage schienen mit einem Mal über ihn zu kommen und ihm ein Zeichen zu geben, dass er nicht gewillt war zu sehen. Gerade jetzt wollte er es nicht sehen. Er verbannte alle Anzeichen von Schwäche und umschlang stattdessen seine Tochter mit beiden Armen. Zufrieden ließ er die Erinnerung an ihr Schreien am Strand sterben.

Edward und die anderen verfolgten die Zusammenführung von Vater und Tochter nur kurz, dann nickte Edward Wulf zu und winkte alle im Saal nach draußen. Im Vorbeigehen tauschten Eadred und Wulf einen kurzen Blick. Wulf sah Eadreds verbundene Hand. Dann waren er, Robyn und Ath allein.

»Wie ... wie kommst du hierher?« Robyn weinte. Sie sah ihren Vater an, hielt ihn noch immer fest und nahm die tiefen Furchen in seinem Gesicht wahr. Sie begriff, dass das Alter es nicht gut mit ihm gemeint hatte. Das Alter und die Sorge.

»Dein Mann war so gut und rettete mein Leben.« Ath lächelte sie an.

»Seid ihr überfallen worden?«

»Im Nachhinein betrachtet begingen wir eine große Dummheit. Wir hatten viel zu wenige Wachen, wenn man bedenkt, durch welches Gebiet wir reisten.«

»Es hat zugenommen, Vater. Edward meint, es gibt mehr und mehr Überfälle hier.«

»Aber ich hatte einen Schutzengel.« Ath lächelte Wulf an. Er bemerkte ein kurzes Zögern seiner Tochter, als sie zu Wulf trat. Doch in Gegenwart ihres Vaters schienen sie beide ihre sonstige Zurückhaltung zu vergessen.

Wulf zog sie an sich und küsste ihre Schläfe.

»Geht es dir gut?«, flüsterte sie.

»Ich könnte Bäume ausreißen«, entgegnete er in der nordischen Zunge ebenso leise, um ihren Vater nicht zu beleidigen.

»Deine Schulter?« Sie fühlte den Verband unter ihrer Hand.

»Nichts Schwerwiegendes, Nixe.«

Ath betrachtete die Vertrautheit der beiden, den eigenartigen Wechsel zwischen nordischer und angelsächsicher Sprache. Jeder Funken Zweifel, der noch in ihm geglüht haben mochte, seine Tochter als Frau eines Nordmannes zu wissen, schwand in diesen Augenblicken. Über ein Jahr war seine Tochter die Frau dieses Mannes. Ath überkam eine innere Ruhe, da der Nordmann ihr augenscheinlich gab, was sie ersehnt hatte. Robyn wandte sich wieder zu ihm.

»Vater, ich weiß nicht, was ich sagen soll. Ich kann kaum sprechen, kaum einen klaren Gedanken fassen. Dass Wulf dich gefunden hat ...«

»Robyn, da werden wir uns wohl beide eine ganze Nacht anschweigen, da ich selbst nicht weiß, was ich alles sagen soll.«

»Geht es dir gut? Dem Geschäft?«

»Du siehst, ich bin wohlauf.« Er tauschte einen kurzen Blick mit Wulf, verschwieg sein schwaches Herz aus Rücksicht vor den anderen Sorgen. »Das Geschäft läuft gut. Natürlich fehlt mir meine tüchtigste Hand und ich bezweifele, dass ich sie wieder bekommen werde … Du und dein Mann und … wie steht es mit einem Enkelkind für mich alten Mann?«

»Leider nein, Vater«, erwiderte Robyn, »da wirst du dich noch gedulden müssen, ehe du mit ihm oder ihr über den Waldboden kriechen kannst.«

»Ah, du hast es nicht vergessen, mein schlaues Kind. Es wird mir große Freude bereiten, denn ihr wollt doch auf der Insel bleiben oder nicht? Aber dann kommt ihr zu mir nach Wessex!«

Robyn suchte Wulfs Blick, der daraufhin zu ihr trat und eine Hand auf ihre Schulter legte.

»Wir haben viel Zeit, das zu besprechen. Es gibt einige Dinge mehr, die du wissen solltest. Vor allem darüber, wer deine Tochter ist. Wer ich bin. Und warum wir nicht mehr im Nordland sind, wo Robyn und ich verheiratet wurden.«

»*Ver*-hei-ra-tet?«, wiederholte Ath.

»Komm, Vater«, bat Robyn, »setz dich ans Feuer. Ich werde einem der Diener sagen, sie sollen uns etwas zu essen bringen. Dann lässt es sich besser reden.«

»Möchtest du, dass ich gehe?«, fragte Wulf. Er wollte Vater und Tochter etwas Zeit unter sich geben.

Sowohl Robyn als auch Ath sahen Wulf befremdet an.

»Wulf, möchtest du das?«, fragte Robyn ungläubig.

»Nein, die Frage ruht nur aus Respekt vor dir und deines Vaters Zuneigung.«

»Dann bleib, Wulf«, bat Ath, »wenn dich die Offenheit zwischen Robyn und mir nicht abschreckt.«

»Ganz und gar nicht.«

Der Diener brachte eine Platte mit Gemüse und Rehfleisch, die Robyn auf einen herbeigezogenen Beistelltisch zwischen Wulf und Ath platzierte. Sie goss ihnen von dem Wein ein, den Edward ihnen schickte und nahm selbst auf einer niederen Bank vor dem Feuer Platz. Sie ließ das Feuer ihren Rücken wärmen, während sie ihre Augen erst lange auf ihrem Vater, dann auf Wulf ruhen ließ.

»Meine Tochter«, sagte Ath fast ehrfürchtig, »ich habe dich nie schöner gesehen.«

»Vater«, antwortete sie leise vorwurfsvoll. Dann nippte sie am Wein. Im Licht des Feuers hinter ihr konnten sie nicht sehen, wie sie errötete.

»Verzeih einem alten Mann seine Ehrlichkeit. So ist eure Ehe glücklich?«

Robyn nahm den Becher von den Lippen.

»Sehr, Vater«, hauchte sie zufrieden.

Ath sah auf Wulf, den er zum ersten Mal wirklich lächeln sah, und der Blick, den seine Tochter dabei traf, sagte ihm mehr als alle Worte.

2.

Im Morgengrauen trennten sie sich. Nachdem alles besprochen worden war, was Robyn und Wulf bisher nur miteinander geteilt hatten. Zudem erzählten sie beide die Geschehnisse, die sich während ihrer Trennung in den letzten beiden Wochen zugetragen hatten. Doch es blieb bei der Wiedergabe des Geschehenen. Einzig die letzten Worte der Dienerin verschwieg Robyn einem Gespür folgend. Auch Wulf ging nicht weiter darauf ein, nach ihrem Streit mit Eadred zu fragen. Es genügte, um sie ahnen zu lassen, dass es ihren Vater nur noch mehr belasten würde, zu wissen, dass sie in Gefahr schwebten. Und da ihr Vater nicht gesund aussah, ließ sie ganz und gar davon ab. Sie wollte Wulf später davon wissen lassen.

Während Robyn ihren Vater zu seinem Gemach begleitete und dafür sorgte, dass es ihm an nichts fehlen würde, trat Wulf in das seine.

Er sah, dass einer der Diener ihren Aufbruch vom Saal bemerkte haben musste, da das Feuer hell brannte und warmes Wasser und zwei Becher dampfenden Weines für ihn und Robyn bereitstanden. Ludeca hatte zudem für frisches Verbandsmaterial gesorgt, das er wenig später benutzte, um die Wunde umständlich neu zu verbinden. Als er damit fertig war, ließ er sich am Feuer nieder und trank den Becher Wein bis zum Grund leer. Sein Kopf tat ihm einen Gefallen. Er war leer. Er ließ keine Gedanken und Sorgen mehr zu. Wulf schmeckte nur den guten Wein, spürte die Wärme des Feuers, hörte die Tür, als Robyn eintrat. Er genoss ihren Anblick. In ihren Augen stand ein Glück, dass er noch niemals in dieser Art an ihr gesehen hatte. Kein Dank, sie wusste, dass musste sie nicht. Nur dieses Glück, fast eine Erlösung, eine verlorene Last. Und noch etwas geschah, was sie noch nie von sich aus gewollt hatte. Er hatte es lange zuvor akzeptiert, dass sie ihn zu keiner Zeit von sich aus begehrt hatte. Er wusste, sie hatte sich ihm immer mit all ihrer Liebe hingegeben und ihm gezeigt, dass ihr Herz nur ihm gehörte. Doch niemals hatte sie es von sich aus gewollt. Bis zu diesem Augenblick.

Und sie tat es nicht aus Dankbarkeit. Oder aus Reue. Oder Zurückhaltung.

Sie tat es, weil sie das erste Mal seit sie zusammen waren, erlöst war. Befreit von einer Angst, die sie stets begleitet hatte. Sie tat es, weil sie in sich ruhte. Eine Last war von ihr genommen worden. Und sie konnte ihm zeigen, was ihr dies bedeutete.

Er sah sie weinen. Doch nicht aus Trauer. Sie weinte vor Freude, lächelte ihn selig an. Sie schloss ihre Augen nicht ein einziges Mal, sondern sah ihm unentwegt in die Augen und ließ ihn jenes Glück in ihren eigenen sehen.

Das erste, was sie sagte, als er sich in ihre Halsbeuge schmiegte und sie dabei über seinen Nacken strich, ließ ihn leise auflachen.

»Verzeih, ich hatte deine Schulter vergessen.« Ihre Stimme war leicht heiser und konnte die Trunkenheit des Gefühls in ihr nicht verbergen.

»Reichlich spät, mich daran zu erinnern, Nixe.« Er hob den Kopf und sah sie von oben herab grinsend an. »Wir können es ja wiederholen, jetzt da du um meine Schulter weißt.«

Sie lachte, nicht leise, nicht zurückhaltend. Es hallte von den Wänden wieder.

»Gern«, sagte sie.

Er wartete, bis sie ihn wieder ansah.

»Glücklich, Nixe?« Es war unnötig, aber er wollte es hören.

Liebevoll strich sie über sein Gesicht. Ihre Hand blieb auf seiner Wange liegen.

»Es hat nichts mit dem zu tun, was ich für dich empfinde. Ich bin glücklich, seitdem du da bist. Wirklich glücklich seitdem. Doch warum ich bin wie ich bin, habe ich diesem Mann zu verdanken. Wonach ich suchte, ließ er in mir wachsen. Er ließ es zu, akzeptierte, dass ich auf der Suche war.«

»Ich bin froh, dass er seiner Tochter diese Freiheit ließ.«

»Ohne ihn würde ich niemals in deinen Armen liegen. Ich hätte nie den Mut besessen, dir mein Herz zu schenken. Wiglif hätte dies niemals zugelassen.«

»Robyn ...« Er zögerte kurz und überlegte, ob er ihr sagen konnte, was er bei Ath beobachtet hatte.

»Sein Herz, nicht wahr?«

Sie kannte ihn gut. Niemand sonst hätte seine Gedanken in dieser Weise lesen können.

»Ja, er scheint unter Anfällen zu leiden.«

»Er hatte immer ein schwaches Herz. Seine stetigen Reisen waren nicht gut für ihn. Seitdem seine Frau im Kindsbett verstarb, haben sich die Beschwerden verschlimmert.«

»Kanntest du sie?«

»Nein, das war lang vor meiner Zeit. Er hat es nur einmal erwähnt.«

»Glaubst du, er wird ruhiger werden, jetzt da er dich wieder hat?«

»Nein, keinesfalls. Sobald das Frühjahr anbricht, wird es ihn wieder hinausziehen.«

»Es scheint, er trägt nordisches Blut in sich.«

»Sag ihm das bloß nicht.« Robyn grinste. »Dass er bei dir eine Ausnahme macht, spricht für dich. Aber wir sollten es nicht auf die Spitze treiben.«

»Wir sollten auf ihn aufpassen«, entgegnete Wulf.

»Heißt das, du würdest mit ihm ziehen wollen?«, fragte Robyn erstaunt.

Wulf strich einen Moment lang durch ihr Haar, bevor er antwortete.

»Vielleicht.«

Sie sagte nichts darauf, schien selbst nachzudenken, wie es weiter gehen würde.

»Wulf?«, sagte sie nach einer Weile.

»Mmh?«

»Harold ist hier.«

Wulf stieß einen langen Atemzug aus.

»Ich habe so etwas vermutet«, meinte er schließlich, »der blonde Nordmann ... Irgendwie schien er es eher auf mich als auf Edward abgesehen zu haben. Ich denke, der Diener stellte uns eine sehr geschickte Falle.«

»Judiths Dienerin spionierte für ihn. Und Eadred weiß alles über uns. Er hat es durch seine eigenen Nachstellungen herausbekommen.«

»Deshalb liegt ihr beide im Streit?«

»Er erwägt, Edward die Wahrheit über uns zu sagen.«

»Wie die Dinge liegen, würde das alle hier in Gefahr bringen. Harold wird nicht allein gekommen sein. Doch es geht niemanden hier etwas an. Dies ist nicht ihre Angelegenheit.«

»Aber sie wurden unfreiwillig mit hineingezogen.«

»Ich weiß.«

»Glaubst du, Wiglif und Eilaf haben Harold zusammen geschickt, um uns aus dem Weg zu räumen?«

»Schwer zu sagen. Wir wissen nicht, was inzwischen vorgefallen ist.«

»Was wirst du tun?«

»Zuerst einmal mit Eadred reden. Das wird unsere Freundschaft auf die Probe stellen. Aber solange wir nichts Genaueres wissen, muss er schweigen.«

»Alles holt uns wieder ein. Selbst hier, so weit fort. Was ist nur geschehen, dass Harold hier ist?«

»Aus dir spricht die Königin, Nixe.«

Sie lehnte sich an seinen Oberarm und barg ihr Gesicht daran. Sie musste nichts sagen, er verstand sie auch so.

3.

Ein weiterer Spion war entlarvt.

In der einbrechenden Dunkelheit beugte sich Robyn über ihn. Sie strich mitleidig über das Gesicht des verletzten Knaben.

»Sie sind nur ein Werkzeug«, sagte sie leise, »Nicht mehr als ein Werkzeug.«

»Davor nimmt Macht keine Rücksicht, mein Mädchen«, entgegnete Ath, der wie sie Zeuge des Vorfalls gewesen war.

Als man den Jungen in einem Nebenraum der Gemächer Judiths erwischt hatte, war er geflüchtet. Geschmeidig und flink war er den Wachen eine Weile entkommen, bis er auf die Burgmauer gelangte, wo er, in die Enge getrieben, einen falschen Schritt tat und in die Tiefe stürzte. Es war ein Wunder, dass er überhaupt noch lebte.

Robyn, die ihr Tun für einen kurzen Moment unterbrochen hatte, zerstampfte auf einem Stein einige sichelartige Blätter und reichte den Brei ihrem Vater, der sie daraufhin notdürftig auf die Wunden verteilte.

»Wenn doch Ludeca bald kommen würde«, murmelte Robyn missmutig.

»Geduld, Robyn. Es ist fraglich, ob er dem Jungen noch helfen kann oder sein Sterben nur erträglicher machen wird.«

»Ich weiß, Vater.«

Als sie ihm erneut etwas von der Heilpflanze reichte, hielt er ihre Hand und ihren Blick kurz fest.

»Ich kann viele Sorgen in dir sehen. Rede mit Wulf. Verschließe sie nicht in dir drin.«

»Ich widerspreche damit all den Gründen, aus denen wir vom Nordland flohen. Aber Wulf weiß das.«

»Aber ahnt er, dass es euer Glück kosten könnte?«

»Was meinst du damit, Vater?«

»Dein Mann ging aus Überzeugung von zu Hause fort. Und du?«

Ihr blieb eine Antwort erspart, da Eadred zurückkehrte. Er brachte eine willkommene Fackel mit, die ihnen ihre Bemühungen erleichterte. Doch sie suchten Ludeca umsonst. Eadred und die drei mitgebrachten Wachen stiegen ab.

»Ludeca hat Wulf und die anderen heute früh zu einem Streifzug begleitet und sie sind noch nicht wiedergekehrt. Sie wollten eigentlich vor Einbruch der Dunkelheit zurück sein. Aber du weißt selbst, dass sie manchmal länger fort sind.«

»Was hast du uns mitgebracht?« Robyn wies auf den Beutel, den Eadred in den Händen hielt.

Die Wache mit der Fackel trat näher heran, um ihnen zu leuchten.

»Verzeih Ath«, meinte Eadred, »ich nahm in deinen Gemächern einfach, was ich kriegen konnte. Vielleicht ist etwas Nutzbringendes dabei.«

»Lass mal sehen ... na, viel ist es nicht, aber für einen schmerzstillenden Trunk reicht es schon. Was sagt Edward? Wie sollen wir weiter verfahren? Der Junge ist kaum vernehmungsfähig.«

Hinter ihnen kam ein kleiner Wagen gefahren, den ein Knecht lenkte.

»Edward meint, wir sollen ihn erstmal hineinbringen ...«

»Aber er wird den Transport kaum überstehen«, wandte Robyn ein.

»Mitleid?«, wollte Eadred wissen.

»Eadred!«

»Schon gut, schon gut«, lenkte Eadred ein, »dein Herz ist zu gut. Der Junge würde dich ohne weiteres aus dem Weg räumen ... wenn das indes nicht sowieso sein Auftrag war«, fügte er leise, nur für sie und Ath hörbar, hinzu.

»Glaubst du?«, fragte Ath.

»Möglich. Robyns Vetter scheint mir keine Skrupel zu kennen. Also warum die Arbeit nicht von einem Kind erledigen lassen.«

Ath sah auf seine Tochter. Sie blieb merkwürdig still. Er hatte sich nicht getäuscht. Die Ausmaße ihrer Zerrissenheit schien nicht einmal Wulf zu erkennen. Er selbst tat es ein bisschen. Eadred konnte es nicht verstehen. Er konnte nicht ahnen, was seine Bemerkungen anrichteten. Doch sie trug es ihm nicht nach. Im Gegenteil, sie und Eadred schätzten einander. Er hatte versprochen über die Sache zu schweigen, so lange es möglich war. Wulf und er hatten vor einigen Tagen darüber gesprochen. Eadred hatte dabei sein Wort gegeben. Die Streitereien zwischen ihr und Eadred hatten aufgehört, wenngleich sie nie eine Gefahr für ihre Freundschaft bedeutet hatten.

Ath nahm seiner Tochter die restlichen Pflanzenteile aus der Hand und holte sie zurück aus ihren Gedanken, die sie unwillkürlich bei der Erwähnung von Harold überkamen.

»Misch die Kräuter für die Schmerztinktur, Robyn. Sie braucht ein bisschen, um zu wirken. Erst dann können wir den Jungen transportieren, sonst wird er am Schock sterben.«

Robyn nickte. Sie mied Eadreds Blick. Als dieser etwas sagen wollte, hielt ihn Ath zurück.

»Lass, mein Freund. Das geht zu tief.«

»Sie tut mir leid, dass sie Leuten nachtrauert, die sie verstießen. Die sind weder Wulf noch sie wert.« Eadred spuckte verärgert aus.

Ath lächelte und betrachtete seine Tochter, die jetzt wieder konzentriert die Heilkräuter zerkleinerte.

»Danach fragt das Herz einer Königin nicht«, murmelte er. Er sagte es nicht ohne Stolz.

Sie träufelten dem noch immer leise stöhnenden Jungen wenig später den dickflüssigen Saft in den Mund und warteten bis den zerschlagenen Körper eine merkliche Entspannung durchzog.

»Er ist soweit.« Ath wies eine der Wachen an, den Jungen hochzuheben.

»Vorsicht, das Bein.« Robyn und ihr Vater stützten den Jungen, als sie ihn vorsichtig auf den Wagen legten. Dann deckten sie ihn zu und kontrollierten nochmals seinen Atem.

»Er lebt noch«, sagte Ath beruhigt.

»Er kann froh sein, dass der Schnee hier an der Rückseite so hoch liegt«, meinte Eadred, »vorne wäre er nicht mehr am Leben!« Er schickte die Wache mit der Fackel vor den Karren, ihnen den Weg zu deuten. Er selbst stieg auf sein Pferd, während Ath und Robyn hinten auf den Wagen aufsaßen. Als Robyn sich hochziehen wollte, fühlte sie einen Windhauch im Nacken, der, anders als die kalte Luft um sie, warm vorbeizog. Noch ehe sie den nächsten Atemzug getan hatte, hörte sie einen Schritt hinter sich. Dann legte sich eine Hand auf ihren Mund und ein Arm umschlang ihre Taille. Scheinbar ohne Kraftaufwand zog man sie fort vom Wagen.

»Still, kein Laut, dann passiert dir nichts«, erklang ein Flüstern an ihrem Ohr. Eine bekannte Stimme in nordischer Zunge. Ein Schatten neben ihr tat zwei Schritte. Eine weitere bekannte Stimme. Diese sprach Angelsächsisch und sprach zu Eadred, der durch Aths Aufschrei alarmiert worden war. Mit schreckensweiten Augen musste Robyn erkennen, dass weder ihr Vater noch Eadred noch die anderen wussten, wo sie sich befand. Sie war außerhalb des Fackelscheins und man würde Eadred und den anderen keine Möglichkeit geben, sie ausfindig zu machen. Ihre Entführer waren zu erfahren, zu geschickt.

»Geh und hole uns unseren Prinzen. Wenn er Dona wiederhaben will, soll er uns suchen. Er wird uns finden. Aber lass ihn allein kommen, sonst sieht er seine Königin nicht wieder.«

Robyn wand sich unter dem eisernen Griff und versuchte Eadred, der nicht einmal zwanzig Schritte von ihr entfernt war, auf sich aufmerksam zu machen. Doch Edwards bester Späher hörte nur das Echo der Stimme von den Wänden der Burg abprallen. Es genügte nicht ihm zu sagen, woher die unterdrückte Stimme kam. Er brüllte die Wache an, um sie herum zu reiten und nach allen Seiten zu schwenken, aber es war zu spät. Eadred und die Wachen stoben auseinander, nach allen Seiten, aber Robyn wurde bereits erbarmungslos fortgezogen und auf ein in der Nähe wartendes Pferd hochgehoben. Ihr Mund blieb verschlossen. Man knebelte sie und fesselte vorher ihre Hände. Dann ritten sie tiefer in den Wald. Eadred, die Wache mit der Fackel, ihr Vater, alles entfernte sich in nur kurzer Zeit. Sie dachte nicht nach, sie befahl sich nicht nachzudenken. Sie musste handeln. Je tiefer sie im rasenden Tempo in den Wald ritten, desto bewusster wurde ihr, dass sie schnell etwas tun musste. Sie würde sich hier nie zurechtfinden. Doch das musste sie, wollte sie den erfahrenen Männern entfliehen. Sie lag quer über dem Hals des Pferdes. Die fließenden Galoppsprünge ließen sie erkennen, dass sie für den Moment ebenes Gelände durchritten. Die Bäume standen so dicht, dass an einigen Stellen kaum Schnee lag, was das Vorwärtskommen erleichterte. Robyn wartete, bis das Pferd etwas strauchelte. Jäh schnellten ihre gefesselten Hände zu den Zügeln, die der Reiter straff hielt, doch Robyn schaffte es trotzdem, sie zu ergreifen und daran zu zerren, so dass die Konzentration des Pferdes gestört wurde. Nochmals zerrte sie daran. Der Reiter hatte es bemerkt und wollte ihre Hände ergreifen, doch das Pferd knickte vor einer Schneewehe bereits vorn ein. Ein Grunzen ging durch den Pferdekörper, als sie zu Boden gingen. Robyn, die den Fall kommen sah, ließ sich neben das Pferd fallen und rollte zur Seite, um nicht begraben zu werden. Sie wartete nicht ab, was hinter ihr geschah. Sie rannte los, ignorierte den Knebel, ihre gefesselten Hände, die Aufschreie ihrer Entführer.

Gute Späher konnten sich in der Nacht mühelos orientieren, jede Spur verfolgen, war sie auch noch so gering. Und ihre Entführer waren erfahren. Eadred auszutricksen war nicht leicht. Doch war es ihnen ohne weiteres gelungen.

Allzu schnell spürte Robyn sie wieder in ihrem Nacken. Sie hatten die Verfolgung bereits aufgenommen. Sie schlug einen Haken, sie taten dasselbe. Robyn stöhnte unter dem Knebel auf. Sie sahen sie. In dieser verdammten Finsternis konnten sie sie ausmachen.

Das Schnaufen eines Pferdes tauchte plötzlich neben ihr auf. Sie rannte in es hinein, wurde zurückgeworfen, fiel in den Schnee, raffte sich wieder auf. Der Reiter stieg ab und verfolgte sie zu Fuß. Robyn wollte schreien. Sie schaffte es nicht. Er war zu schnell. Er packte sie an einer Schulter, warf sie rückhaltlos zu Boden und ließ sich auf sie fallen.

»Nicht doch«, erklang die Stimme in nordischer Sprache über ihr, »geliebte Königin, unser Wiedersehen sollte doch wohl friedlicher verlaufen. Oder traust du deinem treuesten Untergebenen etwa nicht?«

Robyn rang kurz mit ihm, doch er ließ ihr nicht die geringste Möglichkeit. Dann zwang er sie, ihn anzusehen.

»Dona, nicht doch!«

Robyn sah ihn an. Der fahle Mond, der zuweilen hinter den Wolken auftauchte, schien kurz auf das Gesicht über ihr. Sie schrie unter dem Knebel auf, als sie es erkannte. Es war Kark. Sie konnte nicht aufhören zu schreien. Es war vorbei. Alles war vorbei. Wenn Wulf in diese Falle ging, würde ihr Leben zu Ende sein. Dann wollte sie nicht mehr leben.

Sie schrie und wehrte sich nach Kräften, bis Kark die Geduld verlor und seinen Ellbogen gegen ihre Schläfe sausen ließ. Finsternis umgab Robyn. Finsterer als der dunkle Wald um sie.

4.

Wulf fand ihre Spuren ohne Mühe. Ein schlechter Fährtensucher hätte sie womöglich in dem Gewirr anderer Spuren verloren, da die Entführer eine Zeitlang einem Hauptweg gefolgt waren, doch Wulf fand die Hufspuren jener wieder, die er aufspüren wollte.

Er fand eine aufgewühlte Stelle, fand ihre Fußtritte, sah, dass sie sich gewehrt hatte, sah die Schleifspuren, nachdem man sie hernach bewusstlos weitergezogen hatte, sah das Blut. Vielleicht eine Platzwunde. Die alte Bitterkeit kehrte zurück. Er hatte sie lange zurückdrängen können, hatte sich allein auf das Gefühl konzentriert, dass alles, was er tat, ihrem gemeinsamen Wohl diente. Er wusste, sie litt noch immer unter der Ungewissheit, der Trennung und der Abneigung, die sie erfahren hatte. Sie wollte nicht zurück, aber sie konnte auch nicht loslassen. Aber vielleicht in dieser Nacht. Vielleicht wenn sie erfuhr, wie schwach das Herz ihres Vaters wirklich war, der, nachdem man sie vom Wagen fortgezogen hatte, einen Anfall erlitten hatte, dem selbst Ludeca machtlos gegenübergestanden hatte. Ob er ihn überleben würde, wusste Wulf nicht.

Er hatte sich allein auf die Suche begeben, nachdem ihm Eadred die Botschaft übermittelt hatte. Und die unterschwellige Drohung, Robyn umzubringen, wenn er in Begleitung kam.

Sie leidet für etwas, woran sie keine Schuld trägt.

Wulf presste seine Lippen zusammen.

Machtgier. Wie kann sie schuldig an etwas sein, das ihr völlig fremd ist? Muss sie sterben für die Gier unserer beiden Väter?

Wulf schritt weiter. Er wurde der Gestalten um ihn gewahr, die ihn nach einer Weile verfolgten.

Wählen sie immer nur den leichten Weg, um zu bekommen, was sie wollen? Wulf schnaubte verächtlich.

Wie kann ich ihnen verzeihen selbst nach all den Jahren ihrer Unterwerfung?

In seiner Erinnerung sah er ihre Abneigung gegenüber Robyn. *Sie haben immer geschwiegen, sich nie aufgelehnt. Sie haben immer nur befolgt, was ihnen Wiglif oder Eilaf gebot. Keiner hat es je gewagt, gegen sie zu sprechen.*

Er wusste, dass jene aus dem Süddorf es vor langer Zeit auf ihre Weise taten. Aber um die Dörfer zu einigen, dazu hatten auch sie sich nie berufen gefühlt.

Erst eine verschwundene Königin soll diese Last allein tragen. Aber wie könnte Robyn das ohne die Unterstützung aller, ohne ihren Zusammenhalt?

Wulf blieb abrupt stehen. Er erblickte seine bewusstlose Frau, die einige Schritte vor ihm auf der Seite lag. Die Wächter um ihn erhoben keinen Einwand, als er ohne weiteres Zögern seinen Weg fortsetzte und dann neben ihr niederkniete. Er strich sanft über ihr geschwollenes Gesicht und wischte das Blut unter ihrer Nase fort.

»Tapferes, kleines Mädchen«, flüsterte er lächelnd. Dann zog er seinen Umhang ab und legte ihn um sie. Er wusste, sie würde noch lange nicht erwachen. Vielleicht war es gut so.

»Sei gegrüßt, Prinz oder ... vielleicht König?« Kark trat hinter einer der Tannen hervor, die unweit wuchsen.

»Dein Spott ist wie immer unangebracht. Was willst du?« Wulf blickte erst auf, nachdem er sicher war, dass Robyn warm genug war.

»Euch beide. Und ich habe euch. Etwas Glück war schon dabei. Dass der Junge von der Mauer stürzen würde und uns deine Frau mehr oder weniger in die Hände spielte, war tatsächlich nicht so geplant.«

»Er sollte sie demnach hinterrücks aus dem Weg schaffen?«

»Und dich mit, wenn möglich.«

»Seid ihr deshalb hier?«

»Erkannt, Wulf.«

Wulf erhob sich. Kark stand einige Schritte entfernt und beobachtete ihn abwartend.

»Deine Taktik ist bewundernswert. Eine schwache Frau zu benutzen ... ich erwarte nicht mehr von dir.«

»Sofern es unserer Sache dienlich ist.« Kark grinste, strich durch seinen Bart und wandte sich den umstehenden Gestalten zu, als lächele er auch sie in Einvernehmen an.

»Unserer Sache?«, fragte Wulf.

Kark zog seelenruhig seine Axt vom Gürtel.

»Ah, ich vergaß. Harold weilt auch in East Anglia. Etwas von hier entfernt. Er bereitet eigentlich eine neuen Plan vor, um euch aus dem Weg zu räumen. Wir durchstreiften das Gelände ... nun, Glück kann einem Mann zuweilen schon helfen.«

Wulf sah sich um.

»Verdammt, Kark, wer ist *wir*?«

Kark grinste erneut, als er Wulfs wachsende Unruhe erkannte. Er wollte seinen Befürchtungen wahr machen.

»Wir ...« Kark sah sich um. »Männer aus eurem Dorf, aus unserem Dorf ... ach ja, das weißt du auch nicht, aber du kennst ja deine Männer ... dort drüben steht Einar ... da Egill ... dort drüben Sigurd ... die alte Garde, Wulf ... deine eigenen Männer ...« Kark spie die letzten Worte förmlich aus. Er weidete sich an Wulfs unterdrücktem Zorn.

Wulf presste die Lippen aufeinander, um seiner Wut und Enttäuschung nicht noch Worte zu verleihen. Das hätte Karks Siegestaumel nur noch mehr gehoben. Er schloss kurz die Augen, hob den Kopf ein

Stück. Ein langer Atemzug. Er stieß die Luft langsam aus und blickte wieder auf seine Frau.

Sie war es wert zu sterben. Auch unehrenhaft zu sterben. Durch Hände, die er selbst ausgebildet hatte. Denen er vertraut hatte. Doch dann geschah etwas, worauf er all die Jahre vergebens gewartet hatte. Ein Zeichen. Die Andeutung eines Widerstands. Stimmen um sich. Sie stritten. Leise, verhalten noch. Männer, die er kannte. Seine Männer. Männer aus dem Westdorf. Sie zweifelten. Und Wulf wurde mit einem Mal klar, warum.

»Warum?«, schrie Wulf sie plötzlich an, obwohl er es wusste. »Warum seid ihr hier, ihr verdammten Hunde? Warum? Macht einmal in eurem armseligen Leben den Mund auf! Macht-ihn-auf!«

Ein älterer Recke aus dem Westdorf trat einen Schritt auf Kark und Wulf zu.

»In die tiefsten Abgründe mit dir, Wulf. Du hast uns den Rücken gekehrt! Aber wir vergessen nicht, wer deine Frau ist. Und bei den Göttern, sie wäre eine gütige Königin! Wir haben es nur zu spät erkannt.«

»Hätte es dein König je zugelassen, dass sie gütig sein darf?«, fragte ihn Wulf.

»Er weiß in seinem Hass nicht mehr, was er tut, aber er ist und bleibt mein König, der uns befahl hierherzukommen!«

»Genauso wie unser König«, Sigurd trat vor, Egill neben ihm.

»Sie schickten uns gemeinsam. Wir halten ihnen unsere Treue. Anders als du!«

»Wie könnt ihr nur einem Mann die Treue halten, der seinen Untergebenen Hilfe untersagt, nur weil er Angst vor seinen eigenen Fehlern hat?«

»Das sagst *du*, Wulf?«, warf Egill ein.

Wulf spürte Karks Unbehagen. Er musste etwas tun. Er sah, wie sich das Licht des Mondes in der Klinge einer Axt brach. Er spürte die Unentschlossenheit der Männer, selbst jener aus dem Westdorf.

»Ihr kamt hierher, um Robyn und mich aus dem Weg zu räumen.«

»Ja, so ist es«, bestätigte Sigurd, »wir tun es für unseren König. Die im Westdorf für ihren.«

»Wieso?«, hakte Wulf nach. »Wieso?«

»Wir brauchen Klarheit. Einen Neuanfang«, sagte ein Mann aus dem Westdorf, der einige Schritte entfernt stand.

»Mit Harold als einzigem König ... Verflucht, merkt ihr nicht, wohin ihr steuert?«

»Wulf«, Sigurd war längst wankelmütig. Seinem Kommandanten derart nahe zu sein, ihn töten zu wollen, das schien alles unwirklich. Was passierte mit ihnen?

»Wulf«, begann er erneut, doch dieser wandte sich ab und zog seine Axt vom Gürtel, während er sich wieder entfernte. Wulf wies mit der Axt auf Robyn.

»Eure Königin, eure einzig wahre Königin liegt dort. Sie will euch nicht. Sie hat es euch gezeigt, euch verlassen, nachdem ihr sie verschmäht habt. Und sie hat recht. Keiner von uns beiden will diesen verdammten Thron. Ihr redet von Klarheit ... einem Neuanfang. Ich werde ihn euch geben.« Er wandte sich jäh wieder um und sah die Männer an, dann zeigte seine Axt plötzlich auf Kark.

»Ich bringe ihn um. Im Zweikampf. Dann geht ihr und bringt Harold seinen Kopf mit meinen Worten. Robyn und ich gehören nicht mehr zu euch. Wir existieren für euch nicht mehr. Wir wollen diesen Thron nicht. Ihr werdet Harold dazu bringen zurückzugehen ... wenn ich sterbe, so sei es ... sie«, er wies zurück auf Robyn, »wird ohne mich nicht mehr leben wollen. Tötet er mich, tötet er sie. «

Stimmen. Diesmal lauter. Wulf blickte zu Kark. Er sah die Fassungslosigkeit in dessen Gesicht. Hatte er geglaubt, dass sich die Menschen in all den Jahren so weit voneinander entfernt hatten, dass sie zusammen nicht im Stande waren, in ihrem gemeinsamen Sinne zu handeln? Wulf stellte fest, wie sehr auch er selbst bisher gezweifelt hatte. Bis jetzt. Bis die Stimmen eingesetzt hatten.

Er konnte sehen, dass Kark schluckte. Die Männer traten zurück. Sie akzeptierten den Handel.

»Ihr verdammten Feiglinge«, schrie Kark sie plötzlich an. »Harold wird euch den Wölfen zum Fraß vorwerfen für euren Verrat!«

»Welcher Verrat, Kark?«, entgegnete Wulf für die Männer, »dass sie ihrem König gehorchten? Und nun einem Handel mit mir zustimmen? Der Verräter bist du, Kark! Du hintergehst deinen eigenen König seit so langer Zeit, statt mit deinem Einfluss Gutes zu tun und deine Leute zu einer friedlichen Übereinkunft mit den anderen Dörfern zu bewegen.« Wulf spuckte aus. »Verflucht seist du bis in die Ewigkeit!«

Kark nahm seine Axt auf. Er wusste, er hatte keine Wahl.

»Verflucht sei der Tag, an dem Eilaf dich als seinen Sohn annahm. Sein Geist muss vergiftet gewesen sein. Er hätte dich mit deinen Eltern verbrennen sollen!«

Sie nahmen die wenigen Schritte, die sie voneinander trennten im Laufen, ließen beide ihre Äxte niedersausen.

»Es sind Leute wie du, die meine Eltern verachteten. Sie wussten, dass ihr den Zwist schüren würdet. Zu eurem Vorteil. Du bist nicht anders als Harold oder Eilaf!«, knirschte Wulf zwischen den Zähnen hervor.

»Und wohin hat es mich gebracht?« Kark grinste ihn durch die Äxte hindurch an. »Jetzt liege ich in der Gunst zweier Könige und des zukünftigen Königs, Wulf Eilafson!«

»Das wirst du nicht mehr erleben!«

Sie stießen sich ab, umkreisten einander eine Weile, ließen sich nicht aus den Augen.

»Verdammt seist du«, rief Kark. Er stürzte wieder auf Wulf zu, der sich zur Seite warf, doch sein Gegenstoß ging ins Leere, auch Kark hatte sich weggedreht. Erneut umkreisten sie sich.

Die Hiebe, die folgten, ließen Wulf mehr und mehr seine verletzte Schulter spüren. Als er einem weiteren Schlag auswich, im Schnee ausrutschte und dabei auf die Schulter fiel, fühlte er sein Blut den Arm herunterlaufen. Er ächzte leise unter dem Schmerz, zog sich wieder hoch und wechselte für den nächsten Schlag die Axt in die andere Hand. Er wehrte ihn ab. Kark hatte das Blut, das aus Wulfs Ärmel in den Schnee tropfte, längst bemerkt. Er sah seinen Sieg kommen, übte unvermittelten Druck auf Wulf aus, der einem Schlag nicht mehr entkam. Die Klinge fuhr in Wulfs Oberarm. Dieser musste zurücktaumeln und verlor dabei seine eigene Axt. Mit verkrampftem Gesicht hielt er den Oberarm fest und drückte die Wunde ab.

Kark, der keinem der Männer noch traute, sah sich um. Doch sie hielten sich an die Abmachung und kamen Wulf nicht zu Hilfe. Dieser Kampf würde ohne Einmischung entschieden werden. Beruhigt sah er zurück auf Wulf.

»Willst du deine Axt nicht wieder aufnehmen?«

Wulf lachte spöttisch auf.

»Um dir den Sieg zu erleichtern? Nein, Kark, meine Axt scheint mir fast zu schade!« Wulf ließ von seinem Arm ab und zog ein Messer hervor. »Das wird reichen, um mit dir fertig zu werden!«

»Sicher?« Kark grinste über das lächerliche Messer.

»Komm, ich zeig es dir!«, lockte Wulf.

Kark nahm den Kampf wieder auf. Wulf konnte den Hieben ausweichen, knapp nur, aber es genügte, um Kark nach einer Weile hastiger auf ihn stürzen zu lassen. Wulf holte bei Karks nächstem Angriff tief Luft, täuschte ein Wegdrehen vor, stieß sich dabei aber ab, warf sich Kark entgegen und fasste im Fallen nach dessen Haaren. Wulf landete auf Kark und zog seinen Kopf zurück, in Robyns Richtung.

»Ein letzter Blick auf deine Königin soll dir vergönnt sein, du Hurensohn!«

Kark riss die Augen auf, doch seine Gegenwehr kam zu spät. Das Messer fuhr sicher über seine Kehle. Sein Röcheln verstummte nach nur kurzer Zeit, dann sackte sein Kopf nach vorn. Wulf stieß den Atem leise aus und starrte auf das Messer in seiner Hand.

Werde ich ewig verdammt sein, diese Zerrissenheit zu fühlen? Ewig dieses Empfinden, dass ich nicht zu ihnen gehöre und es doch tue? Ewig den Gedanken, sie im Stich gelassen zu haben, obwohl ich ihr Kronprinz bin? Ewig in die Augen meiner Frau zu blicken und ihnen, meinen Leuten, nicht vergeben zu können?

Sein Blick ging zu ihr. Sie lag noch immer bewusstlos im Schnee.

Ob es das ist, was sie fühlt? Ob es noch stärker ist? Ob wir vor unserer Bestimmung flüchten? Ob ich *die Gedanken eines Königs hege?*

Sein Blick streifte die Männer, die langsam nähertraten.

Ihres Königs?

Sein Blick verdüsterte sich, als er wieder auf Robyn sah.

Nein, sie sind es nicht würdig. Sie sind ihrer nicht würdig.

Er erhob sich, strauchelte kurz, nahm seine Axt auf und wandte sich zu Kark zurück. Ein einziger Hieb genügte, um den Kopf vom Rumpf zu trennen. Angewidert hob Wulf ihn auf und schleuderte ihn den Männern vor die Füße.

Wortlos drehte er sich um. Die Schmerzen, die sein Arm und die Schulter verursachten, ließen etwas nach. Als er Robyn in seine Arme hob, waren die Männer plötzlich bei ihm.

»Komm mit uns«, bat Egill, »wir brauchen dich ... und sie.«

»Geht zurück zu Harold. Er ist euer zukünftiger König. Ein König ist nur so gut wie sein Volk. Formt ihn euch, vielleicht vermag er doch ein guter König zu werden, vielleicht ein besserer als Eilaf oder Wiglif es waren.«

Wulf wandte sich ab und wollte gehen.

»Ein Gesandter Olaf Tryggvasons war bei uns«, sagte Sigurd. Wulf verhielt seinen Schritt. »Olaf wird uns eine gewisse Eigenständigkeit zusichern, doch er wünscht klare Verhältnisse.«

»Wulf.« Rolf, ein Mann aus dem Westdorf, sprach zu ihm. »Wir wollen keine bloßen Vasallen sein. Wir wollen wieder stolz sein. Unsere Eigenständigkeit nicht verlieren.«

»Was könnten ich oder meine Frau bezwecken?«, stieß Wulf hervor. »Ich vertraue euch nicht, schon lange nicht mehr. Und Robyn tut es auch nicht. Dazu habt ihr ihr zuviel angetan.«

»Verflucht, Wulf«, sagte Rolf aufgebracht, »ich kenne dich, seitdem du in dieser Welt weilst. Ich kannte deine Eltern. Du weißt um unsere Gesetze, unsere Regeln. Es ist niemals leicht Verantwortung zu übernehmen und mit Macht umzugehen. Aber wir brauchen eine Führung, keinen machthungrigen Hund als König.«

»Warum jetzt?«, fragte sie Wulf wütend. »Warum erwacht euer Wille erst jetzt? Warum nicht in all den Jahren zuvor, als ich um eure Hilfe bat?«

»Vielleicht brauchte es ein Zeichen.« Rolfs Blick ging zu Robyn.

»Das wird euch jetzt klar? Nachdem ihr sie entführt habt? Nachdem ihr mich in eine Falle locktet? Nachdem ihr uns beide aus dem Weg schaffen wolltet? Jetzt?«

Niemand erwiderte etwas darauf. Und das genügte Wulf vollkommen.

»Wir haben uns nichts mehr zu sagen.« Er wandte sich ab und ging.

Als Sigurd und die anderen ihn zurückhalten wollten, tauchten jäh einige Schatten auf, die sie nicht bemerkt hatten.

»Er hat gesagt, was er von eurem Vorschlag hält«, knurrte Eadred. Er stellte sich mit Rob, Ari und Thomas zwischen sie und Wulf, der den Weg zurück eingeschlagen hatte. »Geht zurück, von wo ihr herkamt und lasst euch nicht wieder blicken.«

Egill betrachtete seinen alten Kameraden.

»Pass auf ihn auf.«

»Keine Sorge, das kann er schon allein.«

»Du verstehst nicht, Eadred.«

»Ich denke, ich verstehe genug, um Wulfs Entscheidung gutzuheißen.«

»Es geht hier nicht um ihn. Oder um seine Frau. Es geht um unser aller Wohl.«

»Du irrst, alter Freund. Deine Worte verraten, wie wenig euch das Wohl eurer Königin und das eures rechtmäßigen Königs noch immer am Herzen liegt. Wie sehr ihr nur an euch denkt. *Nur* an euch und nicht wirklich an euer kleines Reich. Schau dir nur meinen König an, Eg. Er ist ein guter Mann, aber von was ist er umgeben?« Eadred maß die Umstehenden höhnisch. »Von Abschaum und Gier!«

»Eadred, lass uns gehen«, mahnte Rob ihn.

Dieser nickte.

»Seht euch vor«, warnte ihn Sigurd, »Harold hat viele der Nordmenschen hier gegen euch und Edward aufgebracht. Er hat sich während unseres Tuns hier mit ihnen verbündet. Seid misstrauisch. Die Stimmung in East Anglia ist unter ihnen nicht gut. Edward könnte in Gefahr sein. Und jeder, der auf seiner Seite steht.«

Eadred und die drei anderen zogen sich zurück und folgten Wulf.

5.

Wulf? Lass mich runter, Wulf. Ich kann schon wieder gehen«, flüsterte Robyn in sein Ohr.

»Ist schon gut, Nixe, es geht«, entgegnete er.

Sie schwiegen eine Weile, während Wulf durch den Schnee stapfte. Als Robyn ihren Kopf auf seine Schulter legte, sah sie die vier Gestalten, die ihnen in einiger Entfernung folgten.

»Ist Kark tot?«, fragte sie.

»Ja.«

»Sie waren hier, um uns umzubringen, nicht wahr?«

»Stattdessen werden sie Karks Kopf zu Harold bringen und ihn zwingen, nach Hause zu segeln.«

»Waren auch Männer aus deinem Dorf dabei?«

»Ja, sie sind zusammen gekommen.«

Robyn wollte auflachen, doch es verkam zu einem Aufstöhnen, dann Schluchzen, das sie jedoch verschluckte.

»Verdammt seien sie. Verdammt für immer.«

Wulf hörte ihre wütenden Worte. Er hörte ihre Traurigkeit darin.

»Sie sind fort, Robyn. Vorerst. Es wird sich zeigen, ob sie zurückkehren und uns noch einmal fordern oder meinen Worten glauben werden, dass wir diesen verfluchten Thron nicht wollen und damit zufrieden sind, wie es ist.«

Der lange Atemzug, der folgte, reichte, um ihn anhalten zu lassen. Er schob sie ein Stück von sich, um sie ansehen zu können.

»Robyn, sie werden vielleicht nicht wiederkommen. Wir müssen abwarten.«

»Das werden wir.«

»Wirst du damit leben können? Wirst du?«

Robyn war sich nicht sicher, ob er die Unsicherheit über eine Wiederkehr ihrer Feinde oder die vielleicht immerwährende Trennung von ihrer alten Heimat meinte.

»Ich habe jetzt dich und Vater. Alles Weitere ist unwichtig.«

»Sicher, Robyn?«, hakte Wulf nach. Da brach ihr eiserner Willen vor seinen Augen. Sie schlang ihre Arme um seinen Hals und weinte auf.

»Nein, Wulf, nein, ich bin es nicht ... ich kann es nicht abstellen.«

Er strich leicht über ihren Rücken.

»Ist schon gut, Nixe, schon gut.«

Vor ihnen tauchten einige Reiter auf, Edward voran.

»Geht es euch gut?«, fragte er und hielt das Pferd dabei.

Robyn, die sie nicht bemerkt hatte, schreckte auf. Im Fackelschein sah man ihr blutunterlaufenes Auge, das angetrocknete Blut unter ihrer Nase und die Tränen, die ihr Gesicht hinabliefen. Wulfs Arm, der auf ihrem Rücken lag, war im Begriff, seinen Dienst zu versagen. Er ließ Robyn deshalb vorsichtig herunter, doch auch das konnte nicht mehr verhindern, dass er leicht wankte. Sie kamen nicht mehr dazu zu antworten, denn Wulf sackte ohne Vorwarnung einfach zusammen.

»Wulf!« Robyns Stimme war fast nicht zu hören. Doch dann schrie sie laut auf. Sie kniete sich nieder und sah sein leblos wirkendes Gesicht, fahl, blutleer, müde.

»Ihr verdammten nordischen Bastarde«, schrie sie in den Wald. Ihre Stimme hallte diesmal von allen Seiten. »Kommt nie wieder! Nie wieder!«

Ihr Atem ging heftig, ihr Weinen hörte nicht auf.

Edward war inzwischen abgestiegen und ließ Ludeca heranrufen.

Während sich dieser um Wulf zu bemühen begann, blieb Edwards Blick an Eadred und den anderen hängen.

»Es gibt einiges, was ihr mir zu erzählen habt.«

Es war das erste Mal, dass Eadred Misstrauen in der Stimme seines Herrn zu hören glaubte.

6.

Robyn beobachtete wie Wulf den schweren Wein schluckte, wenngleich er noch nicht richtig bei Bewusstsein war. Es sollte ihm helfen, die Schmerzen besser auszuhalten, die das Nähen und Behandeln seines Armes verursachen würden.

»Noch einen Schluck«, flüsterte sie, während sie neben ihm auf dem Lager in ihrem Gemach kniete. Er gehorchte, woraufhin ihr Ludeca auf der anderen Seite den Becher wieder abnahm. Sie nickte ihm zu, griff nach Wulfs linkem Arm und hielt seine Hand in ihren.

Robyn beobachtete nicht Ludecas Tun, sondern sah auf Wulf, den sie vorher gewaschen hatten. Er lag regungslos neben ihr, unnatürlich bleich und schwach. Sie hatte ihn noch nie so gesehen. Ungewollt liefen ihr erneut Tränen über das Gesicht. Wo war ihre Stärke hin? Wo der Wille, niemandem ihre Hilflosigkeit zu zeigen?

Auch nicht dem Mann, dem sie bedingungslos vertraute, den sie respektierte, der versuchte, alles Böse von ihr abzuwenden, der ihr Sicherheit gab, Wärme, Zärtlichkeit, Zuversicht ...

Sie drückte ihre Hände, die seine noch immer umschlossen, an ihr Gesicht, um ein Aufstöhnen zu unterdrücken.

»Reiß dich zusammen, Robyn«, flüsterte Ludeca leise warnend, aber nicht unfreundlich.

Robyn nickte krampfhaft, küsste die Hand ihres Mannes leicht und ließ sie wieder in ihren Schoß sinken.

Nach einer Weile, in der Ludeca stumm gearbeitet hatte, öffnete Wulf seine Augen langsam. Der Blick, der Robyn traf, war matt, doch nicht völlig ohne Reflexion. Er spürte die Schmerzen sehr wohl. Als er den Kopf aber wenden wollte, hielt ihn Robyn davon ab.

»Sieh nicht hin«, meinte sie, »Dec ist bald fertig.«

»Lügnerin«, zog er sie leise auf. Seine Stimme war heiser, fast nicht zu hören.

Sie lächelte ihn an. Es tat gut.

»Dein Vater ...«, sagte er.

»Er schläft«, beantwortete sie seine Frage, »ich habe ihn vorhin kurz gesprochen, als wir zurückkamen. Es hat ihn beruhigt. Er muss sich ausruhen, der Anfall war stärker als all die andern zuvor. Ich hoffe, er nimmt es diesmal als Warnung zur Kenntnis.«

Wulf schloss für einen Augenblick die Augen. Sie ahnte, dass er ihr nicht zeigen wollte, dass ihn die Schmerzen übermannten. Es dauerte, ehe er sie wieder ansah.

»Du musst Edward alles sagen«, bat er sie.

Ludeca hielt kurz inne. Wulf hatte Angelsächsisch gesprochen. Ein Zeichen, dass er wollte, dass auch er ihn verstand. Robyn blickte kurz zu Dec und dann wieder zurück zu Wulf.

»Es wird alle hier in Gefahr bringen«, wandte sie ein.

»Besser sie wissen um die Gefahr, Nixe.«

Robyn schloss ihre Augen. Sie kämpfte mit sich.

»Bei Gott, Wulf«, sagte sie dann, »ich bete, dass sie nie wiederkommen werden.«

»Lügnerin«, erwiderte Wulf. Sie fühlte, dass seine linke Hand die ihre fester umschloss und er seine Bitte ungesagt wiederholte.

»Ich werde ihm alles erzählen«, versprach sie leise.

»Kleines, trauriges Mädchen.« Er hatte wieder in die nordische Zunge gewechselt.

Sie konnte nicht anders und strich vor Ludeca Augen sanft über Wulfs Gesicht. Dabei bemerkte sie den leichten Schweißfilm auf seiner Haut und den beschleunigten Atem, der ihr Handgelenk traf.

»Er hat etwas Fieber«, meinte Ludeca, der begonnen hatte, den Arm und die Schulter zu verbinden. »Ich habe es schon gesehen. Aber sorge dich nicht, ich werde ihm etwas zubereiten, damit er ruhig schlafen kann.«

Wulf schloss die Augen wieder. Ludeca verband ihn zu Ende und tauschte dann einen Blick mit Robyn, die noch immer neben ihrem Mann kniete.

»Geh hinaus, Robyn. Sieh nach deinem Vater. Vergewissere dich, dass alles in Ordnung ist und dann komm zurück. Ich werde Wulf inzwischen etwas verabreicht haben.«

Robyn nickte und zog sich langsam zurück.

»Und Robyn«, hielt Ludeca sie noch einen Moment zurück, »weine! Es wird dir helfen. Weine. Aber draußen«, sagte er mit Nachdruck.

Robyn verließ das Gemach. Sie wandte sich nach links und ging den breiten Gang entlang, der sie zum Gemach ihres Vaters führte. Nach einer Weile verlangsamte sie den Schritt und streckte eine Hand aus, die den schweren Gobelin an der Wand umfasste. Doch das genügte nicht, um sie aufrecht stehen zu lassen. Sie musste sich an die Wand lehnen. Sie schlang ihre Arme um sich. Gekrümmt stand sie da und weinte. Mit der Hand über dem Mund dämpfte sie ihr Schluchzen. Die Zeit verging. Sie erlaubte sich Schwäche, um wieder zu sich selbst zu finden. Sie musste jetzt für ihren Mann und ihren Vater da sein. Und doch …

Vor ihr tauchten Arnulf auf, Irm, Annija, Ingrid, Leif. Was war mit ihnen? Wie ging es ihnen? Was war mit den anderen Leuten, die Harold immer misstraut hatten? Auf Wulfs Seite gestanden hatten? Waren sie auch hier gewesen? Oder wurden sie weiter unterdrückt von Argwohn und Misstrauen? Waren sie noch am Leben, oder hatte man sie aus dem Weg geräumt, um einzig loyale Untertanen zu haben?

Tränen rannen unablässig durch ihre Finger. Sie ließ sie zu.

Sie hatten ihren Mann fast getötet. Ihren Vater. Sie selbst. Hatten dabei nach Hilfe gerufen. Wulf zum Bleiben gebeten. Warum nur? Warum? Sie dachte an ihren eigenen Widerspruch. An das, was sie selbst empfand. Sie hatte fortgewollt, weit weg von ihnen. Und doch, sie konnte nicht loslassen. Sie sorgte sich um die Dorfbewohner. Sie waren hierhergekommen, um sie beide umzubringen und doch hatten sie Wulf ersucht mit ihnen zu gehen und sich nicht von ihnen abzuwenden.

Sie zuckte unter den Weinkrämpfen und bemerkte nicht den Schatten in ihrem Rücken, der sie stillschweigend beobachtete. Sie versuchte, sich zusammenzureißen und wieder zu Atem zu kommen. Es ging nicht sofort, sondern dauerte eine geraume Zeit, ehe sie die Tränen vom Gesicht streichen konnte, ohne dass ihnen neue folgten.

Langsam schritt sie weiter, als sie glaubte, sich genug beruhigt zu haben. Sie ließ die Tür des Gemachs, das sie wenig später fast lautlos betrat, offenstehen. Drinnen war es dunkel, nur das Glühen der letzten Scheite im Kamin spendete etwas Licht. Vorsichtig legte Robyn zwei Scheite nach. Das Holz entflammte und warf etwas Licht auf ihren Vater, der im Bett lag. Zufrieden wollte sich Robyn abwenden, als sie seine Stimme vernahm.

»Bist du es, Robyn?«, fragte er überraschend klar.

Robyn ging auf ihn zu und setzte sich an den Rand zu ihm.

»Ja, Vater. Ich wollte nur sehen, ob es dir gutgeht.«

»Geweint hast du, Tochter. Mein Herz ist schwach, aber die Augen gut.«

»Ist schon gut, Vater. Es ist wieder vorbei.«

»Wie geht es Wulf?«

»Ludeca hat seinen Arm genäht und verbunden. Ich werde bei ihm wachen.«

»Gutes Mädchen. Bei Gott, er ist der einzige Mann, der dich wirklich verdient. Ich hätte nie gedacht, dass ich das erlebe.«

»Er hat viel für mich aufgegeben.«

»Viel, Robyn? Ich glaube, er hält nicht viel davon, Thronerbe zu sein. Aber sich von denen abzuwenden, denen er wirklich vertraute … das zeigt mir, wie viel du ihm wirklich bedeutest. Er vergibt seine Gunst wahrlich nicht leicht.«

Robyn lächelte unwillkürlich. Sie dachte an ihre erste Zeit mit Wulf.

»Robyn«, sagte Ath mit plötzlich ernster, fester Stimme, »ich sehe meine Tochter vor mir, die ich all die Jahre kannte. Du hast dein Innerstes bewahrt. Du hast dein Glück gefunden, ich sehe das. Aber ich sehe dich oft an und weiß, was ich noch sehe.«

»Vater …« Robyn wollte nicht, dass sich ihr kranker Vater anstrengte, doch er ließ sich nicht unterbrechen.

»Ich sehe dich. Ich sehe Wulf. Und ich weiß, was ihr seid. Und ich weiß, was ihr hinter euch gelassen habt. Dein Vater hat nie wieder geheiratet, hat keine Kinder außer dir. Du bist seine Königin. Das macht Wulf zum wirklichen Thronerben. Eure Leute wissen das. Und sie werden es nicht vergessen. Sie sind erwacht, Robyn.«

»Aber Vater«, entgegnete Robyn aufgebrachter als gewollt, »sie sollen nicht wiederkommen. Vielleicht ist es nun vorbei und wir können ein neues Leben beginnen.«

»Warum hast du dann rotgeweinte Augen, Tochter? Du bist eine starke Frau, ich habe dich nie anders gesehen. Und jetzt sieh mich an! Kannst du ein neues Leben beginnen?«

Ath sah in ihre dunklen Augen. Er bemerkte nicht zum ersten Mal den Widerspruch darin, doch in diesem Augenblick mehr denn je. Ihr eines Auge rot geweint, das andere Auge von einem ihrer eigenen Untertanen blutig geschlagen. Die Augen waren glasig, verzweifelt und stark. Sehr, sehr stark.

»Ah«, sagte Ath nach einer Weile, in der sie ihm nicht geantwortete hatte, »ich sehe meine Tochter hat diesen Kampf noch nicht beendet.«

»Nein, hat sie nicht«, hauchte Robyn.

»Dann setze deine Reise fort, Robyn. Gehe deinen Weg weiter wie bisher. Aber belüg dich nicht selbst. Belüge niemals dein Herz! Du hast einen Mann, der dir immer beistehen wird. Und einen Vater, der das gleiche tut.«

»Aber ich weiß nicht, ob ich Wulf damit recht tue, indem ich nicht vergessen kann.«

»Vielleicht ergeht es Wulf ähnlich wie dir.«

Robyn dachte kurz darüber nach.

»Vielleicht«, sagte sie dann unsicher.

»Und nun geh. Lass einen alten Mann schlafen und sorg dich lieber um deinen Nordmann.«

Sie lächelte wieder und küsste ihn auf die Wange.

»Ich liebe dich, Vater.«

»Schon gut«, brummte er leise.

»Wenn etwas sein sollte, bitte rufe. Eine der Wachen draußen wird dich hören.«

»Es geht schon. Muss mich nur ausruhen.«

»Mehr schonen solltest du dich«, riet Robyn vorsichtig. Sie war nicht überrascht, seinen Widerspruch zu hören.

»Im Frühjahr geht das Geschäft wieder los. So alt bin ich doch noch nicht.«

»Aber krank, Vater.«

»Ich bin nicht krank, nur ein bisschen schwach auf den Beinen ... manchmal.«

»Manchmal«, wiederholte Robyn. Sie stand auf und sah ihn an. »Manchmal ist zu viel.«

Er brummte etwas vor sich hin. Robyn zog sich zurück und ließ die Tür zur Sicherheit einen Spalt breit offen. Als sie sich umwandte, um den Gang zurückzugehen, trat Edward plötzlich aus dem Schatten eines weiteren Ganges.

»Edward?«, sagte sie erschreckt. Dann ging ihr Blick zur angelehnten Tür. »Hast du etwa alles gehört?«

»Zumindest genug, um mir einiges zu erklären. Auch wenn ich Eadred bereits befragt habe.«

»Er hat dir alles erzählt?«

»Ja, aber wenn er es nicht getan hätte, hättest du es heute. Oder irre ich?«

Robyn senkte den Blick.

»Ja. Wulf bat mich darum. Ich habe nur Angst, dass es dich und dein Gefolge in Gefahr bringt zu wissen, wer wir sind.«

»Und du glaubst, wir können nicht auf uns aufpassen?«

Robyn sah ihn wieder an.

»So war das nicht gemeint!«

Edward lächelte. Sein Groll war längst verflogen. Zeuge ihrer Sorge zu sein, hatte ihn berührt. Die Ehrlichkeit ihrer Gefühlsausbrüche hatte ihn längst überzeugt. Sie war in all den Wochen ihres Hierseins eine Freundin geworden, die er sehr schätzte. Sein für kurze Zeit erwachtes Misstrauen war erloschen. Diese Frau war voll Angst und Verzweiflung, aber auch voll Hingabe für ihren Mann, ihren Vater und für die Menschen, die sie gernhatte. Und das schloss ihn ein.

»Lass dir von Ludeca etwas für dein Auge geben. Es sieht schlimm genug aus. Und dann kümmere dich um Wulf«, sagte er schließlich.

Robyn sah ihn überrascht an. Sie hatte seine Reaktion nicht erwartet. Er schien keinesfalls nachtragend oder argwöhnisch.

»Hab Dank, Edward«, sagte sie einfach und wollte an ihm vorüber gehen. Er hielt sie einen Moment zurück. »Was auch immer passieren wird, Robyn, du und Wulf seid mir immer willkommen, hörst du? Es interessiert mich nicht, wer ihr seid oder was ihr seid. Dass ihr bei mir seid, hat nichts damit zu tun.«

»Du bist ein wahrer Freund, Edward of Elmham.« Zum ersten Mal neigte Robyn ihren Kopf vor ihm.

7.

Robyn sah über das Blütenmeer hinweg, das sich um sie ausbreitete.

»Sehr zeitig dieses Jahr«, meinte Ath neben ihr.

»Sei doch froh, so konntest du dein erstes Geschäft schon abschließen«, neckte sie ihn.

Ath maß seine Tochter von der Seite. Sie ritten heimwärts Richtung Elmham. Edward hatte einige Tage im Norden East Anglias geweilt, um dort nach dem Rechten zu sehen und Ath hatte ihn begleitet, um alles verkaufen zu können, was ihm seit dem Überfall noch geblieben war. Und es hatte sich für ihn wahrhaft gelohnt. Er hatte alles veräußert. Nun würde es an der Zeit sein, für Nachschub zu sorgen. Der Blick blieb an Robyn haften, und nicht zum ersten Mal in den vergangenen Wochen fragte er sich, was sie tun würde. Sie und Wulf. Ath würde bald abreisen. Aber würden sie mitkommen?

Aths Blick suchte Wulf. Er ritt vorn mit Edward. Sie unterhielten sich angestrengt. Seit dem Tage im Wald, seitdem Edward über sie bescheid wusste, hatten sich er und Edward einander angenähert. Es war nicht zu übersehen, dass Wulf seine Arbeit gern tat, die Männer zu fähigen Spähern und Leibwächtern ausbildete und dafür die

Anerkennung erhielt, die er verdiente. Wenngleich es noch immer sein Wunsch war, Schiffe zu bauen. Edward hatte ihm vor einiger Zeit angeboten, ihn im Sommer an die Küste zu begleiten, um den dortigen Siedlern dabei zu helfen. Wulf hatte sich noch nicht entschieden. Und Ath wusste, warum. Sie warteten nach wie vor. Robyn und er waren sich der Ruhe nicht sicher. Es hatte einige Überfälle gegeben, Plünderungen, Zwietracht unter den Siedlern, aber trotzdem war seit dem Vorfall im Wald ein merkliches Nachlassen der Aktivitäten der Nordmänner eingetreten. Obwohl einer von Wulfs Männern sie gewarnt hatte. Und sie hielten sich daran. Wulf hatte die Männer zu gut darin unterwiesen vorsichtig zu sein und den Gegner nie zu unterschätzen. Er mochte sich ausruhen und Kräfte sammeln, um vielleicht im Sommer wieder verstärkt anzugreifen.

»Vater?«

Robyn sah, wie sich Aths Blick endlich ihr zuwandte.

»Was ist?«, fragte er.

»Ich habe dich schon zweimal etwas gefragt.« Sie lächelte und zügelte ihr Pferd etwas, das in der milden Frühlingssonne den nahenden Stall witterte.

»Verzeih. Ich überlegte gerade, ob ich hier wohl doch bald Kräuter sammeln sollte. Es wächst schon allerlei um uns herum. Aber was sagtest du?«

»Ich fragte, ob du heute Abend mit mir und Wulf zusammen zu Abend essen möchtest. Edward hat irgendwelche Gäste, denen er sich widmen muss.«

»Das werde ich gern tun, kleines Mädchen.«

»Vater, nenn mich nicht so! Was sollen die Männer denken!«

»Die hängen mit trunkenen Blicken an dir und beneiden Wulf, was sonst?«

Seine Worte brachten ihm ein gedämpftes Gelächter der um sie reitenden Männer ein.

»Vater!«

Er lachte, nicht ohne Stolz auf seine Tochter. Dank ihrer Sturheit hatte er sich länger ausruhen müssen als beabsichtigt, aber dank ihr ging es ihm jetzt auch gut. Erholter denn je hatte er sich auf diese Reise begeben. Wulfs Genesung hatte auch sie wieder aufblühen lassen, obwohl er sie und Wulf oft reden sah. Er wusste, worüber sie sprachen. Vielleicht würde er heute Abend mehr erfahren. Womöglich hatten sie sich entschieden und würden es ihm mitteilen. Trotzdem erschien es ihm merkwürdig, dass ihn der Gedanke an eine Trennung von seiner Tochter nicht mehr so sehr schmerzte wie noch vor über einem Jahr. Er hatte nie herausgefunden, was aus ihr geworden war. Wo sie war. In welchem Zustand. Doch nun? Nun war es anders. Er fand sie unter dem Schutz eines Mannes, der Ath das Gefühl gab, seine Tochter loslassen zu können. Er würde immer die Möglichkeit haben sie zu sehen, sie würden in Kontakt bleiben, auch wenn sie getrennte Wege gingen. Er würde sie besuchen, sie, Wulf, seine Enkelkinder, so er es noch erleben würde. Er verspürte keine Angst mehr sie gehen zu lassen.

Von einem Pfeil getroffen, stürzte sein Pferd zu Boden und begrub ihn im Fallen unter sich. Weit entfernt hörte er den Schrei seiner Tochter. Doch dieser Schrei war nicht jener vom Strand. Sein Herz setzte aus. Er würde sie sicher wissen. Der Schrei hatte nichts Beängstigendes mehr.

Robyn sprang vom Pferd, noch während es erschreckt ob ihres Schreis und des anderen stürzenden Pferdes vorn hochging. Das rettete ihr das Leben, denn um sie herum fielen den heimtückischen Pfeilen im selben Moment weitere Männer zum Opfer. Der Feind hatte ihre nachlassende Aufmerksamkeit ausgenutzt. Elmham war bereits durch den sich lichtenden Wald am Horizont auszumachen.

Wulf brüllte die verbliebenen Männer an, von den Pferden zu steigen und hinter den toten Pferden Schutz zu suchen. Jene, die der Anordnung nicht schnell genug folgten, fielen kurz darauf von Pfeilen durchbohrt auf den Boden. Wulf und Edward hockten hinter einem sterbenden Pferd. Sie versuchten sich einen Überblick über die Situation zu verschaffen – über ihre eigenen Männer und über den Feind, der sich noch immer im Wald verborgen hielt. Stille umgab sie mit einem Mal. Eine Stille, die nur von gelegentlichem unterdrücktem Stöhnen einiger verletzter Männer unterbrochen wurde. Edward nickte Wulf zu. Er wollte ihm die Führung überlassen, damit sie hier wieder heil herauskamen.

»Männer«, Wulfs Stimme war nicht laut, doch für alle in der Nähe verständlich, »Waffen ziehen. Lasst den Feind herankommen bis zu uns. Kämpft hier. Die umliegenden Toten werden es ihnen im Nahkampf schwerer machen und sie straucheln lassen. Prägt euch euer Umfeld gut ein, damit ihr nicht selbst strauchelt. Verliert nicht den Mut. Tut es für die Toten!«

Leise folgten sie seinem Befehl. Sie zogen unhörbar die Schwerter aus der Scheide und konzentrierten sich auf das, was um sie lag. Manchem ließ es ein flaues Gefühl im Magen aufkommen, ihre toten Kameraden als Werkzeug zu benutzen, aber sie würden dem Befehl ohne Widerspruch folgen.

»Nordmänner?«, zischte Edward.

»Ohne Zweifel. Die Bogenschützen sind ausnehmend gut«, entgegnete Wulf.

»Kommen wir hier heil raus?«

»Abwarten. Ich vermute jedoch, sie sind nicht auf Beute aus. Wir führen nichts mit uns, keine Wagen. Sie verfolgen ein anderes Ziel.«

Edward betrachtete Wulf von der Seite. Dessen Sorge hatte nur für einen winzigen Moment seine Stimme durchzogen.

»Ist es möglich, dass es deine Männer sind?«

»Bei den Göttern, Ed«, erwiderte Wulf, »ich hoffe es nicht.«

Wulf suchte seine Frau. Er hatte sie vom Pferd springen sehen, und nun sah er auch warum. Ihr Vater lag reglos unter seinem Pferd. Robyn kniete neben ihm. Mit all ihrer verbliebenen Selbstdisziplin hatte sie ihre Hände auf den Mund gelegt, damit ihr Wimmern sie nicht verriet. Er hoffte inständig, dass Ath noch lebte. Er konnte sich nicht vorstellen, wie Robyn den Verlust ihres Vaters verkraften konnte. Sein Blick ging zurück in den Wald. Wenn sie nur heil hier herauskommen würden.

»Sie kommen«, zischte er den anderen zu. »Harrt aus! Zeigt ihnen nicht sofort, dass noch viele am Leben sind. Lasst sie rankommen!«

Dann gaben die Nordmänner ihre Deckung auf und rannten unter lautem Gebrüll auf sie zu. Wulf sah seine Männer zum ersten Mal wirklich besonnen reagieren. Die Wochen, die seit Wiederaufnahme der Ausbildung vergangen waren, zahlten sich aus. Sie warteten bis zum letzten Moment. Als die Nordmänner in ihrem Kreis waren, fielen die Angelsachsen über sie her. Wulf hoffte, dass die Nachhut die Bogenschützen aufspüren würde, damit sie den anderen Nordmännern nicht mehr zu Hilfe kommen konnten. Die Vorhut hatte wahrscheinlich nicht überlebt, sonst wären sie nie in den Hinterhalt geraten.

Edward und er standen fast gleichzeitig auf, um sich zwei Nordmännern zu stellen. Über den Pferdekörper hinweg kämpften sie, was ermüdend, aber in Wulfs Hoffnung ihr Vorteil war. Die Männer hatten den ganzen Winter unermüdlich trainiert, während die Nordmänner, obwohl massiger und stärker, im Winter wenig Gelegenheit gehabt hatten, dies im Kampf zu erproben.

»Vater«, drängte Robyn, während um sie Metall klirrte. »Vater, wach doch auf, bitte! Vater!«

Sie strich fortwährend über sein Gesicht und bemühte sich, ihn wieder zu Bewusstsein zu bringen. Als ihre Versuche vergeblich blieben, wimmerte sie lauter. Sie war nicht mehr in der Lage, sich zu beherrschen.

»Vater«, weinte sie. »Vater, wach doch auf! Bitte ... bitte, wach auf!«

Ein Nordmann wurde auf sie aufmerksam. Ihre gekrümmte Haltung hatte sie bisher vor den Blicken des Feindes geschützt, doch nun kam er mit ungezügelter Gier auf sie zu. Wulf hatte sie beim Kampf in ihrer Deckung verfolgt. Als er sah, dass sie entdeckt worden war, bahnte er sich einen Weg. Der Nordmann hatte sie um den Hals gefasst und sie hochgezogen. Keinem von Edwards Männern war es möglich, ihr zu helfen. Zu heftig waren sie selbst in Kämpfe verwickelt. Wulf bemerkte, dass sie ihn aus den Augenwinkeln heraus erkannt hatte, doch er würde sie nicht mehr erreichen können. Ihr Röcheln wurde jeden Augenblick kläglicher. Mit einem Mal versteifte sie sich, ließ von ihrer nutzlosen Gegenwehr ab und gab Wulf die Möglichkeit, ungehindert zu zielen. Das Blut des Nordmannes, der von Wulfs Axt getroffen zu Boden sank, besudelte sie. Es schien sie zu ertränken. Sie sank zu Boden, sog die Luft ein und würgte herunter, was sie zu übermannen drohte. Krampfhaft versuchte sie, den Brechreiz zu ignorieren. Sie tastete nach ihrem bewusstlosen Vater, begann ihn leicht zu rütteln und ihn erneut anzuflehen.

»Vater, wach doch endlich auf!« Übelkeit überkam sie. Sie musste tief Luft holen, dann ging es wieder. »Vater ...«

Wulf hatte sie inzwischen erreicht und kämpfte fortan in ihrer Nähe, um sie vor Übergriffen zu schützen. Immer öfter konnten sich nun zwei von Edwards Männern mit einem Gegner auseinandersetzen. Die Nordmänner befolgten die alte Tradition und suchten ihr Heil nicht in der Flucht, sondern kämpften bis zum Tod. Irgendwann fiel der Letzte von ihnen. Jene, die überlebt hatten, ließen schwer atmend in der Stille des Waldes ihre Schwerter sinken. Wulf sah über sie hinweg. Siebzehn Mann waren übrig geblieben. Das bedeutete, dass dreiundzwanzig von Edwards Leuten heute den Tod gefunden hatten. Vielleicht würde man noch einige retten können, aber dazu musste Ludeca her.

»Ari, Will!«, rief er den beiden zu. »Geht aus dem Wald, dort sehe ich einige von unseren Pferden stehen. Holt Hilfe! Holt Ludeca!« Die beiden liefen ohne Verzögerung los.

»Ich bin froh, dass Dec uns nicht begleitet hat.« Edward war neben Wulf getreten.

»Ja, ich kann dich verstehen«, erwiderte Wulf.

Eine hastige Bewegung ließ sie herumfahren. Robyn war aufgesprungen. Sie stolperte über ein totes Pferd und torkelte hinter einen Baum, wo sie sich übergab. Wulf trat mit Edward zu Ath.

Wulf kniete sich nieder. Er tastete den alten Mann ab und strich dann mit einer Geste, die einem Abschied gleichkam, über das entspannte Gesicht. Robyn stolperte zurück. Sie wollte sich wieder zu Ath knien, doch Wulf, der sich erhob, hielt sie davon ab. Er fasste sie bei den Schultern und zwang sie, ihn anzusehen. Nie würde er den Blick aus ihren Augen vergessen, der seinen Worten folgte.

»Er ist tot, Robyn.«

Als sie sich über die Endgültigkeit seiner Worte bewusst wurde, sah er eine Verzweiflung in ihr, die er das letzte Mal im Meer gesehen hatte, damals, kurz bevor er sie aus dem Wasser gezogen hatte. Sie stemmte sich plötzlich gegen seine Hände und wollte wieder zu ihrem Vater.

»Robyn«, versuchte er sie zu beruhigen. »Robyn!«

Schon bei seiner zweiten Ermahnung erschlaffte ihr Widerstand.

»Lass mich zu ihm. Ich will warten, bis man ihn holt«, murmelte sie müde.

»Wir brauchen deine Hilfe bei den Verletzten«, entgegnete er jedoch. Nur für einen Moment sah sie ihn voller Zorn an. Dann war er vorbei und sie besann sich.

Wortlos wandte sie sich ab und kniete sich wenig später zu einem Angelsachsen, der von einem Kameraden bereits notdürftig verbunden worden war.

Wulf sah ihr noch einen Augenblick lang nach. Dann klärte sich sein Blick, bevor er sich wieder an Edward wandte.

»Ich möchte alle toten Nordmänner sehen. Vielleicht erkenne ich welche wieder. Die, mit denen ich kämpfte, waren mir unbekannt, aber ich will trotzdem Sicherheit.«

»Ich werde es veranlassen«, antwortete Edward. Er sah nochmals auf Ath. Wulf folgte seinem Blick.

»Ruhe in Frieden, mein Freund«, sagte Edward. »Ich denke, Gott wollte, dass du deine Tochter noch einmal siehst. Er gab dir einen Winter Aufschub.«

Wulf sah zurück zu seiner Frau. Edward hatte Recht. Es hatte mit einem Überfall begonnen und es endete so.

8.

Sie bahrten Ath in einem Nebenraum der Kapelle auf, so dass Robyn still um ihn trauern konnte. In der Kapelle beweinten unzählige Frauen ihre Männer. Ihre Heimkehr war traurig. Mechanisch behandelte Ludeca die Verletzten und kümmerte sich auch um die verzweifelten Frauen, die sich nicht beruhigen konnten. Die ganze Nacht hindurch würde in Elmham keine Ruhe einkehren. Die Toten wurden umsorgt. Edward trauerte bei ihnen. Er war auch kurz bei Robyn, die in sich gekehrt bei ihrem Vater stand. Dann sah er nach den Verletzten, wo er auch Trost spendete, diesmal den Lebenden.

Wulf betrat nach Mitternacht den Raum, in dem sich Ath befand. Kerzen schienen auf den Fensterbrettern und warfen flackerndes Licht auf Robyn und ihren toten Vater. Sie stand regungslos neben ihm, hielt seine zusammengelegten Hände, starrte ihn unentwegt an. Sie war sich Wulfs Gegenwart bewusst, rührte sich aber nicht.

»Alles ist so sinnlos, Wulf.« Ihre Worte hallten von den Wänden wieder.

»Du weißt, das ist nicht das, was ich glaube.«

»Ich weiß«, flüsterte sie bedauernd.

Einen Moment lang schwiegen sie. Wulf sah sie über Ath hinweg an. Robyn hatte keine Tränen mehr vergossen. Einzig ihre Hände und ihr Gesicht hatte sie notdürftig gewaschen, ihre Kleidung war nach wie vor vom Blut der anderen, Nordmänner und Angelsachsen, überzogen. Ihr Haar, streng zusammengenommen, damit es sie nicht behinderte, als sie Ludeca geholfen hatte, ließ ihr Gesicht blass und eingefallen wirken, ihre dunklen Augen größer als sonst.

»Wie kann es sein, dass er einfach fort ist? Wie, Wulf?«

»Sagt nicht dein Gott, der Herr gibt es und der Herr nimmt es?«

»Aber warum, Wulf? Er hatte noch so viel vor!«

»Ich denke, das Wichtigste hat er gesehen.«

»Was meinst du?« Robyn erwiderte Wulfs Blick.

»Er sah seine Tochter glücklich.«

Robyn blickte wieder zurück auf Ath.

»Ich werde ihn so sehr vermissen, Wulf.« Ihre Stimme war tränenerstickt.

»Ich weiß.«

»Er ist der Vater, der Wiglif mir nie sein konnte.«

»Das Schicksal erlaubte dir zu erkennen, wie ein wirklicher Vater sein kann.«

Sie schluchzte leise auf. Ihre Hände strichen sanft über die ihres Vaters. Dabei streiften sie die beiden schweren goldenen Ringe ab, die Ath getragen hatte. Einen behielt Robyn an ihrem Mittelfinger, den anderen ließ sie kurz in ihrer Hand und fuhr sanft über den dunklen, matten Stein daran.

»Als ich klein war und noch an seiner Hand ging, habe ich unentwegt darübergestrichen. Der Ring ist von Aths Vater, der einzige Familienschmuck, den er besaß.« Robyn reichte ihn Wulf. »Du würdest ihm und mir Ehre erweisen, wenn du ihn trügest.«

Wulf nahm ihn an sich und hielt Robyns Blick dabei fest.

»Mein Volk glaubt, dass, wenn eine Frau einem Mann ein Schmuckstück gibt, es sie an ihn bindet. Was immer geschieht, sie wird ihm treu beistehen und sich niemals von ihm abwenden.«

»Und wenn ein Mann einer Frau ein Schmuckstück schenkt?«

Wulf sah das Armband seiner Mutter an ihrem Handgelenk. Der Blick, der sie daraufhin traf, war warm.

»Das gleiche.«

Über ihren toten Vater hinweg sahen sie einander einen Augenblick lang still an.

»Er wusste, dass ich in guten Händen bin, nicht wahr?«, fragte Robyn.

»Ja.« Wulf trat langsam zurück.

»Ich bleibe noch bei ihm.«

»Ist gut. Ich muss noch mit Edward reden.«

Sie nickte und senkte den Blick wieder. Leise verließ er den Raum.

9.

Sie hatte sich verabschiedet. Sie hatte versprochen, ihre Reise fortzusetzen. Den Weg weiterzugehen, wohin er auch führen mochte. Sie hatte ihm gesagt, dass sie ihn nie vergessen würde, niemals aufhören würde, ihn zu lieben, ihn immer als das zu sehen, was er für sie gewesen war: ihr Vater. Sie hatte für ihn gebetet und ihm ein frohes Wiedersehen mit seiner Frau gewünscht. Sie hatte all das getan. Und im Morgengrauen konnte sie sich abwenden. Sie fand die Kraft, den Raum zu verlassen, um nach vorn zu sehen.

Einige Schritte draußen im Gang genügten, um sie ins Wanken zu bringen. Doch sie wurde aufgefangen. Zwei Dienerinnen hatten auf sie gewartet. Robyn ließ sich willenlos von ihnen in einen Waschraum führen, wo sie sie entkleideten, badeten und ihre Haare wuschen. Stumm verfolgte Robyn ihr Tun, unfähig zu helfen, unfähig sich selbst anzuziehen. Kraftlos sank sie auf einem Stuhl nieder, während ihr die Frauen das Haar kämmten und ihre Füße und Hände mit Öl einrieben, dessen Geruch das erste war, was Robyn in diesem Raum wirklich bewusst wahrnahm. Rosen, mit einer anderen aromatischen Pflanze vermischt. Sie schloss die Augen und sog das Öl tief ein. Rosmarin. Sie lächelte leicht. Ihr Vater wäre zufrieden gewesen.

Er wird in mir weiterleben, dachte sie, während sie sich erhob.

Sie wollten ihr einen Überhang umlegen, aber Robyn winkte ab. Sie dankte den Dienerinnen und verließ den Raum.

Als sie leise die Tür zu ihrem Gemach öffnete, sah sie Wulf am Feuer sitzen. Wortlos ließ sie sich zu seinen Füßen nieder und legte ihren Kopf in seinen Schoß.

Wulf sah auf sie herab und strich durch ihre noch feuchten Haare.

»Trauriges, starkes Mädchen«, sagte er leise.

»Er ist einfach so fort«, flüsterte sie heiser, »einfach so.«

»Ja, einfach so.« Wulf lehnte sich zurück. Er dachte an seine eigenen Eltern. Sie tauchten mühelos vor seinem inneren Auge auf.

»Aber er bleibt bei dir«, versprach er, »immer.«

»Mmh.« Sie fasste nach einer seiner Hände und legte ihre Wange darauf.

»Du willst ihn in Abingdon begraben, nicht wahr?«

»Ja, das möchte ich. Er war ein ruheloser Mensch, immer auf Reisen, aber seine Wurzeln liegen dort.«

»Edward und ich haben darüber gesprochen. Er wird uns Papiere ausstellen, die uns die Reise erleichtern werden. Außerdem stellt er zehn Mann als Eskorte ab. Er mochte Ath.«

»Ja. Er kannte Vater schon sehr lange, obwohl sie einander nicht oft sahen. Ich werde Edward für seine Hilfe danken.«

»Wird dir die Reise auch nicht zuviel?«

»Nein«, entgegnete sie. Leicht ungehalten wie er feststellte. »Ich werde das schaffen. Ich ...« Sie brach ab und begrub ihr Gesicht tiefer in seiner Hand.

»Nixe?« Seine Stimme ließ sie unwillkürlich aufsehen. Er hatte ihr noch nicht alles gesagt.

»Unter den Männern, die uns heute angegriffen haben, waren zwei Männer aus dem Westdorf.«

»Oh Gott, nein ...«

»Das muss nicht bedeuten, dass Harold wieder hier ist, Robyn«, unterbrach er sie, »es kann durchaus sein, dass die beiden im Winter hiergeblieben sind, um wie wir nicht wieder heimzukehren. Womöglich fanden sie die Zustände hier erträglicher ...«

»Indem sie weiter mordeten und Zwietracht säten«, stieß Robyn aus.

»Alles war vielleicht besser, als das, was zu Hause geschieht. Vielleicht waren sie Harold oder Kark ein Dorn im Auge, wussten davon, nutzten die Gelegenheit und trennten sich von ihnen.«

»Sie haben sich Mördern angeschlossen. Sie haben Vater auf dem Gewissen ... Gott, ich hasse sie, hasse sie so sehr ...« Sie schluchzte auf. »Hasse sie und kann sie trotzdem nicht vergessen ...«

Wulf schwieg. Er verfolgte ihren Ausbruch und wusste nur zu gut, was in ihr vorging. Was hatte die beiden Männer dazu gebracht, ihrer Heimat den Rücken zu kehren, um sich hier herumstreunenden

Nordmännern anzuschließen? Was war aus den ehrlichen Bauern im Westdorf geworden, an die sich Wulf aus seiner Jugend erinnerte? Gab es keinen Funken Hoffnung mehr, dass sie das wieder werden würden? Dass sie abließen von Plünderung, Hinterhalt, Gier, Menschenraub, Sklaven?

»Vielleicht waren sie Kark treu ergeben«, schluchzte Robyn leise, »vielleicht sind sie deshalb fort, nachdem du ihn ... nachdem ... im Wald ... vielleicht haben deine Männer doch ihr Wort gehalten und sind zurück ... haben ihr Wort gehalten ...«

»Ja, vielleicht«, erwiderte Wulf, doch es klang wenig überzeugt. Er beugte sich vor, um sie hochzuheben und zum Lager zu tragen.

»Ein paar Stunden Ruhe sollten dir guttun.« Er deckte sie zu.

»Dir auch«, meinte sie.

»Hab Dank für deine Sorge, Nixe.« Er küsste ihre Lippen leicht und sah sie an.

»Ich kann dir nicht helfen, kann deinen Schmerz nicht abstellen. Es tut mir leid, Nixe«, sagte er dann.

»Deine Worte helfen mehr als die jedes anderen. Ich ... ich ...« Sie stieß die Luft aus und schluckte die Tränen hinunter.

»Schon gut.« Wulf strich ihr durch das Haar. Er lächelte leicht.

Robyn schloss die Augen. Sie hörte, dass er zurück zum Feuer ging und sich wieder dort niederließ. Auch er konnte nicht schlafen.

10.

Die Eiche hatte alles Laub verloren. Kein einziges Blatt zierte ihre Äste. Verwelkt, unförmig und schmutzig lagen sie am Boden. Der Wind schwieg seit Langem. Aber hatte er gesiegt?

Langsam ging sie um den Baum herum. Die Blätter raschelten leise bei jedem ihrer Schritte. Kein Zeichen, keinen Hinweis gab ihr der Baum. Lebte er noch? Hatte er sie verlassen? Würde er dort ewig so stehen? Kahl? Wie ein Skelett? Leblos?

Nichts. Der Baum blieb unbeweglich. Kein Ast, kein Zweig rührte sich. Warum gab er ihr kein Zeichen?
Sie entfernte sich langsam und betrachtete die Eiche erneut, diesmal aus der Distanz. Da plötzlich spürte sie es. Je weiter sie ging, desto leerer und trostloser fühlte sie sich selbst. Sie fühlte die Trauer, die den Baum überkommen hatte, jetzt da sie sich abgewandt hatte. Eine Trauer, die sie nicht ertragen konnte. Sie würde sie und den Baum auffressen.

Ein Stechen ließ Robyn kurz zusammenzucken. Sie hatte nicht geschlafen, sie konnte nicht. Doch sie brauchte etwas Ruhe, also hatte sie einfach die Augen geschlossen und versucht nicht an den vergangenen Tag zu denken, aber an die Jahre, die sie mit ihrem Vater gehabt hatte. Sie erinnerte sich an die schwere Zeit am Anfang: ihre eigene Unzugänglichkeit, ihres Vaters Geduld, seine Freude, als sie ihn nach zwei Jahren Vater rief, seine Interessen teilte, wie er Freude an Pflanzen hatte, sie in sein Geschäft einführte, seine Weisheit weitergab, sie stets respektierte, als gleichwertig betrachtete, den Stolz in seinen Augen. Er war nicht fort. Er würde es nie sein.

Ein erneutes Stechen. Robyn legte sich auf die Seite und umfasste ihren Unterleib. Ein kalter Schauer überlief sie, gleichzeitig bildete sich ein Schweißfilm auf ihrer Stirn. Sie schluckte schwer. Wieder ein Stechen, heftiger. Sie biss sich auf die Unterlippe, zog sich langsam unter der Decke hervor, stellte die Beine auf und verharrte so am Rand des Lagers. Das nächste Stechen ließ sie sich zusammenkrümmen. Ihr Atem ging schnell.

»Nixe?« Wulf erhob sich neben ihr aus dem Bett, in das er sich vor einiger Zeit gelegt hatte, ohne schlafen zu können. Er sah, dass sie sich in gebeugter Haltung vom Bett abstieß und taumelte.

»Robyn, was ist?« Er verhinderte, dass sie hinfiel und hielt sie umklammert. Ihre Arme schlangen sich um ihren Unterleib. Sie verkrampfte sich kurz.

»Wulf«, stieß sie völlig hilflos aus. Er sah an ihr herab und sah das Blut, das in dünnen Fäden ihren Unterschenkel hinablief. Sie kam zu keinem weiteren Wort, weil sie erneut von einem Krampf geschüttelt wurde. Wulf stöhnte auf. Er zog Robyn zurück zum Lager, schlug die schwere Decke zurück und legte sie wieder hin. Inzwischen wand sie sich unter Schmerzen und suchte Halt bei ihm.

»Schscht, Robyn, nur einen Augenblick.« Seine Stimme verkam zu einem Flüstern. Jäh wandte er sich ab, stürzte zur Tür hinaus und rief eine Wache an, die sich am Ende des Ganges befand. Es war Ari. Dieser erkannte seinen Kommandanten nicht wieder. Er hatte noch nie zuvor Angst in dessen Augen gesehen.

»Hol Ludeca, schnell! Etwas stimmt mit Robyn nicht!«

Ari hastete davon. Wulf lief zurück, sah ihr Blut vor dem Bett und setzte sich zu ihr, während sie ihre Hand in seine verkrampfte. Seine andere Hand strich beruhigend über ihre Stirn.

»Schon gut, Nixe. Dec kommt gleich. Er wird dir helfen.«

Robyn sah ihn aus tränenden Augen an. Sie hörte das Zittern in seiner Stimme. Ihre Lippen waren unter heftigem Atem leicht geöffnet. Sie konnte nichts sagen, drückte nur seine Hand. Das Stechen ließ nicht nach. Es raubte ihr jeglichen klaren Gedanken.

Wulf sah zur Tür. Dec kam außer Atem in das Gemach . Sein Blick flog über Robyn, dann zu Wulf.

»Bitte hole mir eine Dienerin. Ich brauche hier Hilfe.«

Robyn umklammerte seine Hand so fest, dass er sie nur mit Nachdruck lösen konnte.

»Robyn.« Sie drehte den Kopf langsam zu Dec, der lächelte und sich zu ihr setzte. Forschend strich er über ihr schweißnasses Gesicht. »Versuche langsam zu atmen, auch wenn es schwerfällt.«

Ihr Drang, den schmerzenden Unterleib zu umklammern, war ungebrochen, sie wollte aber Ludeca nicht behindern, daher krampften sich ihre Finger um das Laken. Er war vorsichtig und stellte ihr fortwährend Fragen, die sie nur mit Kopfschütteln und Nicken beantworten musste.

Ein Windhauch sagte Ludeca wenig später, dass Wulf mit der Dienerin an der Tür war, doch er schüttelte unauffällig den Kopf, um sie wissen zu lassen, dass er nicht gestört werden wollte. Er rührte einen Trunk an, den er wehmütig mit den Kräutern versetzte, die Ath ihm gegeben hatte. Ohne etwas dafür zu verlangen. Er nahm kein Geld von Freunden, hatte er gesagt.

»Hier, trink das.« Ludeca hielt ihren Kopf. Sie tat es ohne Abzusetzen. Ihr Kopf sank kraftlos nach hinten, doch er merkte, dass sie sich etwas entspannte. Ihre Augen flackerten, als erwache sie aus einem Alptraum. Dann erwiderte sie seinen Blick. Ludeca lächelte sie an. Er nahm ihre Hand, um sie auf ihren Unterleib zu legen.

»Dein Kind spürt all das, was auch du spürst. Deine Trauer, deine Wut, dein Leid, deine Verzweiflung. Es war ein bisschen viel gestern. Aber sei unbesorgt. Es hat eine starke Mutter, die nicht aufgibt und nicht an ihren Gefühlen zerbricht.«

Robyn lag da und fühlte ihre Hand auf ihrem Unterleib. Sie fühlte Ludecas Hand, die er langsam zurückzog, als er die Erkenntnis beobachten konnte, die über ihr Gesicht zog. Plötzlich schien ihr jeder Schmerz willkommen, solange sie ihr Kind würde beschützen können. Sie wusste jäh, wie lange sie dieses Kind bereits in sich trug.

Ludeca sah die Tränen, die sie jetzt still vergoss. Er hielt sie für Freudentränen. Er nickte ihr zu und erhob sich.

»Du wirst dich ausruhen müssen. Sehr viel und sehr lange.«

Ludeca winkte die Dienerin heran.

»Bitte wasch sie vorsichtig und hilf ihr das Gewand zu wechseln«, bat er sie. Ludeca sah das Mädchen nicken und ging zur Tür, um sie von außen anzulehnen.

»Was ist mir ihr?« Wulf versuchte nicht einmal mehr seine Angst zu verbergen. Es war ihm gleichgültig. Alles schien im Moment gleichgültig. Alles, bis auf eines.

»Das wird sie dir selbst sagen. Die Dienerin ist ihr nur gerade behilflich. Es ist alles gut, Wulf. Sie hat sich wieder beruhigt. Ich gab ihr etwas Krampflösendes, das wird ihr auch helfen zu schlafen. Sie braucht Schlaf bitternötig, auch wenn es ihr schwerfallen wird. Und ...«

Ludeca blickte Wulf eingehend an. Es fiel ihm nicht leicht, diesem Mann Vorschriften zu machen.

»Und? Sprich, Dec!«

»Sie wird ihren Vater unter keinen Umständen nach Abingdon überführen. Du darfst sie nicht gehen lassen. Sie muss sich ausruhen, Wulf.«

»Ich werde dafür Sorge tragen«. Wulf war nicht entgangen, dass es Ludeca vermieden hatte, seine Worte wie einen Befehl klingen zu lassen und er ihnen trotzdem Nachdruck verliehen hatte. Der Mann, der vor ihm stand, hatte gefunden, wonach er selbst und Robyn noch suchten. Er hatte seine Aufgabe und sie füllte ihn vollends aus. Mit all ihren Schattenseiten.

Die Dienerin trat heraus und neigte den Kopf vor Wulf. Ludeca schritt in ihrer Begleitung den Gang zurück. Wulf schloss die Tür wieder hinter sich und fand Robyn still auf dem Lager liegend. Er setzte sich zu ihr.

»Besser, Nixe?«

Sie nickte und zog sich umständlich nach oben. Er half ihr dabei und fühlte, dass sie die Arme um ihn schlang. Sie presste sich an ihn.

»Ich hätte es Vater so gern noch sagen wollen.« Ihre Stimme war klar. Scheinbar hatte Ludecas Trank ihr bereits geholfen.

»Was ist mir dir?«, fragte Wulf, obwohl er es ahnte.

»Vater wollte so gern Großvater sein, Wulf. Ich kann es ihm nicht mehr sagen ... kann ihm nicht mehr sagen, dass ich seit der Nacht unseres Wiedersehens ... seit der Nacht ... ein Kind in mir ... in mir ...« Sie schwieg mitten im Satz und fühlte allein Wulfs Arme, die sie festhielten, und seinen Atem, der unwillkürlich schneller ging.

»Robyn«, hauchte er, »verzeih mir, bitte verzeih. Dein Vater ist tot, aber ich kann nicht anders, als glücklich zu sein.«

Seine Worte taten nicht weh. Sie ließen in Robyn einen weiteren klaren Gedanken zu. Sie war es selbst. Sie war glücklich. Ohne Reue.

Ihr Vater hatte sie durch Wulf sicher und glücklich gesehen. Er hatte diese Welt in Frieden verlassen können.

* * *

Teil 7

1.

Wulf lehnte sich etwas im Sattel zurück. Er zählte die Tage, die sie noch benötigten, um nach Elmham zu gelangen. Zwei, vielleicht drei, falls sich das Wetter wieder verschlechtern sollte. Es hatte viel geregnet in letzter Zeit. Der Boden war aufgeweicht, die Flüsse und Bäche führten reichlich Wasser. Der Sommer, obwohl in seiner vollen Blüte, hatte sich Zeit gelassen. Erst jetzt war es wirklich warm geworden. Man konnte nachts kaum schlafen in der Schwüle.

Wulf streckte seine Beine und dachte kurz an den Abschied von Robyn vor vielen Wochen. Sie waren nicht im besten Einvernehmen auseinander gegangen. Sie war traurig und wütend gewesen, dass sie ihn nicht begleiten konnte. Und sie zürnte sich selbst ob ihrer Schwäche. Sie hatte ihn angefleht sie mitzunehmen, um sich im nächsten Moment selbst zu verfluchen, um dann wiederum an sich und ihren Zustand zu denken. Dann hatte sie ihm ihre Angst gebeichtet. Sie wollte ihn nicht allein gehen lassen, weil sie um ihn fürchtete und glaubte, ihm könne etwas zustoßen wie ihrem Vater. Wulf hatte nicht selten ein schlechtes Gewissen ergriffen, sie allein gelassen zu haben. Doch er erfüllte ihren Wunsch und bestattete ihren Vater in Abingdon, mit Respekt für einen Glauben, den er nicht teilte, jedoch achtete.

Die Sonne, die am Morgen hinter Wolken nur ab und an geschienen hatte, wärmte am frühen Nachmittag ihre Rücken. Erst trocknete sie ihre Kleidung vom letzten Regenguss, wurde dann aber bald unbequem. Erleichtert ritten sie einige Stunden später in den Wald.

Rob, der neben Wulf ritt, hielt bereits nach etwas Essbarem Ausschau. Wenig später erspähte er zwei Rehe. Er ließ sich vom Pferd rutschen, um ihnen nachzustellen. Einige der Männer um Wulf verdrehten die Augen, was Wulf lächeln ließ.

»Schon wieder Reh«, knurrte einer der Angelsachsen, »kann er nicht mal ein Rebhuhn jagen oder ein Wildschwein?«

»Übermorgen kannst du wieder etwas Abwechslung erwarten«, entgegnete ein anderer grinsend, »dann ist Rob hoffentlich mit seiner Frau beschäftigt und jagt nicht für uns!«

»Er wird anderen Dingen nachjagen!«, flachste der erste, was die anderen auflachen ließ. Unsicher blickten sie hernach auf Wulf.

»Verzeih, Master!«, sagte der Zweite.

»Vielleicht sollten wir morgen Abend jemand anderen jagen lassen. Womöglich wird Rob morgen sowieso vorbeischießen, weil er bereits an seine Frau denkt!«

Der Angelsachse lachte zurück.

»Dein Humor wird bereits der eines Angelsachsen, Master!«

»Das muss an meiner Frau liegen«, erwiderte Wulf.

Einer der ernsteren Sachsen lehnte sich in seinem Sattel nach hinten.

»Wann wirst du Vater, Master? Verrat es uns!«

Wulf lächelte. Er mochte die Eskorte, die Edward ihm zugeteilt hatte. Er wurde das Gefühl nicht los, dass Edward die Männer mit Bedacht gewählt hatte, auch um zu sehen, ob sich geeignete Leute für eine weitere Ausbildung darunter befanden. Wulf hatte bereits zwei von ihnen herausgesondert, unter anderem den Sachsen vor ihm.

»Ein paar Wochen noch, Ruben. Anfang Herbst, denke ich.«

»Du hast eine gute Frau, Master. Sie achtet die einfachen Leute in Elmham ebenso sehr wie unseren Herrn oder unsere Herrin. Ihr Vater, Gott hab ihn selig, wird mit Stolz von oben auf sie sehen.«

Wulf merkte, dass die Sachsen um ihn bedächtig nickten. Warum hatten ihr seine eigenen Leute nicht diesen Respekt geschenkt? Warum nicht? Sie war nie anders zu ihnen gewesen. Zurückhaltender, vorsichtiger, aber niemals verächtlich. Erst als sie spürte, dass ihre Annäherung unbeantwortet blieb, war die Verachtung gekommen.

Ein Aufblitzen lenkte seine Aufmerksamkeit zurück in den Wald. Metall.

Rob war längst erfolgreich zurückgekehrt, aus eben jener Richtung. Er war ein guter Späher. Ihre Beobachter waren demnach besser. Und es blieben Beobachter. Obwohl er in der Nacht nicht schlief, sondern selbst Wache hielt und um das Lager schlich, ließ man sie in Ruhe. Wulf behielt seine Entdeckung für sich. Er wollte versuchen, festzustellen, ob man etwas von ihnen wollte oder sie einfach nur ohne Grund verfolgte, um ihr Ziel zu erkunden.

Am nächsten Tag ritt Wulf mit Absicht in der Mitte und ordnete Rob gegen Mittag zu sich heran.

»Hör zu, Rob«, erklärte er, »wir werden seit gestern beobachtet. Vorsichtig, ich denke ohne böse Absichten. Ich werde mich an deren Fersen heften, um herausfinden, ob sie etwas gegen uns oder Edward planen und uns deshalb auskundschaften.«

»Glaubst du, es sind Nordmänner? Deine Leute?« Rob sah ihn ruhig an, etwas das Wulf immer an ihm geschätzt hatte. Er war schwer aus der Fassung zu bringen und betrachtete die Gefahr mit den Augen eines erfahrenen Kämpfers.

»Scheinbar sind sie zufällig auf uns gestoßen. Nordmänner, ja. Aber meine Leute? Schwer zu sagen. Ich hoffe noch immer, dass Robyn und ich in Frieden leben können.«

»Aber jene zwei Männer im Frühling! Was ist mit denen?«

»Ich weiß es nicht, Rob. Du übernimmst die Verantwortung für die Männer. Sucht euch einen guten Platz für das Nachtlager. Ich werde deren Spuren zurückverfolgen, vielleicht bekomme ich raus, wohin sie gehören. Reitet weiter, ich werde in ein paar Tagen in Elmham sein.«

»Robyn?«

Wulf erwiderte seinen Blick.

»Verschweig ihr meinen Verdacht nicht. Sag ihr, was mich bewogen hat, zurückzubleiben. Sie soll sich nicht sorgen.«

»Ist gut, Wulf.«

»Nehmt mein Pferd immer in die Mitte, dann werden sie nicht so schnell bemerken, dass es keinen Reiter mehr trägt.«

Rob nickte und sah, wie Wulf den Wasserbeutel vom Sattel band, ihn sich an den Gürtel hängte und langsam vom Pferd glitt. Er blieb regungslos am Boden hinter ihnen liegen. Er würde sich erst nach einer Weile erheben und ihre Verfolger verfolgen.

2.

Robyn kehrte zurück in die große Halle. Sie schüttelte in Eadreds Richtung leicht den Kopf. Er hatte in der Nähe von Judith gestanden, die sich mit den meisten der anderen Frauen hier drinnen aufhielt und Stickarbeiten nachging. Daraufhin neigte er kurz den Kopf vor Judith und ging. Judith wiederum tauschte einen Blick mit Robyn und atmete unauffällig aus. Der Verdacht, den sie gegen einen der Diener gehegt hatten, hatte sich nicht bestätigt. Robyn hatte ihn in den letzten Tagen vorsichtig mit Eadred beobachtet und verfolgt, doch heute hatte sie sein Geheimnis, dem er nachgeschlichen war, entdeckt. Eine Geliebte, keinen Unterhändler, der Informationen weitertrug.

Als Robyn nähertrat, lächelte ihr Judith entgegen.

»Geht es dir etwas besser?«, erkundigte sie sich.

Judith wusste, dass Robyn nur vorgegeben hatte, sich unwohl zu fühlen. Ihre Frage bezog sich eigentlich auf den Diener.

»Alles wieder in Ordnung«, entgegnete Robyn.

»Dein Mann wird dich kaum wiedererkennen, wenn er zurückkehrt.«

Robyn lächelte und strich sanft über die Wölbung ihres Bauches. Wulf würde überrascht sein, wie schnell ihr Kind in den Wochen seiner Abwesenheit gewachsen war. Und wie gut es ihr ging. Seit jener Nacht hatte ihr die Schwangerschaft nur kleine Probleme bereitet, nie wieder war es ihr so schlecht gegangen. Ludecas Rat schien seine Wirkung nicht verfehlt zu haben. Sie wusste, wie anstrengend die Reise nach Abingdon gewesen wäre, wie sehr es sie geschmerzt hätte, ihn begraben zu müssen. Vielleicht war es besser so. Vielleicht war es so, wie es auch ihr Vater gewollt hätte.

»Ich hoffe, er wird zurück sein, bevor ich platze«, scherzte Robyn.

»Edward meint, in den nächsten Tagen sollten sie zurückkehren.«

»Ja, das wäre schön«, meinte Robyn.

Judith nickte nachsichtig. Sie beobachtete Robyn während diese zum Fenster ging, nachdenklich auf den Hof unter sich und darüber hinweg in den Wald sah. Judith stand auf, ließ die Frauen einen

Moment hinter sich und gesellte sich zu Robyn. Sie fasste deren Schulter vorsichtig. Tief in Gedanken versunken, schreckte sie auf.

»Glaubst du an Schicksal, Robyn?«

Es war nicht das erste Mal, dass Judith in ihrer Muttersprache zu Robyn sprach. Manchmal hatte sie es aus einem Gefühl heraus getan, denn nur ihre Dienerinnen, die sie mitgebracht hatte, verstanden sie hier noch. Robyn hatte ihr von Beginn an Vertrauen eingeflößt. Auch wenn sie nicht viel älter war, hatte sich Judith doch oft Rat geholt – und das in ihrer eigenen Sprache. Doch im Moment schien es ihr, dass ihre Freundin Trost brauchte. Judith wollte ihr zeigen, dass sie verstand und sprach deshalb in der nordischen Zunge zu ihr.

»Ich weiß nicht, Judith«, antwortete Robyn unsicher.

»Glaubst du, es war Schicksal, dass du damals in der Wüste ausgesetzt wurdest? Dass dich ein Angelsachse fand und aufzog?«

»Gott meinte es gut mit mir.«

»Dein Glaube ehrt dich. Dein Schicksal lag in Gottes Hand und er hat gut für dich gewählt. Kannst du dich noch erinnern, wie wir Nordmenschen das Glück sehen?«

Robyn schüttelte den Kopf.

»Nein, ich empfand kein Glück als Kind bei ihnen.«

»Und später? Als du Wulf begegnetest?«

Robyn sah Judith an, sagte aber nichts darauf.

»Und jetzt? Bist du glücklich?«

»Aber Judith«, Robyn blickte auf ihre Hände, die auf ihrem Unterleib ruhten, »wie könnte ich es nicht sein?«

»Bist du es?«, bohrte Judith weiter, doch es schien, als erwarte sie nicht unbedingt eine Antwort. Der Zweifel, der sich auf Robyns Gesicht widerspiegelte, gab ihr Recht. Judith legte eine Hand auf Robyns.

»Wir sind selbst für unser Glück verantwortlich. Das Schicksal gibt uns nur vor, wie viel Trauer, wie viel Leid, wie viel Liebe und wie viel Freude wir darin sehen. Es liegt an uns, wo sich unser Glück wirklich erfüllt. Du bist nicht wirklich hier, Robyn. Ich wünschte, du wärst es, denn ich bin froh, dass du bei mir bist, aber du bist nicht wirklich hier. Nie ganz, nie wahrhaftig.«

»Bist du es? Bist du hier glücklich?«, fragte Robyn leise.

Judith lächelte.

»Mein Glück, glaubte ich, läge im Nordland. Ich war einem Nordmann versprochen, dem ich mein ganzes Herz geschenkt hatte. Doch er kam von einer Reise nicht zurück. Niemand weiß, was aus dem Schiff geworden ist. Dann wurde ich mit Edward verheiratet. Plötzlich hatte ich einen Stiefsohn, der so alt ist wie ich selbst und wurde in ein Land geschickt, das mir fremd war, unheimlich. Sollte die Frau eines angelsächsischen Edelmannes sein, der wohl besser getan hätte, seinesgleichen zu heiraten. Aber Edward wusste, was er wollte. Er wollte das Glück mit mir, hier, mit seinem Sohn, in diesem Land. Und er hat es«, schloss Judith.

Robyn sah wieder hinaus zum Fenster. Sie beobachtete den stetigen Fluss an Händlern und Bauern, die auf dem Hof hin und her gingen und die Burg in Richtung Westen verließen, wohin ein festgefahrener Weg führte. Eine Gruppe junger Knechte erregte ihre Aufmerksamkeit. Sie hielten jeder zwei Pferde am Zügel, die scheinbar von einer Einfriedung, die an die Burg grenzte, in den Stall im Innenhof gebracht werden sollten. Eines der Pferde schritt ruhig neben einem Jungen her, das andere machte ihm Probleme. Offensichtlich hegte es eine große Abneigung gegen das riesige, schwarze Tier an der anderen Hand des Knechts. Der Junge musste kurz anhalten, um das nervöse Pferd wieder unter Kontrolle zu bringen. Der Rappe schaute all dem interessiert, aber still, zu. Der kleine Zug setzte den Weg fort und mit jedem Schritt, den sie der Burg näherkamen, begann Robyns Herz schneller zu schlagen. Die Frauen hatten Judith inzwischen zurückgerufen. Robyn tauschte mit ihr einen letzten verständigen Blick, dann verließ sie die Halle. Sie rannte die Treppen hinunter, die auf den Hof führten und wartete angespannt. Als die Knechte den Hof betraten, schlugen sie umgehend nach rechts ein, wo sich die Stallungen befanden. Die zweiten Pferde wurden ihnen von anderen Knechten abgenommen. Robyn sah, dass der Junge mit dem Rappen das nervöse Tier abgab, den Rappen jedoch nicht in den Stall brachte, sondern Ausschau hielt.

Er wollte einen der Diener anrufen, als er Robyn entdeckte. Er ließ davon ab und kam mit dem Pferd auf sie zu.

»Lady Robyn, ich wollte eben nach dir schicken lassen. Verzeih, wenn ich dich belästige.«

»Das tust du nicht, Mič. Du hast ein sehr schönes Pferd an der Hand.«

»Ja, und es gehört dir.« Der Junge setzte sich verlegen seine Kappe zurecht. »Ganz merkwürdig ist das.«

»Sprich, was ist passiert?« Robyns Herz klopfte bis zum Hals. Der Rappe hat seine Ruhe längst abgelegt und fuhr Robyn sanft mit der Nase über den Unterarm.

»Als wir die Pferde holten, kamen zwei Männer auf uns zu. Sie sprachen uns an, redeten irgendwie mit Akzent, aber verständlich. Sie gaben mir das Pferd und meinten, ich solle es dir als Geschenk bringen. Du wüsstest schon, warum ... kannst du dir einen Reim darauf machen?«

»Ja, kann ich«, erwiderte Robyn. Sie sah Erleichterung im Gesicht des Jungen. »Du hast genau das Richtige getan. Und ich danke dir dafür.«

Mič gab ihr die Zügel in die Hand, sah, dass sie keine Probleme mit dem mächtigen Tier haben würde, neigte kurz den Kopf vor ihr und verschwand kurz darauf im Stall, wo sich die anderen Knechte aufhielten und ihr Abendmahl teilten.

Robyn strich dem Rappen über das weiche Maul, woraufhin er den Kopf etwas beugte und sie ihre Wange an seine Stirn legen konnte.

»Sleip, mein alter Freund«, flüsterte sie, »was ist geschehen? Was ist passiert?«

Warum war Wulfs Pferd hier, schrie alles in ihr. Warum?

Arnulf. Er schickte ihr ein Zeichen. Er hatte es nicht riskiert, hier hereinzukommen. Nordmänner wurden mit Misstrauen beobachtet. Jeder von ihnen, der diese Burg betrat, riskierte, in ihr zu bleiben, bis man sicher war, dass er nichts Unrechtes vorhatte oder einen Überfall auf die Burg plante. Arnulf würde das wissen. Aber was tat er hier in East Anglia? Was bedeutete sein Hiersein? Warum ging er nicht das

Risiko ein, nach Elmham zu kommen, um sie und Wulf aufzusuchen? Etwas stimmte nicht. Er wollte, dass sie ihn aufsuchte. Er würde die Burg beobachten und sehen, ob Wulf oder sie auf die geheime Botschaft reagierten.

Robyn redete leise auf Sleip ein, während sie unschlüssig umherschaute.

Was sollte sie tun? Wulf erwartete man erst in einigen Tagen, bis dahin ...

Robyn umklammerte verzweifelt die Mähne des Rappen.

Arnulf. Ein Zeichen. Komm zu uns. War es eine Falle? Doch niemand wusste, dass Sleip bei ihm geblieben war. Er hatte ihn oben in der Hütte gehalten. Arnulf *hatte* Sleip geschickt. Er wollte sie und Wulf sehen. Aber warum?

Robyn atmete tief ein und aus und versuchte sich zu entspannen. Ihr Kind würde all das spüren. Ludeca hatte recht, sie musste vorsichtig sein. Doch sie musste auch ...

Robyn Blick ruckte plötzlich nach oben. Die Fensterläden zur Halle standen noch immer offen.

Sie musste herausfinden, was passiert war. Vielleicht würde sie dann hier ankommen. Wirklich hier sein können. Vielleicht.

Sleip folgte ihr ohne Einwand. Friedlich schritt er neben ihr her, als sie sich zwei Ochsenkarren anschloss, die die Burg verließen. Einige nahmen Notiz von ihr, doch die Karren verhinderten, dass ihr Weggehen allzu auffällig geschah. Robyn war froh über das langsame Tempo, Sleip schien es ebenso wenig zu stören. Als sie den Wald erreichten, war der Abend herangebrochen. Robyn trennte sich bald von den Karren, verließ den Weg und schritt ungeirrt in den Wald. Eine Weile setzte sie sich auf einen Baumstamm, um auszuruhen. Sie hoffte, dass Arnulf, sollte er die Burg beobachtet haben, sie schnell aufspüren würde. Die einzige Gefahr waren Edwards Späher, die sie für Eindringlinge halten konnten. Robyn beunruhigte der Gedanke, sie könnte zwischen sie geraten. Auf wessen Seite sollte sie sich stellen? Mit wem war Arnulf hier?

Robyn stöhnte leise und sah in den Wald. Sie sehnte sich nach Wulf, wenngleich er wütend auf sie sein würde. Wofür ging sie ein solches Risiko ein?

Robyn musste wieder an Judith denken. Wie recht sie gehabt hatte. Wie recht Wulf in all der Zeit. Ihr Vater. Er hatte es immer gewusst.

Aber Ath war tot. Und es waren Männer aus dem Westdorf, die daran Schuld trugen. Die sie geraubt hatten und ihrem leiblichen Vater vor die Füße geworfen hatten, um sie zu verheiraten. Um sie dann als Werkzeug zu benutzen. Es waren Männer aus Wulfs Dorf, sein eigener Vater, die ihm ihre Hilfe verweigerten, um sie aus den Händen ihrer Peiniger zu befreien.

Sie legte das Gesicht in ihre aufgestützten Hände.

Es war Arnulf gewesen, der Wulf immer zur Seite gestanden hatte. Annija. Irm. All die anderen aus Wulfs Dorf, die still gelitten hatten, immer mit der Hoffnung auf Erlösung. Sie hatten gewartet. Gebetet. Gefleht. Robyn hatte es in all den Nächten an ihren Fenstern, in ihren Ställen, in ihren Hinterräumen mit angehört, all ihre Verzweiflung, ihren Hass auf Eilaf, Harold, Wiglif.

Sie sah zurück in den dämmrigen Wald, dann zu Sleip. Sie zog sich hoch und stellte sich auf den Baumstamm. Sleips breiter Rücken war ihr nicht unbekannt, doch sie schaffte es nicht, das Bein überzuschlagen, daher ließ sie beide Beine auf einer Seite und stützte nur eines etwas auf. Das Pferd setzte sich in Bewegung. Robyn vertraute ihm und überließ ihm die Führung. Sleip würde Arnulf am ehesten aufspüren können.

3.

Zwei Tage hindurch hatte Wulf sie verfolgt. Mit Abstand, denn es waren gute Männer. Schlau, vorsichtig, und Wulfs Eskorte nicht feindlich gesonnen. Irgendwann am frühen Abend des zweiten Tages zogen sich die Nordmänner weiter in den Wald zurück. Sie waren Elmham zu nahe, gingen sonst das Risiko ein, entdeckt zu werden. Wulf blieb bei ihnen, auch wenn er sich in den vergangenen zwei Tagen ihrer friedlichen Gesinnung sicher geworden war. Aber es musste einen Grund geben, warum sie hier waren. Er blieb in der hereinbrechenden Dunkelheit zurück, da kein Licht des Tages einen Verfolger so gut preisgab wie das der untergehenden Sonne. Scharf zeichneten sich die Schatten ab. Er bewegte sich lautlos, verweilte ab und an länger hinter einem Baum und versuchte, das flaue Gefühl im Magen zu unterdrücken. Er hatte, seitdem er sich von der Eskorte getrennt hatte, nur ein paar wilde Beeren essen können und etwas Wasser getrunken. Die Nordmänner vor ihm hatten erfolgreich gejagt, Wildschweine und ein Reh. Wulf dachte daran, wie froh er nun wäre, würde er Reh essen können. Doch er konnte sich keine raschen Bewegungen erlauben, zu sehr beeindruckte ihn die Lautlosigkeit der Männer vor ihm. Selbst das Sprechen hatten sie einander untersagt. Nur selten wurde ein Wort getauscht, nie war Wulf ihnen nahe genug gekommen, um ihre Sprache oder die Nordmänner selbst zu erkennen.

Ein Falke zog schreiend über ihn hinweg, als Wulf hinter dem nächsten Baum Deckung suchte. Als er wieder hervortreten wollte, schreckte er jedoch zurück, denn er hörte verhaltene Stimmen. Er ließ sich zu Boden gleiten und lugte vorsichtig um den Stamm. Die Männer waren auf eine zweite Gruppe getroffen. Undeutlich konnte er die Gestalten zwischen dem dichten Blattwerk erkennen. Die Gruppe zählte nun um die zwanzig Mann. Fünf oder sechs waren hinzugestoßen. Sie sprachen kurz mit den anderen, bevor sie sich weitläufiger verteilten als zuvor. Sie wandten sich jedoch nicht in die alte Richtung, sondern Richtung Westen. Wulf ließ sie abziehen und gönnte sich eine Pause. Er trank etwas von dem Wasser, das er vor einer Weile aus einer

Quelle geschöpft hatte und ging in Gedanken den Weg weiter, den die Nordmänner eingeschlagen hatten. Elmham. Nicht auf direktem Wege, doch sie würden irgendwann parallel dazu laufen und womöglich auf Edwards Späher treffen. Würden sie dieses Risiko eingehen? Zwanzig Mann? Wofür das ganze? Hatte es Harold doch geschafft, einige Nordmänner in der Gegend gegen Edward aufzubringen und sie Pläne schmieden zu lassen, sich des Landes zu bemächtigen?

Wulf strich sich über den Nacken. Die Schwüle würde bald nachlassen, wenn die Nacht hereinbrach, jetzt jedoch in der Abenddämmerung schien sie unerträglich. Er hängte den Wasserbeutel zurück an den Gürtel und blickte sorgfältig um sich, bevor er die Verfolgung wieder aufnahm. Er folgte den Spuren, die die Männer hinterließen. Es waren nur wenige, doch sie genügten Wulf.

Während er sich vorwärtsbewegte, kehrten seine Gedanken zurück zu Harold. Unwillkürlich. Ungewollt. War er ein guter König? Weiser als sein Vater? Hatte er die Menschen vereinen können?

Wulf hielt an einer Spur inne und betrachtete sie näher.

Warum nur war die Antwort auf jene Fragen nein? Wieder und wieder. Vielleicht, weil Harold nicht anders als die anderen war. Die anderen hatten Wulfs Vorschläge stets zurückgewiesen und jegliche Annäherung zu den anderen Dörfern untersagt. Harold *war* nicht anders als sie.

Wulfs Hand strich um die frische Hufspur. Keine drei Stunden alt. Er schlich weiter.

Warum zerbrach er sich nach all der Zeit noch immer den Kopf über das, was er zurückgelassen hatte? Warum nur? Weil Robyn nicht vergessen konnte? Weil er sie leiden sah? In ihren Augen die stumme Sorge um Menschen sah, die sie zurückgestoßen hatten? Weil er ihren lautlosen Hilfeschrei hörte, da sie sich genau wie er fragte, warum sie nicht fähig waren zu vergessen.

Das Pferd durchschritt den Wald ohne erkennbares Ziel. Es trug eine Last, einen Reiter, ohne Zweifel, die Spur war tief genug dafür. Und die Nordmänner verfolgten die Spur. Ob es Edwards Späher waren? So weit draußen?

Wulf schärfte den Blick in der Dunkelheit. Lange würden sie der Spur nicht mehr folgen können. Es war zu finster. Doch die Konsequenz der leisen Unterhaltung, die daraufhin folgte, überraschte Wulf. Sie teilten sich in fünf Gruppen auf und kreisten Wulf damit jählings ein. Scheinbar beabsichtigten sie den ziellosen Reiter auf diese Weise zu treffen.

Ein Lichtschein, grell, weiß und unnatürlich ging durch den Wald. Wetterleuchten. Weit entfernt zog ein Gewitter vorüber. Wulf duckte sich. Er hörte leise Schritte um sich. Still lauschte er und hoffte, dass die fernen Blitze nicht gerade jetzt den Wald erhellen würden. Er wollte ausatmen, als die zwei Männer ihn passiert hatten, doch in dem Augenblick, als der Wald erneut im Licht glomm, drehte sich einer der beiden um und blickte direkt in Wulfs Augen. Dann Dunkelheit. Und ein Schrei.

»Hier drüben!«

Wulf sprang auf und rannte in die Richtung, die die Nordmänner am wenigsten erwarten würden. Er stürzte auf den zweiten der Männer, die ihn entdeckt hatten, rannte ihn um und verschwand dahinter im Dickicht. Er hörte ihn rufen.

»Hier! Hierher!«

Die Stille der letzten Tage schien sich mit einem Mal zu entladen. Obwohl nur die beiden in seiner Nähe gerufen hatten, war das Geschrei ohrenbetäubend. Wulf hatte Schwierigkeiten, sich zu orientieren. Das Geraschel um ihn, Äste und Zweige, die brachen, die Schritte und der laute Atem, verleiteten ihn schließlich dazu, genau in die Arme einer zweiten Gruppe zu laufen. Als er seinen Fehler bemerkte, war es schon zu spät. Er beabsichtigte einfach durch sie hindurchzulaufen, aber auch diesmal war ihm das Glück nicht hold. Das Leuchten warnte die Männer um ihn und ließ sie sich blindlings auf ihn stürzen. Ein Nordmann rannte Wulf brutal um, ohne sehen zu können, wohin dieser fiel.

»Hierher!«, rief er den anderen zu.

Ein zweiter Nordmann fiel in der Finsternis nahezu über Wulf, der zusammengekrümmt am Boden lag und nach seiner Axt hatte greifen wollen. Doch als der Nordmann sich fing, ließ er sich einfach auf Wulf fallen, um ihn festhalten zu können. Wulf fasste in seine Haare, nachdem er seine Arme befreit hatte und wollte ihn an den Baum stoßen, neben dem sie lagen. Der Mann schrie auf und rollte sich weg, was Wulf unverhofft die Gelegenheit gab, sich zu erheben, um erneut davonzulaufen. Diesmal kamen ihm zwei Nordmänner zuvor. Sie fassten seine Schultern und warfen ihn wieder zu Boden. Wulf wand sich unter ihnen und versuchte seine Axt zu erreichen.

»Vorsicht«, sagte einer der beiden, »greif seinen Arm, er will an die Axt ...«

»Ihr verdammten ...« Wulf fühlte seinen Arm umfasst. Er wurde ihm auf den Rücken gedreht. Wulf änderte seine Taktik, konzentrierte sich auf die Beine und trat einem der beiden in den Unterleib, was ihn zurücktaumeln ließ. Er konnte sich halb erheben, als er mit einem Mal beide seiner Arme nach hinten gezogen fühlte. Dann wurde ihm ein Knie in den Rücken gerammt, was ihm für kurze Zeit die Luft nahm. Doch nur kurz. Dann setzte seine Gegenwehr erneut ein. Er stemmte sich nach hinten und merkte, dass zwei Männer ihn festhielten. Der Tritt in seinen Unterleib, der seinem Versuch auszubrechen, folgte, traf ihn völlig unvorbereitet. Er wollte sich nach vorn krümmen, um dem Schmerz nachzugeben, doch sein Gesicht wurde umfasst und angehoben. Es blitzte in weiter Ferne. Die Gesichter um ihn wurden erhellt, doch Wulf konnte es durch die tränenden Augen nicht erkennen. Die Männer erkannten aber plötzlich, wen sie überwältigt hatten.

»Wulf«, schrie jemand.

»Wulf!«, ein anderer.

Es war ihm egal. Die Stimmen, die er jäh erkannte, konnten seine Reaktion nicht aufhalten. Als er merkte, dass sich die Arme um ihn lockerten, er den Blick hob und Svein erkannte, brach seine Wut über ihre Wiederkehr aus ihm heraus. Er stürzte sich auf ihn, sie gingen zu Boden und Wulf zog mit einer einzigen geschmeidigen Bewegung die Axt vom Gürtel.

»Wulf, neeeeiiiiiiiiiiiin!«

Die Axt wurde ihm aus der Hand gerissen, doch Wulf verließ jegliche Beherrschung. Er warf sich auf jenen, der ihm die Axt entwendet hatte. Drei Männer stürzten sich daraufhin auf ihn und hielten ihn fest. Zumindest versuchten sie es, da Wulf nicht abließ, sich zu winden, um ihrem Griff zu entgehen.

»Wulf«, schrie ihn einer an, »Wulf, beruhig dich doch!«

»Verflucht seiest du!« Wulf schwang sich hoch und trat dem Verblüfften in den Unterleib.

»Schluss jetzt«, bellte einer der Nordmänner und trat näher heran. Wulf, der erneut einen Hieb in den Rücken erhalten hatte, hing schlaff in den Armen dreier Männer. Er nahm Wulfs Gesicht in die Hand und hob es an. Wulf erkannte im aufflackernden Licht Andir, einen Alten aus seinem Dorf.

»Wulf«, meinte er, »hör auf, dich zu wehren! Wir sind nicht hier, um unseren König zu töten.«

Wulf blinzelte im erneuten Licht.

»Lass mich zufrieden, Andir. Lasst mich und Robyn endlich zufrieden.«

»Nicht, solange wir nicht mit euch geredet haben.«

»Lasst uns zufrieden«, wiederholte Wulf. Die Nordmänner spürten die Anspannung in seinen Körper zurückkehren. Er hatte sich erholt und würde gleich wieder zum Angriff übergehen.

»Du wirst uns anhören, Wulf Eilafson. Das allein bist du uns schuldig. Dann entscheide.«

»Das werde ich nicht tun, Andir«, zürnte Wulf. Er versuchte sich heftig aus der Klammer zu befreien.

»Verdammter ...« Weiter kam Andir nicht. Ein Nachtvogel erklang, klar, ungemein nah. Sie alle suchten bei dem geheimen Zeichen unvermittelt Deckung. Wulf wurde zu Boden gerissen, eine Hand legte sich auf seinen Mund.

4.

Robyn strich sich leicht über die Augen und dankte Sleip für seine Wachsamkeit. Sie war es schon lange nicht mehr, obwohl sie wusste, dass sie auf der Hut sein musste. Wenngleich sie weit entfernt von Elmham war, viele Stunden nun, konnte sie noch immer auf ein paar versprengte Männer von Edward treffen. Doch Sleip ging seit langer Zeit willig durch das Dickicht des Waldes, schritt ohne Unterlass, ruhig und selbstsicher. Einzig ein paar Rebhühner hatten sie aufgeschreckt, ansonsten blieb es still um sie. Die Donner in weiter Ferne blieben ungehört, nur deren Blitze durchzogen den Wald in langen, unregelmäßigen Abständen. Robyn fürchtete sich nicht, solange Sleip weiterging, ohne zu zögern oder den Schritt zu verhalten.

Die Kühle des Waldes umgab Robyn. Sie war angenehm, eine Wohltat nach der Schwüle des Tages. Während Sleip sich weiter seinen Weg bahnte, ließ Robyn ihre Hand kurz über das Baby streichen. Sie hoffte, dass sie bald auf Arnulf und die anderen treffen würde, denn sie brauchte etwas zu Essen. Seit dem Mittag hatte sie nichts mehr zu sich genommen, sie hatte nur kurz an einem Bach gehalten, um sich zu erfrischen und Sleip trinken zu lassen.

Plötzlich zögerte Sleip kurz, ging einen Schritt, zögerte wieder. Er begann am Gebiss zu kauen, ein eindeutiges Zeichen, dass sie sich etwas näherten, das ihn misstrauisch machte. Das Wetterleuchten blieb aus, solange Robyn auch darauf wartete. Sie würde nichts erkennen können, würde nicht wissen, wem sie sich preisgab. Die Angst überfiel sie mit einer Mächtigkeit, die auch Sleip erzittern ließ. Er wieherte leise und tief, sein massiger Körper bebte dabei. Robyn drückte die Fäuste zusammen, die die Zügel hielten, atmete tief aus.

»W-wer ist da?«, fragte sie in die Stille. Sie wusste, sie war nicht mehr allein. Sie wusste es.

Da. Rechts vor ihr. Etwas war dort.

»I-ist da jemand?«, fragte sie erneut vorsichtig. Sie zuckte zusammen, dass selbst Sleip erschrak, als sie eine Stimme hörte, unterdrückt, doch ohne Zweifel die Stimme ihres Mannes.

»Rob... Robyn ... weg ... geh ... weg von hier ...«

Ein Blitz. Sleip musste zwei Schritte zurücktreten. Die Überraschung überwältigte ihn als auch seine Reiterin. Sie waren umringt von Nordmännern. Von ihren eigenen Leuten.

Nur schemenhaft erkannte Robyn noch ihren Mann, der nach wie vor am Boden lag und von drei Männern rechts von ihr festgehalten wurde. Seine Wut jedoch konnte sie mehr als deutlich fühlen.

»Was hat das zu bedeuten?«, verlangte sie zu wissen. »Was, in Gottes Namen, tut ihr?«

Sie wartete nicht ab, dass man ihr antwortete. Sie verkrampfte ihre Hände in Sleips Mähne und ließ sich sanft an ihm heruntergleiten. Einen Moment musste sie ihrer eigenen Schwäche nachgeben und hielt sich noch kurz an Sleip fest. Jemand trat auf sie zu, doch sie schob sich unsanft an ihm vorbei und ging in jene Richtung, in der sie ihren Mann vermutete. Sie stolperte fast über einen der drei Männer und schob auch ihn fort. Ohne Gegenwehr ließ er von Wulf ab.

»Geh mir aus dem Weg«, zischte Robyn ihn an. Sie fasste in der Dunkelheit ungeschickt nach unten. Wulf befreite sich selbst von den anderen beiden, die merkten, dass er sich nicht mehr entfernen würde, solange seine Frau hier war.

Robyn spürte Wulfs Hände, als er sich hochzog und sah ihn aufstehen.

»Bei allen Göttern, was tust du hier?« Er legte eine Hand auf ihre Wange. Ein Aufleuchten vergönnte ihm einen direkten Blick in ihre Augen.

»Und du? Ich dachte, du seiest ... oh Gott, Wulf ...« Sie holte tief Luft. »Wie konnten sie dir das antun?«

Svein und die anderen traten näher auf sie zu.

»Robyn«, sprach er sie an, doch sie ließ ihn nicht weiterreden.

»Ich bereue es jetzt schon, eurem Ruf gefolgt zu sein«, rief sie wütend, »wie konntet ihr nur? Haben wir euch nicht klar und deutlich gemacht, dass wir nicht zurückkehren wollen? Wie konnte ich nur hierherkommen? Wie?« Die letzten Worte verklangen leiser.

»Es ist eine Fügung, die euch beide zu uns schickt. Es war so nicht geplant ...«

»Ah ja, wie dann, Svein«, fauchte Wulf ihn an, »wolltet ihr uns nacheinander beseitigen? Oder erst Harold zum Fraß vorwerfen?«

»Wulf, lass mich erklären ...«

»Ich habe genug von Erklärungen!« Wulf steigerte sich erneut in seine Wut. »Ich werde euch nicht glauben. Ihr habt zu lange ignoriert, was *ich* euch versuchte zu erklären. Es ist vorbei, endgültig vorbei ...«

»Wuuuuulf« Eine Stimme echote über sie hinweg. Eine Gruppe, die weiter ausgewichen war, kehrte zu ihnen zurück. Doch bei dieser einen Stimme fuhren Robyn und Wulf zusammen und sahen sich in der Finsternis um, bis ein stämmiger Nordmann sich seinen Weg bahnte. Arnulf schritt ohne Zögern auf Wulf zu und umfasste seine Schulter.

»Junge, endlich sehen wir uns wieder!« Seine Freude war herzlich, wenngleich nicht frei von Sorgen.

»Arnulf!« Wulf war zu überrascht, um sein Erstaunen zu verstecken.

Arnulf blickte auf Robyn.

»Ihr seid beide gekommen«, freute er sich, »ich danke dir, Robyn. Demnach habt ihr mein Zeichen verstanden?«

»Was geht hier vor, Robyn?« Wulf sah verständnislos auf Robyn.

»Was soll das heißen?« Arnulf hatte fast zu Ende gesprochen, als ein Blitz alles in Tageslicht tauchte. Arnulf trat einen Schritt zurück. Er hatte noch etwas anderes bemerkt. Er als auch die Männer um sie.

»Robyn ...« Arnulf sprach nicht weiter.

»Du hättest nicht herkommen dürfen«, meinte Wulf zu Robyn gewandt. Robyn sagte nichts, ergriff in der Dunkelheit nur seine Hand und fühlte wie er daraufhin tief ausatmete.

»Arnulf«, hörte sie ihn daraufhin sagen, »wir werden anhören, was ihr uns zu sagen habt. Nichts weiter verspreche ich euch. Nicht mehr und nicht weniger.«

Arnulf wechselte einen Blick mit Svein.

»Habt Dank, Wulf«, antwortete Svein für ihn, »es lag nicht in unserer Absicht, dir auf diese Weise zu begegnen, Wulf. Aber ...«

Svein sprach nicht weiter, schwieg.

»Es ist viel passiert.« Egill trat hervor. »Viel, Wulf. Hört uns zumindest an. Verschließt euch nicht davor, selbst nach allem, was zwischen uns geschehen ist.«

Wulf und Robyn blickten, als der Wald wiederum von einem Blitz erleuchtet wurde, in die Gesichter um sie herum. Egill, Svein, Andir, Sigurd, Arnulf, Hored, Hrolf, Guthorm, Rodalf. Männer aus seinem Dorf neben Männern aus dem Westdorf und aus dem Süddorf. Einträchtig, so wie es Wulf immer gewollt hatte. Doch die Blicke, die auf ihnen beiden ruhten, konnte er sich nicht erklären. Sie hatten ihn und Robyn hierherlocken wollen. Doch Wulf hatte uneingeschränktes Vertrauen zu Arnulf. Sie hegten keine bösen Absichten, wenngleich sie über ihn hergefallen waren. Doch jetzt stand Robyn hier. Etwas hatte sie hierhergebracht. Etwas, das in den Blicken der Nordmänner stand und fast wie ein Flehen wirkte. Etwas, das so befremdend in ihren Gesichtern war, dass Wulf die Hand seiner Frau fester drückte. Robyn sah zu ihm auf, als sie es merkte und sah, dass er die sonderbaren Blicke ebenfalls gespürt hatte.

»Wirst du es bis zu unserem Lager schaffen, Robyn? Es ist eine Stunde zu Fuß«, fragte Arnulf dann.

»Sleip wird mich noch etwas tragen können. Er trägt uns beide schon eine ganze Weile ohne Murren.«

»Er hat nicht vergessen, wem er gehört und wer einst gut zu ihm war.«

5.

Robyn saß angespannt auf Sleips Rücken, als sie den schwachen Lichtstrahl ausmachte. Er glomm weit vor ihnen und schien warm auf die alten Bäume und das Dickicht, das sie umgab. Dort hatten sie ihr Lager aufgeschlagen, weit ab von Elmham oder einer anderen Ansiedlung. Dort in den Tiefen des Waldes wartete man auf sie.

»Wulf« Robyns Stimme zitterte, als sie näherkamen und die Gesichter erkannten. »Wulf ... sie-sie sind alle hier ... alle ...«

Wulf, der Sleip am Zügel führte, sah zu ihr auf. Sie erwiderte seinen Blick nicht, ihr Erstaunen war zu groß. Wie gebannt sah sie auf die Leute, in deren Kreis sie nach und nach traten. Wulfs Augen blieben einen Moment länger an ihr haften, als er begriff, was mit ihnen passierte. Robyn blickte auf die Nordmenschen, mit der Hand, die den Ring ihres Vaters trug, auf ihrem Kind. Ungläubig starrte sie auf die anderen, die schwiegen, selbst als sie am Feuer hielten. Dann taten sie etwas, was Robyn zutiefst bestürzte. Die Menschen beugten sich vor ihnen. Arnulf, Egill, all die anderen Männer knieten vor ihnen. Die Frauen, die sie begleitet hatten, senkten ihren Oberkörper in tiefer Verbeugung.

»Was ...« Robyn sah sich verwirrt um. »Was tut ihr da? Bei Gott, was tut ihr?«

Wulf half ihr abzusteigen. Er spürte ihre Aufregung, ihre Verständnislosigkeit, ihre Abneigung gegen das, was vor sich ging. Sie hielt seinen Arm umklammert und krallte ihre Finger in ihn.

»Arnulf«, flehte sie ihn an, als sie zu ihm traten. »Arnulf, was geht hier vor?Arnulf, rede, bitte, rede mit uns!«

Erst da hob Arnulf seinen Kopf und sah sie von unten an.

»Wir huldigen unserem König und unserer Königin, denen wir in der Heimat Treue schworen. Wir versprachen, euch dorthin zu bringen, wohin ihr gehört.«

»Warum?«, schrie Robyn aufgebracht. »Warum tut ihr das jetzt? Warum?« Sie wandte sich ab und ging auf Annija zu, die neben Arnulf stand.

»Annija.« Robyns Stimme war aufgebracht. »Annija, warum? Ist es das, was wir euch wert sind? Allein als König oder als Königin? Warum umarmst du uns nicht? Warum beugst du dein Haupt vor mir? Ich bin noch immer die gleiche!«

Annija schluchzte, aber sie stellte sich auf.

»Das weiß ich, Robyn. Verzeih uns, aber wir klammern uns an die Hoffnung, dass ihr uns diesmal nicht verlassen werdet. Nicht dieses Mal.«

Arnulf legte beruhigend eine Hand auf die Schulter seiner Frau.

»Ihr findet uns in den dunkelsten Stunden unseres Daseins. Es musste erst das Blut zweier unwürdiger Könige fließen, bevor wir einsahen, welchen Weg wir gehen müssen. Nur zusammen wird es uns gelingen, uns dem entgegenzustellen, was uns diese Könige hinterließen.«

Wulf, der all dem schweigend gefolgt war, schob seinen Arm um Robyns Taille. Sie lehnte schwer an ihm und zitterte. Annija bemerkte ihre Schwäche. Sie nahm einen ihrer Arme.

»Komm, Robyn, setzt euch ans Feuer.«

Die Nordmenschen folgten ihnen, doch außer Robyn und einigen Frauen nahm niemand Platz. Sie alle starrten auf Wulf und Robyn. Sie warteten.

Während das Feuer in ihrer Mitte brannte, sah Robyn auf und blickte direkt in Wulfs Augen. Sie schenkte ihm ein Lächeln, auch wenn es nicht ihre Augen erreichte. Ihre Hand strich unbewusst über das Armband, das sie untrennbar mit ihm verband. Er erwiderte ihr Lächeln nicht. Doch das Vertrauen, das er in sie hatte, las sie in seinen Augen. Es genügte.

Ihr Lächeln schwand abrupt, als sie zurück ins Feuer blickte.

»In all den Jahren, da ich unter Sachsen lebte, vergaß ich Gesichter, meine Heimat, meine Vergangenheit«, sagte sie in der nordischen Zunge, »doch ich vergaß niemals drei Männer, die in der Steinwüste vor mir knieten und mich dann meinem Schicksal überließen.« Sie hob den Kopf und sah in die Gesichter jener Menschen, die sie fortgestoßen hatten. »Warum sollen Wulf und ich glauben, dass ihr es nach vorhin anders tun werdet?«

Sigurds Blick wechselte zwischen Wulf und Robyn, als er begann zu sprechen.

»Wir hielten, was wir euch versprachen, nachdem Kark im Zweikampf getötet wurde. Wir brachten Harold dazu, mit uns zurückzukehren und überzeugten ihn, dass er allein zusammen mit Leif Ansprüche auf den Thron stellen konnte. Er misstraute eurem Versprechen, doch da sich auch Karks Leute auf unsere Seite stellten, blieb ihm nichts anderes übrig, als den Rückweg anzutreten.«

»Er glaubte euch nicht«, meinte Arnulf ruhig. »Nicht in all der Zeit, die er zu Hause war, obwohl er nichts von euch hörte. Er glaubte euch nicht, auch wenn es kein Zeichen von euch gab.«

»Er hat noch nie gewusst, wann er genug hat«, meinte Wulf geringschätzig.

»Und er wurde nicht das, was wir erhofften«, berichtete Egill, »so oft wir versuchten ihn zu beraten, zum Wohle von uns allen zu handeln, tat er es nicht.«

»Er ist ein machtbesessener Hund, der uns alle ins Unglück stürzt«, rief Hored wütend aus. »Der geht über Leichen, um das zu bekommen, was er will!«

Arnulf warf einen Blick auf Hored, der sich daraufhin wieder beruhigte.

»Eilaf«, begann Arnulf wieder, »kam von der Jagd zurück und hatte sich am Unterschenkel verletzt. Es sah wie eine ganz normale Wunde aus ... niemand weiß Genaueres. Vermutlich hat Harold die Dienerinnen bestochen und zum Schweigen gebracht, zwei von ihnen verschwanden spurlos ... Wir glauben, dass Harold Eilaf vergiftete ... Wir wissen es nicht ...«

»Eilaf ist ... tot?« Robyn tauschte einen Blick mit Wulf. Er hatte den Mund leicht geöffnet und atmete leise tief aus.

»Dann ist Harold ...?«, begann Robyn, doch Andir spuckte aus.

»Nein, nicht *unser* König, Robyn. Nicht der unsere.«

»Auch nicht der unsere«, sagte Truvor, ein Mann aus Wulfs Dorf.

»Und nicht der unsere«, bestätigte Arnulf, »das schworen wir, als er auch Wiglif aus dem Weg räumte. Dein Vater ist tot, Robyn. Und wir wissen mit Bestimmtheit, dass Harold ihn getötet hat.«

»Harold überraschte uns mit zwei Männern im Wald«, erzählte Svein, »sie erledigten Wiglif. Ich konnte entkommen. Harold hatte nicht damit gerechnet. So gab es nach diesem Vorfall nur noch ein für oder ein gegen Harold.«

»Womöglich rechnete Harold damit, dass ihr euch in zwei Lager spalten würdet. Womöglich ließ er dich entkommen«, dachte Wulf laut.

»Sogar wahrscheinlich, denn er hat noch nicht beendet, was er begann«, sagte Andir, »er will euch, koste es, was es wolle. Erst dann, glaubt er, werden wir alle ihm folgen.«

»Schon kurze Zeit später ist er hierher nach East Anglia aufgebrochen«, berichtete Truvor weiter. »Wir jedoch, die zurückblieben, kamen nach all den Jahren wieder zusammen und berieten, was zu tun sei.«

»Ihr habt einen hohen Preis dafür bezahlt, wieder zusammenzukommen«, knurrte Wulf.

»Er war noch nicht hoch genug, Wulf«, erwiderte Arnulf traurig, »als wir zusammenkamen erhielten wir unerwartete Hilfe ...«

»Leif ...«, erriet Wulf. Es hatte ihn betrübt, ihn nicht unter jenen zu finden, die sich von Harold abgewandt hatten.

»Ja, Wulf. Er hatte längst akzeptiert, nie zum König geboren zu sein. Er willigte ein, mit uns nach East Anglia zu gehen, um euch aufzuspüren und zu bitten zurückzukehren.«

»Wo ist Leif?«, fragte Robyn vorsichtig.

»Leif ist tot, Robyn. Ein Hinterhalt. Und Harolds Absicht.«

»Damit steht nur noch ihr zwischen ihm und dem Thron«, sagte Andir.

Egill sah zu Wulf.

»Wir können niemals ungeschehen machen, was passiert ist. Nichts davon. Aber wir alle hier haben euch daheim die Treue geschworen. Du bist unser König, Wulf. Robyn, du unsere rechtmäßige Königin.

Leif wäre euch gefolgt wie wir. Er war unsicher wie wir, von Schmerz erfüllt über das, was mit Harold passierte, war ein Spiegelbild von dem, was über all die Jahre hinweg mit uns geschah. Er war dein Bruder, und er achtete dich als solchen, Wulf. Aber er war auch der Sohn seines Vaters und ihm treu ergeben. Davon konnte er sich erst lösen, als es zu spät war.«

Sie schwiegen. Wieder sprach nur das Feuer. Es war Robyns Flüstern, dass sie nach einer Weile vernahmen.

»Ist es zu spät, dass ihr euch fandet? Ist es das, weswegen ihr hier seid?«

»Ist es zu spät, damit ihr mit uns kommt, an jenen Platz, den das Schicksal für euch bestimmte?«, fragte Egill stattdessen.

»Was ist mit Harold? Wo ist er im Moment?« Wulf sah sie fragend an.

»Unsere besten Späher haben ihn aus den Augen verloren«, erklärte Hored. »Niemand weiß, wo er sich aufhält. Seitdem Leif getötet wurde, haben wir seine Spur verloren. Er scheint verschwunden.«

»Das ist er sicherlich nicht«, vermutete Wulf.

»Glaubst du, er plant etwas?«, wollte Robyn wissen.

»Ohne jeden Zweifel. Es war Wahnsinn, Robyn hierherzulocken«, sagte Wulf dann zu Arnulf und den anderen. »Sie hätte leicht in seine Hände fallen können.«

»Wir glaubten, *du* würdest kommen.«

»Ich war in Abingdon, um Robyns Vater zu beerdigen.«

»Dein Vater ist tot?« Annija suchte Robyns Blick.

»Ja«, stieß Robyn mühsam hervor.

»Nordmänner haben uns überfallen«, sagte Wulf, »es waren zwei aus dem Westdorf unter ihnen. Robyns Vater und einige von Edwards Männern fielen im Kampf.«

»Es stimmt, ein paar von Karks Männern sind im Winter hiergeblieben«, meinte Sigurd.

»Sie töteten meinen Vater«, stieß Robyn aus. In ihrer Stimme vibrierte der Hass, den sie noch immer empfand. Sie bereute ihren Ausbruch augenblicklich, fasste unauffällig nach ihrer Stirn und strich darüber. Sie fühlte sich unendlich schwach und verkrampfte sich mehr und mehr unter der Schwere der Nachrichten, die sie erfahren hatten.

»Wulf«, stöhnte sie schließlich leise. Sie bat niemand anderen um Hilfe. Noch immer war ihrer beider Ablehnung gegen die Umstehenden spürbar, als Wulf an sie herantrat.

»Alles in Ordnung, Nixe?«, flüsterte er. Dann wandte er sich an Annija. »Wo kann sie sich etwas hinlegen?«

»Kommt!« Annija stand auf. Bereitwillig machten die anderen ihnen Platz.

»Keine Entscheidung, die sie heute treffen werden«, meinte Svein nachdenklich.

»Hast du geglaubt, sie nehmen mit Freuden an, was wir ihnen verwehrten?«, entgegnete Andir aufgebracht. »Wiglif hätte aus ihr ein Spielzeug gemacht. Und wir haben Wulf zu lange nicht zugehört. Sie haben recht und werden sich die Entscheidung nicht leicht machen.«

»Aber wie lange werden wir warten müssen?«, fragte Rakell aus dem Süddorf. »Etwas muss geschehen. Wir brauchen die beiden. Sie sind unsere Zukunft. Robyn trägt den Thronerben in sich. Sollte Harold davon Wind bekommen, was dann?«

»Was, wenn sie nicht mitkommen?«, fragte Hored unsicher.

»Ihr müsst lernen zu vertrauen«, meinte Arnulf, »ihr habt es in all den Jahren verlernt. Vertraut ihnen. Wulf und Robyn werden die richtige Entscheidung treffen.«

»Du hast in Wulf immer den König gesehen, nicht wahr, Arnulf?« Egill sah ihn an.

»Es wundert mich, dass du es nie tatest, Egill. So lange hast du unter ihm gedient.«

»Er war mein Freund.«

Arnulf lächelte.

»Eben, Egill. Doch viele merkten nicht, dass dahinter die tiefe Sorge um sein Volk steckte. Sie erkannten in ihm nicht, was ein König immer sein sollte. Ein Freund, seinem Volk ergeben und treu.«

6.

Hinter einem Wagen, den Annija ihnen zeigte, half Wulf Robyn sich auf den Decken niederzulassen.

»Ich muss etwas essen, Wulf«, murmelte sie leise.

»Was hat sie gesagt?«, fragte Annija ihn.

»Sie möchte etwas zu Essen«, übersetzte Wulf, während er sich zu Robyn kniete.

Annija nickte.

»Natürlich. Ich gehe und hole euch beiden etwas.«

Sie verschwand und ließ sie im Halbdunkel allein.

Robyn lehnte am Wagen. Sie atmete einige Male tief ein und aus, bevor sie die Augen wieder öffnete. Wulf hatte sie aufmerksam beobachtet. Für einen Moment starrte sie ins Leere, dann erst erwiderte sie seinen Blick und streckte ihre Hand aus, um sie auf seine Wange zu legen.

»Verzeih meinen Leichtsinn. Ich musste kommen. Ich musste.«

»Schon gut, Nixe. Es ist nichts passiert. Du bist wohlauf.«

»Du warst lange fort, Wulf.«

»Ja, ich weiß. Es dauerte seine Zeit, ehe ich alles geregelt hatte.«

»Hat Vater einen schönen Platz?«

»Ja, ein Klostergarten ist nicht weit. Das hätte ihn wahrscheinlich gefreut.«

»Ganz sicher.« Ihr Blick schien kurz entrückt. Dann setzte sie sich auf, legte ihre Arme um seinen Hals und ihren Kopf in seine Halsbeuge. Er drückte sie an sich und hielt sie lange Zeit fest.

Robyn ließ keine Gedanken zu, außer dem, dass sie in Wulfs Armen lag. Und ihr schien, dass er für den Augenblick dasselbe dachte. Sie hob den Kopf und hieß seinen Mund willkommen, der den ihren fand. Sie hatte sich danach gesehnt, nach dieser Sicherheit, nach der Geborgenheit. Nur eine Weile wollte sie es auskosten, vergessen, was sie erfahren hatten. Nur eine Weile. Nur kurz.

»Geht es dir gut? Euch?« Er lächelte in der Dunkelheit leicht.

»Fühl selbst!« Sie nahm seine Hand und legte sie auf die Wölbung, die sich unter dem Kleid abzeichnete.

»Nicht mehr lang«, murmelte er und nahm die Wärme unter seiner Hand in sich auf.

»Ein paar Wochen. Etwas Geduld noch.«

»Ja ... Geduld.« Wulf blickte sie eingehend an.

»Ich weiß nicht, was werden soll«, stieß sie leise hervor. Sie wusste sehr wohl, woran er gedacht hatte.

»Alle tot«, dachte Wulf nach, »Eilaf, Wiglif ... Leif ...«

»Tut es dir leid, dass wir fort sind?«

Wulf zögerte mit seiner Antwort keinen Moment.

»Nein, Robyn. Das hatte nichts mit uns zu tun. Harold hätte uns womöglich dort aus dem Weg geräumt. Nein, Robyn. Wir taten das richtige. Ich trauere nicht um Eilaf, nicht um Wiglif. Mein Bruder hat nicht verdient, was man ihm antat. Doch es wird noch mehr Blut fließen, unschuldiges Blut.«

»Ist es zu spät, Wulf?«, wiederholte Robyn die schon einmal gestellte Frage.

Annija zitterte vor Aufregung. Sie hatte die beiden noch nicht stören wollen, als sie zurückkam, sondern hatte den Blick hinter dem Wagen niedergeschlagen, als sie ihre Umarmung sah. Nun lauschte sie ungewollt den Worten, die folgten. Der Frage, die Wulf zögerte zu beantworten.

»Ist es zu spät, dass das Schicksal sich wendet?«, sagte er. »Nein, ist es nicht. Aber ob ich es will, dessen bin ich mir nicht sicher.«

»Weil wir nicht wissen, ob es Glück oder Verderben bedeutet ... Glück oder Verderben.«

Als sie schwiegen, wagte es Annija vorzutreten.

»Hab Dank«, sagte Robyn. Sie nahm die Schale mit Suppe und die zwei Becher mit Met entgegen.

»Iss dich nur satt, damit dein Kleines nicht hungern muss.« Sie lächelte und entfernte sich wieder.

Nachdem sie schweigend die Suppe und den Met zu sich genommen hatten, schob Wulf Robyn in eine bequeme Position.

»Ruh dich aus, schlaf, wenn du kannst. Ich bin in der Nähe.«

Sie nickte und ließ ihn gehen. Die Entscheidung. Ein weiterer Weg auf ihrer Reise. Wohin würde sie führen? Sie schloss die Augen, konnte aber nicht schlafen. Sie reiste in Gedanken zurück in das Nordland. Dorthin, wo etwas von ihr immer geblieben war.

7.

Eine Hand legte sich um ihren Mund. Met durchzogener Atem streifte ihr Gesicht. Lippen legten sich an ihr Ohr.

»Hast du wirklich geglaubt, du könntest mir entkommen? Hast du das?«

Robyn spürte die Klinge, die sich an ihren Unterleib setzte und wagte nicht, sich zu rühren. Die anderen waren nur ein kurzes Stück entfernt von ihr, doch niemand hatte die Schatten im Wald bemerkt. Niemand, der ihre List geahnt hätte. Niemand, der die Rachegelüste gefühlt hätte. Niemand.

Harold drückte seinen Mund mit Absicht an ihr Ohr. Sie wollte wimmern, doch das Messer verhinderte jeglichen Ton.

»Diesmal wirst du mir nicht entkommen, Sächsin. Diesmal gehörst du mir!«

Am anderen Ende des Lagers ertönte plötzlich ohrenbetäubendes Gebrüll. Nur einige Augenblicke später krachten die ersten Klingen aufeinander. Doch Harold zeigte keinerlei Reaktion. Er wartete bei Robyn, die am ganzen Körper zitterte, während sich die Kämpfe um sie ausbreiteten.

»Wie dumm von dir, hierherzukommen«, zischte er. »Wir werden nun ein leichtes Spiel haben. Doch fürchte dich nicht. Ich habe anderes mit dir vor. Mit dir und, wenn du willst, mit dem Kind. Es hängt alles von dir ab. Möchtest du nun sehen, was ich vorhabe? Sicherlich.«

Er zog sie mit sich nach oben und drängte sie um den Wagen zu gehen, hinter dem sie geruht hatte.

»Nun sieh«, meinte Harold.

Und Robyn sah. Sah, wie all jene Menschen von einer Übermacht hingemetzelt wurden, die Harold in den letzten Wochen um sich geschart hatte. Sah, wie Männer und Frauen gleichermaßen Opfer jener Nordmänner wurden, die einst zu ihnen gehört hatten und anderen, die Harold hier in East Anglia für sein Unternehmen gewonnen hatte. Sah, wie die Menschen, die sie noch vor einigen Stunden um ihre Rückkehr angefleht hatten, vor ihr starben. Sah, dass alles zerbrach, all die Hoffnung, all der Glaube.

»Sieh, Dona«, hauchte er in ihr Ohr, »sieh, wie wir gemeinsam ein neues Reich erschaffen.«

Robyn weinte. Sie wand sich unter Harolds eisernem Griff, wissend, dass sie nichts ausrichten konnte. Nichts unternehmen konnte. Sie musste zusehen, den Schreien zuhören, die durch den Wald hallten, musste es ertragen, dass vor ihren Augen Annija erschlagen wurde, Andir von einem Schwert durchbohrt wurde, Arnulf tödlich verwundet zusammensank, Egill im Feuer verbrannte, Wulf blutüberströmt zusammenbrach.

Robyn schrie, wenngleich die vorgehaltene Hand ihre Schreie verstummen ließ. Die Übermacht von Harolds Kriegern hatte all jene beseitigt, die es gewagt hatten, sich gegen ihn zu stellen. Hatte in kurzer Zeit alles zerstört. Vor Robyns Augen lagen unzählige Leichen, inmitten des Lagers. Niemand war verschont wurden. Letzte Schreie und Stöhnen verhallten in der aufsteigenden Dunkelheit der verlöschenden Feuer.

Robyn saugte all das in sich auf. Sie blickte auf das Leichenmeer. Ihr eigenes Schreien war verstummt, wenngleich sie schreien wollte. Doch kein Laut kam mehr über ihre Lippen. Sie sackte in sich zusammen, empfing die Finsternis in ihrem Inneren. Ewige, süße Finsternis.

8.

Eadred glaubte zu träumen. Vor ihm im Zwielicht des dunklen Morgengrauens, im Gebüsch des noch dunklen Waldes stand ein riesiges schwarzes Pferd. Unbeweglich. Wartend. Angespannt.

Es war die erste Spur seit Stunden. Seit dem frühen Abend durchkämmten sie den Wald, nachdem Robyn nicht wieder nach Elmham zurückgekehrt war. In der hereinbrechenden Nacht hatten sie schnell die Spur des Pferdes verloren, das Robyn geritten hatte. Zweimal hatten sie im Licht der entfernten Blitze die Huftritte noch einmal erkennen können, dann waren die Gewitter weitergezogen und sie fanden sich wieder in der undurchdringlichen Dunkelheit. Doch jetzt drei Stunden vor Sonnenaufgang hatte Eadred seine sechs Leute angehalten und sie auf den Widerschein in der Nähe aufmerksam gemacht. Ein Widerschein, der in den Augen des mächtigen Tieres flammte. Eines Tieres, das Eadred selbst ausgebildet hatte, das sich an ihn erinnerte, da es plötzlich auf ihn zukam, sich parallel zu Eadreds Pferd stellte und seine Nüstern an seinem Oberschenkel rieb. Eadred fasste in Sleips Mähne und strich über dessen Hals. Ari lenkte sein Pferd näher. Er bemerkte die dunklen Flecke an Eadreds Hand, fuhr mit dem Zeigefinger darüber und hielt ihn an die Zunge.

»Blut«, stellte er fest.

»Bei Gott«, fluchte Eadred, »Wulf wird uns umbringen, wenn ihr etwas geschehen ist.«

»Lass dem Pferd seinen Willen, Eadred«, schlug Rob vor, »vielleicht führt es uns zu Robyn.«

Eadred nickte. Er verstand noch immer nicht, was Robyn bewogen hatte, wortlos Elmham zu verlassen, um auf dem Rücken Sleips in die Wälder zu reiten. Woher kam Sleip? Wer waren die beiden Männer gewesen, die Robyn das Pferd hatten zukommen lassen?

Sleip ging zu Beginn ziellos umher, doch nach einer Weile, in der sie ihn gewähren ließen und er sich etwas entspannte, schritt er immer weiter Richtung Norden, tiefer in den Wald hinein, weitab von Elmham und allen anderen menschlichen Siedlungen. Eadred und seine Männer folgten ihm. Sie verteilten sich kurz vor Sonnenaufgang weitläufiger, da vor ihnen ein schwelender Schein den Wald durchzog. Erst nach und nach erkannten sie, dass er einem Feuer entstammte, das erlosch und um dessen Glut sich ihnen ein grauenvolles Bild bot. Schweigend sahen die sieben Männer auf das, was von dem Lager übriggeblieben war. Auf das Blutbad, das erbarmungslos über die Menschen hereingebrochen war.

»Eadred«, stieß Thomas neben ihm plötzlich aus und glitt von seinem Pferd. Eadred tat es ihm gleich und folgte ihm, vorsichtig die Toten umgehend.

Thomas beugte sich über eine verkohlte Leiche.

»Es ist Egill«, sagte er fassungslos.

»Woher willst du das wissen?«

Thomas wies auf die schwarze Hand des Toten. Der Mittelfinger fehlte.

»Egill«, sagte Thomas einfach. Er erinnerte sich daran, dass dieser den Finger bei einem Zweikampf in Byzanz verloren hatte.

»Es könnte Zufall ...« Eadred kam nicht weiter, da Ari plötzlich aufschrie.

»Eadred, hier, schnell!«

Eadred wandte sich von Thomas ab und lief so schnell er konnte zu Ari, der auf der anderen Seite des Lagers über einem Körper kniete. Eadred musste den Schritt verlangsamen, als er sah, über wem Ari kniete.

»Gott, Wulf.« Eadred atmete tief ein und aus, als er sich zu Ari kniete.

»Jemand muss auf ihn gefallen sein, hat ihn vielleicht absichtlich unter sich begraben ...«

Eadred beobachtete das schwache Heben und Senken des Oberkörpers seines Kommandanten. Er lebte, war jedoch schrecklich zugerichtet. Ob er sich von den Verletzungen erholen würde nachdem er eine Nacht ohne Versorgung verbracht hatte? Eadred bezweifelte es bei seinem Anblick.

»Er hat Wulf damit vielleicht das Leben retten wollen«, beendete Eadred Aris Gedanken. Dann machte er eine kurze Pause, bevor er dann sagte: »Sieh nach, ob noch andere am Leben sind!«

»Ist gut.« Ari wandte sich ab, drehte sich jedoch nochmals um. »Glaubst du, sie waren hier, um Wulf und Robyn zu holen?«

»Nein«, meinte Eadred, »diese Leute waren hier, um sie zu *bitten*, wieder heimzukehren. Doch etwas ist schiefgelaufen.«

»Es dürfte nicht schwer sein zu erkennen, wer all das veranlasste.«

»Wo ist Robyn?«, fragte Eadred mehr zu sich selbst. »Das schwarze Pferd war hier. Und sie? Gott gebe, dass sie es nicht war.«

Ari wandte sich wortlos ab und verbarg die Wut, die ihm beim Anblick seines Kommandanten überkam, den Zweifel, ob sie Wulfs Frau unversehrt finden würden.

Eadred senkte den Blick.

Es war zwecklos, den Spuren zu folgen, die vom Lager wegführten. Die Zeit, um jene zu verfolgen, die Wulfs Leute getötet hatten, war längst vorbei. Die Spur war kalt, er und seine Männer in der Unterzahl.

Sie fanden zwei weitere Überlebende. Sigurd und Rakell. Sie brachten sie, nachdem sie die Wunden notdürftig versorgt hatten, fort von dem Lager und suchten nach einem Bach, wo sie selbst ein Lager aufschlugen. Eadred schickte einen der Männer nach Elmham, um Ludeca zu holen, doch es würde mindestens ein Tag vergehen, ehe er eintraf. Eadred entschied, dass er, Ari und Rob sich um die Verletzten kümmerten, während Thomas und die anderen zwei Männer Feuer machten und für etwas Essbares sorgen würden. Und nach Robyn Ausschau hielten. Sie war nicht unter den Toten. Sie blieb verschwunden. Und keiner der Männer wusste, ob dies ein gutes oder ein schlechtes Zeichen war.

Eadred versorgte Wulf so gut es ihm möglich war. Er wusch ihn mit dem klaren, kalten Wasser des Baches, verband die Wunden und wischte ihm das Blut vom Mund, das er nahezu ununterbrochen ausspuckte. Während die Stunden vergingen und sie gegen Mittag im kühlen Schatten der alten Bäume bei den Verletzten saßen, ging Eadreds Blick zu den Pferden hin, die in der Nähe am Ufer des Baches grasten.

Sleip stand etwas abseits und döste vor sich hin. Er schien noch immer leicht verstört, auch wenn er die Nähe seines Herrn witterte. Dann ging Eadreds Blick zu den Männern hin, mit denen er seit vielen Jahren ununterbrochen diente, Ari, Rob, Thomas. Dann sah er zu Sigurd, dem er in all den Jahren in Byzanz nicht einmal misstraut hatte. Das hatte er erst letzten Winter, als er und andere Robyn mit Gewalt geholt hatten. Sie hätten mitangesehen, wäre Wulf im Zweikampf gefallen. Und nun? Jetzt lag er neben Wulf. Und nichts schien plötzlich je zwischen ihnen gestanden zu haben. Zwischen ihm und Wulf, als auch zwischen ihm und Eadred und den anderen. Alles schien weit entfernt.

Als Eadred Aris als auch Robs und Thomas' Blick kreuzte, wurde ihm klar, dass sie dasselbe dachten. Dass Sigurd hier gewesen war, um Wulf zu bitten, nicht zu erwarten, sondern zu bitten, seinen rechtmäßigen Platz einzunehmen.

9.

Als sie nahe genug an die Eiche getreten war, bemerkte sie erste Knospen. Klein, unscheinbar, zartgrün. Die Eiche hatte überlebt. Sie war nicht tot. Sie würde zu neuem Leben erwachen, sich wieder entfalten, sich wieder dem Wind stellen. Es war ein Kampf, aus dem nie ein Sieger hervorgehen würde. Oder ein Verlierer. Beide, der Wind und die Eiche, hatten ihre Daseinsberechtigung, ihren nicht enden wollenden Willen zu überleben, ihre Aufgabe zu erfüllen.

Der Wind blies um sie herum, warm, einschmeichelnd.

Sie konnten nicht ohne einander existieren. Der Wind brachte die Wärme zurück, Wärme, die die Eiche brauchte, um zu leben. Wärme, die sie erweckte aus einem Schlaf, der ansonsten ewig währen würde. Ein ewiger Schlaf …

Robyn schreckte auf. Harold stand über ihr und hatte sie mit dem Fuß unsanft aufgerüttelt.

»Nun, Dona, genug geschlafen! Du solltest etwas essen. Die Überfahrt wird noch ein paar Tage dauern und du kannst nicht ewig Essen und Trinken verweigern.« Er beugte sich zu ihr hinab. »Denk an dein Kind, dein Schaden ist auch sein Schaden!«

Robyn öffnete den Mund. Sie wollte zu einer Erwiderung ansetzen, schloss ihn jedoch wieder, als sie merkte, dass kein Laut entstehen würde. Ihre Stimme blieb verloren, war es seitdem sie von Harold vor ihre Leute geschleift worden war und hatte mit ansehen müssen, wie sie gestorben waren. Alle. Keiner war verschont geblieben. Niemand. Niemand. Auch Wulf nicht.

Sie sah zu Boden, auf die Planken unter sich, die zu dem Schiff gehörten, das sie ins Nordland brachte. Harold hatte sich von den Kriegern in East Anglia getrennt, ließ sie zurück in dem Aufruhr, den er unter ihnen gesät hatte. Ein Aufruhr gegen Edward. Harold selbst segelte mit seinen Männern zurück nach Hause. Mit seinen Männern und seiner Königin.

Entgegen seines ersten Planes, sie und Wulf zu beseitigen, hatte er diesmal anderes im Sinn. Seine Frau war inzwischen gestorben und er war nach East Anglia gekommen, Robyn zu holen und nur Wulf aus dem Weg zu räumen. Dass er dabei nicht nur diesen Bruder, sondern auch den anderen hatte umbringen können, schien ihm wie höhere Gewalt. Jetzt war er allein König und seinen Anspruch würde er bekräftigen, indem er Robyn zur Frau nahm. Dass er ihr Vetter war, interessierte ihn nicht. Blutschande war ihm kein Hindernis. Ein kleines Übel. Ein kleineres als das Kind, das Robyn in sich trug. Aber auch das hatte ihm letztlich genutzt. Es war ein Druckmittel, dem sich Robyn nicht hatte entziehen können. Sie hätte nie das Leben ihres Kindes riskiert. So war sie ihm ohne Gegenwehr gefolgt. Und wenn das Kind erst geboren war, würde es Mittel und Wege geben, sich davon zu befreien, um dann einen wahrhaften Erben zu zeugen.

Harold lächelte siegessicher. Er legte eine Hand um Robyns Kinn, gegen die sie sich wehrte, doch ihre Kräfte schwanden mit jedem Tag mehr. Tränen rannen ihre Wangen hinab.

»Nicht weinen, Dona, alles wird gut. Ich werde dir deine Tränen in den kalten Nächten unserer Heimat schon zu trocknen wissen.« Sein Daumen glitt über ihr eiskaltes Gesicht. »Vergiss Wulf und die anderen!

Jetzt wirst du das Leben führen, das das Schicksal für dich bestimmt hat. Sieh es als Ehre an. Du wirst nie Hunger leiden, du wirst es warm haben, keine schwere Arbeit verrichten müssen ... außer vielleicht ...«

Robyn stieß den Atem unwillig aus, als er versuchte seine Lippen auf ihre zu legen. Es gelang ihr, den Kopf wegzureißen.

»Glaub nicht, dass du mir ewig entkommst, Sächsin, hörst du?« zischte er drohend. Er fuhr über ihren Unterleib. »Es hängt von dir ab, was aus deinem Kind wird. Verstanden?«

Robyn sah ihn an. Doch wenn er eine billigende Regung erwartet hatte, so enttäuschte sie ihn. Ihr Blick war einfach nur leer, er schien fast drohend dadurch. Er würde sie nicht aus den Augen lassen können. Er hatte sie im Dorf beobachten können. Sie hatte nie aufgegeben. Erst als sie Wiglif unter die Augen getreten war. Erst da.

»Du wirst etwas essen, verstanden?« Er erhob sich. »Wenn nicht, stopfe ich es dir selber hinein!«

Harold wandte sich ab, ging in Richtung Bug und passte sich den Bewegungen des Schiffes mühelos an. Robyn sah ihm nach, bis sie sicher war, dass er vorerst nicht wiederkommen würde. Umständlich zog sie den Umhang um sich, den Harold zurückgeschoben hatte, um das Kind zu berühren. Sie schloss die Augen, schrak jedoch sofort wieder auf. Sie sah die Bilder wieder vor sich. Sah die Leichen. Das Blut. Harolds triumphierendes Gesicht. Die Nächte, die sie seitdem verbracht hatte, waren qualvoll gewesen. Ihr Leid schien sie zu beherrschen, und doch, sie wusste, sie musste bald etwas essen. Etwas trinken. Sie musste. Wulf hätte nicht gewollt, dass sie das Kind aufgäbe.

Wulf.

Sie legte den Kopf auf die aufgestützten Arme.

Sie sah ihn fallen. Blutüberströmt.

Es ist zu spät, dachte sie. Sie holte sich das letzte Gespräch mit Wulf zurück.

Zu spät für Hoffnung, zu spät für jene ungewisse Reise, die sie mit Wulf zusammengebracht hatte und an seiner Seite fortgesetzt hätte. Doch diese Reise, zurück in ihre Heimat, war nicht mehr ihre Reise. Sie war eine Reise, die Dona tat. Nicht Robyn.

10.

Der ewige bittere Geschmack von Blut hatte sein Bewusstsein beherrscht. Und sein Murmeln.

Es ist zu spät.

Ob er es wirklich ausgesprochen hatte, wusste er nicht.

Es ist zu spät.

Seine Augen verkrampften sich im Schmerz, er zog sich auf die Seite, erbrach weiter Blut. Blut. Mehr Blut.

Es durfte nicht zu spät sein. Er musste sie holen. Sie aus Harolds Gewalt befreien. Sie durfte ihm nicht ausgeliefert sein.

Tränen schossen ihm in die Augen. Zum ersten Mal merkte er die Arme, die ihn stützen, damit er nicht an seinem Erbrochenen erstickte. Noch eine Weile krampfte er zur Seite gelehnt. Dann spürte er, dass sein Gesicht gewaschen wurde, sein Mund ausgespült. Er spuckte noch einmal aus und schmeckte den angenehmen Geschmack von Kräutern auf seiner Zunge.

Er blinzelte, als man ihn zurücklegte. Die Dunkelheit um ihn herum war angenehm, das Feuer ein Stück entfernt. Stimmen. Sie waren leise, sprachen gedämpft. Er lauschte ihnen. Verstand nicht, was sie sprachen, doch ihr Klang war ihm bekannt.

Er roch Kräuter. Sog den Geruch tief in sich ein, langsamer, als er bemerkte, dass er Schwierigkeiten beim Atmen hatte. Nach einer Weile ging es etwas besser. Die Kräuter schienen eine beruhigende Wirkung zu haben, sie ließen ihn die Augen wieder schließen, an sie denken. Er versuchte bei ihr zu sein, ihr Kraft zu geben. Er würde kommen. Er würde sie holen. Er musste wieder zu Kräften kommen, damit er Harold entgegentreten konnte.

Er sah sich an einem merkwürdig einsamen Ort, der nur von einem beherrscht wurde. Eine alte Eiche stand dort. Alt und ohne Blätter. Ein warmer Wind strich um sie …

»Wulf?«

Sich selbst nicht bewusst, hatten Wulfs Augen gezuckt, als man ihn wiederum wusch. Es war noch immer dunkel, doch er meinte diesmal mehr erkennen zu können, Schatten, vielleicht Bäume um ihn, andere Schatten, das Feuer.

»Wulf?«

Er atmete tief ein und aus und öffnete den Mund dabei. Als er ausatmete, fühlte er etwas an seinen Lippen, dann lief es warm seine Kehle hinab. Er schluckte unweigerlich.

»Gut.«

Er meinte, die entspannende Wirkung des Getränks umgehend zu spüren. Alles erschlaffte und er schlief wieder.

Diesmal war eine Veränderung mit der Eiche vor sich gegangen. Doch man musste ihr nahe sein, um es zu sehen. Aber das schien ihm nicht nötig. Er konnte auch so fühlen, dass die Eiche wiedererwachte. Zu neuem Leben erwachte.

Wulfs Hand tastete vorsichtig umher, bis sie eine andere streifte. Sofort wandte sich Eadred um und rief leise Ludeca heran. Dieser kniete sich mit einem Becher zu Wulf.

Mit offenen Augen trank Wulf den kräuterversetzten Wein. Er erkannte Ludeca, sah Eadred daneben.

»Genug?« Ludeca wartete die Antwort geduldig ab.

»Ja.« Wulf sagte es leise, aber verständlich.

Ludeca stellte den Becher ab. Er ließ Wulf Zeit. Die Sonne war eben aufgegangen. Tiefrot schien sie durch die Bäume im Osten hindurch. Es dauerte, ehe Wulf alles erfasst hatte. Sein Blick blieb an Sigurd und Rakell haften, die neben ihm lagen und schliefen.

Ludeca und Eadred beobachteten ihn aufmerksam. Sie sahen den Blick, den er starr zum Himmel richtete und wussten, was er dachte.

Alle, die je gewollt hatten, dass er und Robyn friedlich heimkehrten, alle, die je ein Königreich unter ihm und Robyn gewollt hatten, waren tot. Allein Rakell und Sigurd waren übriggeblieben. Jene, die zu Hause auf sie gewartet hatten, würden sich Harold unterwerfen müssen oder waren gezwungen zu gehen. Es sei denn, Harold würde sie wie all die anderen aus dem Weg räumen.

Eadred und Ludeca traf wenig später ein fragender Blick.

»Wir wissen alles«, meinte Eadred erklärend. »Sigurd ist in der Nacht bereits aufgewacht. Er hat uns alles erzählt. Und auch du hast im Schlaf erzählt.«

»Ich werde sie holen.« Wulfs Stimme war noch immer leise. »Ich muss sie holen.«

»Ich weiß, alter Freund«, sagte Eadred.

»Werdet ihr mit mir kommen, Eadred? Du, Ari, Rob und Thomas?«

Eadred sah ihn erstaunt an. Er tauschte einen Blick mit Ludeca, sah dann zu Ari, Rob und Thomas, die am Feuer saßen, seinen Blick erwiderten. Und nickten.

»Als deine Freunde, Kommandant«, beantwortete Eadred dann Wulfs Frage, »werden wir mitkommen. Als deine Freunde.«

»Danke.« Wulf sah zurück zum Himmel. »Ich muss sie holen. Muss sie holen ...«

Sie sahen, wie er langsam die Augen schloss.

Als sie sicher waren, dass er eingeschlafen war, sah Eadred über ihn hinweg zu Ludeca.

»Verzeih, Dec, aber diese Sache ist wichtig für uns. Wir sind Wulf zu viel schuldig, nennen ihn unser halbes Leben Freund.«

Ludeca lächelte.

»Ich verstehe das«, sagte er, doch sein Lächeln schwand so schnell es gekommen war. Die Nachrichten, die er aus Elmham mitgebracht hatte, verhießen nichts Gutes und sein Vater würde jeden Mann gebrauchen können. Die Nordmänner in East Anglia lehnten sich gegen Edward auf. Seit gestern. Es hatte die ersten Kämpfe gegeben und in dieser Zeit würden fünf der fähigsten Männer ihm den Dienst verweigern, um einem von ihnen ins Nordland zu folgen.

Dec senkte den Blick zu Wulf.

Ein König lag vor ihm. Ein König ohne Königreich. Aber ein König mit etwas viel Wertvollerem. Treuen Freunden. Und einer Frau, die seiner Hilfe bedurfte.

11.

Das einzig monotone Geräusch, die Brandung, hüllte Robyn ein. Sie saß an einen Baum gelehnt in der Nähe des Strandes und beobachtete regungslos das Treiben der Nordmänner. Gestern Abend hatte ein starker Nordwestwind sie gezwungen eher an Land zu gehen als beabsichtigt. Sie waren etwa einen Tagesmarsch von Harolds Dorf entfernt. Er hatte sich entschlossen, das Schiff mit fünf Männern zurückzulassen, die es bei besserem Wetter heimsegeln sollten. Er selbst wollte mit den anderen den restlichen Weg zu Pferd und zu Fuß zurücklegen.

Am frühen Morgen hatte Reth aus dem Westdorf dafür gesorgt, dass Robyn gegessen hatte. Unwillig hatte er jeden Bissen überwacht, den sie tat und war erst gegangen, als sie das Trockenfleisch und den Käse vollständig verzehrt hatte. Nun wartete sie, dass sie aufbrachen. Sie verfolgte das Treiben der Nordmenschen, von denen sie viele kannte, doch sie blieben ihr seltsam fremd und gleichgültig. Sie hatten gewählt und waren überzeugt von Harold. Keinen sah sie ins Wanken kommen ob Harolds Ansprüchen und ihrer Rolle dabei. Sie waren jene, die Wulf und sie nicht hatten erreichen können, die ohne Gewissen ihresgleichen ermordet hatten, um Harold den Thron zu sichern.

Robyn zog den Umhang enger um sich. Nordwestwinde brachten den Herbst, kühl und feucht kamen sie vom Meer. Hier konnte man den nahenden Herbst bereits spüren. In East Anglia jedoch ...

Sie schluchzte leise auf.

Hoffentlich hatte man sie gefunden. Zumindest bestattet sollten sie werden. Zumindest das. Ihr Tod mochte grausam gewesen sein, aber er war in Ehre geschehen. Sie hatten für ihre Überzeugung gekämpft, bis zum Ende.

Das Kind bewegte sich und Robyn zwang sich still zu halten und weitere Tränen zu verhindern. Es fühlte alles wie sie. Jede Regung. All die Trauer. All das Leid. All ihre Hilflosigkeit.

Nach einigen Augenblicken hatte sie die Kraft, die Tränen gewaltsam fortzuwischen. Sie legte die feuchten Hände auf ihren Bauch und beruhigte sich wieder.

Wir sind stark, sprach sie in Gedanken, *dein Vater hätte es so gewollt. Nicht aufgeben. Niemals aufgeben.*

»Komm, Dona«, sagte plötzlich eine Stimme über ihr. Hagar aus Wulfs Dorf stand über ihr, die Hände in die Hüften gestemmt.

»Du kannst dich auf den Wagen setzen, du und dein Bastard haben Platz genug.«

Er half ihr nicht aufzustehen, sondern sah grinsend zu, wie sie sich erhob und kurz am Baum Halt suchte.

»Los!« Er drängte er sie zum einzigen Wagen hin, wo sie hinten auf der Ladefläche Platz nahm. Starr blickte sie nach unten und schluckte die Tränen erneut hinunter.

Sie würde ein Werkzeug sein. Nicht anders, als wäre sie bei Wiglif geblieben. Sie würde nie Respekt erfahren. Nie Gleichwertigkeit. Dona würde ein Nichts sein.

Langsam setzten sie sich in Bewegung, Harold ritt mit zehn anderen am Kopf, dann folgten jene zu Fuß, im letzten Drittel der Wagen und noch einige Männer zu Pferde am Schluss. Robyn sah auf das Meer hinaus. Sie dachte daran, dass sie gesprungen wäre. Wie schon einmal. Aber dieses Mal hatte sie einen Grund gehabt, es nicht zu tun. Doch wäre dieser Tod nicht dankbarer gewesen? Dankbarer als jener, den das Kind vielleicht erwartete, wenn Harold es nicht akzeptierte?

Sie senkte den Blick und verblieb in dieser Stellung für die nächsten Stunden. Leichter Regen setzte ein, begleitete sie bis in den Nachmittag. Die schwere feuchte Luft legte sich auf ihre Schultern und ließ sie frösteln, zittern, in Angst und Schwäche an das Kommende denken. Sie war machtlos. Machtlos.

Der Wagen hielt mit einem kurzen Ruck. Robyn glaubte, dass sie noch eine kurze Rast machen würden, bevor sie das letzte Stück zurücklegten. Sie bewegte sich nicht, würde auf dem Wagen sitzen bleiben. Stimmen drangen in ihr Ohr, Harolds Stimme, andere. Reiter passierten sie, viele Reiter. Unzählige. Sie hielten. Einige direkt neben dem Wagen.

Robyn hob vorsichtig den Kopf. Ihre Lippen zitterten leicht vor Kälte. Eine unendlich scheinende Prozession Reiter wartete parallel zu Harolds Leuten. Die Reiter, gut gekleidet, die schweren Waffen in tadellosem Zustand, saßen auf kräftigen Pferden. Kriegspferden, ausgebildet Ausrüstung und Waffen mühelos zu tragen. Robyns Blick suchte die Spitze ihres eigenen Zuges. Harold sprach mit dem Führer der Prozession, einem Nordmann, der ab und an nickte, während er Harold lauschte, der aber die anderen in Harolds Gefolge sorgfältig studierte. Auch sie. Eine ganze Weile.

Robyn sah überrascht, dass Harold den Kopf neigte, als sie sich wenig später trennten. Beide Gruppen nahmen ihren Weg wieder auf. Der dunkelhaarige Nordmann nickte seinen Männern nur zu, Harold tat ihren Aufbruch lauter mit. Robyn ließ kein Auge von ersterem, je näher er dem Wagen kam. Er war etwa in Harolds Alter, seine Kleidung wertvoller als alles, was Robyn je hier gesehen hatte. Sein Bart war gestutzt, wie sie es von Wulf gekannt hatte. Er erwiderte ihren Blick bis zu dem Moment, an dem er sie passierte, erst da blickte er wieder nach vorn.

Robyn fühlte ihren Herzschlag am Hals. Fieberhaft umkrampfte ihre Hand den Umhang. Mehr und mehr Reiter passierten den Wagen, dann war die Nachhut des langen Gefolges heran. Sie atmete heftig in der frühen Atemluft.

Wenn jemand in diesem Land außer Harold über sie Macht hatte ... konnte es sein, dass sie ihm eben begegnet war?

Vorsichtig löste sie die Fibel am Umhang und spannte sich an. Sie musste es aushalten, das Kind würde sie hindern, aber nur so konnte sie es vielleicht retten. Wenn sie aber irrte ...

Ruckartig stand sie auf. Ein stechender Schmerz jagte ihren Rücken hinauf, doch er hielt sie nicht auf. Sie riss den Umhang von den Schultern und warf ihn gegen die zwei Reiter, die direkt hinter dem Wagen geritten waren. Die Pferde scheuten, verschafften ihr einige wertvolle Augenblicke. Sie hielt sich an der Eisenverstrebung hinten am Wagen fest, glitt hinab und landete trotz des sich bewegenden Wagens sicher. Schon waren einige der Männer auf sie aufmerksam geworden, doch vorerst nur die Reiter und es schien ihr Glück. Sie hastete direkt in das Unterholz, schlug aber umgehend die Richtung ein, in der sie noch immer das Gefolge des anderen Nordmannes ausmachen konnte. Die Pferde der Nachhut erreichte sie in nur kurzer Zeit. Hinter sich hörte sie das Schnaufen der Pferde ihrer Verfolger. Sie hatten Mühe durch das Unterholz zu kommen, obwohl ihnen Robyns Ziel mittlerweile klar sein musste. Die Männer der Nachhut riefen nach vorn. Die ersten Männer vorne wendeten, doch ihr Augenmerk lag zuerst bei Robyns Verfolgern. Sie selbst war nur schwer auszumachen. Erst nach und nach konnten die Männer sie erkennen. Robyn hielt ihren Unterleib umfasst und rannte, nur einen Reiter im Auge. Weiter vorn. Er hatte gehalten wie die anderen, verfolgte, was hinter ihnen passierte. Es krachte hinter ihr. Eines der Pferde war gestürzt, strauchelte am Boden. Der Nordmann setzte den Weg ohne auf es zu achten zu Fuß fort. Er würde ihr gefährlich werden. Sie wollte schreien, doch kein Laut kam über ihre Lippen. Ihre Stimme schwieg, wie sie es seit vielen Tagen tat.

Sie war nahe, vier Reiter noch. Sie musste auf den Weg ausbrechen, schlug einige Äste mit dem Arm weg. Obwohl die Reiter ihr den Weg versperren wollten, sah sie ihre Halbherzigkeit. Ihr Zustand blieb ihnen nicht mehr verborgen wie auf dem Wagen, sie schienen keine Gefahr in ihr zu sehen. Robyn jedoch bemerkte, dass ihr Führer seine Männer stattdessen anwies, *sie* abzuschotten. Ihre Verfolger mussten mit ansehen, wie sie den Nordmann schwer atmend erreichte. Ihre Beine gaben nach und sie sank zu Boden. Der Nordmann sah, dass seine Männer ihre Verfolger unter Kontrolle hatten und weiter hinten Harold bereits nahte. Er selbst sprang vom Pferd, ging zu ihr, umfasste im Herabbeugen ihre Oberarme und zog sie nach oben. Durchdringend sah er sie an.

»Ist er dein Mann, wie er behauptet?« Seine Stimme kam schneidend, hastig.

Robyn schüttelte den Kopf. Er sah auf ihren Unterleib.

»Es ist nicht *sein* Kind?«

Wieder schüttelte sie den Kopf. Dann war Harold heran und sprang vom Pferd. Der Nordmann nickte seinen Männern zu und ließ ihn passieren.

»Kannst du mir das erklären, Harold?« Er hatte Robyn losgelassen und konnte sehen, dass sie einen Schritt vor ihm als auch vor Harold zurückwich.

»Sie ist nicht glücklich mit dieser Ehe«, entgegnete Harold ungerührt. »Sie tut das nicht zum ersten Mal.«

»Ach, ist das so.« Der Nordmann sah kurz auf Robyn. Ihre ganze Haltung sagte ihm das Gegenteil.

»Olaf«, sagte Harold einlenkend, »verzeih die Launen einer ungehorsamen Ehefrau.«

Bei der Erwähnung seines Namens entrang sich Robyns Kehle ein Aufstöhnen. Sie trat hinter den Nordmann. Er war jener, der ihr Schutz bieten konnte. Allein Olaf Tryggvason hatte das Recht über Harold hinweg über sie zu bestimmen. Er stand als einziger König über den anderen Königen. Und er konnte sich nehmen, was ihm zustand. Er konnte Menschen fordern, Vieh, Waffen. Ehefrauen, wenn er Grund hatte. Aber er war auch clever und er sah in die Augen eines Lügners und in andere Augen, die ihn beeindruckten, seitdem er sie auf dem Wagen erblickt hatte.

Einen Moment überlegte er, wie er den Lügner enttarnen konnte. Sein Blick blieb an ihrer Hand haften. Ein schwerer goldener Ring zierte den Mittelfinger. Angelsächsische Arbeit. Keine Nordfrau würde einen solchen Ring tragen.

»Ist sie aus eurem Dorf?«, wollte er wissen.

»Ja, du wolltest, dass ich die Thronfolge kläre. Ich bin als einziger übrig, habe eine Frau und bald einen Erben.«

Einen Erben, den er umbringen würde. Robyn verfluchte ihn in die tiefsten Abgründe der Hölle.

»In welchem Monat ist sie?«

Harold atmete leise aus. Was für Fragen stellte er nur?

»Weiß nicht«, meinte er.

Es war das erste Mal, dass Olaf ihm glaubte. Er wandte sich an sie. Sie zeigte ihm sieben Finger. Erstaunt sah er sie an.

»Bist du stumm?«

Ihren Blick konnte er nicht deuten. Weder nickte sie, noch schüttelte sie den Kopf.

»Ich nehme sie in meine Obhut, Harold«, sagte Olaf jählings, »du wirst froh darüber sein. Es ist eine Ehre für dich. Dein Kind wird bei mir getauft werden, ich werde selbst Taufpate sein. Du kannst inzwischen dafür sorgen, dass Ordnung bei euch einkehrt und deine Männer auch getauft werden können. Du weißt, es ist an der Zeit dem alten Glauben abzuschwören.«

Harold trat einen Schritt zurück, neigte den Kopf und verbarg dadurch die zusammengekniffenen Lippen, die anderes hatten sagen wollen. Das plötzliche Zusammentreffen hatte seine so sorgfältigen Pläne durchkreuzt. Der Blick, den er mit Robyn tauschte, verriet ihm nicht, ob sie sich Olaf mitteilen würde. Er zweifelte nicht mehr daran, dass sie tatsächlich seit dem Vorfall im Wald stumm war. Er hatte sie zu oft in seiner Gegenwart sprechen versuchen gesehen, doch ihre Stimme war stumm geblieben. Aber sie konnte Olaf die Wahrheit auch anders offenbaren. Was dann? Wie würde Olaf dazu stehen, dass das Kind Rechte auf den Thron hatte? Mehr Rechte als er selbst womöglich. Harold verfluchte den Zufall, den Olaf auf ihren Weg gelenkt hatte und ihn auf Robyn hatte aufmerksam werden lassen. Es blieb ihm nichts anderes übrig, als sich zurückzuziehen und seinen Platz unter den Menschen in seinem und den anderen Dörfern zu sichern. Wenn nötig mit Gewalt. Dann wurde Olaf vielleicht akzeptieren müssen, dass er König blieb.

»Mach mir keine Schande«, knurrte er Robyn an. *Es würde dir sonst leidtun*, sagte sein Blick. Robyns Atem hatte bis jetzt gebraucht, um sich zu beruhigen, doch seine unterschwellige Drohung ließ sie wiederum nach Luft schnappen. Sie vermochte nicht zu deuten, wie viel Olaf von Harolds Zorn mitbekommen hatte, inwieweit er es verstehen konnte.

»Ich werde dich von der Geburt in Kenntnis setzen.« Olaf nickte Harold zu.

»Hab Dank.« Harold zog sich zurück, saß auf und begab sich mit seinen Männern zurück zu den anderen.

»Ragnar! Alrik!«, rief Olaf, nachdem sich Harold weit genug entfernt hatte. Zwei der Männer kamen heran. Olaf blickte zuerst den kleineren der beiden an.

»Nimm dir zwei Männer, Ragnar. Folge Harold. Ich glaube ihm kein Wort von dem, was er sagte. Irgendetwas stimmt da nicht. Lass mir Nachricht zukommen, was ihr herausgefunden habt.«

Wortlos wandte sich der Nordmann ab, um dem Gesagten nachzukommen.

»Du wirst dich ihrer annehmen«, sagte Olaf zu dem dunkelblonden kräftigen Nordmann. »Kümmere dich um sie, solange wir unterwegs sind. Später können sich die Frauen um sie bemühen.«

»Warum?« Alrik lachte. »Die Kleine gefällt mir. Ich pass schon auf sie auf.«

Robyn fühlte ihren Arm umgriffen, während Alrik sie mit sich zog. Hilflos suchte sie Olafs Blick, doch er schien zufrieden und wandte sich um, um wieder aufzusitzen.

»Keine Angst, er wird sich später mit dir unterhalten, Kleine«, erklärte Alrik. Er führte sie zu seinem Pferd, einem kleinen kräftigen Braunen. Mit ihrer Hilfe schob er sie hoch in den Sattel. Er selbst ging fortan nebenher, bewachte sie aufmerksam und hielt gegen Abend eine ihrer Hände umschlossen, um sicher zu sein, dass sie noch wach war und nicht vom Pferd kippte. Als sie in der einbrechenden Dunkelheit hielten, um ein Lager aufzuschlagen, glitt sie wie von selbst aus dem Sattel direkt in seine Arme. Er hatte keine Mühe sie zu tragen und suchte ihr einen ruhigen Platz, wo er sie in Decken hüllte und schlafen ließ. Er sah die Tränen, die sie in der Nacht vergoss, sah die Erschöpfung, die dann wiederum Besitz von ihr ergriff und sie wie tot schlafen ließ.

12.

Drei Tage dauerte die Reise, dann endete sie in einem sanft abfallenden Tal, in dem sich eine größere Siedlung erstreckte. Alrik erklärte ihr, dass sich Olaf hier für eine Weile niederlassen würde, um mit kleinerem Gefolge seinen Pflichten nachzukommen und die verstreuten Königreiche und Jarls in der Gegend aufzusuchen. Das Wetter hatte sich nur wenig gebessert, trotzdem war die Siedlung geschäftig. Händler und Bauern zogen umher, Vieh, Kinder, eilende Frauen, ein paar Hunde. Die kalte Abendluft hüllte sie in seichten Nebel. Fast jeder hielt kurz inne und verbeugte sich vor Olaf.

Robyn dachte an Wulfs Leute, dachte daran, dass auch sie einmal ihr Haupt vor ihnen geneigt hatten. Ein einziges Mal.

»Na, na, Kleine«, meinte Alrik von unten. »Wer wird denn gleich weinen! Du wirst es heute Abend schön warm haben, gutes Essen bekommen. Kein Grund traurig zu sein. Oder bist du in Gedanken wieder woanders wie so oft?«

Robyn sah auf ihn herab. Er, der seit drei Tagen das Pferd führte, unermüdlich, gutgelaunt, als wäre er gewohnt, eine verstörte Frau von Olaf in seine Obhut zu bekommen. Er, der sie fast pausenlos versuchte abzulenken, wenn er sie führte, nur in der Nacht ihre Tränen nicht aufhalten konnte. Er, der sie scharf beobachtete, seit dem Tage, als Olaf es ihm befahl. Er, der darüber sehr genau Bericht erstattete und die Neugier seines Königs mehr als deutlich spürte. Neugier und Interesse. Ein Interesse, das Olaf seit zwei Jahren keiner Frau mehr entgegengebracht hatte. Seitdem seine zweite Frau gestorben war. Alrik hielt sie für würdig, wenngleich sie einem anderen Mann gehört hatte und dessen Kind trug. Aber ihr Verhalten, ihre Bewegungen, ihr Blick, ohne je ein Wort gesprochen zu haben, sagten mehr als alles andere. Alrik sah sie die Tränen rasch fortwischen. Sie gestattete sich nicht, sie vor den anderen zu vergießen. Was sie in diesem Augenblick bewogen hatte, wusste nur sie selbst.

Als sie den Trubel durchschritten hatten, erklommen sie einen kleinen Hügel, auf dem die Halle thronte. Der Jarl erwartete sie bereits und hatte die Tür zur Halle weit öffnen lassen. Alrik führte den Braunen etwas abseits, damit Robyn in Ruhe absteigen konnte. Sie beobachteten, wie die anderen die Halle betraten und die Pferde nach und nach weggeführt wurden. In der heranbrechenden Dunkelheit verschwanden sie am Fuße des Hügels in Ställen. Ein Diener kam auf sie zu.

»Folgt mir«, wies er sie freundlich an.

»Du wirst sicher Ruhe haben wollen, Kleine. Oder liegt dir etwas am Fest heute Abend?« Alrik betrachtete sie im Gehen fragend. Sie schüttelte den Kopf.

»Dacht ich's mir. Aber essen und trinken wirst du, nicht wahr?«

Alrik wartete einen Augenblick auf ihre Antwort.

»Nicht wahr?«, hakte er dann nach. »Du musst essen. Das Kleine hat Hunger, auch wenn seiner Mutter nicht danach ist.«

Sie nickte ergeben und ließ sich von ihm weiter in die Halle führen. Wärme schlug ihnen entgegen. In der Mitte begrüßte der Jarl Olaf und seine Untergebenen lauthals. Er wies auf die gedeckten Tafeln, den Met und die Bänke, die am Feuer standen. Als Alrik, der Diener und Robyn im Hintergrund an ihnen vorbeigingen, tauschten Olaf und Alrik einen kurzen Blick. Olaf nickte ihm unauffällig zu, dann betraten sie einen Gang, der zu beiden Seiten hinter schweren Vorhängen zu Gemächern führte, die dem Jarl, seiner Familie und Gästen vorbehalten waren. Sie schritten den Gang entlang und hielten vor einem der Vorhänge.

»Die Gemächer des Königs sind gleich nebenan«, erklärte der Diener.

Robyn sah Alrik überrascht an. Was hatte das zu bedeuten? Doch er schien unbeeindruckt von ihrem fragenden Blick. Er ging mit ihr in das Gemach, das einen kleinen Vorraum aufwies, in dem Alrik schlafen würde. Dahinter befanden sich ein größerer Raum, erhellt von in Feuer gelegten Steinen, die wohlige Wärme verbreiteten und einigen Kerzen auf dem Tisch.

»Ich bringe der Herrin gleich zu essen. Wenn sie sich derweil waschen möchte.« Der Diener wandte sich zum Gehen. Robyn legte eine Hand auf das Kind und trat einen Schritt von Alrik zurück. Sie verlangte eine Erklärung und sah ihn an.

»Keine Angst, Kleine, es ist so richtig. Er erwartet nichts von dir. Er hat mir nur befohlen, dich zu behandeln wie es einer Frau deines Ranges zukommt.«

Sie schüttelte verständnislos den Kopf.

»Du kannst nicht leugnen, dass du keine einfache Magd bist. Nimm seine Sorge an und komm zu Kräften.«

Robyn ging einige Schritte weiter zurück. Sie ließ sich auf das Lager sinken und saß dort mit gebeugtem Kopf. Ihr Atem war schwer, ihre Schultern hoben und senkten sich mehr als deutlich. Sie schrak auf, als sich Alrik vor sie stellte. Er betrachtete ihr Armband eingehend, ebenso den Ring. Es verriet vieles, aber nicht alles.

»Ruh dich aus«, sagte er abschließend und verließ das Gemach.

Robyn sah ihm nach. Sie horchte auf seine Schritte, die sich auf dem Gang entfernten. Sie war machtlos. Genau wie vorher.

13.

Ein Hauch von Met streifte ihr Gesicht. Sie krampfte sich unweigerlich zusammen.

Harold. Sein Flüstern. Seine gierige Stimme.

Glaubst du, du kannst mir entkommen?

Seine Worte hallten durch ihren Kopf. Sie wimmerte, klammerte sich in das Fell unter ihr und meinte noch mehr Met zu riechen. Er roch immer danach, denn er war nie wirklich nüchtern. Sie würgte.

Dann strich etwas ihre Wange hinab.

Wulf.

Nur er konnte es sein. Nur er vermochte es, sie so zu berühren. Jeder andere Mann, der sie berührte, würde anders sein. Jeder ...

Sie zuckte zusammen und schlug die Augen auf, um im selben Moment hochzufahren und sich am weitesten entfernt von Olaf ins Lager zu verkriechen. Sie zog die Decke über sich.

Wie kannst du es wagen!

Ihre Lippen formten die Worte. Doch kein Laut kam über sie. Ein Hauch, ihre Atemzüge, aber sonst nichts.

»Sag es noch mal«, meinte Olaf. Er beobachtete ihre Lippen. Sie war wütend, aufgebracht, ihre Lippen formten die Worte nochmals. Erst da war Olaf sicher.

»Angelsächsin?«

Sie wurde nur noch wütender. Ihre Mund krampfte sich zusammen.

»Also, ja. Christin, nehme ich an. Das ist gut. Sehr gut.«

Olaf erhob sich von ihrem Lager, an dessen Rand er gesessen hatte. Es war frühmorgens, in der Halle herrschte Totenstille. Keiner würde ihn stören. Er hatte die ganze Nacht, die ganzen letzten Tage auf dieses Gespräch gewartet. Jetzt endlich hatte er keine Verpflichtungen für den Moment.

Robyn beobachtete ihn, während er zum Tisch ging, auf die nahezu erloschenen Kerzen blickte und dann wieder einige Schritte auf sie zukam.

»Ist dein Kind ein Bastard?«

Sie rührte sich nicht, trotzte ihm. Er kam noch näher.

»Ist es?« Seine Stimme klang gereizter als noch eben. Robyn hielt es für klüger, ihn nicht noch wütender zu machen, wenngleich seine Berührung sie tief verletzt hatte.

Sie schüttelte ihren Kopf und wies auf das Armband.

»Ja, ich sehe es. Es ist nordisch. Ist dein Mann demnach ein Nordmann?«

Sie nickte.

»Und wie kommt Harold dann dazu, dich als seine Königin auszugeben? Wo ist dein Mann?«

Sie legte ruckartig eine Hand vor ihre Augen und senkte den Kopf. Er sah, dass ihre Schultern zuckten.

Es war, wie er vermutet hatte. Er nutzte ihre Schwäche und setzte sich wieder neben sie.

»Sieh mich an, Sächsin«, forderte er nachdrücklich. Sie tat es nicht. Unwillkürlich streckte er die Hand nach ihr aus, nahm ihr Gesicht und wandte es ihm zu. Tränen des Zornes und der Trauer rannen seine Hand hinab.

»Keine Frau hat mich jemals in einer Weise angesehen wie du auf dem Wagen. Ich hätte dich auf der Stelle mitgenommen, hätte mir Harold nicht gesagt, du seiest seine Frau. Dann knietest du vor mir. Ich sah Harolds Lüge, hatte eine Frau vor mir, die das Kind eines anderen Mannes in sich trägt. Doch ich will dich trotzdem. Ich werde das Kind anerkennen, wenn du willst. Fürchte mich nicht. Sieh es als Schicksal an, dass wir uns dort begegneten. Ich nahm dich mit und es ist mein Recht, eine Antwort von dir zu verlangen. Bedenke, was ich dir und dem Kind bieten kann.«

Sie befreite sich aus seinem Griff, zog sich vom Lager herunter und stolperte ein paar Schritte fort von ihm. Doch er ließ sich nicht beirren, folgte ihr und umfasste sie, um sie an sich zu ziehen.

»Es ist mir ernst, falls du deshalb davonläufst. Man sagt mir nach, dass ich mich in Dinge einzumischen pflege, die mich nichts angehen. Mag sein, aber ich stehe zu meinen Überzeugungen. Und ich wollte nicht, dass Harold Macht über dich hat. Ich glaubte ihm kein Wort, obwohl mir rätselhaft ist, warum er dich als seine Frau ausgab mit dem Kind eines anderen. Überleg es dir! Hörst du? Denke nicht nur an dich. Denk an das Kind!«

Robyn stemmte ihre Fäuste gegen ihn und wehrte sich verzweifelt gegen seine Umarmung. In ihrer Pein schluchzte sie, sah nichts anderes als Wulf vor ihrem inneren Auge, nichts als seine dunklen blauen Augen, nichts als das. Sein Kind presste sich gegen einen Mann, von dem sie Hilfe erwartet hatte. Aber nicht diese Art von Hilfe. Endlich ließ er sie los.

Olaf und sie blickten sich einen Moment lang schweigend an. Beider Atem war aufgebracht.

»Dir wird kein Leid zugefügt werden. Das verspreche ich dir. Doch wenn deine Zeit gekommen ist, will ich eine Antwort von dir. Ich werde in den nächsten Wochen viel unterwegs sein. Du hast Zeit, zu trauern und über deine Zukunft nachzudenken. Ich meine es aufrichtig, hörst du?«

Robyn hatte seine Zuneigung entsetzt, doch sie glaubte der Aufrichtigkeit seiner Worte. Sie nickte leicht.

»Gut. Alrik wird für dich da sein und auf dich aufpassen. Überleg dir mein Angebot.«

Er wandte sich ab und ließ sie allein.

Wankend begab sich Robyn zurück zum Lager und setzte sich auf den Rand. Aufstöhnend legte sie die Hände vor das Gesicht. Wie konnte sie sich einem solch grausamen Schicksal fügen? Wie, wenn sie kein Licht sehen konnte, keinen Schimmer, der Hoffnung weckte? Ihr Vetter hatte sie zur Frau begehrt, jetzt tat es ein anderer. Der Preis war das Leben ihres Kindes. Es würde leben, wenn sie ihn nahm. Aber sie?

Sie war nicht mehr Robyn. Nicht mehr die Ehefrau von Wulf Eilafson. Nicht mehr Königin eines kleinen Reiches. Sie war ein Niemand. Ein Nichts. Warum hatte Wulf sie damals nicht den Wassergeistern überlassen?

14.

Wochen vergingen, in denen sie keine Möglichkeit zur Flucht sah. Alrik wachte über sie, aufmerksam, sorgfältig, manchmal misstrauisch, obwohl er ihr wohlgesonnen war. Sie spürte seine Gewogenheit und nahm sie dankbar auf, genauso wie die Tatsache, dass Olaf sein Versprechen hielt. Man sorgte für sie, kam ihr nicht zu nahe, aber man ließ sie nie allein, außer wenn Alrik ein Bad nahm.

Robyn schlug langsam den Vorhang zurück und spähte um die Ecke. Niemand war zu sehen. Alles lag ruhig vor ihr, der Gang und die Halle, in der nur das Feuer flackerte, sonst keine Bewegung auszumachen war. Sie tat einige Schritte in den Gang und wartete dann am Eingang zur Halle. Sie war längst nicht mehr so geschmeidig wie noch einige Wochen zuvor, doch die Umständlichkeit durch ihren Unterleib ließ sie vorsichtige, langsame Schritte tun. Wenn man sie erwischte, wollte sie eine Übelkeit vorgeben und das Bedürfnis nach ein paar Kräutern, was durchaus ihr Ziel war. Sie schlich an der Wand entlang zum Durchgang, der in den Kochbereich führte. Eine Magd arbeitete darin, ein kurzer Blick um die Ecke genügte Robyn, um das festzustellen. Sie wartete geduldig. Irgendwann musste sie einmal in den Nebenraum gehen, um einige Vorräte für das Abendmahl zu holen. Robyn wischte sich über die erhitzte Stirn. Es schien ewig zu dauern. Sie hörte in ihrem Rücken Lärm, doch auch das war normal. Zuweilen erschienen in der Halle einige Nordmänner, wärmten sich kurz am Feuer, tranken etwas und gingen dann wieder hinaus. Es beunruhigte sie nicht. Sie würden auch wieder gehen. Nur die Magd tat es nicht.

Jetzt stimmte sie ein Lied an. Olaf würde es nicht gefallen, ein solch altes Lied über Riesen und Gnome zu hören. Aber der neue Glauben war noch nicht so verwurzelt, wie es Olaf gern sehen würde. Ein, zwei Generationen mussten noch vergehen, ehe der neue Glauben Früchte tragen würde.

Robyn lauschte gespannt. Schritte, das Lied entfernte sich. Hastig stieß sie in die Küche vor. Sie war einmal hier gewesen. Die Kräuter lagen noch immer dort, wo sie sie in Erinnerung hatte. Geschwind sah sie die Bündel durch. Sie griff nach dem Johanniskraut. Deshalb war sie gekommen. Sie schob es unter den Bauch und befestigte es am Unterkleid. Dann griff sie nach einem Bündel Lavendel und behielt es in der Hand. Umgehend schlich sie wieder aus dem stickigen Raum, ging den Weg zurück. Die Männer hatten sich scheinbar wieder nach draußen begeben. Sie wartete kurz. Nichts rührte sich.

Als sie die Halle kurze Zeit später an der Wand durchquert hatte und wieder im Gang stand, atmete sie hörbar aus. Sorgsam strich sie über das Kind. Es trat in letzter Zeit oft, doch zu ihrem Glück hatte es sich bei ihrem Ausflug ruhig verhalten. Alles was sie jetzt noch benötigte, war der richtige Augenblick, um Alrik das Johanniskraut zu verabreichen. Nur dann würde sie Gelegenheit haben, von hier zu fliehen.

Erneut wanderte ihre Hand an ihrem Kind entlang. Sie konnte es nicht. Sie konnte nicht Olafs Frau werden. Und sie vermutete, dass er ein Nein vielleicht nicht akzeptieren würde. Er verlangte eine Antwort. Aber nur die in seinen Augen richtige Antwort.

Aus unerklärlichen Gründen hatte sie dieses Schicksal an Wulfs Seite zu Beginn ihrer Ehe annehmen können. Nie frei von Angst, aber jene verwirrende Zuneigung zu ihm hatte ihr geholfen, sie stark gemacht und sie den Respekt erkennen lassen, dem sie einmal zuvor in ihrem Leben begegnet war. Sie hatte schon, bevor sie beide begriffen hatten, gewusst, wer Wulf war.

Sie wusste um das Risiko. Sie würde ihr Kind und sich in Gefahr bringen, wenn sie von hier fortging. Doch in ihrem Inneren konnte sie sich nicht von Wulf lösen. Sie wollte versuchen, sich und das Kind zu retten, es nicht in die Hände eines anderen Mannes zu geben. Harold hatte es versucht. Olaf. Doch sie war nicht bereit. Würde es nie sein.

Ihrer Machtlosigkeit war Verzweiflung gefolgt, die sie einen wahnwitzigen Plan hatte fassen lassen. Einen Plan ohne wirkliches Ziel, ein Plan, der nur ihr Fortkommen beinhaltete und die vage Richtung, aus der sie vor vielen Wochen gekommen waren. Sie hatten zwei Nächte in Dörfern übernachtet. Sie musste eines erreichen. Vielleicht würde man sie dort aufnehmen. Sie würde für Regen beten, der ihre Spuren verwischte. Dann würde sie Alrik einen Wein anbieten, versetzt mit Johanniskraut. Und sie würde für Mitleid beten. Mitleid von den Menschen, die sie hoffte zu finden. Mitleid und Hilfe, die ihr von vielen ihrer eigenen Leute versagt geblieben waren. Jetzt war es zu spät. Viel zu spät.

Sie schreckte auf, als sie den zweiten Vorhang zu ihrem Gemach zurückschlug. Doch sie fasste sich schnell und zwang sich zu einer Ruhe, die sie nicht hatte.

»Sieh an!« Olaf wandte sich ihr zu. »So müssen wir nicht nach dir suchen. Wo warst du?«

Robyn umfasste den Rosmarin fest. Ihre Hand durfte nicht zittern. Sie zeigte ihm das Bund, roch daran und sah ihn fragend an.

»Verstehe. Du brauchtest etwas zur Entspannung.«

Sie nickte erleichtert, legte das Bündel auf den Tisch und sah, dass Alrik, der inzwischen sein Bad beendet hatte, den Rosmarin sehr genau studierte. Doch er konnte nichts Verdächtiges daran feststellen. Robyn atmete einige Male unauffällig tief ein und aus.

Olaf war zurück. Seit ihrem Gespräch vor vielen Wochen war er unterwegs gewesen, selten hatte er hier geweilt, wenn dann nur ein oder zwei Tage. Nie hatte er sie aufgesucht. Dass er es jetzt tat, konnte nur eines bedeuten. Es würde ihren Plan zunichte machen. Es sei denn, sie konnte ihn hinhalten.

»Hast du dir mein Angebot überlegt?«

Olaf signalisierte Alrik zu gehen. Dieser nickte und zog sich augenblicklich in den Vorraum zurück. Olaf sah sie noch immer abwartend an. Robyn jedoch wandte ihm den Rücken zu. Sie wollte ihm die Anspannung in ihrem Gesicht nicht zeigen. Ein Fehler.

Olaf kam von hinten an sie herangetreten und wollte die Arme um sie legen. Doch sie entzog sich ihm ruckartig.

»Antworte mir«, forderte er barsch ob der Zurückweisung.

Sie drehte sich um und wies auf das Kind.

»Ich habe dir gesagt, ich werde es anerkennen.«

Sie schüttelte den Kopf. Ihre Lippen formten das Wort Vater.

»Du kannst *ihn* nicht vergessen. Aber denke an deine Zukunft.«

Das tue ich, formten ihre Lippen. Sie hätte es geschrieen, hätte sie gekonnt.

»Dann verstehe ich dich nicht. Ich kann dir alles bieten.«

Nein, ihre Lippen formten es langsam. Mein Mann. Er.

»Töricht. Du willst ihn nicht ruhen lassen.«

Sie kam auf ihn zu und sah ihn erzürnt an. Dieses Gespräch verlief nicht so, wie sie wollte.

Warum? Warum? Harold hat ihn ...

Als Olaf den Namen Harold auf ihren Lippen las, unterbrach er sie.

»Harold? Was ist mit ihm?«

Robyn wandte sich wiederum ab. Tränen wollten ihre Wange herabrinnen. Sie war früher nie so schwach gewesen. Doch die Bilder, die sie jäh wieder vor ihren Augen sah, ließen sie erschaudern, all das Blut sehen, den Geruch von verbranntem Fleisch riechen, ließ sie das Schreien hören, das Ächzen von Metall ...

Sie stöhnte auf. Schwer sank sie auf das Lager.

»Also Harold.« Er kam auf sie zu, bevor sie ihre Hände vor das Gesicht legen konnte, nahm er eines ihrer Handgelenke und zwang sie damit, ihn anzusehen.

»Harold«, fauchte er. »Er weiß mehr über den Tod deines Mannes. Vielleicht ...« Er überlegte kurz. »Harold«, wiederholte er dann. Plötzlich ließ er von ihrem Handgelenk und nahm stattdessen ihr Gesicht in seine Hand. »Ich gehe zu ihm. Irgendwann wäre dies sowieso geschehen. Ich werde ihn hierher schleifen und er wird mir Rechenschaft ablegen, was er mit dir vorhatte. Du wirst dabei sein und ...« Er zog sie nahe zu sich heran. Sein Atem streifte ihre Lippen. »Du wirst mir gehören. Harold wird büßen, wenn er Schuld trägt und du wirst frei für mich sein. Du wirst ...«

Mit einem Ruck ließ er sie los, da er ihre Gegenwehr spüren konnte. Doch er schien überzeugt, mit seinem Vorhaben Erfolg haben zu können. Eilig verließ er ihr Gemach, in dem Alrik wenig später wieder stand und sie argwöhnisch betrachtete. Erst als sich ihr Atem beruhigte und sie ihn ansah, kehrte die Freundlichkeit in sein Gesicht zurück.

»Man kann aus euch Frauen einfach nicht schlau werden. Jede Frau würde ein solches Angebot mit Freuden annehmen. Du jedoch ...« Er lächelte sie an. Auch er wirkte zuversichtlich, dass sie ihre Meinung noch ändern würde.

Robyn fühlte das Johanniskraut, das an das Unterkleid drückte. Jetzt musste es nur noch regnen.

Wulf hatte sie aus dem Wasser gezogen. Und ihr Vater hatte ihr beigebracht zu handeln. Sie durften es nicht umsonst getan haben. Etwas von ihrem alten Selbst war noch nicht tot. Es hatte noch immer Macht über sie.

15.

Wulf kniete mit den anderen im Unterholz.

Was erwartete sie?

Im dichten Nebel, den Nordmänner so sehr verabscheuten, beobachteten sie, was er freigab. Einige Häuser, die Halle, die aus ihm herausstach, Schatten.

Heute würde der Nebel ihr Verbündeter sein. Er hatte ihr Vordringen bis hierher verborgen und er würde ihr weiteres Vorgehen schützen.

»Sie wähnen sich ziemlich sicher«, flüsterte Eadred neben ihm.

»Warum nicht?«, entgegnete Wulf. »Harold glaubt sich als alleinigen König. Niemand, der ihm noch im Weg steht.«

»Zu ruhig, Wulf«, meinte Sigurd. »Zu wenig Leute.«

»Es sind nicht mehr viele da, Sig«, sagte Wulf. »Du hast es selbst gesehen. Irm hat ihr Haus verlassen. Viele andere Häuser stehen leer. Entweder taten sie es bereits vor Harolds Rückkehr oder wahrscheinlicher kurz danach. Die Mehrzahl derer, die auf Harolds Seite standen, brachte er nach East Anglia. Als er zurückkehrte, waren seine Anhänger auch die tatsächliche Mehrzahl.«

Rakell stieß Sigurd plötzlich an.

»Na, wenn das kein Anblick ist«, grinste er.

Sigurd stieß den Atem aus. Er hatte gebetet, dass seine Frau nicht gegangen war. All die Wochen, die sie gebraucht hatten, um zu genesen. Er hatte sie zurücklassen müssen. Doch jetzt sah er sie. In nur kurzer Entfernung ging sie mit einem Korb an ihnen vorüber und verschwand wieder im Nebel.

Wulf blickte kurz zu Boden.

Sie meinte ihn tot. Hatte sie sich aufgegeben? Weilte sie dort in der Halle, allem gleichgültig, vergessen die Zeit, die sie gemeinsam nicht allzu weit von hier verbracht hatten? Hatte sie sich einem Leben an Harolds Seite gefügt, um vielleicht denen Hoffnung zu geben, die hier verblieben waren? Einem Leben gebeugt, das Harold beherrschte?

Er ballte die Fäuste.

»Ruhig, alter Junge«, warnte ihn Eadred leise. »Deine Zeit wird kommen. Du bekommst sie wieder.«

»Er wird sterben, Eadred. Bei den Göttern. Er ist mein Bruder, aber er wird sterben«, stieß Wulf hervor.

»Wie willst du weiter vorgehen?«, wollte Ari wissen.

Wulf brauchte einen Moment, um sich zu fassen. Die Wochen, die seit Robyns Entführung vergangen waren, waren nicht spurlos an ihm vorbei gegangen. Sein Körper war geheilt, aber sein Geist schrie nach ihr, nach Rache, nach dem Blut seines Bruders. Rakell hatte ihm vom Tode von Harolds Frau berichtet und plötzlich war ihm alles klar erschienen. Er wusste, wozu sein Bruder Robyn benutzen würde. Sie sicherte seine Ansprüche auf den Thron endgültig. Er würde das Kind aus dem Weg räumen, würde eigene Kinder mit ihr zeugen. Und nur wenige Gegner waren übriggeblieben, zumeist Frauen, Alte und Kinder. Keine wirklichen Gegner.

»Wir müssen näher zur Halle. Sie im Auge behalten, hoffen, dass Harold sie verlässt und wir eine reelle Möglichkeit bekommen, ihn zu überwältigen.«

»Er wird sterben«, meinte Sigurd wütend. »Der verfluchte Bastard wird büßen.«

»Schscht«, warnte sie Thomas, der in einiger Entfernung lauerte.

Vor ihnen gingen wiederum zwei Nordmänner vorbei. Dann eine Frau. Ingrid. Sie wirkte müde und alt. Auch sie hatte sich am Ende mit ihrer Mutter gegen Harold gestellt. Und scheinbar hatte sie ihre Einstellung nicht mehr geändert. Sie war geblieben, aber lebte ein Leben am Rand, keines einer Adligen in der Halle des Königs.

»Sieh an, die feine Frau hat doch Mut über Gier gestellt«, flüsterte Sigurd. »Wahrlich erstaunlich.«

»Aber zu spät.«

Sigurd sah auf Wulf und legte kurz eine Hand auf seine Schulter.

»Zu spät für das Königreich. Aber nicht zu spät für jene, die dazu bereit waren. Sie sind in Walhalla oder noch hier. Und wir sind es auch. Und wir werden ihnen helfen. Ihnen jene Rache geben, die wir Arnulf und den anderen schuldig sind.«

Wulf dachte an Robyn. Sie hatte es nicht für wichtig empfunden, was sie von Geburt her war. Sie hatte sich um die Menschen gesorgt. Die Königin war ihr egal gewesen, nur Wulfs Leute hatten ihr etwas bedeutet. Deshalb waren auch sie hier. Edward hatte sie ungern gehen lassen, aber er hatte nicht wirklich eine Wahl gehabt. Robyn zu retten, jenen beizustehen, die ihr wichtig gewesen waren und die nun unter Harold litten, hatte nicht zur Debatte gestanden; Edward verstand Wulfs Volk inzwischen besser. Er achtete die Werte, die er durch Wulf erfahren hatte. Mit ihnen hoffte er, auch in East Anglia wieder Frieden zu stiften. Er hoffte, dass Wulf zurückkehren würde, um ihm auch weiterhin zu helfen. Jene in East Anglia, Edward, Judith, Ludeca, sie warteten auf sie, ersuchten ihre Hilfe und ihr Vertrauen. Vielleicht war es noch nicht zu spät, einen Krieg in East Anglia zu verhindern.

Wulf und die anderen trennten sich und schlugen verteilt einen direkten Weg ins Dorf ein. Im Nebel arbeiteten sie sich um die Häuser näher und näher der Halle zu.

16.

Die Halle seines Vaters flößte ihm keinen Respekt mehr ein. An jenem Tag, als er sie verließ, um Robyn aus dem Westdorf zu befreien, hatte er seiner Loyalität und Treue gegenüber Eilaf abgeschworen. Er hatte eine endgültige Entscheidung getroffen. Er wäre nie zurückgekehrt. Allein Robyn hatte das Schicksal der Menschen hier nie loslassen können. Selbst jetzt, nachdem sie ihn tot wägte, glaubte er, dass sie ihre Stärke wiedererlangen würde. Zu oft hatte sie sie ihm gegenüber bewiesen.

Der Platz, an dem die Pferde vor der Halle angelegt wurden, war leer. Selten ging die Tür, meist verließ eine Magd die Halle, ansonsten blieb es merkwürdig still.

»Mir gefällt das nicht, Wulf«, murmelte Rakell. »Auch wenn nicht mehr viele da sind, es müsste mehr Trubel herrschen.«

»Wir warten hier seit Stunden«, pflichtete ihm Sigurd bei. »Nichts rührt sich. Harold ist nirgends zu sehen. Und deine Frau auch nicht.«

»Sollen wir es wagen und einfach in die Halle gehen?«, schlug Eadred vor. »Drinnen scheinen nicht viele zu sein. Bevor die es merken, haben wir Harold bereits überwältigt.«

»Sigurd, Rob, bleibt hier!«, bestimmte Wulf. »Wir werden uns drinnen umsehen!«

Langsam schlichen sie an der Außenwand entlang zu der Tür. Inzwischen verbarg auch die Dunkelheit ihr Kommen und sie erreichten die Tür ohne Probleme. Sie schoben sie auf und betraten die Halle, in der das ewige Feuer in der Mitte loderte. Eine Magd befand sich hinten in der Küche, doch sie nahm keine Notiz von ihnen. Die Bänke, Tafeln, Stufen, alles war leer, unbenutzt, nicht gedeckt. Keine Becher, keine Teller, kein Essen stand auf den Tischen. Der Thron stand einsam neben dem Feuer. Ein Thron. Zu Eilafs Lebzeiten hatten stets vier dort gestanden, der seinige und die seiner Söhne. Zumindest nach außen hatte er Einigkeit vortäuschen wollen.

»Aber es gehört mir ... gib es mir!« Eine Frauenstimme erklang im Gang nach hinten und kam näher.

»Lass das, du dumme Gans. Die Zeiten deines Einflusses sind vorbei!«, erschallte die Antwort barsch.

»Das gibt dir noch lange nicht das Recht, mir meine Sachen streitig zu machen. Der Mantel gehört mir. Meine Mutter brauchte einen neuen. Sie friert ...«

Ingrid hielt inmitten des Satzes inne und starrte auf die Eingetretenen. Ardgar, der ihr den Mantel aus den Händen gerissen hatte, bemerkte sie ebenso.

»Wo ist meine Frau?« fragte Wulf ihn. »Wo?«

»Harold sagte, du wärst tot. Ihr alle.«

»Wie du siehst sind es nicht *alle*!«, meinte Rakell und ging auf ihn zu.

»Rakell«, warnte ihn Eadred. Doch dieser hörte nicht, erst recht nicht, als er merkte, dass aus dem Gang drei weitere Nordmänner aufkreuzten, alles treue Anhänger Harolds. Er ging auf Ardgar los. Dieser tat es ihm gleich.

»Rakell, nicht!« Eadreds Einwurf kam zu spät. Sie gingen zu Boden. Die anderen drei kamen auf sie zu. Wulf gab Ari ein Zeichen, dass er in den Gang gehen würde. Dieser nickte und lenkte die Aufmerksamkeit fort von Wulf. Während es Rakell und Ardgar bei ihren Fäusten beließen, wählten Harolds andere Männer die Axt und stürzten sich auf Ari, Thomas und Eadred.

Wulf lief den Gang entlang, warf alle Vorhänge zurück und sah in jedes Gemach. Doch sie waren leer, erst ein hinteres Gemach fand er bewohnt. Ein Nordmann schreckte zurück, als er Wulf am Eingang sah. Er hatte sich mit einer jungen Dienerin vergnügt, die aufschrie.

Wulf ging auf den Nordmann zu und packte ihn am Kragen.

»Wo ist sie?« schrie er. »Wo ist meine Frau?«

Hagar, aus Wulfs Dorf, hatte nie viel für ihn übriggehabt. Er stieß Wulf das Knie in den Unterleib. Dieser fing den Tritt ab. Trotzdem blieb ihm kurz die Luft aus. Er taumelte zurück, während sich Hagar auf ihn stürzte und sie nach draußen in den Gang fielen. Die Dienerin rannte kreischend an ihnen vorbei in die Halle. Hagar und Wulf hatten sich erhoben. Sie rangen an der Wand und schleiften den anderen mit sich. Sie stießen sich voneinander ab, wobei Wulf kurz strauchelte. Hagar nutzte die Gelegenheit, um seine Axt zu nehmen und sie nach Wulf zu werfen. Dieser wich ihr im letzten Moment aus, lief gebückt auf Hagar zu und rammte ihn gegen die nächste Wand. Unter der Wucht fluchte Hagar lauthals. Sie rutschten den Absatz zur Halle hinunter, wo Wulf ihm am Boden die Luft abdrücken konnte.

»Wo ist mein verlogener Bruder, du Bastard?«, brüllte Wulf.

»Er sagte, du seiest tot!«, schrie Hagar würgend.

»Sag mir, wo er ist! Meine Frau! Wo zum Henker ist sie?«

»Das werde ich dir ganz sicher ...«

Wulf zog bei seinen Worten bereits das Messer vom Gürtel. Hagars Worte wurden nur kurz unterbrochen, doch er ahnte nicht, dass Wulf kein Mitleid mit seinen Leuten mehr zeigen würde. Die Zeit, die Erinnerung an Freundschaft war vorbei.

»… nicht sagen! Verflucht seist du! Du solltest tot sein …«

»Wo ist sie?«, schrie Wulf nochmals.

»Bastard«, war Hagars Antwort. Wulf stieß zu. Hagar hatte es nicht kommen sehen, doch das Blut spritzte aus seinem Oberschenkel. Wulf spürte plötzlich zwei Schatten in seinem Rücken. Zwei Paar Arme wollten ihn ergreifen, doch er warf sich ihnen mit plötzlicher Wucht entgegen und stürzte sich zurück auf Hagar.

»Verdammtes Schwein, wo ist sie?«

Hagar wollte sich trotz der Verletzung hochstemmen. Diesmal jedoch stieß Wulf das Messer in seine Kehle. Er hatte das Töten vor langer Zeit gelernt. Er wusste wie langsam ein Mensch verbluten konnte, welche Wunden man ihm zufügen musste, doch seine Geduld zerriss vor seinen Augen. Ein anderer würde ihm Antworten geben. Schon wollten ihn wieder zwei Männer umgreifen, doch er wich ihnen aus und sah Ardgar unverletzt in seiner Nähe stehen. Wie im Rausch stürzte sich Wulf auf ihn. Erst jetzt bemerkte er in seinem Rücken die Stille. Ardgar ging mit ihm zu Boden. Wulf warf nur einen kurzen Blick nach hinten und erstarrte. Seine Männer, Harolds Männer aus dem Gang, jene, die von draußen hinzugekommen waren, standen umringt von anderen Nordmännern in der Halle. Nordmänner, in denen Wulf Krieger erkannte, keine Bauern oder einfachen Händler.

Einer von ihnen trat zwei Schritte auf ihn zu.

»Man sagte mir, du seiest tot«, sagte er in die Stille hinein.

Wulf gab einen Laut von sich. Es klang verächtlich.

»Der tote Königssohn ist also zurückgekehrt, um sich zu holen, was ihm rechtmäßig zusteht«, sagte der Nordmann weiter.

»Misch dich nicht in Sachen ein, die dich nichts angehen«, erwiderte Wulf, wenngleich er sah, dass er in aussichtsloser Unterzahl war. Bezahlte Harold mittlerweile Söldner, um sich zu schützen? Nur vor wem? Es ergab keinen Sinn.

»Das tue ich des Öfteren«, sagte der Fremde nicht ohne Spott. »Du willst also den Thron für dich?«

»Thron?«, spie Wulf das Wort aus. »Ich pflege meine Ansichten nicht zu ändern. Verflucht sei er …«

Unter ihm würgte Ardgar, der nahezu keine Luft mehr bekam. Wulf wandte sich von dem Fremden ab und blickte ihn erbost an.

»Wo ist sie?«, zischte er. »Wo ist meine Frau?«

Ardgar würgte weiter. Als er Anstalten machte zu sprechen, ließ Wulf ihm etwas Luft und wunderte sich gleichzeitig, dass man ihm noch immer gestattete, Ardgar zu befragen. Vielleicht irrte er und diese Männer waren nicht in Harolds Diensten.

»Fort ...«

»Was heißt das – fort?«, presste Wulf hervor. »Harold hat sie mit hierhergenommen!«

»N-nein« Ardgar schnappte nach Luft. »Der König ...«

»Harold?«

»Olaf ...«

»Olaf?«

»Er hat sie ... sie ...«

»Was?« Wulf blickte unruhig umher. Sie war nicht hier. Nicht hier. Es war alles, was er denken konnte.

»Wo hat er sie hingebracht?«

»Ich ... weiß nicht ...«

»Zum Henker, natürlich«, stieß Wulf hervor. Er kniete ihm die Luft ab. »Harold ist nicht dumm. Er hat sie beobachten lassen, hat Spaher geschickt ... lüg mich nicht an ...«

Wulf hatte das Messer bereits wieder in seiner Hand. Ardgar sah ihn an.

»Harold ...«, hauchte er.

»Dieser verfluchte Bastard«, stieß Wulf hervor und wollte ausholen.

»Halt«, rief der Nordmann, der hervorgetreten war, plötzlich. Er kam auf sie zu. Misstrauisch beobachtete Wulf, wie er sich direkt über Ardgar stellte und seinen Fuß auf dessen Schulter platzierte.

»Wo ist Harold? Sag es mir oder ich werde deinem rechtmäßigen König nicht mehr im Wege stehen, um dich ausbluten zu lassen.«

»Verflucht seiest du ...«, stieß Ardgar hervor. Dann besann er sich jedoch und antwortete. »Er ist vor ein paar Tagen fort, nachdem er Nachricht erhielt, dass Königin Dona aus Nidaros geflohen ist.«

»Sie ist geflohen?« Olaf fand keine Zeit sich zu fassen, als Wulf auf ihn losging. Er warf ihn zu Boden, was sofort die Wachen alarmierte.

»Was hat das zu bedeuten? Was hast *du* damit zu tun?«

Olaf bewunderte den Mut des anderen. Das Schicksal ging merkwürdige Wege. Der fähigste unter den Brüdern stellte keine Ansprüche auf den Thron. Er war nicht deswegen hier. Er kam, um seine Frau zu holen. Eine Frau, die er selbst zutiefst begehrte.

Wulf wurde rücksichtslos zurückgeworfen, doch er war nicht gewillt, aufzugeben. Es brauchte vier Männer, um ihn am Boden zu halten. Sie stemmten sich mit ganzem Gewicht auf ihn.

Olaf hatte sich inzwischen wieder erhoben. Wulf beobachtete ihn, betrachtete zum ersten Mal mit Interesse den Mann, der scheinbar wusste, wo sich Robyn aufhielt. Er studierte die Kleidung, die Waffen und das Auftreten des Mannes.

»Deine Frau ist Dona?«, wollte er wissen.

»Das war ihr nordischer Name«, knurrte Wulf.

»War?«

»Robyn, das ist ihr wahrer Name.«

»Angelsächsisch.«

Wulf schwieg.

»Ich ließ Harold beobachten, nachdem ich mich deiner Frau annahm. Doch scheinbar hat er davon Wind bekommen.«

»Wieso ist sie geflohen?«, fragte Wulf.

»Das zu erklären, würde zu lange dauern«, wich Olaf ihm aus. Er drehte sich um und blickte auf Ardgar zurück, der noch immer am Boden lag. »Was heißt ein paar Tage? Wie lange ist Harold fort?«

»Zwei Tage etwa«, stieß Ardgar hervor.

»Lasst ihn los«, bellte Olaf die vier Männer um Wulf an.

»Habt ihr Pferde dabei?«, fragte er ihn dann, als dieser aufstand.

»Am Strand zurückgelassen«, entgegnete Wulf. Argwöhnisch beobachtete er Olafs Tun.

»Keine Zeit, um sie zu holen. Ihr werdet Pferde von mir bekommen. Ich werde sowieso einige meiner Leute hierlassen, um nach dem

Rechten zu sehen. Was mit dem Königreich geschieht, wird in deiner und in der Hand deiner Frau liegen.«

»Es gibt kein Königreich mehr ... aber das interessiert dich nicht wirklich.« Wulf trat einen Schritt zurück. »Oder warum bist du hier?«

Olaf bemerkte Wulfs Misstrauen.

»Weißt du, wen du vor dir hast?«

Wulf lächelte spöttisch bei seinen Worten.

»Meine Frau traut dir nicht. Das genügt mir. Sie tut nichts ohne Grund.«

»Du hast recht«, lenkte Olaf ein. »Ich machte ihr ein Angebot, das sie nicht hätte abschlagen dürfen. Doch sie tat es. Doch je länger wir hier stehen, je größer ist die Wahrscheinlichkeit, dass Harold sie zuerst erreicht und sie nicht erfährt, dass sie das Angebot ausschlug, weil ihr tot geglaubter Mann noch lebt.«

Wulf fühlte die blutgetränkte Klinge in seiner Hand. Er hatte sie nicht losgelassen. Harold würde sterben. Mit dieser Klinge.

Und mit der Hilfe eines Mannes, dessen Beweggründe ihm verborgen blieben.

***

Teil 8

1.

Robyn kniete sich umständlich in das Gras. Es würde schwer sein wieder aufzustehen, aber die Rinde jenes Busches, unter dem sie kniete, wirkte heilsam bei Schürfwunden und kleineren Verletzungen. Sie schnitt ein paar Stücke ab, nicht zu viel. Wehmütig dachte sie daran, dass ihr Vater stets darauf bedacht gewesen war, der Natur nicht mehr zu nehmen als nötig. Er hatte es sich zum Grundsatz gemacht und an seine Tochter weitergegeben.

Und er hätte es an dich weitergegeben. Robyns Hand fuhr über das Kind.

Jetzt würde sie es tun. Ath würde vom Himmel auf sie herabsehen und hoffentlich zufrieden mit seiner Tochter sein.

Sie erhob sich mühselig und klopfte sich den Schmutz von den Kleidern. Seit jenem Tag ihrer Flucht hatte es nicht wieder geregnet. Sie hatte gewartet, gehofft, Gott würde es vor Olafs Rückkehr regnen lassen. Und so geschah es. Alrik hatte geschlafen, das Johanniskraut hatte ihn tief benebelt und Robyn war in der Nacht der Halle und der Siedlung entflohen. Und Olaf.

Die Hilfe, die sie bekommen hatte, war unerwartet gekommen. Eine alte Frau hatte im Morgengrauen Reisig gesammelt. Nachdem Robyn Stunden gelaufen war, war sie die erste Seele gewesen, die ihr begegnet war. Ohne Furcht oder Misstrauen hatte sie die stumme Fremde in ihr Haus gebeten und ihr Essen mit Robyn geteilt. Robyn hatte versucht, der alten Frau durch Gesten mitzuteilen, dass sie nach einer Zuflucht für sich und ihr ungeborenes Kind suchte. Doch die Frau konnte ihr nicht helfen, da sie nicht mehr behände genug war, Robyn bei der Geburt beizustehen. Aber ihre Tochter, die in einem abgelegenen Tal in der Nähe mit ihren beiden Kindern wohnte, könne sie unterstützen. Sie würde sich wahrscheinlich über Gesellschaft freuen, da sie eine Ausgestoßene war. Ihr Mann hatte einen bedeutenden Jarl im Zweikampf getötet, war dann seinen Verletzungen selbst erlegen und hinterließ Frau und zwei halbwüchsige Kinder, die verbannt worden waren. Die alte Frau durfte die Tochter nur selten besuchen. Sie schien sehr unglücklich darüber. Sie begleitete Robyn ein Stück, wies ihr dann den restlichen Weg und gab ihr zu Essen mit. Dass die Frau eine Ausgestoßene war, hinterließ bei Robyn kein ungutes Gefühl. Sie konnte nicht verstehen, dass eine Frau und zwei Kinder gezwungen wurden anderswo zu leben für etwas, was ihr Mann zu verantworten hatte.

Robyn erreichte den kleinen Hof am selben Abend. Mühevoll versuchte sie auch der Tochter durch Gesten zu erklären, wonach sie suchte. Ihre stummen Lippen formten den Namen der alten Frau und dass diese sie hierhergeschickt hatte. Und die alte Frau behielt Recht. Gudrid schien hocherfreut und bat Robyn solange zu bleiben, wie sie es wollte.

Robyn dankte es ihr, in dem sie ihr so viel half, wie es ihr noch möglich war. Die beiden Kinder kümmerten sich stets um die Kuh, die zwei Ziegen und die zwei Schweine, die sie besaßen. Robyn stickte viel, half bei der Wäsche oder ging in den Wald, um Reisig zu sammeln. Sie fand etwas zu sich selbst in den Stunden, die sie dort verbrachte, einige letzte Kräuter in der herben kalten Luft des Herbstes sammelte, das Holz zusammensuchte oder nach einem grünen Flecken für die Kuh und die Ziegen Ausschau hielt. Sie wäre glücklich geworden, dort in jenem Haus nahe von Wulfs Dorf. Während die Tage vergingen und sie an die Zeit vor zwei Jahren erinnert wurde, schien es ihr deutlicher denn je. Keine Königin hatte sie sein wollen. Nur Wulfs Frau. Seine Gefährtin. Sie hätte seinen Leuten geholfen. Sie wäre glücklich gewesen. Doch sie wollten sie nicht. Schlugen die Hilfe einer Angelsächsin aus. Baten erst um die Hilfe ihrer Thronerbin, als es zu spät war.

Robyn war im Begriff das Reisig, das sie einige Zeit zuvor zusammengetragen hatte, aufzuheben, als sie die Reiter bemerkte, die sich ihr näherten. In dem dichten Wald hoffte sie, dass man sie übersehen würde. Sie hatte sich sicher gefühlt. Der Regen hatte ihre Spuren gut fortgespült, sie besaß das Wort der alten Frau. Sie hätte sie nicht verraten. Es sei denn ...

Die Reiter kamen näher und offenbarten ihr den Fehler, den sie begangen hatte. Harold hatte sie die ganze Zeit über beobachten lassen. Er hatte sie nie aufgegeben. Nie seine Beute, seine Absicherung aus den Augen gelassen. Er hatte gewartet, gelauert und nun jagte er sie. Erbarmungslos.

Robyn rannte. Rannte. Strauchelte. Fing sich wieder.

Die Huftritte kamen ihr näher. Näher. Und näher. Und näher.

Und sie schrie. Plötzlich. Während sie lief, sie an ihres und Wulfs Kind dachte, das sie schützen wollte, ihn vor ihrem inneren Auge sah, schrie sie. Es war, als löste sich etwas in ihr. Sie rief um Hilfe. Lauthals. Sie rief, schrie, ihr Herz schlug am Hals, der wie Feuer brannte. Das Echo hallte um sie, zehnfach, hundertfach hörte sie sich. Ihre Stimme, solange stumm, willenlos, überschlug sich. Sie wollte sterben. Und leben.

Harold ritt sie von hinten nahezu um. Sie taumelte bei dem Aufprall, fing sich jedoch und stürzte in die entgegengesetzte Richtung. Sie wollte aufgeben. Und tat es doch nicht. Sie schrie, dass das Pferd, das sich ihr als nächstes näherte, erschrak und scheute, so dass sie ihm ausweichen konnte. Harold kam wieder heran. Diesmal erwischte er ihre Haare und zog sie vom Pferd aus ein Stück hinterher.

»Solange hast du geschwiegen. Aber nun ...«

Er riss das Pferd herum und ließ ihre Haare los. Sie taumelte und stürzte, konnte aber auf den Rücken fallen. Das machte es ihr schwer, sich wieder zu erheben. Sie stöhnte auf und zog sich an einer jungen Birke hoch. Dann lief sie erneut in eine andere Richtung. Mehr Reiter tauchten auf. Einer von Harolds Häschern wollte sie in den Rücken treten, doch sie drehte sich rechtzeitig um, umfasste den Fuß mit aller Kraft und schaffte es doch nicht, das Gleichgewicht des Riesen zu beeinflussen. Trotzdem musste er von ihr ablassen, um das Pferd zu wenden.

»Weibsbild!« Harold war wieder herangekommen. Er hielt das Pferd und glitt herunter. Wütend stapfte er auf sie zu. Noch im Laufen holte er aus und schlug ihr brutal ins Gesicht. Blut lief ihren Mundwinkel hinunter. Der Schlag ließ sie zur Seite taumeln und vor einen Baum stoßen. Er nahm sie an den Schultern und zwang sie ihn anzusehen.

»Weib, jetzt führen wir zu Ende, was wir einst begannen. Du gehörst mir, verstanden?«

Sie sah ihn regungslos an.

»Hast du verstanden?«, brüllte er sie an.

»Fahr zur Hölle«, stieß sie hervor. Ihre Stimme war ruhig und tief, wie sie es immer gewesen war. Ihr Atem aber ging schnell, ihre Augen waren glasig. Sie schmeckte das Blut auf ihrer Zunge. Sie würde noch mehr Blut sehen. Ihr eigenes. Doch sie wollte ihm nicht die Genugtuung geben, ihr auch den letzten Funken Glauben und Hoffnung genommen zu haben.

Er schlug sie erneut ins Gesicht. Sie weinte auf, schluckte das Blut jedoch und blickte ihn wieder an.

Wütend holte er sein Messer hervor und hielt es ihr vor die Augen.

»Wie wäre es, wenn ich dem Kleinen etwas nachhelfen würde, auf die Welt zu kommen?«

Robyn krallte ihre Hand in seine Wange. Sie spürte sein Fleisch unter ihren Fingernägeln, als ihre angespannte Hand darüber hinwegfegte. Er hatte nicht damit gerechnet, machte aber nur eine winzige Bewegung zurück. Diese nutzte Robyn, um sich aus der Umklammerung zu befreien. Im Weglaufen spürte sie sein Messer in ihren Arm fahren, doch sie achtete nicht darauf. Ihre Angst betäubte den Schmerz. Sie strauchelte über eine Wurzel und fasste sich wieder. Schon hatten sich Harolds Häscher, die in der Nähe auf den Pferden gewartet hatten, wieder an ihre Fersen geheftet. Sie rutschte eine Böschung hinab, kam unten auf ihrem Gesäß an und erhob sich. Die Pferde nahmen die Böschung mühelos. Sie kreisten sie unten ein.

»Stark seid ihr!«, rief sie. »So viele Männer, um einer Frau beizukommen!« Doch in ihren Worten schwangen jene Tränen, die sie hatte zurückhalten wollen. Sie hatte keine Möglichkeit mehr, ihnen zu entkommen.

»Verflucht seid ihr ... verflucht ...« Sie schluchzte auf, unfähig es noch zu verhindern. Harold kam die Böschung hinuntergelaufen. Diesmal stieß er sie einfach um. In der milchigen Sonne glänzte die Klinge, die er in der Hand hielt.

»Büßen sollst du, Weibsbild, du und dein Bastard!«, schrie er. Das Echo hallte von allen Seiten wider. »Es ist alles deine Schuld! «

Robyn schrie auf.

2.

Als Wulf die Stimme seiner Frau erkannte, waren sie noch zu weit entfernt, um die genaue Richtung zu bestimmen. Seit geraumer Zeit folgten sie der frischen Spur von mindestens fünfzehn Reitern. Ardgars Aussage stimmte demnach. Harold hatte vor vier Tagen ein kleines Gefolge genommen, um Robyn aufzuspüren. Zu holen. Niederzuzwingen. Endgültig.

»Ist *sie* das?«, fragte Olaf, während sie der Spur, die sich inzwischen aufteilte, in zügigem Tempo folgten. Olafs als auch Wulfs Leute, die sich frei bewegen durften, schwärmten aus.

»Ich sagte dir, sie ist nicht stumm«, knirschte Wulf zwischen den Zähnen.

»Sie war es, solange ich sie kannte. Ein Schock vielleicht ...«

Wulf antwortete nichts darauf. Er traute Olaf noch immer nicht, obwohl er seit vier Tagen an dessen Seite ritt, unermüdlich, ohne lange Pause, nur um die Pferde zu schonen. Die Beweggründe, Robyn in seine Obhut zu nehmen, schienen ihm klarer. Doch nun, da er selbst aufgetaucht war, war er nicht sicher, wie Olaf weiter verfahren würde.

Sie schrie erneut. Wulf trieb den Fuchs zu höherem Tempo an. Sie brauchte ihn. Sie durften nicht zu spät kommen. Harold hatte viel Zeit verloren, sie ausfindig zu machen. Sie schien ihn eine Zeitlang in die Irre geführt zu haben, doch schließlich musste es ihm möglich gewesen sein, ihren Aufenthaltsort ausfindig zu machen. Seine Spuren waren zielstrebiger geworden. Ein kleiner Hof befand sich in der Nähe. Sie passierten ihn, dahinter wurde der Wald wieder dichter. Vier Reiter waren vor ihnen auszumachen, dann waren sie mit einem Mal verschwunden. Vor ihnen tat sich eine Lichtung auf, die in einer Senke lag. In ihrer Mitte lag seine Frau, bereits nicht mehr bei Bewusstsein. Harold kniete über ihr, während seine Männer um ihn standen.

Als sie sie kommen sahen, wendeten sie die Pferde und traten Olaf und den anderen entgegen.

Wulf stieg vom Pferd. Er hörte Olafs Stimme, die Harolds Männer anbrüllte.

»Ihr haltet euch heraus ...«

Wulf achtete nicht auf die Männer, als er zwischen ihnen hindurchtrat. Er sah nur eines.

Seine Hand glitt zu der Axt, die an seinem Gürtel hing.

Harold sah ihm entgegen, während er noch immer über Robyn stand.

»Du«, stieß er aus. »Untoter. Du bist tot!«

»Falsch, Bruder. Das nächste Mal stell sicher, dass alle tot sind, wenn du meuchelst!«

»Das werde ich, sei gewiss. Hat dich dein Sachsenfreund gesund gepflegt und nun kommst du dein Weib holen und den Thron!«

Wulf schwang die Axt in der Hand. Harold erholte sich schnell aus seiner Erstarrung ob des Anblicks seines Bruders und griff nach der eigenen Axt.

»Du hast sie getötet. Sie alle!«, schrie Wulf. »Du hast unser Volk getötet, du elender Hund! Vater, unseren Onkel ... unseren Bruder!«

»Und ich werde den letzten Bruder auch noch töten«, brüllte Harold. Er rannte auf Wulf zu. Ihre Äxte prallten aufeinander. Die Wucht warf sie beide nach hinten.

»Leif war schwach, eine armselige Kreatur, die Glück hatte, als Sohn des Königs zur Welt zu kommen. Er war ein Nichts ...«

»Er war unser Bruder!«

»Na und? Man kann sich Brüder nicht aussuchen! Verflucht sei Vater, dass er dich rettete und als Sohn annahm. Er muss blind gewesen sein, einen Aufrührer wie dich zu dulden!«

»Du bist derjenige, der Unfrieden stiftete!« Ihre Äxte stießen wieder zu, wieder, wieder und wieder. Sie schnauften in der kälter werdenden Luft, die vom Meer hereinzog.

»Du hast nur darauf gewartet, dass du Vater stürzen, Wiglif aus dem Weg räumen konntest ... und was hast du erreicht? Schließlich wandten sich unsere Leute doch jener zu, die ihre Huldigung verdiente!«

»Ja, sie wollten Dona. Und sie wollten dich! Aber was? Wo sind sie jetzt?«

»Sie sitzen bei ihren Brüdern und Schwestern hinter den Toren von Walhalla und warten darauf, dass du in die Abgründe Ginnungagaps einziehst, wo du jeden Tag tausend Tode stirbst, so wie es ein Bastard wie du verdient hat!«

»Bei den Göttern!« Die Wucht ihres erneuten Zusammenpralls warf sie beide zu Boden. »Wenn ich mit dir fertig bin, werde ich den Bastard aus dem Leib deiner Frau schneiden und ihn den Wölfen zum Fraß vorwerfen ...«

Wulf schrie auf, stürzte sich im Aufstehen auf Harold und gab ihm keine Gelegenheit mehr, hochzukommen. Sie versuchten den Hals des anderen zu umschlingen, hatten sich ihrer Äxte längst entledigt.

Am Boden ringend, sah Wulf Robyn liegen.

Tapferes, kleines Mädchen. Seine Augen lächelten für einen winzigen Moment.

Er wird dich nicht bekommen.

Wulf bekam keine Luft mehr, als er Harolds Handgelenke losließ und dieser in tödlicher Absicht zudrückte. Wulf würgte, als ihm sein Mageninhalt entgegenkommen wollte. Er ließ seine Hand am Bein entlang gleiten.

»Falls du das hier suchst ...« Harold hatte ihn noch mit einer Hand umfasst und hielt mit der anderen Wulfs Messer vor sein Gesicht.

»Genau das«, würgte Wulf jählings hervor. Er ergriff es mit Harolds Hand und stieß es in seine Kehle hinein, tief und fest. Harold röchelte, sank auf die Seite und versuchte das Messer herauszuziehen.

»Warte, Bruder«, meinte Wulf. Er beugte sich über ihn. »Ich helfe dir.«

Er zog das Messer heraus und stieß es in Harolds Unterleib.

Allen Anwesenden gefror das Blut in den Adern, als sie Wulf seinen Bruder aufschlitzen sahen.

»War es das, was du mit meinem Weib tun wolltest?« Wulf keuchte über Harold, der noch immer lebte. Er riss das Messer herum und durchschnitt den Unterleib mit einer einzigen fließenden Bewegung. Harold stieß einen jämmerlichen Schrei aus, von Würgen durchzogen. Wulfs Schnitte waren geübt ausgeführt. Er zog sich langsam nach oben und blieb bei Harold stehen, während dieser vor seinen Augen verblutete.

»Für alles, was du unserem Volk je angetan hast.« Wulf sah zu Robyn hinüber. »Für alles, was du ihr je angetan hast.« Er blickte zurück und spuckte auf ihn.

Harolds Todeskampf währte lange genug, um Wulf zur Besinnung kommen zu lassen. Es war vorbei. Sein Volk war tot. Der letzte König war tot. Es gab nichts mehr. Keine Träume. Keine Hoffnung auf ein geeintes Königreich. Keinen Glauben an eine gemeinsame Zukunft. Harold hatte weder einen Sieg noch eine Niederlage davongetragen. Er hatte sie zerstört.

Wulf stand dort, und jenes Gefühl, das er all jene Jahre in sich getragen hatte, kehrte zurück. Es berührte ihn nicht. Schon lange nicht mehr. Er hatte sich vor langer Zeit von ihnen abgewendet. Sie hatten ihm ebenso wenig getraut wie er ihnen. Ihre Hoffnung war zu spät erwacht. Alles, was je für ihn gezählt hatte, seine Werte, seine Ehre, seine Treue. Er hatte sie verschwendet. Er hatte erst wirklich wieder zu sich gefunden, als Robyn in sein Leben getreten war. Sie hatte all dem Bedeutung gegeben. *Sie* war seine Ehre, seine Treue, sein Respekt. Sie war jenes Mädchen aus Byzanz. *Sie* war sein Königreich.

3.

In der eingetretenen Stille wandte sich Wulf ohne weiter erkennbare Reaktion ab. Erst als Olaf und die anderen ihn näher an seine Frau herantreten sahen, erkannten sie den Schmerz auf seinem Gesicht. Und Ergebenheit.

Wulf sackte bei Robyn auf seine Knie. Jene Hände, die seinen eigenen Bruder unlängst hingerichtet hatten, an denen noch immer dessen Blut klebte, umschlossen die Schultern seiner leblosen Frau. Er neigte seinen Oberkörper, legte seine Stirn an ihre Schläfe und verharrte so.

Eadred beobachtete seinen Freund, während er von seinem Pferd glitt. Unbeabsichtigt zeigte er allen hier, was ihm diese Frau bedeutete.

Und wenn Olaf eine letzte Hoffnung gehegt hatte, Robyn für sich zu erringen, zerbrach sie gerade vor ihren Augen. Diese Frau würde immer nur Wulf gehören. Selbst als sie ihn tot glaubte, hatte sie sich nicht von ihm abwenden können. Unauffällig studierte Eadred Olafs Reaktion. Seine unbewegliche Miene spiegelte keinerlei Hinweis wider, aber Eadred sah, dass er seinen Blick nicht von einem Nordmann lösen konnte, der in Demut bei seiner Frau kniete, tat, was er noch keinen Nordmann hatte tun sehen. Und das genügte Eadred.

Er bemerkte aus den Augenwinkeln eine abseits stehende Frau, die herangelaufen war. Zwei Kinder hielten sich bei ihr. Eadred zog seine Schlüsse und ging auf sie zu.

»Kannst du helfen?«, fragte er sie auf angelsächsisch. Unverständig blickte sie ihn an. Eadred wies mit der Hand auf Robyn. Da verstand sie und nickte.

»Dann komm«, forderte er sie mit einer weiteren Handbewegung auf.

Gudrid trat jedoch einen Schritt zurück und warf einen ängstlichen Blick auf ihre Kinder.

Eadred wollte etwas sagen, als er Rakell nähertreten hörte.

»Hilf ihr«, meinte er in ihrer Zunge. »Deine Kinder sind in keiner Gefahr. Lass sie bei mir, wenn du möchtest. Was sie dort sehen, ist nicht für ihre Augen bestimmt.«

Die Sorge, die er für ihre Kinder hatte, überzeugte sie. Sie flüsterte ihnen kurz etwas zu. Stocksteif blieben sie dann bei Rakell zurück, während Gudrid Eadred folgte, durch die Reihen der Pferde trat und dann auf Robyn und Wulf zuhielt. Sie zögerte erst, als sie direkt bei ihnen standen. Sie wagte nicht, sich dem Nordmann weiter zu nähern, der den anderen vor all ihren Augen hatte verbluten lassen.

Argwöhnisch beobachtete sie dann jedoch, dass der Angelsachse sich zu ihm kniete.

Eadred sah auf Wulf und Robyn, die noch immer nicht bei Bewusstsein war. Ein Zucken ging durch ihren Körper, während Wulf sie festhielt.

»Wulf ...«, sagte Eadred leise. »Wulf, wir müssen uns um sie kümmern. Sie ist kalt. Ihre Hände und vor allem ihr Arm müssen verbunden werden.«

Wulf reagierte nicht. Er hielt sie weiter stumm fest. Ein weiteres Zucken fuhr durch Robyn. Sie stöhnte leise. Ihre Hände, die übersät waren mit Schnittstellen, rührten sich. Sie hatten sich gegen Harolds Messer gewehrt, der seine Drohung hatte wahr machen wollen. Doch er hatte das Kind nicht bekommen, hatte ihm keinen Schaden zufügen können.

»Wulf«, drängte Eadred vorsichtig. »Wenn sie zur Besinnung kommt, sie glaubt dich noch immer tot ...«

Ein Ruck ging durch Robyns Körper. Wulf zog sie näher zu sich heran. Er spürte, dass sie im Begriff war, aufzuwachen.

»Nixe.« Seine Lippen waren dicht an ihrem Ohr. »Es ist nicht wahr, ich bin nicht tot. Ich bin hier. *Hier*, hörst du?«

Eadred sah wie sich Robyns leicht geöffnete Augen krampfhaft wieder schlossen und Tränen unter ihnen hervorrannen. Ein gequälter Schrei rang sich über ihre Lippen, dann ein weiterer, lauter noch. Ihre Arme legten sich um Wulf, ihre Finger krallten sich in sein Hemd. Ein Weinkrampf durchzog sie.

Robyns Stirn lehnte an Wulfs Schulter, während sie wimmerte. Ihre Hände spannten sich wieder und wieder an und entspannten sich dann. Sie konnte es nicht verstehen. Sie wollte es nicht verstehen. Sie musste es nicht. Sie fühlte es. Hatte es vielleicht die ganze Zeit gefühlt. Sie schnappte nach Luft, als die Verletzungen begannen zu schmerzen. Nach und nach. Wieder ließ sie ein weiterer Schmerz zusammenzucken.

Eadred bemerkte Gudrids Hand, die seinen Ärmel dringlich zupfte.

»Was?«, fragte er fast unfreundlich. Diesmal schreckte sie seine Art nicht ab. Sie zeigte auf Robyns Beine. Auf dem darüber liegenden Gewand breitete sich ein dunkler Fleck aus. Eadred schrak auf und schüttelte Wulf diesmal kräftig an der Schulter.

»Wulf ... ihre Wehen. Wir müssen sie irgendwo hinbringen, wo es geschützter ist ... Wulf!«

Dieser folgte seinem ungläubigen Blick und sah das Wasser an Robyns Beinen.

»Kannst du deine Arme um mich legen, Nixe?«, fragte er sie.

Robyn tat es und spürte, wie er sie hochhob.

»Schafft sie es bis zum Haus?« Eadred sah zu Gudrid. Er wies auf den Hof, der in einiger Entfernung hinter den Bäumen lag. Gudrid nickte, trieb sie aber zur Eile.

4.

Robyn lehnte mit halbgeschlossenen Augen in Wulfs Armen. Sie fühlte sich unendlich kraftlos, doch ihr Blick sagte etwas anderes. Er hing an Wulfs Gesicht. Nichts anderes existierte für sie. Nicht die Schatten um sie, nicht die Reiter, die sie passierten, weder die Bäume noch der kleine Hof, das Haus, das sie betraten. Sie hörte Gudrids Stimme, die Aufgaben an die Kinder als auch an Eadred, für den Robyn Wulf übersetzen hörte, verteilte. Dann war sein Gesicht wieder nah. Er konzentrierte sich auf ihre Hände, wusch erst sie, dann seine eigenen. Gudrid verlangte es. Es brächte Unglück, sollte er mit dem Blut eines anderen daran sein eigenes Kind berühren.

Robyn musste kurz die Augen schließen. Erneut jagte eine Wehe durch ihren Körper. Kein Laut kam über ihre Lippen. Dieser Schmerz war nichts im Vergleich zu jenem, der sie hatte vorhin aufschreien lassen. Nichts.

Als sie die Augen wieder öffnete, sah sie, dass Wulf sie betrachtet hatte.

»Wulf«, formten ihre Lippen. Ihre jetzt verbundenen Hände suchten seine. Er nahm sie vorsichtig, wollte nicht zuviel Druck auf die Wunden ausüben. Auch der Arm war verbunden. Harold hatte nahezu dieselbe Stelle verletzt, in die auch der Wolf damals gebissen hatte. Wulf sah auf die beiden Reißzähne, die an der Lederschnur um ihren Hals hingen. Sie hatten Robyn ausgezogen. Sie lag unter einer leichten Decke, während Eadred das Feuer in ihrem Rücken schürte.

Gudrid hatte den Kindern befohlen, Wasser zu holen. Sie stand bei Eadred. Sie wusste, es würde nicht mehr lange dauern ehe Robyns Zeit gekommen war. Stumm wanderte ihr Blick zu Robyn, die ihr in der kurzen Zeit ihrer Anwesenheit eine Freundin geworden war, die nicht wie andere über sie gerichtet und geurteilt hatte. Der Mann an ihrer Seite hatte viel Leid und Zorn in seinen Augen gehabt. Erst jetzt, als sie ihn bei ihr sitzen sah, konnte sie etwas anderes sehen. Sie wusste aus eigener Erfahrung, dass Nordmänner sich selten Gefühlen hingaben oder sie preisgaben. Dieser Mann jedoch erachtete seine Frau als ihm ebenbürtig, seiner Liebe würdig. Sie hatte etwas Derartiges noch nie gesehen.

Die Kinder kamen wieder. Sie schickte sie wieder nach draußen und ließ sie sich um die Tiere kümmern, das würde sie ablenken. Das Wasser erhitzte in der Glut schnell. Gudrid sah die Abstände der Wehen kürzer werden. Sie trat auf Robyn zu und half ihr nach allen Kräften. Sie bewunderte die geschwächte Frau, die ohne Auflehnen presste, keinen Schrei von sich gab. Erst als der kleine Knabe in Gudrids Armen schrie, weinte Robyn leise auf. Unter schweren Augenlidern erwiderte sie Wulfs Blick. Er war bei ihr geblieben. Und er wusste, dass sie das dachte.

»Seit dem Tage, als dein Vater starb und wir wussten, in welchem Zustand du bist ... ich versprach deinem Vater an seinem Grab, mich niemals von dir abzuwenden. Im Schmerz nicht, nicht im Zorn. Nie, hörst du?«

Sie nickte und ließ sich von ihm das Gesicht feucht abwaschen. Gudrid trat im Feuerschein an sie heran und lächelte, als sie Wulf sah, der Robyn half, sich aufzurichten. Dann legte sie ihr das kleine Bündel in die Arme, zog sich wieder zurück und verfolgte das Schweigen der beiden an Eadreds Seite. Selbst der Knabe hatte aufgehört zu schreien. Er lag in eine Decke gehüllt zufrieden auf dem Arm seiner Mutter und wenig später in dem seines Vaters. Erst da setzten ihre leisen Stimmen ein, doch nur den Nordmann konnte sie verstehen. Ihre Freundin sprach angelsächsisch.

»Hast du einen Namen?«, fragte Robyn leise.

»Du?«

»Ja.«

Wulf sah sie an, während ihr Blick über den Jungen strich. Sein Finger fuhr sanft über seine Stirn.

»Arnulf.«

Wulf sagte nichts darauf, sah sie nur weiter an, bis sie den Blick fragend hob ob seines Einverständnisses. Er beugte sich jedoch einfach nur vor, legte seine Lippen auf ihre und küsste sie, während sein Sohn unter ihm schlief. Dann stieß er seinen Atem lang aus. Harold hatte alles zerstört. Alles. Und nichts.

Sie schlief wenig später in seinen Armen ein, Arnulf nur ein Stück neben ihr, nicht weniger müde. Gudrid blieb bei ihr, ebenso die Kinder, die auffallend still geblieben waren. Mit großen Augen hingen sie jetzt an Arnulf. Sie merkten nicht, dass Eadred und Wulf das Haus leise verließen.

Eiskalte Nachtluft schlug ihnen draußen entgegen. Einige Feuer brannten in der Nähe. Männer saßen daran, putzten ihre Ausrüstung, aßen etwas oder erzählten mit gedämpften Stimmen. Im Wald sah man einige Schatten. Doch die Wachen hatten bisher keine besorgniserregenden Nachrichten gebracht. Harold hatte scheinbar nur das eine Gefolge mit sich gehabt. Weitere Häscher waren nicht auszumachen. Alles blieb ruhig. Nur manchmal drangen von irgendwo aus der Dunkelheit Geräusche wilder Tiere. Wölfe. Und Wulf wusste, weshalb sie gekommen waren. Der Geruch frischen Blutes hatte sie angelockt. Mochten sie Harolds Leiche in Stücke zerreißen. Ihm war es gleich.

Als Eadred ihm deutete, mit ihm ans Feuer zu kommen, um etwas zu essen und auf seinen Sohn zu trinken, schüttelte Wulf nur leicht den Kopf. Er wandte sich ab, um aus dem Feuerschein in den Schatten zu treten. Eadred verstand und begab sich zu jenem Feuer, an dem Sigurd, Rakell und die anderen saßen. Er grinste sie an.

»Ein kleiner Prinz!«

Wulf hörte seine Männer hinter sich jubeln. Er wusste, sie würden für ihn einen Schluck trinken. Er ging einige Schritte, lehnte sich, als er weit genug entfernt war, an eine Kiefer und starrte in den Himmel.

Manchmal ließen die durchziehenden Wolken den Blick auf den Sternenhimmel frei.

Wie lange hatte er sich danach gesehnt. Nach diesem Himmel.

Sein Atem, tief und gleichmäßig, hüllte ihn in eine weiße Wolke.

Und doch. Wenngleich er nichts von seiner Anziehungskraft verloren hatte, fiel es Wulf leichter von ihm loszulassen. Ein Gedanke an sie genügte. Er sah sich im Wald um. All das. Er hatte sich krank danach gesehnt. Es schien vor seinen Augen zu verblassen. Es war nicht mehr wichtig. Nichts war mehr wichtig ohne sie.

Olaf verbarg sein Kommen nicht. Irgendwie hatte Wulf damit gerechnet. Langsam trat er auf ihn zu und stellte sich in Wulfs Nähe. Etwas noch mussten sie klären.

»Sie sind beide wohlauf?«

»Ja. Es geht ihnen gut«, erwiderte Wulf. Olaf merkte, dass der misstrauische Klang in seiner Stimme fehlte. Es überraschte ihn. Ob er spürte, dass Olaf nie eine Gefahr in dieser Hinsicht dargestellt hatte? Warum dann der Argwohn? Olaf lächelte schon im nächsten Moment in sich hinein. Wulf wäre ein schlauer König geworden. Nicht zu unterschätzen. Niemals und zu keiner Zeit.

»Ein Knabe, wie ich höre?«

Wulf nickte.

»Ein Thronerbe.«

Wulf sah bei Olafs Worten nicht auf. Das Spiel, das Olaf spielte, überraschte ihn keineswegs. Doch er war nicht gewillt, darauf einzugehen.

»Was willst du, Olaf?« Seine Stimme war kalt.

»Die Frage ist, was willst *du*?«

»Nichts, als dass du mich und meine Frau gehen lässt.«

»Nach Hause?«

»Welches Zuhause, Olaf?«

»Es ist noch immer ein Königreich. Euer Königreich.«

»Nein, das ist es schon lange nicht mehr.«

»So wollt ihr fort?«

»Wirst du dem im Wege stehen?« Diesmal erklang Wulfs Stimme drohend. Er sah Olaf an. Dessen Augenmerk lag auf dem Haus.

»Nein, Wulf. Nur eine Bedingung habe ich.«

5.

Robyn blickte voller Freude über den kleinen Garten. Es war der Garten ihres Vaters. Ath hatte ihn zusammen mit Ludeca angelegt und er gedieh seitdem ohne Unterlass. Ludeca schwärmte von den Kräutern, dem guten Samen, den Ath ihm gegeben hatte, von der Art, wie er den Kräutergarten angelegt hatte, mit wie viel Weisheit und Erfahrung, um das Beste aus den Pflanzen herauszuholen. Ludeca wunderte sich, wie er ohne den Garten seine Aufgabe bisher hatte erfüllen können. Der Garten schien unerlässlich.

Edward belächelte den Eifer seines Sohnes. Er hatte sie begleitet, sah jetzt von Ludeca zu Robyn.

Robyn spürte den Blick und erwiderte ihn. Seit einigen Tagen weilten sie wieder in Elmham und sie hätte nicht sagen können, wer darüber glücklicher schien. Sie oder Edward. Es schien ihr nicht nur die Hilfe zu sein, die ihm dadurch wieder zuteilwurde. Er hatte sie vermisst, aber als Freunde. Und als Freunde hatte er sie begrüßt. Nichts weiter. Er wartete, dass sie ihm sagten, wohin sie ihr Weg diesmal führte. Das taten sie. Und Edward nahm dankend ihren Beistand und ihre Hilfe an. Die Lage hatte sich über den Winter beruhigt, aber im Frühling erwartete er neue Probleme mit den Nordmännern. Er würde sich ihnen weiterhin stellen, würde weiterhin für ein friedliches Miteinander kämpfen, wenn es sein musste mit Waffengewalt. Doch er unterschätzte den Vorteil nicht, dass Wulf wieder bei ihm war und mit ihm zwei erfahrene Nordmänner gekommen waren. Rakell und Sigurd mit seiner Familie hatten sie begleitet. Eadred war der Grund, aus dem Gudrid und die zwei Kinder sie begleitet hatten. Sie würden mit den Nordmännern in East Anglia reden können, zu Edwards Gunsten.

»Wie ist es, Robyn, was meinte Wulf zu Arns Augenfarbe?« Edward lächelte.

Robyn blickte kurz in die dunklen Augen Arns, der sie aus ihren Armen aufmerksam betrachtete.

»Ich denke, er mag den angelsächsischen Eigensinn darin.«

Edward lachte auf. Arn sah auf den Mann zu seiner Linken und strahlte ihn an.

»Du magst Ed, nicht wahr?«, fragte ihn Edward stolz.

»Das tut er«, meinte Robyn. »Genau wie seine Eltern.«

Edwards Lächeln wurde weich. In der warmen Frühlingssonne schwieg er eine geraume Zeit.

»Ich sehe deinen Mann dort hinten nahen«, sagte er dann. »Sag ihm, in ein paar Tagen werden wir mit dem Schiff beginnen können.«

Edward und Ludeca ließen sie mit Arn zurück und gingen durch den Kräutergarten Richtung Burg. Robyns Blick folgte ihren Gestalten.

»Nixe, so trübsinnige Gedanken?«

Sie hatte nicht bemerkt, dass er schnell nähergetreten war. Er musterte sie kurz und nahm ihr dann Arnulf ab.

»Ich dachte nur gerade, dass sie unsere Hilfe nie ablehnten.«

Wulf sah den Schmerz. Er würde ihn immer sehen können. Sie würde das Dorf nie vergessen. Die Menschen, die sie zurückgelassen hatten. Die umgekommen waren. Doch ihre Worte hatten eine Endgültigkeit, die er vorher nie gehört hatte. Eine beruhigende Endgültigkeit. Sie blickte nicht mehr zurück. Seit jener Nacht, in der Arn geboren worden war, nicht mehr. Kein einziges Mal.

»Trauriges, glückliches Mädchen«, flüsterte er. Dann ging er am Rande des Gartens entlang und weiter über eine seicht abfallende Wiese. Sleip folgte ihm mit etwas Abstand. Entspannt und ruhig schritt er hinter ihm. Über all dem lag ein Frieden, den Robyn tief in sich aufnahm, ihn aufsog und bewahrte.

Sie strich über das Armband und sah die Nacht vor sich, in der sie das Schicksal an seiner Seite annahm. Ihre Hand glitt über das Lederband und die beiden Zähne daran. Eine Nacht, in der sie sich von ihrem zweifelnden Volk abzuwenden begonnen hatte. Der Ring ihres

Vaters. In tiefster Verzweiflung hatte sie von ihm Abschied nehmen müssen. Und das Kreuz. Ein Lederband hielt es um ihren Hals. Es war das Kreuz ihres Sohnes, das sie hüten würde, solange er zu klein war, es zu tragen. Ein Geschenk seines Taufpaten. Ein Geschenk Olafs, der sie hatte gehen lassen. Unter dieser Bedingung: Arns Taufe. Weder sie noch Wulf, auch wenn es nicht sein Glaube war, hatten sich gegen diese Bedingung gestellt. Olaf hätte es von Wulf verlangen können. Doch er unterließ es. Etwas was er nur selten tat, da er seine Mission noch nicht erfüllt sah.

Nach dem Winter waren sie nach East Anglia gesegelt. Nach Elmham zurückgekehrt. Dorthin, wo man auf sie gewartet hatte. Wo Wulf wieder Schiffe bauen konnte. Wo sie ihres Vaters Aufgabe weiter erfüllen konnte. Wo ihr Sohn ohne Zwiespalt aufwachsen würde.

Robyn ließ den Arm sinken. Ihre Hand weilte jedoch weiter am Armband. Am ersten Abend in Wulfs Dorf hatte sie den Schmuck der Frauen dort bewundert. Jetzt stand sie hier, jenes Dorf weit entfernt, nahezu verlassen unter Olafs eingesetztem Jarl, und sah auf ihren Mann, der losgelassen hatte. Vor unendlich langer Zeit. Der zufrieden war.

Und ich sollte es auch, lächelte sie in sich hinein. Sie ließ ihren Blick zärtlich über seinen Rücken wandern, über seine Arme, die seinen Sohn hielten. Ihr Blick wanderte weiter.

Da sah sie sie.

Wulf hielt direkt auf sie zu. Unbewusst. Und doch tat er es seit all der Zeit, seit sie einander kannten.

Die Eiche beugte sich dem milden Frühlingswind. Ihre kleinen saftig grünen Blätter raschelten dabei, leise und doch laut genug, dass Robyn ihr Flüstern hören konnte. Ein Flüstern. Ein Rauschen. Robyn genoss ihren Anblick und wunderte sich. Sie hatte immer dort gestanden. Doch erst jetzt schien sie sie zu verstehen, erst jetzt umhüllte sie der Klang des Baumes. Seine Melodie, die er nur gemeinsam mit dem Wind spielen konnte. Nie ohne ihn. Der Wind. Er verursachte den Kreislauf, würde dem Baum in vielen Monaten die Blätter fortreißen und ihn doch damit schützen.

Robyn verstand. Erst jetzt. Weil sie jetzt erst dafür bereit war.

Langsam, dann immer schneller folgte sie Wulf. Lief schließlich. Sleip wandte sich um und setzte selbst zum Trab an, als sie ihn überholte. Schwer atmend hielt Robyn bei Wulf. Sie fühlte im Rücken die Eiche, als sie vor ihm stand. Ihr Blick ging zu Arn, dann sah sie zu Wulf auf. Ihre Hand legte sich auf seine Wange und er erwiderte die Berührung mit einem Lächeln. Etwas, was er nur selten tat.

Robyn blickte ihn an. Sie sah das Ziel ihrer Reise. Sah es in ihm.

*** ENDE ***

Die Autorin

h. E. Otys (Jahrgang 1979) schreibt seit ihrer Schulzeit. Sie studierte Germanistik, Anglistik/Amerikanistik und Deutsch als Fremdsprache. Das besondere Interesse an angelsächsischer Sprache und Geschichte und die Verknüpfung Skandinaviens damit entwickelte sich vor allem in dieser Zeit und durch jene enthusiastischen Lehrer, die sich jeder Schüler und Student nur wünschen kann.

Sie selbst lehrt für eine Bundesoberbehörde und hat ihr Glück im wunderschönen Thüringen gefunden, umgeben von Wäldern, Orchideen und wilden Schafen.

Luci van Org
Die Geschichten von Yggdrasil
Das kleine Familienbuch der Nordischen Sagen

272 durchgehend farbige Seiten,
mit 20 Abbildungen, 17 x 24 cm,
Hardcover
ISBN 978-3-946425-18-2
16.00 EUR

2. Auflage!

Der allererste Baum, der jemals irgendwo gewachsen ist, heißt *Yggdrasil* und ist unvorstellbar groß. So groß, dass er in seinen Zweigen und Wurzeln gleich neun ganze Welten beherbergt – und ihre Geschichten.
Uralte Geschichten. Geschichten von Göttern, Riesen und Menschen, von Alfen und Zwergen, von finsteren Drachen, tapferen Helden, großen Wahrsagerinnen und mächtigen Zauberinnen …
In moderner, verständlicher Sprache und natürlich mit ihrem unverwechselbaren Humor erweckt Luci van Org die nordischen Göttersagen zu neuem Leben.
Denn statt der x-ten Nacherzählung der alten Texte gibt es hier echte Geschichten zu lesen.
Für die heutige Zeit, aber immer ganz nah an den literarischen Quellen und historischen Fakten. Ganz von selbst vermittelt sich so beim Lesen auch eine Menge Hintergrundwissen zur vorchristlichen, germanischen Religion und zur Bedeutung der uralten Mythen – in deutlicher Abgrenzung zur rechten Ecke, unter deren Missbrauch der Ruf der uralten Geschichten bis heute leidet.
Ein Buch für die ganze Familie, zum Selberlesen, Vorlesen, Immer-Wieder-Nachlesen und Sich-Verzaubern-Lassen.